Jorge Luis Borges

JORGE LUIS BORGES

OBRAS COMPLETAS

JORGE LUIS BORGES

OBRAS COMPLETAS

I

1923 - 1949

Emecé Editores

Borges, Jorge Luis
Obras completas.- 3ª ed. – Buenos Aires : Emecé Editores, 2007.
v. 1, 680 p. ; 23x15 cm.

ISBN 978-950-04-2645-9

1. Literatura Argentina I. Título
CDD A860

Edición al cuidado de Sara Luisa del Carril

Emecé Editores S.A.
Independencia 1668, C 1100 ABQ, Buenos Aires, Argentina
www.editorialplaneta.com.ar

Diseño de cubierta: *Mario Blanco / Raquel Cané*
18ª edición: febrero de 2007
(3ª edición en este formato)
Impreso en Printing Books,
Mario Bravo 835, Avellaneda,
en el mes de febrero de 2007.

IMPRESO EN LA ARGENTINA / PRINTED IN ARGENTINA
Queda hecho el depósito que previene la ley 11.723

ISBN de la Obra Completa: 978-950-04-2649-7
ISBN Tomo 1: 978-950-04-2645-9

NOTA DEL EDITOR

Esta nueva edición sigue el ordenamiento de los textos de la primera publicación del volumen de *Obras Completas*, realizada por Jorge Luis Borges en 1974. En la prosa se respeta la última revisión del autor (1974), pero con criterios tipográficos modernos, por ejemplo el que reemplaza las bastardillas o cursivas, por comillas y redondas. En la poesía se incorporan las últimas modificaciones que Borges dictó en 1977 para su *Obra poética*.

El primer volumen (1923-1949) incluye tres libros de poemas, tres de ensayos y tres de cuentos. El segundo (1952-1972) contiene cuatro libros de poemas, uno de ensayos, uno de cuentos, y uno de poesía y prosas breves.

Después de la muerte de Borges, se compilaron y editaron dos nuevos volúmenes de sus *Obras Completas*. El tercer tomo fue realizado en 1989 y se compuso con los nuevos títulos de Borges publicados entre 1975 y 1985. Contiene cinco libros de poemas, uno de ensayos, uno de cuentos, uno de conferencias, uno con textos de viajes, y cuatro cuentos inéditos agrupados bajo el título del primero de ellos.

El cuarto volumen (1975-1988), aparecido en 1996, reúne cuatro libros. Los dos primeros, de prólogos y conferencias, se compusieron también a partir de títulos publicados por Borges, y los dos últimos, uno de colaboraciones literarias y otro de prólogos, fueron tomados de ediciones que contaron con la anuencia del autor, pero que fueron publicadas después de su muerte.

FERVOR DE BUENOS AIRES
LUNA DE ENFRENTE
CUADERNO SAN MARTÍN
EVARISTO CARRIEGO
DISCUSIÓN
HISTORIA UNIVERSAL DE LA INFAMIA
HISTORIA DE LA ETERNIDAD
FICCIONES
EL ALEPH

A Leonor Acevedo de Borges

Quiero dejar escrita una confesión, que a un tiempo será íntima y general, ya que las cosas que le ocurren a un hombre les ocurren a todos. Estoy hablando de algo ya remoto y perdido, los días de mi santo, los más antiguos. Yo recibía los regalos y yo pensaba que no era más que un chico y que no había hecho nada, absolutamente nada, para merecerlos. Por supuesto, nunca lo dije; la niñez es tímida. Desde entonces me has dado tantas cosas y son tantos los años y los recuerdos. Padre, Norah, los abuelos, tu memoria y en ella la memoria de los mayores —los patios, los esclavos, el aguatero, la carga de los húsares del Perú y el oprobio de Rosas—, tu prisión valerosa, cuando tantos hombres callábamos, las mañanas del Paso del Molino, de Ginebra y de Austin, las compartidas claridades y sombras, tu fresca ancianidad, tu amor a Dickens y a Eça de Queiroz, Madre, vos misma.

Aquí estamos hablando los dos, et tout le reste est littérature, *como escribió, con excelente literatura, Verlaine.*

J. L. B.

Fervor de Buenos Aires

(1923)

PRÓLOGO

No he reescrito el libro. He mitigado sus excesos barrocos, he limado asperezas, he tachado sensiblerías y vaguedades y, en el decurso de esta labor a veces grata y otras veces incómoda, he sentido que aquel muchacho que en 1923 lo escribió ya era esencialmente —¿qué significa esencialmente?— el señor que ahora se resigna o corrige. Somos el mismo; los dos descreemos del fracaso y del éxito, de las escuelas literarias y de sus dogmas; los dos somos devotos de Schopenhauer, de Stevenson y de Whitman. Para mí, Fervor de Buenos Aires *prefigura todo lo que haría después. Por lo que dejaba entrever, por lo que prometía de algún modo, lo aprobaron generosamente Enrique Díez-Canedo y Alfonso Reyes.*

Como los de 1969, los jóvenes de 1923 eran tímidos. Temerosos de una íntima pobreza, trataban como ahora de escamotearla bajo inocentes novedades ruidosas. Yo, por ejemplo, me propuse demasiados fines: remedar ciertas fealdades (que me gustaban) de Miguel de Unamuno, ser un escritor español del siglo XVII, ser Macedonio Fernández, descubrir las metáforas que Lugones ya había descubierto, cantar un Buenos Aires de casas bajas y, hacia el poniente o hacia el Sur, de quintas con verjas.

En aquel tiempo, buscaba los atardeceres, los arrabales y la desdicha; ahora, las mañanas, el centro y la serenidad.

J. L. B.

Buenos Aires, 18 de agosto de 1969.

A QUIEN LEYERE

Si las páginas de este libro consienten algún verso feliz, perdóneme el lector la descortesía de haberlo usurpado yo, previamente. Nuestras nadas poco difieren; es trivial y fortuita la circunstancia de que seas tú el lector de estos ejercicios, y yo su redactor.

LAS CALLES

Las calles de Buenos Aires
ya son mi entraña.
No las ávidas calles,
incómodas de turba y de ajetreo,
sino las calles desganadas del barrio,
casi invisibles de habituales,
enternecidas de penumbra y de ocaso
y aquellas más afuera
ajenas de árboles piadosos
donde austeras casitas apenas se aventuran,
abrumadas por inmortales distancias,
a perderse en la honda visión
de cielo y de llanura.
Son para el solitario una promesa
porque millares de almas singulares las pueblan,
únicas ante Dios y en el tiempo
y sin duda preciosas.
Hacia el Oeste, el Norte y el Sur
se han desplegado —y son también la patria— las calles;
ojalá en los versos que trazo
estén esas banderas.

LA RECOLETA

Convencidos de caducidad
por tantas nobles certidumbres del polvo,
nos demoramos y bajamos la voz
entre las lentas filas de panteones,
cuya retórica de sombra y de mármol
promete o prefigura la deseable
dignidad de haber muerto.
Bellos son los sepulcros,
el desnudo latín y las trabadas fechas fatales,
la conjunción del mármol y de la flor
y las plazuelas con frescura de patio
y los muchos ayeres de la historia
hoy detenida y única.
Equivocamos esa paz con la muerte
y creemos anhelar nuestro fin
y anhelamos el sueño y la indiferencia.
Vibrante en las espadas y en la pasión
y dormida en la hiedra,
sólo la vida existe.
El espacio y el tiempo son formas suyas,
son instrumentos mágicos del alma,
y cuándo ésta se apague,
se apagarán con ella el espacio, el tiempo y la muerte,
como al cesar la luz
caduca el simulacro de los espejos
que ya la tarde fue apagando.
Sombra benigna de los árboles,
viento con pájaros que sobre las ramas ondea,
alma que se dispersa en otras almas,
fuera un milagro que alguna vez dejaran de ser,
milagro incomprensible,

aunque su imaginaria repetición
infame con horror nuestros días.
Estas cosas pensé en la Recoleta,
en el lugar de mi ceniza.

EL SUR

Desde uno de tus patios haber mirado
las antiguas estrellas,
desde el banco de sombra haber mirado
esas luces dispersas,
que mi ignorancia no ha aprendido a nombrar
ni a ordenar en constelaciones,
haber sentido el círculo del agua
en el secreto aljibe,
el olor del jazmín y la madreselva,
el silencio del pájaro dormido,
el arco del zaguán, la humedad
—esas cosas, acaso, son el poema.

CALLE DESCONOCIDA

Penumbra de la paloma
llamaron los hebreos a la iniciación de la tarde
cuando la sombra no entorpece los pasos
y la venida de la noche se advierte
como una música esperada y antigua,
como un grato declive.
En esa hora en que la luz
tiene una finura de arena,
di con una calle ignorada,
abierta en noble anchura de terraza,
cuyas cornisas y paredes mostraban
colores tenues como el mismo cielo
que conmovía el fondo.
Todo —la medianía de las casas,
las modestas balaustradas y llamadores,
tal vez una esperanza de niña en los balcones—
entró en mi vano corazón
con limpidez de lágrima.
Quizá esa hora de la tarde de plata
diera su ternura a la calle,
haciéndola tan real como un verso
olvidado y recuperado.
Sólo después reflexioné
que aquella calle de la tarde era ajena,
que toda casa es un candelabro
donde las vidas de los hombres arden
como velas aisladas,
que todo inmeditado paso nuestro
camina sobre Gólgotas.

LA PLAZA SAN MARTÍN

A Macedonio Fernández

En busca de la tarde
fui apurando en vano las calles.
Ya estaban los zaguanes entorpecidos de sombra.
Con fino bruñimiento de caoba
la tarde entera se había remansado en la plaza,
serena y sazonada,
bienhechora y sutil como una lámpara,
clara como una frente,
grave como ademán de hombre enlutado.
Todo sentir se aquieta
bajo la absolución de los árboles
—jacarandás, acacias—
cuyas piadosas curvas
atenúan la rigidez de la imposible estatua
y en cuya red se exalta
la gloria de las luces equidistantes
del leve azul y de la tierra rojiza.
¡Qué bien se ve la tarde
desde el fácil sosiego de los bancos!
Abajo
el puerto anhela latitudes lejanas
y la honda plaza igualadora de almas
se abre como la muerte, como el sueño.

EL TRUCO

Cuarenta naipes han desplazado la vida.
Pintados talismanes de cartón
nos hacen olvidar nuestros destinos
y una creación risueña
va poblando el tiempo robado
con las floridas travesuras
de una mitología casera.
En los lindes de la mesa
la vida de los otros se detiene.
Adentro hay un extraño país:
las aventuras del envido y del quiero,
la autoridad del as de espadas,
como don Juan Manuel, omnipotente,
y el siete de oros tintineando esperanza.
Una lentitud cimarrona
va demorando las palabras
y como las alternativas del juego
se repiten y se repiten,
los jugadores de esta noche
copian antiguas bazas:
hecho que resucita un poco, muy poco,
a las generaciones de los mayores
que legaron al tiempo de Buenos Aires
los mismos versos y las mismas diabluras.

UN PATIO

Con la tarde
se cansaron los dos o tres colores del patio.
Esta noche, la luna, el claro círculo,
no domina su espacio.
Patio, cielo encauzado.
El patio es el declive
por el cual se derrama el cielo en la casa.
Serena,
la eternidad espera en la encrucijada de estrellas.
Grato es vivir en la amistad oscura
de un zaguán, de una parra y de un aljibe.

INSCRIPCIÓN SEPULCRAL

Para mi bisabuelo, el coronel Isidoro Suárez

Dilató su valor sobre los Andes.
Contrastó montañas y ejércitos.
La audacia fue costumbre de su espada.
Impuso en la llanura de Junín
término venturoso a la batalla
y a las lanzas del Perú dio sangre española.
Escribió su censo de hazañas
en prosa rígida como los clarines belísonos.
Eligió el honroso destierro.
Ahora es un poco de ceniza y de gloria.

LA ROSA

A Judith Machado

La rosa,
la inmarcesible rosa que no canto,
la que es peso y fragancia,
la del negro jardín en la alta noche,
la de cualquier jardín y cualquier tarde,
la rosa que resurge de la tenue
ceniza por el arte de la alquimia,
la rosa de los persas y de Ariosto,
la que siempre está sola,
la que siempre es la rosa de las rosas,
la joven flor platónica,
la ardiente y ciega rosa que no canto,
la rosa inalcanzable.

BARRIO RECUPERADO

Nadie vio la hermosura de las calles
hasta que pavoroso en clamor
se derrumbó el cielo verdoso
en abatimiento de agua y de sombra.
El temporal fue unánime
y aborrecible a las miradas fue el mundo,
pero cuando un arco bendijo
con los colores del perdón la tarde,
y un olor a tierra mojada
alentó los jardines,
nos echamos a caminar por las calles
como por una recuperada heredad,
y en los cristales hubo generosidades de sol
y en las hojas lucientes
dijo su trémula inmortalidad el estío.

SALA VACÍA

Los muebles de caoba perpetúan
entre la indecisión del brocado
su tertulia de siempre.
Los daguerrotipos
mienten su falsa cercanía
de tiempo detenido en un espejo
y ante nuestro examen se pierden
como fechas inútiles
de borrosos aniversarios.
Desde hace largo tiempo
sus angustiadas voces nos buscan
y ahora apenas están
en las mañanas iniciales de nuestra infancia.
La luz del día de hoy
exalta los cristales de la ventana
desde la calle de clamor y de vértigo
y arrincona y apaga la voz lacia
de los antepasados.

ROSAS

En la sala tranquila
cuyo reloj austero derrama
un tiempo ya sin aventuras ni asombro
sobre la decente blancura
que amortaja la pasión roja de la caoba,
alguien, como reproche cariñoso,
pronunció el nombre familiar y temido.
La imagen del tirano
abarrotó el instante,
no clara como un mármol en la tarde,
sino grande y umbría
como la sombra de una montaña remota
y conjeturas y memorias
sucedieron a la mención eventual
como un eco insondable.
Famosamente infame
su nombre fue desolación en las casas,
idolátrico amor en el gauchaje
y horror del tajo en la garganta.
Hoy el olvido borra su censo de muertes,
porque son venales las muertes
si las pensamos como parte del Tiempo,
esa inmortalidad infatigable
que anonada con silenciosa culpa las razas
y en cuya herida siempre abierta
que el último dios habrá de restañar el último día,
cabe toda la sangre derramada.
No sé si Rosas
fue sólo un ávido puñal como los abuelos decían;
creo que fue como tú y yo
un hecho entre los hechos
que vivió en la zozobra cotidiana

y dirigió para exaltaciones y penas
la incertidumbre de otros.

Ahora el mar es una larga separación
entre la ceniza y la patria.
Ya toda vida, por humilde que sea,
puede pisar su nada y su noche.
Ya Dios lo habrá olvidado
y es menos una injuria que una piedad
demorar su infinita disolución
con limosnas de odio.

FINAL DE AÑO

Ni el pormenor simbólico
de reemplazar un tres por un dos
ni esa metáfora baldía
que convoca un lapso que muere y otro que surge
ni el cumplimiento de un proceso astronómico
aturden y socavan
la altiplanicie de esta noche
y nos obligan a esperar
las doce irreparables campanadas.
La causa verdadera
es la sospecha general y borrosa
del enigma del Tiempo;
es el asombro ante el milagro
de que a despecho de infinitos azares,
de que a despecho de que somos
las gotas del río de Heráclito,
perdure algo en nosotros:
inmóvil,
algo que no encontró lo que buscaba.

CARNICERÍA

Más vil que un lupanar,
la carnicería infama la calle.
Sobre el dintel
una ciega cabeza de vaca
preside el aquelarre
de carne charra y mármoles finales
con la remota majestad de un ídolo.

ARRABAL

A Guillermo de Torre

El arrabal es el reflejo de nuestro tedio.
Mis pasos claudicaron
cuando iban a pisar el horizonte
y quedé entre las casas,
cuadriculadas en manzanas
diferentes e iguales
como si fueran todas ellas
monótonos recuerdos repetidos
de una sola manzana.
El pastito precario,
desesperadamente esperanzado,
salpicaba las piedras de la calle
y divisé en la hondura
los naipes de colores del poniente
y sentí *Buenos Aires.*
Esta ciudad que yo creí mi pasado
es mi porvenir, mi presente;
los años que he vivido en Europa son ilusorios,
yo estaba siempre (y estaré) en Buenos Aires.

REMORDIMIENTO POR CUALQUIER MUERTE

Libre de la memoria y de la esperanza,
ilimitado, abstracto, casi futuro,
el muerto no es un muerto: es la muerte.
Como el Dios de los místicos
de Quien deben negarse todos los predicados,
el muerto ubicuamente ajeno
no es sino la perdición y ausencia del mundo.
Todo se lo robamos,
no le dejamos ni un color ni una sílaba:
aquí está el patio que ya no comparten sus ojos,
allí la acera donde acechó su esperanza.
Aun lo que pensamos
podría estar pensándolo él;
nos hemos repartido como ladrones
el caudal de las noches y de los días.

JARDÍN

Zanjones,
sierras ásperas,
médanos,
sitiados por jadeantes singladuras
y por las leguas de temporal y de arena
que desde el fondo del desierto se agolpan.
En un declive está el jardín.
Cada arbolito es una selva de hojas.
Lo asedian vanamente
los estériles cerros silenciosos
que apresuran la noche con su sombra
y el triste mar de inútiles verdores.
Todo el jardín es una luz apacible
que ilumina la tarde.
El jardincito es como un día de fiesta
en la pobreza de la tierra.

Yacimientos del Chubut, 1922.

INSCRIPCIÓN EN CUALQUIER SEPULCRO

No arriesgue el mármol temerario
gárrulas transgresiones al todopoder del olvido,
enumerando con prolijidad
el nombre, la opinión, los acontecimientos, la patria.
Tanto abalorio bien adjudicado está a la tiniebla
y el mármol no hable lo que callan los hombres.
Lo esencial de la vida fenecida
—la trémula esperanza,
el milagro implacable del dolor y el asombro del goce—
siempre perdurará.
Ciegamente reclama duración el alma arbitraria
cuando la tiene asegurada en vidas ajenas,
cuando tú mismo eres el espejo y la réplica
de quienes no alcanzaron tu tiempo
y otros serán (y son) tu inmortalidad en la tierra.

LA VUELTA

Al cabo de los años del destierro
volví a la casa de mi infancia
y todavía me es ajeno su ámbito.
Mis manos han tocado los árboles
como quien acaricia a alguien que duerme
y he repetido antiguos caminos
como si recobrara un verso olvidado
y vi al desparramarse la tarde
la frágil luna nueva
que se arrimó al amparo sombrío
de la palmera de hojas altas,
como a su nido el pájaro.

¡Qué caterva de cielos
abarcará entre sus paredes el patio,
cuánto heroico poniente
militará en la hondura de la calle
y cuánta quebradiza luna nueva
infundirá al jardín su ternura,
antes que me reconozca la casa
y de nuevo sea un hábito!

AFTERGLOW

Siempre es conmovedor el ocaso
por indigente o charro que sea,
pero más conmovedor todavía
es aquel brillo desesperado y final
que herrumbra la llanura
cuando el sol último se ha hundido.
Nos duele sostener esa luz tirante y distinta,
esa alucinación que impone al espacio
el unánime miedo de la sombra
y que cesa de golpe
cuando notamos su falsía,
como cesan los sueños
cuando sabemos que soñamos.

AMANECER

En la honda noche universal
que apenas contradicen los faroles
una racha perdida
ha ofendido las calles taciturnas
como presentimiento tembloroso
del amanecer horrible que ronda
los arrabales desmantelados del mundo.
Curioso de la sombra
y acobardado por la amenaza del alba
reviví la tremenda conjetura
de Schopenhauer y de Berkeley
que declara que el mundo
es una actividad de la mente,
un sueño de las almas,
sin base ni propósito ni volumen.
Y ya que las ideas
no son eternas como el mármol
sino inmortales como un bosque o un río,
la doctrina anterior
asumió otra forma en el alba
y la superstición de esa hora
cuando la luz como una enredadera
va a implicar las paredes de la sombra,
doblegó mi razón
y trazó el capricho siguiente:
Si están ajenas de sustancia las cosas
y si esta numerosa Buenos Aires
no es más que un sueño
que erigen en compartida magia las almas,
hay un instante
en que peligra desaforadamente su ser
y es el instante estremecido del alba,

cuando son pocos los que sueñan el mundo
y sólo algunos trasnochadores conservan,
cenicienta y apenas bosquejada,
la imagen de las calles
que definirán después con los otros.
¡Hora en que el sueño pertinaz de la vida
corre peligro de quebranto,
hora en que le sería fácil a Dios
matar del todo Su obra!

Pero de nuevo el mundo se ha salvado.
La luz discurre inventando sucios colores
y con algún remordimiento
de mi complicidad en el resurgimiento del día
solicito mi casa,
atónita y glacial en la luz blanca,
mientras un pájaro detiene el silencio
y la noche gastada
se ha quedado en los ojos de los ciegos.

BENARÉS

Falsa y tupida
como un jardín calcado en un espejo,
la imaginada urbe
que no han visto nunca mis ojos
entreteje distancias
y repite sus casas inalcanzables.
El brusco sol,
desgarra la compleja oscuridad
de templos, muladares, cárceles, patios
y escalará los muros
y resplandecerá en un río sagrado.
Jadeante
la ciudad que oprimió un follaje de estrellas
desborda el horizonte
y en la mañana llena
de pasos y de sueño
la luz va abriendo como ramas las calles.
Juntamente amanece
en todas las persianas que miran al Oriente
y la voz de un almuédano
apesadumbra desde su alta torre
el aire de este día
y anuncia a la ciudad de los muchos dioses
la soledad de Dios.
(Y pensar
que mientras juego con dudosas imágenes,
la ciudad que canto, persiste
en un lugar predestinado del mundo,
con su topografía precisa,
poblada como un sueño,
con hospitales y cuarteles

y lentas alamedas
y hombres de labios podridos
que sienten frío en los dientes.)

AUSENCIA

Habré de levantar la vasta vida
que aún ahora es tu espejo:
cada mañana habré de reconstruirla.
Desde que te alejaste,
cuántos lugares se han tornado vanos
y sin sentido, iguales
a luces en el día.
Tardes que fueron nicho de tu imagen,
músicas en que siempre me aguardabas,
palabras de aquel tiempo,
yo tendré que quebrarlas con mis manos.
¿En qué hondonada esconderé mi alma
para que no vea tu ausencia
que como un sol terrible, sin ocaso,
brilla definitiva y despiadada?
Tu ausencia me rodea
como la cuerda a la garganta,
el mar al que se hunde.

LLANEZA

A Haydée Lange

Se abre la verja del jardín
con la docilidad de la página
que una frecuente devoción interroga
y adentro las miradas
no precisan fijarse en los objetos
que ya están cabalmente en la memoria.
Conozco las costumbres y las almas
y ese dialecto de alusiones
que toda agrupación humana va urdiendo.
No necesito hablar
ni mentir privilegios;
bien me conocen quienes aquí me rodean,
bien saben mis congojas y mi flaqueza.
Eso es alcanzar lo más alto,
lo que tal vez nos dará el Cielo:
no admiraciones ni victorias
sino sencillamente ser admitidos
como parte de una Realidad innegable,
como las piedras y los árboles.

CAMINATA

Olorosa como un mate curado
la noche acerca agrestes lejanías
y despeja las calles
que acompañan mi soledad,
hechas de vago miedo y de largas líneas.
La brisa trae corazonadas de campo,
dulzura de las quintas, memorias de los álamos,
que harán temblar bajo rigideces de asfalto
la detenida tierra viva
que oprime el peso de las casas.
En vano la furtiva noche felina
inquieta los balcones cerrados
que en la tarde mostraron
la notoria esperanza de las niñas.
También está el silencio en los zaguanes.
En la cóncava sombra
vierten un tiempo vasto y generoso
los relojes de la medianoche magnífica,
un tiempo caudaloso
donde todo soñar halla cabida,
tiempo de anchura de alma, distinto
de los avaros términos que miden
las tareas del día.
Yo soy el único espectador de esta calle;
si dejara de verla se moriría.
(Advierto un largo paredón erizado
de una agresión de aristas
y un farol amarillo que aventura
su indecisión de luz.
También advierto estrellas vacilantes.)
Grandiosa y viva

como el plumaje oscuro de un Ángel
cuyas alas tapan el día,
la noche pierde las mediocres calles.

LA NOCHE DE SAN JUAN

El poniente implacable en esplendores
quebró a filo de espada las distancias.
Suave como un sauzal está la noche.
Rojos chisporrotean
los remolinos de las bruscas hogueras;
leña sacrificada
que se desangra en altas llamaradas,
bandera viva y ciega travesura.
La sombra es apacible como una lejanía;
hoy las calles recuerdan
que fueron campo un día.
Toda la santa noche la soledad rezando
su rosario de estrellas desparramadas.

CERCANÍAS

Los patios y su antigua certidumbre,
los patios cimentados
en la tierra y el cielo.
Las ventanas con reja
desde la cual la calle
se vuelve familiar como una lámpara.
Las alcobas profundas
donde arde en quieta llama la caoba
y el espejo de tenues resplandores
es como un remanso en la sombra.
Las encrucijadas oscuras
que lancean cuatro infinitas distancias
en arrabales de silencio.
He nombrado los sitios
donde se desparrama la ternura
y estoy solo y conmigo.

SÁBADOS

A C. G.

Afuera hay un ocaso, alhaja oscura
engastada en el tiempo,
y una honda ciudad ciega
de hombres que no te vieron.
La tarde calla o canta.
Alguien descrucifica los anhelos
clavados en el piano.
Siempre, la multitud de tu hermosura.

* * *

A despecho de tu desamor
tu hermosura
prodiga su milagro por el tiempo.
Está en ti la ventura
como la primavera en la hoja nueva.
Ya casi no soy nadie,
soy tan sólo ese anhelo
que se pierde en la tarde.
En ti está la delicia
como está la crueldad en las espadas.

* * *

Agravando la reja está la noche.
En la sala severa
se buscan como ciegos nuestras dos soledades.
Sobrevive a la tarde
la blancura gloriosa de tu carne.
En nuestro amor hay una pena
que se parece al alma.

* * *

Tú
que ayer sólo eras toda la hermosura
eres también todo el amor, ahora.

TROFEO

Como quien recorre una costa
maravillado de la muchedumbre del mar,
albriciado de luz y pródigo espacio,
yo fui el espectador de tu hermosura
durante un largo día.
Nos despedimos al anochecer
y en gradual soledad
al volver por la calle cuyos rostros aún te conocen,
se oscureció mi dicha, pensando
que de tan noble acopio de memorias
perdurarían escasamente una o dos
para ser decoro del alma
en la inmortalidad de su andanza.

ATARDECERES

La clara muchedumbre de un poniente
ha exaltado la calle,
la calle abierta como un ancho sueño
hacia cualquier azar.
La límpida arboleda
pierde el último pájaro, el oro último.
La mano jironada de un mendigo
agrava la tristeza de la tarde.

El silencio que habita los espejos
ha forzado su cárcel.
La oscuridá es la sangre
de las cosas heridas.
En el incierto ocaso
la tarde mutilada
fue unos pobres colores.

CAMPOS ATARDECIDOS

El poniente de pie como un Arcángel
tiranizó el camino.
La soledad poblada como un sueño
se ha remansado alrededor del pueblo.
Los cencerros recogen la tristeza
dispersa de la tarde. La luna nueva
es una vocecita desde el cielo.
Según va anocheciendo
vuelve a ser campo el pueblo.

El poniente que no se cicatriza
aún le duele a la tarde.
Los trémulos colores se guarecen
en las entrañas de las cosas.
En el dormitorio vacío
la noche cerrará los espejos.

DESPEDIDA

Entre mi amor y yo han de levantarse
trescientas noches como trescientas paredes
y el mar será una magia entre nosotros.

No habrá sino recuerdos.
Oh tardes merecidas por la pena,
noches esperanzadas de mirarte,
campos de mi camino, firmamento
que estoy viendo y perdiendo…
Definitiva como un mármol
entristecerá tu ausencia otras tardes.

LÍNEAS QUE PUDE HABER ESCRITO Y PERDIDO HACIA 1922

Silenciosas batallas del ocaso
en arrabales últimos,
siempre antiguas derrotas de una guerra en el cielo,
albas ruinosas que nos llegan
desde el fondo desierto del espacio
como desde el fondo del tiempo,
negros jardines de la lluvia, una esfinge en un libro
que yo tenía miedo de abrir
y cuya imagen vuelve en los sueños,
la corrupción y el eco que seremos,
la luna sobre el mármol,
árboles que se elevan y perduran
como divinidades tranquilas,
la mutua noche y la esperada tarde,
Walt Whitman, cuyo nombre es el universo,
la espada valerosa de un rey
en el silencioso lecho de un río,
los sajones, los árabes y los godos
que, sin saberlo, me engendraron,
¿soy yo esas cosas y las otras
o son llaves secretas y arduas álgebras
de lo que no sabremos nunca?

NOTAS

Calle desconocida. Es inexacta la noticia de los primeros versos. De Quincey (*Writings*, tercer volumen, pág. 293) anota que, según la nomenclatura judía, la penumbra del alba tiene el nombre de penumbra de la paloma; la del atardecer, del cuervo.

El truco. En esta página de dudoso valor asoma por primera vez una idea que me ha inquietado siempre. Su declaración más cabal está en "Nueva refutación del tiempo" *(Otras inquisiciones, 1952).*

Su error, ya denunciado por Parménides y Zenón de Elea, es postular que el tiempo está hecho de instantes individuales, que es dable separar unos de otros, así como el espacio de puntos.

Rosas. Al escribir este poema, yo no ignoraba que un abuelo de mis abuelos era antepasado de Rosas. El hecho nada tiene de singular, si consideramos la escasez de la población y el carácter casi incestuoso de nuestra historia.

Hacia 1922 nadie presentía el revisionismo. Este pasatiempo consiste en "revisar" la historia argentina, no para indagar la verdad sino para arribar a una conclusión de antemano resuelta: la justificación de Rosas o de cualquier otro déspota disponible. Sigo siendo, como se ve, un salvaje unitario.

Luna de enfrente
(1925)

PRÓLOGO

Hacia 1905, Hermann Bahr decidió: El único deber, ser moderno. *Veintitantos años después, yo me impuse también esa obligación del todo superflua. Ser moderno es ser contemporáneo, ser actual: todos fatalmente lo somos. Nadie —fuera de cierto aventurero que soñó Wells— ha descubierto el arte de vivir en el futuro o en el pasado. No hay obra que no sea de su tiempo: la escrupulosa novela histórica* Salammbô, *cuyos protagonistas son los mercenarios de las guerras púnicas, es una típica novela francesa del siglo XIX. Nada sabemos de la literatura de Cartago, que verosímilmente fue rica, salvo que no podía incluir un libro como el de Flaubert.*

Olvidadizo de que ya lo era, quise también ser argentino. Incurrí en la arriesgada adquisición de uno o dos diccionarios de argentinismos, que me suministraron palabras que hoy puedo apenas descifrar: madrejón, espadaña, estaca pampa...

La ciudad de Fervor de Buenos Aires *no deja nunca de ser íntima: la de este volumen tiene algo de ostentoso y de público. No quiero ser injusto con él. Una que otra composición* —El general Quiroga va en coche al muere— *posee acaso toda la vistosa belleza de una calcomanía; otras* —Manuscrito hallado en un libro de Joseph Conrad— *no deshonran, me permito afirmar, a quien las compuso. El hecho es que las siento ajenas; no me conciernen sus errores ni sus eventuales virtudes.*

Poco he modificado este libro. Ahora ya no es mío.

J. L. B.

Buenos Aires, 25 de agosto de 1969.

CALLE CON ALMACÉN ROSADO

Ya se le van los ojos a la noche en cada bocacalle
y es como una sequía husmeando lluvia.
Ya todos los caminos están cerca,
y hasta el camino del milagro.
El viento trae el alba entorpecida.
El alba es nuestro miedo de hacer cosas distintas y se nos viene encima.
Toda la santa noche he caminado
y su inquietud me deja
en esta calle que es cualquiera.
Aquí otra vez la seguridad de la llanura
en el horizonte
y el terreno baldío que se deshace en yuyos y alambres
y el almacén tan claro
como la luna nueva de ayer tarde.
Es familiar como un recuerdo la esquina
con esos largos zócalos y la promesa de un patio.
¡Qué lindo atestiguarte, calle de siempre, ya que miraron tan pocas cosas mis días!
Ya la luz raya el aire.
Mis años recorrieron los caminos de la tierra y del agua
y sólo a vos te siento, calle quieta y rosada.
Pienso si tus paredes concibieron la aurora,
almacén que en la punta de la noche eres claro.
Pienso y se me hace voz ante las casas
la confesión de mi pobreza:
no he mirado los ríos ni la mar ni la sierra,
pero intimó conmigo la luz de Buenos Aires
y yo forjo los versos de mi vida y mi muerte con esa luz de calle.
Calle grande y sufrida,
eres la única música de que sabe mi vida.

AL HORIZONTE DE UN SUBURBIO

Pampa:
Yo diviso tu anchura que ahonda las afueras,
yo me desangro en tus ponientes.

Pampa:
Yo te oigo en las tenaces guitarras sentenciosas
y en altos benteveos y en el ruido cansado
de los carros de pasto que vienen del verano.

Pampa:
El ámbito de un patio colorado me basta
para sentirte mía.

Pampa:
Yo sé que te desgarran
surcos y callejones y el viento que te cambia.
Pampa sufrida y macha que ya estás en los cielos.
No sé si eres la muerte. Sé que estás en mi pecho.

AMOROSA ANTICIPACIÓN

Ni la intimidad de tu frente clara como una fiesta
ni la costumbre de tu cuerpo, aún misterioso y tácito y de niña,
ni la sucesión de tu vida asumiendo palabras o silencios
serán favor tan misterioso
como mirar tu sueño implicado
en la vigilia de mis brazos.
Virgen milagrosamente otra vez por la virtud absolutoria del sueño,
quieta y resplandeciente como una dicha que la memoria elige,
me darás esa orilla de tu vida que tú misma no tienes.
Arrojado a quietud,
divisaré esa playa última de tu ser
y te veré por vez primera, quizá,
como Dios ha de verte,
desbaratada la ficción del Tiempo,
sin el amor, sin mí.

UNA DESPEDIDA

Tarde que socavó nuestro adiós.
Tarde acerada y deleitosa y monstruosa como un ángel oscuro.
Tarde cuando vivieron nuestros labios en la desnuda intimidad
de los besos.
El tiempo inevitable se desbordaba sobre el abrazo inútil.
Prodigábamos pasión juntamente, no para nosotros sino para la
soledad ya inmediata.
Nos rechazó la luz; la noche había llegado con urgencia.
Fuimos hasta la verja en esa gravedad de la sombra que ya el
lucero alivia.
Como quien vuelve de un perdido prado yo volví de tu abrazo.
Como quien vuelve de un país de espadas yo volví de tus lágrimas.
Tarde que dura vívida como un sueño entre las otras tardes.
Después yo fui alcanzando y rebasando noches y singladuras.

EL GENERAL QUIROGA VA EN COCHE AL MUERE

El madrejón desnudo ya sin una sed de agua
y una luna perdida en el frío del alba
y el campo muerto de hambre, pobre como una araña.

El coche se hamacaba rezongando la altura;
un galerón enfático, enorme, funerario.
Cuatro tapaos con pinta de muerte en la negrura
tironeaban seis miedos y un valor desvelado.

Junto a los postillones jineteaba un moreno.
Ir en coche a la muerte ¡qué cosa más oronda!
El general Quiroga quiso entrar en la sombra
llevando seis o siete degollados de escolta.

Esa cordobesada bochinchera y ladina
(meditaba Quiroga) ¿qué ha de poder con mi alma?
Aquí estoy afianzado y metido en la vida
como la estaca pampa bien metida en la pampa.

Yo, que he sobrevivido a millares de tardes
y cuyo nombre pone retemblor en las lanzas,
no he de soltar la vida por estos pedregales.
¿Muere acaso el pampero, se mueren las espadas?

Pero al brillar el día sobre Barranca Yaco
hierros que no perdonan arreciaron sobre él;
la muerte, que es de todos, arreó con el riojano
y una de puñaladas lo mentó a Juan Manuel.

Ya muerto, ya de pie, ya inmortal, ya fantasma,
se presentó al infierno que Dios le había marcado,
y a sus órdenes iban, rotas y desangradas,
las ánimas en pena de hombres y de caballos.

JACTANCIA DE QUIETUD

Escrituras de luz embisten la sombra, más prodigiosas que meteoros.
La alta ciudad inconocible arrecia sobre el campo.
Seguro de mi vida y de mi muerte, miro los ambiciosos
y quisiera entenderlos.
Su día es ávido como el lazo en el aire.
Su noche es tregua de la ira en el hierro, pronto en acometer.
Hablan de humanidad.
Mi humanidad está en sentir que somos voces de una misma penuria.
Hablan de patria.
Mi patria es un latido de guitarra, unos retratos y una vieja espada,
la oración evidente del sauzal en los atardeceres.
El tiempo está viviéndome.
Más silencioso que mi sombra, cruzo el tropel de su levantada codicia.
Ellos son imprescindibles, únicos, merecedores del mañana.
Mi nombre es alguien y cualquiera.
Paso con lentitud, como quien viene de tan lejos que no espera llegar.

MONTEVIDEO

Resbalo por tu tarde como el cansancio por la piedad de un declive.
La noche nueva es como un ala sobre tus azoteas.
Eres el Buenos Aires que tuvimos, el que en los años se alejó
quietamente.
Eres nuestra y fiestera, como la estrella que duplican las aguas.
Puerta falsa en el tiempo, tus calles miran al pasado más leve.
Claror de donde la mañana nos llega, sobre las dulces aguas turbias.
Antes de iluminar mi celosía tu bajo sol bienaventura tus quintas.
Ciudad que se oye como un verso.
Calles con luz de patio.

MANUSCRITO HALLADO EN UN LIBRO DE JOSEPH CONRAD

En las trémulas tierras que exhalan el verano,
el día es invisible de puro blanco. El día
es una estría cruel en una celosía,
un fulgor en las costas y una fiebre en el llano.

Pero la antigua noche es honda como un jarro
de agua cóncava. El agua se abre a infinitas huellas,
y en ociosas canoas, de cara a las estrellas,
el hombre mide el vago tiempo con el cigarro.

El humo desdibuja gris las constelaciones
remotas. Lo inmediato pierde prehistoria y nombre.
El mundo es unas cuantas tiernas imprecisiones.
El río, el primer río. El hombre, el primer hombre.

SINGLADURA

El mar es una espada innumerable y una plenitud de pobreza.
La llamarada es traducible en ira, el manantial en tiempo, y la cisterna en clara aceptación.
El mar es solitario como un ciego.
El mar es un antiguo lenguaje que yo no alcanzo a descifrar.
En su hondura, el alba es una humilde tapia encalada.
De su confín surge el claror, igual que una humareda.
Impenetrable como de piedra labrada
persiste el mar ante los muchos días.
Cada tarde es un puerto.
Nuestra mirada flagelada de mar camina por su cielo:
última playa blanda, celeste arcilla de las tardes.
¡Qué dulce intimidad la del ocaso en el huraño mar!
Claras como una feria brillan las nubes.
La luna nueva se ha enredado a un mástil.
La misma luna que dejamos bajo un arco de piedra y cuya luz agraciará los sauzales.
En la cubierta, quietamente, yo comparto la tarde con mi hermana, como un trozo de pan.

DAKAR

Dakar está en la encrucijada del sol, del desierto y del mar.
El sol nos tapa el firmamento, el arenal acecha en los caminos,
el mar es un encono.
He visto un jefe en cuya manta era más ardiente lo azul que
en el cielo incendiado.
La mezquita cerca del biógrafo luce una claridad de plegaria.
La resolana aleja las chozas, el sol como un ladrón escala los muros.
África tiene en la eternidad su destino, donde hay hazañas, ídolos,
reinos, arduos bosques y espadas.
Yo he logrado un atardecer y una aldea.

LA PROMISIÓN EN ALTA MAR

No he recobrado tu cercanía, mi patria, pero ya tengo tus estrellas.
Lo más lejano del firmamento las dijo y ahora se pierden en su gracia
   los mástiles.
Se han desprendido de las altas cornisas como un asombro de palomas.
Vienen del patio donde el aljibe es una torre inversa entre dos cielos.
Vienen del creciente jardín cuya inquietud arriba al pie del muro como
   un agua sombría.
Vienen de un atardecer de provincia, lacio como un yuyal.
Son inmortales y vehementes; no ha de medir su eternidad
   ningún pueblo.
Ante su firmeza de luz todas las noches de los hombres se curvarán
   como hojas secas.
Son un claro país y de algún modo está mi tierra en su ámbito.

DULCIA LINQUIMUS ARVA

Una amistad hicieron mis abuelos
con esta lejanía
y conquistaron la intimidad de los campos
y ligaron a su baquía
la tierra, el fuego, el aire, el agua.
Fueron soldados y estancieros
y apacentaron el corazón con mañanas
y el horizonte igual que una bordona
sonó en la hondura de su austera jornada.
Su jornada fue clara como un río
y era fresca su tarde como el agua
oculta del aljibe
y las cuatro estaciones fueron para ellos
como los cuatro versos de la copla esperada.
Descifraron lejanas polvaredas
en carretas o en caballadas
y los alegró el resplandor
con que aviva el sereno la espadaña.
Uno peleó contra los godos,
otro en el Paraguay cansó su espada;
todos supieron del abrazo del mundo
y fue mujer sumisa a su querer la campaña.
Altos eran sus días
hechos de cielo y llano.
Sabiduría de campo afuera la suya,
la de aquel que está firme en el caballo
y que rige a los hombres de la llanura
y los trabajos y los días
y las generaciones de los toros.
Soy un pueblero y ya no sé de esas cosas,
soy hombre de ciudad, de barrio, de calle:
los tranvías lejanos me ayudan la tristeza
con esa queja larga que sueltan en las tardes.

CASI JUICIO FINAL

Mi callejero *no hacer nada* vive y se suelta por la variedad de la noche.
La noche es una fiesta larga y sola.
En mi secreto corazón yo me justifico y ensalzo.
He atestiguado el mundo; he confesado la rareza del mundo.
He cantado lo eterno: la clara luna volvedora y las mejillas que apetece
el amor.
He conmemorado con versos la ciudad que me ciñe y los arrabales
que se desgarran.
He dicho asombro donde otros dicen solamente costumbre.
Frente a la canción de los tibios, encendí mi voz en ponientes.
A los antepasados de mi sangre y a los antepasados de mis sueños
he exaltado y cantado.
He sido y soy.
He trabado en firmes palabras mi sentimiento que pudo haberse
disipado en ternura.
El recuerdo de una antigua vileza vuelve a mi corazón.
Como el caballo muerto que la marea inflige a la playa, vuelve
a mi corazón.
Aún están a mi lado, sin embargo, las calles y la luna.
El agua sigue siendo grata en mi boca y el verso no me niegan
su gracia.
Siento el pavor de la belleza; ¿quién se atreverá a condenarme
si esta gran luna de mi soledad me perdona?

MI VIDA ENTERA

Aquí otra vez, los labios memorables, único y semejante a vosotros.
He persistido en la aproximación de la dicha y en la intimidad de la pena.
He atravesado el mar.
He conocido muchas tierras; he visto una mujer y dos o tres hombres.
He querido a una niña altiva y blanca y de una hispánica quietud.
He visto un arrabal infinito donde se cumple una insaciada
inmortalidad de ponientes.
He paladeado numerosas palabras.
Creo profundamente que eso es todo y que ni veré ni ejecutaré cosas
nuevas.
Creo que mis jornadas y mis noches se igualan en pobreza y en riqueza
a las de Dios y a las de todos los hombres.

ÚLTIMO SOL EN VILLA LURO

Tarde como de Juicio Final.
La calle es una herida abierta en el cielo.
Ya no sé si fue un Ángel o un ocaso la claridad que ardió en la hondura.
Insistente, como una pesadilla, carga sobre mí la distancia.
Al horizonte un alambrado le duele.
El mundo está como inservible y tirado.
En el cielo es de día, pero la noche es traicionera en las zanjas.
Toda la luz está en las tapias azules y en ese alboroto de chicas.
Ya no sé si es un árbol o es un dios, ése que asoma por la verja
herrumbrada.
Cuántos países a la vez: el campo, el cielo, las afueras.
Hoy he sido rico de calles y de ocaso filoso y de la tarde hecha estupor.
Lejos, me devolveré a mi pobreza.

PARA UNA CALLE DEL OESTE

Me darás una ajena inmortalidad, calle sola.
Eres ya sombra de mi vida.
Atraviesas mis noches con tu segura rectitud de estocada.
La muerte —tempestad oscura e inmóvil— desbandará mis horas.
Alguien recogerá mis pasos y usurpará mi devoción y esa estrella.
(La lejanía como un largo viento ha de flagelar su camino.)
Aclarado de noble soledad, pondrá una misma anhelación en tu cielo.
Pondrá esa misma anhelación que yo soy.
Yo resurgiré en su venidero asombro de ser.
En ti otra vez:
Calle que dolorosamente como una herida te abres.

VERSOS DE CATORCE

A mi ciudad de patios cóncavos como cántaros
y de calles que surcan las leguas como un vuelo,
a mi ciudad de esquinas con aureola de ocaso
y arrabales azules, hechos de firmamento,

a mi ciudad que se abre clara como una pampa,
yo volví de las viejas tierras antiguas del Occidente
y recobré sus casas y la luz de sus casas
y la trasnochadora luz de los almacenes

y supe en las orillas, del querer, que es de todos
y a punta de poniente desangré el pecho en salmos
y canté la aceptada costumbre de estar solo
y el retazo de pampa colorada de un patio.

Dije las calesitas, noria de los domingos,
y el paredón que agrieta la sombra de un paraíso,
y el destino que acecha tácito, en el cuchillo,
y la noche olorosa como un mate curado.

Yo presentí la entraña de la voz *las orillas*,
palabra que en la tierra pone el azar del agua
y que da a las afueras su aventura infinita
y a los vagos campitos un sentido de playa.

Así voy devolviéndole a Dios unos centavos
del caudal infinito que me pone en las manos.

VERSOS DE CATORCE

[illegible]

Cuaderno San Martín
(1929)

As to an occasional copy of verses, there are few men who have leisure to read, and are possessed of any music in their souls, who are not capable of versifying on some ten or twelve occasions during their natural lives: at a proper conjunction of the stars. There is no harm in taking advantage of such occasions.

FitzGerald
en una carta a Bernard Barton (1842).

PRÓLOGO

He hablado mucho, he hablado demasiado, sobre la poesía como brusco don del Espíritu, sobre el pensamiento como una actividad de la mente; he visto en Verlaine el ejemplo de puro poeta lírico; en Emerson, de poeta intelectual. Creo ahora que en todos los poetas que merecen ser releídos ambos elementos coexisten. ¿Cómo clasificar a Shakespeare o a Dante?

En lo que se refiere a los ejercicios de este volumen, es notorio que aspiran a la segunda categoría. Debo al lector algunas observaciones. Ante la indignación de la crítica, que no perdona que un autor se arrepienta, escribo ahora Fundación mítica de Buenos Aires *y no* Fundación mitológica, *ya que la última palabra sugiere macizas divinidades de mármol. Esta composición, por lo demás, es fundamentalmente falsa. Edimburgo o York o Santiago de Compostela pueden mentir eternidad; no así Buenos Aires, que hemos visto brotar de un modo esporádico, entre los huecos y los callejones de tierra.*

Las dos piezas de Muertes de Buenos Aires *—título que debo a Eduardo Gutiérrez— imperdonablemente exageran la connotación plebeya de la Chacarita y la connotación patricia de la Recoleta. Pienso que el énfasis de* Isidoro Acevedo *hubiera hecho sonreír a mi abuelo. Fuera de* Llaneza, La noche que en el Sur lo velaron *es acaso el primer poema auténtico que escribí.*

J. L. B.

Buenos Aires, 1969.

FUNDACIÓN MÍTICA DE BUENOS AIRES

¿Y fue por este río de sueñera y de barro
que las proas vinieron a fundarme la patria?
Irían a los tumbos los barquitos pintados
entre los camalotes de la corriente zaina.

Pensando bien la cosa, supondremos que el río
era azulejo entonces como oriundo del cielo
con su estrellita roja para marcar el sitio
en que ayunó Juan Díaz y los indios comieron.

Lo cierto es que mil hombres y otros mil arribaron
por un mar que tenía cinco lunas de anchura
y aún estaba poblado de sirenas y endriagos
y de piedras imanes que enloquecen la brújula.

Prendieron unos ranchos trémulos en la costa,
durmieron extrañados. Dicen que en el Riachuelo,
pero son embelecos fraguados en la Boca.
Fue una manzana entera y en mi barrio: en Palermo.

Una manzana entera pero en mitá del campo
expuesta a las auroras y lluvias y suestadas.
La manzana pareja que persiste en mi barrio:
Guatemala, Serrano, Paraguay, Gurruchaga.

Un almacén rosado como revés de naipe
brilló y en la trastienda conversaron un truco;
el almacén rosado floreció en un compadre,
ya patrón de la esquina, ya resentido y duro.

El primer organito salvaba el horizonte
con su achacoso porte, su habanera y su gringo.
El corralón seguro ya opinaba YRIGOYEN,
algún piano mandaba tangos de Saborido.

Una cigarrería sahumó como una rosa
el desierto. La tarde se había ahondado en ayeres,
los hombres compartieron un pasado ilusorio.
Sólo faltó una cosa: la vereda de enfrente.

A mí se me hace cuento que empezó Buenos Aires:
la juzgo tan eterna como el agua y el aire.

ELEGÍA DE LOS PORTONES

A Francisco Luis Bernárdez

Barrio Villa Alvear: entre las calles Nicaragua,
Arroyo Maldonado, Canning y Rivera.
Muchos terrenos baldíos existen aún y su
importancia es reducida.

MANUEL BILBAO: *Buenos Aires, 1902.*

Ésta es una elegía
de los rectos portones que alargaban su sombra
en la plaza de tierra.
Ésta es una elegía
que se acuerda de un largo resplandor agachado
que los atardeceres daban a los baldíos.
(En los pasajes mismos había cielo bastante
para toda una dicha
y las tapias tenían el color de las tardes.)
Ésta es una elegía
de un Palermo trazado con vaivén de recuerdo
y que se va en la muerte chica de los olvidos.

Muchachas comentadas por un vals de organito
o por los mayorales de corneta insolente
de los 64,
sabían en las puertas la gracia de su espera.

Había huecos de tunas
y la ribera hostil del Maldonado
—menos agua que barro en la sequía—
y zafadas veredas en que flameaba el corte
y una frontera de silbatos de hierro.

Hubo cosas felices,
cosas que sólo fueron para alegrar las almas:
el arriate del patio
y el andar hamacado del compadre.

Palermo del principio, vos tenías
unas cuantas milongas para hacerte valiente
y una baraja criolla para tapar la vida
y unas albas eternas para saber la muerte.

El día era más largo en tus veredas
que en las calles del Centro,
porque en los huecos hondos se aquerenciaba el cielo.

Los carros de costado sentencioso
cruzaban tu mañana
y eran en las esquinas tiernos los almacenes
como esperando un ángel.

Desde mi calle de altos (es cosa de una legua)
voy a buscar recuerdos a tus calles nocheras.
Mi silbido de pobre penetrará en los sueños
de los hombres que duermen.

Esa higuera que asoma sobre una parecita
se lleva bien con mi alma
y es más grato el rosado firme de tus esquinas
que el de las nubes blandas.

CURSO DE LOS RECUERDOS

Recuerdo mío del jardín de casa:
vida benigna de las plantas,
vida cortés de misteriosa
y lisonjeada por los hombres.

Palmera la más alta de aquel cielo
y conventillo de gorriones;
parra firmamental de uva negra,
los días del verano dormían a tu sombra.

Molino colorado:
remota rueda laboriosa en el viento,
honor de nuestra casa, porque a las otras
iba el río bajo la campanita del aguatero.

Sótano circular de la base
que hacías vertiginoso el jardín,
daba miedo entrever por una hendija
tu calabozo de agua sutil.

Jardín, frente a la verja cumplieron sus caminos
los sufridos carreros
y el charro carnaval aturdió
con insolentes murgas.

El almacén, padrino del malevo,
dominaba la esquina;
pero tenías cañaverales para hacer lanzas
y gorriones para la oración.

El sueño de tus árboles y el mío
todavía en la noche se confunden
y la devastación de la urraca
dejó un antiguo miedo en mi sangre.

Tus contadas varas de fondo
se nos volvieron geografía;
un alto era "la montaña de tierra"
y una temeridad su declive.

Jardín, yo cortaré mi oración
para seguir siempre acordándome:
voluntad o azar de dar sombra
fueron tus árboles.

ISIDORO ACEVEDO

Es verdad que lo ignoro todo sobre él
—salvo los nombres de lugar y las fechas:
fraudes de la palabra—
pero con temerosa piedad he rescatado su último día,
no el que los otros vieron, el suyo,
y quiero distraerme de mi destino para escribirlo.

Adicto al diálogo ladino del truco,
alsinista y nacido del buen lado del Arroyo del Medio,
comisario de frutos del país en el mercado antiguo del Once,
comisario de la tercera,
se batió cuando Buenos Aires lo quiso
en Cepeda, en Pavón y en la playa de los Corrales.

Pero mi voz no debe asumir sus batallas,
porque él se las llevó en un sueño final.
Porque lo mismo que otros hombres escriben versos
hizo mi abuelo un sueño.

Cuando una congestión pulmonar lo estaba arrasando
y la inventiva fiebre le falseó la cara del día,
congregó los archivos de su memoria
para fraguar su sueño.

Esto aconteció en una casa de la calle Serrano,
en el verano ardido del novecientos cinco.

Soñó con dos ejércitos
que entraban en la sombra de una batalla;
enumeró los comandos, las banderas, las unidades.
"Ahora están parlamentando los jefes", dijo en voz que le oyeron
y quiso incorporarse para verlos.

Hizo leva de pampa:
vio terreno quebrado para que pudiera aferrarse la infantería
y llanura resuelta para que el tirón de la caballería fuera invencible.

Hizo una leva última,
congregó los miles de rostros que el hombre sabe, sin saber,
 después de los años:
caras de barba que se estarán desvaneciendo en daguerrotipos,
caras que vivieron junto a la suya en el Puente Alsina y Cepeda.

Entró a saco en sus días
para esa visionaria patriada que necesitaba su fe, no que una flaqueza
 le impuso;
juntó un ejército de sombras ecuestres
para que lo mataran.

Así, en el dormitorio que miraba al jardín,
murió en un sueño por la patria.

En metáfora de viaje me dijeron su muerte; no la creí.
Yo era chico, yo no sabía entonces de muerte, yo era inmortal;
yo lo busqué por muchos días por los cuartos sin luz.

LA NOCHE QUE EN EL SUR LO VELARON

A Letizia Álvarez de Toledo

Por el deceso de alguien
—misterio cuyo vacante nombre poseo y cuya realidad no abarcamos—
hay hasta el alba una casa abierta en el Sur,
una ignorada casa que no estoy destinado a rever,
pero que me espera esta noche
con desvelada luz en las altas horas del sueño,
demacrada de malas noches, distinta,
minuciosa de realidad.

A su vigilia gravitada en muerte camino
por las calles elementales como recuerdos,
por el tiempo abundante de la noche,
sin más oíble vida
que los vagos hombres de barrio junto al apagado almacén
y algún silbido solo en el mundo.

Lento el andar, en la posesión de la espera,
llego a la cuadra y a la casa y a la sincera puerta que busco
y me reciben hombres obligados a gravedad
que participaron de los años de mis mayores,
y nivelamos destinos en una pieza habilitada que mira al patio
—patio que está bajo el poder y en la integridad de la noche—
y decimos, porque la realidad es mayor, cosas indiferentes
y somos desganados y argentinos en el espejo
y el mate compartido mide horas vanas.

Me conmueven las menudas sabidurías
que en todo fallecimiento se pierden
—hábito de unos libros, de una llave, de un cuerpo entre los otros—.
Yo sé que todo privilegio, aunque oscuro, es de linaje de milagro
y mucho lo es el de participar en esta vigilia,
reunida alrededor de lo que no se sabe: del Muerto,
reunida para acompañar y guardar su primera noche en la muerte.

(El velorio gasta las caras;
los ojos se nos están muriendo en lo alto como Jesús.)

¿Y el muerto, el increíble?
Su realidad está bajo las flores diferentes de él
y su mortal hospitalidad nos dará
un recuerdo más para el tiempo
y sentenciosas calles del Sur para merecerlas despacio
y brisa oscura sobre la frente que vuelve
y la noche que de la mayor congoja nos libra:
la prolijidad de lo real.

MUERTES DE BUENOS AIRES

I
La chacarita

Porque la entraña del cementerio del Sur
fue saciada por la fiebre amarilla hasta decir basta;
porque los conventillos hondos del Sur
mandaron muerte sobre la cara de Buenos Aires
y porque Buenos Aires no pudo mirar esa muerte,
a paladas te abrieron
en la punta perdida del Oeste,
detrás de las tormentas de tierra
y del barrial pesado y primitivo que hizo a los cuarteadores.
Allí no había más que el mundo
y las costumbres de las estrellas sobre unas chacras,
y el tren salía de un galpón en Bermejo
con los olvidos de la muerte:
muertos de barba derrumbada y ojos en vela,
muertas de carne desalmada y sin magia.

Trapacerías de la muerte —sucia como el nacimiento del hombre—
siguen multiplicando tu subsuelo y así reclutas
tu conventillo de ánimas, tu montonera clandestina de huesos
que caen al fondo de tu noche enterrada
lo mismo que a la hondura de un mar.

Una dura vegetación de sobras en pena
hace fuerza contra tus paredones interminables
cuyo sentido es perdición,
y convencidas de mortalidad las orillas
apuran su caliente vida a tus pies
en calles traspasadas por una llamarada baja de barro

o se aturden con desgano de bandoneones
o con balidos de cornetas sonsas en carnaval.
(El fallo de destino más para siempre,
que dura en mí lo escuché esa noche en tu noche
cuando la guitarra bajo la mano del orillero
dijo lo mismo que las palabras, y ellas decían:
La muerte es vida vivida,
la vida es muerte que viene;
la vida no es otra cosa
que muerte que anda luciendo.)

Mono del cementerio, la Quema
gesticula advenediza muerte a tus pies.
Gastamos y enfermamos la realidad: 210 carros
infaman las mañanas, llevando
a esa necrópolis de humo
las cotidianas cosas que hemos contagiado de muerte.
Cúpulas estrafalarias de madera y cruces en alto
se mueven —piezas negras de un ajedrez final— por tus calles
y su achacosa majestad va encubriendo
las vergüenzas de nuestras muertes.
En tu disciplinado recinto
la muerte es incolora, hueca, numérica;
se disminuye a fechas y a nombres,
muertes de la palabra.

Chacarita:
desaguadero de esta patria de Buenos Aires, cuesta final,
barrio que sobrevives a los otros, que sobremueres,
lazareto que estás en esta muerte no en la otra vida,
he oído tu palabra de caducidad y no creo en ella,
porque tu misma convicción de angustia es acto de vida
y porque la plenitud de una sola rosa es más que tus mármoles.

II
La Recoleta

Aquí es pundonorosa la muerte,
aquí es la recatada muerte porteña,
la consanguínea de la duradera luz venturosa
del atrio del Socorro
y de la ceniza minuciosa de los braseros
y del fino dulce de leche de los cumpleaños
y de las hondas dinastías de patios.
Se acuerdan bien con ella
esas viejas dulzuras y también los viejos rigores.

Tu frente es el pórtico valeroso
y la generosidad de ciego del árbol
y la dicción de pájaros que aluden, sin saberla, a la muerte
y el redoble, endiosador de pechos, de los tambores
en los entierros militares;
tu espalda, los tácitos conventillos del Norte
y el paredón de las ejecuciones de Rosas.

Crece en disolución bajo los sufragios de mármol
la nación irrepresentable de muertos
que se deshumanizaron en tu tiniebla
desde que María de los Dolores Maciel, niña del Uruguay
—simiente de tu jardín para el cielo—
se durmió, tan poca cosa, en tu descampado.

Pero yo quiero demorarme en el pensamiento
de las livianas flores que son tu comentario piadoso
—suelo amarillo bajo las acacias de tu costado,
flores izadas a conmemoración en tus mausoleos—
y en el porqué de su vivir gracioso y dormido
junto a las atroces reliquias de los que amamos.

Dije el enigma y diré también su palabra:
siempre las flores vigilaron la muerte,
porque siempre los hombres incomprensiblemente supimos

que su existir dormido y gracioso
es el que mejor puede acompañar a los que murieron
sin ofenderlos con soberbia de vida,
sin ser más vida que ellos.

A FRANCISCO LÓPEZ MERINO

Si te cubriste, por deliberada mano, de muerte,
si tu voluntad fue rehusar todas las mañanas del mundo,
es inútil que palabras rechazadas te soliciten,
predestinadas a imposibilidad y a derrota.

Sólo nos queda entonces
decir el deshonor de las rosas que no supieron demorarte,
el oprobio del día que te permitió el balazo y el fin.

¿Qué sabrá oponer nuestra voz
a lo confirmado por la disolución, la lágrima, el mármol?
Pero hay ternuras que por ninguna muerte son menos:
las íntimas, indescifrables noticias que nos cuenta la música,
la patria que condesciende a higuera y aljibe,
la gravitación del amor, que nos justifica.

Pienso en ellas y pienso también, amigo escondido,
que tal vez a imagen de la predilección, obramos la muerte,
que la supiste de campanas, niña y graciosa,
hermana de tu aplicada letra de colegial,
y que hubieras querido distraerte en ella como en un sueño.

Si esto es verdad y si cuando el tiempo nos deja,
nos queda un sedimento de eternidad, un gusto del mundo,
entonces es ligera tu muerte,
como los versos en que siempre estás esperándonos,
entonces no profanarán tu tiniebla
estas amistades que invocan.

BARRIO NORTE

Esta declaración es la de un secreto
que está vedado por la inutilidad y el descuido,
secreto sin misterio ni juramento
que sólo por la indiferencia lo es:
hábitos de hombres y de anocheceres lo tienen,
lo preserva el olvido, que es el modo más pobre del misterio.

Alguna vez era una amistad este barrio,
un argumento de aversiones y afectos, como las otras cosas de amor;
apenas si persiste esa fe
en unos hechos distanciados que morirán:
en la milonga que de las Cinco Esquinas se acuerda,
en el patio como una firme rosa bajo las paredes crecientes,
en el despintado letrero que dice todavía *La Flor del Norte,*
en los muchachos de guitarra y baraja del almacén,
en la memoria detenida del ciego.

Ese disperso amor es nuestro desanimado secreto.

Una cosa invisible está pereciendo del mundo,
un amor no más ancho que una música.
Se nos aparta el barrio,
los balconcitos retacones de mármol no nos enfrentan cielo.
Nuestro cariño se acobarda en desganos,
la estrella de aire de las Cinco Esquinas es otra.

Pero sin ruido y siempre,
en cosas incomunicadas, perdidas, como lo están siempre las cosas,
en el gomero con su veteado cielo de sombra,
en la bacía que recoge el primer sol y el último,
perdura ese hecho servicial y amistoso,
esa lealtad oscura que mi palabra está declarando:
el barrio.

EL PASEO DE JULIO

Juro que no por deliberación he vuelto a la calle
de alta recova repetida como un espejo,
de parrillas con la trenza de carne de los Corrales,
de prostitución encubierta por lo más distinto: la música.

Puerto mutilado sin mar, encajonada racha salobre,
resaca que te adheriste a la tierra: Paseo de Julio,
aunque recuerdos míos, antiguos hasta la ternura, te sepan
nunca te sentí patria.

Sólo poseo de ti una deslumbrada ignorancia,
una insegura propiedad como la de los pájaros en el aire,
pero mi verso es de interrogación y de prueba
y para obedecer lo entrevisto.

Barrio con lucidez de pesadilla al pie de los otros,
tus espejos curvos denuncian el lado de fealdad de las caras,
tu noche calentada en lupanares pende de la ciudad.

Eres la perdición fraguándose un mundo
con los reflejos y las deformaciones del nuestro;
sufres de caos, adoleces de irrealidad,
te empeñas en jugar con naipes raspados la vida;
tu alcohol mueve peleas,
tus adivinas interrogan envidiosos libros de magia.

¿Será porque el infierno es vacío
que es espuria tu misma fauna de monstruos
y la sirena prometida por ese cartel es muerta y de cera?

Tienes la inocencia terrible
de la resignación, del amanecer, del conocimiento,
la del espíritu no purificado, borrado
por los días del destino
y que ya blanco de muchas luces, ya nadie,
sólo codicia lo presente, lo actual, como los hombres viejos.

Detrás de los paredones de mi suburbio, los duros carros
rezarán con varas en alto a su imposible dios de hierro y de polvo,
pero, ¿qué dios, qué ídolo, qué veneración la tuya, Paseo de Julio?

Tu vida pacta con la muerte;
toda felicidad, con sólo existir, te es adversa.

Evaristo Carriego
(1930)

...a mode of truth, not of truth coherent and central, but angular and splintered.

DE QUINCEY. *Writings*, XI, 68.

PRÓLOGO

Yo creí, durante años, haberme criado en un suburbio de Buenos Aires, un suburbio de calles aventuradas y de ocasos visibles. Lo cierto es que me crié en un jardín, detrás de una verja con lanzas, y en una biblioteca de ilimitados libros ingleses. Palermo del cuchillo y de la guitarra andaba (me aseguran) por las esquinas, pero quienes poblaron mis mañanas y dieron agradable horror a mis noches fueron el bucanero ciego de Stevenson, agonizando bajo las patas de los caballos, y el traidor que abandonó a su amigo en la luna, y el viajero del tiempo, que trajo del porvenir una flor marchita, y el genio encarcelado durante siglos en el cántaro salomónico, y el profeta velado del Jorasán, que detrás de las piedras y de la seda ocultaba la lepra.

¿Qué había, mientras tanto, del otro lado de la verja con lanzas? ¿Qué destinos vernáculos y violentos fueron cumpliéndose a unos pasos de mí, en el turbio almacén o en el azaroso baldío? ¿Cómo fue aquel Palermo o cómo hubiera sido hermoso que fuera?

A esas preguntas quiso contestar este libro, menos documental que imaginativo.

J. L. B.

DECLARACIÓN

Pienso que el nombre de Evaristo Carriego pertenecerá a la ecclesia visibilis *de nuestras letras, cuyas instituciones piadosas —cursos de declamación, antologías, historias de la literatura nacional— contarán definitivamente con él. Pienso también que pertenecerá a la más verdadera y reservada* ecclesia invisibilis, *a la dispersa comunidad de los justos, y que esa mejor inclusión no se deberá a la fracción de llanto de su palabra. He procurado razonar esos pareceres.*

He considerado también —quizá con preferencia indebida— la realidad que se propuso imitar. He querido proceder por definición, no por suposición: peligro voluntario, pues adivino que mencionar calle Honduras *y abandonarse a la repercusión casual de ese nombre, es método menos falible —y más descansado— que definirlo con prolijidad. El encariñado con los temas de Buenos Aires no se impacientará con esas demoras. Para él, añadí los capítulos del suplemento.*

He utilizado el libro servicialísimo de Gabriel y los estudios de Melián Lafinur y de Oyuela. Mi gratitud quiere reconocer también otros nombres: Julio Carriego, Félix Lima, doctor Marcelino del Mazo, José Olave, Nicolás Paredes, Vicente Rossi.

J. L. B.

Buenos Aires, 1930.

I

PALERMO DE BUENOS AIRES

La vindicación de la antigüedad de Palermo se debe a Paul Groussac. La registran los *Anales de la Biblioteca*, en una nota de la página 360 del tomo IV; las pruebas o instrumentos fueron publicadas mucho después en el número 242 de *Nosotros*. Nos retraen un siciliano Domínguez (Domenico) de Palermo de Italia, que añadió el nombre de su patria a su nombre, quizá para mantener algún apelativo no hispanizable, "y entró a beinte años y está casado con hija de conquistador". Este, pues, Domínguez Palermo, proveedor de carne de la ciudad entre los años de 1605 y 14, poseía un corral cerca del Maldonado, destinado al encierro o a la matanza de hacienda cimarrona. Degollada y borrada ha sido esa hacienda, pero nos queda la precisa mención de "una mula tordilla que anda en la chácara de Palermo, término de esta ciudad". La veo absurdamente clara y chiquita, en el fondo del tiempo, y no quiero sumarle detalles. Bástenos verla sola: el entreverado estilo incesante de la realidad, con su puntuación de ironías, de sorpresas, de previsiones extrañas como las sorpresas, sólo es recuperable por la novela, intempestiva aquí. Afortunadamente, el copioso estilo de la realidad no es el único: hay el del recuerdo también, cuya esencia no es la ramificación de los hechos, sino la perduración de rasgos aislados. Esa poesía es la natural de nuestra ignorancia y no buscaré otra.

En los tanteos de Palermo están la chacra decente y el matadero soez; tampoco faltaba en sus noches alguna lancha contrabandista holandesa que atracaba en el bajo, ante las cortaderas cimbradas. Recuperar esa casi inmóvil prehistoria sería tejer insensatamente una crónica de infinitesimales procesos: las etapas de la distraída marcha secular de Buenos Aires sobre Palermo, entonces unos vagos terrenos anegadizos a espaldas de la patria. Lo más directo, según el proceder cinematográfico, sería proponer una continuidad de figuras que cesan: un arreo de mulas viñateras, las chúcaras con la cabeza vendada; un agua quieta y larga, en la que están sobrenadando unas hojas de sauce; una vertiginosa *alma en pena* enhorquetada en zancos, vadeando los torrenciales terceros; el campo abierto sin ninguna cosa que hacer; las huellas del pisoteo porfiado de una hacienda, rumbo a los corrales del Norte; un paisano (contra la madrugada) que se apea del caballo rendido y le degüella el ancho pescuezo; un humo que se desentiende en el aire. Así hasta la fundación de don Juan Manuel: padre ya mitológico de Palermo, no meramente histórico, como ese Domínguez-Domenico de Groussac. La fundación fue a brazo partido. Una quinta dulce de tiempo en el camino a Barracas era lo acostumbrado entonces. Pero Rosas quería edificar, quería la casa hija de él, no saturada de forasteros destinos no probada por ellos. Miles de carradas de tierra negra fueron traídas de los *alfalfares de Rosas* (después Belgrano) para nivelar y abonar el suelo arcilloso, hasta que el barro cimarrón de Palermo y la tierra ingrata se conformaron a su voluntad.

Hacia el 40, Palermo ascendió a cabeza mandona de la República, corte del dictador y palabra de maldición para los unitarios. No relato su historia para no deslucir lo demás. Básteme enumerar "esa casa grande blanqueada llamada su Palacio" (Hudson, *Far Away and Long Ago*, página 108) y los naranjales y la pileta de paredes de ladrillo y baranda de fierro, donde se animaba el bote del Restaurador a esa navegación tan frugal que comentó Schiaffino: "El paseo acuático a bajo nivel debía ser poco placentero, y en tan corto circuito equivalía a la navegación en petiso. Pero Rosas estaba tranquilo; alzando la mirada veía la silueta, recortada en el cielo, de los centinelas que hacían la guardia junto a la baranda, escrutando el horizonte con el ojo avizor del tero". Esa corte ya se desgarraba en orillas: el agachado campamento de adobe crudo de la División Hernández y el ranchería de pelea y pasión de las cuarteleras morenas, los Cuartos de Palermo. El barrio, lo están viendo, fue siempre naipe de dos palos, moneda de dos caras.

Duró doce años ese ardido Palermo, en la zozobra de la exigente presencia de un hombre obeso y rubio que recorría los caminos limpitos, de pantalón azul militar con vivo colorado y chaleco punzó y sombrero de ala muy ancha, y que solía manejar y cimbrar una caña larga, cetro como de aire, liviano. De Palermo salió en un atardecer ese hombre temeroso a comandar la mera espantada o batalla de antemano perdida que se libró en Caseros; en Palermo entró el otro Rosas, Justo José, con su empaque de toro chúcaro y el cintillo mazorquero punzó alrededor del adefesio de la galera y el uniforme rumboso de general. Entró, y si los panfletos de Ascasubi no nos equivocan:

en la entrada de Palermo
ordenó poner colgados
a dos hombres infelices,
que después de afusilados
los suspendió en los ombuses,
hasta que de allí a pedazos
se cayeron de podridos...

Ascasubi, luego, se fija en la arrumbada tropa entrerriana del Ejército Grande:

Entretanto en los barriales
de Palermo amontonaos
cuasi todos sin camisa,
estaban sus Entre-rianos
(como él dice) miserables,
comiendo terneros flacos
y vendiendo las cacharpas...

Miles de días que no sabe el recuerdo, zonas empañadas del tiempo, crecieron y se gastaron después, hasta arribar, a través de fundaciones individuales —la Penitenciaría el año 77, el hospital Norte el 82, el hospital Rivadavia el 87— al Palermo de vísperas del 90, en que los Carriego compraron casa. De ese Palermo de 1889 quiero escribir. Diré sin restricción lo que sé, sin omisión ninguna, porque la vida es pudorosa como un delito, y no sabemos cuáles son los énfasis para Dios. Además, siempre lo circunstancial es patético.[1] Escribo todo, a riesgo de escribir verdades notorias, pero que traspapelará mañana el descuido, que es el modo más pobre del misterio y su primera cara.[2]

---

1. "Lo patético, casi siempre, está en el detalle de las circunstancias menudas", observa Gibbon en una de las notas finales del capítulo 50 de su *Decline and Fall.*

2. Yo afirmo —sin remilgado temor ni novelero amor de la paradoja— que solamente los países nuevos tienen pasado; es decir, recuerdo autobiográfico de él; es decir, tienen historia viva. Si el tiempo es sucesión, debemos reconocer que donde densidad mayor hay de hechos, más tiempo corre y que el más caudaloso es el de este inconsecuente lado del mundo. La conquista y colonización de estos reinos —cuatro fortines temerosos de barro prendidos en la costa y vigilados por el pendiente horizonte, arco disparador de malones— fueron de tan efímera operación que un abuelo mío, en 1872, pudo comandar la última batalla de importancia contra los indios, realizando, después

Más allá del ramal del ferrocarril del Oeste, que iba por Centroamérica, haraganeaba entre banderas de rematadores el barrio, no sólo sobre el campo elemental, sino sobre el despedazado cuerpo de quintas, loteadas brutalmente para ser luego pisoteadas por almacenes, carbonerías, traspatios, conventillos, barberías y corralones. Hay jardín ahogado de barrio, de esos con palmeras enloquecidas entre material y entre fierros, que es la reliquia degenerada y mutilada de una gran quinta.

Palermo era una despreocupada pobreza. La higuera oscurecía sobre el tapial; los balconcitos de modesto destino daban a días iguales; la perdida corneta del manisero exploraba el anochecer. Sobre la humildad de las casas no era raro algún jarrón de mampostería, coronado áridamente de tunas: planta siniestra que en el dormir universal de las otras parece corresponder a una zona de pesadilla, pero que es tan sufrida realmente y vive en los terrenos más ingratos y en el aire desierto, y la consideran distraídamente un adorno. Había felicidades también: el arriate del patio, el andar entonado del compadre, la balaustrada con espacios de cielo.

El chorreado caballo verdinoso y su Garibaldi no deprimían los Portones antiguos. (La dolencia es general: no queda plaza que no esté padeciendo su guarango de bronce.) El Botánico, astillero silencioso de árboles, patria de todos los paseos de la capital, hacía esquina con la desmantelada plaza de tierra; no así el Jardín Zoológico, que se llamaba entonces *las fieras* y estaba más al norte. Ahora (olor a caramelo y a tigre) ocupa el lugar donde alborotaron hace cien años los Cuartos de Palermo. Sólo unas calles —Serrano, Canning, Coronel— estaban ariscamente empedradas, con intervención de trotadoras lisas para las chatas imponentes como un desfile y para las rumbosas victorias. La calle Godoy Cruz la repechaba a los barquinazos el 64, vehículo servicial que se reparte, con la poderosa sombra anterior de don Juan Manuel, la fundación de Palermo. La visera ladeada y la cor-

---

(viene de pág. anterior)

de la mitad del siglo XIX, obra conquistadora del XVI. Sin embargo, ¿a qué traer destinos ya muertos? Yo no he sentido el liviano tiempo en Granada, a la sombra de torres cientos de veces más antiguas que las higueras, y sí en Pampa y Triunvirato: insípido lugar de tejas anglizantes ahora, de hornos humosos de ladrillos hace tres años, de potreros caóticos hace cinco. El tiempo —emoción europea de hombres numerosos de días, y como su vindicación y corona— es de más imprudente circulación en estas repúblicas. Los jóvenes, a su pesar lo sienten. Aquí somos del mismo tiempo que el tiempo, somos hermanos de él.

neta milonguera del mayoral inducían la admiración o las emulaciones del barrio, pero el inspector —dudador profesional de la rectitud— era una institución combatida, y no faltó compadre que se enjaretó el boleto en la bragueta, repitiendo con indignación que si lo querían no tenían más que sacarlo.

Busco realidades más nobles. Hacia el confín con Balvanera, hacia el este, abundaban los caserones con recta sucesión de patios, los caserones amarillos o pardos con puerta en forma de arco —arco repetido especularmente en el otro zaguán— y con delicada puerta cancel de hierro. Cuando las noches impacientes de octubre sacaban sillas y personas a la vereda y las casas ahondadas se dejaban ver hasta el fondo y había amarilla luz en los patios, la calle era confidencial y liviana y las casas huecas eran como linternas en fila. Esa impresión de irrealidad y de serenidad es mejor recordada por mí en una historia o símbolo, que parece haber estado siempre conmigo. Es un instante desgarrado de un cuento que oí en un almacén y que era a la vez trivial y enredado. Sin mayor seguridad lo recobro. El héroe de esa perdularia Odisea era el eterno criollo acosado por la justicia, delatado esa vez por un sujeto contrahecho y odioso, pero con la guitarra como no hay dos. El cuento, el salvado rato del cuento, refiere cómo el héroe se pudo evadir de la cárcel, cómo tenía que cumplir su venganza en una sola noche, cómo buscó en vano al traidor, cómo vagando por las calles con luna el viento rendido le trajo indicaciones de la guitarra, cómo siguió esa huella entre los laberintos y las inconstancias del viento, cómo redobló esquinas de Buenos Aires, cómo arribó al umbral apartado en que guitarreaba el traidor, cómo abriéndose paso entre los oyentes lo alzó sobre el cuchillo, cómo salió aturdido y se fue, dejando muertos y callados atrás al delator y su guitarra cuentera.

Hacia el poniente quedaba la miseria gringa del barrio, su desnudez. El término *las orillas* cuadra con sobrenatural precisión a esas puntas ralas, en que la tierra asume lo indeterminado del mar y parece digna de comentar la insinuación de Shakespeare: "La tierra tiene burbujas, como las tiene el agua". Hacia el poniente había callejones de polvo que iban empobreciéndose tarde afuera; había lugares en que un galpón del ferrocarril o un hueco de pitas o una brisa casi confidencial inauguraba malamente la pampa. O si no, una de esas casas petizas sin revocar, de ventana baja, de reja —a veces con una amarilla estera atrás, con figuras— que la soledad de Buenos Aires parece criar, sin participación humana visible. Después: el

Maldonado, reseco y amarillo zanjón, estirándose sin destino desde la Chacarita y que por un milagro espantoso pasaba de la muerte de sed a las disparatadas extensiones de agua violenta, que arreaban con el ranchería moribundo de las orillas. Hará unos cincuenta años, después de ese irregular zanjón o muerte, empezaba el cielo: un cielo de relinchos y crines y pasto dulce, un cielo caballar, los *happy hunting-grounds* haraganes de las caballadas eméritas de la policía. Hacia el Maldonado raleaba el malevaje nativo y lo sustituía el calabrés, gente con quien nadie quería meterse, por la peligrosa buena memoria de su rencor, por sus puñaladas traicioneras a largo plazo. Ahí se entristecía Palermo, pues las vías de hierro del Pacífico bordeaban el arroyo, descargando esa peculiar tristeza de las cosas esclavizadas y grandes, de las barreras altas como pértigo de carreta en descanso, de los derechos terraplenes y andenes. Una frontera de humo trabajador, una frontera de vagones brutos en movimientos, cerraba ese costado; atrás, crecía o se emperraba el arroyo. Lo están encarcelando ahora: ese casi infinito flanco de soledad que se acavernaba hace poco, a la vuelta de la truquera confitería de *La Paloma*, será reemplazado por una calle tilinga, de tejas anglizantes. Del Maldonado no quedará sino nuestro recuerdo, alto y solo, y el mejor sainete argentino y los dos tangos que se llaman así —uno primitivo, actualidad que no se preocupa, mero plano del baile, ocasión de jugarse entero en los cortes; otro, un dolorido tango-canción, al estilo boquense— y algún clisé apocado que no facilitará lo esencial, la impresión de espacio, y una equivocada otra vida en la imaginación de quienes no lo vivieron. Pensándolo, no creo que el Maldonado fuera distinto de otras localidades muy pobres, pero la idea de su chusma, desaforándose en rotos burdeles, a la sombra de la inundación y del fin, mandaba en la imaginación popular. Así, en el hábil sainete que mencioné, el arroyo no es un socorrido telón de fondo: es una presencia, mucho más importante que el pardo Nava y que la china Dominga y que el Títere. (El puente Alsina, con su todavía no cicatrizado ayer cuchillero y su memoria de la patriada grande del 80, lo ha desbancado en la mitología de Buenos Aires. En lo que se refiere a la realidad, es de fácil observación que los barrios más pobres suelen ser los más apocados y que florece en ellos una despavorida decencia.) Del lado del arroyo zarpaban las tormentas altas de tierra que toldaban el día, y el malón de aire del pampero que golpeaba todas las puertas que miraban al sur y dejaban en el zaguán una flor de cardo, y la arrasadora nube de langostas que trataba de espantar a gritos la gente,[1] y la soledad y la lluvia. A polvo tenía gusto esa orilla.

Hacia el agua zaina del río, hacia el bosque, se hacía duro el barrio. La primera edificación de esa punta fueron los mataderos del Norte, que abarcaron unas dieciocho manzanas entre las venideras calles Anchorena, Las Heras, Austria y Beruti, y ahora sin más reliquia verbal que el nombre *la Tablada*, que le escuché decir a un carrero, insipiente de su antigua justificación. He inducido al lector a la imaginación de ese dilatado recinto de muchas cuadras, y aunque los corrales desaparecieron el 70, la figura es típica del lugar, atravesado siempre de fincas —el cementerio, el hospital Rivadavia, la cárcel, el mercado, el corralón municipal, el presente lavadero de lanas, la cervecería, la quinta de Hale— con pobrerío de golpeados destinos alrededor. Esa quinta era por dos razones mentada: por los perales que la chiquilinada del barrio saqueaba en clandestinos malones y por el aparecido que visitaba el costado de la calle Agüero, reclinada en el brazo de un farol la cabeza imposible. Porque a los verdaderos peligros de un compadraje cuchillero y soberbio, había que sumar los fantásticos de una mitología forajida; la *viuda* y el estrafalario *chancho de lata*, sórdidos como el bajo, fueron las más temidas criaturas de esa religión de barrial. Antes había sido una quema ese Norte: es natural que gravitaran en su aire basuras de almas. Quedan esquinas pobres que si no se vienen abajo es porque están apuntalándolas todavía los compadritos muertos.

Bajando por la calle de Chavango (después Las Heras) el último boliche del camino era *La Primera Luz*, nombre que, a pesar de aludir a sus madrugadores hábitos, deja una impresión —justa— de ciegas calles atascadas sin nadie, y al fin, a las cansadas vueltas, una humana luz de almacén. Entre los fondos del cementerio colorado del Norte y los de la Penitenciaría, se iba incorporando del polvo un suburbio chato y despedazado, sin revocar: su notoria denominación, la Tierra del Fuego. Escombros del principio, esquinas de agresión o de soledad, hombres furtivos que se llaman silbando y que se dispersan de golpe en la noche lateral de los callejones, nombraban su carácter. El barrio era una esquina final. Un malevaje de a caballo, un malevaje de chambergo mitrero sobre los ojos y de apaisanada bom-

1. Destruirlas era cosa de herejes, porque llevaban la señal de la cruz: marca de su emisión y repartición especiales de parte del Señor.

bacha, sostenía por inercia o por impulsión una guerra de duelos individuales con la policía. La hoja del peleador orillero, sin ser tan larga —era lujo de valientes usarla corta— era de mejor temple que el machete adquirido por el Estado, vale decir con predilección del costo más alto y el material más ruin. La dirigía un brazo más ganoso de atropellar, mejor conocedor de los rumbos instantáneos del entrevero. Por la sola virtud de la rima, ha sobrevivido a un desgaste de cuarenta años un rato de ese empuje:

Hágase a un lao, se lo ruego,
que soy de la Tierra' el Juego.[1]

No sólo de peleas; esa frontera era de guitarras también.

*

Escribo estos recuperados hechos, y me solicita con arbitrariedad aparente el agradecido verso de *Home-Thoughts*: *"Here and here did England help me"*, que Browning escribió pensando en una abnegación sobre el mar y en el alto navío torneado como un alfil en que Nelson cayó, y que repetido por mí —traducido también el nombre de patria, pues para Browning no era menos inmediato el de su Inglaterra— me sirve como símbolo de noches solas, de caminatas extasiadas y eternas por la infinitud de los barrios. Porque Buenos Aires es hondo, y nunca, en la desilusión o el penar, me abandoné a sus calles sin recibir inesperado consuelo, ya de sentir irrealidad, ya de guitarras desde el fondo de un patio, ya de roce de vidas. *"Here and here did England help me"*, aquí y aquí me vino a ayudar Buenos Aires. Esa razón es una de las razones por las que resolví componer este primer capítulo.

1. Taullard, 233.

II

UNA VIDA DE EVARISTO CARRIEGO

Que un individuo quiera despertar en otro individuo recuerdos que no pertenecieron más que a un tercero, es una paradoja evidente. Ejecutar con despreocupación esa paradoja, es la inocente voluntad de toda biografía. Creo también que el haberlo conocido a Carriego no rectifica en este caso particular la dificultad del propósito. Poseo recuerdos de Carriego: recuerdos de recuerdos de otros recuerdos, cuyas mínimas desviaciones originales habrán oscuramente crecido, en cada nuevo ensayo. Conservan, lo sé, el idiosincrásico sabor que llamo Carriego y que nos permite identificar un rostro en una muchedumbre. Es innegable, pero ese liviano archivo mnemónico —intención de la voz, costumbres de su andar y de su quietud, empleo de los ojos— es, por escrito, la menos comunicable de mis noticias acerca de él. Únicamente la trasmite la palabra *Carriego*, que demanda la mutua posesión de la propia imagen que deseo comunicar. Hay otra paradoja. Escribí que a las relaciones de Evaristo Carriego les basta la mención de su nombre para imaginárselo; añado que toda descripción puede satisfacerlos, sólo con no desmentir crasamente la ya formada representación que prevén. Repito esta de Giusti, en el número 219 de *Nosotros*: "magro poeta de ojitos hurgadores, siempre trajeado de negro, que vivía en el arrabal". La indicación de muerte, presente en lo de *trajeado siempre de negro* y en el adjetivo, no faltaba en el vivacísimo rostro, que traslucía sin mayor divergencia las líneas de la calavera interior. La vida, la más urgente vida, estaba en los ojos. También los recordó con justicia el discurso fúnebre de Marcelo del Mazo. "Esa acentuación única de sus ojos, con tan poca luz y tan riquísimo gesto", escribió.

Carriego era entrerriano, de Paraná. Fue abuelo suyo el doctor Evaristo Carriego, escritor de ese libro de papel moreno y tapas tiesas que se llama con entera razón *Páginas olvidadas* (Santa Fe, 1895) y que mi lector, si tiene costumbre de revolver los turbios purgatorios de libros viejos de la calle Lavalle, habrá tenido en las manos alguna vez. Tenido y dejado, porque la pasión escrita en ese libro es circunstancial. Se trata de una suma de páginas partidarias de urgencia, en que todo es requisado para la acción, desde los latines caseros hasta Macaulay o el Plutarco según Garnier. Su valentía es de alma: cuando la legislatura del Paraná resolvió levantarle a Urquiza una estatua en vida, el único diputado que protestó fue el doctor Carriego, en oración hermosa aunque inútil. Carriego el antecesor es memorable aquí, no sólo por su posible herencia polémica sino por la tradición literaria de que se valdría el nieto después para borronear esas primeras cosas endebles que son la condición de las válidas.

Carriego era, de generaciones atrás, entrerriano. La entonación entrerriana del criollismo, afín a la oriental, reúne lo decorativo y lo despiadado igual que los tigres. Es batalladora, su símbolo es la lanza montonera de las patriadas. Es dulce: una dulzura bochornosa y mortal, una dulzura sin pudor, tipifica las más belicosas páginas de Leguizamón, de Elías Regules y de Silva Valdés. Es grave: la República Oriental, donde la entonación a que me refiero es más evidente, no ha escrito un solo buen humor, una sola dicha, desde los mil cuatrocientos epigramas hispanocoloniales propuestos por Acuña de Figueroa. Puesta a versificar, vacila entre la acuarela y el crimen; su tema no es la aceptación de destino del *Martín Fierro*, sino las calenturas de la caña o de la divisa, bien endulzadas. Está colaborando en ese sentir una efusión que no comprendemos, el árbol; una impiedad que no encarnamos, el indio. Su gravedad parece derivar de un más sobresaltado rigor: Sombra, porteño, conoció los derechos rumbos de la llanura, el arreo de las haciendas y un duelo ocasional a cuchillo; oriental, habría conocido también la carga de caballería de las patriadas, el duro arreo de hombres, el contrabando... Carriego sabía por tradición ese criollismo romántico y lo misturó con el criollismo resentido de los suburbios.

A las razones evidentes de su criollismo —linaje provinciano y vivir en las orillas de Buenos Aires— debemos agregar una razón paradójica: la de su alguna sangre italiana, articulada en el apellido materno Giorello. Escribo sin malicia; el criollismo del íntegramente criollo es una fatalidad, el del mestizado una decisión, una conducta preferida y resuelta. La veneración de lo étnico inglés que se lee en el *inspired Eurasian journalist* Kipling ¿no es una prueba más (si la fisonómica no bastara) de su tiznada sangre?

Carriego solía vanagloriarse: "A los gringos no me basta con aborrecerlos; yo los calumnio", pero el desenfreno alegre de esa declaración prueba su no verdad. El criollo, con la seguridad de su ascetismo y del que está en su casa, lo considera al gringo un menor. Su misma felicidad le hace gracia, su apoteosis le pesa. Es de común observación que el italiano lo puede todo en esta república, salvo ser tomado realmente en serio por los desalojados por él. Esa benevolencia con fondo completo de sorna, es el desquite reservado de los *hijos del país*.

Los españoles eran otra preferencia de su aversión. La aceptación callejera del español —el fanático que ha reemplazado el auto de fe con el *Diccionario de Galicismos*, el mucamo en la selva de plumeros— era también la suya. Huelga añadir que esta previsión o prejuicio no le estorbó algunas amistades hispanas, como la del doctor Severiano Lorente, que parecía llevar consigo el tiempo ocioso y generoso de España (el ancho tiempo musulmán que engendró el *Libro de las mil y una noches*) y que se demoraba hasta el alba, en el Royal Keller, ante su medio litro.

Carriego creía tener una obligación con su barrio pobre: obligación que el estilo bellaco de la fecha traducía en rencor, pero que él sentiría como una fuerza. Ser pobre implica una más inmediata posesión de la realidad, un atropellar el primer gusto áspero de las cosas: conocimiento que parece faltar a los ricos, como si todo les llegara filtrado. Tan adeudado se creyó Evaristo Carriego a su ambiente, que en dos distintas ocasiones de su obra se disculpa de escribirle versos a una mujer, como si la consideración del pobrerío amargo de la vecindad fuera el único empleo lícito de su destino.

Los hechos de su vida, con ser infinitos e incalculables, son de fácil aparente dicción y los enumera servicialmente Gabriel en su libro del novecientos veintiuno. Se nos confía en él que nuestro Evaristo Carriego nació en 1883, el 7 de mayo, y que rindió el tercer año del nacional y que frecuentaba la redacción del diario *La Protesta* y que falleció el día 13 de octubre del novecientos doce, y otras puntuales e invisibles noticias que encargan despreocupadamente a quien las recibe el salteado trabajo del narrador, que es restituir a imágenes los informes. Yo pienso que la sucesión cronológica es inaplicable a Carriego, hombre de conversada vida y paseada. Enumerarlo, seguir el orden de sus días, me parece imposible; mejor buscar su eternidad, sus repeticiones. Sólo una descripción intemporal, morosa con amor, puede devolvérnoslo.

Literariamente, sus juicios de condenación y de elogio ignoraban la duda. Era muy alacrán: maldecía de los más justificados nombres famosos con esa evidente sinrazón que suele no ser más que una cortesía al propio cenáculo, una lealtad de creer que la reunión presente es perfecta y no podría ser mejorada por la adición de nadie. La revelación de la capacidad estética de la palabra se operó en él, como en casi todos los argentinos, mediante los desconsuelos y los éxtasis de Almafuerte: afición que la amistad personal corroboró después. El *Quijote* era su más frecuente lectura. Con *Martín Fierro* debe haber ejercido el proceder común de su tiempo: unas apasionadas lecturas clandestinas cuando muchacho, un gusto sin dictamen. Era aficionado también a las calumniadas biografías de guapos que hizo Eduardo Gutiérrez, desde la semirromántica de Moreira hasta la desengañadamente realista de Hormiga Negra, el de San Nicolás (*¡del Arroyo y no me arrollo!*). Francia, país entonces de recomendado entusiasmo, había subdelegado para él su representación en Georges D'Esparbés, en alguna novela de Victor Hugo y en las de Dumas. También solía publicar en su conversación esas preferencias guerreras. La muerte erótica del caudillo Ramírez, desmontado a lanzazos del caballo y decapitado por defender a su Delfina, y la de Juan Moreira, que pasó de los ardientes juegos del lupanar a las bayonetas policiales y los balazos, eran muy contadas por él. No descuidaba la crónica de su tiempo: las puñaladas de bailecito y de esquina, los relatos de hierro que dejan recaer su valor en quien está contándolos. "Su conversación —escribía Giusti después— evocaba los patios de vecindad, los quejumbrosos organillos, los bailes, los velorios, los guapos, los lugares de perdición, su carne de presidio y de hospital. Hombres del Centro, le escuchábamos encantados, como si nos contase fábulas de un lejano país". Él se sabía delicado y mortal, pero leguas rosadas de Palermo estaban respaldándolo.

Escribía poco, lo que significa que sus borradores eran orales. En la caminada noche callejera, en la plataforma de los Lacroze, en las tardías vueltas a casa, iba tramando versos. Al otro día —por lo común después de almorzar, hora veteada de indolencia pero sin apurones— los precisaba en el papel. Ni fatigó la noche ni se atrevió jamás a la ceremonia desconsolada de madrugar para escribir. Antes de entregar un original, ponía a prueba su inmediata eficacia, leyéndolo o repitiéndolo a los amigos. De éstos, uno que se menciona invariablemente es Carlos de Soussens.

La noche que Soussens me descubrió, era una de las fechas acostumbradas en la conversación de Carriego. Éste lo quería y lo malquería por razones iguales. Le gustaba su condición de francés, de hombre asimilado a los prestigios de Dumas padre, de Verlaine y de Napoléon; le molestaba su condición anexa de gringo, de hombre sin muertos en América. Además, el oscilante Soussens era más bien un francés aproximativo: era, como él *cincunloqueaba* y repitó Carriego en un verso, *caballero de Friburgo*, francés que no alcanzaba a francés y no salía de suizo. Le gustaba, en abstracto, su condición libérrima de bohemio; le molestaba —hasta la reflexión pedagógica y la censura— su complicada haraganería, su alcoholización, su rutina de postergaciones y de enredos. Esa aversión dice que el Evaristo Carriego de la honesta tradición criolla era el esencial y no el trasnochador de *Los inmortales*.

Pero el amigo más real de Carriego fue Marcelo del Mazo, que sentía por él esa casi perpleja admiración que el instintivo suele producir en el hombre de letras. Del Mazo, escritor olvidado con injusticia, ejercía en el arte la misma cortesía exacerbada que en el trato común, y las piedades o las delicadezas del mal eran su argumento. Publicó en 1910 *Los vencidos* (segunda serie), libro ignorado que reserva unas páginas virtualmente famosas, como la diatriba contra las personas de edad —menos entigrecida pero mejor observada que la de Swift (*Travels into Several Remote Nations*, III, 10)— y la que se llama *La última*. Otros escritores de la amistad de Carriego fueron Jorge Borges, Gustavo Caraballo, Félix Lima, Juan Más y Pi, Álvaro Melián Lafinur, Evar Méndez, Antonio Monteavaro, Florencio Sánchez, Emilio Suárez Calimano, Soiza Reilly.

Declaro ahora sus amistades de barrio, en las que fue riquísimo. La más operativa fue la del caudillo Paredes, entonces el patrón de Palermo. Esa amistad la buscó Evaristo Carriego a los catorce años. Tenía la lealtad disponible, inquirió el nombre del caudillo de la parroquia, le noticiaron quién, lo buscó, se abrió camino entre los fornidos pretorianos de chambergo alto, le dijo que él era Evaristo Carriego, de Honduras. Esto sucedió en el mercado que está en la plaza Güemes; el muchacho no se movió hasta el alba de ahí, codeándose con guapos, tuteando —la ginebra es confianzuda— asesinos. Porque la votación se dirimía entonces a hachazos, y las puntas norte y sur de la capital producían, en razón directa de su población criolla y de su miseria, el *elemento electoral* que los despachaba. Ese *elemento* operaba en la provincia también: los caudillos de barrio iban donde los precisaba el partido y llevaban sus hombres. Ojo y acero —ajados *nacionales* de papel y profundos revólveres— depositaban su voto independiente. La aplicación de la ley Sáenz Peña, el novecientos doce, desbandó esas milicias. No le hace; la desvelada noche que referí es de 1897 recién, y manda Paredes. Paredes es el criollo rumboso, en entera posesión de su realidad: el pecho dilatado de hombría, la presencia mandona, la melena negra insolente, el bigote flameado, la grave voz usual que deliberadamente se afemina y se arrastra en la provocación, el sentencioso andar, el manejo de la posible anécdota heroica, del dicharacho, del naipe habilidoso, del cuchillo y de la guitarra, la seguridad infinita. Es hombre de a caballo también, porque se ha criado en un Palermo anterior a este del carreraje, en el de la distancia y las quintas. Es el varón de los asados homéricos y del contrapunto incansable. Del contrapunto dije; a los treinta años de esa cargada noche me dedicaría unas décimas, de las que no olvidaré este acierto impensado, esta resolución de amistad: *A usté, compañero Borges, Lo saludo enteramente.* Es visteador de ley, pero malevo que ha querido faltarle ha sido sujetado, no con el *fierro* igual, sino con el rebenque mandón o con la mano abierta, para mantener disciplina. Los amigos, lo mismo que los muertos y las ciudades, colaboran en cada hombre, y hay renglón de "El alma del suburbio": *pues ya una vez lo hizo ca... er de un hachazo*, en que parece retumbar la voz de Paredes, ese trueno cansado y fastidiado de las imprecaciones criollas. Por Nicolás Paredes conoció Evaristo Carriego la gente cuchillera de la sección, la flor de Dios te libre. Mantuvo por un tiempo con ellos una despareja amistad, una amistad profesionalmente criolla con efusiones de almacén y juramentos leales de gaucho *y vos me conocés che hermano* y las otras morondangas del género. Ceniza de esa frecuentación son las algunas décimas en lunfardo que Carriego se desentendió de firmar y de las que he juntado dos series: una agradeciéndole a Félix Lima el envío de su libro de crónicas *Con los nueve*; otra, cuyo nombre parece una irrisión de *Dies irae*, llamada *Día de bronca* y publicada sobre el seudónimo *El Barretero* en la revista policial *L. C.* En el suplemento de este segundo capítulo copio algunas.

No se le conocieron hechos de amor. Sus hermanos tienen el recuerdo de una mujer de luto que solía esperar en la vereda y que mandaba cualquier chico a buscarlo. Lo embromaban: nunca le sonsacaron su nombre.

Arribo a la cuestión de su enfermedad, que pienso importantísima. Es creencia general que la tuberculosis lo ardió: opinión desmentida por su familia, aconsejada tal vez por dos supersticiones, la de que es denigrativo ese mal, la de que se hereda. Salvo sus deudos, todos aseveran que murió tísico. Tres consideraciones vindican esa general opinión de sus amistades: la inspirada movilidad y vitalidad de la conversación de Carriego, favor posible de un estado febril; la figura, insistida con obsesión, de la escupida roja; la solicitud urgente de aplauso. Él se sabía dedicado a la muerte y sin otra posible inmortalidad que la de sus palabras escritas; por eso, la impaciencia de gloria. Imponía sus versos en el café, ladeaba la conversación a temas vecinos de los versificados por él, denigraba con elogios indiferentes o con reprobaciones totales a los colegas de aptitud peligrosa; decía, como quien se distrae, *mi talento*. Además, había preparado o se había agenciado un sofisma, que vaticinaba que la entera poesía contemporánea iba a perecer por retórica, salvo la suya, que podía subsistir como documento —como si la afición retórica no fuera documental de un siglo, también. "Tenía sobrada razón —escribe del Mazo— al requerir personalmente la atención general hacia su obra. Comprendía que la consagración lentísima alcanza en vida a contados ancianos, y sabiendo que no produciría en amontonamiento de libros, abría el espíritu ambiente a la belleza y gravedad de sus versos". Ese proceder no significaba una vanidad: era la parte mecánica de la gloria, era una obligación del mismo orden que la de corregir las pruebas. La premonición de la incesante muerte la urgía. Codiciaba Carriego el futuro tiempo generoso de los demás, el afecto de ausentes. Por esa abstracta conversación con las almas, llegó a desentenderse del amor y de la desprevenida amistad, y se redujo a ser su propia publicidad y su apóstol.

Puedo intercalar una historia. Una mujer ensangrentada, italiana, que huía de los golpes de su marido, irrumpió una tarde en el patio de los Carriego. Éste salió indignado a la calle y dijo las cuatro duras palabras que había que decir. El marido (un cantinero vecino) las toleró sin contestación, pero guardó rencor. Carriego, sabiendo que la fama es artículo de primera necesidad, aunque vergonzante, publicó un suelto de vistosa reprobación en *Última Hora* sobre la brutalidad de ese gringo. Su resultado fue inmediato: el hombre, vindicada públicamente su condición de bruto, depuso entre ajenas chacotas halagadoras el malhumor; la golpeada anduvo sonriente unos días; la calle Honduras se sintió más real cuando se leyó impresa. Quien así podía traslucir en los otros esa apetencia clandestina de fama, adolecía de ella también.

La perduración en el recuerdo de los demás lo tiranizaba. Cuando alguna definitiva pluma de acero resolvió que Almafuerte, Lugones y Enrique Banchs integraban ya el triunvirato —¿o sería el tricornio o el trimestre?— de la poesía argentina, Carriego proponía en los cafés la deposición de Lugones, para que no tuviera que molestar su propia inclusión ese arreglo ternario.

Las variantes raleaban: sus días eran un solo día. Hasta su muerte vivió en el 84 de Honduras, hoy 3784. Era infaltable los domingos en casa nuestra, de vuelta del hipódromo. Repensando las frecuencias de su vivir —los desabridos despertares caseros, el gusto de travesear con los chicos, la copa grande de guindado oriental o caña de naranja en el vecino almacén de Charcas y Malabia, las tenidas en el bar de Venezuela y Perú, la discutidora amistad, las italianas comidas porteñas en la Cortada, la conmemoración de versos de Gutiérrez Nájera y de Almafuerte, la asistencia viril a la casa de zaguán rosado como una niña, el cortar un gajito de madreselva al orillar una tapia, el hábito y el amor de la noche— veo un sentido de inclusión y de círculo en su misma trivialidad. Son actos comunísticos, pero el sentido fundamental de *común* es el de compartido entre todos. Esas frecuencias que enuncié de Carriego, yo sé que nos lo acercan. Lo repiten infinitamente en nosotros, como si Carriego perdurara disperso en nuestros destinos, como si cada uno de nosotros fuera por unos segundos Carriego. Creo que literalmente así es, y que esas momentáneas identidades (¡no repeticiones!) que aniquilan el supuesto correr del tiempo, prueban la eternidad.

Inferir de un libro las inclinaciones de su escritor parece operación muy fácil, máxime si olvidamos que éste no redacta siempre lo que prefiere, sino lo de menor empeño y lo que se figura esperan de él. Esas borrosas imágenes suficientes de campo de a caballo, que son el fondo de toda conciencia argentina, no podían faltar en Carriego. En ellas hubiera querido vivir. Otras incidentales (de azar domiciliario al principio, de ensayo aventurero después, de cariño al fin) eran, sin embargo, las que defenderían su memoria: el patio que es ocasión de serenidad, rosa para los días, el fuego humilde de San Juan, revolcándose como un perro en mitad de la calle, la estaca de la carbonería, su bloque de apretada tiniebla, sus muchos leños, la mampara de fierro del conventillo, los hombres de la esquina rosada. Ellas lo confiesan y aluden. Yo espero que Carriego lo entendió así alegre y resignadamente, en una de sus callejeras noches finales; yo imagino que el hombre es poroso para la muerte y que su inmediación lo suele vetear de hastíos y de luz, de vigilancias milagrosas y previsiones.

III

LAS “MISAS HEREJES”

Antes de considerar este libro, conviene repetir que todo escritor empieza por un concepto ingenuamente físico de lo que es arte. Un libro, para él, no es una expresión o una concatenación de expresiones, sino literalmente un *volumen*, un prisma de seis caras rectangulares hecho de finas láminas de papel que deben presentar una carátula, una falsa carátula, un epígrafe en bastardilla, un prefacio en una cursiva mayor, nueve o diez partes con una versal al principio, un índice de materias, un *ex libris* con un relojito de arena y con un resuelto latín, una concisa fe de erratas, unas hojas en blanco, un colofón interlineado y un pie de imprenta: objetos que es sabido constituyen el arte de escribir. Algunos estilistas (generalmente los del inimitable pasado) ofrecen además un prólogo del editor, un retrato dudoso, una firma autógrafa, un texto con variantes, un espeso aparato crítico, unas lecciones propuestas por el editor, una lista de autoridades y unas lagunas, pero se entiende que eso no es para todos... Esa confusión de papel de Holanda con estilo, de Shakespeare con Jacobo Peuser, es indolentemente común, y perdura (apenas adecentada) entre los retóricos, para cuyas informales almas acústicas una poesía es un mostradero de acentos, rimas, elisiones, diptongaciones y otra fauna fonética. Escribo esas miserias características de todo primer libro, para destacar las inusuales virtudes de este que considero.

Irrisorio sin embargo sería negar que las *Misas herejes* es un libro de aprendizaje. No entiendo definir así la inhabilidad, sino estas dos costumbres: el deleitarse casi físicamente con determinadas palabras —por lo común, de resplandor y de autoridad— y la simple y ambiciosa determinación de definir por enésima vez los hechos eternos. No hay versificador incipiente que no acometa una definición de la noche, de la tempestad, del apetito carnal, de la luna: hechos que no requieren definición porque ya poseen nombre, vale decir, una representación compartida. Carriego incide en esas dos prácticas.

Tampoco se le puede absolver de la acusación de borroso. Es tan evidente la distancia entre la incomunicada palabrería de composiciones —de descomposiciones, más bien— como *Las últimas etapas* y la rectitud de sus buenas páginas ulteriores en *La canción del barrio*, que no se debe ni recalcar ni omitir. Vincular esas naderías con el simbolismo es desconocer deliberadamente las intenciones de Laforgue o de Mallarmé. No es preciso ir tan lejos: el verdadero y famoso padre de esa relajación fue Rubén Darío, hombre que a trueque de importar del francés unas comodidades métricas, amuebló a mansalva sus versos en el *Petit Larousse* con una tan infinita ausencia de escrúpulos que *panteísmo* y *cristianismo* eran palabras sinónimas para él y que al representarse *aburrimiento* escribía *nirvana*.[1] Lo divertido es que el formulador de la etiología simbolista, José Gabriel, no se resuelve a no encontrar símbolos en las *Misas herejes*, y expende a los lectores de la página 36 de su libro, esta solución más bien insoluble del soneto "El clavel": "Ha de decir (Carriego) que intentó darle un beso a una mujer, y que ella, intransigente, interpuso su mano entre ambas bocas (y esto no se sabe sino después de muy penosos esfuerzos); pero no, decirlo así, sería pedestre, no sería poético, y entonces llama *clavel y rojo heraldo de amatorios credos* a sus labios, y al acto negativo de la hembra, la ejecución del clavel con *la guillotina de sus nobles dedos*."

Así la aclaración; véase ahora el interpretado soneto:

Fue al surgir de una duda insinuativa
cuando hirió tu severa aristocracia,
como un símbolo rojo de mi audacia,
un clavel que tu mano no cultiva.

Hubo quizá una frase sugestiva
o advirtió una intención tu perspicacia,
pues tu serenidad llena de gracia
fingió una rebelión despreciativa.

Y así, en tu vanidad, por la impaciente
condena de tu orgullo intransigente,
mi rojo heraldo de amatorios credos

---

1. Conservo estas impertinencias para castigarme por haberlas escrito. En aquel tiempo creía que los poemas de Lugones eran superiores a los de Darío. Es verdad que también creía que los de Quevedo eran superiores a los de Góngora. *(Nota de 1954.)*

mereció por su símbolo atrevido,
como un apóstol o como un bandido,
la guillotina de tus nobles dedos.

El clavel es fuera de duda un clavel de veras, una guaranga flor popular deshecha por la niña y el simbolismo (el mero gongorismo) es el del explicativo español, que lo traduce en labios.

Lo no discutible es que una fuerte mayoría de las *Misas herejes* ha incomodado seriamente a los críticos. ¿Cómo justificar esas incontinencias inocuas en el especial poeta del suburbio? A tan escandalizada interrogación creo satisfacer con esta respuesta: Esos principios de Evaristo Carriego son también del suburbio, no en el superficial sentido temático de que versan sobre él, sino en el sustancial de que así versifican los arrabales. Los pobres gustan de esa pobre retórica, afición que no suelen extender a sus descripciones realistas. La paradoja es tan admirable como inconsciente: se discute la autenticidad popular de un escritor en virtud de las únicas páginas de ese escritor que al pueblo le gustan. Ese gusto es por afinidad: el palabreo, el desfile de términos abstractos, la sensiblería, son los estigmas de la versificación orillera, inestudiosa de cualquier acento local menos del gauchesco, íntima de Joaquín Castellanos y de Almafuerte, no de letras de tango. Recuerdos de glorieta y de almacén me asesoran aquí; el arrabal se surte de arrabalero en la calle Corrientes, pero lo altilocuente abstracto es lo suyo y es la materia que trabajan los payadores. Repetido sea con brevedad: esa pecadora mayoría de las *Misas herejes* no habla de Palermo, pero Palermo pudo haberla inventado. Pruébelo este barullo:

Y en el salmo coral, que sinfoniza
un salvaje ciclón sobre la pauta,
venga el robusto canto que presagie,
con la alegre fiereza de una diana
que recorriese como un verso altivo
el soberbio delirio de la gama,
el futuro cercano de los triunfos,
futuro precursor de las revanchas;
el instante supremo en que se agita
la misión terrenal de las canallas...

Es decir: una tempestad puesta en salmo que debe contener un canto que debe parecerse a una diana que debe parecerse a un verso, y la predicción de un porvenir recién precursor encomendada al canto que debe parecerse a la diana que se parece a un verso. Sería una declaración de rencor prolongar la cita: básteme jurar que esa rapsodia de payador abombado por el endecasílabo rebasa los doscientos renglones y que ninguna de sus muchas estrofas puede lamentar una carencia de tempestades, de banderas, de cóndores, de vendas maculadas y de martillos. Eliminen su mal recuerdo estas décimas, de pasión lo bastante circunstancial para que las pensemos biográficas, que tan bien han de llevarse con la guitarra:

Que este verso, que has pedido,
vaya hacia ti, como enviado
de algún recuerdo volcado
en una tierra de olvido...
para insinuarte al oído
su agonía más secreta,
cuando en tus noches, inquieta,
por las memorias, tal vez,
leas, siquiera una vez,
las estrofas del poeta.

¿Yo...? Vivo con la pasión
de aquel ensueño remoto,
que he guardado como un voto,
ya viejo, del corazón.
Y sé en mi amarga obsesión
que mi cabeza cansada
caerá, recién, libertada
de la prisión de ese ensueño
¡cuando duerma el postrer sueño
sobre la postrer almohada!

Paso a rever las composiciones realistas que integran *El alma del suburbio*, en la que podemos escuchar ¡al fin! la voz de Carriego, tan ausente de las menos favorecidas partes. Las reveré en su orden, omitiendo voluntariamente unas dos: "De la aldea" (cromo de intención andaluza y de una trivialidad categórica) y "El guapo", que dejo para una consideración final más extensa.

La primera, "El alma del suburbio", refiere un atardecer en la esquina. La calle popular hecha patio, es su descripción, la consoladora posesión de lo elemental que les queda a los pobres: la magia servicial de los naipes, el trato humano, el organito con su habanera y su gringo, la espaciada frescura de la oración, el discutidero eterno sin rumbo, los temas de la carne y la muerte. No se olvidó Evaristo Carriego del tango, que se quebraba con diablura y bochinche por las veredas, como recién salido de las casas de la calle Junín, y que era cielo de varones nomás, igual que la visteada:[1]

> *En la calle, la buena gente derrocha*
> *sus guarangos decires más lisonjeros,*
> *porque al compás de un tango, que es La morocha,*
> *lucen ágiles* cortes *dos orilleros.*

Sigue una página de misterioso renombre, "La viejecita", festejada cuando se publicó, porque su liviana dosis de realidad, indistinta ahora, era infinitesimalmente más fuerte que la de las rapsodias coetáneas. La crítica, por la misma facilidad de servir elogios, corre el albur de profetizar. Los encomios que se aplicaron a "La viejecita" son los que merecería "El guapo" después; los dedicados en 1862 a *Los mellizos de la Flor* de Ascasubi, son una profecía escrupulosa de *Martín Fierro.*

"Detrás del mostrador" es una oposición entre la urgente vida barullera de los borrachos y la mujer hermosa, bruta y tapiada,

> *detrás del mostrador como una estatua*

que impávida les enloquece el deseo

> *y pasa sin dolor, así, inconsciente,*
> *su vida material de carne esclava:*

la tragedia opaca de un alma que no ve su destino.

---

1. La épica circunstanciada del tango ha sido escrita ya: su autor, Vicente Rossi; su nombre en librería, *Cosas de negros* (1926), obra clásica en nuestras letras y que por la sola intensidad de su estilo tendrá en todos razón. Para Rossi, el tango es afro-montevideano, del Bajo, el tango tiene motas en la raíz. Para Laurentino Mejías (*La policía por dentro*, II, Barcelona, 1913), es afro-porteño, inaugurado en los machacones candombes de la Concepción y de Monserrat, amalevado después en los peringundines: el de Lorea, el de la Boca del Riachuelo y el de Solís. Lo bailaban también en las casas malas de la calle del Temple, sofocado el organito de contrabando por el colchón pedido a uno de los lechos venales, ocultas las armas de la concurrencia en los albañales vecinos, en previsión de un raid policial.

La siguiente página, "El amasijo", es el reverso deliberado de "El guapo". En ella se denuncia con ira santa nuestra peor realidad: el guapo de entrecasa, la doble calamidad de la mujer gritada y golpeada y del malevo que con infamia se *emperra* en esa pobre hombría vanidosa de la opresión:

Dejó de castigarla, por fin cansado
de repetir el diario brutal ultraje
que habrá de contar luego, felicitado,
en la rueda insolente del compadraje...

Sigue "En el barrio", página cuyo hermoso motivo es el acompañamiento eterno y la eterna letra de la guitarra, proferidos no por una convención como es hábito, sino literalmente para indicar un efectivo amor. El episodio de esa reanimación de símbolos es de embargada luz, pero es fuerte. Desde el primitivo patio de tierra o patio colorado, llama con ira de pasión la urgente milonga

que escucha insensible la despreciativa
moza, que no quiere salir de la pieza.

Sobre el rostro adusto tiene el guitarrero
viejas cicatrices de cárdeno brillo,
en el pecho un hosco rencor pendenciero
y en los negros ojos la luz del cuchillo.

Y no es para el otro *su constante enojo.*
A ese desgraciado que a golpes maneja
le hace el mismo caso, por bruto y por flojo,
que al pucho que olvida detrás de la oreja.

Pues tiene unas ganas su altivez airada
de concluir con todas las habladurías.
¡Tan capaz se siente de hacer una hombrada
de la que hable el barrio tres o cuatro días...!

La estrofa antefinal es de orden dramático; parece dicha por el mismo tajeado. Es intencionado también el último verso, la apurada atención de unos pocos días que el barrio, mal acostumbrado entonces, dedicaba a una muerte, lo pasajero de la gloria de poner un barbijo.

Después está "Residuo de fábrica", que es la piadosa notificación de una pena, donde lo que más importa quizá es la versión instintiva de las enfermedades como una imperfección, una culpa.

Ha tosido de nuevo. El hermanito
que a veces en la pieza se distrae
jugando sin hablarle, se ha quedado
de pronto serio, como si pensase.

Después se ha levantado y bruscamente
se ha ido, murmurando al alejarse,
con algo de pesar y mucho de asco:
—que la puerca otra vez escupe sangre.

Entiendo que el énfasis de emoción de la estrofa penúltima está en la circunstancia cruel: *sin hablarle.*

Sigue "La queja", que es una premonición fastidiosa de no sé cuántas letras fastidiosas de tango, una biografía del esplendor, desgaste, declinación y oscuridad final de una mujer de todos. El tema es de ascendencia horaciana —Lydia, la primera de esa estéril dinastía infinita, enloquece de ardiente soledad como enloquecen las madres de los caballos, *matres equorum*, y en su ya desertada pieza *amat janua limen*, la hoja se ha prendido al umbral— y desagua en Contursi, pasando por Evaristo Carriego, cuyo *harlot's progress* sudamericano, completado por la tuberculosis, no cuenta mayormente en la serie.

La sigue "La guitarra", descaminada enumeración de imágenes bobas, indigna del autor de "En el barrio" y que parece desdeñar o ignorar las situaciones de eficacia poética motivadas por el instrumento: la música prodigada a la calle, el aire venturoso que nos es triste por el recuerdo incidental que le unimos, las amistades que apadrina y corona. Yo he visto amistarse dos hombres y empezar a correr parejo sus almas, mientras punteaban en las dos guitarras un *gato* que parecía el alegre sonido de esa confluencia.

La última es "Los perros del barrio", que es una sorda reverberación de Almafuerte, pero que tradujo una realidad, pues el pobrerío de esas orillas abundó siempre en perros, ya por lo centinelas que son, ya por curiosear su vivir, que es una diversión que no cansa, ya por incuria. Alegoriza indebidamente Carriego esa perrada pordiosera y sin ley, pero trasmite su caliente vida en montón, su chusma de apetitos. Quiero repetir este verso *cuando beben agua de luna en los charcos*

y aquel otro de

aullando exorcismos contra la perrera,

que tira de uno de mis fuertes recuerdos: la visitación disparatada de ese infiernito, vaticinado por ladridos en pena, y precedido —cerca— por una polvareda de chicos pobres, que espantaban a gritos y pedradas otra polvareda de perros, para resguardarlos del lazo.

Me falta considerar "El guapo", exaltación precedida por una famosa dedicatoria al también guapo electoral alsinista *San* Juan Moreira. Es una ferviente presentación,[1] cuya virtud reside también en los énfasis laterales: en el

conquistó a la larga renombre de osado

que está significando las muchas candidaturas a ese renombre, y en esa casi mágica indicación de poderío erótico:

caprichos de hembra que tuvo la daga.

En "El guapo", también las omisiones importan. El guapo no era un salteador ni un rufián ni obligatoriamente un cargoso; era la definición de Carriego: un *cultor del coraje*. Un estoico, en el mejor de los casos; en el peor, un profesional del barullo, un especialista de la intimidación progresiva, un veterano del ganar sin pelear: menos indigno —siempre— que su presente desfiguración italiana de *cultor de la infamia*, de malevito dolorido por la vergüenza de no ser canflinflero. Vicioso del alcohol del peligro o calculista ganador a pura presencia: eso era el guapo, sin implicar una cobardía lo último. (Si una comunidad resuelve que el valor es la primera virtud, la simulación del valor será tan general como la de la belleza entre las muchachas o la de pensamiento inventor entre los que publican; pero ese mismo aparentado valor será un aprendizaje.)

Pienso en el *guapo* antiguo, persona de Buenos Aires que me in-

---

1. Lástima, en los versos finales, la mención arbitraria del mosquetero.

teresa con más justificada atracción que ese otro mito más popular de Carriego (Gabriel, 57) *La costurerita que dio aquel mal paso* y su contratiempo orgánico-sentimental. Su profesión carrero, amansador de caballos o matarife; su educación, cualquiera de las esquinas de la ciudad, y éstas principalmente: la del sur, el Alto —el circuito Chile, Garay, Balcarce, Chacabuco—, la del norte, la Tierra del Fuego —el circuito Las Heras, Arenales, Pueyrredón, Coronel—, otras, el Once de Setiembre, la Batería, los Corrales Viejos.[1] No era siempre un rebelde: el comité alquilaba su temibilidad y su esgrima, y le dispensaba su protección. La policía, entonces, tenía miramientos con él: en un desorden, el guapo no iba a dejarse arrear, pero daba —y cumplía— su palabra de concurrir después. Las tutelares influencias del comité restaban toda zozobra a ese rito. Temido y todo, no pensaba en renegar de su condición; un caballo aperado en plata vistosa, unos pesos para el reñidero o el monte, bastaban para iluminar sus domingos. Podía no ser fuerte: uno de los guapos de la Primera, el Petiso Flores,

---

1. ¿Su nombre? Entrego a la leyenda esta lista, que debo a la activa amabilidad de don José Olave. Se refiere a las dos últimas décadas del siglo que pasó. Siempre despertará una suficiente imagen, aunque borrosa, de chinos de pelea, duros y ascéticos en el polvoriento suburbio lo mismo que las tunas.

PARROQUIA DEL SOCORRO

Avelino Galeano (del Regimiento Guardia Provincial). Alejo Albornoz (muerto en pelea por el que sigue, en calle Santa Fe). Pío Castro.

Ventajeros, guapos ocasionales: Tomás Medrano. Manuel Flores.

PARROQUIA DEL PILAR, ANTIGUA

Juan Muraña, Romualdo Suárez, alias *El Chileno*. Tomás Real. Florentino Rodríguez. Juan Tink (hijo de ingleses, que acabó inspector de policía en Avellaneda). Raimundo Renovales (matarife).

Ventajeros, guapos ocasionales: Juan Ríos. Damasio Suárez, alias *Carnaza*.

PARROQUIA DE BELGRANO

Atanasio Peralta (muerto en pelea con muchos). Juan González. Eulogio Muraña, alias *Cuervito*.

Ventajeros: José Díaz. Justo González.

Nunca peleaban en montón, siempre con arma blanca, solos.

El menosprecio británico del cuchillo se ha hecho tan general, que puedo recordar con derecho el concepto vernáculo: Para el criollo la única pelea seria, de hombres, era la que permitía un riesgo de muerte. El puñetazo era un mero prólogo del acero, una provocación.

era un tapecito a lo víbora, una miseria, pero con el cuchillo una luz. Podía no ser un provocador: el guapo Juan Muraña, famoso, era una obediente máquina de pelear, un hombre sin más rasgos diferenciales que la seguridad letal de su brazo y una incapacidad perfecta de miedo. No sabía cuándo proceder, y pedía con los ojos —alma servil— la venia de su patrón de turno. Una vez en pelea, tiraba solamente a matar. No quería *criar cuervos*. Hablaba, sin temor y sin preferencia, de las muertes que cobró —mejor: que el destino obró a través de él, pues existen hechos de una tan infinita responsabilidad (el de procrear un hombre o matarlo) que el remordimiento o la vanagloria por ellos es una insensatez. Murió lleno de días, con su constelación de muertes en el recuerdo, ya borrosa sin duda.

IV

"LA CANCIÓN DEL BARRIO"

Mil novecientos doce. Hacia los muchos corralones de la calle Cerviño o hacia los cañaverales y huecos del Maldonado —zona dejada con galpones de zinc, llamados diversamente *salones*, donde flameaba el tango, a diez centavos la pieza y la compañera— se trenzaba todavía el orilleraje y alguna cara de varón quedaba historiada, o amanecía con desdén un compadrito muerto con una puñalada humana en el vientre; pero en general, Palermo se conducía como Dios manda, y era una cosa decentita, infeliz, como cualquier otra comunidad gringo-criolla. El júbilo astrológico del Centenario era tan difunto como sus leguas de lanilla azul de banderas, como sus bordalesas de brindis, sus cohetes botarates, sus luminarias municipales en el herrumbrado cielo de la Plaza de Mayo y su luminaria predestinada el cometa Halley, ángel de aire y de fuego a quien le cantaron el tango *Independencia* los organitos. Ya la gimnasia interesaba más que la muerte: los chicos ignoraban el visteo por atender al *football*, rebautizado por desidia vernácula el foba. Palermo se apuraba hacia la sonsera: la siniestra edificación *art nouveau* brotaba como una hinchada flor hasta de los barriales. Los ruidos eran otros; ahora la campanilla del biógrafo —ya con su buen anverso americano de coraje a caballo y su reverso erótico-sentimental europeo— se entreveraba con el cansado retumbar de las chatas y con el silbato del afilador. Salvo algunos pasajes, no quedaba calle por empedrar. La densidad de la población era doble: el censo que registró en 1904 un total de ochenta mil almas para las circunscripciones de Las Heras y de Palermo de San Benito, registraría el 14 uno de ciento ochenta mil. El tranvía mecánico chirriaba por las aburridas esquinas. Cattaneo, en la imaginación popular, había desbancado a Moreira... Ese casi invisible Palermo, matero y progresista, es el de *La canción del barrio*.

Carriego, que publicó en 1908 *El alma del suburbio*, dejó en 1912 los materiales de *La canción del barrio*. Este segundo título es mejor en limitación y en veracidad que el primero. *Canción* es de una intención más lúcida que *alma*; *suburbio* es una titulación recelosa, un aspaviento de hombre que tiene miedo de perder el último tren. Nadie nos ha informado "Vivo en el suburbio de Tal"; todos prefieren avisar en qué barrio. Esa alusión *el barrio* no es menos íntima, servicial y unidora en la parroquia de la Piedad que en Saavedra. La distinción es pertinente: el manejo de palabras de lejanía para elucidar las cosas de esta república, deriva de una propensión a rastrearnos barbarie. Al paisano lo quieren resolver por la pampa; al compadrito por los ranchos de fierro viejo. Ejemplo: el periodista o artefacto vascuence J. M. Salaverría, en un libro que desde el título se equivoca: *El poema de la pampa, Martín Fierro y el criollismo español. Criollismo español* es un contrasentido deliberado, hecho para asombrar (lógicamente, una *contradictio in adjecto*); *poema de la pampa* es otro menos voluntario percance. Pampa, según información de Ascasubi, era para los antiguos paisanos el desierto donde merodeaban los indios.[1] Basta repasar el *Martín Fierro* para saber que es el poema, no de la pampa, sino del hombre desterrado a la pampa, del hombre rechazado por la civilización pastoril centrada en las estancias como pueblos y en el *pago* sociable. A Fierro, al todovaleroso hombre Fierro, le dolía aguantar la soledad, quiere decir la pampa.

Y en esa hora de la tarde
En que tuito se adormece,
Que el mundo dentrar parece
A vivir en pura calma,
Con las tristezas del alma
Al pajonal enderiece.

Es triste en medio del campo
Pasarse noches enteras
Contemplando en sus carreras
Las estrellas que Dios cría,
Sin tener más compañía
Que su delito y las fieras.

Y estas estrofas para siempre, que son el momento más patético de la historia:

1. Ahora es un exclusivo término literario, que en el campo llama la atención.

Cruz y Fierro de una estancia
Una tropilla se arriaron—
Por delante se la echaron
Como criollos entendidos,
Y pronto sin ser sentidos
Por la frontera cruzaron.

Y cuando la habían pasao
Una madrugada clara,
Le dijo Cruz que mirara
Las últimas poblaciones
Y a Fierro dos lagrimones
Le rodaron por la cara.

Otro Salaverría —de cuyo nombre no quiero acordarme, porque lo demás de sus libros tiene mi admiración— habla ¡cuándo no! del "payador pampero, que a la sombra del ombú, en la infinita calma del desierto, entona acompañado de la guitarra española las monótonas décimas de Martín Fierro"; pero el escritor es tan monótono, décimo, infinito, español, calmoso, desierto y acompañado, que no se fija que en el *Martín Fierro* no hay décimas. La predisposición a rastrearnos barbarie es muy general: *Santos Vega* (cuya entera leyenda es que haya una leyenda de Santos Vega, según las cuatrocientas páginas de monografía de Lehmann-Nitsche pueden evidenciarlo) armó o heredó la copla que dice: *Si este novillo me mata — No me entierren en sagrao; — Entiérrenme en campo verde — Donde me pise el ganao,* y su evidentísima idea (*Si soy tan torpe, renuncio a que me lleven al cementerio*) ha sido festejada como declaración panteísta de hombre que quiere que lo pisen muerto las vacas.[1]

---

1. Hacer del paisano un recorredor infinito del desierto, es un contrasentido romántico; asegurar, como lo hace nuestro mejor prosista de pelea, Vicente Rossi, que el gaucho es el *guerrero nómade charrúa,* es asegurar meramente que a esos desapegados charrúas les dijeron *gauchos*: Conchabo primitivo de una palabra, que resuelve muy poco. Ricardo Güiraldes, para su versión del hombre de campo como hombre de vagancia, tuvo que recurrir al gremio de los troperos. Groussac, en su conferencia de 1893, habla del gaucho fugitivo "hacia el lejano sur, en lo que de la pampa queda", pero lo sabido de todos es que en el lejano sur no quedan gauchos porque no los hubo antes, y que donde perduran es en los cercanos partidos de hábito criollo. Más que en lo étnico (el gaucho pudo ser blanco, negro, chino, mulato o zambo), más que en lo lingüístico

Las orillas adolecen también de una atribución enconada. El arrabalero y el tango las representan. En anterior capítulo escribí cómo el arrabal se surte de arrabalero en la calle Corrientes y cómo las efusiones de *El Cantaclaro*, de los discos de fonógrafo y de la radio, aclimatan esa jerigonza de actor en Avellaneda o en Coghlan. Su pedagogía no es fácil: cada tango nuevo redactado en el sedicente idioma popular, es un acertijo, sin que le falten las perplejas variantes, los corolarios, los lugares oscuros y la razonada discordia de comentadores. La tiniebla es lógica: el pueblo no precisa añadirse color local; el simulador discurre que sí, pero se le va la mano en la operación. En lo que se refiere a la música, tampoco el tango es el natural sonido de los barrios; lo fue de los burdeles nomás. Lo representativo de veras es la milonga. Su versión corriente es un infinito saludo, una ceremoniosa gestación de ripios zalameros, corroborados por el grave latido

---

(viene de pág. anterior)

(el gaucho riograndense habla una variedad brasileña del portugués) y más que en lo geográfico (vastas regiones de Buenos Aires, de Entre Ríos, de Córdoba y de Santa Fe son ahora gringas), el rasgo diferencial del gaucho está en el ejercicio cabal de un tipo primitivo de ganadería.

Destino calumniado también el de los compadritos. Hará bastante más de cien años los nombraban así a los porteños pobres, que no tenían para vivir en la inmediación de la Plaza Mayor, hecho que les valió también el nombre de orilleros. Eran literalmente el pueblo: tenían su terrenito de un cuarto de manzana y su casa propia, más allá de la calle Tucumán o la calle Chile o la entonces calle Velarde: Libertad-Salta. Las connotaciones desbancaron más tarde la idea principal: Ascasubi, en la revisión de su *Gallo* número doce, pudo escribir: "compadrito: mozo soltero, bailarín, enamorado y cantor". El imperceptible Monner Sans, virrey clandestino, lo hizo equivaler a *matasiete, farfantón y perdonavidas*, y demandó: "¿Por qué compadre se toma siempre aquí en mala parte?", investigación de que se aligeró en seguida escribiendo, con su tan envidiada ortografía, sano gracejo, etcétera: "Vayan ustedes a saber". Segovia lo define a insultos: "Individuo jactancioso, falso, provocativo y traidor". No es para tanto. Otros confunden *guarango* y *compadrito*: están equivocados, el compadre puede no ser guarango, como no lo suele ser el paisano. Compadrito, siempre, es el plebeyo ciudadano que tira a fino; otras atribuciones son el coraje que se florea, la invención o la práctica del dicharacho, el zurdo empleo de palabras insignes. Indumentaria, usó la común de su tiempo, con agregación o acentuación de algunos detalles: hacia el 90 fueron características suyas el chambergo negro requintado de copa altísima, el saco cruzado, el pantalón francés con trencilla, apenas acordeonado en la punta, el botín negro con botonadura o elástico, de taco alto; ahora (1929) prefiere el chambergo gris en la nuca, el pañuelo copioso, la camisa rosa o granate, el saco abierto, algún dedo tieso de anillos, el pantalón derecho, el botín negro, como espejo, de caña clara.

Lo que a Londres el *cockney*, es a nuestras ciudades el compadrito.

de la guitarra. Alguna vez narra sin apuro cosas de sangre, duelos que tienen tiempo, muertes de valerosa charlada provocación; otra, le da por simular el tema del destino. Los aires y los argumentos suelen variar; lo que no varía es la entonación del cantor, atiplada como de ñato, arrastrada, con apurones de fastidio, nunca gritona, entre conversadora y cantora. El tango está en el tiempo, en los desaires y contrariedades del tiempo; el chacaneo aparente de la milonga ya es de eternidad. La milonga es una de las grandes conversaciones de Buenos Aires; el truco es la otra. El truco lo investigaré en capítulo aparte; básteme dejar escrito que, entre los pobres, *el hombre alegra al hombre*, como el hijo mayor de Martín Fierro entendió en la prisión.[1] El aniversario, el día de los muertos, el día del santo, el día patrio, el bautismo, la noche de San Juan, una enfermedad, las vísperas de año, todo se le hace ocasión de ver gente. La muerte da el velorio: conversadero general que no le cerró a nadie la puerta, visita a quien murió. Tan evidente es esa patética sociabilidad de la gente baja, que el doctor Evaristo Federico Carriego, para hacer burla de los recién desembarazados *recibos*, escribió que se parecían muchísimo a los velorios. El suburbio es el agua abombada y los callejones, pero es también la balaustrada celeste y la madreselva pendiente y la jaula con el canario.[2] *Gente atenciosa*, suelen las comadres decir.

Pobrerío conversador, el de nuestro Carriego. Su pobreza no es la desesperada o congénita del europeo pobre (a lo menos del europeo novelado por el naturalismo ruso) sino la pobreza confiada en la lotería, en el comité, en las influencias, en la baraja que puede tener su misterio, en la quiniela de módica posibilidad, en las recomendaciones o, a falta de otra más circunstanciada y baja razón, en la pura es-

---

1. Y antes que el hijo de Martín Fierro, el dios Odin. Uno de los libros sapienciales de la *Edda Mayor* (*Hávamál*, 47) le atribuye la sentencia *Mathr er mannz gaman*, que se traduce literalmente *El hombre es la alegría del hombre.*

2. En las afueras están las involuntarias bellezas de Buenos Aires, que son también las únicas —la liviana calle navegadora Blanco Encalada, las desvalidas esquinas de Villa Crespo, de San Cristóbal Sur, de Barracas, la majestad miserable de las orillas de la estación de cargas La Paternal y de Puente Alsina— más expresivas, creo, que las obras hechas con deliberación de belleza: la Costanera, el Balneario y el Rosedal, y la felicitada efigie de Pellegrini, con la revolcada bandera, y el tempestuoso pedestal incoherente que parece aprovechar los escombros de la demolición de un cuarto de baño, y los reticentes cajoncitos de Virasoro, que para no delatar el íntimo mal gusto, se esconde en la pelada abstención.

peranza. Una pobreza que se consuela con jerarquías —los Requena de Balvanera, los Luna de San Cristóbal Norte— que resultan simpáticas por su misma apelación al misterio y que nos encarna tan bien cierto dignísimo compadrito de José Álvarez: "Yo nací en la calle Maipú ¿sabés?... en la casa e los Garcías y h'estao acostumbrao a darme con gente y no con basura... ¡Bueno!... Y si no lo sabés, sabelo... a mí me cristianaron en la Mercé y jue mi padrino un italiano que tenía almacén al lao de casa y que se murió pa la fiebre grande... ¡Ile tomando el peso!"

Entiendo que la lacra sustancial de *La canción del barrio* es la insistencia sobre lo definido por Shaw: *mera mortalidad o infortunio* (*Man and Superman, XXXII*). Sus páginas publican desgracias; tienen la sola gravedad del destino bruto, no menos incomprensible por su escritor que por quien las lee. No les asombra el mal, no nos conducen a esa meditación de su origen, que resolvieron directamente los gnósticos con su postulación de una divinidad menguante o gastada, puesta a improvisar este mundo con material adverso. Es la reacción de Blake. *Dios, que hizo al cordero, ¿te hizo*? interroga al tigre. Tampoco es objeto de esas páginas el hombre que sobrevive al mal, el varón que a pesar de sufrir injurias —y de causarlas— mantiene limpia el alma. Es la reacción estoica de Hernández, de Almafuerte, de Shaw por segunda vez, de Quevedo.

Alma robusta, en penas se examina,
Y trabajos ansiosos y mortales
Cargan, mas no derriban nobles cuellos

se lee en las *Musas castellanas*, en su libro segundo. Tampoco lo distrae a Carriego la perfección del mal, la precisión y como inspiración del destino en sus persecuciones, el arrebato escénico de la desgracia. Es la reacción de Shakespeare:

All strange and terrible events are welcome,
But comforts we despise: our size of sorrow,
Proportion'd to our cause, must be as great
As that which makes it.

Carriego apela solamente a nuestra piedad.

Aquí es inevitable una discusión. La opinión general, tanto la conversada como la escrita, ha resuelto que esas provocaciones de lástima son la justificación y virtud de la obra de Carriego. Yo debo disentir, aunque solo. Una poesía que vive de contrariedades domésticas y que se envicia en persecuciones menudas, imaginando o registrando incompatibilidades para que las deplore el lector, me parece una privación, un suicidio. El argumento es cualquier emoción lisiada, cualquier disgusto; el estilo es chismoso, con todas las interjecciones, ponderaciones, falsas piedades y preparatorios recelos que ejercen las comadres. Una torcida opinión (que tengo la decencia de no entender) afirma que esa presentación de miserias implica una generosa bondad. Implica una indelicadeza, más bien. Producciones como "Mamboretá" o "El nene está enfermo" o "Hay que cuidarla mucho, hermana, mucho" —tan frecuentadas por la distracción de las antologías y por la declamación— no pertenecen a la literatura sino al delito: son un deliberado chantaje sentimental, reducible a esta fórmula: *Yo le presento un padecer; si Ud. no se conmueve, es un desalmado*. Copio este final de una pieza ("El otoño, muchachos"):

. . . ¡Qué tristona
anda, desde hace días, la vecina!
¿La tendrá así algún nuevo desengaño?
Otoño melancólico y lluvioso
¿qué dejarás, otoño, en casa este año?
¿qué hoja te llevarás? Tan silencioso
llegas que nos das miedo.
Sí, anochece
y te sentimos, en la paz casera,
entrar sin un rumor. . . ¡Cómo envejece
nuestra tía soltera!

Esa apresurada *tía soltera*, engendrada en el apurón del verso final para que pueda encarnizarse en ella el otoño, es buen indicio de la caridad de esas páginas. El humanitarismo es siempre inhumano: cierto film ruso prueba la iniquidad de la guerra mediante la infeliz agonía de un jamelgo muerto a balazos; naturalmente, por los que dirigen el film.

Hecha esa restricción —cuyo decente fin es robustecer y curtir la fama de Carriego, probando que no le hace falta el socorro de esas quejosas páginas— quiero confesar con alacridad las verdaderas virtudes de su obra póstuma. Su decurso tiene afinaciones de ternura, invenciones y adivinaciones de la ternura, tan precisas como ésta:

Y cuando no estén, ¿durante
cuánto tiempo aún se oirá
su voz querida en la casa
desierta?
¿Cómo serán
en el recuerdo las caras
que ya no veremos más?

O esta racha de conversación con una calle, esta secreta posesión inocente:

Nos eres familiar como una cosa
que fuese nuestra: solamente nuestra.

O esta encadenación, emitida tan de una vez como si fuera una sola extensa palabra:

No. Te digo que no. Sé lo que digo:
nunca más, nunca más tendremos novia,
y pasarán los años pero nunca
más volveremos a querer a otra.
Ya lo ves. Y pensar que nos decías,
afligida quizá de verte sola,
que cuando te murieses
ni te recordaríamos. ¡Qué tonta!
Sí. Pasarán los años, pero siempre
como un recuerdo bueno, a toda hora
estarás con nosotros.
Con nosotros... Porque eras cariñosa
como nadie lo fue. Te lo decimos
tarde, ¿no es cierto? Un poco tarde ahora
que no nos puedes escuchar. Muchachas,
como tú ha habido pocas.
No temas nada, te recordaremos,
y te recordaremos a ti sola:
ninguna más, ninguna más. Ya nunca
más volveremos a querer a otra.

El modo repetidor de esa página es el de cierta página de Enrique Banchs, "Balbuceo" en *El cascabel del halcón* (1909), que la supera inconmensurablemente línea por línea (*Nunca podría decirte —todo lo que te queremos: es como un montón de estrellas— todo lo que te queremos*, etcétera), pero que parece mentira, mientras la de Evaristo Carriego es verdad.

Pertenece también a *La canción del barrio* la mejor poesía de Carriego, la intitulada "Has vuelto".

Has vuelto, organillo. En la acera
hay risas. Has vuelto llorón y cansado
como antes.
El ciego te espera
las más de las noches sentado
a la puerta. Calla y escucha. Borrosas
memorias de cosas lejanas
evoca en silencio, de cosas
de cuando sus ojos tenían mañanas,
de cuando era joven... la novia... ¡quién sabe!

El verso animador de la estrofa no es el final, es el prefinal, y estoy creyendo que Evaristo Carriego lo ubicó así para sortear el énfasis. Una de sus primeras composiciones —"El alma del suburbio"— había tratado el mismo sujeto, y es hermoso comparar la solución antigua (cuadro realista hecho de observaciones particulares) con la definitiva y límpida fiesta donde están convocados los símbolos preferidos por él: la costurerita que dio aquel mal paso, el organito, la esquina desmantelada, el ciego, la luna.

Pianito que cruzas la calle cansado
moliendo el eterno
familiar motivo que el año pasado
gemía a la luna de invierno:
con tu voz gangosa dirás en la esquina
la canción ingenua, la de siempre, acaso
esa preferida de nuestra vecina
la costurerita que dio aquel mal paso.
Y luego de un valse te irás como una
tristeza que cruza la calle desierta,
y habrá quien se quede mirando la luna
desde alguna puerta.

Anoche, después que te fuiste,
cuando todo el barrio volvía al sosiego
—qué triste—
lloraban los ojos del ciego.

La ternura es corona de los muchos días, de los años. Otra virtud del tiempo, ya operativa en este libro segundo y ni sospechada o verosímil en el anterior, es el buen humorismo. Es condición que implica un delicado carácter: nunca se distraen los innobles en ese puro goce simpático de las debilidades ajenas, tan imprescindible en el ejercicio de la amistad. Es condición que se lleva con el amor. Soame Jenyns, escritor del mil setecientos, pensó con reverencia que la parte de la felicidad de los bienaventurados y de los ángeles derivaría de una percepción exquisita de lo ridículo.

Copio, ejemplo de sereno humorismo, estos versos:

¿Y la viuda de la esquina?
La viuda murió anteayer.
¡Bien decía la adivina,
que cuando Dios determina
ya no hay nada más que hacer!

Los expedientes de su gracia deben ser dos: primero, el de poner en boca de una adivina esa no adivinatoria moralidad sobre lo inescrutable de los actos de la Providencia; segundo, el respeto impertérrito del vecindario, que alega sabiamente esa distracción.

Pero la más deliberada página de humorismo dejada por Carriego es "El casamiento". Es la más porteña también. "En el barrio" es casi una guapeada entrerriana; "Has vuelto" es un solo frágil minuto, una flor de tiempo, de un solo atardecer. "El casamiento", en cambio, es tan esencial de Buenos Aires como los cielitos de Hilario Ascasubi o el *Fausto* criollo o la humorística de Macedonio Fernández o el astillado arranque fiestero de los tangos de Greco, de Arolas y de Saborido. Es una articulación habilísima de los muchos infalibles rasgos de una fiesta pobre. No falta el rencor desaforado del vecindario.

En la acera de enfrente varias chismosas
que se encuentran al tanto de lo que pasa,
aseguran que para ver ciertas cosas
mucho mejor sería quedarse en casa.

Alejadas del cara de presidiario
que sugiere torpezas, unas vecinas
pretenden que ese sucio vocabulario
no debieran oírlo las chiquilinas.

Aunque —tal acontece— todo es posible,
sacando consecuencias poco oportunas,
lamenta una insidiosa la incomprensible
suerte que, por desgracia, tienen algunas.

Y no es el primer caso... Si bien le extraña
que haya salido sonso... pues en enero
del año que trascurre, si no se engaña,
dio que hablar con el hijo del carnicero.

El orgullo de antemano herido, la casi desesperada decencia:

El tío de la novia, que se ha creído
obligado a fijarse si el baile toma
buen carácter, afirma, medio ofendido,
que no se admiten cortes, *ni aun en broma.*

—Que, la modestia a un lado, no se la pega
ninguno de esos vivos... seguramente.
La casa será pobre, nadie lo niega:
todo lo que se quiera, pero decente—.

Los disgustos con los que se puede contar:

La polka de la silla dará motivo
a serios incidentes, nada improbables:
nunca falta un rechazo despreciativo
que acarrea disgustos irremediables.

Ahora, casualmente, se ha levantado
indignada la prima del guitarrero,
por el doble sentido mal arreglado
del piropo guarango del compañero.

La sinceridad afligente:

En el comedor, donde se bebe a gusto,
casi lamenta el novio que no se pueda
correr la de costumbre... pues, y esto es justo,
la familia le pide que no se exceda.

La función pacificadora del guapo, amigo de la casa:

Como el guapo es amigo de evitar toda
provocación que aleje la concurrencia,
ha ordenado que apenas les sirvan soda
a los que ya borrachos buscan pendencia.

Y previendo la bronca, después del gesto
único en él, declara que aunque le cueste
ir de nuevo a la cárcel, se halla dispuesto
a darle un par de hachazos al que proteste.

Perdurarán también de este libro: "El velorio", que repite la técnica de "El casamiento"; "La lluvia en la casa vieja", que declara esa exultación de lo elemental, cuando la lluvia se desplaza en el aire igual que una humareda y no hay hogar que no se sienta un fortín; y unos conversados sonetos autobiográficos de la serie *Íntimas*. Éstos cargan destino: son de condición serenada, pero su resignación o acomodación es después de penas. Copio este renglón de uno de ellos, limpio y mágico:

cuando aún eras prima de la luna.

Y esta nada indiscreta declaración, suficiente con todo:

Anoche, terminada ya la cena
y mientras saboreaba el café amargo
me puse a meditar un rato largo:
el alma como nunca de serena.

Bien lo sé que la copa no está llena
de todo lo mejor, y sin embargo,
por pereza quizás, ni un solo cargo
le hago a la suerte, que no ha sido buena...

Pero como por una virtud rara
no le muestro a la vida mala cara
ni en las horas que son más fastidiosas,

nunca nadie podrá tener derecho
a exigirme una mueca. ¡Tantas cosas
se pueden ocultar bien en el pecho!

Una digresión última, que de inmediato dejará de ser una digresión. Lindas y todo, las figuraciones del amanecer, de la pampa, del anochecer, que presenta el *Fausto* de Estanislao del Campo, adolecen de frustración y de malestar: contaminación operada por la sola mención preliminar de los bastidores escénicos. La irrealidad de las orillas es más sutil: deriva de su provisorio carácter, de la doble gravitación de la llanura chacarera o ecuestre y de la calle de altos, de la propensión de sus hombres a considerarse del campo o de la ciudad, jamás orilleros. Carriego, en esta materia indecisa, pudo trabajar su obra.

V

UN POSIBLE RESUMEN

Carriego, muchacho de tradición entrerriana, criado en las orillas del norte de Buenos Aires, determinó aplicarse a una versión poética de esas orillas. Publicó, en 1908, *Misas herejes*: libro despreocupado, aparente, que registra diez consecuencias de ese deliberado propósito de localismo y veintisiete muestras desiguales de versificación: alguna de buen estilo trágico —"Los lobos"—, otra de sentir delicado —"Tu secreto", "En silencio"—, pero en general invisibles. Las páginas de observación del barrio son las que importan. Repiten la valerosa idea que tiene de sí mismo el suburbio, gustaron con entero derecho. Tipo de esa manera preliminar son "El alma del suburbio", "El guapo", "En el barrio". Carriego se estableció en esos temas, pero su exigencia de conmover lo indujo a una lacrimosa estética socialista, cuya inconsciente reducción al absurdo efectuarían mucho después los de Boedo. Tipo de esa manera segunda, que ha usurpado hasta la noticia de las demás, con afeminación de su gloria, son "Hay que cuidarla mucho, hermana, mucho", "Lo que dicen los vecinos", "Mamboretá". Ensayó después una manera narrativa, con innovación de humorismo: tan indispensable en un poeta de Buenos Aires. Tipo de esa manera última —la mejor— son "El casamiento", "El velorio", "Mientras el barrio duerme". También, a lo largo del tiempo, había anotado algunas intimidades: "Murria", "Tu secreto", "De sobremesa".

¿Qué porvenir el de Carriego? No hay una posteridad judicial sin posteridad, dedicada a emitir fallos irrevocables, pero los hechos me parecen seguros. Creo que algunas de sus páginas —acaso "El casamiento", "Has vuelto", "El alma del suburbio", "En el barrio"— conmoverán suficientemente a muchas generaciones argentinas. Creo que fue el primer espectador de nuestros barrios pobres y que para la historia de nuestra poesía, eso importa. El primero, es decir el descubridor, el inventor.

Truly I loved the man, on this side idolatry, as much as any.

VI

PÁGINAS COMPLEMENTARIAS

I. DEL SEGUNDO CAPÍTULO

Décimas en lunfardo, que publicó Evaristo Carriego en la revista policial L. C. *(jueves 26 de setiembre de 1912) sobre el seudónimo* El Barretero.

Compadre: si no le he escrito
perdone… ¡Estoy reventao!
Ando con un entripao,
que de continuar palpito
que he de seguir derechito
camino de Triunvirato;
pues ya tengo para rato
con esta suerte cochina:
Hoy se me espiantó la mina
¡y si viera con qué gato!

Sí, hermano, como le digo:
¡viera qué gato ranero!
mishio, roñoso, fulero,
mal lancero y peor amigo.
¡Si se me encoge el ombligo
de pensar el trinquetazo
que me han dao! El bacanazo
no vale ni una escupida
y lo que es de ella, en la vida
me soñé este chivatazo.

Yo los tengo junaos. ¡Viera
lo que uno sabe de viejo!
No hay como correr parejo
para estar bien en carrera.
Lo engrupen con la manquera

con que tal vez ni serán
del pelotón, y se van
en fija, de cualquier modo.
Cuando uno se abre en el codo
ya no hay caso: ¡se la dan!

¡Pero tan luego a mi edá
que me suceda esta cosa!
Si es p'abrirse la piojosa
de la bronca que me da.
Porque es triste, a la verdá
—el decirlo es necesario—
que con el lindo prontuario
que con tanto sacrificio
he lograo en el servicio,
me hayan agarrao de otario.

Bueno: ¿que ésta es quejumbrona
y escrita como sin gana?
Échele la culpa al rana
que me espiantó la cartona.
¡Tigrero de la madona,
veremos cómo se hamaca,
si es que el cuerpo no me saca
cuando me toque la mía.
Hasta luego.
—Todavía
tengo que afilar la faca!

II. DEL CUARTO CAPÍTULO

EL TRUCO

Cuarenta naipes quieren desplazar la vida. En las manos cruje el mazo nuevo o se traba el viejo: morondangas de cartón que se animarán, un as de espadas que será omnipotente como don Juan Manuel, caballitos panzones de donde copió los suyos Velázquez. El tallador baraja esas pinturitas. La cosa es fácil de decir y aun de hacer, pero lo mágico y desaforado del juego —del hecho de jugar— despunta en la acción. Cuarenta es el número de los naipes y 1 por 2 por 3 por 4... por 40, el de maneras en que pueden salir. Es una cifra delicadamente puntual en su enormidad, con inmediato predecesor y único sucesor, pero no escrita nunca. Es una remota cifra de vértigo que parece disolver en su muchedumbre a los que barajan. Así, desde el principio, el central misterio del juego se ve adornado con un otro misterio, el de que haya números. Sobre la mesa, desmantelada para que resbalen las cartas, esperan los garbanzos en su montón, aritmetizados también. La trucada se arma; los jugadores, acriollados de golpe, se aligeran del yo habitual. Un yo distinto, un yo casi antepasado y vernáculo, enreda los proyectos del juego. El idioma es otro de golpe. Prohibiciones tiránicas, posibilidades e imposibilidades astutas, gravitan sobre todo decir. Mencionar *flor* sin tener tres cartas de un palo, es hecho delictuoso y punible, pero si uno ya dijo *envido*, no importa. Mencionar uno de los lances del truco es empeñarse en él: obligación que sigue desdoblando en eufemismos a cada término. *Quiebro* vale por quiero, *envite* por envido, una *olorosa* o una *jardinera* por flor. Muy bien suele retumbar en boca de los que pierden este sentención de caudillo de atrio: *A ley de juego, todo está dicho: falta envido y truco, y si hay flor, ¡contraflor al resto!* El diálogo se entusiasma hasta el verso, más de una vez. El truco sabe recetas de aguante para los perdedores; versos para la exultación. El truco es memorioso como una fecha. Milongas de fogón y de pulpería, jaranas de velorio, bravatas del roquismo y tejedorismo, zafadurías de las casas de Junín y de su madrastra del Temple, son del comercio humano por él. El truco es buen cantor, máxime cuando gana o finge ganar: canta en la punta de las calles de nochecita, desde los almacenes con luz.

La habitualidad del truco es mentir. La manera de su engaño no es la del poker: mera desanimación o desabrimiento de no fluctuar, y de poner a riesgo un alto de fichas cada tantas jugadas; es acción de voz mentirosa, de rostro que se juzga *semblanteado* y que se defiende, de tramposa y desatinada palabrería. Una potenciación del engaño ocurre en el truco: ese jugador rezongón que ha tirado sus cartas sobre la mesa, puede ser ocultador de un buen juego (astucia elemental) o tal vez nos está mintiendo con la verdad para que descreamos de ella (astucia al cuadrado). Cómodo en el tiempo y conversador está el juego criollo, pero su cachaza es de picardía. Es una superposición de caretas, y su espíritu es el de los baratijeros Mosche y Daniel que en mitad de la gran llanura de Rusia se saludaron.

—¿Adónde vas, Daniel? —dijo el uno.

—A Sebastopol —dijo el otro.

Entonces, Mosche lo miró fijo y dictaminó:

—Mientes, Daniel. Me respondes que vas a Sebastopol para que yo piense que vas a Nijni-Novgórod, pero lo cierto es que vas realmente a Sebastopol. ¡Mientes, Daniel!

Considero los jugadores de truco. Están como escondidos en el ruido criollo del diálogo; quieren espantar a gritos la vida. Cuarenta naipes —amuletos de cartón pintado, mitología barata, exorcismos— les bastan para conjurar el vivir común. Juegan de espaldas a las transitadas horas del mundo. La pública y urgente realidad en que estamos todos, linda con su reunión y no pasa; el recinto de su mesa es otro país. Lo pueblan el envido y el quiero, la *olorosa* cruzada y la inesperabilidad de su don, el ávido folletín de cada partida, el 7 de oros tintineando esperanza y otras apasionadas bagatelas del repertorio. Los truqueros viven ese alucinado mundito. Lo fomentan con dicharachos criollos que no se apuran, lo cuidan como a un fuego. Es un mundo angosto, lo sé: fantasma de política de parroquia y de picardías, mundo inventado al fin por hechiceros de corralón y brujos de barrio, pero no por eso menos reemplazador de este mundo real y menos inventivo y diabólico en su ambición.

Pensar un argumento local como este del truco y no salirse de él o no ahondarlo —las dos figuras pueden simbolizar aquí un acto igual, tanta es su precisión— me parece una gravísima fruslería. Yo deseo no olvidar aquí un pensamiento sobre la pobreza del truco. Las diversas estadas de su polémica, sus vuelcos, sus corazonadas, sus cábalas, no pueden no volver. Tienen con las experiencias que repetirse. ¿Qué es el truco para un ejercitado en él, sino una costumbre? Mírese también a lo rememorativo del juego, a su afición por fórmulas tradicionales. Todo jugador, en verdad, no hace ya más que reincidir en bazas remotas. Su juego es una repetición de juegos pasados, vale decir, de ratos de vivires pasados. Generaciones ya invisibles de criollos están como enterradas vivas en él: son él, podemos afirmar sin metáfora. Se trasluce que el tiempo es una ficción, por ese pensar. Así, desde los laberintos de cartón pintado del truco, nos hemos acercado a la metafísica: única justificación y finalidad de todos los temas.

VII

LAS INSCRIPCIONES DE LOS CARROS

Importa que mi lector se imagine un carro. No cuesta imaginárselo grande, las ruedas traseras más altas que las delanteras como con reserva de fuerza, el carrero criollo fornido como la obra de madera y fierro en que está, los labios distraídos en un silbido o con avisos paradójicamente suaves a los tironeadores caballos: a los tronqueros seguidores y al cadenero en punta (proa insistente para los que precisan comparación). Cargado o sin cargar es lo mismo, salvo que volviendo vacío, resulta menos atado a empleo su paso y más entronizado el pescante, como si la connotación militar que fue de los carros en el imperio montonero de Atila, permaneciera en él. La calle pisada puede ser Montes de Oca o Chile o Patricios o Rivera o Valentín Gómez, pero es mejor Las Heras, por lo heterogéneo de su tráfico. El tardío carro es allí distanciado perpetuamente, pero esa misma postergación se le hace victoria, como si la ajena celeridad fuera despavorida urgencia de esclavo, y la propia demora, posesión entera de tiempo, casi de eternidad. (Esa posesión temporal es el infinito capital criollo, el único. A la demora la podemos exaltar a inmovilidad: posesión del espacio.) Persiste el carro, y una inscripción está en su costado. El clasicismo del suburbio así lo decreta y aunque esa desinteresada yapa expresiva, sobrepuesta a las visibles expresiones de resistencia, forma, destino, altura, realidad, confirme la acusación de habladores que los conferenciantes europeos nos reparten, yo no puedo esconderla, porque es el argumento de esta noticia. Hace tiempo que soy cazador de esas escrituras: epigrafía de corralón que supone caminatas y desocupaciones más poéticas que las efectivas piezas coleccionadas, que en estos italianados días ralean.

No pienso volcar ese colecticio capital de chirolas sobre la mesa, sino mostrar algunas. El proyecto es de retórica, como se ve. Es consabido que los que metodizaron esa disciplina, comprendían en ella todos los servicios de la palabra, hasta los irrisorios o humildes del acertijo, del *calembour*, del acróstico, del anagrama, del laberinto, del laberinto cúbico, de la empresa. Si esta última, que es figura simbólica y no palabra, ha sido admitida, entiendo que la inclusión de la sentencia carrera es irreprochable. Es una variante indiana del lema, género que nació en los escudos. Además, conviene asimilar a las otras letras la sentencia de carro, para que se desengañe el lector y no espere portentos de mi requisa. ¿Cómo pretenderlos aquí, cuando no los hay o nunca los hay en las premeditadas antologías de Menéndez y Pelayo o de Palgrave?

Una equivocación es muy llana: la de recibir por genuino lema de carro el nombre de la casa a que pertenece. *El modelo de la Quinta Bollini*, rubro perfecto de la guarangada sin inspiración, puede ser de los que advertí; *La madre del Norte*, carro de Saavedra, lo es. Lindo nombre es este último y le podemos probar dos explicaciones. Una, la no creíble, es la de ignorar la metáfora y suponer al Norte parido por ese carro, fluyendo en casas y almacenes y pinturerías, de su paso inventor. Otra es la que previeron ustedes, la de atender. Pero nombres como éste, corresponden a otro género literario menos casero, el de las empresas comerciales: género que abunda en apretadas obras maestras como la sastrería *El coloso de Rodas* por Villa Urquiza y la fábrica de camas *La dormitológica* por Belgrano, pero que no es de mi jurisdicción.

La genuina letra de carro no es muy diversa. Es tradicionalmente asertiva —*La flor de la plaza Vértiz, El vencedor*— y suele estar como aburrida de guapa. Así *El anzuelo, La balija, El garrote*. Me está gustando el último, pero se me borra al acordarme de este otro lema, de Saavedra también y que declara viajes dilatados como navegaciones, práctica de los callejones pampeanos y polvaredas altas: *El barco*.

Una especie definida del género es la inscripción en los carritos repartidores. El regateo y la charla cotidiana de la mujer los ha distraído de la preocupación del coraje, y sus vistosas letras prefieren el alarde servicial o la galantería. *El liberal, Viva quien me protege, El vasquito del Sur, El picaflor, El lecherito del porvenir, El buen mozo, Hasta mañana, El récord de Talcahuano, Para todos sale el sol*, pueden ser alegres ejemplos. *Qué me habrán hecho tus ojos* y *Donde cenizas quedan fuego hubo*, son de más individuada pasión. *Quien envidia me tiene desesperado muere*, ha de ser una intromisión española. *No tengo apuro* es criollo clavado. La displicencia o severidad de la frase breve suele corregirse también, no sólo por lo risueño del decir, sino por la profusión de las frases. Yo he visto carrito frutero que, además de su presumible nombre *El preferido del barrio*, afirmaba en dístico satisfecho

Yo lo digo y lo sostengo
Que a nadie envidia le tengo.

y comentaba la figura de una pareja de bailarines tangueros sin mucha luz, con la resuelta indicación *Derecho viejo*. Esa charlatanería de la brevedad, ese frenesí sentencioso, me recuerda la dicción del célebre estadista danés Polonio, de *Hamlet*, o la del Polonio natural, Baltasar Gracián.

Vuelvo a las inscripciones clásicas. *La media luna de Morón* es lema de un carro altísimo con barandas ya marineras de fierro, que me fue dado contemplar una húmeda noche en el centro puntual de nuestro Mercado de Abasto, reinando a doce patas y cuatro ruedas sobre la fermentación lujosa de olores. *La soledad* es mote de una carreta que he visto por el sur de la provincia de Buenos Aires y que manda distancia. Es el propósito de *El barco* otra vez, pero menos oscuro. *Qué le importa a la vieja que la hija me quiera* es de omisión imposible, menos por su ausente agudeza que por su genuino tono de corralón. Es lo que puede observarse también de *Tus besos fueron míos,* afirmación derivada de un vals, pero que por estar escrita en un carro se adorna de insolencia. *Qué mira, envidioso* tiene algo de mujerengo y de presumido. *Siento orgullo* es muy superior, en dignidad de sol y de alto pescante, a las más efusivas acriminaciones de Boedo. *Aquí viene Araña* es un hermoso anuncio. *Pa la rubia, cuándo* lo es más, no sólo por su apócope criollo y por su anticipada preferencia por la morena, sino por el irónico empleo del adverbio *cuándo*, que vale aquí por *nunca.* (A ese renunciado *cuándo* lo conocí primero en una intransferible milonga, que deploro no poder estampar en voz baja o mitigar pudorosamente en latín. Destaco en su lugar esta parecida, criolla de Méjico, registrada en el libro de Rubén Campos *El folklore y la música mexicana*: "Dicen que me han de quitar — las veredas por donde ando; — las veredas quitarán, — pero la querencia, cuándo". *Cuándo, mi vida* era también una salida habitual de los que canchaban, al atajarse el palo tiznado o el cuchillo del otro.) *La rama está florida* es una noticia de alta serenidad y de magia. *Casi nada, Me lo hubieras dicho* y *Quién lo diría*, son incorregibles de buenos. Implican drama, están en la circulación de la realidad. Corresponden a frecuencias de la emoción: son como del destino, siempre. Son ademanes perdurados por la escritura, son una afirmación incesante. Su alusividad es la del conversador orillero que no puede ser directo narrador o razonador y que se complace en discontinuidades, en generalidades, en fintas: sinuosas como el corte. Pero el honor, pero la tenebrosa flor de este censo, es la opaca inscripción *No llora el perdido*, que nos mantuvo escandalosamente intrigados a Xul Solar y a mí, hechos, sin embargo, a entender los misterios delicados de Robert Browning, los baladíes de Mallarmé, y los meramente cargosos de Góngora. *No llora el perdido*; le paso ese clavel retinto al lector.

No hay ateísmo literario fundamental. Yo creía descreer de la literatura, y me he dejado aconsejar por la tentación de reunir estas partículas de ella. Me absuelven dos razones. Una es la democrática superstición que postula méritos reservados en cualquier obra anónima, como si supiéramos entre todos lo que no sabe nadie, como si fuera nerviosa la inteligencia y cumpliera mejor en las ocasiones en que no la vigilan. Otra es la facilidad de juzgar lo breve. Nos duele admitir que nuestra opinión de una línea pueda no ser final. Confiamos nuestra fe a los renglones, ya que no a los capítulos. Es inevitable en este lugar la mención de Erasmo: incrédulo y curioseador de proverbios.

Esta página empezará a ponerse erudita después de muchos días. Ninguna referencia bibliográfica puedo suministrar, salvo este párrafo casual de un predecesor mío en estos afectos. Pertenece a los borradores desanimados de verso clásico que se llaman versos libres ahora. Lo recuerdo así:

Los carros de costado sentencioso
franqueaban tu mañana
y eran en las esquinas tiernos los almacenes
como esperando un ángel.

Me gustan más las inscripciones de carro, flores corraloneras.

VIII

HISTORIAS DE JINETES

Son muchas y podrían ser infinitas. La primera es modesta; luego la ahondarán las que siguen.

Un estanciero del Uruguay había adquirido un establecimiento de campo (estoy seguro de que ésa es la palabra que usó) en la provincia de Buenos Aires. Trajo del Paso de los Toros a un domador, hombre de toda su confianza pero muy chúcaro. Lo alojó en una fonda cerca del Once. A los tres días fue en su busca; lo encontró mateando en su pieza, en el último piso. Le preguntó qué le había parecido Buenos Aires, y resultó que el hombre no se había asomado a la calle una sola vez.

La segunda no es muy distinta. En 1903, Aparicio Saravia sublevó la campaña del Uruguay; en alguna etapa de la contienda se temió que sus hombres pudieran irrumpir en Montevideo. Mi padre, que se encontraba allí, fue a pedir consejo a un pariente, Luis Melián Lafinur, el historiador. Éste le dijo que no había peligro, "porque el gaucho le teme a la ciudad". En efecto, las tropas de Saravia se desviaron y mi padre comprobó con algún asombro que el estudio de la Historia puede ser útil y no sólo agradable.[1]

La tercera que referiré, también pertenece a la tradición oral de mi casa. A fines de 1870, fuerzas de López Jordán comandadas por un gaucho a quien le decían *El Chumbiao* cercaron la ciudad de Paraná. Una noche, aprovechando un descuido de la guarnición, los montoneros lograron atravesar las defensas y dieron, a caballo, toda la vuelta de la plaza central, golpeándose la boca y burlándose. Luego, entre pifias y silbidos, se fueron. La guerra no era para ellos la ejecución coherente de un plan sino un juego de hombría.

---

1. Burton escribe que los beduinos, en las ciudades árabes, se tapan las narices con el pañuelo o con algodones; Ammiano, que los hunos tenían tanto miedo de las casas como de los sepulcros. Análogamente, los sajones que irrumpieron en Inglaterra en el siglo V, no se atrevieron a morar en las ciudades romanas que conquistaron. Las dejaron caerse a pedazos y compusieron luego elegías para lamentar esas ruinas.

La cuarta de las historias, la última, está en las páginas de un libro admirable: *L'Empire des Steppes* (1939), del orientalista Grousset. Dos párrafos del capítulo dos pueden ayudar a entenderla; he aquí el primero:

"La guerra de Gengis-khan contra los Kin, empezada en 1211, debía con breves treguas prolongarse hasta su muerte (1227), para ser rematada por su sucesor (1234). Los mogoles, con su móvil caballería, podían arrasar los campos y las poblaciones abiertas, pero durante mucho tiempo ignoraron el arte de tomar las plazas fortificadas por los ingenieros chinos. Además, guerreaban en China como en la estepa, por incursiones sucesivas, al cabo de las cuales se retiraban con su botín, dejando que en la retaguardia los chinos volvieran a ocupar las ciudades, levantaran las ruinas, repararan las brechas y rehicieran las fortificaciones, de tal modo que en el curso de aquella guerra los generales mogoles se vieron obligados a reconquistar dos o tres veces las mismas plazas."

He aquí el segundo:

"Los mogoles tomaron a Pekín, pasaron a degüello la población, saquearon las casas y después les prendieron fuego. La destrucción duró un mes. Evidentemente, los nómadas no sabían qué hacer con una gran ciudad y no atinaban con la manera de utilizarla para la consolidación y extensión de su poderío. Hay ahí un caso interesante para los especialistas de la geografía humana: el embarazo de las gentes de las estepas cuando, sin transición, el azar les entrega viejos países de civilización urbana. Queman y matan, no por sadismo, sino porque se encuentran desconcertados y no saben obrar de otra suerte."

He aquí, ahora, la historia que todas las autoridades confirman: Durante la última campaña de Gengis-khan, uno de sus generales observó que sus nuevos súbditos chinos no le servirían para nada, puesto que eran ineptos para la guerra, y que, por consiguiente, lo más juicioso era exterminarlos a todos, arrasar las ciudades y hacer del casi interminable Imperio Central un dilatado campo de pastoreo para las caballadas. Así, por lo menos, aprovecharían la tierra, ya que lo demás era inútil. El khan iba a seguir este aviso, cuando otro consejero le hizo notar que más provechoso era fijar impuestos a las tierras y a las mercaderías. La civilización se salvó, los mogoles envejecieron en las ciudades que habían anhelado destruir y sin duda acabaron por estimar, en jardines simétricos, las despreciables y pacíficas artes de la prosodia y de la cerámica.

Remotas en el tiempo y en el espacio, las historias que he congregado son una sola; el protagonista es eterno, y el receloso peón que pasa tres días ante una puerta que da a un último patio es, aunque venido a menos, el mismo que, con dos arcos, un lazo hecho de crin y un alfanje, estuvo a punto de arrasar y borrar, bajo los cascos del caballo estepario, el reino más antiguo del mundo. Hay un agrado en percibir, bajo los disfraces del tiempo, las eternas especies del jinete y de la ciudad;[1] ese agrado, en el caso de estas historias, puede dejarnos un sabor melancólico, ya que los argentinos (por obra del gaucho de Hernández o por gravitación de nuestro pasado) nos identificamos con el jinete, que es el que pierde al fin. Los centauros vencidos por los lapitas, la muerte del pastor de ovejas Abel a manos de Caín, que era labrador, la derrota de la caballería de Napoleón por la infantería británica en Waterloo, son emblemas y sombras de ese destino.

Jinete que se aleja y se pierde, con una sugestión de derrota, es asimismo en nuestras letras el gaucho. Así, en el *Martín Fierro*:

Cruz y Fierro de una estancia
Una tropilla se arriaron,
Por delante se la echaron
Como criollos entendidos
Y pronto, sin ser sentidos,
Por la frontera cruzaron.

Y cuando la habían pasao,
Una madrugada clara,
Le dijo Cruz que mirara
Las últimas poblaciones
Y a Fierro dos lagrimones
Le rodaron por la cara.

Y siguiendo el fiel del rumbo
Se entraron en el desierto...

---

1. Es fama que Hidalgo, Ascasubi, Estanislao del Campo y Lussich abundaron en versiones jocosas del diálogo del jinete con la ciudad.

Y en *El payador*, de Lugones:

"Dijérase que lo hemos visto desaparecer tras los collados familiares, al tranco de su caballo, despacito, porque no vayan a creer que es de miedo, con la última tarde que iba pardeando como el ala de la torcaz, bajo el chambergo lóbrego y el poncho pendiente de los hombros en decaídos pliegues de bandera a media asta."

Y en *Don Segundo Sombra*:

"La silueta reducida de mi padrino apareció en la lomada. Mi vista se ceñía enérgicamente sobre aquel pequeño movimiento en la pampa somnolienta. Ya iba a llegar a lo alto del camino y desaparecer. Se fue reduciendo como si lo cortaran de abajo en repetidos tajos. Sobre el punto negro del chambergo, mis ojos se aferraron con afán de hacer perdurar aquel rezago."

El espacio, en los textos supracitados, tiene la misión de significar el tiempo y la historia.

La figura del hombre sobre el caballo es secretamente patética. Bajo Atila, Azote de Dios, bajo Gengis-khan y bajo Timur, el jinete destruye y funda con violento fragor dilatados reinos, pero sus destrucciones y fundaciones son ilusorias. Su obra es efímera como él. Del labrador procede la palabra *cultura*, de las ciudades la palabra *civilización*, pero el jinete es una tempestad que se pierde. En el libro *Die Germanen der Völkerwanderung* (Stuttgart, 1939), Capelle observa, a este propósito, que los griegos, los romanos y los germanos eran pueblos agrícolas.

IX

EL PUÑAL

A Margarita Bunge

En un cajón hay un puñal.

Fue forjado en Toledo, a fines del siglo pasado; Luis Melián Lafinur se lo dio a mi padre, que lo trajo del Uruguay; Evaristo Carriego lo tuvo alguna vez en la mano.

Quienes lo ven tienen que jugar un rato con él; se advierte que hace mucho que lo buscaban; la mano se apresura a apretar la empuñadura que la espera; la hoja obediente y poderosa juega con precisión en la vaina.

Otra cosa quiere el puñal.

Es más que una estructura hecha de metales; los hombres lo pensaron y lo formaron para un fin muy preciso; es, de algún modo, eterno, el puñal que anoche mató a un hombre en Tacuarembó y los puñales que mataron a César. Quiere matar, quiere derramar brusca sangre.

En un cajón del escritorio, entre borradores y cartas, interminablemente sueña el puñal su sencillo sueño de tigre, y la mano se anima cuando lo rige porque el metal se anima, el metal que presiente en cada contacto al homicida para quien lo crearon los hombres.

A veces me da lástima. Tanta dureza, tanta fe, tan impasible o inocente soberbia, y los años pasan, inútiles.

X

PRÓLOGO A UNA EDICIÓN DE LAS POESÍAS COMPLETAS DE EVARISTO CARRIEGO

Todos, ahora, vemos a Evaristo Carriego en función del suburbio y propendemos a olvidar que Carriego es (como el guapo, la costurerita y el gringo) un personaje de Carriego, así como el suburbio en que lo pensamos es una proyección y casi una ilusión de su obra. Wilde sostenía que el Japón —las imágenes que esa palabra despierta— había sido inventado por Hokusai; en el caso de Evaristo Carriego, debemos postular una acción recíproca: el suburbio crea a Carriego y es recreado por él. Influyen en Carriego el suburbio real y el suburbio de Trejo y de las milongas; Carriego impone su visión del suburbio; esa visión modifica la realidad. (La modificarán después, mucho más, el tango y el sainete.)

¿Cómo se produjeron los hechos, cómo pudo ese pobre muchacho Carriego llegar a ser el que ahora será para siempre? Quizás el mismo Carriego, interrogado, no podría decírnoslo. Sin otro argumento que mi incapacidad para imaginar de otra manera las cosas, propongo esta versión al lector:

Un día entre los días del año 1904, en una casa que persiste en la calle Honduras, Evaristo Carriego leía con pesar y con avidez un libro de la gesta de Charles de Baatz, señor de Artagnan. Con avidez, porque Dumas le ofrecía lo que a otros ofrecen Shakespeare o Balzac o Walt Whitman, el sabor de la plenitud de la vida; con pesar porque era joven, orgulloso, tímido y pobre, y se creía desterrado de la vida. La vida estaba en Francia, pensó, en el claro contacto de los aceros, o cuando los ejércitos del Emperador anegaban la tierra, pero a mí me ha tocado el siglo XX, el tardío siglo XX, y un mediocre arrabal sudamericano... En esa cavilación estaba Carriego cuando algo sucedió. Un rasguido de laboriosa guitarra, la despareja hilera de casas bajas vistas por la ventana, Juan Muraña tocándose el chambergo para contestar a un saludo (Juan Muraña que anteanoche *marcó* a Suárez el Chileno), la luna en el cuadrado del patio, un hombre viejo con un gallo de riña, algo, cualquier cosa. Algo que no podremos recuperar, algo cuyo sentido sabremos pero no cuya forma, algo cotidiano y trivial y no percibido hasta entonces, que reveló a Carriego que el universo (que se da entero en cada instante, en cualquier lugar, y no sólo en las obras de Dumas) también estaba ahí, en el mero presente, en Palermo, en 1904. "Entrad, que también aquí están los dioses", dijo Heráclito de Éfeso a las personas que lo hallaron calentándose en la cocina.

Yo he sospechado alguna vez que cualquier vida humana, por intrincada y populosa que sea, consta en realidad de un momento: el momento en que el hombre sabe para siempre quién es. Desde la imprecisable revelación que he tratado de intuir, Carriego es Carriego. Ya es el autor de aquellos versos que años después le será permitido inventar:

Le cruzan el rostro, de estigmas violentos,
hondas cicatrices, y tal vez le halaga
llevar imborrables adornos sangrientos:
caprichos de hembra que tuvo la daga.

En el último, casi milagrosamente, hay un eco de la imaginación medieval del consorcio del guerrero con su arma, de esa imaginación que Detlev von Liliencron fijó en otros versos ilustres:

In die Friesen trug er sein Schwert Hilfnot,
das hat ihn heute betrogen...

Buenos Aires, noviembre de 1950.

XI

HISTORIA DEL TANGO

Vicente Rossi, Carlos Vega y Carlos Muzzio Sáenz Peña, investigadores puntuales, han historiado de diversa manera el origen del tango. Nada me cuesta declarar que suscribo a todas sus conclusiones, y aun a cualquier otra. Hay una historia del destino del tango, que el cinematógrafo periódicamente divulga; el tango, según esa versión sentimental, habría nacido en el suburbio, en los conventillos (en la Boca del Riachuelo, generalmente, por las virtudes fotográficas de esa zona); el patriciado lo habría rechazado, al principio; hacia 1910, adoctrinado por el buen ejemplo de París, habría franqueado finalmente sus puertas a ese interesante orillero. Ese *Bildungsroman,* esa "novela de un joven pobre", es ya una especie de verdad inconcusa o de axioma; mis recuerdos (y he cumplido los cincuenta años) y las indagaciones de naturaleza oral que he emprendido, ciertamente no la confirman.

He conversado con José Saborido, autor de *Felicia* y de *La morocha,* con Ernesto Poncio, autor de *Don Juan,* con los hermanos de Vicente Greco, autor de *La viruta* y de *La Tablada,* con Nicolás Paredes, caudillo que fue de Palermo, y con algún payador de su relación. Los dejé hablar; cuidadosamente me abstuve de formular preguntas que sugirieran determinadas contestaciones. Interrogados sobre la procedencia del tango, la topografía y aun la geografía de sus informes era singularmente diversa: Saborido (que era oriental) prefirió una cuna montevideana; Poncio (que era del barrio del Retiro) optó por Buenos Aires y por su barrio; los porteños del Sur invocaron la calle Chile; los del Norte, la meretricia calle del Temple o la calle Junín.

Pese a las divergencias que he enumerado y que sería fácil enriquecer interrogando a platenses o a rosarinos, mis asesores concordaban en un hecho esencial: el origen del tango en los lupanares. (Asimismo en la data de ese origen, que para nadie fue muy anterior al 80 o posterior al 90). El instrumental primitivo de las orquestas —piano, flauta, violín, después bandoneón— confirma, por el costo, ese testimonio; es una prueba de que el tango no surgió en las orillas, que se bastaron siempre, nadie lo ignora, con las seis cuerdas de la guitarra.

Otras confirmaciones no faltan: la lascivia de las figuras, la connotación evidente de ciertos títulos (*El choclo, El fierrazo*), la circunstancia, que de chico pude observar en Palermo y años después en la Chacarita y en Boedo, de que en las esquinas lo bailaban parejas de hombres, porque las mujeres del pueblo no querían participar en un baile de perdularias. Evaristo Carriego la fijó en sus *Misas herejes:*

> *En la calle, la buena gente derrocha*
> *sus guarangos decires más lisonjeros,*
> *porque al compás de un tango, que es* La morocha,
> *lucen ágiles* cortes *dos orilleros.*

En otra página de Carriego se muestra, con lujo de afligentes detalles, una pobre fiesta de casamiento; el hermano del novio está en la cárcel, hay dos muchachos pendencieros que el guapo tiene que pacificar con amenazas, hay recelo y rencor y chocarrería, pero

> *El tío de la novia, que se ha creído*
> *obligado a fijarse si el baile toma*
> *buen carácter, afirma, medio ofendido,*
> *que no se admiten* cortes, *ni aun en broma.*
> *—Que, la modestia a un lado, no se la pega*
> *ninguno de esos vivos... seguramente.*
> *La casa será pobre, nadie lo niega:*
> *todo lo que se quiera, pero decente—.*

El hombre momentáneo y severo que nos dejan entrever, para siempre, las dos estrofas, significa muy bien la primera reacción del pueblo ante el tango, *ese reptil de lupanar* como lo definiría Lugones con laconismo desdeñoso (*El payador*, página 117). Muchos años requirió el Barrio Norte para imponer el tango —ya adecentado por París, es verdad— a los conventillos, y no sé si del todo lo ha conseguido. Antes era una orgiástica diablura; hoy es una manera de caminar.

EL TANGO PENDENCIERO

La índole sexual del tango fue advertida por muchos, no así la índole pendenciera. Es verdad que las dos son modos o manifestaciones de un mismo impulso, y así la palabra *hombre,* en todas las lenguas que sé, connota capacidad sexual y capacidad belicosa, y la palabra *virtus*, que en latín quiere decir coraje, procede de *vir*, que es varón. Parejamente, en una de las páginas de *Kim* un afghán declara: "A los quince años, yo había matado a un hombre y procreado a un hombre" (*When I was fifteen, I had shot my man and begot my man*), como si los dos actos fueran, esencialmente, uno.

Hablar de tango pendenciero no basta; yo diría que el tango y que las milongas, expresan directamente algo que los poetas, muchas veces, han querido decir con palabras: la convicción de que pelear puede ser una fiesta. En la famosa *Historia de los Godos* que Jordanes compuso en el siglo VI, leemos que Atila, antes de la derrota de Châlons, arengó a sus ejércitos y les dijo que la fortuna había reservado para ellos *los júbilos* de esa batalla *(certaminis hujus gaudia)*. En la *Ilíada* se habla de aqueos para quienes la guerra era más dulce que regresar en huecas naves a su querida tierra natal y se dice que Paris, hijo de Príamo, corrió con pies veloces a la batalla, como el caballo de agitada crin que busca a las yeguas. En la vieja epopeya sajona que inicia las literaturas germánicas, en el *Beowulf*, el rapsoda llama *sweorda gelac* (juego de espadas) a la batalla. *Fiesta de vikings* le dijeron en el siglo XI los poetas escandinavos. A principios del siglo XVII, Quevedo, en una de sus jácaras, llamó a un duelo *danza de espadas*, lo cual es casi el *juego de espadas* del anónimo anglosajón. El espléndido Hugo, en su evocación de la batalla de Waterloo, dijo que los soldados, comprendiendo que iban a morir en aquella fiesta (*comprenant qu'ils allaient mourir dans cette fête*), saludaron a su dios, de pie en la tormenta.

Estos ejemplos que al azar de mis lecturas he ido anotando, podrían, sin mayor diligencia, multiplicarse y acaso en la *Chanson de Roland* o en el vasto poema de Ariosto hay lugares congéneres. Alguno de los registrados aquí —el de Quevedo o el de Atila, digamos— es de irrecusable eficacia; todos, sin embargo, adolecen del pecado original de lo literario: son estructuras de palabras, formas hechas de símbolos. *Danza de espadas*, por ejemplo, nos invita a unir dos representaciones dispares, la del baile y la del combate, para que la primera sature de alegría a la última, pero no habla directamente con nuestra sangre, no recrea en nosotros esa alegría. Schopenhauer (*Die Welt als Wille und Vorstellung*, 1, 52) ha escrito que la música no es menos inmediata que el mundo mismo; sin mundo, sin un caudal común de memorias evocables por el lenguaje, no habría, ciertamente, literatura, pero la música prescinde del mundo, podría haber música y no mundo. La música es la voluntad, la pasión; el tango antiguo, como música, suele directamente trasmitir esa belicosa alegría cuya expresión verbal ensayaron, en edades remotas, rapsodas griegos y germánicos. Ciertos compositores actuales buscan ese tono valiente y elaboran, a veces con felicidad, milongas del bajo de la Batería o del barrio del Alto, pero sus trabajos, de letra y música estudiosamente anticuadas, son ejercicios de nostalgia de lo que fue, llantos por lo perdido, esencialmente tristes aunque la tonada sea alegre. Son a las bravías e inocentes milongas que registra el libro de Rossi lo que *Don Segundo Sombra* es a *Martín Fierro* o a *Paulino Lucero.*

En un diálogo de Oscar Wilde se lee que la música nos revela un pasado personal que hasta ese momento ignorábamos y nos mueve a lamentar desventuras que no nos ocurrieron y culpas que no cometimos; de mí confesaré que no suelo oír *El Marne* o *Don Juan* sin recordar con precisión un pasado apócrifo, a la vez estoico y orgiástico, en el que he desafiado y peleado para caer al fin, silencioso, en un oscuro duelo a cuchillo. Tal vez la misión del tango sea ésa: dar a los argentinos la certidumbre de haber sido valientes, de haber cumplido ya con las exigencias del valor y el honor.

UN MISTERIO PARCIAL

Admitida una función compensatoria del tango, queda un breve misterio por resolver. La independencia de América fue, en buena parte, una empresa argentina; hombres argentinos pelearon en lejanas batallas del continente, en Maipú, en Ayacucho, en Junín. Después hubo las guerras civiles, la guerra del Brasil, las campañas contra Rosas y Urquiza, la guerra del Paraguay, la guerra de frontera contra los indios... Nuestro pasado militar es copioso, pero lo indiscutible es que el argentino, en trance de pensarse valiente, no se identifica con él (pese a la preferencia que en las escuelas se da al estudio de la historia) sino con las vastas figuras genéricas del gaucho y del compadre. Si no me engaño, este rasgo instintivo y paradójico tiene su explicación. El argentino hallaría su símbolo en el gaucho y no en el militar, porque el valor cifrado en aquél por las tradiciones orales no está al servicio de una causa y es puro. El gaucho y el compadre son imaginados como rebeldes; el argentino, a diferencia de los americanos del Norte y de casi todos los europeos, no se identifica con el Estado. Ello puede atribuirse al hecho general de que el Estado es una inconcebible abstracción;[1] lo cierto es que el argentino es un individuo, no un ciudadano. Aforismos como el de Hegel "El Estado es la realidad de la idea moral" le parecen bromas siniestras. Los films elaborados en Hollywood repetidamente proponen a la admiración el caso de un hombre (generalmente, un periodista) que busca la amistad de un criminal para entregarlo después a la policía; el argentino, para quien la amistad es una pasión y la policía una *maffia*, siente que ese "héroe" es un incomprensible canalla. Siente con don Quijote que "allá se lo haya cada uno con su pecado" y que "no es bien que los hombres honrados sean verdugos de los otros hombres, no yéndoles nada en ello" (*Quijote*, 1, XXII). Más de una vez, ante las vanas simetrías del estilo español, he sospechado que diferimos insalvablemente de España: esas dos líneas del *Quijote* han bastado para convencerme del error; son como el símbolo tranquilo y secreto de una afinidad. Profundamente la confirma una noche de la literatura argentina: esa desesperada noche en la que un sargento de la policía rural gritó que no iba a consentir el delito de que se matara a un valiente y se puso a pelear contra sus soldados, junto al desertor Martín Fierro.

LAS LETRAS

De valor desigual, ya que notoriamente proceden de centenares y de miles de plumas heterogéneas, las letras de tango que la inspiración o la industria han elaborado integran, al cabo de medio siglo, un casi inextricable *corpus poeticum* que los historiadores de la literatura argentina leerán o, en todo caso, vindicarán. Lo popular, siempre que el pueblo ya no lo entienda, siempre que lo hayan anticuado los años, logra la nostálgica veneración de los eruditos y permite polémicas y glosarios; es verosímil que hacia 1990 surja la sospecha o la certidumbre de que la verdadera poesía de nuestro tiempo no está en *La urna* de Banchs o en *Luz de provincia* de Mastronardi, sino en las piezas imperfectas que se atesoran en *El alma que canta*. Esta suposición es melancólica. Una culpable negligencia me ha vedado la adquisición y el estudio de ese repertorio caótico, pero no desconozco su variedad y el

---

1. El Estado es impersonal: el argentino sólo concibe una relación personal. Por eso, para él, robar dineros públicos no es un crimen. Compruebo un hecho, no lo justifico o disculpo.

creciente ámbito de sus temas. Al principio, el tango no tuvo letra o la tuvo obscena y casual. Algunos la tuvieron agreste (*Yo soy la fiel compañera — del noble gaucho porteño*) porque los compositores buscaban la popular, y la mala vida y los arrabales no eran materia poética, entonces. Otros, como la milonga congénere,[1] fueron alegres y vistosas bravatas (*En el tango soy tan taura — que cuando hago un doble corte — corre la voz por el Norte — si es que me encuentro en el Sur*). Después, el género historió, como ciertas novelas del naturalismo francés o como ciertos grabados de Hogarth, las vicisitudes locales del *harlot's progress.* (*Luego fuiste la amiguita — de un viejo boticario — y el hijo de un comisario — todo el vento te sacó*); después, la deplorada conversión de los barrios pendencieros o menesterosos a la decencia (*Puente Alsina — ¿dónde está ese malevaje? o ¿Dónde están aquellos hombres y esas chinas, — vinchas rojas y chambergos que Requena conoció? — ¿Dónde está mi Villa Crespo de otros tiempos? — Se vinieron los judíos, Triunvirato se acabó*). Desde muy temprano, las zozobras del amor clandestino o sentimental habían atareado las plumas (*¿No te acordás que conmigo — te pusistes un sombrero — y aquel cinturón de cuero — que a otra mina le afané?*). Tangos de recriminación, tangos de odio, tangos de burla y de rencor se escribieron, reacios a la transcripción y al recuerdo. Todo el trajín de la ciudad fue entrando en el tango; la mala vida y el suburbio no fueron los únicos temas. En el prólogo de las sátiras, Juvenal memorablemente escribió que todo lo que mueve a los hombres —el deseo, el temor, la ira, el goce carnal, las intrigas, la felicidad— sería materia de su libro; con perdonable exageración podríamos aplicar su famoso *quidquid agunt homines*, a la suma de las letras de tango. También podríamos decir que éstas forman una inconexa y vasta *comédie humaine* de la vida de Buenos Aires. Es sabido que Wolf, a fines del siglo XVIII, escribió que la *Ilíada,* antes de ser una epopeya, fue una serie de cantos y de rapsodias; ello permite, acaso, la profecía de que las letras de tango formarán, con el tiempo, un largo poema civil, o sugerirán a algún ambicioso la escritura de ese poema.

---

1. *Yo soy del barrio del Alto,*
Soy del barrio del Retiro.
Yo soy aquel que no miro
Con quién tengo que pelear,
Y a quien en milonguear,
Ninguno se puso a tiro.

Es conocido el parecer de Andrew Fletcher: "Si me dejan escribir todas las baladas de una nación, no me importa quién escriba las leyes"; el dictamen sugiere que la poesía común o tradicional puede influir en los sentimientos y dictar la conducta. Aplicada la conjetura al tango argentino, veríamos en éste un espejo de nuestras realidades y a la vez un mentor o un modelo, de influjo ciertamente maléfico. La milonga y el tango de los orígenes podían ser tontos o, a lo menos, atolondrados, pero eran valerosos y alegres; el tango posterior es un resentido que deplora con lujo sentimental las desdichas propias y festeja con desvergüenza las desdichas ajenas.

Recuerdo que hacia 1926 yo daba en atribuir a los italianos (y más concretamente a los genoveses del barrio de la Boca) la degeneración de los tangos. En aquel mito, o fantasía, de un tango "criollo" maleado por los "gringos", veo un claro síntoma, ahora, de ciertas herejías nacionalistas que han asolado el mundo después —a impulso de los gringos, naturalmente. No el bandoneón, que yo apodé cobarde algún día, no los aplicados compositores de un suburbio fluvial, han hecho que el tango sea lo que es, sino la república entera. Además, los criollos viejos que engendraron el tango se llamaban Bevilacqua, Greco o de Bassi...

A mi denigración del tango de la etapa actual alguien querrá objetar que el pasaje de valentía o baladronada a tristeza no es necesariamente culpable y puede ser indicio de madurez. Mi imaginario contendor bien puede agregar que el inocente y valeroso Ascasubi es al quejoso Hernández lo que el primer tango es al último y que nadie —salvo, acaso, Jorge Luis Borges— se ha animado a inferir de esa disminución de felicidad que *Martín Fierro* es inferior a *Paulino Lucero*. La respuesta es fácil: La diferencia no sólo es de tono hedónico: es de tono moral. En el tango cotidiano de Buenos Aires, en el tango de las veladas familiares y de las confiterías decentes, hay una canallería trivial, un sabor de infamia que ni siquiera sospecharon los tangos del cuchillo y del lupanar.

Musicalmente, el tango no debe de ser importante; su única importancia es la que le damos. La reflexión es justa, pero tal vez es aplicable a todas las cosas. A nuestra muerte personal, por ejemplo, o a la mujer que nos desdeña... El tango puede discutirse, y lo discutimos, pero encierra, como todo lo verdadero, un secreto. Los diccionarios musicales registran, por todos aprobada, su breve y suficiente definición; esa definición es elemental y no promete dificultades, pero el compositor francés o español que, confiado en ella, urde correctamente un "tango", descubre, no sin estupor, que ha urdido algo que nuestros oídos no reconocen, que nuestra memoria no hospeda y que nuestro cuerpo rechaza. Diríase que sin atardeceres y noches de Buenos Aires no puede hacerse un tango y que en el cielo nos espera a los argentinos la idea platónica del tango, su forma universal (esa forma que apenas deletrean *La Tablada* o *El choclo*), y que esa especie venturosa tiene, aunque humilde, su lugar en el universo.

EL DESAFÍO

Hay un relato legendario o histórico, o hecho de historia y de leyenda a la vez (lo cual, acaso, es otra manera de decir legendario), que prueba el culto del coraje. Sus mejores versiones escritas pueden buscarse en las novelas de Eduardo Gutiérrez, olvidadas ahora con injusticia, en el *Hormiga Negra* o el *Juan Moreira*; de las orales, la primera que oí provenía de un barrio que demarcaron una cárcel, un río y un cementerio y que se llamó la Tierra del Fuego. El protagonista de esa versión era Juan Muraña, carrero y cuchillero en el que convergen todos los cuentos de coraje que andan por las orillas del Norte. Esa primera versión era simple. Un hombre de los Corrales o de Barracas, sabedor de la fama de Juan Muraña (a quien no ha visto nunca), viene a pelearlo desde su suburbio del Sur; lo provoca en un almacén, los dos salen a pelear a la calle; se hieren, Muraña, al fin, lo *marca* y le dice: "Te dejo con vida para que volvás a buscarme".

Lo desinteresado de aquel duelo lo grabó en mi memoria; mis conversaciones (mis amigos harto lo saben) no prescindieron de él; hacia 1927 lo escribí y con enfático laconismo lo titulé "Hombres pelearon"; años después, la anécdota me ayudó a imaginar un cuento afortunado, ya que no bueno, "Hombre de la esquina rosada"; en 1950, Adolfo Bioy Casares y yo la retomamos para urdir el libro de un film que las empresas rechazaron con entusiasmo y que se llamaría *Los orilleros*. Creí, al cabo de tan dilatadas fatigas, haberme despedido de la historia del duelo generoso; este año, en Chivilcoy, recogí una versión harto superior, que ojalá sea la verdadera, aunque las dos muy bien pueden serlo, ya que el destino se complace en repetir las formas y lo que pasó una vez pasa muchas. Dos cuentos mediocres y un film que tengo por muy bueno salieron de la versión deficiente; nada puede salir de la otra, que es perfecta y cabal. Como me la contaron la contaré, sin adiciones de metáforas o de paisaje. La historia, me dijeron, ocurrió en el partido de Chivilcoy, hacia mil ochocientos setenta y tantos. Wenceslao Suárez es el nombre del héroe, que desempeña la tarea de trenzador y vive en un ranchito. Es hombre de cuarenta o de cincuenta años; tiene reputación de valiente y es harto inverosímil (dados los hechos de la historia que narro) que no deba una o dos muertes, pero éstas, cometidas en buena ley, no perturban su conciencia o manchan su fama. Una tarde, en la vida pareja de ese hombre ocurre un hecho insólito: en la pulpería le notician que ha llegado una carta para él. Don Wenceslao no sabe leer; el pulpero descifra con lentitud una ceremoniosa misiva, que tampoco ha de ser de puño y letra de quien la manda. En representación de unos amigos que saben estimar la destreza y la verdadera serenidad, un desconocido saluda a don Wenceslao, mentas de cuya fama han atravesado el Arroyo del Medio, y le ofrece la hospitalidad de su humilde casa, en un pueblo de Santa Fe. Wenceslao Suárez dicta una contestación al pulpero; agradece la fineza, explica que no se anima a dejar sola a su madre, ya muy entrada en años, e invita al otro a Chivilcoy, a su rancho, donde no faltarán un asado y unas copas de vino. Pasan los meses y un hombre en un caballo aperado de un modo algo distinto al de la región pregunta en la pulpería las señas de la casa de Suárez. Éste, que ha venido a comprar carne, oye la pregunta y le dice quién es; el forastero le recuerda las cartas que se escribieron hace un tiempo. Suárez celebra que el otro se haya decidido a venir; luego se van los dos a un campito y Suárez prepara el asado. Comen y beben y conversan.¿De qué? Sospecho que de temas de sangre, de temas bárbaros, pero con atención y prudencia. Han almorzado y el grave calor de la siesta carga sobre la tierra cuando el forastero convida a don Wenceslao a que se hagan unos tiritos. Rehusar sería una deshonra. Vistean los dos y juegan a pelear al principio, pero Wenceslao no tarda en sentir que el forastero se propone matarlo. Entiende, al fin, el sentido de la carta ceremoniosa y deplora haber comido y bebido tanto. Sabe que se cansará antes que el otro, que es todavía un muchacho. Con sorna o cortesía, el forastero le propone un descanso. Don Wenceslao accede, y, en cuanto reanudan el duelo, permite al otro que lo hiera en la mano izquierda, en la que lleva el poncho, arrollado.[1] El cuchillo entra en la muñe-

1. De esa vieja manera de combatir a capa y espada, habla Montaigne en sus *Ensayos* (I, 49) y cita un pasaje de César: *Sinistras sagis involvunt, gladiosque distringunt.* Lugones, en la página 54 de *El payador*, trae un lugar análogo del romance de Bernardo del Carpio:

Revolviendo el manto al brazo,
La espada fuera a sacar.

ca, la mano queda como muerta, colgando. Suárez, da un gran salto, recula, pone la mano ensangrentada en el suelo, la pisa con la bota, la arranca, amaga un golpe al pecho del forastero y le abre el vientre de una puñalada. Así acaba la historia, salvo que para algún relator queda el santafecino en el campo y, para otro (que le mezquina la dignidad de morir), vuelve a su provincia. En esta versión última, Suárez le hace la primera cura con la caña que quedó del almuerzo...

En la gesta del Manco Wenceslao —así ahora se llama Suárez, para la gloria— la mansedumbre o cortesía de ciertos rasgos (el trabajo de trenzador, el escrúpulo de no dejar sola a la madre, las dos cartas floridas, la conversación, el almuerzo) mitigan o acentúan con felicidad la tremenda fábula; tales rasgos le dan un carácter épico y aun caballeresco que no hallaremos, por ejemplo, salvo que hayamos resuelto encontrarlo, en las peleas de borracho del *Martín Fierro* o en la congénere y más pobre versión de Juan Muraña y el surero. Un rasgo común a las dos es, quizá, significativo. En ambas el provocador resulta derrotado. Ello puede deberse a la mera y miserable necesidad de que triunfe el campeón local, pero también, y así lo preferiríamos, a una tácita condena de la provocación en estas ficciones heroicas o, y esto sería lo mejor, a la oscura y trágica convicción de que el hombre siempre es artífice de su propia desdicha, como el Ulises del canto XXVI del *Infierno*. Emerson, que alabó en las biografías de Plutarco "un estoicismo que no es de las escuelas sino de la sangre", no hubiera desdeñado esta historia.

Tendríamos, pues, a hombres de pobrísima vida, a gauchos y orilleros de las regiones ribereñas del Plata y del Paraná, creando, sin saberlo, una religión, con su mitología y sus mártires, la dura y ciega religión del coraje, de estar listo a matar y a morir. Esa religión es vieja como el mundo, pero habría sido redescubierta, y vivida, en estas repúblicas, por pastores, matarifes, troperos, prófugos y rufianes. Su música estaría en los estilos, en las milongas y en los primeros tangos. He escrito que es antigua esa religión; en una saga del siglo XII se lee:

—"Dime cuál es tu fe —dijo el conde.

—Creo en mi fuerza —dijo Sigmund."

Wenceslao Suárez y su anónimo contrincante y otros que la mitología ha olvidado o ha incorporado a ellos, profesaron sin duda esa fe viril, que bien puede no ser una vanidad sino la conciencia de que en cualquier hombre está Dios.

XII

DOS CARTAS

(La publicación de uno de los capítulos que integran la Historia del tango *valió a su autor estas dos cartas, que ahora enriquecen el libro.)*

C. del Uruguay (E. R.), 27 de enero de 1953.

Señor
JORGE LUIS BORGES

He leído en *La Nación* del 28 de diciembre "El Desafío".

Dado el interés que usted manifiesta por hechos de la naturaleza del que narra, pienso que le será grato conocer uno que contaba mi padre, fallecido hace muchos años, diciéndose testigo presencial del mismo.

Lugar: el saladero "San José" de Puerto Ruiz, próximo a Gualeguay, que giraba bajo la firma Laurencena, Parachú y Marcó.

Época: Allá por los 60.

Entre el personal del saladero, casi exclusivamente de vascos, figuraba un negro de nombre Fustel, cuya fama como diestro en el manejo del facón había trascendido los límites de la provincia, como usted verá.

Un buen día llegó a Puerto Ruiz un paisano lujosamente vestido al estilo de la época: chiripá de merino negro, calzoncillo cribado, pañuelo de seda al cuello, cinto cubierto de monedas de plata, en buen caballo aperado regiamente: freno, pretal, estribos y cabezada de plata con adornos de oro y facón haciendo juego.

Se dio a conocer diciendo que venía del saladero "Fray Bentos", donde se había enterado de la fama de Fustel, y que, considerándose muy hombre, deseaba probarse con él.

Fue fácil ponerlos en contacto, y no habiendo motivos de ninguna clase de malquerencia, se concertó el lance para el día y hora determinados, en el mismo lugar.

En el centro de una gran rueda formada por todo el personal del saladero y vecinos, comenzó la pelea, en la que ambos hombres demostraban admirable destreza.

Después de largo rato de lucha, el negro Fustel consiguió alcanzar a su rival con la punta del facón en la frente, haciéndole una herida que aunque pequeña empezó a manar bastante sangre.

Al verse herido, el forastero tiró el facón y, tendiéndole la mano a su contrincante, le dijo: "Usted es más hombre, amigo".

Se hicieron muy buenos amigos, y al despedirse se cambiaron los facones en prueba de amistad.

Se me ocurre que manejado por su prestigiosa pluma, este hecho, que creo histórico (mi padre nunca mintió), podría servirle para rehacer el libreto de su film, cambiando el nombre de "Los orilleros" por "Nobleza Gaucha", o algo parecido.

Lo saluda con especial consideración

ERNESTO T. MARCÓ

Chivilcoy, diciembre 28 de 1952.

Señor Jorge Luis Borges, en *La Nación.*

De mi distinguida consideración:

Ref. Comentarios a "El Desafío" *(28/12/52)*

Escribo esto con un propósito de información y no de rectificación, por cuanto lo esencial no sufre alteración alguna, variando sólo algunas formas del hecho.

Muchas veces escuché a mi padre detalles del duelo que sirve a la sustancia de "El Desafío" aparecido en *La Nación* de hoy, quien a la sazón habitaba en un campo de su propiedad sito en las proximidades de la "Pulpería de Doña Hipólita", cuya playa aledaña fue el escenario en que se desarrolló el terrible duelo entre Wenceslao y el paisano azuleño —el mismo visitante se lo dijo a Wenceslao que procedía del Azul, hasta donde llegaran las mentas de la destreza de éste— que vino a dirimir posiciones.

Cerca de una parva de pasto seco comieron los rivales, seguramente estudiándose, y cuando tal vez los ánimos se acaloraron, vino la invitación a un visteo hecha por el sureño y aceptada en el acto por el nuestro.

Saltarín como era el azuleño, resultaba inalcanzable para el facón de su rival, prolongándose la lucha en perjuicio de Wenceslao. Desde arriba de la parva un peón de Doña Hipólita, que había cerrado la puerta de su pulpería en vista del cariz de la cuestión, presenciaba atemorizado las alternativas de la pelea. Resuelto Wenceslao a obtener una decisión, descubrió su guardia ofreciendo su brazo izquierdo protegido por el poncho que tenía arrollado. Cayó como el rayo el del Azul con un terrible hachazo descargado sobre la muñeca de su contrincante al tiempo que la punta aguzada del facón de Wenceslao lo alcanzaba en un ojo. Un alarido salvaje rasgó el cielo de la pampa, y el azuleño puesto en fuga se refugió tras la sólida puerta de la pulpería mientras Wenceslao pisaba su mano izquierda sostenida por una tira de piel y de un tajo la separaba del brazo, metía el muñón en la pechera de su blusa y corría tras del fugitivo, rugiendo como un león y reclamando su presencia para continuar la lucha.

Desde ese entonces a Wenceslao se le conocía por el manco Wenceslao. Vivía de su trabajo en tientos. Nunca provocaba. Su presencia en las pulperías fue prenda de paz, pues bastaba su enérgica advertencia proferida calmosamente, con su voz varonil, para desalentar a los pendencieros. Dentro de esa pobreza fue un señor. Su vida sencilla tuvo trascendencia, porque su orgullosa personalidad no toleró el insulto y ni siquiera el desdén, y su profundo conocimiento de las debilidades humanas le hizo dudar de la imparcialidad de la justicia de aquel entonces y por eso acostumbróse a hacérsela por sí mismo. Ahí estuvo su error, en cuanto a su propia conservación.

La trastada de un gringo lo obligó a proceder, y de allí partió su desgracia. Una numerosa comisión policial integrada por civiles lo acorraló en una pulpería donde fuera en busca de los vicios. La lucha a arma blanca, de 5 a 1, se resolvía ventajosamente para Wenceslao cuando el certero disparo de un civil tendió para siempre al héroe del cuartel 13.

Lo demás es exacto. Vivía en un rancho con la madre. Los vecinos, entre ellos mi padre, lo ayudaron para construirlo. Nunca robó.

Hago propicia la oportunidad para saludar al talentoso escritor con expresiones de mi admiración y simpatía.

JUAN B. LAUHIRAT

Discusión
(1932)

Esto es lo malo de no hacer imprimir las obras:
que se va la vida en rehacerlas.

ALFONSO REYES:
Cuestiones gongorinas, 60.

PRÓLOGO

Las páginas recopiladas en este libro no precisan mayor elucidación. El arte narrativo y la magia, Films *y* La postulación de la realidad *responden a cuidados idénticos y creo que llegan a ponerse de acuerdo.* Nuestras imposibilidades *no es el charro ejercicio de invectiva que dijeron algunos; es un informe reticente y dolido de ciertos caracteres de nuestro ser que no son tan gloriosos.*[1] Una vindicación del falso Basílides *y* Una vindicación de la cábala *son resignados ejercicios de anacronismo: no restituyen el difícil pasado —operan y divagan con él.* La duración del Infierno *declara mi afición incrédula y persistente por las dificultades teológicas. Digo lo mismo de* La penúltima versión de la realidad. Paul Groussac *es la más prescindible página del volumen. La intitulada* El otro Whitman *omite voluntariamente el fervor que siempre me ha dictado su tema; deploro no haber destacado algo más las numerosas invenciones retóricas del poeta, más imitadas ciertamente y más bellas que las de Mallarmé o las de Swinburne.* La perpetua carrera de Aquiles y la tortuga *no solicita otra virtud que la de su acopio de informes.* Las versiones homéricas *son mis primeras letras —que no creo ascenderán a segundas— de helenista adivinatorio.*

Vida y muerte le han faltado a mi vida. De esa indigencia, mi laborioso amor por estas minucias. No sé si la disculpa del epígrafe me valdrá.

J. L. B.

Buenos Aires, 1932.

1. El artículo, que ahora parecería muy débil, no figura en esta reedición. *(Nota de 1955.)*

LA POESÍA GAUCHESCA

Es fama que le preguntaron a Whistler cuánto tiempo había requerido para pintar uno de sus *nocturnos* y que respondió: "Toda mi vida". Con igual rigor pudo haber dicho que había requerido todos los siglos que precedieron al momento en que lo pintó. De esa correcta aplicación de la ley de causalidad se sigue que el menor de los hechos presupone el inconcebible universo e, inversamente, que el universo necesita del menor de los hechos. Investigar las causas de un fenómeno, siquiera de un fenómeno tan simple como la literatura gauchesca, es proceder en infinito; básteme la mención de *dos* causas que juzgo principales.

Quienes me han precedido en esta labor se han limitado a una: la vida pastoril que era típica de las cuchillas y de la pampa. Esa causa, apta sin duda para la amplificación oratoria y para la digresión pintoresca, es insuficiente; la vida pastoril ha sido típica de muchas regiones de América, desde Montana y Oregón hasta Chile, pero esos territorios, hasta ahora, se han abstenido enérgicamente de redactar *El gaucho Martín Fierro*. No bastan, pues, el duro pastor y el desierto. El *cowboy*, a pesar de los libros documentales de Will James y del insistente cinematógrafo, pesa menos en la literatura de su país que los chacareros del Middle West o que los hombres negros del Sur... Derivar la literatura gauchesca de su materia, el gaucho, es una confusión que desfigura la notoria verdad. No menos necesario para la formación de ese género que la pampa y que las cuchillas fue el carácter urbano de Buenos Aires y de Montevideo. Las guerras de la Independencia, la guerra del Brasil, las guerras anárquicas, hicieron que hombres de cultura civil se compenetraran con el gauchaje; de la azarosa conjunción de esos dos estilos vitales, del asombro que uno produjo en otro, nació la literatura gauchesca. Denostar (algunos lo han hecho) a Juan Cruz Varela o a Francisco Acuña de Figueroa por no haber ejercido, o inventado, esa literatura, es una necedad; sin las humanidades que representan sus odas y paráfrasis, Martín Fierro, en una pulpería de la frontera, no hubiera asesinado, cincuenta años después, al moreno. Tan dilatado y tan incalculable es el arte, tan secreto su juego. Tachar de artificial o de inveraz a la literatura gauchesca porque ésta no es obra de gauchos, sería pedantesco y ridículo; sin embargo, no hay cultivador de ese género que no haya sido alguna vez, por su generación o las venideras, acusado de falsedad. Así, para Lugones, el *Aniceto* de Ascasubi "es un pobre diablo, mezcla de filosofastro y de zumbón"; para Vicente Rossi, los protagonistas del *Fausto* son "dos chacareros chupistas y charlatanes"; Vizcacha, "un mensual anciano, maniático"; Fierro, "un fraile federal-oribista con barba y chiripá". Tales definiciones, claro está, son meras curiosidades de la inventiva; su débil y remota justificación es que todo gaucho de la literatura (todo personaje de la literatura) es, de alguna manera, el literato que lo ideó. Se ha repetido que los héroes de Shakespeare son independientes de Shakespeare; para Bernard Shaw, sin embargo "*Macbeth* es la tragedia del hombre de letras moderno, como asesino y cliente de brujas"... Sobre la mayor o menor autenticidad de los gauchos escritos, cabe observar, tal vez, que para casi todos nosotros, el gaucho es un objeto ideal, prototípico. De ahí un dilema: si la figura que el autor nos propone se ajusta con rigor a ese prototipo, la juzgamos trillada y convencional; si difiere, nos sentimos burlados y defraudados. Ya veremos después que de todos los héroes de esa poesía, Fierro es el más individual, el que menos responde a una tradición. El arte, siempre, opta por lo individual, lo concreto; el arte no es platónico.

Emprendo, ahora, el examen sucesivo de los poetas.

El iniciador, el Adán, es Bartolomé Hidalgo, montevideano. La circunstancia de que en 1810 fue barbero parece haber fascinado a la crítica; Lugones, que lo censura, estampa la voz "rapabarbas"; Rojas, que lo pondera, no se resigna a prescindir de "rapista". Lo hace, de una plumada, payador, y lo describe en forma ascendente, con acopio de rasgos minuciosos e imaginarios: "vestido el chiripá sobre su calzoncillo abierto en cribas; calzadas las espuelas en la bota sobada del caballero gaucho; abierta sobre el pecho la camiseta oscura, henchida por el viento de las pampas; alzada sobre la frente el ala del chambergo, como si fuera siempre galopando la tierra natal; ennoblecida la cara barbuda por su ojo experto en las baquías de la inmensidad y de la gloria". Harto más memorables que esas licencias de la iconografía, y la sastrería, me parecen dos circunstancias, también registradas por Rojas: el hecho de que Hidalgo fue un soldado, el hecho de que, antes de inventar al capataz Jacinto Chano y al gaucho Ramón Contreras, abundó —disciplina singular en un payador— en sonetos y en odas endecasílabas. Carlos Roxlo juzga que las composiciones rurales de Hidalgo "no han sido superadas aún por ninguno de los que han descollado, imitándolo". Yo pienso lo contrario; pienso que ha sido superado por muchos y que sus diálogos, ahora, lindan con el olvido. Pienso también que su paradójica gloria radica en esa dilatada y diversa superación filial. Hidalgo sobrevive en los otros, Hidalgo es de algún modo los otros. En mi corta experiencia de narrador, he comprobado que saber cómo habla un personaje es saber quién es, que descubrir una entonación, una voz, una sintaxis peculiar, es haber descubierto un destino. Bartolomé Hidalgo descubre la entonación del gaucho; eso es mucho. No repetiré líneas suyas; inevitablemente incurriríamos en el anacronismo de condenarlas, usando como canon las de sus continuadores famosos. Básteme recordar que en las ajenas melodías que oiremos está la voz de Hidalgo, inmortal, secreta y modesta.

Hidalgo falleció oscuramente de una enfermedad pulmonar, en el pueblo de Morón, hacia 1823. Hacia 1841, en Montevideo, rompió a cantar, multiplicado en insolentes seudónimos, el cordobés Hilario Ascasubi. El porvenir no ha sido piadoso con él, ni siquiera justo.

Ascasubi, en vida, fue el "Béranger del Río de la Plata"; muerto, es un precursor borroso de Hernández. Ambas definiciones, como se ve, lo traducen en mero borrador —erróneo ya en el tiempo, ya en el espacio— de otro destino humano. La primera, la contemporánea, no le hizo mal: quienes la apadrinaban no carecían de una directa noción de quién era Ascasubi, y de una suficiente noticia de quién era el francés; ahora, los dos conocimientos ralean. La honesta gloria de Béranger ha declinado, aunque dispone todavía de tres columnas en la *Encyclopaedia Britannica*, firmadas por nadie menos que Stevenson; y la de Ascasubi... La segunda, la de premonición o aviso del *Martín Fierro*, es una insensatez: es accidental el parecido de las dos obras, nulo el de sus propósitos. El motivo de esa atribución errónea es curioso. Agotada la edición príncipe de Ascasubi de 1872 y rarísima en librería la de 1900, la empresa La Cultura Argentina quiso facilitar al público alguna de sus obras. Razones de largura y de seriedad eligieron el *Santos Vega*, impenetrable sucesión de trece mil versos, de siempre acometida y siempre postergada lectura. La gente, fastidiada, ahuyentada, tuvo que recurrir a ese respetuoso sinónimo de la incapacidad meritoria: el concepto de precursor. Pensarlo precursor de su declarado discípulo, Estanislao del Campo, era demasiado evidente; resolvieron emparentarlo con José Hernández. El proyecto adolecía de esta molestia, que razonaremos después: la superioridad del precursor, en esas pocas páginas ocasionales —las descripciones del amanecer, del malón— cuyo tema es igual. Nadie se demoró en esa paradoja, nadie pasó de esta comprobación evidente: la general inferioridad de Ascasubi. (Escribo con algún remordimiento; uno de los distraídos fui yo, en cierta consideración inútil sobre Ascasubi.) Una liviana meditación, sin embargo, habría demostrado que postulados bien los propósitos de los dos escritores, una frecuente superioridad parcial de Aniceto era de prever. ¿Qué fin se proponía Hernández? Uno, limitadísimo: la historia del destino de Martín Fierro, referida por éste. No intuimos los hechos, sino al paisano Martín Fierro contándolos. De ahí que la omisión, o atenuación del color local sea típica de Hernández. No especifica día y noche, el pelo de los caballos: afectación que en nuestra literatura de ganaderos tiene correlación con la británica de especificar los aparejos, los derroteros y las maniobras, en su literatura del mar, pampa de los ingleses. No silencia la realidad, pero sólo se refiere a ella en función del carácter del héroe. (Lo mismo, con el ambiente marinero, hace Joseph Conrad.) Así, los muchos bailes que necesariamente figuran en su relato no son nunca descritos. Ascasubi, en cambio, se propone la intuición directa del baile, del juego discontinuo de los cuerpos que se están entendiendo (*Paulino Lucero*, pág. 204):

Sacó luego a su aparcera
la Juana Rosa a bailar
y entraron a menudiar
media caña y caña entera.
¡Ah, china! si la cadera
del cuerpo se le cortaba,
pues tanto lo mezquinaba
en cada dengue que hacía,
que medio se le perdía
cuando Lucero le entraba.

Y esta otra décima vistosa, como baraja nueva (*Aniceto el Gallo*, pág. 176):

Velay Pilar, la Porteña
linda de nuestra campaña,
bailando la media caña:
vean si se desempeña
y el garbo con que desdeña
los entros de ese gauchito,
que sin soltar el ponchito
con la mano en la cintura
le dice en esa postura:
¡mi alma! yo soy compadrito.

Es iluminativo también cotejar la noticia de los malones que hay en el *Martín Fierro* con la inmediata presentación de Ascasubi. Hernández (*La vuelta*, canto 4) quiere destacar el horror juicioso de Fierro ante la desatinada depredación; Ascasubi (*Santos Vega*, XIII), las leguas de indios que se vienen encima:

Pero al invadir la Indiada
se siente, porque a la fija
del campo la sabandija
juye delante asustada
y envueltos en la manguiada
vienen perros cimarrones,
zorros, avestruces, liones,
gamas, liebres y venaos
y cruzan atribulaos
por entre las poblaciones.

Entonces los ovejeros
coliando bravos torean
y también revolotean
gritando los teruteros;
pero, eso sí, los primeros
que anuncian la novedá
con toda seguridá
cuando los pampas avanzan
son los chajases que lanzan
volando: ¡chajá! ¡chajá!

Y atrás de esas madrigueras
que los salvajes espantan,
campo ajuera se levantan
como nubes, polvaredas
preñadas todas enteras
de pampas desmelenaos
que al trote largo apuraos,
sobre los potros tendidos
cargan pegando alaridos
y en media luna formaos.

Lo escénico otra vez, otra vez la fruición de contemplar. En esa inclinación está para mí la singularidad de Ascasubi, no en las virtudes de su ira unitaria, destacada por Oyuela y por Rojas. Éste (*Obras*, IX, pág. 671) imagina la desazón que sus payadas bárbaras produjeron, sin duda, en don Juan Manuel y recuerda el asesinato, dentro de la plaza sitiada de Montevideo, de Florencio Varela. El caso es incomparable: Varela, fundador y redactor de *El Comercio del Plata*, era persona internacionalmente visible; Ascasubi, payador incesante, se reducía a improvisar los versos caseros del lento y vivo truco del sitio.

Ascasubi, en la bélica Montevideo, cantó un odio feliz. El *facit indignatio versum* de Juvenal no nos dice la razón de su estilo; tajeador a más no poder, pero tan desaforado y cómodo en las injurias que parece una diversión o una fiesta, un gusto de vistear. Eso deja entrever una suficiente décima de 1849 (*Paulino Lucero*, pág. 336):

Señor patrón, allá va
esa carta ¡de mi flor!
con la que al Restaurador
le retruco desde acá.
Si usté la lé, encontrará
a lo último del papel
cosas de que nuestro aquel
allá también se reirá;
porque a decir la verdá
es gaucho don Juan Manuel.

Pero contra ese mismo Rosas, tan gaucho, moviliza bailes que parecen evolucionar como ejércitos. Vuelva a serpear y a resonar esta primera vuelta de su *media caña del campo, para los libres*:

Al potro que en diez años
naides lo ensilló,
don Frutos en Cagancha
se le acomodó,
y en el repaso
le ha pegado un rigor
superiorazo.
Querelos mi vida —a los Orientales
que son domadores— sin dificultades.
¡Que viva Rivera! ¡que viva Lavalle!
Tenémelo a Rosas… que no se desmaye.
Media caña,
a campaña,
Caña entera,
como quiera.
Vamos a Entre Ríos, que allá está Badana,
a ver si bailamos esta Media Caña:
que allá está Lavalle tocando el violín,
y don Frutos quiere seguirla hasta el fin.
Los de Cagancha
se le afirman al diablo
en cualquier cancha.

Copio, también, esta peleadora felicidad (*Paulino Lucero*, pág. 58):

Vaya un cielito rabioso
cosa linda en ciertos casos
en que anda un hombre ganoso
de divertirse a balazos.

Coraje florido, gusto de los colores límpidos y de los objetos precisos, pueden definir a Ascasubi. Así, en el principio del *Santos Vega*:

El cual iba pelo a pelo
en un potrillo bragao,
flete lindo como un dao
que apenas pisaba el suelo
de livianito y delgao.

Y esta mención de una figura (*Aniceto el Gallo*, pág. 147):

Velay la estampa del Gallo
que sostiene la bandera
de la Patria verdadera
del Veinticinco de Mayo.

Ascasubi, en *La refalosa*, presenta el pánico normal de los hombres en trance de degüello; pero razones evidentes de fecha le prohibieron el anacronismo de practicar la única invención literaria de la guerra de 1914; el patético tratamiento del miedo. Esa invención —paradójicamente preludiada por Rudyard Kipling, tratada luego con delicadeza por Sheriff y con buena insistencia periodística por el concurrido Remarque— les quedaba todavía muy a trasmano a los hombres de 1850.

Ascasubi peleó en Ituzaingó, defendió las trincheras de Montevideo, peleó en Cepeda, y dejó en versos resplandecientes sus días. No hay el arrastre de destino en sus líneas que hay en el *Martín Fierro*; hay esa despreocupada, dura inocencia de los hombres de acción, huéspedes continuos de la aventura y nunca del asombro. Hay también su buena zafaduría, porque su destino era la guitarra insolente del compadrito y los fogones de la tropa. Hay asimismo (virtud correlativa de ese vicio y también popular) la felicidad prosódica: el verso baladí que por la sola entonación ya está bien.

De los muchos seudónimos de Ascasubi, Aniceto el Gallo fue el más famoso; acaso el menos agraciado, también. Estanislao del Campo, que lo imitaba, eligió el de Anastasio el Pollo. Ese nombre ha quedado vinculado a una obra celebérrima: el *Fausto*. Es sabido el origen de ese afortunado ejercicio; Groussac, no sin alguna inevitable perfidia, lo ha referido así: "Estanislao del Campo, oficial mayor del gobierno provincial, tenía ya despachados sin gran estruendo muchos expedientes en versos de cualquier metro y jaez, cuando por agosto del 66, asistiendo a una exhibición del *Fausto* de Gounod en el Colón, ocurrióle fingir, entre los espectadores del paraíso, al gaucho

Anastasio, quien luego refería a un aparcero sus impresiones, interpretando a su modo las fantásticas escenas. Con un poco de vista gorda al argumento, la parodia resultaba divertidísima, y recuerdo que yo mismo festejé en la *Revista Argentina* la reducción para guitarra, de la aplaudida partitura... Todo se juntaba para el éxito; la boga extraordinaria de la ópera, recién estrenada en Buenos Aires; el sesgo cómico del 'pato' entre el diablo y el doctor, el cual, así parodiado, retrotraía el drama, muy por encima del poema de Goethe, hasta sus orígenes populares y medievales; el sonsonete fácil de las redondillas, en que el trémolo sentimental alternaba diestramente con los puñados de sal gruesa; por fin, en aquellos años de criollismo triunfante, el sabor a mate cimarrón del diálogo gauchesco, en que retozaba a su gusto el hijo de la pampa, si no tal cual fuera jamás en la realidad, por lo menos como lo habían compuesto y 'convencionalizado' cincuenta años de mala literatura."

Hasta aquí, Groussac. Nadie ignora que ese docto escritor creía obligatorio el desdén en su trato con meros sudamericanos; en el caso de Estanislao del Campo (a quien, inmediatamente después llama "payador de bufete"), agrega a ese desdén una impostura o, por lo menos, una supresión de la verdad. Pérfidamente lo define como empleado público; minuciosamente olvida que se batió en el sitio de Buenos Aires, en la batalla de Cepeda, en Pavón y en la revolución del 74. Uno de mis abuelos, unitario, que militó con él, solía recordar que del Campo vestía el uniforme de gala para entrar en batalla y que saludó, puesta la diestra en el quepí, las primeras balas de Pavón.

El *Fausto* ha sido muy diversamente juzgado. Calixto Oyuela, nada benévolo con los escritores gauchescos, lo ha calificado de joya. Es un poema que, al igual de los primitivos, podría prescindir de la imprenta, porque vive en muchas memorias. En memorias de mujeres, singularmente. Ello no importa una censura; hay escritores de indudable valor —Marcel Proust, D. H. Lawrence, Virginia Woolf— que suelen agradar a las mujeres más que a los hombres... Los detractores del *Fausto* lo acusan de ignorancia y de falsedad. Hasta el pelo del caballo del héroe ha sido examinado y reprobado. En 1896, Rafael Hernández —hermano de José Hernández— anota: "Ese parejero es de color *overo rosado*, justamente el color que no ha dado jamás un parejero, y conseguirlo sería tan raro como hallar un gato de tres colores"; en 1916 confirma Lugones: "Ningún criollo jinete y rumboso como el protagonista, monta en caballo overo rosado: animal siempre despreciable cuyo destino es tirar el balde en las estancias, o servir de cabalgadura a los muchachos mandaderos." También han sido condenados los versos últimos de la famosa décima inicial:

Capaz de llevar un potro
a sofrenarlo en la luna.

Rafael Hernández observa que al potro no se le pone freno, sino bocado, y que sofrenar el caballo "no es propio de criollo jinete, sino de gringo rabioso". Lugones confirma, o transcribe: "Ningún gaucho sujeta su caballo, sofrenándolo. Ésta es una criollada falsa de gringo fanfarrón, que anda jineteando la yegua de su jardinera".

Yo me declaro indigno de terciar en esas controversias rurales; soy más ignorante que el reprobado Estanislao del Campo. Apenas si me atrevo a confesar que aunque los gauchos de más firme ortodoxia menosprecien el pelo overo rosado, el verso

En un overo rosao

sigue —misteriosamente— agradándome. También se ha censurado que un rústico pueda comprender y narrar el argumento de una ópera. Quienes así lo hacen, olvidan que todo arte es convencional; también lo es la payada biográfica de Martín Fierro.

Pasan las circunstancias, pasan los hechos, pasa la erudición de los hombres versados en el pelo de los caballos; lo que no pasa, lo que tal vez será inagotable, es el placer que da la contemplación de la felicidad y de la amistad. Ese placer, quizá no menos raro en las letras que en este mundo corporal de nuestros destinos, es en mi opinión la virtud central del poema. Muchos han alabado las descripciones del amanecer, de la pampa, del anochecer, que el *Fausto* presenta; yo tengo para mí que la mención preliminar de los bastidores escénicos las ha contaminado de falsedad. Lo esencial es el diálogo, es la clara amistad que trasluce el diálogo. No pertenece el *Fausto* a la realidad argentina, pertenece —como el tango, como el truco, como Irigoyen— a la mitología argentina.

Más cerca de Ascasubi que de Estanislao del Campo, más cerca de Hernández que de Ascasubi, está el autor que paso a considerar: Antonio Lussich. Que yo sepa, sólo circulan dos informes de su obra, ambos insuficientes. Copio íntegro el primero, que bastó para incitar mi curiosidad. Es de Lugones y figura en la página 189 de *El payador.*

"Don Antonio Lussich, que acababa de escribir un libro felicitado por Hernández, *Los tres gauchos orientales*, poniendo en escena tipos gauchos de la revolución uruguaya llamada *campaña de Aparicio*, dióle, a lo que parece, el oportuno estímulo. De haberle enviado esa obra, resultó que Hernández tuviera la feliz ocurrencia. La obra del señor Lussich apareció editada en Buenos Aires por la imprenta de la *Tribuna* el 14 de junio de 1872. La carta con que Hernández felicitó a Lussich, agradeciéndole el envío del libro, es del 20 del mismo mes y año. *Martín Fierro* apareció en diciembre. Gallardos y generalmente apropiados al lenguaje y peculiaridades del campesino, los versos del señor Lussich formaban cuartetas, redondillas, décimas y también aquellas sextinas de payador que Hernández debía adoptar como las más típicas."

El elogio es considerable, máxime si atendemos al propósito nacionalista de Lugones, que era exaltar el *Martín Fierro* y a su reprobación incondicional de Bartolomé Hidalgo, de Ascasubi, de Estanislao del Campo, de Ricardo Gutiérrez, de Echeverría. El otro informe, incomparable de reserva y de longitud, consta en la *Historia crítica de la literatura uruguaya* de Carlos Roxlo. "La musa" de Lussich, leemos en la página 242 del segundo tomo "es excesivamente desaliñada y vive en calabozo de prosaísmos; sus descripciones carecen de luminosa y pintoresca policromía".

El mayor interés de la obra de Lussich es su anticipación evidente del inmediato y posterior *Martín Fierro*. La obra de Lussich profetiza, siquiera de manera esporádica, los rasgos diferenciales del *Martín Fierro*; bien es verdad que el trato de este último les da un relieve extraordinario que en el texto original acaso no tienen.

El libro de Lussich, al principio, es menos una profecía del *Martín Fierro* que una repetición de los coloquios de Ramón Contreras y Chano. Entre *amargo y amargo*, tres veteranos cuentan las patriadas que hicieron. El procedimiento es el habitual, pero los hombres de Lussich no se ciñen a la noticia histórica y abundan en pasajes autobiográficos. Esas frecuentes digresiones de orden personal y patético, ignoradas por Hidalgo o por Ascasubi, son las que prefiguran el *Martín Fierro*, ya en la entonación, ya en los hechos, ya en las mismas palabras.

Prodigaré las citas, pues he podido comprobar que la obra de Lussich es, virtualmente, inédita.

Vaya como primera transcripción el desafío de estas décimas:

Pero me llaman matrero
pues le juyo a la catana,
porque ese toque de diana
en mi oreja suena fiero;
libre soy como el pampero
y siempre libre viví,
libre fui cuando salí
dende el vientre de mi madre
sin más perro que me ladre
que el destino que corrí…

Mi envenao tiene una hoja
con un letrero en el lomo
que dice: cuando yo asomo
es pa que alguno se encoja.
Sólo esta cintura afloja
al disponer de mi suerte,
con él yo siempre fui juerte
y altivo como el lión;
no me salta el corazón
ni le recelo a la muerte.

Soy amacho tirador,
enlazo lindo y con gusto;
tiro las bolas tan justo
que más que acierto es primor.
No se encuentra otro mejor
pa reboliar una lanza,
soy mentao por mi pujanza;
como valor, juerte y crudo
el sable a mi empuje rudo
¡jué pucha! que hace matanza.

Otros ejemplos, esta vez con su correspondencia inmediata o conjetural.

Dice Lussich:

Yo tuve ovejas y hacienda;
caballos, casa y manguera;
mi dicha era verdadera
¡hoy se me ha cortao la rienda!

Carchas, majada y querencia
volaron con la patriada,
y hasta una vieja enramada
¡que cayó... supe en mi ausencia!

La guerra se lo comió
y el rastro de lo que jué
será lo que encontraré
cuando al pago caiga yo.

Dirá Hernández:

Tuve en mi pago en un tiempo
hijos, hacienda y mujer
pero empecé a padecer,
me echaron a la frontera
¡y qué iba a hallar al volver!
tan sólo hallé la tapera.

Dice Lussich:

Me alcé con tuito el apero,
freno rico y de coscoja,
riendas nuevitas en hoja
y trensadas con esmero;
una carona de cuero
de vaca, muy bien curtida;
hasta una manta fornida
me truje de entre las carchas,
y aunque el chapiao no es pa marchas
lo chanté al pingo en seguida.

Hice sudar al bolsillo
porque nunca fui tacaño:
traiba un gran poncho de paño

que me alcanzaba al tobillo
y un machazo cojinillo
pa descansar mi osamenta;
quise pasar la tormenta
guarecido de hambre y frío
sin dejar del pilcherío
ni una argolla ferrugienta.

Mis espuelas macumbé,
mi rebenque con virolas,
rico facón, güenas bolas,
manea y bosal saqué.
Dentro el tirador dejé
diez pesos en plata blanca
pa allegarme a cualquier banca
pues al naipe tengo apego,
y a más presumo en el juego
no tener la mano manca.

Copas, fiador y pretal,
estribos y cabezadas
con nuestras armas bordadas,
de la gran Banda Oriental.
No he güelto a ver otro igual
recao tan cumpa y paquete
¡ahijuna! encima del flete
como un sol aquello era
¡ni recordarlo quisiera!
pa qué si es al santo cuete.

Monté un pingo barbiador
como una luz de ligero
¡pucha, si pa un entrevero
era cosa superior!
Su cuerpo daba calor
y el herraje que llevaba
como la luna brillaba
al salir tras de una loma.
Yo con orgullo y no es broma
en su lomo me sentaba.

Dirá Hernández:

Yo llevé un moro de número
¡sobresaliente el matucho!
con él gané en Ayacucho
más plata que agua bendita.
Siempre el gaucho necesita
un pingo pa fiarle un pucho.

Y cargué sin dar más güeltas
con las prendas que tenía;
jergas, poncho, cuanto había
en casa, tuito lo alcé.
A mi china la dejé
media desnuda ese día.

No me faltaba una guasca;
esa ocasión eché el resto:
bozal, maniador, cabresto,
lazo, bolas y manea.
¡El que hoy tan pobre me vea
tal vez no creerá todo esto!

Dice Lussich:

Y ha de sobrar monte o sierra
que me abrigue en su guarida,
que ande la fiera se anida
también el hombre se encierra.

Dirá Hernández:

Ansí es que al venir la noche
iba a buscar mi guarida.
Pues ande el tigre se anida
también el hombre lo pasa,
y no quería que en las casas
me rodiara la partida.

Se advierte que en octubre o noviembre de 1872, Hernández estaba *tout sonore encore* de los versos que en junio del mismo año le dedicó el amigo Lussich. Se advertirá también la concisión del estilo de Hernández, y su ingenuidad voluntaria. Cuando Fierro enumera: *hijos, hacienda y mujer*, o exclama, luego de mencionar unos tientos:

> *¡El que hoy tan pobre me vea*
> *tal vez no creerá todo esto!*

sabe que los lectores urbanos no dejarán de agradecer esas simplicidades. Lussich, más espontáneo o atolondrado, no procede jamás de ese modo. Sus ansiedades literarias eran de otro orden, y solían parar en imitaciones de las ternuras más insidiosas del *Fausto*:

> *Yo tuve un nardo una vez*
> *y lo acariciaba tanto*
> *que su purísimo encanto*
> *duró lo menos un mes.*
>
> *Pero ¡ay! una hora de olvido*
> *secó hasta su última hoja.*
> *Así también se deshoja*
> *la ilusión de un bien perdido.*

En la segunda parte, que es de 1873, esas imitaciones alternan con otras facsimilares del *Martín Fierro*, como si reclamara lo suyo don Antonio Lussich.

Huelgan otras confrontaciones. Bastan las anteriores, creo, para justificar esta conclusión: los diálogos de Lussich son un borrador del libro definitivo de Hernández. Un borrador incontinente, lánguido, ocasional, pero utilizado y profético.

Llego a la obra máxima, ahora: el *Martín Fierro.*

Sospecho que no hay otro libro argentino que haya sabido provocar de la crítica un dispendio igual de inutilidades. Tres profusiones ha tenido el error con nuestro *Martín Fierro*: una, las admiraciones que condescienden; otra, los elogios groseros, ilimitados; otra, la digresión histórica o filológica. La primera es la tradicional: su prototipo está en la incompetencia benévola de los sueltos de periódicos y de las cartas que usurpan el cuaderno de la edición popular, sus continuadores son insignes y de los otros. Inconscientes disminuidores de lo que alaban, no dejan nunca de celebrar en el *Martín Fierro* la falta de retórica: palabra que les sirve para nombrar la retórica deficiente —lo mismo que si emplearan *arquitectura* para significar la intemperie, los derrumbes y las demoliciones. Imaginan que un libro puede no pertenecer a las letras: el *Martín Fierro* les agrada contra el arte y contra la inteligencia. El entero resultado de su labor cabe en estas líneas de Rojas: "Tanto valiera repudiar el arrullo de la paloma porque no es un madrigal o la canción del viento porque no es una oda. Así esta pintoresca payada se ha de considerar en la rusticidad de su forma y en la ingenuidad de su fondo como una voz elemental de la naturaleza".

La segunda —la del hiperbólico elogio— no ha realizado hasta hoy sino el sacrificio inútil de sus "precursores" y una forzada igualación con el *Cantar del Cid* y con la *Comedia* dantesca. Al hablar del coronel Ascasubi, he discutido la primera de esas actividades; de la segunda, básteme referir que su perseverante método es el de pesquisar versos contrahechos o ingratos en las epopeyas antiguas —como si las afinidades en el error fueran probatorias. Por lo demás, todo ese operoso manejo deriva de una superstición: presuponer que determinados géneros literarios (en este caso particular, la epopeya) valen formalmente más que otros. La estrafalaria y cándida necesidad de que el *Martín Fierro* sea épico ha pretendido comprimir, siquiera de un modo simbólico, la historia secular de la patria, con sus generaciones, sus destierros, sus agonías, sus batallas de Tucumán y de Ituzaingó, en las andanzas de un cuchillero de 1870. Oyuela (*Antología poética hispano-americana*, tomo tercero, notas), ha desbaratado ya ese *complot.* "El asunto del *Martín Fierro*", anota, "no es propiamente *nacional*, ni menos de raza, ni se relaciona en modo alguno con nuestros orígenes como pueblo, ni como nación políticamente constituida. Trátase en él de las dolorosas vicisitudes de la vida de un gaucho, *en el último tercio del siglo anterior*, en la época de la decadencia y próxima desaparición de este tipo local y transitorio nuestro, ante una organización social que lo aniquila, contadas o cantadas por el mismo protagonista."

La tercera distrae con mejores tentaciones. Afirma con delicado error, por ejemplo, que el *Martín Fierro* es una presentación de la pampa. El hecho es que a los hombres de la ciudad, la campaña sólo nos puede ser presentada como un descubrimiento gradual, como una serie de experiencias posibles. Es el procedimiento de las novelas de aprendizaje pampeano, *The Purple Land* (1885) de Hudson, y *Don Segundo Sombra* (1926) de Güiraldes, cuyos protagonistas van identificándose con el campo. No es el procedimiento de Hernández, que presupone deliberadamente la pampa y los hábitos diarios de la pampa, sin detallarlos nunca —omisión verosímil en un gaucho, que habla para otros gauchos. Alguien querrá oponerme estos versos, y los precedidos por ellos:

> *Yo he conocido esta tierra*
> *en que el paisano vivía*
> *y su ranchito tenía,*
> *y sus hijos y mujer.*
> *Era una delicia el ver*
> *cómo pasaba sus días.*

El tema, entiendo, no es la miserable edad de oro que nosotros percibiríamos; es la destitución del narrador, su presente nostalgia.

Rojas sólo deja lugar en el porvenir para el estudio filológico del poema —vale decir, para una discusión melancólica sobre la palabra *cantra* o *contramilla*, más adecuada a la infinita duración del Infierno que al plazo relativamente efímero de nuestra vida. En ese particular, como en todos, una deliberada subordinación del color local es típica de *Martín Fierro*. Comparado con el de los "precursores", su léxico parece rehuir los rasgos diferenciales del lenguaje del campo, y solicitar el *sermo plebeius* común. Recuerdo que de chico pudo sorprenderme su sencillez, y que me pareció de compadre criollo, no de paisano. El *Fausto* era mi norma de habla rural. Ahora —con algún conocimiento de la campaña— el predominio del soberbio cuchillero de pulpería sobre el paisano reservado y solícito, me parece evidente, no tanto por el léxico manejado, cuanto por las repetidas bravatas y el acento agresivo.

Otro recurso para descuidar el poema lo ofrecen los proverbios. Esas lástimas —según las califica definitivamente Lugones— han sido consideradas más de una vez parte sustantiva del libro. Inferir la ética del *Martín Fierro*, no de los destinos que presenta, sino de los mecánicos dicharachos hereditarios que estorban su decurso, o de las moralidades foráneas que lo epilogan, es una distracción que sólo la reverencia de lo tradicional pudo recomendar. Prefiero ver en esas prédicas, meras verosimilitudes o marcas del estilo directo. Creer en su valor nominal es obligarse infinitamente a contradicción. Así, en el canto VII de *La ida* ocurre esta copla que lo significa entero al paisano:

> *Limpié el facón en los pastos,*
> *desaté mi redomón,*
> *monté despacio, y salí*
> *al tranco pa el cañadón.*

No necesito restaurar la perdurable escena: el hombre sale de matar, resignado. El mismo hombre que después nos quiere servir esta moralidad:

> *La sangre que se redama*
> *no se olvida hasta la muerte.*
> *La impresión es de tal suerte*
> *que a mi pesar, no lo niego,*
> *cai como gotas de juego*
> *en la alma del que la vierte.*

La verdadera ética del criollo está en el relato: la que presume que la sangre vertida no es demasiado memorable, y que a los hombres les ocurre matar. (El inglés conoce la locución *kill his man*, cuya directa versión es *matar a su hombre*, descífrese *matar al hombre que tiene que matar todo hombre*.) "Quién no debía una muerte en mi tiempo", le oí quejarse con dulzura una tarde a un señor de edad. No me olvidaré tampoco de un orillero, que me dijo con gravedad: "Señor Borges, yo habré estado en la cárcel muchas veces, pero siempre por homicidio".

Arribo, así, por eliminación de los percances tradicionales, a una directa consideración del poema. Desde el verso decidido que lo inaugura, casi todo él está en primera persona: hecho que juzgo capital. Fierro cuenta su historia, a partir de la plena edad viril, tiempo en que el hombre *es*, no dócil tiempo en que lo está buscando la vida. Eso algo nos defrauda: no en vano somos lectores de Dickens, inventor de la infancia, y preferimos la morfología de los caracteres a su adultez. Queríamos saber cómo se llega a ser Martín Fierro...

¿Qué intención la de Hernández? Contar la historia de Martín Fierro, y en esa historia, su carácter. Sirven de prueba todos los episodios del libro. El *cualquiera tiempo pasado*, normalmente *mejor*, del canto II, es la verdad del sentimiento del héroe, no de la desolada vida de las estancias en el tiempo de Rosas. La fornida pelea con el negro, en el canto VII, no corresponde ni a la sensación de pelear ni a las momentáneas luces y sombras que rinde la memoria de un hecho, sino al paisano Martín Fierro contándola. (En la guitarra, como solía cantarla a media voz Ricardo Güiraldes, como el chacaneo del acompañamiento recalca bien su intención de triste coraje.) Todo lo corrobora; básteme destacar algunas estrofas. Empiezo por esta comunicación total de un destino:

Había un gringuito cautivo
que siempre hablaba del barco
y lo ahugaron en un charco
por causante de la peste.
Tenía los ojos celestes
como potrillito zarco.

Entre las muchas circunstancias de lástima —atrocidad e inutilidad de esa muerte, recuerdo verosímil del barco, rareza de que venga a ahogarse a la pampa quien atravesó indemne el mar—, la eficacia máxima de la estrofa está en esa posdata o adición patética del recuerdo: *tenía los ojos celestes como potrillito zarco*, tan significativa de quien supone ya contada una cosa, y a quien le restituye la memoria una imagen más. Tampoco en vano asumen la primera persona estas líneas:

De rodillas a su lao
yo lo encomendé a Jesús.
Faltó a mis ojos la luz,
tuve un terrible desmayo.
Caí como herido del rayo
cuando lo vi muerto a Cruz.

Cuando lo vio muerto a Cruz. Fierro, por un pudor de la pena, da por sentado el fallecimiento del compañero, finge haberlo mostrado.

Esa postulación de una realidad me parece significativa de todo el libro. Su tema —lo repito— no es la imposible presentación de todos los hechos que atravesaron la conciencia de un hombre, ni tampoco la desfigurada, mínima parte que de ellos puede rescatar el recuerdo, sino la narración del paisano, el hombre que se muestra al contar. El proyecto comporta así una doble invención: la de los episodios y la de los sentimientos del héroe, retrospectivos estos últimos o inmediatos. Ese vaivén impide la declaración de algunos detalles: no sabemos, por ejemplo, si la tentación de azotar a la mujer del negro asesinado es una brutalidad de borracho o —eso preferiríamos— una desesperación del aturdimiento, y esa perplejidad de los motivos lo hace más real. En esta discusión de episodios me interesa menos la imposición de una determinada tesis que este convencimiento central: la índole novelística del *Martín Fierro*, hasta en los pormenores. Novela, novela de organización instintiva o premeditada, es el *Martín Fierro*: única definición que puede trasmitir puntualmente la clase de placer que nos da y que condice sin escándalo con su fecha. Ésta, quién no lo sabe, es la del siglo novelístico por antonomasia: el de Dostoievski, el de Zola, el de Butler, el de Flaubert, el de Dickens. Cito esos nombres evidentes, pero prefiero unir al de nuestro criollo el de otro americano, también de vida en que abundaron el azar y el recuerdo, el íntimo, insospechado Mark Twain de *Huckleberry Finn.*

Dije que una novela. Se me recordará que las epopeyas antiguas representan una preforma de la novela. De acuerdo, pero asimilar el libro de Hernández a esa categoría primitiva es agotarse inútilmente en un juego de fingir coincidencias, es renunciar a toda posibilidad de un examen. La legislación de la épica —metros heroicos, intervención de los dioses, destacada situación política de los héroes— no es aplicable aquí. Las condiciones novelísticas, sí lo son.

LA PENÚLTIMA VERSIÓN DE LA REALIDAD

Francisco Luis Bernárdez acaba de publicar una apasionada noticia de las especulaciones ontológicas del libro *The Manhood of Humanity* (La edad viril de la humanidad), compuesto por el conde Korzybski: libro que desconozco. Deberé atenerme, por consiguiente, en esta consideración general de los productos metafísicos de ese patricio, a la límpida relación de Bernárdez. Por cierto, no pretenderé sustituir el buen funcionamiento asertivo de su prosa con la mía dubitativa y conversada. Traslado el resumen inicial:

"Tres dimensiones tiene la vida, según Korzybski. Largo, ancho y profundidad. La primera dimensión corresponde a la vida vegetal. La segunda dimensión pertenece a la vida animal. La tercera dimensión equivale a la vida humana. La vida de los vegetales es una vida en longitud. La vida de los animales es una vida en latitud. La vida de los hombres es una vida en profundidad".

Creo que una observación elemental, aquí es permisible; la de lo sospechoso de una sabiduría que se funda, no sobre un pensamiento, sino sobre una mera comodidad clasificatoria, como lo son las tres dimensiones convencionales. Escribo *convencionales*, porque —separadamente— ninguna de las dimensiones existe: siempre se dan volúmenes, nunca superficies, líneas ni puntos. Aquí, para mayor generosidad en lo palabrero, se nos propone una aclaración de los tres convencionales órdenes de lo orgánico, planta-bestia-hombre, mediante los no menos convencionales órdenes del espacio: largor-anchura-profundidad (este último en el sentido traslaticio de tiempo). Frente a la incalculable y enigmática realidad, no creo que la mera simetría de dos de sus clasificaciones humanas baste para dilucidarla y sea otra cosa que un vacío halago aritmético. Sigue la notificación de Bernárdez:

"La vitalidad vegetal se define en su hambre de Sol. La vitalidad animal, en su apetito de espacio. Aquélla es estática. Ésta es dinámica. El estilo vital de las plantas, criaturas directas, es una pura quietud. El estilo vital de los animales, criaturas indirectas, es un libre movimiento."

"La diferencia sustantiva entre la vida vegetal y la vida animal reside en una noción. La noción de espacio. Mientras las plantas la ignoran, los animales la poseen. Las unas, afirma Korzybski, viven acopiando energía, y los otros, amontonando espacio. Sobre ambas existencias, estática y errática, la existencia humana divulga su originalidad superior. ¿En qué consiste esta suprema originalidad del hombre? En que, vecino al vegetal que acopia energía y al animal que amontona espacio, el hombre acapara tiempo".

Esta ensayada clasificación ternaria del mundo parece una divergencia o un préstamo de la clasificación cuaternaria de Rudolf Steiner. Éste, más generoso de una unidad con el universo, arranca de la historia natural, no de la geometría, y ve en el hombre una suerte de catálogo o de resumen de la vida no humana. Hace corresponder la mera *estadía* inerte de los minerales con la del hombre muerto; la furtiva y silenciosa de las plantas con la del hombre que duerme; la solamente actual y olvidadiza de los animales con la del hombre que sueña. (Lo cierto, lo torpemente cierto, es que despedazamos los cadáveres eternos de los primeros y que aprovechamos el dormir de las otras para devorarlas o hasta para robarles alguna flor y que infamamos el soñar de los últimos a pesadilla. A un caballo le ocupamos el único minuto que tiene —minuto sin salida, minuto del grandor de una hormiga y que no se alarga en recuerdos o en esperanzas— y lo encerramos entre las varas de un carro y bajo el régimen criollo o Santa Federación del carrero.) Dueño de esas tres jerarquías es, según Rudolf Steiner, el hombre, que además tiene el *yo*: vale decir, la memoria de lo pasado y la previsión de lo porvenir, vale decir, el tiempo. Como se ve, la atribución de únicos habitantes del tiempo concedida a los hombres, de únicos previsores e históricos, no es original de Korzybski. Su implicación —maravilladora también— de que los animales están en la pura actualidad o eternidad y fuera del tiempo, tampoco lo es. Steiner lo enseña; Schopenhauer lo postula continuamente en ese tratado, llamado con modestia capítulo, que está en el segundo volumen del *Mundo como voluntad y representación*, y que versa sobre la muerte. Mauthner (*Woerterbuch der Philosophie*, III, pág. 436) lo propone con ironía. "Parece", escribe, "que los animales no tienen sino oscuros presentimientos de la sucesión temporal y de la duración. En cambio el hombre, cuando es además un psicólogo de la nueva escuela, puede diferenciar en el tiempo dos impresiones que sólo estén separadas por 1/500 de segundo." Gaspar Martín, que ejerce la metafísica en Buenos Aires, declara esa intemporalidad de los animales y aun de los niños como una verdad consabida. Escribe así: La idea de tiempo falta en los animales y es en el hombre de adelantada cultura en quien primeramente aparece (*El tiempo*, 1924). Sea de Schopenhauer o de Mauthner o de la tradición teosófica o hasta de Korzybski, lo cierto es que esa visión de la sucesiva y ordenadora conciencia humana frente al momentáneo universo, es efectivamente grandiosa.[1]

Prosigue el expositor: "El materialismo dijo al hombre: Hazte rico de espacio. Y el hombre olvidó su propia tarea. Su noble tarea de acumulador de tiempo. Quiero decir que el hombre se dio a la conquista de las cosas visibles. A la conquista de personas y de territorios. Así nació la falacia del progresismo. Y como una consecuencia brutal, nació la sombra del progresismo. Nació el imperialismo.

"Es preciso, pues, restituir a la vida humana su tercera dimensión. Es necesario profundizarla. Es menester encaminar a la humanidad hacia su destino racional y valedero. Que el hombre vuelva a capitalizar siglos en vez de capitalizar leguas. Que la vida humana sea más intensa en lugar de ser más extensa".

Declaro no entender lo anterior. Creo delusoria la oposición entre los dos conceptos incontrastables de espacio y de tiempo. Me consta que la genealogía de esa equivocación es ilustre y que entre sus mayores está el nombre magistral de Spinoza, que dio a su indiferente divinidad —*Deus sive Natura*— los atributos de pensamiento (vale decir, de tiempo sentido) y de extensión (vale decir, de espacio). Pienso que para un buen idealismo, el espacio no es sino una de las formas que integran la cargada fluencia del tiempo. Es uno de los episodios del tiempo y, contrariamente al consenso natural de los ametafísicos, está situado en él, y no viceversa. Con otras palabras: la relación espacial —más arriba, izquierda, derecha— es una especificación como tantas otras, no una continuidad.

Por lo demás, acumular espacio no es lo contrario de acumular tiempo: es uno de los modos de realizar esa para nosotros única operación. Los ingleses, que por impulsión ocasional o genial del escribiente Clive o de Warren Hastings conquistaron la India, no acumularon solamente espacio, sino tiempo: es decir, experiencias, experiencias de noches, días, descampados, montes, ciudades, astucias, heroísmos, trai-

---

1. Habría que agregar el nombre de Séneca (*Epístolas a Lucilio*, 124).

ciones, dolores, destinos, muertes, pestes, fieras, felicidades, ritos, cosmogonías, dialectos, dioses, veneraciones.

Vuelvo a la consideración metafísica. El espacio es un incidente en el tiempo y no una forma universal de intuición, como impuso Kant. Hay enteras provincias del Ser que no lo requieren; las de la olfación y audición. Spencer, en su punitivo examen de los razonamientos de los metafísicos (*Principios de psicología*, parte séptima, capítulo cuarto), ha razonado bien esa independencia y la fortifica así, a los muchos renglones, con esta reducción a lo absurdo: "Quien pensare que el olor y el sonido tienen por forma de intuición el espacio, fácilmente se convencerá de su error con sólo buscar el costado izquierdo o derecho de un sonido o con tratar de imaginarse un olor al revés".

Schopenhauer, con extravagancia menor y mayor pasión, había declarado ya esa verdad. "La música", escribe, "es una tan inmediata objetivación de la voluntad, como el universo" (obra citada, volumen primero, libro tercero, capítulo 52). Es postular que la música no precisa del mundo.

Quiero complementar esas dos imaginaciones ilustres con una mía, que es derivación y facilitación de ellas. Imaginemos que el entero género humano sólo se abasteciera de realidades mediante la audición y el olfato. Imaginemos anuladas así las percepciones oculares, táctiles y gustativas y el espacio que éstas definen. Imaginemos también —crecimiento lógico— una más afinada percepción de lo que registran los sentidos restantes. La humanidad —tan afantasmada a nuestro parecer por esta catástrofe— seguiría urdiendo su historia. La humanidad se olvidaría de que hubo espacio. La vida, dentro de su no gravosa ceguera y su incorporeidad, sería tan apasionada y precisa como la nuestra. De esa humanidad hipotética (no menos abundosa de voluntades, de ternuras, de imprevisiones) no diré que entraría en la cáscara de nuez proverbial: afirmo que estaría fuera y ausente de todo espacio.

1928

LA SUPERSTICIOSA ÉTICA DEL LECTOR

La condición indigente de nuestras letras, su incapacidad de atraer, han producido una superstición del estilo, una distraída lectura de atenciones parciales. Los que adolecen de esa superstición entienden por estilo no la eficacia o la ineficacia de una página, sino las habilidades aparentes del escritor: sus comparaciones, su acústica, los episodios de su puntuación y de su sintaxis. Son indiferentes a la propia convicción o propia emoción: buscan tecniquerías (la palabra es de Miguel de Unamuno) que les informarán si lo escrito tiene el derecho o no de agradarles. Oyeron que la adjetivación no debe ser trivial y opinarán que está mal escrita una página si no hay sorpresas en la juntura de adjetivos con sustantivos, aunque su finalidad general esté realizada. Oyeron que la concisión es una virtud y tienen por conciso a quien se demora en diez frases breves y no a quien maneje una larga. (Ejemplos normativos de esa charlatanería de la brevedad, de ese frenesí sentencioso, pueden buscarse en la dicción del célebre estadista danés Polonio, de *Hamlet*, o del Polonio natural, Baltasar Gracián.) Oyeron que la cercana repetición de unas sílabas es cacofónica y simularán que en prosa les duele, aunque en verso les agencie un gusto especial, pienso que simulado también. Es decir, no se fijan en la eficacia del mecanismo, sino en la disposición de sus partes. Subordinan la emoción a la ética, a una etiqueta indiscutida más bien. Se ha generalizado tanto esa inhibición que ya no van quedando lectores, en el sentido ingenuo de la palabra, sino que todos son críticos potenciales.

Tan recibida es esta superstición que nadie se atreverá a admitir ausencia de estilo, en obras que lo tocan, máxime sin son clásicas. No hay libro bueno sin su atribución estilística, de la que nadie puede prescindir —excepto su escritor. Séanos ejemplo el *Quijote*. La crítica española, ante la probada excelencia de esa novela, no ha querido pensar que su mayor (y tal vez único irrecusable) valor fuera el psicológico, y le atribuye dones de estilo, que a muchos parecerán misteriosos. En verdad, basta revisar unos párrafos del *Quijote* para sentir que Cervantes no era estilista (a lo menos en la presente acepción acústico-decorativa de la palabra) y que le interesaban demasiado los destinos de Quijote y de Sancho para dejarse distraer por su propia voz. La *Agudeza y arte de ingenio* de Baltasar Gracián —tan laudativa de otras prosas que narran, como la del *Guzmán de Alfarache*— no se resuelve a acordarse de *Don Quijote*. Quevedo versifica en broma su muerte y se olvida de él. Se objetará que los dos ejemplos son negativos; Leopoldo Lugones, en nuestro tiempo, emite un juicio explícito: "El estilo es la debilidad de Cervantes, y los estragos causados por su influencia han sido graves. Pobreza de color, inseguridad de estructura, párrafos jadeantes que nunca aciertan con el final, desenvolviéndose en convólvulos interminables; repeticiones, falta de proporción, ese fue el legado de los que no viendo sino en la forma la suprema realización de la obra inmortal, se quedaron royendo la cáscara cuyas rugosidades escondían la fortaleza y el sabor" (*El imperio jesuítico*, pág. 59). También nuestro Groussac: "Si han de describirse las cosas como son, deberemos confesar que una buena mitad de la obra es de forma por demás floja y desaliñada, la cual harto justifica lo del *humilde idioma* que los rivales de Cervantes le achacaban. Y con esto no me refiero única ni principalmente a las impropiedades verbales, a las intolerables repeticiones o retruécanos ni a los retazos de pesada grandilocuencia que nos abruman, sino a la contextura generalmente desmayada de esa prosa de sobremesa" (*Crítica literaria*, pág. 41). Prosa de sobremesa, prosa conversada y no declamada, es la de Cervantes, y otra no le hace falta. Imagino que esa misma observación será justiciera en el caso de Dostoievski o de Montaigne o de Samuel Butler.

Esta vanidad del estilo se ahueca en otra más patética vanidad, la de la perfección. No hay un escritor métrico, por casual y nulo que sea, que no haya cincelado (el verbo suele figurar en su conversación) su soneto perfecto, monumento minúsculo que custodia su posible inmortalidad, y que las novedades y aniquilaciones del tiempo deberán respetar. Se trata de un soneto sin ripios, generalmente, pero que es un ripio todo él: es decir, un residuo, una inutilidad. Esa falacia en perduración (Sir Thomas Browne: "Urn Burial") ha sido formulada y recomendada por Flaubert en esta sentencia: La corrección (en el sentido más elevado de la palabra) obra con el pensamiento lo que obraron las aguas de la Estigia con el cuerpo de Aquiles: lo hacen invulnerable e indestructible (*Correspondance*, II, pág. 199). El juicio es terminante, pero no ha llegado hasta mí ninguna experiencia que lo confirme.

(Prescindo de las virtudes tónicas de la Estigia; esa reminiscencia infernal no es un argumento, es un énfasis.) La página de perfección, la página de la que ninguna palabra puede ser alterada sin daño, es la más precaria de todas. Los cambios del lenguaje borran los sentidos laterales y los matices; la página "perfecta" es la que consta de esos delicados valores y la que con facilidad mayor se desgasta. Inversamente, la página que tiene vocación de inmortalidad puede atravesar el fuego de las erratas, de las versiones aproximativas, de las distraídas lecturas, de las incomprensiones, sin dejar el alma en la prueba. No se puede impunemente variar (así lo afirman quienes restablecen su texto) ninguna línea de las fabricadas por Góngora; pero el *Quijote* gana póstumas batallas contra sus traductores y sobrevive a toda descuidada versión. Heine, que nunca lo escuchó en español, lo pudo celebrar para siempre. Más vivo es el fantasma alemán o escandinavo o indostánico del *Quijote* que los ansiosos artificios verbales del estilista.

Yo no quisiera que la moralidad de esta comprobación fuera entendida como de desesperación o nihilismo. Ni quiero fomentar negligencias ni creo en una mística virtud de la frase torpe y del epíteto chabacano. Afirmo que la voluntaria emisión de esos dos o tres agrados menores —distracciones oculares de la metáfora, auditivas del ritmo y sorpresivas de la interjección o el hipérbaton— suele probarnos que la pasión del tema tratado manda en el escritor, y eso es todo. La asperidad de una frase le es tan indiferente a la genuina literatura como su suavidad. La economía prosódica no es menos forastera del arte que la caligrafía o la ortografía o la puntuación: certeza que los orígenes judiciales de la retórica y los musicales del canto nos escondieron siempre. La preferida equivocación de la literatura de hoy es el énfasis. Palabras definitivas, palabras que postulan sabidurías adivinas o angélicas o resoluciones de una más que humana firmeza —*único, nunca, siempre, todo, perfección, acabado*— son del comercio habitual de *todo* escritor. No piensan que decir de más una cosa es tan de inhábiles como no decirla del todo, y que la descuidada generalización e intensificación es una pobreza y que así la siente el lector. Sus imprudencias causan una depreciación del idioma. Así ocurre en francés, cuya locución *Je suis navré* suele significar *No iré a tomar el té con ustedes*, y cuyo *aimer* ha sido rebajado a *gustar*. Ese hábito hiperbólico del francés está en su lenguaje escrito asimismo: Paul Valéry, héroe de la lucidez que organiza, traslada unos olvidables y olvidados renglones de Lafontaine y asevera de ellos (contra alguien): *ces plus beaux vers du monde* (*Variété*, 84).

Ahora quiero acordarme del porvenir y no del pasado. Ya se practica la lectura en silencio, síntoma venturoso. Ya hay lector callado de versos. De esa capacidad sigilosa a una escritura puramente ideográfica —directa comunicación de experiencias, no de sonidos— hay una distancia incansable, pero siempre menos dilatada que el porvenir.

Releo estas negaciones y pienso: Ignoro si la música sabe desesperar de la música y si el mármol del mármol, pero la literatura es un arte que sabe profetizar aquel tiempo en que habrá enmudecido, y encarnizarse con la propia virtud y enamorarse de la propia disolución y cortejar su fin.

1930

EL OTRO WHITMAN

Cuando el remoto compilador del *Zohar* tuvo que arriesgar alguna noticia de su indistinto Dios —divinidad tan pura que ni siquiera el atributo de *ser* puede sin blasfemia aplicársele— discurrió un modo prodigioso de hacerlo. Escribió que su cara era trescientas setenta veces más ancha que diez mil mundos; entendió que lo gigantesco puede ser una forma de lo invisible y aun de lo abstracto. Así el caso de Whitman. Su fuerza es tan avasalladora y tan evidente que sólo percibimos que es fuerte.

La culpa no es sustancialmente de nadie. Los hombres de las diversas Américas permanecemos tan incomunicados que apenas nos conocemos por referencia, contados por Europa. En tales casos, Europa suele ser sinécdoque de París. A París le interesa menos el arte que la política del arte: mírese la tradición pandillera de su literatura y de su pintura, siempre dirigidas por comités y con sus dialectos políticos: uno parlamentario, que habla de izquierdas y derechas; otro militar, que habla de vanguardias y retaguardias. Dicho con mejor precisión: les interesa la economía del arte, no sus resultados. La economía de los versos de Whitman les fue tan inaudita que no lo conocieron a Whitman. Prefirieron clasificarlo: encomiaron su *licence majestueuse*, lo hicieron precursor de los muchos inventores caseros del verso libre. Además, remedaron la parte más desarmable de su dicción: las complacientes enumeraciones geográficas, históricas y circunstanciales que enfiló Whitman para cumplir con cierta profecía de Emerson, sobre el poeta digno de América. Esos remedos o recuerdos fueron el futurismo, el unanimismo. Fueron y son toda la poesía francesa de nuestro tiempo, salvo la que deriva de Poe. (De la buena teoría de Poe, quiero decir, no de su deficiente práctica.) Muchos ni siquiera advirtieron que la enumeración es uno de los procedimientos poéticos más antiguos —recuérdense los salmos de la Escritura y el primer coro de *Los persas* y el catálogo homérico de las naves— y que su mérito esencial no es la longitud, sino el delicado ajuste verbal, las "simpatías y diferencias" de las palabras. No lo ignoró Walt Whitman:

And of the threads that connect the stars and of wombs and of the father-stuff.

O:

From what the divine husband knows, from the work of fatherhood.

O:

I am as one disembodied, triumphant, dead.

El asombro, con todo, labró una falseada imagen de Whitman: la de un varón meramente saludador y mundial, un insistente Hugo inferido desconsideradamente a los hombres por reiterada vez. Que Whitman en grave número de sus páginas fue esa desdicha, es cosa que no niego; básteme demostrar que en otras mejores fue poeta de un laconismo trémulo y suficiente, hombre de destino comunicado, no proclamado. Ninguna demostración como traducir alguna de sus poesías:

ONCE I PASSED THROUGH A POPULOUS CITY

Pasé una vez por una populosa ciudad, estampando para futuro empleo en la mente sus espectáculos, su arquitectura, sus costumbres, sus tradiciones.
Pero ahora de toda esa ciudad me acuerdo sólo de una mujer que encontré casualmente, que me demoró por amor.
Día tras día y noche tras noche estuvimos juntos —todo lo demás hace tiempo que lo he olvidado.
Recuerdo, afirmo, sólo esa mujer que apasionadamente se apegó a mí.
Vagamos otra vez, nos queremos, nos separamos otra vez.
Otra vez me tiene de la mano, yo no debo irme.
Yo la veo cerca a mi lado con silenciosos labios, dolida y trémula.

WHEN I READ THE BOOK

Cuando leí el libro, la biografía famosa,
Y esto es entonces (dije yo) lo que el escritor llama la vida de un hombre,
¿Y así piensa escribir alguno de mí cuando yo esté muerto?
(Como si alguien pudiera saber algo sobre mi vida;
Yo mismo suelo pensar que sé poco o nada sobre mi vida real.
Sólo unas cuantas señas, unas cuantas borrosas claves e indicaciones,
Intento, para mi propia información, resolver aquí.)

WHEN I HEARD THE LEARNED ASTRONOMER

Cuando oí al docto astrónomo,
Cuando me presentaron en columnas las pruebas, los guarismos,
Cuando me señalaron los mapas y los diagramas, para medir, para dividir y sumar,
Cuando desde mi asiento oí al docto astrónomo que disertaba con mucho aplauso en la cátedra,
Qué pronto me sentí inexplicablemente aturdido y hastiado,
Hasta que escurriéndome afuera me alejé solo
En el húmedo místico aire de la noche, y de tiempo en tiempo,
Miré en silencio perfecto las estrellas.

Así Walt Whitman. No sé si estará de más indicar —yo recién me fijo— que esas tres confesiones importan un idéntico tema: la peculiar poesía de la arbitrariedad y la privación. Simplificación final del recuerdo, inconocibilidad y pudor de nuestro vivir, negación de los esquemas intelectuales y aprecio de las noticias primarias de los sentidos, son las respectivas moralidades de esos poemas. Es como si dijera Whitman: Inesperado y elusivo es el mundo, pero su misma contingencia es una riqueza, ya que ni siquiera podemos determinar lo pobres que somos, ya que todo es regalo. ¿Una lección de la mística de la parquedad, y ésa de Norte América?

Una sugestión última. Estoy pensando que Whitman —hombre de infinitos inventos, simplificado por la ajena visión en mero gigante— es un abreviado símbolo de su patria. La historia mágica de los árboles que tapan el bosque puede servir, invertida mágicamente, para declarar mi intención. Porque una vez hubo una selva tan infinita que nadie recordó que era de árboles; porque entre dos mares hay una nación de hombres tan fuerte que nadie suele recordar que es de hombres. De hombres de humana condición.

1929

UNA VINDICACIÓN DE LA CÁBALA

Ni es ésta la primera vez que se intenta ni será la última que falla, pero la distinguen dos hechos. Uno es mi inocencia casi total del idioma hebreo; otro es la circunstancia de que no quiero vindicar la doctrina, sino los procedimientos hermenéuticos o criptográficos que a ella conducen. Estos procedimientos, como se sabe, son la lectura vertical de los textos sagrados, la lectura llamada *bouestrophedon* (de derecha a izquierda, un renglón, de izquierda a derecha el siguiente) metódica sustitución de unas letras del alfabeto por otras, la suma del valor numérico de las letras, etcétera. Burlarse de tales operaciones es fácil, prefiero procurar entenderlas.

Es evidente que su causa remota es el concepto de la inspiración mecánica de la *Biblia*. Ese concepto, que hace de evangelistas y profetas, secretarios impersonales de Dios que escriben al dictado, está con imprudente energía en la *Formula consensus helvética*, que reclama autoridad para las consonantes de la Escritura y hasta para los puntos diacríticos —que las versiones primitivas no conocieron. (Ese preciso cumplimiento en el hombre, de los propósitos literarios de Dios, es la inspiración o entusiasmo: palabra cuyo recto sentido es endiosamiento.) Los islamitas pueden vanagloriarse de exceder esa hipérbole, pues han resuelto que el original del *Corán —la madre del Libro—* es uno de los atributos de Dios, como Su misericordia o Su ira, y lo juzgan anterior al idioma, a la Creación. Asimismo hay teólogos luteranos, que no se arriesgan a englobar la Escritura entre las cosas creadas y la definen como una encarnación del Espíritu.

Del Espíritu: ya nos está rozando un misterio. No la divinidad general, sino la hipóstasis tercera de la divinidad, fue quien dictó la *Biblia*. Es la opinión común; Bacon, en 1625, escribió: "El lápiz del Espíritu Santo se ha demorado más en las aflicciones de Job que en las felicidades de Salomón."[1] También su contemporáneo John Donne: "El Espíritu San-

1. Sigo la versión latina: *diffusius tractavit Jobi afflictiones*. En inglés, con mejor acierto, había escrito: *hath laboured more*.

to es un escritor elocuente, un vehemente y un copioso escritor, pero no palabrero; tan alejado de un estilo indigente como de uno superfluo."

Imposible definir el Espíritu y silenciar la horrenda sociedad trina y una de la que forma parte. Los católicos laicos la consideran un cuerpo colegiado infinitamente correcto, pero también infinitamente aburrido; los *liberales*, un vano cancerbero teológico, una superstición que los muchos adelantos del siglo ya se encargarán de abolir. La Trinidad, claro es, excede esas fórmulas. Imaginada de golpe, su concepción de un padre, un hijo y un espectro, articulados en un solo organismo, parece un caso de teratología intelectual, una deformación que sólo el horror de una pesadilla pudo parir. Así lo creo, pero trato de reflexionar que todo objeto cuyo fin ignoramos, es provisoriamente monstruoso. Esa observación general se ve agravada aquí por el misterio profesional del objeto.

Desligada del concepto de redención, la distinción de las tres Personas en una tiene que parecer arbitraria. Considerada como una necesidad de la fe, su misterio fundamental no se alivia, pero despuntan su intención y su empleo. Entendemos que renunciar a la Trinidad —a la Dualidad, por lo menos— es hacer de Jesús un delegado ocasional del Señor, un incidente de la historia, no el auditor imperecedero, continuo, de nuestra devoción. Si el Hijo no es también el Padre, la redención no es obra directa divina; si no es eterno, tampoco lo será el sacrificio de haberse rebajado a hombre y haber muerto en la cruz. "Nada menos que una infinita excelencia pudo satisfacer por un alma perdida para infinitas edades", instó Jeremyas Taylor. Así puede justificarse el dogma, si bien los conceptos de la generación del Hijo por el Padre y de la procesión del Espíritu por los dos, insinúan heréticamente una prioridad, sin contar su culpable condición de meras metáforas. La teología, empeñada en diferenciarlas, resuelve que no hay motivo de confusión, puesto que el resultado de una es el Hijo, de la otra el Espíritu. Generación eterna del Hijo, procesión eterna del Espíritu, es la soberbia decisión de Ireneo: invención de un acto sin tiempo, de un mutilado *zeitloses Zeitwort*, que podemos rechazar o venerar, pero no discutir. El infierno es una mera violencia física, pero las tres inextricables Personas importan un horror intelectual, una infinitud ahogada, especiosa, como de contrarios espejos. Dante las quiso figurar con el signo de una reverberación de círculos diáfanos, de diverso color; Donne, por el de complicadas serpientes, ricas e indisolubles. *Toto coruscat Trinitas mysterio*, escribió San Paulino; "Fulge en pleno misterio la Trinidad".

Si el Hijo es la reconciliación de Dios con el mundo, el Espíritu —principio de la santificación, según Atanasio; ángel entre los otros, para Macedonio— no consiente mejor definición que la de ser la intimidad de Dios con nosotros, su inmanencia en los pechos. (Para los socinianos —temo que con suficiente razón— no era más que una locución personificada, una metáfora de las operaciones divinas, trabajada luego hasta el vértigo.) Mera formación sintáctica o no, lo cierto es que la tercera ciega persona de la enredada Trinidad es el reconocido autor de las Escrituras. Gibbon, en aquel capítulo de su obra que trata del Islam, incluye un censo general de las publicaciones del Espíritu Santo, calculadas con cierta timidez en unas ciento y pico; pero la que me interesa ahora es el Génesis: materia de la Cábala.

Los cabalistas, como ahora muchos cristianos, creían en la divinidad de esa historia, en su deliberada redacción por una inteligencia infinita. Las consecuencias de ese postulado son muchas. La distraída evacuación de un texto corriente —verbigracia, de las menciones efímeras del periodismo— tolera una cantidad sensible de azar. Comunican —postulándolo— un hecho: informan que el siempre irregular asalto de ayer obró en tal calle, tal esquina, a las tales horas de la mañana, receta no representable por nadie y que se limita a señalarnos el sitio Tal, donde suministran informes. En indicaciones así, la extensión y la acústica de los párrafos son necesariamente casuales. Lo contrario ocurre en los versos, cuya ordinaria ley es la sujeción del sentido a las necesidades (o supersticiones) eufónicas. Lo casual en ellos no es el sonido, es lo que significan. Así en el primer Tennyson, en Verlaine, en el último Swinburne: dedicados tan sólo a la expresión de estados generales, mediante las ricas aventuras de su prosodia. Consideremos un tercer escritor, el intelectual. Éste, ya en su manejo de la prosa (Valéry, De Quincey), ya en el del verso, no ha eliminado ciertamente el azar, pero ha rehusado en lo posible, y ha restringido, su alianza incalculable. Remotamente se aproxima al Señor, para Quien el vago concepto de azar ningún sentido tiene. Al Señor, al perfeccionado Dios de los teólogos, que sabe de una vez —*uno intelligendi actu*— no solamente todos los hechos de este repleto mundo, sino los que tendrían su lugar si el más evanescente de ellos cambiara —los imposibles, también.

Imaginemos ahora esa inteligencia estelar, dedicada a manifestarse, no en dinastías ni en aniquilaciones ni en pájaros, sino en voces escritas. Imaginemos asimismo, de acuerdo con la teoría preagustiniana de inspiración verbal, que Dios dicta, palabra por palabra lo que se propone decir.[1] Esa premisa (que fue la que asumieron los cabalistas) hace de la Escritura un texto absoluto, donde la colaboración del azar es calculable en cero. La sola concepción de ese documento es un prodigio superior a cuantos registran sus páginas. Un libro impenetrable a la contingencia, un mecanismo de infinitos propósitos, de variaciones infalibles, de revelaciones que acechan, de superposiciones de luz ¿cómo no interrogarlo hasta lo absurdo, hasta lo prolijo numérico, según hizo la Cábala?

1931

1. Orígenes atribuyó tres sentidos a las palabras de la Escritura: el histórico, el moral y el místico, correspondientes al cuerpo, al alma y al espíritu que integran el hombre; Juan Escoto Erígena, un infinito número de sentidos, como los tornasoles del plumaje del pavo real.

UNA VINDICACIÓN DEL FALSO BASÍLIDES

Hacia 1905, yo sabía que las páginas omniscientes (de A a All) del primer volumen del *Diccionario enciclopédico hispano-americano* de Montaner y Simón, incluían un breve y alarmante dibujo de una especie de rey, con perfilada cabeza de gallo, torso viril con brazos abiertos que gobernaban un escudo y un látigo, y lo demás una mera cola enroscada que le servía de trono. Hacia 1916, leí esta oscura enumeración de Quevedo: "Estaba el maldito Basílides heresiarca. Estaba Nicolás antioqueno, Carpócrates y Cerintho y el infame Ebión. Vino luego Valentino, el que dio por principio de todo, el mar y el silencio." Hacia 1923, recorrí en Ginebra no sé qué libro heresiológico en alemán, y supe que el aciago dibujo representaba cierto dios misceláneo, que había horriblemente venerado el mismo Basílides. Supe también qué hombres desesperados y admirables fueron los gnósticos, y conocí sus especulaciones ardientes. Más adelante pude interrogar los libros especiales de Mead (en la versión alemana: *Fragmente eines verschollenen Glaubens*, 1902) y de Wolfgang Schultz (*Dokumente der Gnosis*, 1910) y los artículos de Wilhelm Bousset en la *Encyclopaedia Britannica.* Hoy me he propuesto resumir e ilustrar una de sus cosmogonías: la de Basílides heresiarca, precisamente. Sigo en un todo la notificación de Ireneo. Me consta que muchos la invalidan, pero sospecho que esta desordenada revisión de sueños difuntos puede admitir también la de un sueño que no sabemos si habitó en soñador alguno. La herejía basilidiana, por otra parte, es la de configuración más sencilla. Nació en Alejandría, dicen que a los cien años de la cruz, dicen que entre los sirios y griegos. La teología, entonces, era una pasión popular.

En el principio de la cosmogonía de Basílides hay un dios. Esta divinidad carece majestuosamente de nombre, así como de origen; de ahí su aproximada nominación de *pater innatus.* Su medio es el *pleroma* o la plenitud: el inconcebible museo de los arquetipos platónicos, de las esencias inteligibles, de los universales. Es un dios inmutable, pero de su reposo emanaron siete divinidades subalternas que, condescendiendo a la acción, dotaron y presidieron un primer cielo. De esta primera corona demiúrgica procedió una segunda, también con ángeles, potestades y tronos, y éstos fundaron otro cielo más bajo, que era el duplicado simétrico del inicial. Este segundo cónclave se vio reproducido en uno terciario, y éste en otro inferior, y de este modo hasta 365. El señor del cielo del fondo es el de la Escritura, y su fracción de divinidad tiende a cero. Él y sus ángeles fundaron este cielo visible, amasaron la tierra inmaterial que estamos pisando y se la repartieron después. El razonable olvido ha borrado las precisas fábulas que esta cosmogonía atribuyó al origen del hombre, pero el ejemplo de otras imaginaciones coetáneas nos permite salvar esa omisión, siquiera en forma vaga y conjetural. En el fragmento publicado por Hilgenfeld, la tiniebla y la luz habían coexistido siempre, ignorándose, y cuando se vieron al fin, la luz apenas miró y se dio vuelta, pero la enamorada oscuridad se apoderó de su reflejo o recuerdo, y ese fue el principio del hombre. En el análogo sistema de Satornilo, el cielo les depara a los ángeles obradores una momentánea visión, y el hombre es fabricado a su imagen, pero se arrastra por el suelo como una víbora, hasta que el apiadado Señor le trasmite una centella de su poder. Lo común a esas narraciones es lo que importa: nuestra temeraria o culpable improvisación por una divinidad deficiente, con material ingrato. Vuelvo a la historia de Basílides. Removida por los ángeles onerosos del Dios hebreo, la baja humanidad mereció la lástima del Dios intemporal, que le destinó un redentor. Éste debió asumir un cuerpo ilusorio, pues la carne degrada. Su impasible fantasma colgó públicamente en la cruz, pero el Cristo esencial atravesó los cielos superpuestos y se restituyó al *pleroma*. Los atravesó indemne, pues conocía el nombre secreto de sus divinidades. "Y los que saben la verdad de esta historia, concluye la profesión de fe trasladada por Ireneo, se sabrán libres del poder de los príncipes que han edificado este mundo. Cada cielo tiene su propio nombre y lo mismo cada ángel y señor y cada potestad de ese cielo. El que sepa sus nombres incomparables los atravesará invisible y seguro, igual que el redentor. Y como el Hijo no fue reconocido por nadie, tampoco el gnóstico. Y estos misterios no deberán ser pronunciados, sino guardados en silencio. Conoce a todos, que nadie te conozca".

La cosmogonía numérica del principio ha degenerado hacia el fin en magia numérica. 365 pisos de cielo, a 7 potestades por cielo, requieren la improbable retención de 2.555 amuletos orales: idioma que los años redujeron al precioso nombre del redentor, que es Caulacau, y al del inmóvil dios, que es Abraxas. La salvación, para esta desengañada herejía, es un esfuerzo mnemotécnico de los muertos, así como el tormento del salvador es una ilusión óptica —dos simulacros que misteriosamente condicen con la precaria realidad de su mundo.

Escarnecer la vana multiplicación de ángeles nominales y de reflejados cielos simétricos de esa cosmogonía, no es del todo difícil. El principio taxativo de Occam: *Entia non sunt multiplicanda praeter necessitatem*, podría serle aplicado —arrasándola. Por mi parte, creo anacrónico o inútil ese rigor. La buena conversión de esos pesados símbolos vacilantes es lo que importa. Dos intenciones veo en ellos: la primera es un lugar común de la crítica; la segunda —que no presumo erigir en descubrimiento— no ha sido recalcada hasta hoy. Empiezo por la más ostensible. Es la de resolver sin escándalo el problema del mal, mediante la hipotética inserción de una serie gradual de divinidades entre el no menos hipotético Dios y la realidad. En el sistema examinado, esas derivaciones de Dios decrecen y se abaten a medida que se van alejando, hasta fondear en los abominables poderes que borrajearon con adverso material a los hombres. En el de Valentino —que *no* dio por principio de todo, el mar y el silencio—, una diosa caída (Achamoth) tiene con una sombra dos hijos, que son el fundador del mundo y el diablo. A Simón el Mago le achacan una exasperación de esa historia: el haber rescatado a Elena de Troya, antes hija primera de Dios y luego condenada por los ángeles a trasmigraciones dolorosas, de un lupanar de marineros en Tiro.[1] Los treinta y tres años humanos de Jesucristo y su anochecer en la cruz no eran suficiente expiación para los duros gnósticos.

Falta considerar el otro sentido de esas invenciones oscuras. La vertiginosa torre de cielos de la herejía basilidiana, la proliferación de sus ángeles, la sombra planetaria de los demiurgos trastornando la tierra, la maquinación de los círculos inferiores contra el *pleroma*, la densa población, siquiera inconcebible o nominal, de esa vasta mitología, miran también a la disminución de este mundo. No nuestro mal,

1. Elena, hija dolorosa de Dios. Esa divina filiación no agota los contactos de su leyenda con la de Jesucristo. A éste le asignaron los de Basílides un cuerpo insustancial; de la trágica reina se pretendió que sólo su *eidolon* o simulacro fue arrebatado a Troya. Un hermoso espectro nos redimió; otro cundió en batallas y Homero. Véase, para este docetismo de Elena, el *Fedro* de Platón y el libro *Adventures among Books* de Andrew Lang, págs. 237-248.

sino nuestra central insignificancia, es predicada en ellas. Como en los caudalosos ponientes de la llanura, el cielo es apasionado y monumental y la tierra es pobre. Ésa es la justificadora intención de la cosmogonía melodramática de Valentino, que devana un infinito argumento de dos hermanos sobrenaturales que se reconocen, de una mujer caída, de una burlada intriga poderosa de los ángeles malos y de un casamiento final. En ese melodrama o folletín, la creación de este mundo es un mero aparte. Admirable idea: el mundo imaginado como un proceso esencialmente fútil, como un reflejo lateral y perdido de viejos episodios celestes. La creación como hecho casual.

El proyecto fue heroico; el sentimiento religioso ortodoxo y la teología repudian esa posibilidad con escándalo. La creación primera, para ellos, es acto libre y necesario de Dios. El universo, según deja entender San Agustín, no comenzó en el tiempo, sino simultáneamente con él —juicio que niega toda prioridad del Creador. Strauss da por ilusoria la hipótesis de un momento inicial, pues éste contaminaría de temporalidad no sólo a los instantes ulteriores, sino también a la eternidad "precedente".

Durante los primeros siglos de nuestra era, los gnósticos disputaron con los cristianos. Fueron aniquilados, pero nos podemos representar su victoria posible. De haber triunfado Alejandría y no Roma, las estrambóticas y turbias historias que he resumido aquí serían coherentes, majestuosas y cotidianas. Sentencias como la de Novalis: "La vida es una enfermedad del espíritu",[1] o la desesperada de Rimbaud: "La verdadera vida está ausente, no estamos en el mundo", fulminarían en los libros canónicos. Especulaciones como la desechada de Richter sobre el origen estelar de la vida y su casual diseminación en este planeta, conocerían el asenso incondicional de los laboratorios piadosos. En todo caso, ¿qué mejor don que ser insignificantes podemos esperar, qué mayor gloria para un Dios que la de ser absuelto del mundo?

1931

1. Ese dictamen —*Leben ist eine Krankheit des Geistes, ein leidenschaftliches Tun*— debe su difusión a Carlyle, que lo destacó en su famoso artículo de la Foreign Review, 1829. No coincidencias momentáneas, sino un redescubrimiento esencial de las agonías y de las luces del gnosticismo, es el de los Libros proféticos de William Blake.

LA POSTULACIÓN DE LA REALIDAD

Hume notó para siempre que los argumentos de Berkeley no admiten la menor réplica y no producen la menor convicción; yo desearía, para eliminar los de Croce, una sentencia no menos educada y mortal. La de Hume no me sirve, porque la diáfana doctrina de Croce tiene la facultad de persuadir, aunque ésta sea la única. Su defecto es ser inmanejable; sirve para cortar una discusión, no para resolverla.

Su fórmula —recordará mi lector— es la identidad de lo estético y de lo expresivo. No la rechazo, pero quiero observar que los escritores de hábito clásico más bien rehúyen lo expresivo. El hecho no ha sido considerado hasta ahora; me explicaré.

El romántico, en general con pobre fortuna, quiere incesantemente expresar; el clásico prescinde contadas veces de una petición de principio. Distraigo aquí de toda connotación histórica las palabras *clásico* y *romántico*; entiendo por ellas dos arquetipos de escritor (dos procederes). El clásico no desconfía del lenguaje, cree en la suficiente virtud de cada uno de sus signos. Escribe, por ejemplo: "Después de la partida de los godos y la separación del ejército aliado, Atila se maravilló del vasto silencio que reinaba sobre los campos de Châlons: la sospecha de una estratagema hostil lo demoró unos días dentro del círculo de sus carros, y su retravesía del Rin confesó la postrer victoria lograda en nombre del imperio occidental. Meroveo y sus francos, observando una distancia prudente y magnificando la opinión de su número con los muchos fuegos que encendían cada noche, siguieron la retaguardia de los hunos hasta los confines de Turingia. Los de Turingia militaban en las fuerzas de Atila: atravesaron, en el avance y en la retirada, los territorios de los francos: cometieron tal vez entonces las atrocidades que fueron vindicadas unos ochenta años después, por el hijo de Clovis. Degollaron a sus rehenes: doscientas doncellas fueron torturadas con implacable y exquisito furor; sus cuerpos fueron descuartizados por caballos indómitos, o aplastados sus huesos bajo el rodar de los carros, y sus miembros insepultos fueron abandonados en los caminos como una presa para perros y buitres." (Gibbon, *Decline and Fall of the Roman Empire,* XXXV.) Basta el inciso "Después de la partida de los godos" para percibir el carácter mediato de esta escritura, generalizadora y abstracta hasta lo invisible. El autor nos propone un juego de símbolos, organizados rigurosamente sin duda, pero cuya animación eventual queda a cargo nuestro. No es realmente expresivo: se limita a registrar una realidad, no a representarla. Los ricos hechos a cuya póstuma alusión nos convida, importaron cargadas experiencias, percepciones, reacciones; éstas pueden inferirse de su relato, pero no están en él. Dicho con mejor precisión: no escribe los primeros contactos de la realidad, sino su elaboración final en conceptos. Es el método clásico, el observado siempre por Voltaire, por Swift, por Cervantes. Copio un segundo párrafo, ya casi abusivo, de este último: "Finalmente a Lotario le pareció que era menester en el espacio y lugar que daba la ausencia de Anselmo, apretar el cerco a aquella fortaleza, y así acometió a su presunción con las alabanzas de su hermosura, porque no hay cosa que más presto rinda y allane las encastilladas torres de la vanidad de las hermosas que la misma vanidad puesta en las lenguas de la adulación. En efecto, él con toda diligencia minó la roca de su entereza con tales pertrechos, que aunque Camila fuera toda de bronce, viniera al suelo. Lloró, rogó, ofreció, aduló, porfió y fingió Lotario con tantos sentimientos, con muestras de tantas veras, que dio al través con el recato de Camila, y vino a triunfar de lo que menos se pensaba y más deseaba". (*Quijote,* I, capítulo 34.)

Pasajes como los anteriores, forman la extensa mayoría de la literatura mundial, y aun la menos indigna. Repudiarlos para no incomodar a una fórmula, sería inconducente y ruinoso. Dentro de su notoria ineficacia, son eficaces; falta resolver esa contradicción.

Yo aconsejaría esta hipótesis: la imprecisión es tolerable o verosímil en la literatura, porque a ella propendemos siempre en la realidad. La simplificación conceptual de estados complejos es muchas veces una operación instantánea. El hecho mismo de percibir, de atender, es de orden selectivo: toda atención, toda fijación de nuestra conciencia, comporta una deliberada omisión de lo no interesante. Vemos y oímos a través de recuerdos, de temores, de previsiones. En lo corporal, la inconciencia es una necesidad de los actos físicos. Nuestro cuerpo sabe articular este difícil párrafo, sabe tratar con escaleras, con nudos, con pasos a nivel, con ciudades, con ríos correntosos, con perros, sabe atravesar una calle sin que nos aniquile el tránsito, sabe engendrar, sabe respirar, sabe dormir, sabe tal vez matar: nuestro cuerpo, no nuestra inteligencia. Nuestro vivir es una serie de adaptaciones, vale decir, una educación del olvido. Es admirable que la primera noticia de Utopía que nos dé Thomas More, sea su perpleja ignorancia de la "verdadera" longitud de uno de sus puentes...

Releo, para mejor investigación de lo clásico, el párrafo de Gibbon, y doy con una casi imperceptible y ciertamente inocua metáfora, la del reinado del silencio. Es un proyecto de expresión —ignoro si malogrado o feliz— que no parece condecir con el estricto desempeño legal del resto de su prosa. Naturalmente, la justifica su invisibilidad, su índole ya convencional. Su empleo nos permite definir otra de las marcas del clasicismo: la creencia de que una vez fraguada una imagen, ésta constituye un bien público. Para el concepto clásico, la pluralidad de los hombres y de los tiempos es accesoria, la literatura es siempre una sola. Los sorprendentes defensores de Góngora la vindicaban de la imputación de innovar —mediante la prueba documental de la buena ascendencia erudita de sus metáforas. El hallazgo romántico de la personalidad no era ni presentido por ellos. Ahora, todos estamos tan absortos en él, que el hecho de negarlo o de descuidarlo es sólo una de tantas habilidades para "ser personal". En lo que se refiere a la tesis de que el lenguaje poético debe ser uno, cabe señalar su evanescente resurrección de parte de Arnold, que propuso reducir el vocabulario de los traductores homéricos al de la *Authorized Version* de la Escritura, sin otro alivio que la intercalación eventual de algunas libertades de Shakespeare. Su argumento era el poderío y la difusión de las palabras bíblicas...

La realidad que los escritores clásicos proponen es cuestión de confianza, como la paternidad para cierto personaje de los *Lehrjahre*. La que procuran agotar los románticos es de carácter impositivo más bien: su método continuo es el énfasis, la mentira parcial. No inquiero ilustraciones: todas las páginas de prosa o de verso que son profesionalmente actuales pueden ser interrogadas con éxito.

La postulación clásica de la realidad puede asumir tres modos, muy diversamente accesibles. El de trato más fácil consiste en una notificación general de los hechos que importan. (Salvadas unas incómodas alegorías, el supracitado texto de Cervantes no es mal ejemplo de ese modo primero y espontáneo de los procedimientos clásicos.) El segundo consiste en imaginar una realidad más compleja que la declarada al lector y referir sus derivaciones y efectos. No sé de mejor ilustración que la apertura del fragmento heroico de Tennyson, *Mort d'Arthur*, que reproduzco en desentonada prosa española, por el interés de su técnica. Vierto literalmente: "Así, durante todo el día, retumbó el ruido bélico por las montañas junto al mar invernal, hasta que la tabla del rey

Artús, hombre por hombre, había caído en Lyonness en torno de su señor, el rey Artús: entonces, porque su herida era profunda, el intrépido Sir Bediver lo alzó, Sir Bediver el último de sus caballeros, y lo condujo a una capilla cerca del campo, un presbiterio roto, con una cruz rota, que estaba en un oscuro brazo de terreno árido. De un lado yacía el Océano; del otro lado, un agua grande, y la luna era llena". Tres veces ha postulado esa narración una realidad más compleja: la primera, mediante el artificio gramatical del adverbio *así*; la segunda y mejor, mediante la manera incidental de trasmitir un hecho: *porque su herida era profunda*; la tercera, mediante la inesperada adición de *y la luna era llena.* Otra eficaz ilustración de ese método la proporciona Morris, que después de relatar el mítico rapto de uno de los remeros de Jasón por las ligeras divinidades de un río, cierra de este modo la historia: "El agua ocultó a las sonrojadas ninfas y al despreocupado hombre dormido. Sin embargo, antes de perderlos el agua, una atravesó corriendo aquel prado y recogió del pasto la lanza con moharra de bronce, el escudo claveteado y redondo, la espada con el puño de marfil, y la cota de mallas, y luego se arrojó a la corriente. Así, quién podrá contar esas cosas, salvo que el viento las contara o el pájaro que desde el cañaveral las vio y escuchó". Este testimonio final de seres no mentados aún, es lo que nos importa.

El tercer método, el más difícil y eficiente de todos, ejerce la invención circunstancial. Sirva de ejemplo cierto memorabilísimo rasgo de *La gloria de Don Ramiro*: ese aparatoso "caldo de torrezno, que se servía en una sopera con candado para defenderlo de la voracidad de los pajes", tan insinuativo de la miseria decente, de la retahíla de criados, del caserón lleno de escaleras y vueltas y de distintas luces. He declarado un ejemplo corto, lineal, pero sé de dilatadas obras —las rigurosas novelas imaginativas de Wells,[1] las exasperadamente verosímiles de Daniel Defoe— que no frecuentan otro proceder que

---

1. Así *El hombre invisible*. Ese personaje —un estudiante solitario de química en el desesperado invierno de Londres— acaba por reconocer que los privilegios del estado invisible no cubren los inconvenientes. Tiene que ir descalzo y desnudo, para que un sobretodo apresurado y unas botas autónomas no afiebren la ciudad. Un revólver, en su transparente mano, es de ocultación imposible. Antes de asimilados, también lo son los alimentos deglutidos por él. Desde el amanecer sus párpados nominales no detienen la luz y debe acostumbrarse a dormir como con los ojos abiertos. Inútil asimismo echar el brazo afantasmado sobre los ojos. En la calle los accidentes de tránsito lo prefieren y siempre está con el temor de morir aplastado. Tiene que huir de Londres.

el desenvolvimiento o la serie de esos pormenores lacónicos de larga proyección. Asevero lo mismo de las novelas cinematográficas de Josef von Sternberg, hechas también de significativos momentos. Es método admirable y difícil, pero su aplicabilidad general lo hace menos estrictamente literario que los dos anteriores, y en particular que el segundo. Éste suele funcionar a pura sintaxis, a pura destreza verbal. Pruébenlo estos versos de Moore:

Je suis ton amant, et la blonde
Gorge tremble sous mon baiser,

cuya virtud reside en la transición de pronombre posesivo a artículo determinado, en el empleo sorprendente de *la.* Su reverso simétrico está en la siguiente línea de Kipling:

Little they trust to sparrow — dust that stop the seal in his sea!

Naturalmente, *his* está regido por *seal. Que detienen a la foca en su mar.*

1931

(viene de pág. anterior)

Tiene que refugiarse en pelucas, en quevedos ahumados, en narices de carnaval, en sospechosas barbas, en guantes, *para que no vean que es invisible.* Descubierto, inicia en un villorrio de tierra adentro un miserable Reino del Terror. Hiere, para que lo respeten, a un hombre. Entonces el comisario lo hace rastrear por perros, lo acorralan cerca de la estación y lo matan.

Otro ejemplo habilísimo de fantasmagoría circunstancial es el cuento de Kipling "The Finest Story in the World", de su recopilación de 1893, *Many Inventions.*

FILMS

Escribo mi opinión de unos films estrenados últimamente.

El mejor, a considerable distancia de los otros: *El asesino Karamasoff* (Filmreich). Su director (Ozep) ha eludido sin visible incomodidad los aclamados y vigentes errores de la producción alemana —la simbología lóbrega, la tautología o vana repetición de imágenes equivalentes, la obscenidad, las aficiones teratológicas, el satanismo— sin tampoco incurrir en los todavía menos esplendorosos de la escuela soviética: la omisión absoluta de caracteres, la mera antología fotográfica, las burdas seducciones del comité. (De los franceses no hablo: su mero y pleno afán hasta ahora es el de no parecer norteamericanos —riesgo que ciertamente no corren.) Yo desconozco la espaciosa novela de la que fue excavado este film: culpa feliz que me ha permitido gozarlo, sin la continua tentación de superponer el espectáculo actual sobre la recordada lectura, a ver si coincidían. Así, con inmaculada prescindencia de sus profanaciones nefandas y de sus meritorias fidelidades —ambas inimportantes—, el presente film es poderosísimo. Su realidad, aunque puramente alucinatoria, sin subordinación ni cohesión, no es menos torrencial que la de *Los muelles de Nueva York*, de Josef von Sternberg. Su presentación de una genuina, candorosa felicidad después de un asesinato, es uno de sus altos momentos. Las fotografías —la del amanecer ya preciso, la de las bolas monumentales de billar aguardando el impacto, la de la mano clerical de Smerdiakov, retirando el dinero— son excelentes, de invención y de ejecución.

Paso a otro film. El que misteriosamente se nombra *Luces de la ciudad* de Chaplin ha conocido el aplauso incondicional de todos nuestros críticos; verdad es que su impresa aclamación es más bien una prueba de nuestros irreprochables servicios telegráficos y postales, que un acto personal, presuntuoso. ¿Quién iba a atreverse a ignorar que Charlie Chaplin es uno de los dioses más seguros de la mitología de nuestro tiempo, un colega de las inmóviles pesadillas de Chirico, de las fervientes ametralladoras de Scarface Al, del universo finito aunque ilimitado, de las espaldas cenitales de Greta Garbo, de los tapiados ojos de Gandhi? ¿Quién a desconocer que su novísima *comédie larmoyante* era de antemano asombrosa? En realidad, en la que creo realidad, este visitadísimo film del espléndido inventor y protagonista de *La quimera del oro* no pasa de una lánguida antología de pequeños percances, impuestos a una historia sentimental. Alguno de estos episodios es nuevo; otro, como el de la alegría técnica del basurero ante el providencial (y luego falaz) elefante que debe suministrarle una dosis de *raison d'être*, es una reedición facsimilar del incidente del basurero troyano y del falso caballo de los griegos, del pretérito film *La vida privada de Elena de Troya.* Objeciones más generales pueden aducirse también contra *City Lights.* Su carencia de realidad sólo es comparable a su carencia, también desesperante, de irrealidad. Hay películas reales —*El acusador de sí mismo, Los pequeros, Y el mundo marcha,* hasta *La melodía de Broadway*—; las hay de voluntaria irrealidad: las individualísimas de Borzage, las de Harry Langdon, las de Buster Keaton, las de Eisenstein. A este segundo género correspondían las travesuras primitivas de Chaplin, apoyadas sin duda por la fotografía superficial, por la espectral velocidad de la acción, y por los fraudulentos bigotes, insensatas barbas postizas, agitadas pelucas y levitones portentosos de los actores. *City Lights* no consigue esa irrealidad, y se queda en inconvincente. Salvo la ciega luminosa, que tiene lo extraordinario de la hermosura, y salvo el mismo Charlie, siempre tan disfrazado y tan tenue, todos sus personajes son temerariamente normales. Su destartalado argumento pertenece a la difusa técnica conjuntiva de hace veinte años. Arcaísmo y anacronismo son también géneros literarios, lo sé; pero su manejo deliberado es cosa distinta de su perpetración infeliz. Consigno mi esperanza —demasiadas veces satisfecha— de no tener razón.

En *Marruecos* de Sternberg, también es perceptible el cansancio, si bien en grado menos todopoderoso y suicida. El laconismo fotográfico, la organización exquisita, los procedimientos oblicuos y suficientes de *La ley del hampa,* han sido reemplazados aquí por la mera acumulación de comparsas, por los brochazos de excesivo color local. Sternberg, para significar Marruecos, no ha imaginado un medio menos brutal que la trabajosa falsificación de una ciudad mora en suburbios de Hollywood, con lujo de albornoces y piletas y altos muecines guturales que preceden el alba y camellos con sol. En cambio, su argumento general es bueno, y su resolución en claridad, en desierto, en punto de partida otra vez, es la de nuestro primer *Mar-*

tín Fierro o la de la novela *Sanin* del ruso Arzibáshef. *Marruecos* se deja ver con simpatía, pero no con el goce intelectual que produce *La batida*, la heroica.

* * *

Los rusos descubrieron que la fotografía oblicua (y por consiguiente deforme) de un botellón, de una cerviz de toro o de una columna, era de un valor plástico superior a la de mil y un *extras* de Hollywood, rápidamente disfrazados de asirios y luego barajados hasta la total vaguedad por Cecil B. de Mille. También descubrieron que las convenciones del Middle West —méritos de la denuncia y del espionaje, felicidad final y matrimonial, intacta integridad de las prostitutas, concluyente *upper cut* administrado por un joven abstemio— podían ser canjeadas por otras no menos admirables. (Así, en uno de los más altos films del Soviet, un acorazado bombardea a quemarropa el abarrotado puerto de Odesa, sin otra mortandad que la de unos leones de mármol. Esa puntería inocua se debe a que es un virtuoso acorazado maximalista.) Tales descubrimientos fueron propuestos a un mundo saturado hasta el fastidio por las emisiones de Hollywood. El mundo los honró, y estiró su agradecimiento hasta pretender que la cinematografía soviética había obliterado para siempre a la americana. (Eran los años en que Alejandro Block anunciaba, con el acento peculiar de Walt Whitman, que los rusos eran escitas.) Se olvidó, o se quiso olvidar, que la mayor virtud del film ruso era su interrupción de un régimen californiano continuo. Se olvidó que era imposible contraponer algunas buenas o excelentes violencias (*Iván el Terrible, El acorazado Potemkin*, tal vez *Octubre*) a una vasta y compleja literatura, ejercitada con desempeño feliz en todos los géneros, desde la incomparable comicidad (Chaplin, Buster Keaton y Langdon) hasta las puras invenciones fantásticas: mitología del Krazy Kat y de Bimbo. Cundió la alarma rusa; Hollywood reformó o enriqueció alguno de sus hábitos fotográficos y no se preocupó mayormente.

King Vidor, sí. Me refiero al desigual director de obras tan memorables como *Aleluya* y tan innecesarias y triviales como *Billy the Kid*: púdica historiación de las veinte muertes (sin contar mejicanos) del más mentado peleador de Arizona, hecha sin otro mérito que el acopio de tomas panorámicas y la metódica prescindencia de *close-ups* para significar el desierto. Su obra más reciente, *Street Scene*, adaptada de la comedia del mismo nombre del ex expresionista Elmer Rice, está inspirada por el mero afán negativo de no parecer "standard". Hay un insatisfactorio mínimum de argumento. Hay un héroe virtuoso, pero manoseado por un compadrón. Hay una pareja romántica, pero toda unión legal o sacramental les está prohibida. Hay un glorioso y excesivo italiano, *larger than life*, que tiene a su evidente cargo toda la comicidad de la obra, y cuya vasta irrealidad cae también sobre sus normales colegas. Hay personajes que parecen de veras y hay otros disfrazados. No es, sustancialmente, una obra realista; es la frustración o la represión de una obra romántica.

Dos grandes escenas la exaltan: la del amanecer, donde el rico proceso de la noche está compendiado por una música; la del asesinato, que no es presentado indirectamente, en el tumulto y en la tempestad de los rostros.

1932

EL ARTE NARRATIVO Y LA MAGIA

El análisis de los procedimientos de la novela ha conocido escasa publicidad. La causa histórica de esta continuada reserva es la prioridad de otros géneros; la causa fundamental, la casi inextricable complejidad de los artificios novelescos, que es laborioso desprender de la trama. El analista de una pieza forense o de una elegía dispone de un vocabulario especial y de la facilidad de exhibir párrafos que se bastan; el de una dilatada novela carece de términos convenidos y no puede ilustrar lo que afirma con ejemplos inmediatamente fehacientes. Solicito, pues, un poco de resignación para las verificaciones que siguen.

Empezaré por considerar la faz novelesca del libro *The Life and Death of Jason* (1867) de William Morris. Mi fin es literario, no histórico: de ahí que deliberadamente omita cualquier estudio, o apariencia de estudio, de la filiación helénica del poema. Básteme copiar que los antiguos —entre ellos, Apolonio de Rodas— habían versificado ya las etapas de la hazaña argonáutica, y mencionar un libro intermedio, de 1474, *Les faits et prouesses du noble et vaillant chevalier Jason*, inaccesible en Buenos Aires, naturalmente, pero que los comentadores ingleses podrían revisar.

El arduo proyecto de Morris era la narración verosímil de las aventuras fabulosas de Jasón, rey de Iolcos. La sorpresa lineal, recurso general de la lírica, no era posible en esa relación de más de diez mil versos. Ésta necesitaba ante todo una fuerte apariencia de veracidad, capaz de producir esa espontánea suspensión de la duda, que constituye, para Coleridge, la fe poética. Morris consigue despertar esa fe; quiero investigar cómo.

Solicito un ejemplo del primer libro. Aeson, antiguo rey de Iolcos, entrega su hijo a la tutela selvática del centauro Quirón. El problema reside en la difícil verosimilitud del centauro. Morris lo resuelve insensiblemente. Empieza por mencionar esa estirpe, entreverándola con nombres de fieras que también son extrañas.

Where bears and wolves the centaurs' arrows find.

explica sin asombro. Esa mención primera, incidental, es continuada a los treinta versos por otra, que se adelanta a la descripción. El viejo rey ordena a un esclavo que se dirija con el niño a la selva que está al pie de los montes y que sople en un cuerno de marfil para que aparezca el centauro, que será (le advierte) *de grave fisonomía y robusto*, y que se arrodille ante él. Siguen las órdenes, hasta parar en la tercera mención, negativa engañosamente. El rey le recomienda que no le inspire ningún temor el centauro. Después, como pesaroso del hijo que va a perder, trata de imaginar su futura vida en la selva, entre los *quick-eyed centaurs* —rasgo que los anima, justificado por su condición famosa de arqueros.[1] El esclavo cabalga con el hijo y se apea al amanecer, ante un bosque. Se interna a pie entre las encinas, con el hijito cargado. Sopla en el cuerno entonces, y espera. Un mirlo está cantando en esa mañana, pero el hombre ya empieza a distinguir un ruido de cascos, y siente un poco de temor en el corazón, y se distrae del niño, que siempre forcejea por alcanzar el cuerno brillante. Aparece Quirón: nos dicen que antes fue de pelo manchado, pero en la actualidad casi blanco, no muy distinto del color de su melena humana, y con una corona de hojas de encina en la transición de bruto a persona. El esclavo cae de rodillas. Anotemos, de paso, que Morris puede no comunicar al lector su imagen del centauro ni siquiera invitarnos a tener una, le basta con nuestra continua fe en sus palabras, como en el mundo real.

Idéntica persuasión pero más gradual, la del episodio de las sirenas, en el libro catorce. Las imágenes preparatorias son de dulzura. La cortesía del mar, la brisa de olor anaranjado, la peligrosa música reconocida primero por la hechicera Medea, su previa operación de felicidad en los rostros de los marineros que apenas tenían conciencia de oírla, el hecho verosímil de que al principio no se distinguían bien las palabras, dicho en modo indirecto:

> *And by their faces could the queen behold*
> *How sweet it was, although no tale it told,*
> *To those worn toilers o'er the bitter sea,*

---

1. Cf. el verso:

> *Cesare armato, con li occhi grifagni*
> (Inferno IV, 123)

anteceden la aparición de esas divinidades. Éstas, aunque avistadas finalmente por los remeros, siempre están a alguna distancia, implícita en la frase circunstancial:

> *for they were near enow*
> *To see the gusty wind of evening blow*
> *Long locks of hair across those bodies white*
> *With golden spray hiding some dear delight.*

El último pormenor: *el rocío de oro* —¿de sus violentos rizos, del mar, de ambos o de cualquiera?— *ocultando alguna querida delicia*, tiene otro fin, también: el de significar su atracción. Ese doble propósito se repite en una circunstancia siguiente: la neblina de lágrimas ansiosas, que ofusca la visión de los hombres. (Ambos artificios son del mismo orden que el de la corona de ramas en la figuración del centauro.) Jasón, desesperado hasta la ira por las sirenas,[1] las apoda *brujas del mar* y hace que cante Orfeo, el dulcísimo. Viene la tensión, y Morris tiene el maravilloso escrúpulo de advertirnos que las canciones atribuidas por él a la boca imbesada de las sirenas y a la de Orfeo no encierran más que un transfigurado recuerdo de lo cantado entonces. La misma precisión insistente de sus colores —los bordes

1. A lo largo del tiempo, las sirenas cambian de forma. Su primer historiador, el rapsoda del duodécimo libro de la *Odisea*, no nos dice cómo eran; para Ovidio, son pájaros de plumaje rojizo y cara de virgen; para Apolonio de Rodas, de medio cuerpo para arriba son mujeres, y en lo restante, pájaros; para el maestro Tirso de Molina (y para la heráldica) "la mitad mujeres, peces la mitad". No menos discutible es su índole; *ninfas* las llama; el diccionario clásico de Lemprière entiende que son ninfas, el de Quicherat que son monstruos y el de Grimal que son demonios. Moran en una isla del poniente, cerca de la isla de Circe, pero el cadáver de una de ellas, Parténope, fue encontrado en Campania, y dio su nombre a la famosa ciudad que ahora lleva el de Nápoles, y el geógrafo Estrabón vio su tumba y presenció los juegos gimnásticos y la carrera con antorchas que periódicamente se celebraban para honrar su memoria.

La *Odisea* refiere que las sirenas atraían y perdían a los navegantes y que Ulises, para oír su canto y no perecer, tapó con cera los oídos de sus remeros y ordenó que lo sujetaran al mástil. Para tentarlo, las sirenas prometían el conocimiento de todas las cosas del mundo: "Nadie ha pasado por aquí en su negro bajel, sin haber escuchado de nuestra boca la voz dulce como el panal, y haberse regocijado con ella, y haber proseguido más sabio. Porque sabemos todas las cosas: cuántos afanes padecieron argivos y troyanos en la ancha Tróada por determinación de los dioses, y sabemos cuánto sucederá en

amarillos de la playa, la dorada espuma, la roca gris— nos puede enternecer, porque parecen frágilmente salvados de ese antiguo crepúsculo. Cantan las sirenas para aducir una felicidad que es vaga como el agua —*Such bodies garlanded with gold, so faint, so fair*—; canta Orfeo oponiendo las venturas firmes de la tierra. Prometen las sirenas un indolente cielo submarino, *roofed over by the changeful sea* (techado por el variable mar) según repetiría —¿dos mil quinientos años después, o sólo cincuenta?— Paul Valéry. Cantan y alguna discernible contaminación de su peligrosa dulzura entra en el canto correctivo de Orfeo. Pasan los argonautas al fin, pero un alto ateniense, terminada ya la tensión y largo el surco atrás de la nave, atraviesa corriendo las filas de los remeros y se tira desde la popa al mar.

Paso a una segunda ficción, el *Narrative of A. Gordon Pym* (1838) de Poe. El secreto argumento de esa novela es el temor y la vilificación de lo blanco. Poe finge unas tribus que habitan en la vecindad del Círculo Antártico, junto a la patria inagotable de ese color, y que de generaciones atrás han padecido la terrible visitación de los hombres y de las tempestades de la blancura. El blanco es anatema para esas tribus y puedo confesar que lo es también, cerca del último renglón del último capítulo, para los condignos lectores. Los argumentos de ese libro son dos: uno inmediato, de vicisitudes marítimas; otro infalible,

---

(viene de pág. anterior)

la Tierra fecunda (*Odisea*, XII). Una tradición recogida por el mitólogo Apolodoro, en su *Biblioteca*, narra que Orfeo desde la nave de los argonautas, cantó con más dulzura que las sirenas y que éstas se precipitaron al mar y quedaron convertidas en rocas, porque su ley era morir cuando alguien no sintiera su hechizo. También la Esfinge se precipitó de lo alto cuando adivinaron su enigma.

En el siglo VI, una sirena fue capturada y bautizada en el norte de Gales, y llegó a figurar como una santa en ciertos almanaques antiguos, bajo el nombre de Murgan. Otra, en 1403, pasó por una brecha en un dique, y habitó en Haarlem hasta el día de su muerte. Nadie la comprendía, pero le enseñaron a hilar y veneraba como por instinto la cruz. Un cronista del siglo XVI razonó que no era un pescado porque sabía hilar, y que no era una mujer porque podía vivir en el agua.

El idioma inglés distingue la sirena clásica (*Siren*) de las que tienen cola de pez (*mermaids*). En la formación de estas últimas habían influido por analogía los tritones, divinidades del cortejo de Poseidón.

En el décimo libro de la *República*, ocho sirenas presiden la rotación de los ocho cielos concéntricos.

Sirena: supuesto animal marino, leemos en un diccionario brutal.

sigiloso y creciente, que sólo se revela al final. "Nombrar un objeto", dicen que dijo Mallarmé, "es suprimir las tres cuartas partes del goce del poema, que reside en la felicidad de ir adivinando; el sueño es sugerirlo". Niego que el escrupuloso poeta haya redactado esa numérica frivolidad de *las tres cuartas partes*, pero la idea general le conviene y la ejecutó ilustremente en su presentación lineal de un ocaso:

Victorieusement fuit le suicide beau
Tison de gloire, sang par écume, or, tempête!

La sugirió, sin duda, el *Narrative of A. Gordon Pym*. El mismo impersonal color blanco ¿no es mallarmeano? (Creo que Poe prefirió ese color, por intuiciones o razones idénticas a las declaradas luego por Melville, en el capítulo "The Whiteness of the Whale" de su también espléndida alucinación *Moby Dick*.) Imposible exhibir o analizar aquí la novela entera; básteme traducir un rasgo ejemplar, subordinado —como todos— al secreto argumento. Se trata de la oscura tribu que mencioné y de los riachuelos de su isla. Determinar que su agua era colorada o azul, hubiera sido recusar demasiado toda posibilidad de blancura. Poe resuelve ese problema así, enriqueciéndonos: "Primero nos negamos a probarla, suponiéndola corrompida. Ignoro cómo dar una idea justa de su naturaleza, y no lo conseguiré sin muchas palabras. A pesar de correr con rapidez por cualquier desnivel, nunca parecía límpida, salvo al despeñarse en un salto. En casos de poco declive, era tan consistente como una infusión espesa de goma arábiga, hecha en agua común. Éste, sin embargo, era el menos singular de sus caracteres. No era incolora ni era de un color invariable, ya que su fluencia proponía a los ojos todos los matices del púrpura, como los tonos de una seda cambiante. Dejamos que se asentara en una vasija y comprobamos que la entera masa del líquido estaba separada en vetas distintas, cada una de tono individual, y que esas vetas no se mezclaban. Si se pasaba la hoja de un cuchillo a lo ancho de las vetas, el agua se cerraba inmediatamente, y al retirar la hoja desaparecería el rastro. En cambio, cuando la hoja era insertada con precisión entre dos de las vetas, ocurría una perfecta separación, que no se rectificaba en seguida".

Rectamente se induce de lo anterior que el problema central de la novelística es causalidad. Una de las variedades del género, la morosa novela de caracteres, finge o dispone una concatenación de motivos que se proponen no diferir de los del mundo real. Su caso, sin embargo, no es el común. En la novela de continuas vicisitudes, esa motivación es improcedente, y lo mismo en el relato de breves páginas y en la infinita novela espectacular que compone Hollywood con los plateados *ídola* de Joan Crawford y que las ciudades releen. Un orden muy diverso los rige, lúcido y atávico. La primitiva claridad de la magia.

Ese procedimiento o ambición de los antiguos hombres ha sido sujetado por Frazer a una conveniente ley general, la de la simpatía, que postula un vínculo inevitable entre cosas distantes, ya porque su figura es igual —magia imitativa, homeopática— ya por el hecho de una cercanía anterior —magia contagiosa. Ilustración de la segunda era el ungüento curativo de Kenelm Digby, que se aplicaba no a la vendada herida, sino al acero delincuente que la infirió— mientras aquélla, sin el rigor de bárbaras curaciones, iba cicatrizando. De la primera los ejemplos son infinitos. Los pieles rojas de Nebraska revestían cueros crujientes de bisonte con la cornamenta y la crin y machacaban día y noche sobre el desierto un baile tormentoso, para que los bisontes llegaran. Los hechiceros de la Australia Central se infieren una herida en el antebrazo que hace correr la sangre, para que el cielo imitativo o coherente se desangre en lluvia también. Los malayos de la Península suelen atormentar o denigrar una imagen de cera, para que perezca su original. Las mujeres estériles de Sumatra cuidan un niño de madera y lo adornan, para que sea fecundo su vientre. Por iguales razones de analogía, la raíz amarilla de la cúrcuma sirvió para combatir la ictericia, y la infusión de ortigas debió contrarrestar la urticaria. El catálogo entero de esos atroces o irrisorios ejemplos es de enumeración imposible; creo, sin embargo, haber alegado bastantes para demostrar que la magia es la coronación o pesadilla de lo causal, no su contradicción. El milagro no es menos forastero en ese universo que en el de los astrónomos. Todas las leyes naturales lo rigen, y otras imaginarias. Para el supersticioso, hay una necesaria conexión no sólo entre un balazo y un muerto, sino entre un muerto y una maltratada efigie de cera o la rotura profética de un espejo o la sal que se vuelca o trece comensales terribles.

Esa peligrosa armonía, esa frenética y precisa causalidad, manda en la novela también. Los historiadores sarracenos de quienes trasladó el doctor José Antonio Conde su *Historia de la dominación de los árabes en España*, no escriben de sus reyes y jalifas que fallecieron, sino "Fue conducido a las recompensas y premios" o "Pasó a la misericordia del Poderoso" o "Esperó el destino tantos años, tantas lunas y tantos días". Ese recelo de que un hecho temible pueda ser atraído por su mención, es impertinente o inútil en el asiático desorden del mundo real, no así en una novela, que debe ser un juego preciso de vigilancias, ecos y afinidades. Todo episodio, en un cuidadoso relato, es de proyección ulterior. Así, en una de las fantasmagorías de Chesterton, un desconocido acomete a un desconocido para que no lo embista un camión, y esa violencia necesaria, pero alarmante, prefigura su acto final de declararlo insano para que no lo puedan ejecutar por un crimen. En otra, una peligrosa y vasta conspiración integrada por un solo hombre (con socorro de barbas, de caretas y de seudónimos) es anunciada con tenebrosa exactitud en el dístico:

As all stars shrivel in the single sun,
The words are many, but The Word is one

que viene a descifrarse después, con permutación de mayúsculas:

The words are many, but the word is One.

En una tercera, la *maquette* inicial —la mención escueta de un indio que arroja su cuchillo a otro y lo mata— es el estricto reverso del argumento: un hombre apuñalado por su amigo con una flecha, en lo alto de una torre. Cuchillo volador, flecha que se deja empuñar. Larga repercusión tienen las palabras. Ya señalé una vez que la sola mención preliminar de los bastidores escénicos contamina de incómoda irrealidad las figuraciones del amanecer, de la pampa, del anochecer, que ha intercalado Estanislao del Campo en el *Fausto*. Esa teleología de palabras y de episodios es omnipresente también en los buenos films. Al principiar *A cartas vistas* (*The Showdown*), unos aventureros se juegan a los naipes una prostituta, o su turno; al terminar, uno de ellos ha jugado la posesión de la mujer que quiere. El diálogo inicial de *La ley del hampa* versa sobre la delación, la primera escena es un tiroteo en una avenida; esos rasgos resultan premonitorios del asunto central. En *Fatalidad* (*Dishonored*) hay temas recurrentes: la espada, el beso, el gato, la traición, las uvas, el piano. Pero la ilustración más cabal de un orbe autónomo de corroboraciones, de presagios, de monumentos, es el predestinado *Ulises* de Joyce. Basta el examen del libro expositivo de Gilbert o, en su defecto, de la vertiginosa novela.

Procuro resumir lo anterior. He distinguido dos procesos causales: el natural, que es el resultado incesante de incontrolables e infinitas operaciones; el mágico, donde profetizan los pormenores, lúcido y limitado. En la novela, pienso que la única posible honradez está con el segundo. Quede el primero para la simulación psicológica.

1932

PAUL GROUSSAC

He verificado en mi biblioteca diez tomos de Groussac. Soy un lector hedónico: jamás consentí que mi sentimiento del deber interviniera en afición tan personal como la adquisición de libros, ni probé fortuna dos veces con autor intratable, eludiendo un libro anterior con un libro nuevo, ni compré libros —crasamente— en montón. Esa perseverada decena evidencia, pues, la continua legibilidad de Groussac, la condición que se llama *readableness* en inglés. En español es virtud rarísima: todo escrupuloso estilo contagia a los lectores una sensible porción de la molestia con que fue trabajado. Fuera de Groussac, sólo he comprobado en Alfonso Reyes una ocultación o invisibilidad igual del esfuerzo.

El solo elogio no es iluminativo; precisamos una definición de Groussac. La tolerada o recomendada por él —la de considerarlo un mero viajante de la discreción de París, un misionero de Voltaire entre el mulataje— es deprimente de la nación que lo afirma y del varón que se pretende realzar, subordinándolo a tan escolares empleos. Ni Groussac era un hombre clásico —esencialmente lo era mucho más José Hernández— ni esa pedagogía era necesaria. Por ejemplo: la novela argentina no es ilegible por faltarle mesura, sino por falta de imaginación, de fervor. Digo lo mismo de nuestro vivir general.

Es evidente que hubo en Paul Groussac otra cosa que las reprensiones del profesor, que la santa cólera de la inteligencia ante la ineptitud aclamada. Hubo un placer desinteresado en el desdén. Su estilo se acostumbró a despreciar, creo que sin mayor incomodidad para quien lo ejercía. El *facit indignatio versum* no nos dice la razón de su prosa: mortal y punitiva más de una vez, como en cierta causa célebre de *La Biblioteca*, pero en general reservada, cómoda en la ironía, retráctil. Supo deprimir bien, hasta con cariño; fue impreciso o inconvincente para elogiar. Basta recorrer las pérfidas conferencias hermosas que tratan de Cervantes y después la apoteosis vaga de Shakespeare, basta cotejar esta buena ira: "Sentiríamos que la circunstancia de haberse puesto en venta el alegato del doctor Piñero fuera un obstáculo serio para su difusión, y que este sazonado fruto de un año y medio de vagar diplomático se limitara a causar 'impresión' en la casa de Coni. Tal no sucederá, Dios mediante, y al menos en cuanto dependa de nosotros, no se cumplirá tan melancólico destino", con estas ignominias o incontinencias: "Después del dorado triunfo de las mieses que a mi llegada presenciara, lo que ahora contemplo, en los horizontes esfumados por la niebla azul, es la fiesta alegre de la vendimia, que envuelve en un inmenso festón de sana poesía la rica prosa de los lagares y fábricas. Y lejos, muy lejos de los estériles bulevares y sus teatros enfermizos, he sentido de nuevo bajo mis plantas el estremecimiento de la Cibeles antigua, eternamente fecunda y joven, para quien el reposado invierno no es sino la gestación de otra primavera próxima..." Ignoro si se podrá inducir que el buen gusto era requisado por él con fines exclusivos de terrorismo, pero el malo para uso personal.

No hay muerte de escritor sin el inmediato planteo de un problema ficticio, que reside en indagar —o profetizar— qué parte quedará de su obra. Ese problema es generoso, ya que postula la existencia posible de hechos intelectuales eternos, fuera de la persona o circunstancias que los produjeron; pero también es ruin, porque parece husmear corrupciones. Yo afirmo que el problema de la inmortalidad es más bien dramático. Persiste el hombre total o desaparece. Las equivocaciones no dañan: si son características, son preciosas. Groussac, persona inconfundible, Renán quejoso de su gloria a trasmano, no pueden no quedar. Su mera inmortalidad sudamericana corresponderá a la inglesa de Samuel Johnson: los dos autoritarios, doctos, mordaces.

La sensación incómoda de que en las primeras naciones de Europa o en Norte América hubiera sido un escritor casi imperceptible, hará que muchos argentinos le nieguen primacía en nuestra desmantelada república. Ella, sin embargo, le pertenece.

1929

LA DURACIÓN DEL INFIERNO

Especulación que ha ido fatigándose con los años, la del Infierno. Lo descuidan los mismos predicadores, desamparados tal vez de la pobre, pero servicial, alusión humana, que las hogueras eclesiásticas del Santo Oficio eran en este mundo: tormento temporal sin duda, pero no indigno dentro de las limitacioes terrenas, de ser una metáfora del inmortal, del perfecto dolor sin destrucción, que conocerán para siempre los herederos de la ira divina. Sea o no satisfactoria esta hipótesis, no es discutible una lasitud general en la propaganda de ese establecimiento. (Nadie se sobresalte aquí: la voz *propaganda* no es de genealogía comercial, sino católica; es una reunión de los cardenales.) En el siglo II, el cartaginés Tertuliano podía imaginarse el Infierno y prever su operación con este discurso: "Os agradan las representaciones; esperad la mayor, el Juicio Final. Qué admiración en mí, qué carcajadas, qué celebraciones, qué júbilo, cuando vea tantos reyes soberbios y dioses engañosos doliéndose en la prisión más ínfima de la tiniebla; tantos magistrados que persiguieron el nombre del Señor, derritiéndose en hogueras más feroces que las que azuzaron jamás contra los cristianos; tantos graves filósofos ruborizándose en las rojas hogueras con sus auditores ilusos; tantos aclamados poetas temblando no ante el tribunal de Midas, sino de Cristo; tantos actores trágicos, más elocuentes ahora en la manifestación de un tormento tan genuino..." (*De spectaculis*, 30; cita y versión de Gibbon.) El mismo Dante, en su gran tarea de prever en modo anecdótico algunas decisiones de la divina Justicia relacionadas con el Norte de Italia, ignora un entusiasmo igual. Después, los infiernos literarios de Quevedo —mera oportunidad chistosa de anacronismos— y de Torres Villarroel —mera oportunidad de metáforas— sólo evidenciarán la creciente usura del dogma. La decadencia del Infierno está en ellos casi como en Baudelaire, ya tan incrédulo de los imperecederos tormentos que simula adorarlos. (Una etimología significativa deriva el inocuo verbo francés *gêner* de la poderosa palabra de la Escritura *gehenna.*)

Paso a considerar el Infierno. El distraído artículo pertinente del

Diccionario enciclopédico hispano-americano es de lectura útil, no por sus menesterosas noticias o por su despavorida teología de sacristán, sino por la perplejidad que se le entrevé. Empieza por observar que la noción de Infierno no es privativa de la Iglesia Católica, precaución cuyo sentido intrínseco es: "No vayan a decir los masones que esas brutalidades las introdujo la Iglesia", pero se acuerda acto continuo de que el Infierno es dogma, y añade con algún apuro: "Gloria inmarcesible es del cristianismo atraer hacia sí cuantas verdades se hallaban esparcidas entre las falsas religiones". Sea el Infierno un dato de la religión natural o solamente de la religión revelada, lo cierto es que ningún otro asunto de la teología es para mí de igual fascinación y poder. No me refiero a la mitología simplicísima de conventillo —estiércol, asadores, fuego y tenazas— que ha ido vegetando a su pie y que todos los escritores han repetido, con deshonra de su imaginación y de su decencia.[1] Hablo de la estricta noción —*lugar de castigo eterno para los malos*— que constituye el dogma sin otra obligación que la de ubicarlo *in loco reali*, en un lugar preciso, y *a beatorum sede distincto*, diverso del que habitan los elegidos. Imaginar lo contrario, sería siniestro. En el capítulo quincuagésimo de su *Historia*, Gibbon quiere restarle maravilla al Infierno y escribe que los dos vulgarísimos ingredientes de fuego y de oscuridad bastan para crear una sensación de dolor, que puede ser agravada infinitamente por la idea de una perduración sin fin. Ese reparo descontentadizo prueba tal vez que la preparación de infiernos es fácil, pero no mitiga el espanto admirable de su invención. El atributo de eternidad es el horroroso. El de continuidad —el hecho de que la divina persecución carece de intervalos, de que en el Infierno no hay sueño— lo es más aún, pero es de imaginación imposible. La eternidad de la pena es lo disputado.

Dos argumentos importantes y hermosos hay para invalidar esa eternidad. El más antiguo es el de la inmortalidad condicional o aniquilación. La inmortalidad, arguye ese comprensivo razonamiento,

[1] Sin embargo, el *amateur* de infiernos hará bien en no descuidar estas infracciones honrosas: el infierno sabiano, cuyos cuatro vestíbulos superpuestos admiten hilos de agua sucia en el piso, pero cuyo recinto principal es dilatado, polvoriento, sin nadie; el infierno de Swedenborg, cuya lobreguez no perciben los condenados que han rechazado el cielo; el infierno de Bernard Shaw (*Man and Superman*, págs. 86-137), que distrae vanamente su eternidad con los artificios del lujo, del arte, de la erótica y del renombre.

no es atributo de la naturaleza humana caída, es don de Dios en Cristo. No puede ser movilizada, por consiguiente, contra el mismo individuo a quien se le otorga. No es una maldición, es un don. Quien la merece la merece con cielo; quien se prueba indigno de recibirla, *muere para morir*, como escribe Bunyan, muere sin resto. El Infierno, según esa piadosa teoría, es el nombre humano blasfematorio del olvido de Dios. Uno de sus propagadores fue Whately, el autor de ese opúsculo de famosa recordación: *Dudas históricas sobre Napoleón Bonaparte.*

Especulación más curiosa es la presentada por el teólogo evangélico Rothe, en 1869. Su argumento —ennoblecido también por la secreta misericordia de negar el castigo infinito de los condenados— observa que eternizar el castigo es eternizar el Mal. Dios, afirma, no puede querer *esa* eternidad para Su universo. Insiste en el escándalo de suponer que el hombre pecador y el diablo burlen para siempre las benévolas intenciones de Dios. (La teología sabe que la creación del mundo es obra de amor. El término *predestinación*, para ella, se refiere a la predestinación a la gloria; la reprobación es meramente el reverso, es una no elección traducible en pena infernal, pero que no constituye un acto especial de la bondad divina.) Aboga, en fin, por una vida decreciente, menguante, para los réprobos. Los antevé, merodeando por las orillas de la Creación, por los huecos del infinito espacio, manteniéndose con sobras de vida. Concluye así: "Como los demonios están alejados incondicionalmente de Dios y le son incondicionalmente enemigos, su actividad es contra el reino de Dios, y los organiza en reino diabólico, que debe naturalmente elegir un jefe. La cabeza de ese gobierno demoníaco —el Diablo— debe ser imaginada como cambiante. Los individuos que asumen el trono de ese reino sucumben a la fantasmidad de su ser, pero se renuevan entre la descendencia diabólica". (*Dogmatik,* I, 248.)

Arribo a la parte más inverosímil de mi tarea: las razones elaboradas por la humanidad a favor de la eternidad del Infierno. Las resumiré en orden creciente de significación. La primera es de índole disciplinaria: postula que la temibilidad del castigo radica precisamente en su eternidad y que ponerla en duda es invalidar la eficacia del dogma y hacerle el juego al Diablo. Es argumento de orden policial, y no creo merezca refutación. El segundo se escribe así: "La pena debe ser infinita porque la culpa lo es, por atentar contra la majestad del Señor, que es Ser infinito". Se ha observado que esta demostración prueba tanto que se puede colegir que no prueba nada: prueba que no hay culpa venial, que son imperdonables todas las culpas. Yo agregaría que es un caso perfecto de frivolidad escolástica y que su engaño es la pluralidad de sentidos de la voz *infinito*, que aplicada al Señor quiere decir *incondicionado*, y a pena quiere decir *incesante*, y a culpa nada que yo sepa entender. Además, argüir que es infinita una falta por ser atentatoria de Dios que es Ser infinito, es como argüir que es santa porque Dios lo es, o como pensar que las injurias inferidas a un tigre han de ser rayadas.

Ahora se levanta sobre mí el tercero de los argumentos, el único. Se escribe así, tal vez: "Hay eternidad de cielo y de infierno porque la dignidad del libre albedrío así lo precisa; o tenemos la facultad de obrar para siempre o es una delusión este yo". La virtud de ese razonamiento no es lógica, es mucho más: es enteramente dramática. Nos impone un juego terrible, nos concede el atroz derecho de perdernos, de insistir en el mal, de rechazar las operaciones de la gracia, de ser alimento del fuego que no se acaba, de hacer fracasar a Dios en nuestro destino, del cuerpo sin claridad en lo eterno y del *detestabile cum cacodaemonibus consortium*. Tu destino es cosa de veras, nos dice, condenación eterna y salvación eterna están en tu minuto; esa responsabilidad es tu honor. Es sentimiento parecido al de Bunyan: "Dios no jugó al convencerme, el demonio no jugó al tentarme, ni jugué yo al hundirme como en un abismo sin fondo, cuando las aflicciones del infierno se apoderaron de mí; tampoco debo jugar ahora al contarlas". (*Grace Abounding to the Chief of Sinners; The Preface.*)

Yo creo que en el impensable destino nuestro, en que rigen infamias como el dolor carnal, toda estrafalaria cosa es posible, hasta la perpetuidad de un Infierno, pero también que es una irreligiosidad creer en él.

Posdata. En esta página de mera noticia puedo comunicar también la de un sueño. Soñé que salía de otro —populoso de cataclismos y de tumultos— y que me despertaba en una pieza irreconocible. Clareaba: una detenida luz general definía el pie de la cama de fierro, la silla estricta, la puerta y la ventana cerradas, la mesa en blanco. Pensé con miedo *¿dónde estoy?* y comprendí que no lo sabía. Pensé *¿quién soy?* y no me pude reconocer. El miedo creció en mí. Pensé: Esta vigilia desconsolada ya es el Infierno, esta vigilia sin destino será mi eternidad. Entonces desperté de veras: temblando.

LAS VERSIONES HOMÉRICAS

Ningún problema tan consustancial con las letras y con su modesto misterio como el que propone una traducción. Un olvido animado por la vanidad, el temor de confesar procesos mentales que adivinamos peligrosamente comunes, el conato de mantener intacta y central una reserva incalculable de sombra, velan las tales escrituras directas. La traducción, en cambio, parece destinada a ilustrar la discusión estética. El modelo propuesto a su imitación es un texto visible, no un laberinto inestimable de proyectos pretéritos o la acatada tentación momentánea de una facilidad. Bertrand Russell define un objeto externo como un sistema circular, irradiante, de impresiones posibles; lo mismo puede aseverarse de un texto, dadas las repercusiones incalculables de lo verbal. Un parcial y precioso documento de las vicisitudes que sufre queda en sus traducciones. ¿Qué son las muchas de la *Ilíada* de Chapman a Magnien sino diversas perspectivas de un hecho móvil, sino un largo sorteo experimental de omisiones y de énfasis? (No hay esencial necesidad de cambiar de idioma, ese deliberado juego de la atención no es imposible dentro de una misma literatura.) Presuponer que toda recombinación de elementos es obligatoriamente inferior a su original, es presuponer que el borrador 9 es obligatoriamente inferior al borrador H —ya que no puede haber sino borradores. El concepto de *texto definitivo* no corresponde sino a la religión o al cansancio.

La superstición de la inferioridad de las traducciones —amonedada en el consabido adagio italiano— procede de una distraída experiencia. No hay un buen texto que no parezca invariable y definitivo si lo practicamos un número suficiente de veces. Hume identificó la idea habitual de causalidad con la de sucesión. Así un buen film, visto una segunda vez, parece aun mejor; propendemos a tomar por necesidades las que no son más que repeticiones. Con los libros famosos, la primera vez ya es segunda, puesto que los abordamos sabiéndolos. La precavida frase común de *releer a los clásicos* resulta de inocente veracidad. Ya no sé si el informe: "En un lugar de la Mancha, de cuyo nombre no quiero acordarme, no ha mucho tiempo que vivía un hidalgo de los de lanza en astillero, adarga antigua, rocín flaco y galgo corredor", es bueno para una divinidad imparcial; sé únicamente que toda modificación es sacrílega y que no puedo concebir otra iniciación del *Quijote*. Cervantes, creo, prescindió de esa leve superstición, y tal vez no hubiera identificado ese párrafo. Yo, en cambio, no podré sino repudiar cualquier divergencia. El *Quijote*, debido a mi ejercicio congénito del español, es un monumento uniforme, sin otras variaciones que las deparadas por el editor, el encuadernador y el cajista; la *Odisea*, gracias a mi oportuno desconocimiento del griego, es una librería internacional de obras en prosa y verso, desde los pareados de Chapman hasta la *Authorized Version* de Andrew Lang o el drama clásico francés de Bérard o la *saga* vigorosa de Morris o la irónica novela burguesa de Samuel Butler. Abundo en la mención de nombres ingleses, porque las letras de Inglaterra siempre intimaron con esa epopeya del mar, y la serie de sus versiones de la *Odisea* bastaría para ilustrar su curso de siglos. Esa riqueza heterogénea y hasta contradictoria no es principalmente imputable a la evolución del inglés o a la mera longitud del original o a los desvíos o diversa capacidad de los traductores, sino a esta circunstancia, que debe ser privativa de Homero: la dificultad categórica de saber lo que pertenece al poeta y lo que pertenece al lenguaje. A esa dificultad feliz debemos la posibilidad de tantas versiones, todas sinceras, genuinas y divergentes.

No conozco ejemplo mejor que el de los adjetivos homéricos. El divino Patroclo, la tierra sustentadora, el vinoso mar, los caballos solípedos, las mojadas olas, la negra nave, la negra sangre, las queridas rodillas, son expresiones que recurren, conmovedoramente a destiempo. En un lugar, se habla de los *ricos varones que beben el agua negra del Esepo*; en otro, de un rey trágico, que *desdichado en Tebas la deliciosa, gobernó a los cadmeos, por determinación fatal de los dioses*. Alexander Pope (cuya traducción fastuosa de Homero interrogaremos después) creyó que esos epítetos inamovibles eran de carácter litúrgico. Remy de Gourmont, en su largo ensayo sobre el estilo, escribe que debieron ser encantadores alguna vez, aunque ya no lo sean. Yo he preferido sospechar que esos fieles epítetos eran lo que todavía son las preposiciones: obligatorios y modestos sonidos que el uso añade a ciertas palabras y sobre los que no se puede ejercer originalidad. Sabemos que lo correcto es construir *andar a pie*, no *por pie*. El rapsoda sabía que lo correcto era adjetivar *divino Patroclo*. En caso alguno, habría un propósito estético. Doy sin entusiasmo estas conjeturas; lo único cierto es la imposibilidad de apartar lo que pertenece al escritor de lo que pertenece al lenguaje. Cuando leemos en Agustín Moreto (si nos resolvemos a leer a Agustín Moreto):

Pues en casa tan compuestas
¿Qué hacen todo el santo día?

sabemos que la santidad de ese día es ocurrencia del idioma español y no del escritor. De Homero, en cambio, ignoramos infinitamente los énfasis.

Para un poeta lírico o elegíaco, esa nuestra inseguridad de sus intenciones hubiera sido aniquiladora, no así para un expositor puntual de vastos argumentos. Los hechos de la *Ilíada* y la *Odisea* sobreviven con plenitud, pero han desaparecido Aquiles y Ulises, lo que Homero se representaba al nombrarlos, y lo que en realidad pensó de ellos. El estado presente de sus obras es parecido al de una complicada ecuación que registra relaciones precisas entre cantidades incógnitas. Nada de mayor posible riqueza para los que traducen. El libro más famoso de Browning consta de diez informaciones detalladas de un solo crimen, según los implicados en él. Todo el contraste deriva de los caracteres, no de los hechos, y es casi tan intenso y tan abismal como el de diez versiones justas de Homero.

La hermosa discusión Newman-Arnold (1861-62), más importante que sus dos interlocutores, razonó extensamente las dos maneras básicas de traducir. Newman vindicó en ella el modo literal, la retención de todas las singularidades verbales; Arnold, la severa eliminación de los detalles que distraen o detienen, la subordinación del siempre irregular Homero de cada línea al Homero esencial o convencional, hecho de llaneza sintáctica, de llaneza de ideas, de rapidez que fluye, de altura. Esta conducta puede suministrar los agrados de la uniformidad y la gravedad; aquélla, de los continuos y pequeños asombros.

Paso a considerar algunos destinos de un solo texto homérico. Interrogo los hechos comunicados por Ulises al espectro de Aquiles, en la ciudad de los cimerios, en la noche incesante (*Odisea*, XI). Se trata de Neoptolemo, el hijo de Aquiles. La versión literal de Buckley es así: "Pero cuando hubimos saqueado la alta ciudad de Príamo, teniendo su porción y premio excelente, incólume se embarcó en una nave, ni maltrecho por el bronce filoso ni herido al combatir cuerpo a cuerpo, como es tan común en la guerra; porque Marte confusamente delira". La de los también literales pero arcaizantes Butcher y Lang: "Pero la escarpada ciudad de Príamo una vez saqueada, se embarcó ileso con su parte del despojo y con un noble premio; no fue destruido por las lanzas agudas ni tuvo heridas en el apretado combate: y muchos tales riesgos hay en la guerra, porque Ares se enloquece confusamente". La de Cowper, de 1791: "Al fin, luego que saqueamos la levantada villa de Príamo, cargado de abundantes despojos seguro se embarcó, ni de lanza o venablo en nada ofendido, ni en la refriega por el filo de los alfanjes, como en la guerra suele acontecer, donde son repartidas las heridas promiscuamente, según la voluntad del fogoso Marte". La que en 1725 dirigió Pope: "Cuando los dioses coronaron de conquista las armas, cuando los soberbios muros de Troya humearon por tierra, Grecia, para recompensar las gallardas fatigas de su soldado, colmó su armada de incontables despojos. Así, grande de gloria, volvió seguro del estruendo marcial, sin una cicatriz hostil, y aunque las lanzas arreciaron en torno en tormentas de hierro, su vano juego fue inocente de heridas". La de George Chapman, de 1614: "Despoblada Troya la alta, ascendió a su hermoso navío, con grande acopio de presa y de tesoro, seguro y sin llevar ni un rastro de lanza que se arroja de lejos o de apretada espada, cuyas heridas son favores que concede la guerra, que él (aunque solicitado) no halló. En las apretadas batallas, Marte no suele contender: se enloquece." La de Butler, que es de 1900: "Una vez ocupada la ciudad, él pudo cobrar y embarcar su parte de los beneficios habidos, que era una fuerte suma. Salió sin un rasguño de toda esa peligrosa campaña. Ya se sabe: todo está en tener suerte".

Las dos versiones del principio —las literales— pueden conmover por una variedad de motivos: la mención reverencial del saqueo, la ingenua aclaración de que uno suele lastimarse en la guerra, la súbita juntura de los infinitos desórdenes de la batalla en un solo dios, el hecho de la locura en el dios. Otros agrados subalternos obran también: en uno de los textos que copio, el buen pleonasmo de *embarcarse en un barco*; en otro, el uso de la conjunción copulativa por la causal,[1] en *y muchos tales riesgos hay en la guerra.* La tercer versión —la de Cowper—

1. Otro hábito de Homero es el buen abuso de las conjunciones adversativas. Doy unos ejemplos:

"Muere, pero yo recibiré mi destino donde le plazca a Zeus, y a los otros dioses inmortales". *Ilíada*, XXII.

"Astíoque, hija de Actor: una modesta virgen cuando ascendió a la parte superior de la morada de su padre, pero el dios la abrazó secretamente". *Ilíada*, II.

"(Los mirmidones) eran como lobos carnívoros, en cuyos corazones hay fuerza, que habiendo derribado en las montañas un gran ciervo ramado, desgarrándolo lo devoran; pero los hocicos de todos están colorados de sangre". *Ilíada*, XVI.

es la más inocua de todas: es literal, hasta donde los deberes del acento miltónico lo permiten. La de Pope es extraordinaria. Su lujoso dialecto (como el de Góngora) se deja definir por el empleo desconsiderado y mecánico de los superlativos. Por ejemplo: la solitaria nave negra del héroe se le multiplica en escuadra. Siempre subordinadas a esa amplificación general, todas las líneas de su texto caen en dos grandes clases: unas, en lo puramente oratorio: "Cuando los dioses coronaron de conquista las armas"; otras, en lo visual: "Cuando los soberbios muros de Troya humearon por tierra". Discursos y espectáculos: ése es Pope. También es espectacular el ardiente Chapman, pero su movimiento es lírico, no oratorio. Butler, en cambio, demuestra su determinación de eludir todas las oportunidades visuales y de resolver el texto de Homero en una serie de noticias tranquilas.

¿Cuál de esas muchas traducciones es fiel?, querrá saber tal vez mi lector. Repito que ninguna o que todas. Si la fidelidad tiene que ser a las imaginaciones de Homero, a los irrecuperables hombres y días que él se representó, ninguna puede serlo para nosotros; todas, para un griego del siglo X. Si a los propósitos que tuvo, cualquiera de las muchas que trascribí, salvo las literales, que sacan toda su virtud del contraste con hábitos presentes. No es imposible que la versión calmosa de Butler sea la más fiel.

1932

(viene de pág. anterior)

"Rey Zeus, dodoneo, pelasgo, que presides lejos de aquí sobre la inverniza Dodona; pero habitan alrededor tus ministros, que tienen los pies sin lavar y duermen en el suelo". *Ilíada*, XVI.

"Mujer, regocíjate en nuestro amor, y cuando el año vuelva darás hijos gloriosos a luz —porque los lechos de los inmortales no son en vano—, pero tú cuídalos. Vete ahora a tu casa y no lo descubras, pero soy Poseidón, estremecedor de la tierra". *Odisea*, XI.

"Luego percibí el vigor de Hércules, una imagen; pero él entre los dioses inmortales se alegra con banquetes, y tiene a Hebe la de hermosos tobillos, niña del poderoso Zeus y de Hera, la de sandalias que son de oro". *Odisea*, XI.

Agrego la vistosa traducción que hizo de este último pasaje George Chapman:

Down with these was thrust
The idol of the force of Hercules,
But his firm self did no such fate oppress.
He feasting lives amongst th'Immortal States
White-ankled Hebe and himself made mates
In heav'nly nuptials. Hebe, Jove's dear race
And Juno's whom the golden sandals grace.

LA PERPETUA CARRERA DE AQUILES Y LA TORTUGA

Las implicaciones de la palabra *joya* —valiosa pequeñez, delicadeza que no está sujeta a la fragilidad, facilidad suma de traslación, limpidez que no excluye lo impenetrable, flor para los años— la hacen de uso legítimo aquí. No sé de mejor calificación para la paradoja de Aquiles, tan indiferente a las decisivas refutaciones que desde más de veintitrés siglos la derogan, que ya podemos saludarla inmortal. Las reiteradas visitas del misterio que esa perduración postula, las finas ignorancias a que fue invitada por ella la humanidad, son generosidades que no podemos no agradecerle. Vivámosla otra vez, siquiera para convencernos de perplejidad y de arcano íntimo. Pienso dedicar unas páginas —unos compartidos minutos— a su presentación y a la de sus correctivos más afamados. Es sabido que su inventor fue Zenón de Elea, discípulo de Parménides, negador de que pudiera suceder algo en el universo.

La biblioteca me facilita un par de versiones de la paradoja gloriosa. La primera es la del hispanísimo *Diccionario hispano-americano*, en su volumen vigésimo tercero, y se reduce a esta cautelosa noticia: "El movimiento no existe: Aquiles no podría alcanzar a la perezosa tortuga". Declino esa reserva y busco la menos apurada exposición de G. H. Lewes, cuya *Biographical History of Philosophy* fue la primera lectura especulativa que yo abordé, no sé si vanidosa o curiosamente. Escribo de esta manera su exposición: Aquiles, símbolo de rapidez, tiene que alcanzar la tortuga, símbolo de morosidad. Aquiles corre diez veces más ligero que la tortuga y le da diez metros de ventaja. Aquiles corre esos diez metros, la tortuga corre uno; Aquiles corre ese metro, la tortuga corre un decímetro; Aquiles corre ese decímetro, la tortuga corre un centímetro; Aquiles corre ese centímetro, la tortuga un milímetro; Aquiles el milímetro, la tortuga un décimo de milímetro, y así infinitamente, de modo que Aquiles puede correr para siempre sin alcanzarla. Así la paradoja inmortal.

Paso a las llamadas refutaciones. Las de mayores años —la de Aristóteles y la de Hobbes— están implícitas en la formulada por

Stuart Mill. El problema, para él, no es más que uno de tantos ejemplos de la falacia de confusión. Cree, con esta distinción, abrogarlo:

"En la conclusión del sofisma, *para siempre* quiere decir cualquier imaginable lapso de tiempo; en las premisas, cualquier número de subdivisiones de tiempo. Significa que podemos dividir diez unidades por diez, y el cociente otra vez por diez, cuantas veces queramos, y que no encuentran fin las subdivisiones del recorrido, ni por consiguiente las del tiempo en que se realiza. Pero un ilimitado número de subdivisiones puede efectuarse con lo que es limitado. El argumento no prueba otra infinitud de duración que la contenible en cinco minutos. Mientras los cinco minutos no hayan pasado, lo que falta puede ser dividido por diez, y otra vez por diez, cuantas veces se nos antoje, lo cual es compatible con el hecho de que la duración total sea cinco minutos. Prueba, en resumen, que atravesar ese espacio finito requiere un tiempo infinitamente divisible, pero no infinito". (Mill, *Sistema de lógica*, libro V, capítulo VII.)

No anteveo el parecer del lector, pero estoy sintiendo que la proyectada refutación de Stuart Mill no es otra cosa que una exposición de la paradoja. Basta fijar la velocidad de Aquiles a un segundo por metro, para establecer el tiempo que necesita.

$$10 + 1 + \frac{1}{10} + \frac{1}{100} + \frac{1}{1.000} + \frac{1}{10.000} \cdots$$

El límite de la suma de esta infinita progresión geométrica es doce (más exactamente, once y un quinto; más exactamente, once con tres veinticincoavos), pero no es alcanzado nunca. Es decir, el trayecto del héroe será infinito y éste correrá para siempre, pero su derrotero se extenuará antes de doce metros, y su eternidad no verá la terminación de doce segundos. Esa disolución metódica, esa ilimitada caída en precipicios cada vez más minúsculos, no es realmente hostil al problema: es imaginárselo bien. No olvidemos tampoco de atestiguar que los corredores decrecen, no sólo por la disminución visual de la perspectiva, sino por la disminución admirable a que los obliga la ocupación de sitios microscópicos. Realicemos también que esos precipicios eslabonados corrompen el espacio y con mayor vértigo el tiempo vivo, en su doble desesperada persecución de la inmovilidad y del éxtasis.

Otra voluntad de refutación fue la comunicada en 1910 por Henri Bergson, en el notorio *Ensayo sobre los datos inmediatos de la conciencia*: nombre que comienza por ser una petición de principio. Aquí está su página:

"Por una parte, atribuimos al movimiento la divisibilidad misma del espacio que recorre, olvidando que puede dividirse bien un objeto, pero no un acto; por otra, nos habituamos a proyectar este acto mismo en el espacio, a aplicarlo a la línea que recorre el móvil, a solidificarlo, en una palabra. De esta confusión entre el movimiento y el espacio recorrido nacen, en nuestra opinión, los sofismas de la escuela de Elea; porque el intervalo que separa dos puntos es infinitamente divisible, y si el movimiento se compusiera de partes como las del intervalo, jamás el intervalo sería franqueado. Pero la verdad es que cada uno de los pasos de Aquiles es un indivisible acto simple, y que después de un número dado de estos actos, Aquiles hubiera adelantado a la tortuga. La ilusión de los Eleatas provenía de la identificación de esta serie de actos individuales *sui generis*, con el espacio homogéneo que los apoya. Como este espacio puede ser dividido y recompuesto según una ley cualquiera, se creyeron autorizados a rehacer el movimiento total de Aquiles, no ya con pasos de Aquiles, sino con pasos de tortuga. A Aquiles persiguiendo una tortuga sustituyeron, en realidad, dos tortugas regladas la una sobre la otra, dos tortugas de acuerdo en dar la misma clase de pasos o de actos simultáneos, para no alcanzarse jamás. ¿Por qué Aquiles adelanta a la tortuga? Porque cada uno de los pasos de Aquiles y cada uno de los pasos de la tortuga son indivisibles en tanto que movimientos, y magnitudes distintas en tanto que espacio: de suerte que no tardará en darse la suma, para el espacio recorrido por Aquiles, como una longitud superior a la suma del espacio recorrido por la tortuga y de la ventaja que tenía respecto de él. Es lo que no tiene en cuenta Zenón cuando recompone el movimiento de Aquiles, según la misma ley que el movimiento de la tortuga, olvidando que sólo el espacio se presta a un modo de composición y descomposición arbitrarias, y confundiéndolo así con el movimiento". (*Datos inmediatos*, versión española de Barnés, págs. 89, 90. Corrijo, de paso, alguna distracción evidente del traductor.) El argumento es concesivo. Bergson admite que es infinitamente divisible el espacio, pero niega que lo sea el tiempo. Exhibe dos tortugas en lugar de una para distraer al lector. Acollara un tiempo y un espacio que son incompatibles: el brusco tiempo discontinuo de James, con su *perfecta efervescencia de novedad*, y el espacio divisible hasta lo infinito de la creencia común.

Arribo, por eliminación, a la única refutación que conozco, a la única de inspiración condigna del original, virtud que la estética de la inteligencia está reclamando. Es la formulada por Russell. La encontré en la obra nobilísima de William James, *Some Problems of Philosophy*, y la concepción total que postula puede estudiarse en los libros ulteriores de su inventor —*Introduction to Mathematical Philosophy*, 1919; *Our Knowledge of the External World*, 1926— libros de una lucidez inhumana, insatisfactorios e intensos. Para Russell, la operación de contar es (intrínsecamente) la de equiparar dos series. Por ejemplo, si los primogénitos de todas las casas de Egipto fueron muertos por el Ángel, salvo los que habitaban en casa que tenía en la puerta una señal roja, es evidente que tantos se salvaron como señales rojas había, sin que esto importe enumerar cuántos fueron. Aquí es indefinida la cantidad; otras operaciones hay en que es infinita también. La serie natural de los números es infinita, pero podemos demostrar que son tantos los impares como los pares.

Al 1 corresponde el 2
Al 3 corresponde el 4
Al 5 corresponde el 6, etcétera.

La prueba es tan irreprochable como baladí, pero no difiere de la siguiente de que hay tantos múltiplos de 3.018 como números hay.

Al 1 corresponde el 3018
Al 2 corresponde el 6036
Al 3 corresponde el 9054
Al 4 corresponde el 12072, etcétera.

Lo mismo puede afirmarse de sus potencias, por más que éstas se vayan rarificando a medida que progresemos.

Al 1 corresponde el 3018
Al 2 corresponde el 3018^2, el 9.108.324
Al 3 ..., etcétera.

Una genial aceptación de estos hechos ha inspirado la fórmula de que una colección infinita —verbigracia, la serie de los números naturales— es una colección cuyos miembros pueden desdoblarse a su vez en series infinitas. La parte, en esas elevadas latitudes de la numeración, no es menos copiosa que el todo: la cantidad precisa de puntos que hay en el universo es la que hay en un metro de universo, o en un decímetro, o en la más honda trayectoria estelar. El problema de Aquiles cabe dentro de esa heroica respuesta. Cada sitio ocupado por la tortuga guarda proporción con otro de Aquiles, y la minuciosa correspondencia, punto por punto, de ambas series simétricas, basta para publicarlas iguales. No queda ningún remanente periódico de la ventaja inicial dada a la tortuga: el punto final en su trayecto, el último en el trayecto de Aquiles y el último en el tiempo de la carrera, son términos que matemáticamente coinciden. Tal es la solución de Russell. James, sin recusar la superioridad técnica del contrario, prefiere disentir. Las declaraciones de Russell (escribe) eluden la verdadera dificultad, que atañe a la categoría *creciente* del infinito, no a la categoría *estable*, que es la única tenida en cuenta por él, cuando presupone que la carrera ha sido corrida y que el problema es el de equilibrar los trayectos. Por otra parte, no se precisan dos: el de cada cual de los corredores o el mero lapso del tiempo vacío, implica la dificultad, que es la de alcanzar una meta cuando un previo intervalo sigue presentándose vuelta a vuelta y obstruyendo el camino (*Some Problems of Philosophy*, 1911, pág. 181).

He arribado al final de mi noticia, no de nuestra cavilación. La paradoja de Zenón de Elea, según indicó James, es atentatoria no solamente a la realidad del espacio, sino a la más invulnerable y fina del tiempo. Agrego que la existencia en un cuerpo físico, la permanencia inmóvil, la fluencia de una tarde en la vida, se alarman de aventura por ella. Esa descomposición, es mediante la sola palabra *infinito*, palabra (y después concepto) de zozobra que hemos engendrado con temeridad y que una vez consentida en un pensamiento, estalla y lo mata. (Hay otros escarmientos antiguos contra el comercio de tan alevosa palabra: hay la leyenda china del cetro de los reyes de Liang, que era disminuido en una mitad por cada nuevo rey; el cetro, mutilado por dinastías, persiste aún.) Mi opinión, después de las calificadísimas que he presentado, corre el doble riesgo de parecer impertinente y trivial. La formularé, sin embargo: Zenón es incontestable, salvo que confesemos la idealidad del espacio y del tiempo. Aceptemos el idealismo, aceptemos el crecimiento concreto de lo percibido, y eludiremos la pululación de abismos de la paradoja.

¿Tocar a nuestro concepto del universo, por ese pedacito de tiniebla griega?, interrogará mi lector.

NOTA SOBRE WALT WHITMAN

El ejercicio de las letras puede promover la ambición de construir un libro absoluto, un libro de los libros que incluya a todos como un arquetipo platónico, un objeto cuya virtud no aminoren los años. Quienes alimentaron esa ambición eligieron elevados asuntos: Apolonio de Rodas, la primera nave que atravesó los riesgos del mar; Lucano, la contienda de César y de Pompeyo, cuando las águilas guerrearon contra las águilas; Camoens, las armas lusitanas en el Oriente; Donne, el círculo de las transmigraciones de un alma, según el dogma pitagórico; Milton, la más antigua de las culpas y el Paraíso; Firdusí, los tronos de los sasánidas. Góngora, creo, fue el primero en juzgar que un libro importante puede prescindir de un tema importante; la vaga historia que refieren las *Soledades* es deliberadamente baladí, según lo señalaron y reprobaron Cascales y Gracián (*Cartas filológicas*, VIII; *El criticón*, II, 4). A Mallarmé no le bastaron temas triviales; los buscó negativos: la ausencia de una flor o de una mujer, la blancura de la hoja de papel antes del poema. Como Pater, sintió que todas las artes propenden a la música, el arte en que la forma es el fondo; su decorosa profesión de fe "*Tout aboutit à un livre*" parece compendiar la sentencia homérica de que los dioses tejen desdichas para que a las futuras generaciones no les falte algo que cantar (*Odisea*, VIII, *in fine*). Yeats, hacia el año mil novecientos, buscó lo absoluto en el manejo de símbolos que despertaran la memoria genérica, o gran Memoria, que late bajo las mentes individuales; cabría comparar esos símbolos con los ulteriores arquetipos de Jung. Barbusse, en *L'enfer*, libro olvidado con injusticia, evitó (trató de evitar) las limitaciones del tiempo mediante el relato poético de los actos fundamentales del hombre; Joyce, en *Finnegans Wake*, mediante la simultánea presentación de rasgos de épocas distintas. El deliberado manejo de anacronismos, para forjar una apariencia de eternidad, también ha sido practicado por Pound y por T. S. Eliot.

He recordado algunos procedimientos; ninguno más curioso que el ejercido, en 1855, por Whitman. Antes de considerarlo, quiero transcribir unas opiniones que más o menos prefiguran lo que diré. La primera es la del poeta inglés Lascelles Abercrombie. "Whitman —leemos— extrajo de su noble experiencia esa figura vívida y personal que es una de las pocas cosas grandes de la literatura moderna: la figura de él mismo." La segunda es de Sir Edmund Gosse: "No hay un Walt Whitman verdadero... Whitman es la literatura en estado de protoplasma: un organismo intelectual tan sencillo que se limita a reflejar a cuantos se aproximan a él." La tercera es mía.[1] "Casi todo lo escrito sobre Whitman está falseado por dos interminables errores. Uno es la sumaria identificación de Whitman, hombre de letras, con Whitman, héroe semidivino de *Leaves of Grass* como don Quijote lo es del *Quijote*; otro, la insensata adopción del estilo y vocabulario de sus poemas, vale decir, del mismo sorprendente fenómeno que se quiere explicar."

Imaginemos que una biografía de Ulises (basada en testimonios de Agamenón, de Laertes, de Polifemo, de Calipso, de Penélope, de Telémaco, del porquero, de Escila y Caribdis) indicara que éste nunca salió de Ítaca. La decepción que nos causaría ese libro, felizmente hipotético, es la que causan todas las biografías de Whitman. Pasar del orbe paradisíaco de sus versos a la insípida crónica de sus días es una transición melancólica. Paradójicamente, esa melancolía inevitable se agrava cuando el biógrafo quiere disimular que hay dos Whitman: el "amistoso y elocuente salvaje" de *Leaves of Grass* y el pobre literato que lo inventó.[2] Éste jamás estuvo en California o en Platte Canyon; aquél improvisa un apóstrofe en el segundo de esos lugares ("Spirit that formed this scene") y ha sido minero en el otro ("Starting from Paumanok", I). Éste, en 1859, estaba en Nueva York; aquél, el 2 de diciembre de ese año, asistió en Virginia a la ejecución del viejo abolicionista John Brown ("Year of Meteors"). Éste nació en Long Island; aquél también ("Starting from Paumanok"), pero asimismo en uno de los estados del Sur ("Longings for Home"). Éste fue casto, reservado y más bien taciturno, aquél efusivo y orgiástico. Multiplicar esas discordias es fácil; más importante es comprender que el mero vagabundo feliz que proponen los versos de *Leaves of Grass* hubiera sido incapaz de escribirlos.

---

1. En esta edición, pág. 218.

2. Reconocen muy bien esa diferencia Henry Seidel Canby (*Walt Whitman*, 1943) y Mark Van Doren en la antología de Viking Press (1945). Nadie más, que yo sepa.

Byron y Baudelaire dramatizaron, en ilustres volúmenes, sus desdichas; Whitman, su felicidad. (Treinta años después, en Sils-Maria, Nietzsche descubriría a Zarathustra; ese pedagogo es feliz, o, en todo caso, recomienda la felicidad, pero tiene el defecto de no existir.) Otros héroes románticos —Vathek es el primero de la serie, Edmond Teste no es el último— prolijamente acentúan sus diferencias; Whitman, con impetuosa humildad, quiere parecerse a todos los hombres. *Leaves of Grass* advierte, "es el canto de un gran individuo colectivo, popular, varón o mujer" (*Complete Writings*, V, 192). O, inmortalmente ("Song of Myself", 17):

> Éstos son en verdad los pensamientos de todos los
> hombres en todos los lugares y épocas; no son originales míos.
> Si son menos tuyos que míos, son nada o casi nada.
> Si no son el enigma y la solución del enigma, son nada.
> Si no están cerca y lejos, son nada.
>
> Éste es el pasto que crece donde hay tierra y hay agua,
> Éste es el aire común que baña el planeta.

El panteísmo ha divulgado un tipo de frases en las que se declara que Dios es diversas cosas contradictorias o (mejor aún) misceláneas. Su prototipo es éste: "El rito soy, la ofrenda soy, la libación de manteca soy, el fuego soy" (*Bhagavadgita*, XI, 16). Anterior, pero ambiguo, es el fragmento 67 de Heráclito: "Dios es día y noche, invierno y verano, guerra y paz, hartura y hambre". Plotino describe a sus alumnos un cielo inconcebible, en el que "todo está en todas partes, cualquier cosa es todas las cosas, el sol es todas las estrellas, y cada estrella es todas las estrellas y el sol" (*Enneadas*, V, 8,4). Attar, persa del siglo XII, canta la dura peregrinación de los pájaros en busca de su rey, el Simurg; muchos perecen en los mares, pero los sobrevivientes descubren que ellos son el Simurg y que el Simurg es cada uno de ellos y todos. Las posibilidades retóricas de esa extensión del principio de identidad parecen infinitas. Emerson, lector de los hindúes y de Attar, deja el poema "Brahma"; de los dieciséis versos que lo componen, quizá el más memorable es éste: *When me they fly, I am the wings* (Si huyen de mí, yo soy las alas). Análogo, pero de voz más elemental, es *"Ich bin der Eine und bin Beide"*, de Stefan George *(Der Stern des Bundes)*. Walt Whitman renovó ese procedimiento. No lo ejerció, como otros, para definir la divinidad o para jugar con las "simpatías y diferencias" de las palabras; quiso identificarse, en una suerte de ternura feroz, con todos los hombres. Dijo ("Crossing Brookling Ferry", 7):

> He sido terco, vanidoso, ávido, superficial, astuto, cobarde, maligno;
> El lobo, la serpiente y el cerdo no faltaban en mí...

También ("Song of Myself", 33):

Yo soy el hombre. Yo sufrí. Ahí estaba.
El desdén y la tranquilidad de los mártires;
La madre, sentenciada por bruja, quemada ante los hijos, con leña seca;
El esclavo acosado que vacila, se apoya contra el cerco, jadeante, cubierto de sudor;
Las puntadas que le atraviesan las piernas y el pescuezo, las crueles municiones y balas;
Todo eso lo siento, lo soy.

Todo eso lo sintió y lo fue Whitman, pero fundamentalmente fue —no en la mera historia, en el mito— lo que denotan estos dos versos ("Song of Myself", 24):

> Walt Whitman, un cosmos, hijo de Manhattan,
> Turbulento, carnal, sensual, comiendo, bebiendo, engendrando.

También fue el que sería en el porvenir, en nuestra venidera nostalgia, creada por estas profecías que la anunciaron ("Full of Life, now"):

Lleno de vida, hoy, compacto, visible,
Yo, de cuarenta años de edad el año ochenta y tres de los Estados,
A ti, dentro de un siglo o de muchos siglos,
A ti, que no has nacido, te busco.
Estás leyéndome. Ahora el invisible soy yo,
Ahora eres tú, compacto, visible, el que intuye los versos y el que me busca,
Pensando lo feliz que sería si yo pudiera ser tu compañero.
Sé feliz como si yo estuviera contigo. (No tengas demasiada seguridad de que no estoy contigo.)

O ("Songs of Parting", 4,5):

¡Camarada! Éste no es un libro;
El que me toca, toca a un hombre.
(¿Es de noche? ¿Estamos solos aquí?...).
Te quiero, me despojo de esta envoltura.
Soy como algo incorpóreo, triunfante, muerto.[1]

Walt Whitman, hombre, fue director del *Brooklyn Eagle*, y leyó sus ideas fundamentales en las páginas de Emerson, de Hegel y de Volney; Walt Whitman, personaje poético, las edujo del contacto de América, ilustrado por experiencias imaginarias en las alcobas de New Orleans y en los campos de batalla de Georgia. Ese procedimiento, bien visto, no importa falsedad. Un hecho falso puede ser esencialmente cierto. Es fama que Enrique I de Inglaterra no volvió a sonreír después de la muerte de su hijo; el hecho, quizá falso, puede ser verdadero como símbolo del abatimiento del rey. Se dijo, en 1914, que los alemanes habían torturado y mutilado a unos rehenes belgas; la especie, a no dudarlo, era falsa, pero compendiaba útilmente los infinitos y confusos horrores de la invasión. Aun más perdonable es el caso de quienes atribuyen una doctrina a experiencias vitales y no a tal biblioteca o a tal epítome. Nietzsche, en 1874, se burló de la tesis pitagórica de que la historia se repite cíclicamente (*Vom Nutzen und Nachtheil der Historie*, 2); en 1881, en un sendero de los bosques de Silvaplana, concibió de pronto esa tesis (*Ecce homo*, 9). Lo tosco, lo bajamente policial, es hablar de plagio; Nietzsche, interrogado, replicaría que lo importante es la transformación que una idea puede obrar en nosotros, no el mero hecho de razonarla.[2] Una cosa es la abstracta proposición de la unidad divina; otra, la ráfaga que arrancó del de-

---

1. Es intrincado el mecanismo de estos apóstrofes. Nos emociona que al poeta le emocionara prever nuestra emoción. Cf. estas líneas de Flecker, dirigidas al poeta que lo leerá, después de mil años:

O friend unseen, unborn, unknown,
Student of our sweet English tongue
Read out my words at night, alone:
I was a poet, I was young.

2. Tanto difieren la razón y la convicción que las más graves objeciones a cualquier doctrina filosófica suelen preexistir en la obra que la proclama. Platón, en el *Parménides*, anticipa el argumento del tercer hombre que le opondrá Aristóteles; Berkeley (*Dialogues*, 3), las refutaciones de Hume.

sierto a unos pastores árabes y los impulsó a una batalla que no ha cesado y cuyos límites fueron la Aquitania y el Ganges. Whitman se propuso exhibir un demócrata ideal, no formular una teoría.

Desde que Horacio, con imagen platónica o pitagórica, predijo su celeste metamorfosis, es clásico en las letras el tema de la inmortalidad del poeta. Quienes lo frecuentaron, lo hicieron en función de la vanagloria *(Not marble, not the gilded monuments)*, cuando no del soborno y de la venganza; Whitman deriva de su manejo una relación personal con cada futuro lector. Se confunde con él y dialoga con el otro, con Whitman ("Salut au monde", 3):

¿Qué oyes, Walt Whitman?

Así se desdobló en el Whitman eterno, en ese amigo que es un viejo poeta americano de mil ochocientos y tantos y también su leyenda y también cada uno de nosotros y también la felicidad. Vasta y casi inhumana fue la tarea, pero no fue menor la victoria.

AVATARES DE LA TORTUGA

Hay un concepto que es el corruptor y el desatinador de los otros. No hablo del Mal cuyo limitado imperio es la ética; hablo del infinito. Yo anhelé compilar alguna vez su móvil historia. La numerosa Hidra (monstruo palustre que viene a ser una prefiguración o un emblema de las progresiones geométricas) daría conveniente horror a su pórtico; la coronarían las sórdidas pesadillas de Kafka y sus capítulos centrales no desconocerían las conjeturas de ese remoto cardenal alemán —Nicolás de Krebs, Nicolás de Cusa— que en la circunferencia vio un polígono de un número infinito de ángulos y dejó escrito que una línea infinita sería una recta, sería un triángulo, sería un círculo y sería una esfera (*De docta ignorantia*, I, 13). Cinco, siete años de aprendizaje metafísico, teológico, matemático, me capacitarían (tal vez) para planear decorosamente ese libro. Inútil agregar que la vida me prohíbe esa esperanza, y aun ese adverbio.

A esa ilusoria *Biografía del infinito* pertenecen de alguna manera estas páginas. Su propósito es registrar ciertos avatares de la segunda paradoja de Zenón.

Recordemos, ahora, esa paradoja.

Aquiles corre diez veces más ligero que la tortuga y le da una ventaja de diez metros. Aquiles corre esos diez metros, la tortuga corre uno; Aquiles corre ese metro, la tortuga corre un decímetro; Aquiles corre ese decímetro, la tortuga corre un centímetro; Aquiles corre ese centímetro, la tortuga un milímetro; Aquiles Piesligeros el milímetro, la tortuga un décimo de milímetro y así infinitamente, sin alcanzarla... Tal es la versión habitual. Whilhelm Capelle (*Die Vorsokratiker*, 1935, pág. 178) traduce el texto original de Aristóteles: "El segundo argumento de Zenón es el llamado Aquiles. Razona que el más lento no será alcanzado por el más veloz, pues el perseguidor tiene que pasar por el sitio que el perseguido acaba de evacuar, de suerte que el más lento siempre le lleva una determinada ventaja". El problema no cambia, como se ve; pero me gustaría conocer el nombre del poeta que lo dotó de un héroe y de una tortuga. A esos competidores mágicos y a la serie

$$10 + 1 + \frac{1}{10} + \frac{1}{100} + \frac{1}{1.000} + \frac{1+\cdots}{10.000}$$

debe el argumento su difusión. Casi nadie recuerda el que lo antecede —el de la pista—, aunque su mecanismo es idéntico. El movimiento es imposible (arguye Zenón) pues el móvil debe atravesar el medio para llegar al fin, y antes el medio del medio, y antes el medio del medio del medio y antes...[1]

Debemos a la pluma de Aristóteles la comunicación y la primera refutación de esos argumentos. Los refuta con una brevedad quizá desdeñosa, pero su recuerdo le inspira el famoso *argumento del tercer hombre* contra la doctrina platónica. Esa doctrina quiere demostrar que dos individuos que tienen atributos comunes (por ejemplo dos hombres) son meras apariencias temporales de un arquetipo eterno. Aristóteles interroga si los muchos hombres y el Hombre —los individuos temporales y el Arquetipo— tienen atributos comunes. Es notorio que sí; tienen los atributos generales de la humanidad. En ese caso, afirma Aristóteles, habrá que postular *otro arquetipo* que los abarque a todos y después un cuarto... Patricio de Azcárate, en una nota de su traducción de la Metafísica, atribuye a un discípulo de Aristóteles esta presentación: "Si lo que se afirma de muchas cosas a la vez es un ser aparte, distinto de las cosas de que se afirma (y esto es lo que pretenden los platonianos), es preciso que haya un *tercer hombre.* Es una denominación que se aplica a los individuos y a la idea. Hay, pues, un tercer hombre distinto de los hombres particulares y de la idea. Hay al mismo tiempo un cuarto que estará en la misma relación con éste y con la idea de los hombres particulares; después un quinto y así hasta el infinito". Postulemos dos individuos, *a* y *b*, que integran el género *c*. Tendremos entonces

$$a + b = c$$

1. Un siglo después, el sofista chino Hui Tzu razonó que un bastón al que cercenan la mitad cada día, es interminable (H. A. Giles: *Chuang Tzu*, 1889, pág. 453).

Pero también, según Aristóteles:

$$a + b + c = d$$
$$a + b + c + d = e$$
$$a + b + c + d + e = f\ldots$$

En rigor no se requieren dos individuos: bastan el individuo y el género para determinar el *tercer hombre* que denuncia Aristóteles. Zenón de Elea recurre a la infinita regresión contra el movimiento y el número; su refutador, contra las formas universales.[1]

El próximo avatar de Zenón que mis desordenadas notas registran es Agripa, el escéptico. Éste niega que algo pueda probarse, pues toda prueba requiere una prueba anterior (*Hypotyposes*, I, 166). Sexto Empírico arguye parejamente que las definiciones son vanas, pues habría que definir cada una de las voces que se usan y, luego, definir la definición (*Hypotyposes*, II, 207). Mil seiscientos años después, Byron, en la dedicatoria de *Don Juan*, escribirá de Coleridge: *"I wish he would explain His Explanation"*.

Hasta aquí, el *regressus in infinitum* ha servido para negar; Santo Tomás de Aquino recurre a él (*Suma Teológica*, I, 2, 3) para afirmar que hay Dios. Advierte que no hay cosa en el universo que no tenga una causa eficiente y que esa causa claro está, es el efecto de otra causa anterior. El mundo es un interminable encadenamiento de causas y cada causa es un efecto. Cada estado proviene del anterior y deter-

[1] En el *Parménides* —cuyo carácter zenoniano es irrecusable— Platón discurre un argumento muy parecido para demostrar que el uno es realmente muchos. Si el uno existe, participa del ser; por consiguiente, hay dos partes en él, que son el ser y el uno, pero cada una de esas partes es una y es, de modo que encierra otras dos, que encierran también otras dos: infinitamente. Russell (*Introduction to Mathematical Philosophy*, 1919, pág. 138) sustituye a la progresión geométrica de Platón una progresión aritmética. Si el uno existe, el uno participa del ser; pero como son diferentes el ser y el uno, existe el dos; pero como son diferentes el ser y el dos, existe el tres, etcétera. Chuang Tzu (Waley: *Three Ways of Thought in Ancient China*, pág. 25) recurre al mismo interminable *regressus* contra los monistas que declaraban que las Diez Mil Cosas (el Universo) son una sola. Por lo pronto —arguye— la unidad cósmica y la declaración de esa unidad ya son dos cosas: esas dos y la declaración de su dualidad ya son tres; esas tres y la declaración de su trinidad ya son cuatro... Russell opina que la vaguedad del término *ser* basta para invalidar el razonamiento. Agrega que los números no existen, que son meras ficciones lógicas.

mina el subsiguiente, pero la serie general pudo no haber sido, pues los términos que la forman son condicionales, es decir, aleatorios. Sin embargo, el mundo es; de ellos podemos inferir una no contingente causa primera que será la divinidad. Tal es la prueba cosmológica; la prefiguran Aristóteles y Platón; Leibniz la redescubre.[1]

Hermann Lotze apela al *regressus* para no comprender que una alteración del objeto A pueda producir una alteración del objeto B. Razona que si A y B son independientes, postular un influjo de A sobre B es postular un tercer elemento C, un elemento que para operar sobre B requerirá un cuarto elemento D, que no podrá operar sin E, que no podrá operar sin F... Para eludir esa multiplicación de quimeras, resuelve que en el mundo hay un solo objeto: una infinita y absoluta sustancia equiparable al Dios de Spinoza. Las causas transitivas se reducen a causas inmanentes; los hechos, a manifestaciones o modos de la sustancia cósmica.[2]

Análogo, pero todavía más alarmante, es el caso de F. H. Bradley. Este razonador (*Appearance and Reality*, 1897, págs. 1934) no se limita a combatir la relación causal; niega todas las relaciones. Pregunta si una relación está relacionada con sus términos. Le responden que sí e infiere que ello es admitir la existencia de otras dos relaciones, y luego de otras dos. En el axioma *la parte es menor que el todo* no percibe dos términos y la relación *menor que*; percibe tres (*parte, menor que, todo*) cuya vinculación implica otras dos relaciones, y así hasta lo infinito. En el juicio *Juan es mortal*, percibe tres conceptos inconjugables (el tercero es la cópula) que no acabaremos de unir. Transforma todos los conceptos en objetos incomunicados, durísimos. Refutarlo es contaminarse de irrealidad.

Lotze interpone los abismos periódicos de Zenón entre la causa y el efecto; Bradley, entre el sujeto y el predicado, cuando no entre el sujeto y los atributos; Lewis Carroll (*Mind*, volumen cuarto, pág. 278) entre la segunda premisa del silogismo y la conclusión. Refiere un diálogo sin fin, cuyos interlocutores son Aquiles y la tortuga. Alcanzado ya el término de su interminable carrera, los dos atletas conversan apaciblemente de geometría. Estudian este claro razonamiento:

1. Un eco de esa prueba, ahora muerta, retumba en el primer verso del *Paradiso*: "*La gloria di Colviche tutto move*".
2. Sigo la exposición de James (*A Pluralistic Universe*, 1909, págs. 55-60). Cf. Wentscher: *Fechner und Lotze*, 1924, págs. 166-171.

a) Dos cosas iguales a una tercera son iguales entre sí.

b) Los dos lados de este triángulo son iguales a MN.

z) Los dos lados de este triángulo son iguales entre sí.

La tortuga acepta las premisas a y b, pero niega que justifiquen la conclusión. Logra que Aquiles interpole una proposición hipotética.

a) Dos cosas iguales a una tercera son iguales entre sí.

b) Los dos lados de este triángulo son iguales a MN.

c) Si a y b son válidas, z es válida.

z) Los dos lados de este triángulo son iguales entre sí.

Hecha esa breve aclaración, la tortuga acepta la validez de a, b y c, pero no de z. Aquiles, indignado, interpola:

d) Si a, b y c son válidas, z es válida.

Carroll observa que la paradoja del griego comporta una infinita serie de distancias que disminuyen y que en la propuesta por él crecen las distancias.

Un ejemplo final, quizá el más elegante de todos, pero también el que menos difiere de Zenón. William James (*Some Problems of Philosophy*, 1911, pág. 182) niega que puedan transcurrir catorce minutos, porque antes es obligatorio que hayan pasado siete, y antes de siete, tres minutos y medio, y antes de tres y medio, un minuto y tres cuartos, y así hasta el fin, hasta el invisible fin, por tenues laberintos de tiempo.

Descartes, Hobbes, Leibniz, Mill, Renouvier, Georg Cantor, Gomperz, Russell y Bergson han formulado explicaciones —no siempre inexplicables y vanas— de la paradoja de la tortuga. (Yo he registrado algunas.) Abundan asimismo, como ha verificado el lector, sus aplicaciones. Las históricas no la agotan: el vertiginoso *regressus in infinitum* es acaso aplicable a todos los temas. A la estética: tal verso nos conmueve por tal motivo, tal motivo por tal otro motivo… Al problema del conocimiento: conocer es reconocer, pero es preciso haber conocido para reconocer, pero conocer es reconocer… ¿Cómo juzgar esa dialéctica? ¿Es un legítimo instrumento de indagación o apenas una mala costumbre?

Es aventurado pensar que una coordinación de palabras (otra cosa no son las filosofías) pueda parecerse mucho al universo. También es aventurado pensar que de esas coordinaciones ilustres, alguna —siquiera de modo infinitesimal— no se parezca un poco más que otras. He examinado las que gozan de cierto crédito; me atrevo a asegurar que sólo en la que formuló Schopenhauer he reconocido algún rasgo del universo. Según esa doctrina, el mundo es una fábrica de la voluntad. El arte —siempre— requiere irrealidades visibles. Básteme citar una: la dicción metafórica o numerosa o cuidadosamente casual de los interlocutores de un drama... Admitamos lo que todos los idealistas admiten: el carácter alucinatorio del mundo. Hagamos lo que ningún idealista ha hecho: busquemos irrealidades que confirmen ese carácter. Las hallaremos, creo, en las antinomias de Kant y en la dialéctica de Zenón.

"El mayor hechicero (escribe memorablemente Novalis) sería el que se hechizara hasta el punto de tomar sus propias fantasmagorías por apariciones autónomas. ¿No sería ése nuestro caso?" Yo conjeturo que así es. Nosotros (la indivisa divinidad que opera en nosotros) hemos soñado el mundo. Lo hemos soñado resistente, misterioso, visible, ubicuo en el espacio y firme en el tiempo; pero hemos consentido en su arquitectura tenues y eternos intersticios de sinrazón para saber que es falso.

VINDICACIÓN DE "BOUVARD ET PÉCUCHET"

La historia de Bouvard y de Pécuchet es engañosamente simple. Dos copistas (cuya edad, como la de Alonso Quijano, frisa con los cincuenta años) traban una estrecha amistad; una herencia les permite dejar su empleo y fijarse en el campo, ahí ensayan la agronomía, la jardinería, la fabricación de conservas, la anatomía, la arqueología, la historia, la mnemónica, la literatura, la hidroterapia, el espiritismo, la gimnasia, la pedagogía, la veterinaria, la filosofía y la religión; cada una de esas disciplinas heterogéneas les depara un fracaso; al cabo de veinte o treinta años, desencantados (ya veremos que la "acción" no ocurre en el tiempo sino en la eternidad), encargan al carpintero un doble pupitre, y se ponen a copiar, como antes.[1]

Seis años de su vida, los últimos, dedicó Flaubert a la consideración y a la ejecución de ese libro, que al fin quedó inconcluso, y que Gosse, tan devoto de *Madame Bovary*, juzgaría una aberración, y Rémy de Gourmont, la obra capital de la literatura francesa, y casi de la literatura.

Emile Faguet ("el grisáceo Faguet" lo llamó alguna vez Gerchunoff) publicó en 1899 una monografía, que tiene la virtud de agotar los argumentos contra *Bouvard et Pécuchet*, lo cual es una comodidad para el examen crítico de la obra. Flaubert, según Faguet, soñó una epopeya de la idiotez humana y superfluamente le dio (movido por recuerdos de Pangloss y Candide y, tal vez de Sancho y Quijote) *dos* protagonistas que no se complementan y no se oponen y cuya dualidad no pasa de ser un artificio verbal. Creados o postulados esos fantoches, Flaubert les hace leer una biblioteca, *para que no la entiendan*. Faguet denuncia lo pueril de este juego, y lo peligroso, ya que Flaubert, para idear las reacciones de sus dos imbéciles, leyó mil quinientos tratados de agronomía, pedagogía, medicina, física, metafísica, etcétera, con el propósito de no comprenderlos. Observa Faguet: "Si

1 Creo percibir una referencia irónica al propio destino de Flaubert.

uno se obstina en leer desde el punto de vista de un hombre que lee sin entender, en muy poco tiempo logra no entender absolutamente nada y ser obtuso por cuenta propia". El hecho es que cinco años de convivencia fueron transformando a Flaubert en Pécuchet y Bouvard o (más precisamente) a Pécuchet y Bouvard en Flaubert. Aquéllos, al principio, son dos idiotas, menospreciados y vejados por el autor, pero en el octavo capítulo ocurren las famosas palabras: "Entonces una facultad lamentable surgió en su espíritu, la de ver la estupidez y no poder, ya, tolerarla". Y después: "Los entristecían cosas insignificantes: los avisos de los periódicos, el perfil de un burgués, una tontería oída al azar". Flaubert, en este punto, se reconcilia con Bouvard y con Pécuchet, Dios con sus criaturas. Ello sucede acaso en toda obra extensa, o simplemente viva (Sócrates llega a ser Platón; Peer Gynt a ser Ibsen), pero aquí sorprendemos el instante en que el soñador, para decirlo con una metáfora afín, nota que está soñándose y que las formas de su sueño son él.

La primera edición de *Bouvard et Pécuchet* es de marzo de 1881. En abril, Henry Céard ensayó esta definición: "una especie de Fausto en dos personas". En la edición de La Pléiade, Dumesnil confirma: "Las primeras palabras del monólogo de Fausto, al comienzo de la primera parte, son todo el plan de *Bouvard et Pécuchet*". Esas palabras en que Fausto deplora haber estudiado en vano filosofía, jurisprudencia, medicina y ¡ay! teología. Faguet, por lo demás, ya había escrito: "*Bouvard et Pécuchet* es la historia de un Fausto que fuera también un idiota". Retengamos este epigrama, en el que de algún modo se cifra toda la intrincada polémica.

Flaubert declaró que uno de sus propósitos era la revisión de todas las ideas modernas; sus detractores argumentan que el hecho de que la revisión esté a cargo de dos imbéciles basta, en buena ley, para invalidarla. Inferir de los percances de estos payasos la vanidad de las religiones, de las ciencias y de las artes, no es otra cosa que un sofisma insolente o que una falacia grosera. Los fracasos de Pécuchet no comportan un fracaso de Newton.

Para rechazar esta conclusión, lo habitual es negar la premisa. Digeon y Dumesnil invocan, así, un pasaje de Maupassant, confidente y discípulo de Flaubert, en el que se lee que Bouvard y Pécuchet son "dos espíritus bastante lúcidos, mediocres y sencillos". Dumesnil subraya el epíteto "lúcidos", pero el testimonio de Maupassant —o del propio Flaubert, si se consiguiera— nunca será tan convincente como el texto mismo de la obra, que parece imponer la palabra "imbéciles".

La justificación de *Bouvard et Pécuchet*, me atrevo a sugerir, es de orden estético y poco o nada tiene que ver con las cuatro figuras y los diecinueve modos del silogismo. Una cosa es el rigor lógico y otra la tradición ya casi instintiva de poner las palabras fundamentales en boca de los simples y de los locos. Recordemos la reverencia que el Islam tributa a los idiotas, porque se entiende que sus almas han sido arrebatadas al cielo; recordemos aquellos lugares de la Escritura en que se lee que Dios escogió lo necio del mundo para avergonzar a los sabios. O, si los ejemplos concretos son preferibles, pensemos en *Manalive* de Chesterton, que es una visible montaña de simplicidad y un abismo de divina sabiduría, o en aquel Juan Escoto, que razonó que el mejor nombre de Dios es *Nihilum* (Nada) y que "él mismo no sabe qué es, porque no es un qué...". El emperador Moctezuma dijo que los bufones enseñan más que los sabios, porque se atreven a decir la verdad; Flaubert (que, al fin y al cabo, no elaboraba una demostración rigurosa, una *Destructio Philosophorum*, sino una sátira) pudo muy bien haber tomado la precaución de confiar sus últimas dudas y sus más secretos temores a dos irresponsables.

Una justificación más profunda cabe entrever. Flaubert era devoto de Spencer; en los *First Principles* del maestro se lee que el universo es inconocible, por la suficiente y clara razón de que explicar un hecho[1] es referirlo a otro más general y de que ese proceso no tiene fin o nos conduce a una verdad ya tan general que no podemos referirla a otra alguna; es decir, explicarla. La ciencia es una esfera finita que crece en el espacio infinito; cada nueva expansión le hace comprender una zona mayor de lo desconocido, pero lo desconocido es inagotable. Escribe Flaubert: "Aún no sabemos casi nada y querríamos adivinar esa última palabra que no nos será revelada nunca. El frenesí de llegar a una conclusión es la más funesta y estéril de las manías". El arte opera necesariamente con símbolos; la mayor esfera es un punto en el infinito; dos absurdos copistas pueden representar a Flaubert y también a Schopenhauer o a Newton.

Taine repitió a Flaubert que el sujeto de su novela exigía una pluma del siglo XVIII, la concisión y la mordacidad (*le mordant*) de un Jonathan Swift. Acaso habló de Swift, porque sintió de algún modo la

1. Agripa el Escéptico argumentó que toda prueba exige a su vez una prueba, y así hasta lo infinito.

afinidad de los dos grandes y tristes escritores. Ambos odiaron con ferocidad minuciosa la estupidez humana; ambos documentaron ese odio, compilando a lo largo de los años frases triviales y opiniones idiotas; ambos quisieron abatir las ambiciones de la ciencia. En la tercera parte de *Gulliver*, Swift describe una venerada y vasta academia, cuyos individuos proponen que la humanidad prescinda del lenguaje oral para no gastar los pulmones. Otros ablandan el mármol para la fabricación de almohadas y de almohadillas; otros aspiran a propagar una variedad de ovejas sin lana; otros creen resolver los enigmas del universo mediante una armazón de madera con manijas de hierro, que combina palabras al azar. Esta invención va contra el *Arte magna* de Lulio...

René Descharmes ha examinado, y reprobado, la cronología de *Bouvard et Pécuchet*. La acción requiere unos cuarenta años; los protagonistas tienen sesenta y ocho cuando se entregan a la gimnasia, el mismo año en que Pécuchet descubre el amor. En un libro tan poblado de circunstancias, el tiempo, sin embargo, está inmóvil; fuera de los ensayos y fracasos de los dos Faustos (o del Fausto bicéfalo) nada ocurre; faltan las vicisitudes comunes y la fatalidad y el azar. "Las comparsas del desenlace son las del preámbulo; nadie viaja, nadie se muere", observa Claude Digeon. En otra página concluye: "La honestidad intelectual de Flaubert le hizo una terrible jugada: lo llevó a recargar su cuento filosófico, a conservar su pluma de novelista para escribirlo".

Las negligencias o desdenes o libertades del último Flaubert han desconcertado a los críticos; yo creo ver en ellas un símbolo. El hombre que con *Madame Bovary* forjó la novela realista fue también el primero en romperla. Chesterton, apenas ayer, escribía: "La novela bien puede morir con nosotros". El instinto de Flaubert presintió esa muerte, que ya está aconteciendo —¿no es el *Ulises*, con sus planos y horarios y precisiones, la espléndida agonía de un género?—, y en el quinto capítulo de la obra condenó las novelas "estadísticas o etnográficas" de Balzac y, por extensión, las de Zola. Por eso, el tiempo de *Bouvard et Pécuchet* se inclina a la eternidad; por eso, los protagonistas no mueren y seguirán copiando, cerca de Caen, su anacrónico *Sottisier*, tan ignorantes de 1914 como de 1870; por eso, la obra mira, hacia atrás, a las parábolas de Voltaire y de Swift y de los orientales y, hacia adelante, a las de Kafka.

Hay, tal vez, otra clave. Para escarnecer los anhelos de la humanidad, Swift los atribuyó a pigmeos o a simios; Flaubert, a dos sujetos grotescos. Evidentemente, si la historia universal es la historia de Bouvard y de Pécuchet, todo lo que la integra es ridículo y deleznable.

FLAUBERT Y SU DESTINO EJEMPLAR

En un artículo destinado a abolir o a desanimar el culto de Flaubert en Inglaterra, John Middleton Murry observa que hay dos Flaubert: uno, un hombrón huesudo, querible, más bien sencillo, con el aire y la risa de un paisano, que vivió agonizando sobre la cultura intensiva de media docena de volúmenes desparejos; otro, un gigante incorpóreo, un símbolo, un grito de guerra, una bandera. Declaro no entender esta oposición; el Flaubert que agonizó para producir una obra avara y preciosa es exactamente, el de la leyenda y (si los cuatro volúmenes de su correspondencia no nos engañan) también el de la historia. Más importante que la importante literatura premeditada y realizada por él es este Flaubert, que fue el primer Adán de una especie nueva: la del hombre de letras como sacerdote, como asceta y casi como mártir.

La antigüedad, por razones que ya veremos, no pudo producir este tipo. En el *Ion* se lee que el poeta "es una cosa liviana, alada y sagrada, que nada puede componer hasta estar inspirado, que es como si dijéramos loco". Semejante doctrina del espíritu que sopla donde quiere (Juan, 3: 8) era hostil a una valoración personal del poeta, rebajado a instrumento momentáneo de la divinidad. En las ciudades griegas o en Roma es inconcebible un Flaubert; quizá el hombre que más se le aproximó fue Píndaro, el poeta sacerdotal, que comparó sus odas a caminos pavimentados, a una marea, a tallas de oro, y de marfil y a edificios, y que sentía y encarnaba la dignidad de la profesión de las letras.

A la doctrina "romántica" de la inspiración que los clásicos profesaron,[1] cabe agregar un hecho: el sentimiento general de que Homero ya había agotado la poesía o, en todo caso, había descubierto la

1. Su reverso es la doctrina "clásica" del romántico Poe, que hace de la labor del poeta un ejercicio intelectual.

forma cabal de la poesía, el poema heroico. Alejandro de Macedonia ponía todas las noches bajo la almohada su puñal y su *Ilíada*, y Thomas De Quincey refiere que un pastor inglés juró desde el púlpito "por la grandeza de los padecimientos humanos, por la grandeza de las aspiraciones humanas, por la inmortalidad de las creaciones humanas, ¡por la *Ilíada*, por la *Odisea*!". El enojo de Aquiles y los rigores de la vuelta de Ulises no son temas universales; en esa limitación, la posteridad fundó una esperanza. Imponer a otras fábulas, invocación por invocación, batalla por batalla, máquina sobrenatural por máquina sobrenatural, el curso y la configuración de la *Ilíada*, fue el máximo propósito de los poetas, durante veinte siglos. Burlarse de él es muy fácil, pero no de la *Eneida*, que fue su consecuencia dichosa. (Lemprière discretamente incluye a Virgilio entre los beneficios de Homero.) En el siglo XVI, Petrarca, devoto de la gloria romana, creyó haber descubierto en las guerras púnicas la durable materia de la epopeya; Tasso, en el XVI, optó por la primera cruzada. Dos obras, o dos versiones de una obra, le dedicó; una es famosa, la *Gerusalemme liberata*; otra, la *Conquistata*, que quiere ajustarse más a la *Ilíada*, es apenas una curiosidad literaria. En ella se atenúan los énfasis del texto original, operación que, ejecutada sobre una obra esencialmente enfática, puede equivaler a su destrucción. Así, en la *Liberata* (VIII, 23), leemos de un hombre malherido y valiente que no se acaba de morir:

La vita no, ma la virtú sostenta quel cadavere indomito e feroce

En la revisión, hipérbole y eficacia desaparecen:

La vita no, ma la virtú sostenta
il cavaliere indomito e feroce.

Milton, después, vive para construir un poema heroico. Desde la niñez, acaso antes de haber escrito una línea, se sabe dedicado a las letras. Teme haber nacido demasiado tarde para la épica (demasiado lejos de Homero, demasiado lejos de Adán) y en una latitud demasiado fría, pero se ejercita en el arte de versificar, durante muchos años. Estudia el hebreo, el arameo, el italiano, el francés, el griego y, naturalmente, el latín. Compone hexámetros latinos y griegos y endecasílabos toscanos. Es continente, porque siente que la incontinencia puede gastar su facultad poética. Escribe, a los treinta y tres años, que el poeta debe ser un poema, "es decir, una composición y arquetipo de las cosas mejores" y que nadie indigno de alabanza debe atreverse a celebrar "hombres heroicos o ciudades famosas". Sabe que un libro que los hombres no dejarán morir saldrá de su pluma, pero el sujeto no le ha sido aún revelado y lo busca en la *Matière de Bretagne* y en los dos Testamentos. En un papel casual (que hoy es el Manuscrito de Cambridge) anota un centenar de temas posibles. Elige, al fin, la caída de los ángeles y del hombre, tema histórico en aquel siglo, aunque ahora lo juzguemos simbólico o mitológico.[1]

Milton, Tasso y Virgilio se consagraron a la ejecución de poemas; Flaubert fue el primero en consagrarse (doy su rigor etimológico a esta palabra) a la creación de una obra puramente estética *en prosa.* En la historia de las literaturas, la prosa es posterior al verso; esta paradoja incitó la ambición de Flaubert. "La prosa ha nacido ayer", escribió. "El verso es por excelencia la forma de las literaturas antiguas. Las combinaciones de la métrica se han agotado; no así las de la prosa". Y en otro lugar: "La novela espera a su Homero".

El poema de Milton abarca el cielo, el infierno, el mundo y el caos, pero es todavía una *Ilíada*, una *Ilíada* del tamaño del universo; Flaubert, en cambio, no quiso repetir o superar un modelo anterior. Pensó que cada cosa sólo puede decirse de un modo y que es obligación del escritor dar con ese modo. Clásicos y románticos discutían atronadoramente y Flaubert dijo que sus fracasos podían diferir, pero que sus aciertos eran iguales, porque lo bello siempre es lo preciso, lo justo, y un buen verso de Boileau es un buen verso de Hugo. Creyó en una armonía preestablecida de lo eufónico y de lo exacto y se maravilló de la "relación necesaria entre la palabra justa y la palabra musical". Esta superstición del lenguaje habría hecho tramar a otro escritor un pequeño dialecto de malas costumbres sintácticas y prosódicas; no así a Flaubert, cuya decencia fundamental lo salvó de los riesgos de su doctrina. Con larga probidad persiguió el *mot juste*,

---

1. Sigamos las variaciones de un rasgo homérico, a lo largo del tiempo. Helena de Troya, en la *Ilíada*, teje un tapiz, y lo que teje son batallas y desventuras de la guerra de Troya. En la *Eneida*, el héroe, prófugo de la guerra de Troya, arriba a Cartago y ve figuradas en un templo escenas de esa guerra y, entre tantas imágenes de guerreros, también la suya. En la segunda "Jerusalén", Godofredo recibe a los embajadores egipcios en un pabellón historiado cuyas pinturas representan sus propias guerras. De las tres versiones, la última es la menos feliz.

que por cierto no excluye el lugar común y que degeneraría, después, en el vanidoso *mot rare* de los cenáculos simbolistas.

La historia cuenta que el famoso Laotsé quiso vivir secretamente y no tener nombre; pareja voluntad de ser ignorado y pareja celebridad marcan el destino de Flaubert. Éste quería no estar en sus libros, o apenas quería estar de un modo invisible, como Dios en sus obras; el hecho es que si no supiéramos previamente que una misma pluma escribió *Salammbô* y *Madame Bovary* no lo adivinaríamos. No menos innegable es que pensar en la obra de Flaubert es pensar en Flaubert, en el ansioso y laborioso trabajador de las muchas consultas y de los borradores inextricables. Quijote y Sancho son más reales que el soldado español que los inventó, pero ninguna criatura de Flaubert es real como Flaubert. Quienes dicen que su obra capital es la *Correspondencia* pueden argüir que en esos varoniles volúmenes está el rostro de su destino.

Ese destino sigue siendo ejemplar, como lo fue para los románticos el de Byron. A la imitación de la técnica de Flaubert debemos *The Old Wives' Tale* y *O primo Bazilio*; su destino se ha repetido, con misteriosas magnificaciones y variaciones, en el de Mallarmé (cuyo epigrama "El propósito del mundo es un libro" fija una convicción de Flaubert), en el de Moore, en el de Henry James y en el del intrincado y casi infinito irlandés que tejió el *Ulises.*

EL ESCRITOR ARGENTINO Y LA TRADICIÓN[1]

Quiero formular y justificar algunas proposiciones escépticas sobre el problema del escritor argentino y la tradición. Mi escepticismo no se refiere a la dificultad o imposibilidad de resolverlo, sino a la existencia misma del problema. Creo que nos enfrenta un tema retórico, apto para desarrollos patéticos; más que de una verdadera dificultad mental entiendo que se trata de una apariencia, de un simulacro, de un seudoproblema.

Antes de examinarlo, quiero considerar los planteos y soluciones más corrientes. Empezaré por una solución que se ha hecho casi instintiva, que se presenta sin colaboración de razonamientos; la que afirma que la tradición literaria argentina ya existe en la poesía gauchesca. Según ella, el léxico, los procedimientos, los temas de la poesía gauchesca deben ilustrar al escritor contemporáneo, y son un punto de partida y quizá un arquetipo. Es la solución más común y por eso pienso demorarme en su examen.

Ha sido propuesta por Lugones en *El payador*; ahí se lee que los argentinos poseemos un poema clásico, el *Martín Fierro*, y que ese poema debe ser para nosotros lo que los poemas homéricos fueron para los griegos. Parece difícil contradecir esta opinión, sin menoscabo del *Martín Fierro.* Creo que el *Martín Fierro* es la obra más perdurable que hemos escrito los argentinos; y creo con la misma intensidad que no podemos suponer que el *Martín Fierro* es, como algunas veces se ha dicho, nuestra Biblia, nuestro libro canónico.

Ricardo Rojas, que también ha recomendado la canonización del *Martín Fierro*, tiene una página, en su *Historia de la literatura argentina*, que parece casi un lugar común y que es una astucia.

Rojas estudia la poesía de los gauchescos, es decir, la poesía de Hidalgo, Ascasubi, Estanislao del Campo y José Hernández, y la de-

1. Versión taquigráfica de una clase dictada en el Colegio Libre de Estudios Superiores.

riva de la poesía de los payadores, de la espontánea poesía de los gauchos. Hace notar que el metro de la poesía popular es el octosílabo y que los autores de la poesía gauchesca manejan ese metro, y acaba por considerar la poesía de los gauchescos como una continuación o magnificación de la poesía de los payadores.

Sospecho que hay un grave error en esta afirmación; podríamos decir un hábil error, porque se ve que Rojas, para dar raíz popular a la poesía de los gauchescos, que empieza en Hidalgo y culmina en Hernández, la presenta como una continuación o derivación de la de los gauchos, y así, Bartolomé Hidalgo es, no el Homero de esta poesía, como dijo Mitre, sino un eslabón.

Ricardo Rojas hace de Hidalgo un payador; sin embargo, según la misma *Historia de la literatura argentina*, este supuesto payador empezó componiendo versos endecasílabos, metro naturalmente vedado a los payadores, que no percibían su armonía, como no percibieron la armonía del endecasílabo los lectores españoles cuando Garcilaso lo importó de Italia.

Entiendo que hay una diferencia fundamental entre la poesía de los gauchos y la poesía gauchesca. Basta comparar cualquier colección de poesías populares con el *Martín Fierro*, con el *Paulino Lucero*, con el *Fausto*, para advertir esa diferencia, que está no menos en el léxico que en el propósito de los poetas. Los poetas populares del campo y del suburbio versifican temas generales: las penas del amor y de la ausencia, el dolor del amor, y lo hacen en un léxico muy general también; en cambio, los poetas gauchescos cultivan un lenguaje deliberadamente popular, que los poetas populares no ensayan. No quiero decir que el idioma de los poetas populares sea un español correcto, quiero decir que si hay incorrecciones son obra de la ignorancia. En cambio, en los poetas gauchescos hay una busca de las palabras nativas, una profusión de color local. La prueba es ésta: un colombiano, un mejicano o un español pueden comprender inmediatamente las poesías de los payadores, de los gauchos, y en cambio necesitan un glosario para comprender, siquiera aproximadamente, a Estanislao del Campo o Ascasubi.

Todo esto puede resumirse así: la poesía gauchesca, que ha producido —me apresuro a repetirlo— obras admirables, es un género literario tan artificial como cualquier otro. En las primeras composiciones gauchescas, en las trovas de Bartolomé Hidalgo, ya hay un propósito de presentarlas en función del gaucho, como dichas por gauchos, para que el lector las lea con una entonación gauchesca. Nada más lejos de la poesía popular. El pueblo —y esto yo lo he observado no sólo en los payadores de la campaña, sino en los de las orillas de Buenos Aires—, cuando versifica, tiene la convicción de ejecutar algo importante, y rehúye instintivamente las voces populares y busca voces y giros altisonantes. Es probable que ahora la poesía gauchesca haya influido en los payadores y éstos abunden también en criollismos, pero en el principio no ocurrió así, y tenemos una prueba (que nadie ha señalado) en el *Martín Fierro.*

El *Martín Fierro* está redactado en un español de entonación gauchesca y no nos deja olvidar durante mucho tiempo que es un gaucho el que canta; abunda en comparaciones tomadas de la vida pastoril; sin embargo, hay un pasaje famoso en que el autor olvida esta preocupación de color local y escribe en un español general, y no habla de temas vernáculos, sino de grandes temas abstractos, del tiempo, del espacio, del mar, de la noche. Me refiero a la payada entre Martín Fierro y el Moreno, que ocupa el fin de la segunda parte. Es como si el mismo Hernández hubiera querido indicar la diferencia entre su poesía gauchesca y la genuina poesía de los gauchos. Cuando esos dos gauchos, Fierro y el Moreno, se ponen a cantar, olvidan toda afectación gauchesca y abordan temas filosóficos. He podido comprobar lo mismo oyendo a payadores de las orillas; éstos rehuyen el versificar en orillero o lunfardo y tratan de expresarse con corrección. Desde luego fracasan, pero su propósito es hacer de la poesía algo alto; algo distinguido, podríamos decir con una sonrisa.

La idea de que la poesía argentina debe abundar en rasgos diferenciales argentinos y en color local argentino me parece una equivocación. Si nos preguntan qué libro es más argentino, el *Martín Fierro* o los sonetos de *La urna* de Enrique Banchs, no hay ninguna razón para decir que es más argentino el primero. Se dirá que en *La urna* de Banchs no está el paisaje argentino, la topografía argentina, la botánica argentina, la zoología argentina; sin embargo, hay otras condiciones argentinas en *La urna.*

Recuerdo ahora unos versos de *La urna* que parecen escritos para que no pueda decirse que es un libro argentino; son los que dicen: "...El sol en los tejados / y en las ventanas brilla. Ruiseñores / quieren decir que están enamorados".

Aquí parece inevitable condenar: "El sol en los tejados y en las ventanas brilla". Enrique Banchs escribió estos versos en un suburbio de Buenos Aires, y en los suburbios de Buenos Aires no hay tejados, sino azoteas; "Ruiseñores quieren decir que están enamorados"; el ruiseñor es menos un pájaro de la realidad que de la literatura, de la tradición griega y germánica. Sin embargo, yo diría que en el manejo de estas imágenes convencionales, en esos tejados y en esos ruiseñores anómalos, no estarán desde luego la arquitectura ni la ornitología argentinas, pero están el pudor argentino, la reticencia argentina; la circunstancia de que Banchs, al hablar de ese gran dolor que lo abrumaba, al hablar de esa mujer que lo había dejado y había dejado vacío el mundo para él, recurra a imágenes extranjeras y convencionales como los tejados y los ruiseñores, es significativa: significativa del pudor, de la desconfianza, de las reticencias argentinas; de la dificultad que tenemos para las confidencias, para la intimidad.

Además, no sé si es necesario decir que la idea de que una literatura debe definirse por los rasgos diferenciales del país que la produce es una idea relativamente nueva; también es nueva y arbitraria la idea de que los escritores deben buscar temas de sus países. Sin ir más lejos, creo que Racine ni siquiera hubiera entendido a una persona que le hubiese negado su derecho al título de poeta francés por haber buscado temas griegos y latinos. Creo que Shakespeare se habría asombrado si hubieran pretendido limitarlo a temas ingleses, y si le hubiesen dicho que, como inglés, no tenía derecho a escribir *Hamlet*, de tema escandinavo, o *Macbeth*, de tema escocés. El culto argentino del color local es un reciente culto europeo que los nacionalistas deberían rechazar por foráneo.

He encontrado días pasados una curiosa confirmación de que lo verdaderamente nativo suele y puede prescindir del color local; encontré esta confirmación en la *Historia de la declinación y caída del Imperio Romano* de Gibbon. Gibbon observa que en el libro árabe por excelencia, en el *Alcorán*, no hay camellos; yo creo que si hubiera alguna duda sobre la autenticidad del *Alcorán*, bastaría esta ausencia de camellos para probar que es árabe. Fue escrito por Mahoma, y Mahoma, como árabe, no tenía por qué saber que los camellos eran especialmente árabes; eran para él parte de la realidad, no tenía por qué distinguirlos; en cambio, un falsario, un turista, un nacionalista árabe, lo primero que hubiera hecho es prodigar camellos, caravanas de camellos en cada página; pero Mahoma, como árabe, estaba tranquilo: sabía que podía ser árabe sin camellos. Creo que los argentinos podemos parecernos a Mahoma, podemos creer en la posibilidad de ser argentinos sin abundar en color local.

Séame permitida aquí una confidencia, una mínima confidencia. Durante muchos años, en libros ahora felizmente olvidados, traté de redactar el sabor, la esencia de los barrios extremos de Buenos Aires; naturalmente abundé en palabras locales, no prescindí de palabras como cuchilleros, milonga, tapia, y otras, y escribí así aquellos olvidables y olvidados libros; luego, hará un año, escribí una historia que se llama "La muerte y la brújula" que es una suerte de pesadilla, una pesadilla en que figuran elementos de Buenos Aires deformados por el horror de la pesadilla; pienso allí en el Paseo Colón y lo llamo Rue de Toulon, pienso en las quintas de Adrogué y las llamo Triste-le-Roy; publicada esa historia, mis amigos me dijeron que al fin habían encontrado en lo que yo escribía el sabor de las afueras de Buenos Aires. Precisamente porque no me había propuesto encontrar ese sabor, porque me había abandonado al sueño, pude lograr, al cabo de tantos años, lo que antes busqué en vano.

Ahora quiero hablar de una obra justamente ilustre que suelen invocar los nacionalistas. Me refiero a *Don Segundo Sombra* de Güiraldes. Los nacionalistas nos dicen que *Don Segundo Sombra* es el tipo de libro nacional; pero si comparamos *Don Segundo Sombra* con las obras de la tradición gauchesca, lo primero que notamos son diferencias. *Don Segundo Sombra* abunda en metáforas de un tipo que nada tiene que ver con el habla de la campaña y sí con las metáforas de los cenáculos contemporáneos de Montmartre. En cuanto a la fábula, a la historia, es fácil comprobar en ella el influjo del *Kim* de Kipling, cuya acción está en la India y que fue escrito, a su vez, bajo el influjo de *Huckleberry Finn* de Mark Twain, epopeya del Mississippi. Al hacer esta observación no quiero rebajar el valor de *Don Segundo Sombra*; al contrario, quiero hacer resaltar que para que nosotros tuviéramos ese libro fue necesario que Güiraldes recordara la técnica poética de los cenáculos franceses de su tiempo, y la obra de Kipling que había leído hacía muchos años; es decir, Kipling, y Mark Twain, y las metáforas de los poetas franceses fueron necesarios para este libro argentino, para este libro que no es menos argentino, lo repito, por haber aceptado esas influencias.

Quiero señalar otra contradicción: los nacionalistas simulan venerar las capacidades de la mente argentina pero quieren limitar el ejercicio poético de esa mente a algunos pobres temas locales, como si los argentinos sólo pudiéramos hablar de orillas y estancias y no del universo.

Pasemos a otra solución. Se dice que hay una tradición a la que debemos acogernos los escritores argentinos, y que esa tradición es la literatura española. Este segundo consejo es desde luego un poco menos estrecho que el primero, pero también tiende a encerrarnos; muchas objeciones podrían hacérsele, pero basta con dos. La primera es ésta: la historia argentina puede definirse sin equivocación como un querer apartarse de España, como un voluntario distanciamiento de España. La segunda objeción es ésta: entre nosotros el placer de la literatura española, un placer que yo personalmente comparto, suele ser un gusto adquirido; yo muchas veces he prestado, a personas sin versación literaria especial, obras francesas e inglesas, y estos libros han sido gustados inmediatamente, sin esfuerzo. En cambio, cuando he propuesto a mis amigos la lectura de libros españoles, he comprobado que estos libros les eran difícilmente gustables sin un aprendizaje especial; por eso creo que el hecho de que algunos ilustres escritores argentinos escriban como españoles es menos el testimonio de una capacidad heredada que una prueba de la versatilidad argentina.

Llego a una tercera opinión que he leído hace poco sobre los escritores argentinos y la tradición, y que me ha asombrado mucho. Viene a decir que nosotros, los argentinos, estamos desvinculados del pasado; que ha habido como una solución de continuidad entre nosotros y Europa. Según este singular parecer, los argentinos estamos como en los primeros días de la creación; el hecho de buscar temas y procedimientos europeos es una ilusión, un error; debemos comprender que estamos esencialmente solos, y no podemos jugar a ser europeos.

Esta opinión me parece infundada. Comprendo que muchos la acepten, porque esta declaración de nuestra soledad, de nuestra perdición, de nuestro carácter primitivo tiene, como el existencialismo, los encantos de lo patético. Muchas personas pueden aceptar esta opinión porque una vez aceptada se sentirán solas, desconsoladas y, de algún modo, interesantes. Sin embargo, he observado que en nuestro país, precisamente por ser un país nuevo, hay un gran sentido del tiempo. Todo lo que ha ocurrido en Europa, los dramáticos acontecimientos de los últimos años de Europa, han resonado profundamente aquí. El hecho de que una persona fuera partidaria de los franquistas o de los republicanos durante la guerra civil española, o fuera partidaria de los nazis o de los aliados, ha determinado en muchos casos peleas y distanciamientos muy graves. Esto no ocurriría si estuviéramos desvinculados de Europa. En lo que se refiere a la historia argentina, creo que todos nosotros la sentimos profundamente; y es natural que la sintamos, porque está, por la cronología y por la sangre, muy cerca de nosotros; los nombres, las batallas de las guerras civiles, la guerra de la Independencia, todo está, en el tiempo y en la tradición familiar, muy cerca de nosotros.

¿Cuál es la tradición argentina? Creo que podemos contestar fácilmente y que no hay problema en esta pregunta. Creo que nuestra tradición es toda la cultura occidental, y creo también que tenemos derecho a esta tradición, mayor que el que pueden tener los habitantes de una u otra nación occidental. Recuerdo aquí un ensayo de Thorstein Veblen, sociólogo norteamericano, sobre la preeminencia de los judíos en la cultura occidental. Se pregunta si esta preeminencia permite conjeturar una superioridad innata de los judíos, y contesta que no; dice que sobresalen en la cultura occidental, porque actúan dentro de esa cultura y al mismo tiempo no se sienten atados a ella por una devoción especial; "por eso —dice— a un judío siempre le será más fácil que a un occidental no judío innovar en la cultura occidental"; y lo mismo podemos decir de los irlandeses en la cultura de Inglaterra. Tratándose de los irlandeses, no tenemos por qué suponer que la profusión de nombres irlandeses en la literatura y la filosofía británicas se deba a una preeminencia racial, porque muchos de esos irlandeses ilustres (Shaw, Berkeley, Swift) fueron descendientes de ingleses, fueron personas que no tenían sangre celta; sin embargo, les bastó el hecho de sentirse irlandeses, distintos, para innovar en la cultura inglesa. Creo que los argentinos, los sudamericanos en general, estamos en una situación análoga; podemos manejar todos los temas europeos, manejarlos sin supersticiones, con una irreverencia que puede tener, y ya tiene, consecuencias afortunadas.

Esto no quiere decir que todos los experimentos argentinos sean igualmente felices; creo que este problema de la tradición y de lo argentino es simplemente una forma contemporánea, y fugaz del eterno problema del determinismo. Si yo voy a tocar la mesa con una de mis manos, y me pregunto: ¿la tocaré con la mano izquierda o con la mano derecha?; y luego la toco con la mano derecha, los deterministas dirán que yo no podía obrar de otro modo y que toda la historia anterior del universo me obligaba a tocarla con la mano derecha, y que tocarla con la mano izquierda hubiera sido un milagro. Sin embargo, si la hubiera tocado con la mano izquierda me habrían dicho lo mismo: que había estado obligado a tocarla con esa mano. Lo mismo ocurre con los temas y procedimientos literarios. Todo lo que hagamos con felicidad los escritores argentinos pertenecerá a la tradición argentina, de igual modo que el hecho de tratar temas italianos pertenece a la tradición de Inglaterra por obra de Chaucer y de Shakespeare.

Creo, además, que todas estas discusiones previas sobre propósitos de ejecución literaria están basadas en el error de suponer que las intenciones y los proyectos importan mucho. Tomemos el caso de Kipling: Kipling dedicó su vida a escribir en función de determinados ideales políticos, quiso hacer de su obra un instrumento de propaganda y, sin embargo, al fin de su vida hubo de confesar que la verdadera esencia de la obra de un escritor suele ser ignorada por éste; y recordó el caso de Swift, que al escribir *Los viajes de Gulliver* quiso levantar un testimonio contra la humanidad y dejó, sin embargo, un libro para niños. Platón dijo que los poetas son amanuenses de un dios, que los anima contra su voluntad, contra sus propósitos, como el imán anima a una serie de anillos de hierro.

Por eso repito que no debemos temer y que debemos pensar que nuestro patrimonio es el universo; ensayar todos los temas, y no podemos concretarnos a lo argentino para ser argentinos: porque o ser argentino es una fatalidad y en ese caso lo seremos de cualquier modo, o ser argentino es una mera afectación, una máscara.

Creo que si nos abandonamos a ese sueño voluntario que se llama la creación artística, seremos argentinos y seremos, también, buenos o tolerables escritores.

NOTAS

H. G. Wells y las Parábolas: *The Croquet Player. Star Begotten*

Este año, Wells ha publicado dos libros. El primero —*The Croquet Player*— describe una región pestilencial de confusos pantanos en la que empiezan a ocurrir cosas abominables; al cabo comprendemos que esa región es todo el planeta. El otro —*Star Begotten*— presenta una amistosa conspiración de los habitantes de Marte para regenerar la humanidad por medio de emisiones de rayos cósmicos. Nuestra cultura está amenazada por un renacimiento monstruoso de la estupidez y de la crueldad, quiere significar el primero; nuestra cultura puede ser renovada por una generación un poco distinta, murmura el otro. Los dos libros son dos parábolas, los dos libros plantean el viejo pleito de las alegorías y de los símbolos.

Todos propendemos a creer que la interpretación agota los símbolos. Nada más falso. Busco un ejemplo elemental: el de una adivinanza. Nadie ignora que a Edipo le interrogó la Esfinge tebana: "¿Cuál es el animal que tiene cuatro pies en el alba, dos al mediodía y tres en la tarde?" Nadie tampoco ignora que Edipo respondió que era el hombre. ¿Quién de nosotros no percibe inmediatamente que el desnudo concepto de *hombre* es inferior al mágico animal que deja entrever la pregunta y a la asimilación del hombre común a ese monstruo variable y de setenta años a un día y del bastón de los ancianos a un tercer pie? Esa naturaleza plural es propia de todos los símbolos. Las alegorías, por ejemplo, proponen al lector una doble o triple intuición, no unas figuras que se pueden canjear por nombres sustantivos abstractos. "Los caracteres alegóricos", advierte acertadamente De Quincey (*Writings*, onceno tomo, pág. 199), "ocupan un lugar intermedio entre las realidades absolutas de la vida humana y las puras abstracciones del entendimiento lógico." La hambrienta y flaca loba del primer canto de la *Divina Comedia* no es un emblema o letra de la avaricia: es una loba y es también la avaricia, como en los sueños. No desconfiemos demasiado de esa duplicidad; para los místicos el mundo concreto no es más que un sistema de símbolos...

De lo anterior me atrevo a inferir que es absurdo reducir una historia a su moraleja, una parábola a su mera intención, una "forma" a su "fondo". (Ya Schopenhauer ha observado que el público se fija raras veces en la forma, y siempre en el fondo.) En *The Croquet Player* hay una forma que podemos condenar o aprobar, pero no negar; el cuento *Star Begotten*, en cambio, es del todo amorfo. Una serie de vanas discusiones agotan el volumen. El argumento —la inexorable variación del género humano por obra de los rayos cósmicos— no ha sido realizado; apenas si los protagonistas discuten su posibilidad. El efecto es muy poco estimulante. ¡Qué lástima que a Wells no se le haya ocurrido este libro!, piensa con nostalgia el lector. Su anhelo es razonable: el Wells que el argumento exigía no era el conversador enérgico y vago del *World of William Clissold* y de las imprudentes enciclopedias. Era el otro, el antiguo narrador de milagros atroces: el de la historia del viajero que trae del porvenir una flor marchita, el de la historia de los hombres bestiales que gangosean en la noche un credo servil, el de la historia del traidor que huyó de la luna.

EDWARD KASNER AND JAMES NEWMAN: *Mathematics and the Imagination* (Simon and Schuster)

Revisando la biblioteca, veo con admiración que las obras que más he releído y abrumado de notas manuscritas son el *Diccionario de la filosofía* de Mauthner, la *Historia biográfica de la filosofía* de Lewes, la *Historia de la guerra de 1914-1918* de Liddell Hart, la *Vida de Samuel Johnson* de Boswell y la psicología de Gustav Spiller: *The Mind of Man*, 1902. A ese heterogéneo catálogo (que no excluye obras que tal vez son meras costumbres, como la de G. H. Lewes) preveo que los años agregarán este libro amenísimo.

Sus cuatrocientas páginas registran con claridad los inmediatos y accesibles encantos de las matemáticas, los que hasta un mero hombre de letras puede entender, o imaginar que entiende: el incesante mapa de Brouwer, la cuarta dimensión que entrevió More y que declara intuir Howard Hinton, la levemente obscena tira de Moebius, los rudimentos de la teoría de los números transfinitos, las ocho paradojas de Zenón, las líneas paralelas de Desargues que en el infinito se cortan, la notación binaria que Leibniz descubrió en los diagramas del *I King*, la bella demostración euclidiana de la infinitud estelar de los números primos, el problema de la torre de Hanoi, el silogismo dilemático o bicornuto.

De este último, con el que jugaron los griegos (Demócrito jura que los abderitanos son mentirosos; pero Demócrito es abderitano; luego Demócrito miente; luego no es cierto que los abderitanos son mentirosos; luego Demócrito no miente; luego es verdad que los abderitanos son mentirosos; luego Demócrito miente; luego...), hay casi innumerables versiones que no varían de método, pero sí de protagonistas y de fábula. Aulo Gelio (*Noches áticas*, libro quinto, capítulo X) recurre a un orador y a su alumno; Luis Barahona de Soto (*Angélica*, onceno canto), a dos esclavos; Miguel de Cervantes (*Quijote*, segunda parte, capítulo LI), a un río, a un puente y a una horca; Jeremy Taylor, en alguno de sus sermones, a un hombre que ha soñado con una voz que le revela que todos los sueños son vanos; Bertrand Russell (*Introduction to Mathematical Philosophy*, pág. 136), al conjunto de todos los conjuntos que no se incluyen a sí mismos.

A esas perplejidades ilustres, me atrevo a agregar ésta:

En Sumatra, alguien quiere doctorarse de adivino. El brujo examinador le pregunta si será reprobado o si pasará. El candidato responde que será reprobado... Ya se presiente la infinita continuación.

GERALD HEARD: *Pain, Sex and Time* (Cassell)

A principios de 1896, Bernard Shaw percibió que en Friedrich Nietzsche había un académico inepto, cohibido por el culto supersticioso del Renacimiento y los clásicos (*Our Theatres in the Nineties*, tomo segundo, pág. 94). Lo innegable es que Nietzsche, para comunicar al siglo de Darwin su conjetura evolucionista del Superhombre, lo hizo en un libro carcomido, que es una desairada parodia de todos los *Sacred Books of the East.* No arriesgó una sola palabra sobre la anatomía o psicología de la futura especie biológica; se limitó a su moralidad, que identificó (temeroso del presente y del porvenir) con la de César Borgia y los vikings.[1]

Heard corrige, a su modo, las negligencias y omisiones de Za-

1. Alguna vez (*Historia de la Eternidad*) he procurado enumerar o recopilar todos los testimonios de la doctrina del Eterno Regreso que fueron anteriores a Nietzsche. Ese vano propósito excede la brevedad de mi erudición y de la vida humana. A los testimonios ya registrados básteme agregar, por ahora, el del padre Feijoo (*Teatro crítico universal*, tomo cuarto, discurso doce). Éste, como Sir Thomas Browne, atribuye la doctrina a Platón.

rathustra. Linealmente, el estilo de que dispone es harto inferior; para una lectura seguida, es más tolerable. Descree de una superhumanidad, pero anuncia una vasta evolución de las facultades humanas. Esa evolución mental no requiere siglos: hay en los hombres un infatigable depósito de energía nerviosa, que les permite ser incesantemente sexuales, a diferencia de las otras especies, cuya sexualidad es periódica. "La historia", escribe Heard, "es parte de la historia natural. La historia humana es biología, acelerada psicológicamente."

La posibilidad de una evolución ulterior de nuestra conciencia del tiempo es quizá el tema básico de este libro. Heard opina que los animales carecen totalmente de esa conciencia y que su vida discontinua y orgánica es una pura actualidad. Esa conjetura es antigua; ya Séneca la había razonado en la última de las epístolas a Lucilio: *Animalibus tantum, quod brevissimum est in transcursu, datum, præsens...* También abunda en la literatura teosófica. Rudolf Steiner compara la estadía inerte de los minerales a la de los cadáveres; la vida silenciosa de las plantas a la de los hombres que duermen; las atenciones momentáneas del animal a las del negligente soñador que sueña incoherencias. En el tercer volumen de su admirable *Woerterbuch der Philosophie*, observa Fritz Mauthner: "Parece que los animales no tie-

---

(viene de pág. anterior)

La formula así: "Uno de los delirios de Platón fue, que absuelto todo el círculo del *año magno* (así llamaba a aquel espacio de tiempo en que todos los astros, después de innumerables giros, se han de restituir a la misma postura y orden que antes tuvieron entre sí), se han de renovar todas las cosas; esto es, han de volver a aparecer sobre el teatro del mundo los mismos actores a representar los mismos sucesos, cobrando nueva existencia hombres, brutos, plantas, piedras; en fin, cuanto hubo animado e inanimado en los anteriores siglos, para repetirse en ellos los mismos ejercicios, los mismos acontecimientos, los mismos juegos de la fortuna que tuvieron en su primera existencia." Son palabras de 1730; las repite el tomo LVI de la Biblioteca de Autores Españoles. Declaran bien la justificación *astrológica* del Regreso.

En el *Timeo*, Platón afirma que los siete planetas, equilibradas sus diversas velocidades, regresarán al punto inicial de partida, pero no infiere de ese vasto circuito una repetición puntual de la historia. Sin embargo, Lucilio Vanini declara: "De nuevo Aquiles irá a Troya; renacerán las ceremonias y religiones; la historia humana se repite; nada hay ahora que no fue; lo que ha sido será; pero todo ello en general, no (como determina Platón) en particular." Lo escribió en 1616; lo cita Burton en la cuarta sección de la tercera parte del libro *The Anatomy of Melancholy*. Francis Bacon (*Essay*, LVIII, 1625) admite que, cumplido el año platónico, los astros causarán los mismos efectos genéricos, pero niega su virtud para repetir los mismos individuos.

nen sino oscuros presentimientos de la sucesión temporal y de la duración. En cambio, el hombre, cuando es además un psicólogo de la nueva escuela, puede diferenciar en el tiempo dos impresiones que sólo estén separadas por 1/500 de segundo". En un libro póstumo de Guyau —*La Genèse de l'Idée de Temps*, 1890— hay dos o tres pasajes análogos. Uspenski (*Tertium Organum*, capítulo IX) encara no sin elocuencia el problema; afirma que el mundo de los animales es bidimensional y que son incapaces de concebir una esfera o un cubo. Todo ángulo es para ellos una moción, un suceso en el tiempo... Como Edward Carpenter, como Leadbeater, como Dunne, Uspenski profetiza que nuestras mentes prescindirán del tiempo lineal, sucesivo, y que intuirán el universo de un modo angélico: *sub specie æternitatis*.

A la misma conclusión llega Heard, en un lenguaje a veces contaminado de *patois* psiquiátrico y sociológico. Llega, o creo que llega. En el primer capítulo de su libro afirma la existencia de un tiempo inmóvil que nosotros los hombres atravesamos. Ignoro si ese memorable dictamen es una mera negación metafórica del tiempo cósmico, uniforme, de Newton o si literalmente afirma la coexistencia del pasado, del presente y del porvenir. En el último caso (diría Dunne) el tiempo inmóvil degenera en espacio y nuestro movimiento de traslación exige *otro* tiempo...

Que de algún modo evolucione la percepción del tiempo, no me parece inverosímil y es, quizá, inevitable. Que esa evolución pueda ser muy brusca me parece una gratuidad del autor, un estímulo artificial.

GILBERT WATERHOUSE: *A Short History of German Literature* (Methuen, London, 1943)

Equidistantes del marqués de Laplace (que declaró la posibilidad de cifrar en una sola fórmula todos los hechos que serán, que son y que han sido) y del inversamente paradójico doctor Rojas (cuya historia de la literatura argentina es más extensa que la literatura argentina), el señor Gilbert Waterhouse ha redactado en ciento cuarenta páginas una historia no siempre inadecuada de la literatura alemana. El examen de este manual no incita ni al agravio ni al ditirambo; su defecto más evidente, y acaso inevitable, es el que De Quincey reprocha a los juicios críticos alemanes: la omisión de ejemplos ilustrativos. Tampoco es generoso conceder exactamente una *línea* al múltiple Novalis y abusar de esa línea para ubicarlo en un catálogo subalterno de novelistas cuyo modelo fue el *Wilhelm Meister*. (Novalis condenó el *Wilhelm Meister*; Novalis famosamente dijo de Goethe: "Es un poeta práctico. Es en las obras lo que en la mercadería son los ingleses: pulcro, sencillo, cómodo, resistente".) La tradicional exclusión de Schopenhauer y de Fritz Mauthner me indigna, pero no me sorprende ya: el horror de la palabra *filosofía* impide que los críticos reconozcan, en el *Woerterbuch* de uno y en los *Parerga und Paralipomena* de otro, los más inagotables y agradables libros de ensayos de la literatura alemana.

Los alemanes parecen incapaces de obrar sin algún aprendizaje alucinatorio: pueden librar felices batallas o redactar lánguidas e infinitas novelas, pero sólo a condición de creerse "arios puros" o vikings maltratados por los judíos, o actores de la *Germania* de Tácito. (Sobre esta singular esperanza retrospectiva Friedrich Nietzsche ha opinado: "Todos los germanos auténticos emigraron; la Alemania de hoy es un puesto avanzado de los eslavos y prepara el camino para la rusificación de Europa". Una respuesta análoga merecen los españoles, que se proclaman nietos de los conquistadores de América: los nietos somos los sudamericanos, nosotros; ellos son los sobrinos...) Notoriamente, los dioses han negado a los alemanes la belleza espontánea. Esa privación define lo trágico del culto shakespeariano alemán, que de algún modo se parece a un amor desdichado. El alemán (Lessing, Herder, Goethe, Novalis, Schiller, Schopenhauer, Nietzsche, Stefan George...) siente con misteriosa intimidad el mundo de Shakespeare, al mismo tiempo que se sabe incapaz de crear con ese ímpetu y con esa inocencia, con esa delicada felicidad y con ese negligente esplendor. *Unser Shakespeare* —"nuestro Shakespeare" dicen, o dijeron, los alemanes, pero se saben destinados a un arte de naturaleza distinta: arte de símbolos premeditados o de tesis polémicas. No se puede recorrer un libro como el de Gundolf —*Shakespeare und der deutsche Geist*— o como el de Pascal —*William Shakespeare in Germany*— sin percibir esa nostalgia o discordia de la inteligencia alemana, esa tragedia secular cuyo actor no es un hombre, sino muchas generaciones humanas.

Los hombres de otras tierras pueden ser distraídamente atroces, eventualmente heroicos; los alemanes requieren seminarios de abnegación, éticas de la infamia.

De las historias breves de la literatura alemana, la mejor, que yo sepa, es la de Karl Heinemann, publicada por Kroener; la más evitable y penosa, la del doctor Max Koch, invalidada por supersticiones patrióticas y temerariamente inferida al idioma español por una editorial catalana.

LESLIE D. WEATHERHEAD: *After Death* (The Epworth Press, London, 1942)

Yo he compilado alguna vez una antología de la literatura fantástica. Admito que esa obra es de las poquísimas que un segundo Noé debería salvar de un segundo diluvio, pero delato la culpable omisión de los insospechados y mayores maestros del género: Parménides, Platón, Juan Escoto Erígena, Alberto Magno, Spinoza, Leibniz, Kant, Francis Bradley. En efecto, ¿qué son los prodigios de Wells o de Edgar Allan Poe —una flor que nos llega del porvenir, un muerto sometido a la hipnosis— confrontados con la invención de Dios, con la teoría laboriosa de un ser que de algún modo es tres y que solitariamente perdura *fuera del tiempo*? ¿Qué es la piedra bezoar ante la armonía preestablecida, quién es el unicornio ante la Trinidad, quién es Lucio Apuleyo ante los multiplicadores de Buddhas del Gran Vehículo, qué son todas las noches de Shahrazad junto a un argumento de Berkeley? He venerado la gradual invención de Dios; también el Infierno y el Cielo (una remuneración inmortal, un castigo inmortal) son admirables y curiosos designios de la imaginación de los hombres.

Los teólogos definen el Cielo como un lugar de sempiterna gloria y ventura y advierten que ese lugar no es el dedicado a los tormentos infernales. El cuarto capítulo de este libro muy razonablemente niega esa división. Arguye que el Infierno y el Cielo no son localidades topográficas, sino estados extremos del alma. Plenamente concuerda con André Gide (*Journal*, pág. 677) que habla de un Infierno inmanente, ya declarado por el verso de Milton: *Which way I fly is Hell; myself am Hell*; parcialmente con Swedenborg, cuyas irremediables almas perdidas prefieren las cavernas y los pantanos al esplendor insoportable del Cielo. Weatherhead propone la tesis de un solo heterogéneo ultramundo, alternativamente infernal y paradisíaco, según la capacidad de las almas.

Para casi todos los hombres, los conceptos de Cielo y de felicidad son inseparables. En la década final del siglo XIX, Butler proyectó, sin embargo, un Cielo en el que todas las cosas se frustraran ligeramente (pues nadie puede tolerar una dicha total) y un Infierno correlativo, en el que faltara todo estímulo desagradable, salvo los que prohíben el sueño. Bernard Shaw, hacia 1902, instaló en el Infierno las ilusiones de la erótica, de la abnegación, de la gloria y del puro amor imperecedero; en el Cielo, la comprensión de la realidad (*Man and*

Superman, tercer acto). Weatherhead es un mediocre y casi inexistente escritor, estimulado por lecturas piadosas, pero intuye que la directa persecución de una pura y perpetua felicidad no será menos irrisoria del otro lado de la muerte que de éste. Escribe: "La concepción más alta de las experiencias gozosas que hemos denominado Cielo es la de servir: es la de una plena y libre participación en la obra de Cristo. Esto podrá ocurrir entre otros espíritus, tal vez en otros mundos; quizá podremos ayudar a que el nuestro se salve". En otro capítulo afirma: "El dolor del Cielo es intenso, pues cuanto más hayamos evolucionado en este mundo, tanto más podremos compartir en el otro la vida de Dios. Y la vida de Dios es dolorosa. En su corazón están los pecados, las penas, todo el sufrimiento del mundo. Mientras quede un solo pecador en el universo, no habrá felicidad en el Cielo". (Orígenes, afirmador de una reconciliación final del Creador con todas las criaturas, incluso el diablo, ya ha soñado ese sueño.)

No sé qué opinará el lector, de tales conjeturas semiteosóficas. Los católicos (léase los católicos argentinos) creen en un mundo ultraterreno, pero he notado que no se interesan en él. Conmigo ocurre lo contrario; me interesa y no creo.

M. DAVIDSON: *The Free Will Controversy* (Watts, London, 1943)

Este volumen quiere ser una historia de la vasta polémica secular entre deterministas y partidarios del albedrío. No lo es o imperfectamente lo es, a causa del erróneo método que ha ejercido el autor. Éste se limita a exponer los diversos sistemas filosóficos y a fijar la doctrina de cada uno en lo referente al problema. El método es erróneo o insuficiente, porque se trata de un problema especial cuyas mejores discusiones deben buscarse en textos especiales, no en algún párrafo de las obras canónicas. Que yo sepa, esos textos son el ensayo *The Dilemma of Determinism* de James, el quinto libro de la obra *De consolatione philosophiae* de Boecio, y los tratados *De divinatione* y *De fato* de Cicerón.

La más antigua de las formas del determinismo es la astrología judiciaria. Así lo entiende Davidson y le dedica los primeros capítulos de su libro. Declara los influjos de los planetas, pero no expone con una claridad suficiente la doctrina estoica de los presagios, según la cual, formando un todo el universo, cada una de sus partes prefigura (siquiera de un modo secreto) la historia de las otras. "Todo cuanto ocurre es un signo de algo que ocurrirá", dijo Séneca (*Naturales quaestiones*, II, 32). Ya Cicerón había explicado: "No admiten los estoicos que los dioses intervengan en cada hendidura del hígado o en cada canto de las aves, cosa indigna, dicen, de la majestad divina e inadmisible de todo punto; sosteniendo, por el contrario, que de tal manera se encuentra ordenado el mundo desde el principio, que a determinados acontecimientos preceden determinadas señales que suministran las entrañas de las aves, los rayos, los prodigios, los astros, los sueños y los furores proféticos... Como todo sucede por el hado, si existiese un mortal cuyo espíritu pudiera abarcar el encadenamiento general de las causas, sería infalible; pues el que conoce las causas de todos los acontecimientos futuros, prevé necesariamente el porvenir". Casi dos mil años después, el marqués de Laplace jugó con la posibilidad de cifrar en una sola fórmula matemática todos los hechos que componen un instante del mundo, para luego extraer de esa fórmula todo el porvenir y todo el pasado.

Davidson omite a Cicerón; también omite al decapitado Boecio. A éste deben los teólogos, sin embargo, la más elegante de las reconciliaciones del albedrío humano con la Providencia Divina. ¿Qué albedrío es el nuestro, si Dios, antes de encender las estrellas, conocía todos nuestros actos y nuestros más recónditos pensamientos? Boecio anota con penetración que nuestra servidumbre se debe a la circunstancia de que Dios sepa de *antemano* cómo obraremos. Si el conocimiento divino fuera contemporáneo de los hechos y no anterior, no sentiríamos que nuestro albedrío queda anulado. Nos abate que nuestro futuro ya esté, con minuciosa prioridad, en la mente de Alguien. Elucidado ese punto, Boecio nos recuerda que para Dios, cuyo puro elemento es la eternidad, no hay antes ni después, ya que la diversidad de los sitios y la sucesión de los tiempos es una y simultánea para Él. Dios no prevé mi porvenir; mi porvenir es una de las partes del único tiempo de Dios, que es el inmutable presente. (Boecio, en este argumento, da a la palabra *providencia* el valor etimológico de *previsión*; ahí está la falacia, pues la Providencia, como los diccionarios lo han divulgado, no se limita a prever los hechos; los ordena también.)

He mencionado a James, misteriosamente ignorado por Davidson, que dedica un misterioso capítulo a discutir con Haeckel. Los deterministas niegan que haya en el cosmos un solo hecho posible, *id est*, un hecho que pudo acontecer o no acontecer; James conjetura que el universo tiene un plan general, pero que las minucias de la ejecución de ese plan quedan a cargo de los actores.[1] ¿Cuáles son las minucias para Dios?, cabe preguntar. ¿El dolor físico, los destinos individuales, la ética? Es verosímil que así sea.

SOBRE EL DOBLAJE

Las posibilidades del arte de combinar no son infinitas, pero suelen ser espantosas. Los griegos engendraron la quimera, monstruo con cabeza de león, con cabeza de dragón, con cabeza de cabra; los teólogos del siglo II, la Trinidad, en la que inextricablemente se articulan el Padre, el Hijo y el Espíritu; los zoólogos chinos, el *ti-yiang*, pájaro sobrenatural y bermejo, provisto de seis patas y de cuatro alas, pero sin cara ni ojos; los geómetras del siglo XIX, el hipercubo, figura de cuatro dimensiones, que encierra un número infinito de cubos y que está limitada por ocho cubos y por veinticuatro cuadrados. Hollywood acaba de enriquecer ese vano museo teratológico; por obra de un maligno artificio que se llama *doblaje*, propone monstruos que combinan las ilustres facciones de Greta Garbo con la voz de Aldonza Lorenzo. ¿Cómo no publicar nuestra admiración ante ese prodigio penoso, ante esas industriosas anomalías fonético-visuales?

Quienes defienden el doblaje razonarán (tal vez) que las objeciones que pueden oponérsele pueden oponerse, también, a cualquier otro ejemplo de traducción. Ese argumento desconoce, o elude, el defecto central: el arbitrario injerto de otra voz y de otro lenguaje. La voz de Hepburn o de Garbo no es contingente; es, para el mundo, uno de los atributos que las definen. Cabe asimismo recordar que la mímica del inglés no es la del español.[2]

Oigo decir que en las provincias el doblaje ha gustado. Trátase de un simple argumento de autoridad; mientras no se publiquen los si-

1. El principio de Heisenberg —hablo con temor y con ignorancia— no parece hostil a esa conjetura.

2. Más de un espectador se pregunta: Ya que hay usurpación de voces, ¿por qué no también de figuras? ¿Cuándo será perfecto el sistema? ¿Cuándo veremos directamente a Juana González en el papel de Greta Garbo, en el papel de la reina Cristina de Suecia?

logismos de los *connaisseurs* de Chilecito o de Chivilcoy, yo, por lo menos, no me dejaré intimidar. También oigo decir que el doblaje es deleitable, o tolerable, para los que no saben inglés. Mi conocimiento del inglés es menos perfecto que mi desconocimiento del ruso; con todo, yo no me resignaría a rever *Alexander Nevsky* en otro idioma que el primitivo y lo vería con fervor, por novena o décima vez, si dieran la versión original, o una que yo creyera la original. Esto último es importante; peor que el doblaje, peor que la sustitución que importa el doblaje, es la conciencia general de una sustitución, de un engaño.

No hay partidario del doblaje que no acabe por invocar la predestinación y el determinismo. Juran que ese expediente es el fruto de una evolución implacable y que pronto podremos elegir entre ver films doblados y no ver films. Dada la decadencia mundial del cinematógrafo (apenas corregida por alguna solitaria excepción como *La máscara de Demetrio*), la segunda de esas alternativas no es dolorosa. Recientes mamarrachos —pienso en *El diario de un nazi*, de Moscú, en *La historia del doctor Wassell*, de Hollywood— nos instan a juzgarla una suerte de paraíso negativo. *Sight-seeing is the art of disappointment*, dejó anotado Stevenson; esa definición conviene al cinematógrafo y, con triste frecuencia, al continuo ejercicio impostergable que se llama vivir.

EL DR. JEKYLL Y EDWARD HYDE, TRANSFORMADOS

Hollywood, por tercera vez, ha difamado a Robert Louis Stevenson. Esta difamación se titula *El hombre y la bestia*: la ha perpetrado Victor Fleming, que repite con aciaga fidelidad los errores estéticos y morales de la versión (de la perversión) de Mamoulian. Empiezo por los últimos, los morales. En la novela de 1886, el doctor Jekyll es moralmente dual, como lo son todos los hombres, en tanto que su hipóstasis —Edward Hyde— es malvada sin tregua y sin aleación; en el film de 1941, el doctor Jekyll es un joven patólogo que ejerce la castidad, en tanto que su hipóstasis —Hyde— es un calavera, con rasgos de sadista y de acróbata. El Bien, para los pensadores de Hollywood, es el noviazgo con la pudorosa y pudiente Miss Lana Turner; el Mal (que de tal modo preocupó a David Hume y a los heresiarcas de Alejandría), la cohabitación ilegal con Fröken Ingrid Bergman o Miriam Hopkins. Inútil advertir que Stevenson es del todo inocente de esa limitación o deformación del problema. En el capítulo final de la obra, declara los defectos de Jekyll: la sensualidad y la hipocresía; en uno de los *Ethical Studies* —año de 1888— quiere enumerar "todas las manifestaciones de lo verdaderamente diabólico" y propone esta lista: "la envidia, la malignidad, la mentira, el silencio mezquino, la verdad calumniosa, el difamador, el pequeño tirano, el quejoso envenenador de la vida doméstica." (Yo afirmaría que la ética no abarca los hechos sexuales, si no los contaminan la traición, la codicia, o la vanidad.)

La estructura del film es aun más rudimental que su teología. En el libro, la identidad de Jekyll y de Hyde es una sorpresa: el autor la reserva para el final del noveno capítulo. El relato alegórico finge ser un cuento policial; no hay lector que adivine que Hyde y Jekyll son la misma persona; el propio título nos hace postular que son dos. Nada tan fácil como trasladar al cinematógrafo ese procedimiento. Imaginemos cualquier problema policial: dos actores que el público reconoce figuran en la trama (George Raft y Spencer Tracy, digamos); pueden usar palabras análogas, pueden mencionar hechos que presuponen un pasado común; cuando el problema es indescifrable, uno de ellos absorbe la droga mágica y se cambia en el otro. (Por supuesto, la buena ejecución de este plan comportaría dos o tres reajustes fonéticos: la modificación de los nombres de los protagonistas.) Más civilizado que yo, Victor Fleming elude todo asombro y todo misterio: en las escenas iniciales del film, Spencer Tracy apura sin miedo el versátil brebaje y se transforma en Spencer Tracy con distinta peluca y rasgos negroides.

Más allá de la parábola dualista de Stevenson y cerca de la *Asamblea de los pájaros* que compuso (en el siglo XII de nuestra era) Farid ud-din Attar, podemos concebir un film panteísta cuyos cuantiosos personajes, al fin, se resuelven en Uno, que es perdurable.

Historia universal de la infamia

(1935)

PRÓLOGO A LA PRIMERA EDICIÓN

Los ejercicios de prosa narrativa que integran este libro fueron ejecutados de 1933 a 1934. Derivan, creo, de mis relecturas de Stevenson y de Chesterton y aun de los primeros films de von Sternberg y tal vez de cierta biografía de Evaristo Carriego. Abusan de algunos procedimientos: las enumeraciones dispares, la brusca solución de continuidad, la reducción de la vida entera de un hombre a dos o tres escenas. (Ese propósito visual rige también el cuento "Hombre de la esquina rosada"*.) No son, no tratan de ser, psicológicos.*

En cuanto a los ejemplos de magia que cierran el volumen, no tengo otro derecho sobre ellos que los de traductor y lector. A veces creo que los buenos lectores son cisnes aun más tenebrosos y singulares que los buenos autores. Nadie me negará que las piezas atribuidas por Valéry a su pluscuamperfecto Edmond Teste valen notoriamente menos que las de su esposa y amigos.

Leer, por lo pronto, es una actividad posterior a la de escribir: más resignada, más civil, más intelectual.

J. L. B.

Buenos Aires, 27 de mayo de 1935.

PRÓLOGO A LA EDICIÓN DE 1954

Yo diría que barroco es aquel estilo que deliberadamente agota (o quiere agotar) sus posibilidades y que linda con su propia caricatura. En vano quiso remedar Andrew Lang, hacia mil ochocientos ochenta y tantos, la Odisea *de Pope; la obra ya era su parodia y el parodista no pudo exagerar su tensión.* Barroco (Baroco) *es el nombre de uno de los modos del silogismo; el siglo* XVIII *lo aplicó a determinados abusos de la arquitectura y de la pintura del* XVII*; yo diría que es barroca la etapa final de todo arte, cuando éste exhibe y dilapida sus medios. El barroquismo es intelectual y Bernard Shaw ha declarado que toda labor intelectual es humorística. Este humorismo es involuntario en la obra de Baltasar Gracián; voluntario o consentido, en la de John Donne.*

Ya el excesivo título de estas páginas proclama su naturaleza barroca. Atenuarlas hubiera equivalido a destruirlas; por eso prefiero, esta vez, invocar la sentencia quod scripsi, scripsi *(Juan, 19, 22) y reimprimirlas, al cabo de veinte años, tal cual. Son el irresponsable juego de un tímido que no se animó a escribir cuentos y que se distrajo en falsear y tergiversar (sin justificación estética alguna vez) ajenas historias. De estos ambiguos ejercicios pasó a la trabajosa composición de un cuento directo* —"Hombre de la esquina rosada"— *que firmó con el nombre de un abuelo de sus abuelos, Francisco Bustos, y que ha logrado un éxito singular y un poco misterioso.*

En su texto, que es de entonación orillera, se notará que he intercalado algunas palabras cultas: vísceras, conversiones, etcétera. Lo hice, porque el compadre aspira a la finura, o (esta razón excluye la otra, pero es quizá la verdadera) porque los compadres son individuos y no hablan siempre como el Compadre, que es una figura platónica.

Los doctores del Gran Vehículo enseñan que lo esencial del universo es la vacuidad. Tienen plena razón en lo referente a esa mínima parte del universo que es este libro. Patíbulos y piratas lo pueblan y la palabra infamia *aturde en el título, pero bajo los tumultos no hay nada. No es otra cosa que apariencia, que una superficie de imágenes; por eso mismo puede acaso agradar. El hombre que lo ejecutó era asaz desdichado, pero se entretuvo escribiéndolo; ojalá algún reflejo de aquel placer alcance a los lectores.*

En la sección "Etcétera" *he incorporado tres piezas nuevas.*

J. L. B.

I inscribe this book to S. D.: English, innumerable and an Angel. Also: I offer her that kernel of myself that I have saved, somehow — the central heart that deals not in words, traffics not with dreams and is untouched by time, by joy, by adversities.

EL ATROZ REDENTOR LAZARUS MORELL

LA CAUSA REMOTA

En 1517 el P. Bartolomé de las Casas tuvo mucha lástima de los indios que se extenuaban en los laboriosos infiernos de las minas de oro antillanas, y propuso al emperador Carlos V la importación de negros, que se extenuaran en los laboriosos infiernos de las minas de oro antillanas. A esa curiosa variación de un filántropo debemos infinitos hechos: los *blues* de Handy, el éxito logrado en París por el pintor doctor oriental don Pedro Figari, la buena prosa cimarrona del también oriental don Vicente Rossi, el tamaño mitológico de Abraham Lincoln, los quinientos mil muertos de la Guerra de Secesión, los tres mil trescientos millones gastados en pensiones militares, la estatua del imaginario Falucho, la admisión del verbo *linchar* en la decimotercera edición del *Diccionario de la Academia*, el impetuoso film *Aleluya*, la fornida carga a la bayoneta llevada por Soler al frente de sus *Pardos y Morenos* en el Cerrito, la gracia de la señorita de Tal, el moreno que asesinó Martín Fierro, la deplorable rumba *El Manisero*, el napoleonismo arrestado y encalabozado de Toussaint Louverture, la cruz y la serpiente en Haití, la sangre de las cabras degolladas por el machete del *papaloi*, la habanera madre del tango, el candombe.

Además: la culpable y magnífica existencia del atroz redentor Lazarus Morell.

EL LUGAR

El Padre de las Aguas, el Mississippi, el río más extenso del mundo, fue el digno teatro de ese incomparable canalla. (Álvarez de Pineda lo descubrió y su primer explorador fue el capitán Hernando de Soto, antiguo conquistador del Perú, que distrajo los meses de prisión del Inca Atahualpa, enseñándole el juego del ajedrez. Murió y le dieron por sepultura sus aguas.)

El Mississippi es río de pecho ancho; es un infinito y oscuro hermano del Paraná, del Uruguay, del Amazonas y del Orinoco. Es un río de aguas mulatas; más de cuatrocientos millones de toneladas de fango insultan anualmente el Golfo de Méjico, descargadas por él. Tanta basura venerable y antigua ha construido un delta, donde los gigantescos cipreses de los pantanos crecen de los despojos de un continente en perpetua disolución, y donde laberintos de barro, de pescados muertos y de juncos, dilatan las fronteras y la paz de su fétido imperio. Más arriba, a la altura del Arkansas y del Ohio, se alargan tierras bajas también. Las habita una estirpe amarillenta de hombres escuálidos, propensos a la fiebre, que miran con avidez las piedras y el hierro, porque entre ellos no hay otra cosa que arena y leña y agua turbia.

LOS HOMBRES

A principios del siglo XIX (la fecha que nos interesa) las vastas plantaciones de algodón que había en las orillas eran trabajadas por negros, de sol a sol. Dormían en cabañas de madera, sobre el piso de tierra. Fuera de la relación madre-hijo, los parentescos eran convencionales y turbios. Nombres tenían, pero podían prescindir de apellidos. No sabían leer. Su enternecida voz de falsete canturreaba un inglés de lentas vocales. Trabajaban en filas, encorvados bajo el rebenque del capataz. Huían, y hombres de barba entera saltaban sobre hermosos caballos y los rastreaban fuertes perros de presa.

A un sedimento de esperanzas bestiales y miedos africanos habían agregado las palabras de la Escritura: su fe por consiguiente era la de Cristo. Cantaban hondos y en montón: *Go down Moses*. El Mississippi les servía de magnífica imagen del sórdido Jordán.

Los propietarios de esa tierra trabajadora y de esas negradas eran ociosos y ávidos caballeros de melena, que habitaban en largos caserones que miraban al río —siempre con un pórtico pseudogriego de pino blanco. Un buen esclavo les costaba mil dólares y no duraba mucho. Algunos cometían la ingratitud de enfermarse y morir. Había que sacar de esos inseguros el mayor rendimiento. Por eso los tenían en los campos desde el primer sol hasta el último; por eso requerían de las fincas una cosecha anual de algodón o tabaco o azúcar. La tierra, fatigada y manoseada por esa cultura impaciente, quedaba en pocos años exhausta: el desierto confuso y embarrado se metía en las plantaciones. En las chacras abandonadas, en los suburbios, en los cañaverales apretados y en los lozadales abyectos, vivían los *poor whites*, la canalla blanca. Eran pescadores, vagos cazadores, cuatreros. De los negros solían mendigar pedazos de comida robada y mantenían en su postración un orgullo: el de la sangre sin un tizne, sin mezcla. Lazarus Morell fue uno de ellos.

EL HOMBRE

Los daguerrotipos de Morell que suelen publicar las revistas americanas no son auténticos. Esa carencia de genuinas efigies de hombre tan memorable y famoso, no debe ser casual. Es verosímil suponer que Morell se negó a la placa bruñida; esencialmente para no dejar inútiles rastros, de paso para alimentar su misterio... Sabemos, sin embargo, que no fue agraciado de joven y que los ojos demasiado cercanos y los labios lineales no predisponían a su favor. Los años, luego, le confirieron esa peculiar majestad que tienen los canallas encanecidos, los criminales venturosos e impunes. Era un caballero antiguo del Sur, pese a la niñez miserable y a la vida afrentosa. No desconocía las Escrituras y predicaba con singular convicción. "Yo lo vi a Lazarus Morell en el púlpito", anota el dueño de una casa de juego en Baton Rouge, Luisiana, "y escuché sus palabras edificantes y vi las lágrimas acudir a sus ojos. Yo sabía que era un adúltero, un ladrón de negros y un asesino en la faz del Señor, pero también mis ojos lloraron".

Otro buen testimonio de esas efusiones sagradas es el que suministra el propio Morell. "Abrí al azar la *Biblia*, di con un conveniente versículo de San Pablo y prediqué una hora y veinte minutos. Tampoco malgastaron ese tiempo Crenshaw y los compañeros, porque se arrearon todos los caballos del auditorio. Los vendimos en el Estado de Arkansas, salvo un colorado muy brioso que reservé para mi uso particular. A Crenshaw le agradaba también, pero yo le hice ver que no le servía".

EL MÉTODO

Los caballos robados en un Estado y vendidos en otro fueron apenas una digresión en la carrera delincuente de Morell, pero prefiguraron el método que ahora le aseguraba su buen lugar en una Historia Universal de la Infamia. Este método es único, no solamente por las circunstancias *sui generis* que lo determinaron, sino por la abyección que requiere, por su fatal manejo de la esperanza y por el desarrollo gradual, semejante a la atroz evolución de una pesadilla. Al Capone y Bugs Moran operan con ilustres capitales y con ametralladoras serviles en una gran ciudad, pero su negocio es vulgar. Se disputan un monopolio, eso es todo... En cuanto a cifras de hombres, Morell llegó a comandar unos mil, todos juramentados. Doscientos integraban el Consejo Alto, y éste promulgaba las órdenes que los restantes ochocientos cumplían. El riesgo recaía en los subalternos. En caso de rebelión, eran entregados a la justicia o arrojados al río correntoso de aguas pesadas, con una segura piedra a los pies. Eran con frecuencia mulatos. Su facinerosa misión era la siguiente:

Recorrían —con algún momentáneo lujo de anillos, para inspirar respeto— las vastas plantaciones del Sur. Elegían un negro desdichado y le proponían la libertad. Le decían que huyera de su patrón, para ser vendido por ellos una segunda vez, en alguna finca distante. Le darían entonces un porcentaje del precio de su venta y lo ayudarían a otra evasión. Lo conducirían después a un Estado libre. Dinero y libertad, dólares resonantes de plata con libertad, ¿qué mejor tentación iban a ofrecerle? El esclavo se atrevía a su primera fuga.

El natural camino era el río. Una canoa, la cala de un vapor, un lanchón, una gran balsa como un cielo con una casilla en la punta o con elevadas carpas de lona; el lugar no importaba, sino el saberse en movimiento, y seguro sobre el infatigable río... Lo vendían en otra plantación. Huía otra vez a los cañaverales o a las barrancas. Entonces los terribles bienhechores (de quienes empezaba ya a desconfiar) aducían gastos oscuros y declaraban que tenían que venderlo una última vez. A su regreso le darían el porcentaje de las dos ventas y la libertad. El hombre se dejaba vender, trabajaba un tiempo y desafiaba en la última fuga el riesgo de los perros de presa y de los azotes. Regresaba con sangre, con sudor, con desesperación y con sueño.

LA LIBERTAD FINAL

Falta considerar el aspecto jurídico de estos hechos. El negro no era puesto a la venta por los sicarios de Morell hasta que el dueño primitivo no hubiera denunciado su fuga y ofrecido una recompensa a quien lo encontrara. Cualquiera entonces lo podía retener, de suerte que su venta ulterior era un abuso de confianza, no un robo. Recurrir a la justicia civil era un gasto inútil, porque los daños no eran nunca pagados.

Todo eso era lo más tranquilizador, pero no para siempre. El negro podía hablar; el negro, de puro agradecido o infeliz, era capaz de hablar. Unos jarros de whisky de centeno en el prostíbulo de El Cairo, Illinois, donde el hijo de perra nacido esclavo iría a malgastar esos pesos fuertes que ellos no tenían por qué darle, y se le derramaba el secreto. En esos años, un Partido Abolicionista agitaba el Norte, una turba de locos peligrosos que negaban la propiedad y predicaban la libertad de los negros y los incitaban a huir. Morell no iba a dejarse confundir con esos anarquistas. No era un yankee, era un hombre blanco del Sur hijo y nieto de blancos, y esperaba retirarse de los negocios y ser un caballero y tener sus leguas de algodonal y sus inclinadas filas de esclavos. Con su experiencia, no estaba para riesgos inútiles.

El prófugo esperaba la libertad. Entonces los mulatos nebulosos de Lazarus Morell se trasmitían una orden que podía no pasar de una seña y lo libraban de la vista, del oído, del tacto, del día, de la infamia, del tiempo, de los bienhechores, de la misericordia, del aire, de los perros, del universo, de la esperanza, del sudor y de él mismo. Un balazo, una puñalada baja o un golpe, y las tortugas y los barbos del Mississippi recibían la última información.

LA CATÁSTROFE

Servido por hombres de confianza, el negocio tenía que prosperar. A principios de 1834 unos setenta negros habían sido "emancipados" ya por Morell, y otros se disponían a seguir a esos precursores dichosos. La zona de operaciones era mayor y era necesario admitir nuevos afiliados. Entre los que prestaron el juramento había un muchacho, Virgil Stewart, de Arkansas, que se destacó muy pronto por su crueldad. Este muchacho era sobrino de un caballero que había perdido muchos esclavos. En agosto de 1834 rompió su juramento y delató a Morell y a los otros. La casa de Morell en Nueva Orleans fue cercada por la justicia. Morell, por una imprevisión o un soborno, pudo escapar.

Tres días pasaron. Morell estuvo escondido ese tiempo en una casa antigua, de patios con enredaderas y estatuas, de la calle Toulouse.

Parece que se alimentaba muy poco y que solía recorrer descalzo las grandes habitaciones oscuras, fumando pensativos cigarros. Por un esclavo de la casa remitió dos cartas a la ciudad de Natchez y otra a Red River. El cuarto día entraron en la casa tres hombres y se quedaron discutiendo con él hasta el amanecer. El quinto, Morell se levantó cuando oscurecía y pidió una navaja y se rasuró cuidadosamente la barba. Se vistió y salió. Atravesó con lenta serenidad los suburbios del Norte. Ya en pleno campo, orillando las tierras bajas del Mississippi, caminó más ligero.

Su plan era de un coraje borracho. Era el de aprovechar los últimos hombres que todavía le debían reverencia: los serviciales negros del Sur. Éstos habían visto huir a sus compañeros y no los habían visto volver. Creían, por consiguiente en su libertad. El plan de Morell era una sublevación total de los negros, la toma y el saqueo de Nueva Orleans y la ocupación de su territorio. Morell, despeñado y casi deshecho por la traición, meditaba una respuesta continental: una respuesta donde lo criminal se exaltaba hasta la redención y la historia. Se dirigió con ese fin a Natchez, donde era más profunda su fuerza. Copio su narración de ese viaje:

"Caminé cuatro días antes de conseguir un caballo. El quinto hice alto en un riachuelo para abastecerme de agua y sestear. Yo estaba sentado en un leño, mirando el camino andado esas horas, cuando vi acercarse un jinete en un caballo oscuro de buena estampa. En cuanto lo avisté, determiné quitarle el caballo. Me paré, le apunté con una hermosa pistola de rotación y le di la orden de apear. La ejecutó y yo tomé en la zurda las riendas y le mostré el riachuelo y le ordené que fuera caminando delante. Caminó unas doscientas varas y se detuvo. Le ordené que se desvistiera. Me dijo: 'Ya que está resuelto a matarme, déjeme rezar antes de morir'. Le respondí que no tenía tiempo de oír sus oraciones. Cayó de rodillas y le descerrajé un balazo en la nuca. Le abrí de un tajo el vientre, le arranqué las vísceras y lo hundí en el riachuelo. Luego recorrí los bolsillos y encontré cuatrocientos dólares con treinta y siete centavos y una cantidad de papeles que no me demoré en revisar. Sus botas eran nuevas, flamantes, y me quedaban bien. Las mías, que estaban muy gastadas, las hundí en el riachuelo.

Así obtuve el caballo que precisaba, para entrar en Natchez."

LA INTERRUPCIÓN

Morell capitaneando puebladas negras que soñaban ahorcarlo, Morell ahorcado por ejércitos negros que soñaba capitanear —me duele confesar que la historia del Mississippi no aprovechó esas oportunidades suntuosas. Contrariamente a toda justicia poética (o simetría poética) tampoco el río de sus crímenes fue su tumba. El 2 de enero de 1835, Lazarus Morell falleció de una congestión pulmonar en el hospital de Natchez, donde se había hecho internar bajo el nombre de Silas Buckley. Un compañero de la sala común lo reconoció. El 2 y el 4, quisieron sublevarse los esclavos de ciertas plantaciones, pero los reprimieron sin mayor efusión de sangre.

EL IMPOSTOR INVEROSÍMIL TOM CASTRO

Ese nombre le doy porque bajo ese nombre lo conocieron por calles y por casas de Talcahuano, de Santiago de Chile y de Valparaíso, hacia 1850, y es justo que lo asuma otra vez, ahora que retorna a estas tierras —siquiera en calidad de mero fantasma y de pasatiempo del sábado.[1] El registro de nacimiento de Wapping lo llama Arthur Orton y lo inscribe en la fecha 7 de junio de 1834. Sabemos que era hijo de un carnicero, que su infancia conoció la miseria insípida de los barrios bajos de Londres y que sintió el llamado del mar. El hecho no es insólito. *Run away to sea*, huir al mar, es la rotura inglesa tradicional de la autoridad de los padres, la iniciación heroica. La geografía la recomienda y aun la Escritura (Psalmos, CVII): "Los que bajan en barcas a la mar, los que comercian en las grandes aguas; ésos ven las obras de Dios y sus maravillas en el abismo." Orton huyó de su deplorable suburbio color rosa tiznado y bajó en un barco a la mar y contempló con el habitual desengaño la Cruz del Sur, y desertó en el puerto de Valparaíso. Era persona de una sosegada idiotez. Lógicamente, hubiera podido (y debido) morirse de hambre, pero su confusa jovialidad, su permanente sonrisa y su mansedumbre infinita le conciliaron el favor de cierta familia de Castro, cuyo nombre adoptó. De ese episodio sudamericano no quedan huellas, pero su gratitud no decayó, puesto que en 1861, reaparece en Australia, siempre con ese nombre: Tom Castro. En Sydney conoció a un tal Bogle, un negro sirviente. Bogle, sin ser hermoso, tenía ese aire reposado y monumental, esa solidez como de obra de ingeniería que tiene el hombre negro entrado en años, en carnes y en autoridad. Tenía una segunda condición, que determinados manuales de etnografía han negado a su raza: la ocurrencia genial. Ya veremos luego la prueba. Era un varón morigerado y decente, con los antiguos apetitos africa-

1. Esta metáfora me sirve para recordar al lector que estas biografías infames aparecieron en el suplemento sabático de un diario de la tarde.

nos muy corregidos por el uso y abuso del calvinismo. Fuera de las visitas del dios (que describiremos después) era absolutamente normal, sin otra irregularidad que un pudoroso y largo temor que lo demoraba en las bocacalles, recelando del este, del oeste, del sur y del norte, del violento vehículo que daría fin a sus días.

Orton lo vio un atardecer en una desmantelada esquina de Sydney, creándose decisión para sortear la imaginaria muerte. Al rato largo de mirarlo le ofreció el brazo y atravesaron asombrados los dos la calle inofensiva. Desde ese instante de un atardecer ya difunto, un protectorado se estableció: el del negro inseguro y monumental sobre el obeso tarambana de Wapping. En setiembre de 1865, ambos leyeron en un diario local un desolado aviso.

EL IDOLATRADO HOMBRE MUERTO

En las postrimerías de abril de 1854 (mientras Orton provocaba las efusiones de la hospitalidad chilena, amplia como sus patios) naufragó en aguas del Atlántico el vapor *Mermaid*, procedente de Río de Janeiro, con rumbo a Liverpool. Entre los que perecieron estaba Roger Charles Tichborne, militar inglés criado en Francia, mayorazgo de una de las principales familias católicas de Inglaterra. Parece inverosímil, pero la muerte de ese joven afrancesado, que hablaba inglés con el más fino acento de París y despertaba ese incomparable rencor que sólo causan la inteligencia, la gracia y la pedantería francesas, fue un acontecimiento trascendental en el destino de Orton, que jamás lo había visto. Lady Tichborne, horrorizada madre de Roger, rehusó creer en su muerte y publicó desconsolados avisos en los periódicos de más amplia circulación. Uno de esos avisos cayó en las blandas manos funerarias del negro Bogle, que concibió un proyecto genial.

LAS VIRTUDES DE LA DISPARIDAD

Tichborne era un esbelto caballero de aire envainado, con los rasgos agudos, la tez morena, el pelo negro y lacio, los ojos vivos y la palabra de una precisión ya molesta; Orton era un palurdo desbordante, de vasto abdomen, rasgos de una infinita vaguedad, cutis que tiraba a pecoso, pelo ensortijado castaño, ojos dormilones y conversación ausente o borrosa. Bogle inventó que el deber de Orton era embarcarse en el primer vapor para Europa y satisfacer la esperanza de Lady Tichborne, declarando ser su hijo. El proyecto era de una insensata ingeniosidad. Busco un fácil ejemplo. Si un impostor en 1914 hubiera pretendido hacerse pasar por el Emperador de Alemania, lo primero que habría falsificado serían los bigotes ascendentes, el brazo muerto, el entrecejo autoritario, la capa gris, el ilustre pecho condecorado y el alto yelmo. Bogle era más sutil: hubiera presentado un kaiser lampiño, ajeno de atributos militares y de águilas honrosas y con el brazo izquierdo en un estado de indudable salud. No precisamos la metáfora; nos consta que presentó un Tichborne fofo, con sonrisa amable de imbécil, pelo castaño y una inmejorable ignorancia del idioma francés. Bogle sabía que un facsímil perfecto del anhelado Roger Charles Tichborne era de imposible obtención. Sabía también que todas las similitudes logradas no harían otra cosa que destacar ciertas diferencias inevitables. Renunció, pues, a todo parecido. Intuyó que la enorme ineptitud de la pretensión sería una convincente prueba de que no se trataba de un fraude, que nunca hubiera descubierto de ese modo flagrante los rasgos más sencillos de convicción. No hay que olvidar tampoco la colaboración todopoderosa del tiempo: catorce años de hemisferio austral y de azar pueden cambiar a un hombre.

Otra razón fundamental: Los repetidos e insensatos avisos de Lady Tichborne demostraban su plena seguridad de que Roger Charles no había muerto, su voluntad de reconocerlo.

EL ENCUENTRO

Tom Castro, siempre servicial, escribió a Lady Tichborne. Para fundar su identidad invocó la prueba fehaciente de dos lunares ubicados en la tetilla izquierda y de aquel episodio de su niñez, tan afligente pero por lo mismo tan memorable, en que lo acometió un enjambre de abejas. La comunicación era breve y a semejanza de Tom Castro y de Bogle, prescindía de escrúpulos ortográficos. En la imponente soledad de un hotel de París, la dama la leyó y la releyó con lágrimas felices, y en pocos días encontró los recuerdos que le pedía su hijo.

El 16 de enero de 1867, Roger Charles Tichborne se anunció en ese hotel. Lo precedió su respetuoso sirviente, Ebenezer Bogle. El día de invierno era de muchísimo sol; los ojos fatigados de Lady Tichborne estaban velados de llanto. El negro abrió de par en par las ventanas. La luz hizo de máscara: la madre reconoció al hijo pródigo y le franqueó su abrazo. Ahora que de veras lo tenía, podía prescindir del diario y las cartas que él le mandó desde Brasil: meros reflejos adorados que habían alimentado su soledad de catorce años lóbregos. Se las devolvía con orgullo: ni una faltaba.

Bogle sonrió con toda discreción: ya tenía dónde documentarse el plácido fantasma de Roger Charles.

AD MAJOREM DEI GLORIAM

Ese reconocimiento dichoso —que parece cumplir una tradición de las tragedias clásicas— debió coronar esta historia, dejando tres felicidades aseguradas o a lo menos probables: la de la madre verdadera, la del hijo apócrifo y tolerante, la del conspirador recompensado por la apoteosis providencial de su industria. El Destino (tal es el nombre que aplicamos a la infinita operación incesante de millares de causas entreveradas) no lo resolvió así. Lady Tichborne murió en 1870 y los parientes entablaron querella contra Arthur Orton por usurpación de estado civil. Desprovistos de lágrimas y de soledad, pero no de codicia, jamás creyeron en el obeso y casi analfabeto hijo pródigo que resurgió tan intempestivamente de Australia. Orton contaba con el apoyo de los innumerables acreedores que habían determinado que él era Tichborne, para que pudiera pagarles.

Asimismo contaba con la amistad del abogado de la familia, Edward Hopkins y con la del anticuario Francis J. Baigent. Ello no bastaba, con todo. Bogle pensó que para ganar la partida era imprescindible el favor de una fuerte corriente popular. Requirió el sombrero de copa y el decente paraguas y fue a buscar inspiración por las decorosas calles de Londres. Era el atardecer; Bogle vagó hasta que una luna del color de la miel se duplicó en el agua rectangular de las fuentes públicas. El dios lo visitó. Bogle chistó a un carruaje y se hizo conducir al departamento del anticuario Baigent. Éste mandó una larga carta al *Times*, que aseguraba que el supuesto Tichborne era un descarado impostor. La firmaba el padre Goudron, de la Sociedad de Jesús. Otras denuncias igualmente papistas la sucedieron. Su efecto fue inmediato: las buenas gentes no dejaron de adivinar que Sir Roger Charles era blanco de un complot abominable de los jesuitas.

EL CARRUAJE

Ciento noventa días duró el proceso. Alrededor de cien testigos prestaron fe de que el acusado era Tichborne —entre ellos, cuatro compañeros de armas del regimiento 6 de dragones. Sus partidarios no cesaban de repetir que no era un impostor, ya que de haberlo sido hubiera procurado remedar los retratos juveniles de su modelo. Además, Lady Tichborne lo había reconocido y es evidente que una madre no se equivoca. Todo iba bien, o más o menos bien, hasta que una antigua querida de Orton compareció ante el tribunal para declarar. Bogle no se inmutó con esa pérfida maniobra de los "parientes"; requirió galera y paraguas y fue a implorar una tercera iluminación por las decorosas calles de Londres. No sabremos nunca si la encontró. Poco antes de llegar a Primrose Hill, lo alcanzó el terrible vehículo que desde el fondo de los años lo perseguía. Bogle lo vio venir, lanzó un grito, pero no atinó con la salvación. Fue proyectado con violencia contra las piedras. Los mareadores cascos del jamelgo le partieron el cráneo.

EL ESPECTRO

Tom Castro era el fantasma de Tichborne, pero un pobre fantasma habitado por el genio de Bogle. Cuando le dijeron que éste había muerto, se aniquiló. Siguió mintiendo, pero con escaso entusiasmo y con disparatadas contradicciones. Era fácil prever el fin.

El 27 de febrero de 1874, Arthur Orton (alias) Tom Castro fue condenado a catorce años de trabajos forzados. En la cárcel se hizo querer; era su oficio. Su comportamiento ejemplar le valió una rebaja de cuatro años. Cuando esa hospitalidad final lo dejó —la de la prisión— recorrió las aldeas y los centros del Reino Unido, pronunciando pequeñas conferencias en las que declaraba su inocencia o afirmaba su culpa. Su modestia y su anhelo de agradar eran tan duraderos que muchas noches comenzó por defensa y acabó por confesión, siempre al servicio de las inclinaciones del público.

El 2 de abril de 1898 murió.

LA VIUDA CHING, PIRATA

La palabra *corsarias* corre el albur de despertar un recuerdo que es vagamente incómodo: el de una ya descolorida zarzuela, con sus teorías de evidentes mucamas, que hacían de piratas coreográficas en mares de notable cartón. Sin embargo, ha habido corsarias: mujeres hábiles en la maniobra marinera, en el gobierno de tripulaciones bestiales y en la persecución y saqueo de naves de alto bordo. Una de ellas fue Mary Read, que declaró una vez que la profesión de pirata no era para cualquiera, y que, para ejercerla con dignidad, era preciso ser un hombre de coraje, como ella. En los charros principios de su carrera, cuando no era aún capitana, uno de sus amantes fue injuriado por el matón de a bordo. Mary lo retó a duelo, y se batió con él a dos manos, según la antigua usanza de las islas del Mar Caribe: el profundo y precario pistolón en la mano izquierda, el sable fiel en la derecha. El pistolón falló, pero la espada se portó como buena... Hacia 1720 la arriesgada carrera de Mary Read fue interrumpida por una horca española, en Santiago de la Vega (Jamaica).

Otra pirata de esos mares fue Anne Bonney, que era una irlandesa resplandeciente, de senos altos y de pelo fogoso, que más de una vez arriesgó su cuerpo en el abordaje de naves. Fue compañera de armas de Mary Read, y finalmente de horca. Su amante, el capitán John Rackam, tuvo también su nudo corredizo en esa función. Anne, despectiva, dio con esa áspera variante de la reconvención de Aixa a Boabdil: "Si te hubieras batido como un hombre, no te ahorcarían como a un perro."

Otra, más venturosa y longeva, fue una pirata que operó en las aguas del Asia, desde el Mar Amarillo hasta los ríos de la frontera del Annam. Hablo de la aguerrida viuda de Ching.

LOS AÑOS DE APRENDIZAJE

Hacia 1797, los accionistas de las muchas escuadras piráticas de ese mar fundaron un consorcio y nombraron almirante a un tal Ching, hombre justiciero y probado. Éste fue tan severo y ejemplar en el saqueo de las costas, que los habitantes despavoridos imploraron con dádivas y lágrimas el socorro imperial. Su lastimosa petición no fue desoída: recibieron la orden de poner fuego a sus aldeas, de olvidar sus quehaceres de pesquería, de emigrar tierra adentro y aprender una ciencia desconocida llamada agricultura. Así lo hicieron, y los frustrados invasores no hallaron sino costas desiertas. Tuvieron que entregarse, por consiguiente, al asalto de naves: depredación aun más nociva que la anterior, pues molestaba seriamente al comercio. El gobierno imperial no vaciló, y ordenó a los antiguos pescadores el abandono del arado y la yunta y la restauración de remos y redes. Éstos se amotinaron, fieles al antiguo temor, y las autoridades resolvieron otra conducta: nombrar al almirante Ching, jefe de los Establos Imperiales. Éste iba a aceptar el soborno. Los accionistas lo supieron a tiempo, y su virtuosa indignación se manifestó en un plato de orugas envenenadas, cocidas con arroz. La golosina fue fatal: el antiguo almirante y jefe novel de los Establos Imperiales entregó su alma a las divinidades del mar. La Viuda, transfigurada por la doble traición, congregó a los piratas, les reveló el enredado caso y los instó a rehusar la clemencia falaz del Emperador y el ingrato servicio de los accionistas de afición envenenadora. Les propuso el abordaje por cuenta propia y la votación de un nuevo almirante. La elegida fue ella. Era una mujer sarmentosa, de ojos dormidos y sonrisa cariada. El pelo renegrido y aceitado tenía más resplandor que los ojos.

A sus tranquilas órdenes, las naves se lanzaron al peligro y al alto mar.

EL COMANDO

Trece años de metódica aventura se sucedieron. Seis escuadrillas integraban la armada, bajo banderas de diverso color: la roja, la amarilla, la verde, la negra, la morada y la de la serpiente, que era de la nave capitana. Los jefes se llamaban Pájaro y Piedra, Castigo de Agua de la Mañana, Joya de la Tripulación, Ola con Muchos Peces y Sol Alto. El reglamento, redactado por la viuda Ching en persona, es de una inapelable severidad, y su estilo justo y lacónico prescinde de las desfallecidas flores retóricas que prestan una majestad más bien irrisoria a la manera china oficial, de la que ofreceremos después algunos alarmantes ejemplos. Copio algunos artículos:

"Todos los bienes trasbordados de naves enemigas pasarán a un depósito y serán allí registrados. Una quinta parte de lo aportado por cada pirata le será entregada después; el resto quedará en el depósito. La violación de esta ordenanza es la muerte.

La pena del pirata que hubiere abandonado su puesto sin permiso especial, será la perforación pública de sus orejas. La reincidencia en esta falta es la muerte.

El comercio con las mujeres arrebatadas en las aldeas queda prohibido sobre cubierta; deberá limitarse a la bodega y nunca sin el permiso del sobrecargo. La violación de esta ordenanza es la muerte."

Informes suministrados por prisioneros aseguran que el rancho de estos piratas consistía principalmente en galleta, en obesas ratas cebadas y arroz cocido, y que, en los días de combate, solían mezclar pólvora con su alcohol. Naipes y dados fraudulentos, la copa y el rectángulo del "fantan", la visionaria pipa del opio y la lamparita, distraían las horas. Dos espadas de empleo simultáneo eran las armas preferidas. Antes del abordaje, se rociaban los pómulos y el cuerpo con una infusión de ajo; seguro talismán contra las ofensas de las bocas de fuego.

La tripulación viajaba con sus mujeres, pero el capitán con su harem, que era de cinco o seis, y que solían renovar las victorias.

HABLA KIA-KING, EL JOVEN EMPERADOR

A mediados de 1809 se promulgó un edicto imperial, del que traslado la primera parte y la última. Muchos criticaron su estilo:

"Hombres desventurados y dañinos, hombres que pisan el pan, hombres que desatienden el clamor de los cobradores de impuestos y de los huérfanos, hombres en cuya ropa interior están figurados el fénix y el dragón, hombres que niegan la verdad de los libros impresos, hombres que dejan que sus lágrimas corran mirando el norte, molestan la ventura de nuestros ríos y la antigua confianza de nuestros mares. En barcos averiados y deleznables afrontan noche y día la tempestad. Su objeto no es benévolo: no son ni fueron nunca los verdaderos amigos del navegante. Lejos de prestarle ayuda, lo acometen con ferocísimo impulso y lo convidan a la ruina, a la mutilación o a la muerte. Violan así las leyes naturales del Universo, de suerte que los ríos se desbordan, las riberas se anegan, los hijos se vuelven contra los padres y los principios de humedad y sequía son alterados...

...Por consiguiente te encomiendo el castigo, almirante Kvo-Lang. No pongas en olvido que la clemencia es un atributo imperial y que sería presunción en un súbdito intentar asumirla. Sé cruel, sé justo, sé obedecido, sé victorioso."

La referencia incidental a las embarcaciones averiadas era, naturalmente, falsa. Su fin era levantar el coraje de la expedición de Kvo-Lang. Noventa días después, las fuerzas de la viuda Ching se enfrentaron con las del Imperio Central. Casi mil naves combatieron de sol a sol. Un coro mixto de campanas, de tambores, de cañonazos, de imprecaciones, de gongs y de profecías, acompañó la acción. Las fuerzas del Imperio fueron deshechas. Ni el prohibido perdón ni la recomendada crueldad tuvieron ocasión de ejercerse. Kvo-Lang observó un rito que nuestros generales derrotados optan por omitir: el suicidio.

LAS RIBERAS DESPAVORIDAS

Entonces los seiscientos juncos de guerra y los cuarenta mil piratas victoriosos de la Viuda soberbia remontaron las bocas del Si-Kiang, multiplicando incendios y fiestas espantosas y huérfanos a babor y estribor. Hubo aldeas enteras arrasadas. En una sola de ellas, la cifra de los prisioneros pasó de mil. Ciento veinte mujeres que solicitaron el confuso amparo de los juncales y arrozales vecinos, fueron denunciadas por el incontenible llanto de un niño y vendidas luego en Macao. Aunque lejanas, las miserables lágrimas y lutos de esa depredación llegaron a noticias de Kia-King, el Hijo del Cielo. Ciertos historiadores pretenden que le dolieron menos que el desastre de su expedición punitiva. Lo cierto es que organizó una segunda, terrible en estandartes, en marineros, en soldados, en pertrechos de guerra, en provisiones, en augures y astrólogos. El comando recayó esta vez en Ting-Kvei. Esa pesada muchedumbre de naves remontó el delta del Si-Kiang y cerró el paso de la escuadra pirática. La Viuda se aprestó para la batalla. La sabía difícil, muy difícil, casi desesperada; noches y meses de saqueo y de ocio habían aflojado a sus hombres. La batalla nunca empezaba. Sin apuro el sol se levantaba y se ponía sobre las cañas trémulas. Los hombres y las armas velaban. Los mediodías eran más poderosos, las siestas infinitas.

EL DRAGÓN Y LA ZORRA

Sin embargo, altas bandadas perezosas de livianos dragones surgían cada atardecer de las naves de la escuadra imperial y se posaban con delicadeza en el agua y en las cubiertas enemigas. Eran aéreas construcciones de papel y de caña, a modo de cometas, y su plateada o roja superficie repetía idénticos caracteres. La Viuda examinó con ansiedad esos regulares meteoros y leyó en ellos la lenta y confusa fábula de un dragón, que siempre había protegido a una zorra, a pesar de sus largas ingratitudes y constantes delitos. Se adelgazó la luna en el cielo y las figuras de papel y de caña traían cada tarde la misma historia, con casi imperceptibles variantes. La Viuda se afligía y pensaba. Cuando la luna se llenó en el cielo y en el agua rojiza, la historia pareció tocar a su fin. Nadie podía predecir si un ilimitado perdón o si un ilimitado castigo se abatirían sobre la zorra, pero el inevitable fin se acercaba. La Viuda comprendió. Arrojó sus dos espadas al río, se arrodilló en un bote y ordenó que la condujeran hasta la nave del comando imperial.

Era el atardecer: el cielo estaba lleno de dragones, esta vez amarillos. La Viuda murmuraba una frase: "La zorra busca el ala del dragón", dijo al subir a bordo.

LA APOTEOSIS

Los cronistas refieren que la zorra obtuvo su perdón y dedicó su lenta vejez al contrabando de opio. Dejó de ser la Viuda; asumió un nombre cuya traducción española es Brillo de la Verdadera Instrucción.

"Desde aquel día (escribe un historiador) los barcos recuperaron la paz. Los cuatro mares y los ríos innumerables fueron seguros y felices caminos.

Los labradores pudieron vender las espadas y comprar bueyes para el arado de sus campos. Hicieron sacrificios, ofrecieron plegarias en las cumbres de las montañas y se regocijaron durante el día cantando atrás de biombos."

EL PROVEEDOR DE INIQUIDADES MONK EASTMAN

LOS DE ESTA AMÉRICA

Perfilados bien por un fondo de paredes celestes o de cielo alto, dos compadritos envainados en seria ropa negra bailan sobre zapatos de mujer un baile gravísimo, que es el de los cuchillos parejos, hasta que de una oreja salta un clavel porque el cuchillo ha entrado en un hombre, que cierra con su muerte horizontal el baile sin música. Resignado, el otro se acomoda el chambergo y consagra su vejez a la narración de ese duelo tan limpio. Ésa es la historia detallada y total de nuestro malevaje. La de los hombres de pelea en Nueva York es más vertiginosa y más torpe.

LOS DE LA OTRA

La historia de las bandas de Nueva York (revelada en 1928 por Herbert Asbury en un decoroso volumen de cuatrocientas páginas en octavo) tiene la confusión y la crueldad de las cosmogonías bárbaras, y mucho de su ineptitud gigantesca: sótanos de antiguas cervecerías habilitadas para conventillos de negros, una raquítica Nueva York de tres pisos, bandas de forajidos como los Ángeles del Pantano (*Swamp Angels*) que merodeaban entre laberintos de cloacas, bandas de forajidos como los *Daybreak Boys* (Muchachos del Alba) que reclutaban asesinos precoces de diez y once años, gigantes solitarios y descarados como los Galerudos Fieros (*Plug Uglies*) que procuraban la inverosímil risa del prójimo con un firme sombrero de copa lleno de lana y los vastos faldones de la camisa ondeados por el viento del arrabal, pero con un garrote en la diestra y un pistolón profundo; bandas de forajidos como los Conejos Muertos (*Dead Rabbits*) que entraban en batalla bajo la enseña de un conejo muerto en un palo; hombres como Johnny Dolan el Dandy, famoso por el rulo aceitado sobre la frente, por los bastones con cabeza de mono y por el fino aparatito de cobre que solía calzarse en el pulgar para vaciar los ojos del adversario; hombres como Kit Burns, capaz de decapitar de un solo mordisco una rata viva; hombres como Blind Danny Lyons, muchacho rubio de ojos muertos inmensos, rufián de tres rameras que circulaban con orgullo por él; filas de casas de farol colorado, como las dirigidas por siete hermanas de New England, que destinaban las ganancias de Nochebuena a la caridad; reñideros de ratas famélicas y de perros; casas de juego chinas; mujeres como la repetida viuda Red Norah, amada y ostentada por todos los varones que dirigieron la banda de los *Gophers*; mujeres como Lizzie the Dove, que se enlutó cuando lo ejecutaron a Danny Lyons y murió degollada por Gentle Maggie, que le discutió la antigua pasión del hombre muerto y ciego; motines como el de una semana salvaje de 1863, que incendiaron cien edificios y por poco se adueñan de la ciudad; combates callejeros en los que el hombre se perdía como en el mar porque lo pisoteaban hasta la muerte; ladrones y envenenadores de caballos como Yoske Nigger —tejen esa caótica historia. Su héroe más famoso es Edward Delaney, alias William Delaney, alias Joseph Marvin, alias Joseph Morris, alias Monk Eastman, jefe de mil doscientos hombres.

EL HÉROE

Esas fintas graduales (penosas como un juego de caretas que no se sabe bien cuál es cuál) omiten su nombre verdadero —si es que nos atrevemos a pensar que hay tal cosa en el mundo. Lo cierto es que en el Registro Civil de Williamsburg, Brooklyn, el nombre es Edward Ostermann, americanizado en Eastman después. Cosa extraña, ese malevo tormentoso era hebreo. Era hijo de un patrón de restaurant de los que anuncian Kosher, donde varones de rabínicas barbas pueden asimilar sin peligro la carne desangrada y tres veces limpia de terneras degolladas con rectitud. A los diecinueve años, hacia 1892, abrió con el auxilio de su padre una pajarería. Curiosear el vivir de los animales, contemplar sus pequeñas decisiones y su inescrutable inocencia, fue una pasión que lo acompañó hasta el final. En ulteriores épocas de esplendor, cuando rehusaba con desdén los cigarros de hoja de los pecosos *sachems* de Tammany o visitaba los mejores prostíbulos en un coche automóvil precoz, que parecía el hijo natural de una góndola, abrió un segundo y falso comercio, que hospedaba cien gatos finos y más de cuatrocientas palomas —que no estaban en venta para cualquiera. Los quería individualmente y solía recorrer a pie su distrito con un gato feliz en el brazo, y otros que lo seguían con ambición.

Era un hombre ruinoso y monumental. El pescuezo era corto, como de toro, el pecho inexpugnable, los brazos peleadores y largos, la nariz rota, la cara aunque historiada de cicatrices menos importante que el cuerpo, las piernas chuecas como de jinete o de marinero. Podía prescindir de camisa como también de saco, pero no de una galerita rabona sobre la ciclópea cabeza. Los hombres cuidan su memoria. Físicamente, el pistolero convencional de los films es un remedo suyo, no del epiceno y fofo Capone. De Wolheim dicen que lo emplearon en Hollywood porque sus rasgos aludían directamente a los del deplorado Monk Eastman... Éste salía a recorrer su imperio forajido con una paloma de plumaje azul en el hombro, igual que un toro con un benteveo en el lomo.

Hacia 1894 abundaban los salones de bailes públicos en la ciudad de Nueva York. Eastman fue el encargado en uno de ellos de mantener el orden. La leyenda refiere que el empresario no lo quiso atender y que Monk demostró su capacidad, demoliendo con fragor el par de gigantes que detentaban el empleo. Lo ejerció hasta 1899, temido y solo.

Por cada pendenciero que serenaba, hacía con el cuchillo una marca en el brutal garrote. Cierta noche, una calva resplandeciente que se inclinaba sobre un bock de cerveza le llamó la atención, y la desmayó de un mazazo. "¡Me faltaba una marca para cincuenta!", exclamó después.

EL MANDO

Desde 1899 Eastman no era sólo famoso. Era caudillo electoral de una zona importante, y cobraba fuertes subsidios de las casas de farol colorado, de los garitos, de las pindongas callejeras y los ladrones de ese sórdido feudo. Los comités lo consultaban para organizar fechorías, y los particulares también. He aquí sus honorarios: 15 dólares una oreja arrancada, 19 una pierna rota, 25 un balazo en una pierna, 25 una puñalada, 100 el negocio entero. A veces, para no perder la costumbre, Eastman ejecutaba personalmente una comisión.

Una cuestión de límites (sutil y malhumorada como las otras que posterga el derecho internacional) lo puso en frente de Paul Kelly, famoso capitán de otra banda. Balazos y entreveros de las patrullas habían determinado un confín. Eastman lo atravesó un amanecer y lo acometieron cinco hombres. Con esos brazos vertiginosos de mono y con la cachiporra hizo rodar a tres, pero le metieron dos balas en el abdomen y lo abandonaron por muerto. Eastman se sujetó la herida caliente con el pulgar y el índice y caminó con pasos de borracho hasta el hospital. La vida, la alta fiebre y la muerte se lo disputaron varias semanas, pero sus labios no se rebajaron a delatar a nadie. Cuando salió, la guerra era un hecho y floreció en continuos tiroteos hasta el 19 de agosto del novecientos tres.

LA BATALLA DE RIVINGTON

Unos cien héroes vagamente distintos de las fotografías que estarán desvaneciéndose en los prontuarios, unos cien héroes saturados de humo de tabaco y de alcohol, unos cien héroes de sombrero de paja con cinta de colores, unos cien héroes afectados quien más quien menos de enfermedades vergonzosas, de caries, de dolencias de las vías respiratorias o del riñón, unos cien héroes tan insignificantes o espléndidos como los de Troya o Junín, libraron ese renegrido hecho de armas en la sombra de los arcos del Elevated. La causa fue el tributo exigido por los pistoleros de Kelly al empresario de una casa de juego, compadre de Monk Eastman. Uno de los pistoleros fue muerto, y el tiroteo consiguiente creció a batalla de incontados revólveres. Desde el amparo de los altos pilares hombres de rasurado mentón tiraban silenciosos, y eran el centro de un despavorido horizonte de coches de alquiler cargados de impacientes refuerzos, con artillería Colt en los puños. ¿Qué sintieron los protagonistas de esa batalla? Primero (creo) la brutal convicción de que el estrépito insensato de cien revólveres los iba a aniquilar en seguida; segundo (creo) la no menos errónea seguridad de que si la descarga inicial no los derribó, eran invulnerables. Lo cierto es que pelearon con fervor, parapetados por el hierro y la noche. Dos veces intervino la policía y dos la rechazaron. A la primer vislumbre del amanecer el combate murió, como si fuera obsceno o espectral. Debajo de los grandes arcos de ingeniería quedaron siete heridos de gravedad, cuatro cadáveres y una paloma muerta.

LOS CRUJIDOS

Los políticos parroquiales, a cuyo servicio estaba Monk Eastman, siempre desmintieron públicamente que hubiera tales bandas, o aclararon que se trataba de meras sociedades recreativas. La indiscreta batalla de Rivington los alarmó. Citaron a los dos capitanes para intimarles la necesidad de una tregua. Kelly (buen sabedor de que los políticos eran más aptos que todos los revólveres Colt para entorpecer la acción policial) dijo acto continuo que sí; Eastman (con la soberbia de su gran cuerpo bruto) ansiaba más detonaciones y más refriegas. Empezó por rehusar y tuvieron que amenazarlo con la prisión. Al fin los dos ilustres malevos conferenciaron en un bar, cada uno con un cigarro de hoja en la boca, la diestra en el revólver, y su vigilante nube de pistoleros alrededor. Arribaron a una decisión muy americana: confiar a un match de box la disputa. Kelly era un boxeador habilísimo. El duelo se realizó en un galpón y fue estrafalario. Ciento cuarenta espectadores lo vieron, entre compadres de galera torcida y mujeres de frágil peinado monumental. Duró dos horas y terminó en completa extenuación. A la semana chisporrotearon los tiroteos. Monk fue arrestado, por enésima vez. Los protectores se distrajeron de él con alivio; el juez le vaticinó, con toda verdad, diez años de cárcel.

EASTMAN CONTRA ALEMANIA

Cuando el todavía perplejo Monk salió de Sing Sing, los mil doscientos forajidos de su comando estaban desbandados. No los supo juntar y se resignó a operar por su cuenta. El 8 de setiembre de 1917 promovió un desorden en la vía pública. El 9, resolvió participar en otro desorden y se alistó en un regimiento de infantería.

Sabemos varios rasgos de su campaña. Sabemos que desaprobó con fervor la captura de prisioneros y que una vez (con la sola culata del fusil) impidió esa práctica deplorable. Sabemos que logró evadirse del hospital para volver a las trincheras. Sabemos que se distinguió en los combates cerca de Montfaucon. Sabemos que después opinó que muchos bailecitos del Bowery eran más bravos que la guerra europea.

EL MISTERIOSO, LÓGICO FIN

El 25 de diciembre de 1920 el cuerpo de Monk Eastman amaneció en una de las calles centrales de Nueva York. Había recibido cinco balazos. Desconocedor feliz de la muerte, un gato de lo más ordinario lo rondaba con cierta perplejidad.

EL ASESINO DESINTERESADO BILL HARRIGAN

La imagen de las tierras de Arizona, antes que ninguna otra imagen: la imagen de las tierras de Arizona y de Nuevo México, tierras con un ilustre fundamento de oro y de plata, tierras vertiginosas y aéreas, tierras de la meseta monumental y de los delicados colores, tierras con blanco resplandor de esqueleto pelado por los pájaros. En esas tierras, otra imagen, la de Billy the Kid: el jinete clavado sobre el caballo, el joven de los duros pistoletazos que aturden el desierto, el emisor de balas invisibles que matan a distancia, como una magia.

El desierto veteado de metales, árido y reluciente. El casi niño que al morir a los veintiún años debía a la justicia de los hombres veintiuna muertes —"sin contar mejicanos".

EL ESTADO LARVAL

Hacia 1859 el hombre que para el terror y la gloria sería Billy the Kid nació en un conventillo subterráneo de Nueva York. Dicen que lo parió un fatigado vientre irlandés, pero se crió entre negros. En ese caos de catinga y de motas gozó el primado que conceden las pecas y una crencha rojiza. Practicaba el orgullo de ser blanco; también era esmirriado, chúcaro, soez. A los doce años militó en la pandilla de los *Swamp Angels* (Ángeles de la Ciénaga), divinidades que operaban entre las cloacas. En las noches con olor a niebla quemada emergían de aquel fétido laberinto, seguían el rumbo de algún marinero alemán, lo desmoronaban de un cascotazo, lo despojaban hasta de la ropa interior, y se restituían después a la otra basura. Los comandaba un negro encanecido, Gas Houser Jonas, también famoso como envenenador de caballos.

A veces, de la buhardilla de alguna casa jorobada cerca del agua, una mujer volcaba sobre la cabeza de un transeúnte un balde de ceniza. El hombre se agitaba y se ahogaba. En seguida los Ángeles de la Ciénaga pululaban sobre él, lo arrebataban por la boca de un sótano y lo saqueaban.

Tales fueron los años de aprendizaje de Bill Harrigan, el futuro Billy the Kid. No desdeñaba las ficciones teatrales; le gustaba asistir (acaso sin ningún presentimiento de que eran símbolos y letras de su destino) a los melodramas de cowboys.

GO WEST!

Si los populosos teatros del Bowery (cuyos concurrentes vociferaban "¡Alcen el trapo!" a la menor impuntualidad del telón) abundaban en esos melodramas de jinete y balazo, la facilísima razón es que América sufría entonces la atracción del Oeste. Detrás de los ponientes estaba el oro de Nevada y de California. Detrás de los ponientes estaba el hacha demoledora de cedros, la enorme cara babilónica del bisonte, el sombrero de copa y el numeroso lecho de Brigham Young, las ceremonias y la ira del hombre rojo, el aire despejado de los desiertos, la desaforada pradera, la tierra fundamental cuya cercanía apresura el latir de los corazones como la cercanía del mar. El Oeste llamaba. Un continuo rumor acompasado pobló esos años: el de millares de hombres americanos ocupando el Oeste. En esa progresión, hacia 1872, estaba el siempre aculebrado Bill Harrigan, huyendo de una celda rectangular.

DEMOLICIÓN DE UN MEJICANO

La Historia (que, a semejanza de cierto director cinematográfico, procede por imágenes discontinuas) propone ahora la de una arriesgada taberna, que está en el todopoderoso desierto igual que en alta mar. El tiempo, una destemplada noche del año 1873; el preciso lugar, el Llano Estacado (New Mexico). La tierra es casi sobrenaturalmente lisa, pero el cielo de nubes a desnivel, con desgarrones de tormenta y de luna, está lleno de pozos que se agrietan y de montañas. En la tierra hay el cráneo de una vaca, ladridos y ojos de coyote en la sombra, finos caballos y la luz alargada de la taberna. Adentro, acodados en el único mostrador, hombres cansados y fornidos beben un alcohol pendenciero y hacen ostentación de grandes monedas de plata, con una serpiente y un águila. Un borracho canta impasiblemente. Hay quienes hablan un idioma con muchas eses, que ha de ser español, puesto que quienes lo hablan son despreciados. Bill Harrigan, rojiza rata de conventillo, es de los bebedores. Ha concluido un par de aguardientes y piensa pedir otro más, acaso porque no le queda un centavo. Lo anonadan los hombres de aquel desierto. Los ve tremendos, tempestuosos, felices, odiosamente sabios en el manejo de hacienda cimarrona y de altos caballos. De golpe hay un silencio total, sólo ignorado por la desatinada voz del borracho. Ha entrado un mejicano más que fornido, con cara de india vieja. Abunda en un desaforado sombrero y en dos pistolas laterales. En duro inglés desea las buenas noches a todos los gringos hijos de perra que están bebiendo. Nadie recoge el desafío. Bill pregunta quién es, y le susurran temerosamente que el *Dago* —el *Diego*— es Belisario Villagrán, de Chihuahua. Una detonación retumba en seguida. Parapetado por aquel cordón de hombres altos, Bill ha disparado sobre el intruso. La copa cae del puño de Villagrán; después, el hombre entero. El hombre no precisa otra bala. Sin dignarse mirar al muerto lujoso, Bill reanuda la plática. "¿De veras?", dice.[1] "Pues yo soy Bill Harrigan, de New York." El borracho sigue cantando, insignificante.

Ya se adivina la apoteosis. Bill concede apretones de manos y acepta adulaciones, hurras y whiskies. Alguien observa que no hay marcas en su revólver. Billy the Kid se queda con la navaja de ese alguien, pero dice "que no vale la pena anotar mejicanos". Ello, acaso, no basta. Bill, esa noche, tiende su frazada junto al cadáver y duerme hasta la aurora —ostentosamente.

MUERTES PORQUE SÍ

De esa feliz detonación (a los catorce años de edad) nació Billy the Kid el Héroe y murió el furtivo Bill Harrigan. El muchachuelo de la cloaca y del cascotazo ascendió a hombre de frontera. Se hizo jinete; aprendió a estribar derecho sobre el caballo a la manera de Wyoming o Texas, no con el cuerpo echado hacia atrás, a la manera de Oregón y de California. Nunca se pareció del todo a su leyenda, pero se fue acercando. Algo del compadrito de Nueva York perduró en el *cowboy*; puso en los mejicanos el odio que antes le inspiraban los negros, pero las últimas palabras que dijo fueron (malas) palabras en español. Aprendió el arte vagabundo de los troperos. Aprendió el

---

1. *Is that so?, he drawled.*

otro, más difícil, de mandar hombres; ambos lo ayudaron a ser un buen ladrón de hacienda. A veces, las guitarras y los burdeles de Méjico lo arrastraban.

Con la lucidez atroz del insomnio, organizaba populosas orgías que duraban cuatro días y cuatro noches. Al fin, asqueado, pagaba la cuenta a balazos. Mientras el dedo del gatillo no le falló, fue el hombre más temido (y quizá más nadie y más solo) de esa frontera. Garrett, su amigo, el sheriff que después lo mató, le dijo una vez: "Yo he ejercitado mucho la puntería, matando búfalos." "Yo la he ejercitado más matando hombres", replicó suavemente. Los pormenores son irrecuperables, pero sabemos que debió hasta veintiuna muertes —"sin contar mejicanos". Durante siete arriesgadísimos años practicó ese lujo: el coraje.

La noche del 25 de julio de 1880, Billy the Kid atravesó al galope de su overo la calle principal, o única de Fort Sumner. El calor apretaba y no habían encendido las lámparas; el comisario Garrett, sentado en un sillón de hamaca en un corredor, sacó el revólver y le descerrajó un balazo en el vientre. El overo siguió; el jinete se desplomó en la calle de tierra. Garrett le encajó un segundo balazo. El pueblo (sabedor de que el herido era Billy the Kid) trancó bien las ventanas. La agonía fue larga y blasfematoria. Ya con el sol bien alto, se fueron acercando y lo desarmaron; el hombre estaba muerto. Le notaron ese aire de cachivache que tienen los difuntos.

Lo afeitaron, lo envainaron en ropa hecha y lo exhibieron al espanto y las burlas en la vidriera del mejor almacén.

Hombres a caballo o en tílbury acudieron de leguas a la redonda. El tercer día lo tuvieron que maquillar. El cuarto día lo enterraron con júbilo.

EL INCIVIL MAESTRO DE CEREMONIAS KOTSUKÉ NO SUKÉ

El infame de este capítulo es el incivil maestro de ceremonias Kotsuké no Suké, aciago funcionario que motivó la degradación y la muerte del señor de la Torre de Ako y no se quiso eliminar como un caballero cuando la apropiada venganza lo conminó. Es hombre que merece la gratitud de todos los hombres, porque despertó preciosas lealtades y fue la negra y necesaria ocasión de una empresa inmortal. Un centenar de novelas, de monografías, de tesis doctorales y de óperas, conmemoran el hecho —para no hablar de las efusiones en porcelana, en lapislázuli veteado y en laca. Hasta el versátil celuloide lo sirve, ya que la Historia Doctrinal de los Cuarenta y Siete Capitanes —tal es su nombre— es la más repetida inspiración del cinematógrafo japonés. La minuciosa gloria que esas ardientes atenciones afirman es algo más que justificable: es inmediatamente justa para cualquiera.

Sigo la redacción de A. B. Mitford, que omite las continuas distracciones que obra el color local y prefiere atender al movimiento del glorioso episodio. Esa buena falta de "orientalismo" deja sospechar que se trata de una versión directa del japonés.

LA CINTA DESATADA

En la desvanecida primavera de 1702 el ilustre señor de la Torre de Ako tuvo que recibir y agasajar a un enviado imperial. Dos mil trescientos años de cortesía (algunos mitológicos), habían complicado angustiosamente el ceremonial de la recepción. El enviado representaba al emperador, pero a manera de alusión o de símbolo: matiz que no era menos improcedente recargar que atenuar. Para impedir errores harto fácilmente fatales, un funcionario de la corte de Yedo lo precedía en calidad de maestro de ceremonias. Lejos de la comodidad cortesana y condenado a una *villégiature* montaraz, que debió parecerle un destierro, Kira Kotsuké no Suké impartía, sin gracia, las instrucciones. A veces dilataba hasta la insolencia el tono magistral.

Su discípulo, el señor de la Torre, procuraba disimular esas burlas. No sabía replicar y la disciplina le vedaba toda violencia. Una mañana, sin embargo, la cinta del zapato del maestro se desató y éste le pidió que la atara. El caballero lo hizo con humildad, pero con indignación interior. El incivil maestro de ceremonias le dijo que, en verdad, era incorregible, y que sólo un patán era capaz de frangollar un nudo tan torpe. El señor de la Torre sacó la espada y le tiró un hachazo. El otro huyó, apenas rubricada la frente por un hilo tenue de sangre... Días después dictaminaba el tribunal militar contra el heridor y lo condenaba al suicidio. En el patio central de la Torre de Ako elevaron una tarima de fieltro rojo y en ella se mostró el condenado y le entregaron un puñal de oro y piedras y confesó públicamente su culpa y se fue desnudando hasta la cintura, y se abrió el vientre, con las dos heridas rituales, y murió como un *samurai*, y los espectadores más alejados no vieron sangre porque el fieltro era rojo. Un hombre encanecido y cuidadoso lo decapitó con la espada: el consejero Kuranosuké, su padrino.

EL SIMULADOR DE LA INFAMIA

La Torre de Takumi no Kami fue confiscada; sus capitanes desbandados, su familia arruinada y oscurecida, su nombre vinculado a la execración. Un rumor quiere que la idéntica noche que se mató, cuarenta y siete de sus capitanes deliberaran en la cumbre de un monte y planearan, con toda precisión, lo que se produjo un año más tarde. Lo cierto es que debieron proceder entre justificadas demoras y que alguno de sus concilios tuvo lugar, no en la cumbre difícil de una montaña, sino en una capilla en un bosque, mediocre pabellón de madera blanca, sin otro adorno que la caja rectangular que contiene un espejo. Apetecían la venganza, y la venganza debió parecerles inalcanzable.

Kira Kotsuké no Suké, el odiado maestro de ceremonias, había fortificado su casa y una nube de arqueros y de esgrimistas custodiaba su palanquín. Contaba con espías incorruptibles, puntuales y secretos. A ninguno celaban y vigilaban como al presunto capitán de los vengadores: Kuranosuké, el consejero. Éste lo advirtió por azar y fundó su proyecto vindicatorio sobre ese dato.

Se mudó a Kioto, ciudad insuperada en todo el imperio por el color de sus otoños. Se dejó arrebatar por los lupanares, por las casas de juego y por las tabernas. A pesar de sus canas, se codeó con rameras y con poetas, y hasta con gente peor. Una vez lo expulsaron de una taberna y amaneció dormido en el umbral, la cabeza revolcada en un vómito.

Un hombre de Satsuma lo conoció, y dijo con tristeza y con ira: "¿No es éste, por ventura, aquel consejero de Asano Takumi no Kami, que lo ayudó a morir y que en vez de vengar a su señor se entrega a los deleites y a la vergüenza? ¡Oh, tú indigno del nombre de Samurai!"

Le pisó la cara dormida y se la escupió. Cuando los espías denunciaron esa pasividad, Kotsuké no Suké sintió un gran alivio.

Los hechos no pararon ahí. El consejero despidió a su mujer y al menor de sus hijos, y compró una querida en un lupanar, famosa infamia que alegró el corazón y relajó la temerosa prudencia del enemigo. Éste acabó por despachar la mitad de sus guardias.

Una de las noches atroces del invierno de 1703 los cuarenta y siete capitanes se dieron cita en un desmantelado jardín de los alrededores de Yedo, cerca de un puente y de la fábrica de barajas. Iban con las banderas de su señor. Antes de emprender el asalto, advirtieron a los vecinos que no se trataba de un atropello, sino de una operación militar de estricta justicia.

LA CICATRIZ

Dos bandas atacaron el palacio de Kira Kotsuké no Suké. El consejero comandó la primera, que atacó la puerta del frente; la segunda, su hijo mayor, que estaba por cumplir dieciséis años y que murió esa noche. La historia sabe los diversos momentos de esa pesadilla tan lúcida: el descenso arriesgado y pendular por las escaleras de cuerda, el tambor del ataque, la precipitación de los defensores, los arqueros apostados en la azotea, el directo destino de las flechas hacia los órganos vitales del hombre, las porcelanas infamadas de sangre, la muerte ardiente que después es glacial; los impudores y desórdenes de la muerte. Nueve capitanes murieron; los defensores no eran menos valientes y no se quisieron rendir. Poco después de media noche toda resistencia cesó.

Kira Kotsuké no Suké, razón ignominiosa de esas lealtades, no aparecía. Lo buscaron por todos los rincones de ese conmovido palacio, y ya desesperaban de encontrarlo cuando el consejero notó que las sábanas de su lecho estaban aún tibias. Volvieron a buscar y descubrieron una estrecha ventana, disimulada por un espejo de bronce. Abajo, desde un patiecito sombrío, los miraba un hombre de blanco. Una espada temblorosa estaba en su diestra. Cuando bajaron, el hombre se entregó sin pelear. Le rayaba la frente una cicatriz: viejo dibujo del acero de Takumi no Kami.

Entonces, los sangrientos capitanes se arrojaron a los pies del aborrecido y le dijeron que eran los oficiales del señor de la Torre, de cuya perdición y cuyo fin él era culpable, y le rogaron que se suicidara, como un *samurai* debe hacerlo.

En vano propusieron ese decoro a su ánimo servil. Era varón inaccesible al honor; a la madrugada tuvieron que degollarlo.

EL TESTIMONIO

Ya satisfecha su venganza (pero sin ira, y sin agitación, y sin lástima), los capitanes se dirigieron al templo que guarda las reliquias de su señor.

En un caldero llevan la increíble cabeza de Kira Kotsuké no Suké y se turnan para cuidarla. Atraviesan los campos y las provincias, a la luz sincera del día. Los hombres los bendicen y lloran. El príncipe de Sendai los quiere hospedar, pero responden que hace casi dos años que los aguarda su señor. Llegan al oscuro sepulcro y ofrendan la cabeza del enemigo.

La Suprema Corte emite su fallo. Es el que esperan: se les otorga el privilegio de suicidarse. Todos lo cumplen, algunos con ardiente serenidad, y reposan al lado de su señor. Hombres y niños vienen a rezar al sepulcro de esos hombres tan fieles.

EL HOMBRE DE SATSUMA

Entre los peregrinos que acuden, hay un muchacho polvoriento y cansado que debe haber venido de lejos. Se prosterna ante el monumento de Oishi Kuranosuké, el consejero, y dice en voz alta: "Yo te vi tirado en la puerta de un lupanar de Kioto y no pensé que estabas meditando la venganza de tu señor, y te creí un soldado sin fe y te escupí en la cara. He venido a ofrecerte satisfacción." Dijo esto y cometió *harakiri*.

El prior se condolió de su valentía y le dio sepultura en el lugar donde los capitanes reposan.

Éste es el final de la historia de los cuarenta y siete hombres leales —salvo que no tiene final, porque los otros hombres, que no somos leales tal vez, pero que nunca perderemos del todo la esperanza de serlo, seguiremos honrándolos con palabras.

EL TINTORERO ENMASCARADO HÁKIM DE MERV

A Angélica Ocampo

Si no me equivoco, las fuentes originales de información acerca de Al Moqanna, el Profeta Velado (o más estrictamente, Enmascarado) del Jorasán, se reducen a cuatro: a) las excertas de la *Historia de los jalifas* conservadas por Baladhuri, b) el *Manual del gigante* o *Libro de la precisión y la revisión* del historiador oficial de los Abbasidas, ibn abi Tair Tarfur, c) el códice árabe titulado *La aniquilación de la rosa*, donde se refutan las herejías abominables de la *Rosa oscura* o *Rosa escondida*, que era el libro canónico del Profeta, d) unas monedas sin efigie desenterradas por el ingeniero Andrusov en un desmonte del Ferrocarril Trascaspiano. Esas monedas fueron depositadas en el Gabinete Numismático de Tehrán y contienen dísticos persas que resumen o corrigen ciertos pasajes de la *Aniquilación*. La Rosa original se ha perdido, ya que el manuscrito encontrado en 1899 y publicado no sin ligereza por el *Morgenländisches Archiv* fue declarado apócrifo por Horn y luego por Sir Percy Sykes.

La fama occidental del Profeta se debe a un gárrulo poema de Moore, cargado de saudades y de suspiros de conspirador irlandés.

LA PÚRPURA ESCARLATA

A los 120 años de la Hégira y 736 de la Cruz, el hombre Hákim, que los hombres de aquel tiempo y de aquel espacio apodarían luego El Velado, nació en el Turquestán. Su patria fue la antigua ciudad de Merv, cuyos jardines y viñedos y prados miran tristemente al desierto. El mediodía es blanco y deslumbrador, cuando no lo oscurecen nubes de polvo que ahogan a los hombres y dejan una lámina blancuzca en los negros racimos.

Hákim se crió en esa fatigada ciudad. Sabemos que un hermano de su padre lo adiestró en el oficio de tintorero: arte de impíos, de falsarios y de inconstantes que inspiró los primeros anatemas de su carrera pródiga.

"Mi cara es de oro (declara en una página famosa de la *Aniquilación*) pero he macerado la púrpura y he sumergido en la segunda noche la lana sin cardar y he saturado en la tercera noche la lana preparada, y los emperadores de las islas aun se disputan esa ropa sangrienta. Así pequé en los años de juventud y trastorné los verdaderos colores de las criaturas. El Ángel me decía que los carneros no eran del color de los tigres, el Satán me decía que el Poderoso quería que lo fueran y se valía de mi astucia y mi púrpura. Ahora yo sé que el Ángel y el Satán erraban la verdad y que todo color es aborrecible."

El año 146 de la Hégira, Hákim desapareció de su patria. Encontraron destruidas las calderas y cubas de inmersión, así como un alfanje de Shiraz y un espejo de bronce.

EL TORO

En el fin de la luna de xabán del año 158, el aire del desierto estaba muy claro y los hombres miraban el poniente en busca de la luna de Ramadán, que promueve la mortificación y el ayuno. Eran esclavos, limosneros, chalanes, ladrones de camellos y matarifes. Gravemente sentados en la tierra aguardaban el signo, desde el portón de un paradero de caravanas en la ruta de Merv. Miraban el ocaso, y el color del ocaso era el de la arena.

Del fondo del desierto vertiginoso (cuyo sol da la fiebre, así como su luna da el pasmo) vieron adelantarse tres figuras, que les parecieron altísimas. Las tres eran humanas y la del medio tenía cabeza de toro. Cuando se aproximaron, vieron que éste usaba una máscara y que los otros dos eran ciegos.

Alguien (como en los cuentos de *Las mil y una noches*) indagó la razón de esa maravilla. "Están ciegos", el hombre de la máscara declaró, "porque han visto mi cara".

EL LEOPARDO

El cronista de los Abbasidas refiere que el hombre del desierto (cuya voz era singularmente dulce, o así les pareció por diferir de la brutalidad de su máscara), les dijo que ellos aguardaban el signo de un mes de penitencia, pero que él predicaba un signo mejor: el de toda una vida penitencial y una muerte injuriada. Les dijo que era Hákim hijo de Osmán, y que el año 146 de la Emigración, había penetrado un hombre en su casa y luego de purificarse y rezar, le había cortado la cabeza con un alfanje y la había llevado hasta el cielo. Sobre la derecha mano del hombre (que era el ángel Gabriel) su cabeza había estado ante el Señor, que le dio misión de profetizar y le inculcó palabras tan antiguas que su repetición quemaba las bocas y le infundió un glorioso resplandor que los ojos mortales no toleraban. Tal era la justificación de la Máscara. Cuando todos los hombres de la tierra profesaran la nueva ley, el Rostro les sería descubierto y ellos podrían adorarlo sin riesgo —como ya los ángeles lo adoraban. Proclamada su comisión, Hákim los exhortó a una guerra santa —un *djehad*— y a su conveniente martirio.

Los esclavos, pordioseros, chalanes, ladrones de camellos y matarifes le negaron su fe: una voz gritó *brujo* y otra *impostor.*

Alguien había traído un leopardo —tal vez un ejemplar de esa raza esbelta y sangrienta que los monteros persas educan. Lo cierto es que rompió su prisión. Salvo el profeta enmascarado y los dos acólitos, la gente se atropelló para huir. Cuando volvieron, había enceguecido la fiera. Ante los ojos luminosos y muertos, los hombres adoraron a Hákim y confesaron su virtud sobrenatural.

EL PROFETA VELADO

El historiador oficial de los Abbasidas narra sin mayor entusiasmo los progresos de Hákim el Velado en el Jorasán. Esa provincia —muy conmovida por la desventura y crucifixión de su más famoso caudillo— abrazó con desesperado fervor la doctrina de la Cara Resplandeciente, y le tributó su sangre y su oro. (Hákim, ya entonces, descartó su efigie brutal por un cuádruple velo de seda blanca recamado de piedras. El color emblemático de los Banú Abbás era el negro; Hákim eligió el color blanco —el más contradictorio— para el Velo Resguardador, los pendones y los turbantes.) La campaña se inició bien. Es verdad que en el *Libro de la precisión* las banderas del Jalifa son en todo lugar victoriosas, pero como el resultado más frecuente de esas victorias es la destitución de generales y el abandono de castillos inexpugnables, el avisado lector sabe a qué atenerse. A fines de la luna de rejeb del año 161, la famosa ciudad de Nishapur abrió sus puertas de metal al Enmascarado; a principios del 162, la de Astarabad. La actuación militar de Hákim (como la de otro más afortunado Profeta) se reducía a la plegaria en voz de tenor, pero elevada a la Divinidad desde el lomo de un camello rojizo, en el corazón agitado de las batallas. A su alrededor silbaban las flechas, sin que lo hirieran nunca. Parecía buscar el peligro: la noche que unos detestados leprosos rondaron su palacio, les ordenó comparecer, los besó y les entregó plata y oro.

Delegaba las fatigas de gobernar en seis o siete adeptos. Era estudioso de la meditación y la paz: un harem de ciento catorce mujeres ciegas trataba de aplacar las necesidades de su cuerpo divino.

LOS ESPEJOS ABOMINABLES

Siempre que sus palabras no invaliden la fe ortodoxa, el Islam tolera la aparición de amigos confidenciales de Dios, por indiscretos o amenazadores que sean. El profeta, quizá, no hubiera desdeñado los favores de ese desdén, pero sus partidarios, sus victorias y la cólera pública del Jalifa —que era Mohamed Al Mahdí— lo obligaron a la herejía. Esa disensión lo arruinó, pero antes le hizo definir los artículos de una religión personal, si bien con evidentes infiltraciones de las prehistorias gnósticas.

En el principio de la cosmogonía de Hákim hay un Dios espectral. Esa divinidad carece majestuosamente de origen, así como de nombre y de cara. Es un Dios inmutable, pero su imagen proyectó nueve sombras que, condescendiendo a la acción, dotaron y presidieron un primer cielo. De esa primera corona demiúrgica procedió una segunda, también con ángeles, potestades y tronos, y éstos fundaron otro cielo más abajo, que era el duplicado simétrico del inicial. Ese segundo conclave se vio reproducido en un terciario y ése en otro inferior, y así hasta 999. El señor del cielo del fondo es el que rige —sombra de sombras de otras sombras— y su fracción de divinidad tiende a cero.

La tierra que habitamos es un error, una incompetente parodia. Los espejos y la paternidad son abominables, porque la multiplican y afirman. El asco es la virtud fundamental. Dos disciplinas (cuya elección dejaba libre el profeta) pueden conducirnos a ella: la abstinencia y el desenfreno, el ejercicio de la carne o su castidad.

El paraíso y el infierno de Hákim no eran menos desesperados.

"A los que niegan la Palabra, a los que niegan el Enjoyado Velo y el Rostro (dice una imprecación que se conserva de la *Rosa Escondida*), les prometo un Infierno maravilloso, porque cada uno de ellos reinará sobre 999 imperios de fuego, y en cada imperio 999 montes de fuego, y en cada monte 999 torres de fuego, y en cada torre 999 pisos de fuego, y en cada piso 999 lechos de fuego, y en cada lecho estará él y 999 formas de fuego (que tendrán su cara y su voz) lo torturarán para siempre." En otro lugar corrobora: "Aquí en la vida padecéis en un cuerpo; en la muerte y la Retribución, en innumerables." El paraíso es menos concreto. "Siempre es de noche y hay piletas de piedra, y la felicidad de ese paraíso es la felicidad peculiar de las despedidas, de la renunciación y de los que saben que duermen."

EL ROSTRO

El año 163 de la Emigración y quinto de la Cara Resplandeciente, Hákim fue cercado en Sanam por el ejército del Jalifa. Provisiones y mártires no faltaban, y se aguardaba el inminente socorro de una caterva de ángeles de luz. En eso estaban cuando un espantoso rumor atravesó el castillo. Se refería que una mujer adúltera del harem, al ser estrangulada por los eunucos, había gritado que a la mano derecha del profeta le faltaba el dedo anular y que carecían de uñas los otros. El rumor cundió entre los fieles. A pleno sol, en una elevada terraza, Hákim pedía una victoria o un signo a la divinidad familiar. Con la cabeza doblegada, servil —como si corrieran contra una lluvia—, dos capitanes le arrancaron el Velo recamado de piedras.

Primero, hubo un temblor. La prometida cara del Apóstol, la cara que había estado en los cielos, era en efecto blanca, pero con la blancura peculiar de la lepra manchada. Era tan abultada o increíble que les pareció una careta. No tenía cejas; el párpado inferior del ojo derecho pendía sobre la mejilla senil; un pesado racimo de tubérculos le comía los labios; la nariz inhumana y achatada era como de león.

La voz de Hákim ensayó un engaño final. "Vuestro pecado abominable os prohíbe percibir mi esplendor..." comenzó a decir.

No lo escucharon, y lo atravesaron con lanzas.

HOMBRE DE LA ESQUINA ROSADA

A Enrique Amorim

A mí, tan luego, hablarme del finado Francisco Real. Yo lo conocí, y eso que éstos no eran sus barrios porque él sabía tallar más bien por el Norte, por esos laos de la laguna de Guadalupe y la Batería. Arriba de tres veces no lo traté, y ésas en una misma noche, pero es noche que no se me olvidará, como que en ella vino la Lujanera porque sí, a dormir en mi rancho y Rosendo Juárez dejó, para no volver, el Arroyo. A ustedes, claro que les falta la debida esperiencia para reconocer ese nombre, pero Rosendo Juárez el Pegador, era de los que pisaban más fuerte por Villa Santa Rita. Mozo acreditao para el cuchillo era uno de los hombres de don Nicolás Paredes, que era uno de los hombres de Morel. Sabía llegar de lo más paquete al quilombo, en un oscuro, con las prendas de plata; los hombres y los perros lo respetaban y las chinas también; nadie ignoraba que estaba debiendo dos muertes; usaba un chambergo alto, de ala finita, sobre la melena grasienta; la suerte lo mimaba, como quien dice. Los mozos de la Villa le copiábamos hasta el modo de escupir. Sin embargo, una noche nos ilustró la verdadera condición de Rosendo.

Parece cuento, pero la historia de esa noche rarísima empezó por un placero insolente de ruedas coloradas, lleno hasta el tope de hombres, que iba a los barquinazos por esos callejones de barro duro, entre los hornos de ladrillos y los huecos, y dos de negro, déle guitarriar y aturdir, y el del pescante que les tiraba un fustazo a los perros sueltos que se le atravesaban al moro, y un emponchado iba silencioso en el medio, y ése era el Corralero de tantas mentas, y el hombre iba a peliar y a matar. La noche era una bendición de tan fresca; dos de ellos iban sobre la capota volcada, como si la soledá juera un corso. Ése jué el primer sucedido de tantos que hubo, pero recién después lo supimos. Los muchachos estábamos dende temprano en el salón de Julia, que era un galpón de chapas de cinc, entre el camino de Gauna y el Maldonado. Era un local que usté lo divisaba de lejos, por la luz que mandaba a la redonda el farol sinvergüenza, y por el barullo también. La Julia, aunque de humilde color, era de lo más conciente y formal, así que no faltaban musicantes, güen beberaje y compañeras resistentes pal baile. Pero la Lujanera, que era la mujer de Rosendo, las sobraba lejos a todas. Se murió, señor, y digo que hay años en que ni pienso en ella, pero había que verla en sus días, con esos ojos. Verla, no daba sueño.

La caña, la milonga, el hembraje, una condescendiente mala palabra de boca de Rosendo, una palmada suya en el montón que yo trataba de sentir como una amistá: la cosa es que yo estaba lo más feliz. Me tocó una compañera muy seguidora, que iba como adivinándome la intención. El tango hacía su voluntá con nosotros y nos arriaba y nos perdía y nos ordenaba y nos volvía a encontrar. En esa diversión estaban los hombres, lo mismo que en un sueño, cuando de golpe me pareció crecida la música, y era que ya se entreveraba con ella la de los guitarreros del coche, cada vez más cercano. Después, la brisa que la trajo tiró por otro rumbo, y volví a atender a mi cuerpo y al de la compañera y a las conversaciones del baile. Al rato largo llamaron a la puerta con autoridá, un golpe y una voz. En seguida un silencio general, una pechada poderosa a la puerta y el hombre estaba adentro. El hombre era parecido a la voz.

Para nosotros no era todavía Francisco Real, pero sí un tipo alto, fornido, trajeado enteramente de negro, y una chalina de un color como bayo, echada sobre el hombro. La cara recuerdo que era aindiada, esquinada.

Me golpeó la hoja de la puerta al abrirse. De puro atolondrado me le juí encima y le encajé la zurda en la facha, mientras con la derecha sacaba el cuchillo filoso que cargaba en la sisa del chaleco, junto al sobaco izquierdo. Poco iba a durarme la atropellada. El hombre, para afirmarse, estiró los brazos y me hizo a un lado, como despidiéndose de un estorbo. Me dejó agachado detrás, todavía con la mano abajo del saco, sobre el arma inservible. Siguió como si tal cosa, adelante. Siguió, siempre más alto que cualquiera de los que iba desapartando, siempre como sin ver. Los primeros —puro italianaje mirón— se abrieron como abanico, apurados. La cosa no duró. En el montón siguiente ya estaba el Inglés esperándolo, y antes de sentir en el hombro la mano del forastero, se la durmió con un planazo que tenía listo. Jué ver ese planazo y jué venírsele ya todos al humo. El establecimiento tenía más de muchas varas de fondo, y lo arriaron como un cristo, casi de punta a punta, a pechadas, a silbidos y a salivazos. Primero le tiraron trompadas, después, al ver que ni se atajaba los golpes, puras cachetadas a mano abierta o con el fleco inofensivo de las chalinas, como riéndose de él. También, como reservándolo pa Rosendo, que no se había movido para eso de la paré del fondo, en la que hacía espaldas, callado. Pitaba con apuro su cigarrillo, como si ya entendiera lo que vimos claro después. El Corralero fue empujado hasta él, firme y ensangrentado, con ese viento de chamuchina pifiadora detrás. Silbado, chicoteado, escupido, recién habló cuando se enfrentó con Rosendo. Entonces lo miró y se despejó la cara con el antebrazo y dijo estas cosas:

—Yo soy Francisco Real, un hombre del Norte. Yo soy Francisco Real, que le dicen el Corralero. Yo les he consentido a estos infelices que me alzaran la mano, porque lo que estoy buscando es un hombre. Andan por ahí unos bolaceros diciendo que en estos andurriales hay uno que tiene mentas de cuchillero, y de malo, y que le dicen el Pegador. Quiero encontrarlo pa que me enseñe a mí, que soy naides, lo que es un hombre de coraje y de vista.

Dijo esas cosas y no le quitó los ojos de encima. Ahora le relucía un cuchillón en la mano derecha, que en fija lo había traído en la manga. Alrededor se habían ido abriendo los que empujaron, y todos los mirábamos a los dos, en un gran silencio. Hasta la jeta del mulato ciego que tocaba el violín, acataba ese rumbo.

En eso, oigo que se desplazaban atrás, y me veo en el marco de la puerta seis o siete hombres, que serían la barra del Corralero. El más viejo, un hombre apaisanado, curtido, de bigote entrecano, se adelantó para quedarse como encandilado por tanto hembraje y tanta luz, y se descubrió con respeto. Los otros vigilaban, listos para dentrar a tallar si el juego no era limpio.

¿Qué le pasaba mientras tanto a Rosendo, que no lo sacaba pisotiando a ese balaquero? Seguía callado, sin alzarle los ojos. El cigarro no sé si lo escupió o si se le cayó de la cara. Al fin pudo acertar con unas palabras, pero tan despacio que a los de la otra punta del salón no nos alcanzó lo que dijo. Volvió Francisco Real a desafiarlo y él a negarse. Entonces, el más muchacho de los forasteros silbó. La Lujanera lo miró aborreciéndolo y se abrió paso con la crencha en la espalda, entre el carreraje y las chinas, y se jué a su hombre y le metió la mano en el pecho y le sacó el cuchillo desenvainado y se lo dio con estas palabras:

—Rosendo, creo que lo estarás precisando.

A la altura del techo había una especie de ventana alargada que miraba al arroyo. Con las dos manos recibió Rosendo el cuchillo y lo filió como si no lo reconociera. Se empinó de golpe hacia atrás y voló el cuchillo derecho y fue a perderse ajuera, en el Maldonado. Yo sentí como un frío.

—De asco no te carneo —dijo el otro, y alzó, para castigarlo, la mano. Entonces la Lujanera se le prendió y le echó los brazos al cuello y lo miró con esos ojos y le dijo con ira:

—Dejalo a ése, que nos hizo creer que era un hombre.

Francisco Real se quedó perplejo un espacio y luego la abrazó como para siempre y les gritó a los musicantes que le metieran tango y milonga y a los demás de la diversión, que bailáramos. La milonga corrió como un incendio de punta a punta. Real bailaba muy grave, pero sin ninguna luz, ya pudiéndola. Llegaron a la puerta y gritó:

—¡Vayan abriendo cancha señores, que la llevo dormida!

Dijo, y salieron sien con sien, como en la marejada del tango, como si los perdiera el tango.

Debí ponerme colorao de vergüenza. Di unas vueltitas con alguna mujer y la planté de golpe. Inventé que era por el calor y por la apretura y juí orillando la paré hasta salir. Linda la noche, ¿para quién? A la vuelta del callejón estaba el placero, con el par de guitarras derechas en el asiento, como cristianos. Dentré a amargarme de que las descuidaran así, como si ni pa recoger changangos sirviéramos. Me dio coraje de sentir que no éramos naides. Un manotón a mi clavel de atrás de la oreja y lo tiré a un charquito y me quedé un espacio mirándolo, como para no pensar en más nada. Yo hubiera querido estar de una vez en el día siguiente, yo me quería salir de esa noche. En eso, me pegaron un codazo que jue casi un alivio. Era Rosendo, que se escurría solo del barrio.

—Vos siempre has de servir de estorbo, pendejo —me rezongó al pasar, no sé si para desahogarse, o ajeno. Agarró el lado más oscuro, el del Maldonado; no lo volví a ver más.

Me quedé mirando esas cosas de toda la vida —cielo hasta decir basta, el arroyo que se emperraba solo ahí abajo, un caballo dormido, el callejón de tierra, los hornos— y pensé que yo era apenas otro yuyo de esas orillas, criado entre las flores de sapo y las osamentas. ¿Qué iba a salir de esa basura sino nosotros, gritones pero blandos para el castigo, boca y atropellada no más? Sentí después que no, que el barrio cuanto más aporriao, más obligación de ser guapo. ¿Basura? La milonga déle loquiar, y déle bochinchar en las casas, y traía olor a madreselvas el viento. Linda al ñudo la noche. Había de estrellas como para marearse mirándolas, unas encima de otras. Yo forcejiaba por sentir que a mí no me representaba nada el asunto, pero la cobardía de Rosendo y el coraje insufrible del forastero no me querían dejar. Hasta de una mujer para esa noche se había podido aviar el hombre alto. Para ésa y para muchas, pensé, y tal vez para todas, porque la Lujanera era cosa seria. Sabe Dios qué lado agarraron. Muy lejos no podían estar. A lo mejor ya se estaban empleando los dos, en cualesquier cuneta.

Cuando alcancé a volver, seguía como si tal cosa el bailongo.

Haciéndome el chiquito, me entreveré en el montón, y vi que alguno de los nuestros había rajado y que los norteros tangueaban junto con los demás. Codazos y encontrones no había, pero sí recelo y decencia. La música parecía dormilona, las mujeres que tangueaban con los del Norte, no decían esta boca es mía.

Yo esperaba algo, pero no lo que sucedió.

Ajuera oímos una mujer que lloraba y después la voz que ya conocíamos, pero serena, casi demasiado serena, como si ya no juera de alguien, diciéndole:

—Entrá, m'hija —y luego otro llanto. Luego la voz como si empezara a desesperarse.

—¡Abrí te digo, abrí guacha arrastrada abrí, perra! —Se abrió en eso la puerta tembleque, y entró la Lujanera, sola. Entró mandada, como si viniera arreándola alguno.

—La está mandando un ánima —dijo el Inglés.

—Un muerto, amigo —dijo entonces el Corralero. El rostro era como de borracho. Entró, y en la cancha que le abrimos todos, como antes, dio unos pasos mareados —alto, sin ver— y se fue al suelo de una vez, como poste. Uno de los que vinieron con él, lo acostó de espaldas y le acomodó el ponchito de almohada. Esos ausilios lo ensuciaron de sangre. Vimos entonces que traiba una herida juerte en el pecho; la sangre le encharcaba y ennegrecía un lengue punzó que antes no le oservé, porque lo tapó la chalina. Para la primera cura, una de las mujeres trujo caña y unos trapos quemados. El hombre no estaba para esplicar. La Lujanera lo miraba como perdida, con los brazos colgando. Todos estaban preguntándose con la cara y ella consiguió hablar. Dijo que luego de salir con el Corralero, se jueron a un campito, y que en eso cae un desconocido y lo llama como desesperado a pelear y le infiere esa puñalada y que ella jura que no sabe quién es y que no es Rosendo. ¿Quién le iba a creer?

El hombre a nuestros pies se moría. Yo pensé que no le había temblado el pulso al que lo arregló. El hombre, sin embargo, era duro. Cuando golpeó, la Julia había estao cebando unos mates y el mate dio la vuelta redonda y volvió a mi mano, antes que falleciera. "Tápenme la cara", dijo despacio, cuando no pudo más. Sólo le quedaba el orgullo y no iba a consentir que le curiosearan los visajes de la agonía. Alguien le puso encima el chambergo negro, que era de copa altísima. Se murió abajo del chambergo, sin queja. Cuando el pecho acostado dejó de subir y bajar, se animaron a descubrirlo. Tenía ese aire fatigado de los difuntos; era de los hombres de más coraje que hubo en aquel entonces, dende la Batería hasta el Sur; en cuanto lo supe muerto y sin habla, le perdí el odio.

—Para morir no se precisa más que estar vivo —dijo una del montón, y otra, pensativa también:

—Tanta soberbia el hombre, y no sirve más que pa juntar moscas.

Entonces los norteros jueron diciéndose una cosa despacio y dos a un tiempo la repitieron juerte después:

—Lo mató la mujer.

Uno le gritó en la cara si era ella, y todos la cercaron. Yo me olvidé que tenía que prudenciar y me les atravesé como luz. De atolondrado, casi pelo el fiyingo. Sentí que muchos me miraban, para no decir todos. Dije como con sorna:

—Fijensén en las manos de esa mujer. ¿Qué pulso ni qué corazón va a tener para clavar una puñalada?

Añadí, medio desganado de guapo:

—¿Quién iba a soñar que el finao, que asegún dicen, era malo en su barrio, juera a concluir de una manera tan bruta y en un lugar tan enteramente muerto como éste, ande no pasa nada, cuando no cae alguno de ajuera para distrairnos y queda para la escupida después?

El cuero no le pidió biaba a ninguno.

En eso iba creciendo en la soledá un ruido de jinetes. Era la policía. Quien más, quien menos, todos tendrían su razón para no buscar ese trato, porque determinaron que lo mejor era traspasar el muerto al arroyo. Recordarán ustedes aquella ventana alargada por la que pasó en un brillo el puñal. Por ahí pasó después el hombre de negro. Lo levantaron entre muchos y de cuanto centavo y cuanta zoncera tenía, lo aligeraron esas manos y alguno le hachó un dedo para refalarle el anillo. Aprovechadores, señor, que así se le animaban a un pobre dijunto indefenso, después que lo arregló otro más hombre. Un envión y el agua correntosa y sufrida se lo llevó. Para que no sobrenadara, no sé si le arrancaron las vísceras, porque preferí no mirar. El de bigote gris no me quitaba los ojos. La Lujanera aprovechó el apuro para salir.

Cuando echaron su vistazo los de la ley, el baile estaba medio animado. El ciego del violín le sabía sacar unas habaneras de las que ya no se oyen. Ajuera estaba queriendo clariar. Unos postes de ñandubay sobre una lomada estaban como sueltos, porque los alambrados finitos no se dejaban divisar tan temprano.

Yo me fui tranquilo a mi rancho, que estaba a unas tres cuadras. Ardía en la ventana una lucecita, que se apagó en seguida. De juro que me apuré a llegar, cuando me di cuenta. Entonces, Borges, volví a sacar el cuchillo corto y filoso que yo sabía cargar aquí, en el chaleco, junto al sobaco izquierdo, y le pegué otra revisada despacio, y estaba como nuevo, inocente, y no quedaba ni un rastrito de sangre.

ETCÉTERA

A Néstor Ibarra

UN TEÓLOGO EN LA MUERTE

Los ángeles me comunicaron que cuando falleció Melanchton, le fue suministrada en el otro mundo una casa ilusoriamente igual a la que había tenido en la tierra. (A casi todos los recién venidos a la eternidad les sucede lo mismo y por eso creen que no han muerto.) Los objetos domésticos eran iguales: la mesa, el escritorio con sus cajones, la biblioteca. En cuanto Melanchton se despertó en ese domicilio, reanudó sus tareas literarias como si no fuera un cadáver y escribió durante unos días sobre la justificación por la fe. Como era su costumbre, no dijo una palabra sobre la caridad. Los ángeles notaron esa omisión y mandaron personas a interrogarlo. Melanchton les dijo: "He demostrado irrefutablemente que el alma puede prescindir de la caridad y que para ingresar en el cielo basta la fe". Esas cosas les decía con soberbia y no sabía que ya estaba muerto y que su lugar no era el cielo. Cuando los ángeles oyeron ese discurso lo abandonaron.

A las pocas semanas, los muebles empezaron a afantasmarse hasta ser invisibles, salvo el sillón, la mesa, las hojas de papel y el tintero. Además, las paredes del aposento se mancharon de cal y el piso de un barniz amarillo. Su misma ropa ya era mucho más ordinaria. Seguía, sin embargo, escribiendo, pero como persistía en la negación de la caridad, lo trasladaron a un taller subterráneo, donde había otros teólogos como él. Ahí estuvo unos días encarcelado y empezó a dudar de su tesis y le permitieron volver. Su ropa era de cuero sin curtir, pero trató de imaginarse que lo anterior había sido una mera alucinación y continuó elevando la fe y denigrando la caridad. Un atardecer sintió frío. Entonces recorrió la casa y comprobó que los demás aposentos ya no correspondían a los de su habitación en la tierra. Alguno estaba repleto de instrumentos desconocidos; otro se había achicado tanto que era imposible entrar; otro no había cambiado, pero sus ventanas y puertas daban a grandes médanos. La pieza del fondo estaba llena de personas que lo adoraban y que le repetían que ningún teólogo era tan sapiente como él. Esa adoración le agradó, pero como alguna de esas personas no tenía cara y otros parecían muertos, acabó por aborrecerlos y desconfiar. Entonces determinó escribir un elogio de la caridad, pero las páginas escritas hoy aparecían mañana borradas. Eso le aconteció porque las componía sin convicción.

Recibía muchas visitas de gente recién muerta, pero sentía vergüenza de mostrarse en un alojamiento tan sórdido. Para hacerles creer que estaba en el cielo, se arregló con un brujo de los de la pieza del fondo, y éste los engañaba con simulacros de esplendor y serenidad. Apenas las visitas se retiraban, reaparecían la pobreza y la cal, y a veces un poco antes.

Las últimas noticias de Melanchton dicen que el mago y uno de los hombres sin cara lo llevaron hacia los médanos y que ahora es como un sirviente de los demonios.

(Del libro *Arcana coelestia*, de Emanuel Swedenborg.)

LA CÁMARA DE LAS ESTATUAS

En los primeros días había en el reino de los andaluces una ciudad en la que residieron sus reyes y que tenía por nombre Lebtit o Ceuta, o Jaén. Había un fuerte castillo en esa ciudad, cuya puerta de dos batientes no era para entrar ni aun para salir, sino que para que la tuvieran cerrada. Cada vez que un rey fallecía y otro rey heredaba su trono altísimo, éste añadía con sus manos una cerradura nueva a la puerta, hasta que fueron veinticuatro las cerraduras, una por cada rey. Entonces acaeció que un hombre malvado, que no era de la casa real, se adueñó del poder, y en lugar de añadir una cerradura quiso que las veinticuatro anteriores fueran abiertas para mirar el contenido de aquel castillo. El visir y los emires le suplicaron que no hiciera tal cosa y le escondieron el llavero de hierro y le dijeron que añadir una cerradura era más fácil que forzar veinticuatro, pero él repetía con astucia maravillosa: "Yo quiero examinar el contenido de este castillo". Entonces le ofrecieron cuantas riquezas podían acumular, en rebaños, en ídolos cristianos, en plata y oro, pero él no quiso desistir y abrió la puerta con su mano derecha (que arderá para siempre). Adentro estaban figurados los árabes en metal y en madera, sobre sus rápidos camellos y potros, con turbantes que ondeaban sobre la espalda y alfanjes suspendidos de talabartes y la derecha lanza en la diestra. Todas esas figuras eran de bulto y proyectaban sombras en el piso, y un ciego las podía reconocer mediante el solo tacto, y las patas delanteras de los caballos no tocaban el suelo y no se caían, como si se hubieran encabritado. Gran espanto causaron en el rey esas primorosas figuras, y aun más el orden y silencio excelente que se observaba en ellas, porque todas miraban a un mismo lado, que era el poniente, y no se oía ni una voz ni un clarín. Eso había en la primera cámara del castillo. En la segunda estaba la mesa de Solimán, hijo de David —¡sea para los dos la salvación!— tallada en una sola piedra esmeralda, cuyo color, como se sabe, es el verde, y cuyas propiedades escondidas son indescriptibles y auténticas, porque serena las tempestades, mantiene la castidad de su portador, ahuyenta la disentería y los malos espíritus, decide favorablemente un litigio y es de gran socorro en los partos.

En la tercera hallaron dos libros: uno era negro y enseñaba las virtudes de los metales de los talismanes y de los días, así como la preparación de venenos y de contravenenos; otro era blanco y no se pudo descifrar su enseñanza, aunque la escritura era clara. En la cuarta encontraron un mapamundi, donde estaban los reinos, las ciudades, los mares, los castillos y los peligros, cada cual con su nombre verdadero y con su precisa figura.

En la quinta encontraron un espejo de forma circular, obra de Solimán, hijo de David —¡sea para los dos el perdón!— cuyo precio era mucho, pues estaba hecho de diversos metales y el que se miraba en su luna veía las caras de sus padres y de sus hijos, desde el primer Adán hasta los que oirán la Trompeta. La sexta estaba llena de elixir, del que bastaba un solo adarme para cambiar tres mil onzas de plata en tres mil onzas de oro. La séptima les pareció vacía y era tan larga que el más hábil de los arqueros hubiera disparado una flecha desde la puerta sin conseguir clavarla en el fondo. En la pared final vieron grabada una inscripción terrible. El rey la examinó y la comprendió, y decía de esta suerte: "Si alguna mano abre la puerta de este castillo, los guerreros de carne que se parecen a los guerreros de metal de la entrada se adueñarán del reino".

Estas cosas acontecieron el año 89 de la hégira. Antes que tocara a su fin, Tárik se apoderó de esa fortaleza y derrotó a ese rey y vendió a sus mujeres y a sus hijos y desoló sus tierras. Así se fueron dilatando los árabes por el reino de Andalucía, con sus higueras y praderas regadas en las que no se sufre de sed. En cuanto a los tesoros, es fama que Tárik, hijo de Zaid, los remitió al califa su señor, que los guardó en una pirámide.

(Del *Libro de las mil y una noches*, noche 272.)

HISTORIA DE LOS DOS QUE SOÑARON

El historiador arábigo El Ixaquí refiere este suceso:

"Cuentan los hombres dignos de fe (pero sólo Alá es omnisciente y poderoso y misericordioso y no duerme), que hubo en El Cairo un hombre poseedor de riquezas, pero tan magnánimo y liberal que todas las perdió menos la casa de su padre, y que se vio forzado a trabajar para ganarse el pan. Trabajó tanto que el sueño lo rindió una noche debajo de una higuera de su jardín y vio en el sueño un hombre empapado que se sacó de la boca una moneda de oro y le dijo: 'Tu fortuna está en Persia, en Isfaján; vete a buscarla.' A la madrugada siguiente se despertó y emprendió el largo viaje y afrontó los peligros de los desiertos, de las naves, de los piratas, de los idólatras, de los ríos, de las fieras y de los hombres. Llegó al fin a Isfaján, pero en el recinto de esa ciudad lo sorprendió la noche y se tendió a dormir en el patio de una mezquita. Había, junto a la mezquita, una casa y por el decreto de Dios Todopoderoso, una pandilla de ladrones atravesó la mezquita y se metió en la casa, y las personas que dormían se despertaron con el estruendo de los ladrones y pidieron socorro. Los vecinos también gritaron, hasta que el capitán de los serenos de aquel distrito acudió con sus hombres y los bandoleros huyeron por la azotea. El capitán hizo registrar la mezquita y en ella dieron con el hombre de El Cairo, y le menudearon tales azotes con varas de bambú que estuvo cerca de la muerte. A los dos días recobró el sentido en la cárcel. El capitán lo mandó buscar y le dijo: '¿Quién eres y cuál es tu patria?' El otro declaró: 'Soy de la ciudad famosa de El Cairo y mi nombre es Mohamed El Magrebí.' El capitán le preguntó: '¿Qué te trajo a Persia?' El otro optó por la verdad y le dijo: 'Un hombre me ordenó en un sueño que viniera a Isfaján, porque ahí estaba mi fortuna. Ya estoy en Isfaján y veo que esa fortuna que prometió deben ser los azotes que tan generosamente me diste.'

"Ante semejantes palabras, el capitán se rió hasta descubrir las muelas del juicio y acabó por decirle: 'Hombre desatinado y crédulo, tres veces he soñado con una casa en la ciudad de El Cairo en cuyo fondo hay un jardín, y en el jardín un reloj de sol y después del reloj de sol una higuera y luego de la higuera una fuente, y bajo la fuente un tesoro. No he dado el menor crédito a esa mentira. Tú, sin embargo, engendro de una mula con un demonio, has ido errando de ciudad en ciudad, bajo la sola fe de tu sueño. Que no te vuelva a ver en Isfaján. Toma estas monedas y vete.'

"El hombre las tomó y regresó a la patria. Debajo de la fuente de su jardín (que era la del sueño del capitán) desenterró el tesoro. Así Dios le dio bendición y lo recompensó y exaltó. Dios es el Generoso, el Oculto".

(Del *Libro de las mil y una noches*, noche 351.)

EL BRUJO POSTERGADO

En Santiago había un deán que tenía codicia de aprender el arte de la magia. Oyó decir que don Illán de Toledo la sabía más que ninguno, y fue a Toledo a buscarlo.

El día que llegó enderezó a la casa de don Illán y lo encontró leyendo en una habitación apartada. Éste lo recibió con bondad y le dijo que postergara el motivo de su visita hasta después de comer. Le señaló un alojamiento muy fresco y le dijo que lo alegraba mucho su venida. Después de comer, el deán le refirió la razón de aquella visita y le rogó que le enseñara la ciencia mágica. Don Illán le dijo que adivinaba que era deán, hombre de buena posición y buen porvenir, y que temía ser olvidado luego por él. El deán le prometió y aseguró que nunca olvidaría aquella merced, y que estaría siempre a sus órdenes. Ya arreglado el asunto, explicó don Illán que las artes mágicas no se podían aprender sino en sitio apartado, y tomándolo por la mano, lo llevó a una pieza contigua, en cuyo piso había una gran argolla de fierro. Antes le dijo a la sirvienta que tuviese perdices para la cena, pero que no las pusiera a asar hasta que la mandaran. Levantaron la argolla entre los dos y descendieron por una escalera de piedra bien labrada, hasta que al deán le pareció que habían bajado tanto que el lecho del Tajo estaba sobre ellos. Al pie de la escalera había una celda y luego una biblioteca y luego una especie de gabinete con instrumentos mágicos. Revisaron los libros y en eso estaban cuando entraron dos hombres con una carta para el deán, escrita por el obispo, su tío, en la que le hacía saber que estaba muy enfermo y que, si quería encontrarlo vivo, no demorase. Al deán lo contrariaron mucho estas nuevas, lo uno por la dolencia de su tío, lo otro por tener que interrumpir los estudios. Optó por escribir una disculpa y la mandó al obispo. A los tres días llegaron unos hombres de luto con otras cartas para el deán, en las que se leía que el obispo había fallecido, que estaban eligiendo sucesor, y que esperaban por la gracia de Dios que lo elegirían a él. Decían también que no se molestara en venir, puesto que parecía mucho mejor que lo eligieran en su ausencia.

A los diez días vinieron dos escuderos muy bien vestidos, que se arrojaron a sus pies y besaron sus manos, y lo saludaron obispo. Cuando don Illán vio estas cosas, se dirigió con mucha alegría al nuevo prelado y le dijo que agradecía al Señor que tan buenas nuevas llegaran a su casa. Luego le pidió el decanazgo vacante para uno de sus hijos. El obispo le hizo saber que había reservado el decanazgo para su propio hermano, pero que había determinado favorecerlo y que partiesen juntos para Santiago.

Fueron para Santiago los tres, donde los recibieron con honores. A los seis meses recibió el obispo mandaderos del Papa que le ofrecía el arzobispado de Tolosa, dejando en sus manos el nombramiento de sucesor. Cuando don Illán supo esto, le recordó la antigua promesa y le pidió ese título para su hijo. El arzobispo le hizo saber que había reservado el obispado para su propio tío, hermano de su padre, pero que había determinado favorecerlo y que partiesen juntos para Tolosa. Don Illán no tuvo más remedio que asentir.

Fueron para Tolosa los tres, donde los recibieron con honores y misas. A los dos años, recibió el arzobispo mandaderos del Papa que le ofrecía el capelo de Cardenal, dejando en sus manos el nombramiento de sucesor. Cuando don Illán supo esto, le recordó la antigua promesa y le pidió ese título para su hijo. El Cardenal le hizo saber que había reservado el arzobispado para su propio tío, hermano de su madre, pero que había determinado favorecerlo y que partiesen juntos para Roma. Don Illán no tuvo más remedio que asentir. Fueron para Roma los tres, donde los recibieron con honores y misas y procesiones. A los cuatro años murió el Papa y nuestro Cardenal fue elegido para el papado por todos los demás. Cuando don Illán supo esto, besó los pies de Su Santidad, le recordó la antigua promesa y le pidió el cardenalato para su hijo. El Papa lo amenazó con la cárcel, diciéndole que bien sabía él que no era más que un brujo y que en Toledo había sido profesor de artes mágicas. El miserable don Illán dijo que iba a volver a España y le pidió algo para comer durante el camino. El Papa no accedió. Entonces don Illán (cuyo rostro se había remozado de un modo extraño), dijo con una voz sin temblor:

—Pues tendré que comerme las perdices que para esta noche encargué.

La sirvienta se presentó y don Illán le dijo que las asara. A estas palabras, el Papa se halló en la celda subterránea en Toledo, solamente deán de Santiago, y tan avergonzado de su ingratitud que no atinaba a disculparse. Don Illán dijo que bastaba con esa prueba, le negó su parte de las perdices y lo acompañó hasta la calle, donde le deseó feliz viaje y lo despidió con gran cortesía.

(Del *Libro de Patronio* del infante don Juan Manuel, que lo derivó de un libro árabe: *Las cuarenta mañanas y las cuarenta noches.*)

EL ESPEJO DE TINTA

La historia sabe que el más cruel de los gobernadores del Sudán fue Yakub el Doliente, que entregó su país a la iniquidad de los recaudadores egipcios y murió en una cámara del palacio, el día catorceno de la luna de Barmajat, el año 1842. Algunos insinúan que el hechicero Abderráhmen El Masmudí (cuyo nombre se puede traducir El Servidor del Misericordioso) lo acabó a puñal o a veneno, pero una muerte natural es más verosímil —ya que le decían el Doliente. Sin embargo, el capitán Richard Francis Burton conversó con ese hechicero el año 1853 y cuenta que le refirió lo que copio:

"Es verdad que yo padecí cautiverio en el alcázar de Yakub el Doliente, a raíz de la conspiración que fraguó mi hermano Ibrahim, con el fementido y vano socorro de los caudillos negros del Kordofán, que lo denunciaron. Mi hermano pereció por la espada, sobre la piel de sangre de la justicia, pero yo me arrojé a los aborrecidos pies del Doliente y le dije que era hechicero y que si me otorgaba la vida, le mostraría formas y apariencias aun más maravillosas que las del Fanusí jiyal (la linterna mágica). El opresor me exigió una prueba inmediata. Yo pedí una pluma de caña, unas tijeras, una gran hoja de papel veneciano, un cuerno de tinta, un brasero, unas semillas de cilantro y una onza de benjuí. Recorté la hoja en seis tiras, escribí talismanes e invocaciones en las cinco primeras, y en la restante las siguientes palabras que están en el glorioso *Qurán*: 'Hemos retirado tu velo, y la visión de tus ojos es penetrante.' Luego dibujé un cuadro mágico en la mano derecha de Yakub y le pedí que la ahuecara y vertí un círculo de tinta en el medio. Le pregunté si percibía con claridad su reflejo en el círculo y respondió que sí. Le dije que no alzara los ojos. Encendí el benjuí y el cilantro, y quemé las invocaciones en el brasero. Le pedí que nombrara la figura que deseaba mirar. Pensó y me dijo que un caballo salvaje, el más hermoso que pastara en los prados que bordean el desierto. Miró y vio el campo verde y tranquilo y después un caballo que se acercaba, ágil como un leopardo, con una estrella blanca en la frente. Me pidió una tropilla de caballos tan perfectos como el primero, y vio en el horizonte una larga nube de polvo, y luego la tropilla. Comprendí que mi vida estaba segura.

"Apenas despuntaba la luz del día, dos soldados entraban en mi cárcel y me conducían a la cámara del Doliente, donde ya me esperaban el incienso, el brasero y la tinta. Así me fue exigiendo y le fui mostrando todas las apariencias del mundo. Ese hombre muerto que aborrezco, tuvo en su mano cuanto los hombres muertos han visto y ven los que están vivos: las ciudades, climas y reinos en que se divide la tierra, los tesoros ocultos en el centro, las naves que atraviesan el mar, los instrumentos de la guerra, de la música y de la cirugía, las graciosas mujeres, las estrellas fijas y los planetas, los colores que emplean los infieles para pintar sus cuadros aborrecibles, los minerales y las plantas con los secretos y virtudes que encierran, los ángeles de plata cuyo alimento es el elogio y la justificación del Señor, la distribución de los premios en las escuelas, las estatuas de pájaros y de reyes que hay en el corazón de las pirámides, la sombra proyectada por el toro que sostiene la tierra y por el pez que está debajo del toro, los desiertos de Dios el Misericordioso. Vio cosas imposibles de describir, como las calles alumbradas a gas, y como la ballena que muere cuando escucha el grito del hombre. Una vez me ordenó que le mostrara la ciudad que se llama Europa. Le mostré la principal de sus calles y creo que fue en ese caudaloso río de hombres, todos ataviados de negro y muchos con anteojos, que vio por primera vez al Enmascarado.

"Esa figura, a veces con el traje sudanés, a veces de uniforme, pero siempre con un paño sobre la cara, penetró desde entonces en las visiones. Era infaltable y no conjeturábamos quién era. Sin embargo, las apariencias del espejo de tinta, momentáneas o inmóviles al principio, eran más complejas ahora; ejecutaban sin demora mis órdenes y el tirano las seguía con claridad. Es cierto que los dos solíamos quedar extenuados. El carácter atroz de las escenas era otra fuente de cansancio. No eran sino castigos, cuerdas, mutilaciones, deleites del verdugo y del cruel.

"Así arribamos al amanecer del día catorceno de la luna de Barmajat. El círculo de tinta había sido marcado en la mano, el benjuí arrojado al brasero, las invocaciones quemadas. Estábamos solos los dos. El Doliente me dijo que le mostrara un inapelable y justo castigo, porque su corazón, ese día, apetecía ver una muerte. Le mostré los soldados con los tambores, la piel de becerro estirada, las personas dichosas de mirar, el verdugo con la espada de la justicia. Se maravilló al mirarlo y me dijo: 'Es Abu Kir, el que ajustició a tu hermano Ibrahim, el que cerrará tu destino cuando me sea deparada la ciencia de convocar estas figuras sin tu socorro.' Me pidió que trajeran al condenado. Cuando lo trajeron se demudó, porque era el hombre inexplicable del lienzo blanco. Me ordenó que antes de matarlo le sacaran la máscara. Yo me arrojé a sus pies y dije: 'Oh, rey del tiempo y sustancia y suma del siglo, esta figura no es como las demás porque no sabemos su nombre ni el de sus padres ni el de la ciudad que es su patria, de suerte que yo no me atrevo a tocarla, por no incurrir en una culpa de la que tendré que dar cuenta.' Se rió el Doliente y acabó por jurar que él cargaría con la culpa, si culpa había. Lo juró por la espada y por el *Qurán*. Entonces ordené que desnudaran al condenado y que lo sujetaran sobre la estirada piel de becerro y que le arrancaran la máscara. Esas cosas se hicieron. Los espantados ojos de Yakub pudieron ver por fin esa cara —que era la suya propia. Se cubrió de miedo y locura. Le sujeté la diestra temblorosa con la mía que estaba firme y le ordené que continuara mirando la ceremonia de su muerte. Estaba poseído por el espejo: ni siquiera trató de alzar los ojos o de volcar la tinta. Cuando la espada se abatió en la visión sobre la cabeza culpable, gimió con una voz que no me apiadó, y rodó al suelo, muerto.

"La gloria sea con Aquel que no muere y tiene en su mano las dos llaves del ilimitado Perdón y del infinito Castigo".

(Del libro *The Lake Regions of Equatorial Africa*, de R. F. Burton.)

UN DOBLE DE MAHOMA

Ya que en la mente de los musulmanes las ideas de Mahoma y de religión están indisolublemente ligadas, el Señor ha ordenado que en el Cielo siempre los presida un espíritu que hace el papel de Mahoma. Este delegado no siempre es el mismo. Un ciudadano de Sajonia, a quien en vida tomaron prisionero los argelinos y que se convirtió al Islam, ocupó una vez este cargo. Como había sido cristiano, les habló de Jesús y les dijo que no era el hijo de José, sino el hijo de Dios; fue conveniente reemplazarlo. La situación de este Mahoma representativo está indicada por una antorcha, sólo visible a los musulmanes.

El verdadero Mahoma, que redactó el *Qurán*, ya no es visible a sus adeptos. Me han dicho que al comienzo los presidía, pero que pretendió dominarlos y fue exilado en el Sur. Una comunidad de musulmanes fue instigada por los demonios a reconocer a Mahoma como Dios. Para aplacar el disturbio, Mahoma fue traído de los infiernos y lo exhibieron. En esta ocasión yo lo vi. Se parecía a los espíritus corpóreos que no tienen percepción interior, y su cara era muy oscura. Pudo articular las palabras: "Yo soy vuestro Mahoma", e inmediatamente se hundió.

(De *Vera Christiana Religio* (1771), de Emanuel Swedenborg.)

ÍNDICE DE LAS FUENTES

El Atroz Redentor Lazarus Morell.
Life on the Mississippi, by Mark Twain. New York, 1883.
Mark Twain's America, by Bernard Devoto. Boston, 1932.

El Impostor Inverosímil Tom Castro.
The Encyclopaedia Britannica (Eleventh Edition), Cambridge, 1911.

La Viuda Ching, Pirata.
The History of Piracy, by Philip Gosse. London, 1932.

EL PROVEEDOR DE INIQUIDADES MONK EASTMAN.
The Gangs of New York, by Herbert Asbury. New York, 1927.

El Asesino Desinteresado Bill Harrigan.
A Century of Gunmen, by Frederick Watson. London, 1931.
The Saga of Billy the Kid, by Walter Noble Burns. New York, 1925.

El Incivil Maestro de Ceremonias Kotsuké no Suké.
Tales of Old Japan, by A. B. Mitford. London, 1912.

El Tintorero Enmascarado Hákim de Merv.
A History of Persia, by Sir Percy Sykes. London, 1915.
Die Vernichtung der Rose. Nach dem arabischen Urtext übertragen von Alexander Schulz. Leipzig, 1927.

Historia de la eternidad
(1936)

...Supplementum Livii; Historia infinita temporis atque aeternitatis...

QUEVEDO: *Perinola*, 1632.

...nor promise that they would become in general, by learning criticism, more useful, happier, or wiser.

JOHNSON: *Preface to Shakespeare*, 1765.

PRÓLOGO

Poco diré de la singular "historia de la eternidad" que da nombre a estas páginas. En el principio hablo de la filosofía platónica; en un trabajo que aspiraba al rigor cronológico, más razonable hubiera sido partir de los hexámetros de Parménides ("no ha sido nunca ni será, porque es"). No sé cómo pude comparar a "inmóviles piezas de museo" las formas de Platón y cómo no entendí, leyendo a Schopenhauer y al Erígena, que éstas son vivas, poderosas y orgánicas. El movimiento, ocupación de sitios distintos en instantes distintos, es inconcebible sin tiempo; asimismo lo es la inmovilidad, ocupación de un mismo lugar en distintos puntos del tiempo. ¿Cómo pude no sentir que la eternidad, anhelada con amor por tantos poetas, es un artificio espléndido que nos libra, siquiera de manera fugaz, de la intolerable opresión de lo sucesivo?

Dos artículos he agregado que complementan o rectifican el texto: La metáfora, *de 1952,* El tiempo circular, *de 1943.*

El improbable o acaso inexistente lector de Las kenningar *puede interrogar el manual* Literaturas germánicas medievales, *que escribí con María Esther Vázquez. Quiero no omitir la mención de dos aplicadas monografías:* Die Kenningar der Skalden, *Leipizg, 1921, de Rudolf Meissner y* Die Altenglischen Kenningar, *Hale, 1938, de Herta Marquardt.*

El acercamiento a Almotásim *es de 1935; he leído hace poco* The Sacred Fount *(1901), cuyo argumento general es tal vez análogo. El narrador, en la delicada novela de James, indaga si en B influyen A o C; en* El acercamiento a Almotásim, *presiente o adivina a través de B la remotísima existencia de Z, a quien B no conoce.*

El mérito o la culpa de la resurrección de estas páginas no tocará por cierto a mi karma, *sino al de mi generoso y tenaz amigo José Edmundo Clemente.*

J. L. B.

HISTORIA DE LA ETERNIDAD

I

En aquel pasaje de las *Enéadas* que quiere interrogar y definir la naturaleza del tiempo, se afirma que es indispensable conocer previamente la eternidad, que —según todos saben— es el modelo y arquetipo de aquél. Esa advertencia liminar, tanto más grave si la creemos sincera, parece aniquilar toda esperanza de entendernos con el hombre que la escribió. El tiempo es un problema para nosotros, un tembloroso y exigente problema, acaso el más vital de la metafísica; la eternidad, un juego o una fatigada esperanza. Leemos en el *Timeo* de Platón que el tiempo es una imagen móvil de la eternidad; y ello es apenas un acorde que a ninguno distrae de la convicción de que la eternidad es una imagen hecha con sustancia de tiempo. Esa imagen, esa burda palabra enriquecida por los desacuerdos humanos, es lo que me propongo historiar.

Invirtiendo el método de Plotino (única manera de aprovecharlo) empezaré por recordar las oscuridades inherentes al tiempo: misterio metafísico, natural, que debe preceder a la eternidad, que es hija de los hombres. Una de esas oscuridades, no la más ardua pero no la menos hermosa, es la que nos impide precisar la dirección del tiempo. Que fluye del pasado hacia el porvenir es la creencia común, pero no es más ilógica la contraria, la fijada en verso español por Miguel de Unamuno:

> *Nocturno el río de las horas fluye*
> *desde su manantial que es el mañana*
> *eterno...*[1]

1. El concepto escolástico del tiempo como la fluencia de lo potencial en lo actual es afín a esta idea. Cf. los objetos eternos de Whitehead, que constituyen el "reino de la posibilidad" e ingresan en el tiempo.

Ambas son igualmente verosímiles —e igualmente inverificables. Bradley niega las dos y adelanta una hipótesis personal: excluir el porvenir, que es una mera construcción de nuestra esperanza, y reducir lo "actual" a la agonía del momento presente desintegrándose en el pasado. Esa regresión temporal suele corresponder a los estados decrecientes o insípidos, en tanto que cualquier intensidad nos parece marchar sobre el porvenir... Bradley niega el futuro; una de las escuelas filosóficas de la India niega el presente, por considerarlo inasible. "La naranja está por caer de la rama, o ya está en el suelo", afirman esos simplificadores extraños. "Nadie la ve caer".

Otras dificultades propone el tiempo. Una, acaso la mayor, la de sincronizar el tiempo individual de cada persona con el tiempo general de las matemáticas, ha sido harto voceada por la reciente alarma relativista, y todos la recuerdan —o recuerdan haberla recordado hasta hace muy poco. (Yo la recobro así, deformándola: Si el tiempo es un proceso mental, ¿cómo lo pueden compartir miles de hombres, o aun dos hombres distintos?) Otra es la destinada por los eleatas a refutar el movimiento. Puede caber en estas palabras: "Es imposible que en ochocientos años de tiempo transcurra un plazo de catorce minutos, porque antes es obligatorio que hayan pasado siete, y antes de siete, tres minutos y medio, y antes de tres y medio, un minuto y tres cuartos, y así infinitamente, de manera que los catorce minutos nunca se cumplen". Russell rebate ese argumento, afirmando la realidad y aun vulgaridad de números infinitos, pero que se dan de una vez, por definición, no como término "final" de un proceso enumerativo sin fin. Esos guarismos anormales de Russell son un buen anticipo de la eternidad, que tampoco se deja definir por enumeración de sus partes.

Ninguna de las varias eternidades que planearon los hombres —la del nominalismo, la de Ireneo, la de Platón— es una agregación mecánica del pasado, del presente y del porvenir. Es una cosa más sencilla y más mágica: es la simultaneidad de esos tiempos. El idioma común y aquel diccionario asombroso *dont chaque édition fait regretter la précédente*, parecen ignorarlo, pero así la pensaron los metafísicos. "Los objetos del alma son sucesivos, ahora Sócrates y después un caballo —leo en el quinto libro de las *Enéadas*—, siempre una cosa aislada que se concibe y miles que se pierden; pero la Inteligencia Divina abarca juntamente todas las cosas. El pasado está en su presente, así como también el porvenir. Nada transcurre en ese mundo, en el que persisten todas las cosas, quietas en la felicidad de su condición."

Paso a considerar esa eternidad, de la que derivaron las subsiguientes. Es verdad que Platón no la inaugura —en un libro especial, habla de los "antiguos y sagrados filósofos" que lo precedieron— pero amplía y resume con esplendor cuanto imaginaron los anteriores. Deussen lo compara con el ocaso: luz apasionada y final. Todas las concepciones griegas de eternidad convergen en sus libros, ya rechazadas, ya exornadas trágicamente. Por eso lo hago preceder a Ireneo, que ordena la segunda eternidad: la coronada por las tres diversas pero inextricables personas.

Dice Plotino con notorio fervor: "Toda cosa en el cielo inteligible también es cielo, y allí la tierra es cielo, como también lo son los animales, las plantas, los varones y el mar. Tienen por espectáculo el de un mundo que no ha sido engendrado. Cada cual se mira en los otros. No hay cosa en ese reino que no sea diáfana. Nada es impenetrable, nada es opaco y la luz encuentra la luz. Todos están en todas partes, y todo es todo. Cada cosa es todas las cosas. El sol es todas las estrellas, y cada estrella es todas las estrellas y el sol. Nadie camina allí como sobre una tierra extranjera". Ese universo unánime, esa apoteosis de la asimilación y del intercambio, no es todavía la eternidad; es un cielo limítrofe, no emancipado enteramente del número y del espacio. A la contemplación de la eternidad, al mundo de las formas universales quiere exhortar este pasaje del quinto libro: "Que los hombres a quienes maravilla este mundo —su capacidad, su hermosura, el orden de su movimiento continuo, los dioses manifiestos o invisibles que lo recorren, los demonios, árboles y animales— eleven el pensamiento a esa Realidad, de la que todo es la copia. Verán ahí las formas inteligibles, no con prestada eternidad sino eternas, y verán también a su capitán, la Inteligencia pura, y la Sabiduría inalcanzable, y la edad genuina de Cronos, cuyo nombre es la Plenitud. Todas las cosas inmortales están en él. Cada intelecto, cada dios y cada alma. Todos los lugares le son presentes, ¿adónde irá? Está en la dicha, ¿a qué probar mudanza y vicisitud? No careció al principio de ese estado y lo ganó después. En una sola eternidad las cosas son suyas: esa eternidad que el tiempo remeda al girar en torno del alma, siempre desertor de un pasado, siempre codicioso de un porvenir".

Las repetidas afirmaciones de pluralidad que dispensan los párrafos anteriores, pueden inducirnos a error. El universo ideal a que nos convida Plotino es menos estudioso de variedad que de plenitud; es un repertorio selecto, que no tolera la repetición y el pleonasmo. Es el inmóvil y terrible museo de los arquetipos platónicos. No sé si lo miraron ojos mortales (fuera de la intuición visionaria o la pesadilla) o si el griego remoto que lo ideó, se lo representó alguna vez, pero algo de museo presiento en él: quieto, monstruoso y clasificado... Se trata de una imaginación personal de la que puede prescindir el lector; de lo que no conviene que prescinda es de alguna noticia general de esos arquetipos platónicos, o causas primordiales o ideas, que pueblan y componen la eternidad.

Una prolija discusión del sistema platónico es imposible aquí, pero no ciertas advertencias de intención propedéutica. Para nosotros, la última y firme realidad de las cosas es la materia —los electrones giratorios que recorren distancias estelares en la soledad de los átomos—; para los capaces de platonizar, la especie, la forma. En el libro tercero de las *Enéadas*, leemos que la materia es irreal: es una mera y hueca pasividad que recibe las formas universales como las recibiría un espejo; éstas la agitan y la pueblan sin alterarla. Su plenitud es precisamente la de un espejo, que simula estar lleno y está vacío; es un fantasma que ni siquiera desaparece, porque no tiene ni la capacidad de cesar. Lo fundamental son las formas. De ellas, repitiendo a Plotino, dijo Pedro Malón de Chaide mucho después: "Hace Dios como si vos tuviésedes un sello ochavado de oro que en una parte tuviese un león esculpido; en la otra, un caballo; en otra, un águila, y así de las demás; y en un pedazo de cera imprimiésedes el león; en otro, el águila; en otro, el caballo; cierto está que todo lo que está en la cera está en el oro, y no podéis vos imprimir sino lo que allí tenéis esculpido. Mas hay una diferencia, que en la cera al fin es cera, y vale poco; mas en el oro es oro, y vale mucho. En las criaturas están estas perfecciones finitas y de poco valor: en Dios son de oro, son el mismo Dios". De ahí podemos inferir que la materia es nada.

Damos por malo ese criterio y aun por inconcebible, y sin embargo lo aplicamos continuamente. Un capítulo de Schopenhauer no es el papel en las oficinas de Leipzig ni la impresión, ni las delicadezas y perfiles de la escritura gótica, ni la enumeración de los sonidos que lo componen ni siquiera la opinión que tenemos de él; Miriam Hopkins está hecha de Miriam Hopkins, no de los principios nitrogenados o minerales, hidratos de carbono, alcaloides y grasas neutras, que forman la sustancia transitoria de ese fino espectro de plata o esencia inteligible de Hollywood. Esas ilustraciones o sofismas de buena voluntad pueden exhortarnos a tolerar la tesis platónica. La formularemos así: "Los individuos y las cosas existen en cuanto participan de la especie que los incluye, que es su realidad permanente". Busco el ejemplo más favorable: el de un pájaro. El hábito de las bandadas, la pequeñez, la identidad de rasgos, la antigua conexión con los dos crepúsculos, el del principio de los días y el de su término, la circunstancia de que son más frecuentes al oído que a la visión —todo ello nos mueve a admitir la primacía de la especie y la casi perfecta nulidad de los individuos.[1] Keats, ajeno de error, puede pensar que el ruiseñor que lo encanta es aquel mismo que oyó Ruth en los trigales de Belén de Judá; Stevenson erige un solo pájaro que consume los siglos: *el ruiseñor devorador del tiempo.* Schopenhauer, el apasionado y lúcido Schopenhauer, aporta una razón: la pura actualidad corporal en que viven los animales, su desconocimiento de la muerte y de los recuerdos. Añade luego, no sin una sonrisa: "Quien me oiga asegurar que el gato gris que ahora juega en el patio, es aquel mismo que brincaba y que traveseaba hace quinientos años, pensará de mí lo que quiera, pero locura más extraña es imaginar que fundamentalmente es otro". Y después: "Destino y vida de leones quiere la leonidad que, considerada en el tiempo, es un león inmortal que se mantiene mediante la infinita reposición de los individuos, cuya generación y cuya muerte forman el pulso de esa imperecedera figura". Y antes: "Una infinita duración ha precedido a mi nacimiento, ¿qué fui yo mientras tanto? Metafísicamente podría quizá contestarme: 'Yo siempre he sido yo; es decir, cuantos dijeron yo durante ese tiempo, no eran otros que yo'."

Presumo que la eterna Leonidad puede ser aprobada por mi lector, que sentirá un alivio majestuoso ante ese único León, multiplicado en los espejos del tiempo. Del concepto de eterna Humanidad no espero lo mismo: sé que nuestro yo lo rechaza, y que prefiere derramarlo sin miedo sobre el yo de los otros. Mal signo; formas universales mucho más arduas nos propone Platón. Por ejemplo, la Mesidad, o Mesa Inteligible que está en los cielos: arquetipo cuadrúpedo que persiguen, condenados a ensueño y a frustración, todos los ebanistas del mundo. (No puedo negarla del todo: sin una mesa ideal, no hubiéramos llegado a mesas concretas.) Por ejemplo, la Triangularidad: eminente polígono de tres lados que no está en el espacio y

1. Vivo, hijo de Despierto, el improbable Robinson metafísico de la novela de Abubeker Abentofail, se resigna a comer aquellas frutas y aquellos peces que abundan en su isla, siempre cuidando de que ninguna especie se pierda y el universo quede empobrecido por culpa de él.

que no quiere denigrarse a equilátero, escaleno o isósceles. (Tampoco lo repudio; es el de las cartillas de geometría.) Por ejemplo: la Necesidad, la Razón, la Postergación, la Relación, la Consideración, el Tamaño, el Orden, la Lentitud, la Posición, la Declaración, el Desorden. De esas comodidades del pensamiento elevadas a formas ya no sé qué opinar; pienso que ningún hombre las podrá intuir sin el auxilio de la muerte, de la fiebre, o de la locura. Me olvidaba de otro arquetipo que los comprende a todos y los exalta: la eternidad, cuya despedazada copia es el tiempo.

Ignoro si mi lector precisa argumentos para descreer de la doctrina platónica. Puedo suministrarle muchos; uno, la incompatible agregación de voces genéricas y de voces abstractas que cohabitan *sans gêne* en la dotación del mundo arquetipo; otro, la reserva de su inventor sobre el procedimiento que usan las cosas para participar de las formas universales; otro, la conjetura de que esos mismos arquetipos asépticos adolecen de mezcla y de variedad. No son irresolubles: son tan confusos como las criaturas del tiempo. Fabricados a imagen de las criaturas, repiten esas mismas anomalías que quieren resolver. La Leonidad, digamos, ¿cómo prescindiría de la Soberbia y de la Rojez, de la Melenidad y la Zarpidad? A esa pregunta no hay contestación y no puede haberla: no esperemos del término *leonidad* una virtud muy superior a la que tiene esa palabra sin el sufijo.[1]

Vuelvo a la eternidad de Plotino. El quinto libro de las *Enéadas*

---

1. No quiero despedirme del platonismo (que parece glacial) sin comunicar esta observación, con esperanza de que la prosigan y justifiquen: "Lo genérico puede ser más intenso que lo concreto". Casos ilustrativos no faltan. De chico, veraneando en el norte de la provincia, la llanura redonda y los hombres que mateaban en la cocina me interesaron, pero mi felicidad fue terrible cuando supe que ese redondel era "pampa", y esos varones, "gauchos". Igual, el imaginativo que se enamora. Lo genérico (el repetido nombre, el tipo, la patria, el destino adorable que le atribuye) prima sobre los rasgos individuales, *que se toleran en gracia de lo anterior.*

El ejemplo extremo, el de quien se enamora de oídas, es muy común en las literaturas persa y arábiga. Oír la descripción de una reina —la cabellera semejante a las noches de la separación y la emigración pero la cara como el día de la delicia, los pechos como esferas de marfil que dan luz a las lunas, el andar que avergüenza a los antílopes y provoca la desesperación de los sauces, las onerosas caderas que le impiden tenerse en pie, los pies estrechos como una cabeza de lanza— y enamorarse de ella hasta la placidez y la muerte, es uno de los temas tradicionales en *Las mil y una noches*. Léase la historia de Badrbasim, hijo de Shahrimán, o la de Ibrahim y Yamila.

incluye un inventario muy general de las piezas que la componen. La Justicia está ahí, así como los Números (¿hasta cuál?) y las Virtudes y los Actos y el Movimiento, pero no los errores y las injurias, que son enfermedades de una materia en que se ha maleado una Forma. No en cuanto es melodía, pero sí en cuanto es Armonía y es Ritmo, la Música está ahí. De la patología y la agricultura no hay arquetipos, porque no se precisan. Quedan excluidas igualmente la hacienda, la estrategia, la retórica y el arte de gobernar —aunque, en el tiempo, algo deriven de la Belleza y del Número. No hay individuos, no hay una forma primordial de Sócrates ni siquiera de Hombre Alto o de Emperador; hay, generalmente, el Hombre. En cambio, todas las figuras geométricas están ahí. De los colores sólo están los primarios: no hay Ceniciento ni Purpúreo ni Verde en esa eternidad. En orden ascendente, sus más antiguos arquetipos son éstos: la Diferencia, la Igualdad, la Moción, la Quietud y el Ser.

Hemos examinado una eternidad que es más pobre que el mundo. Queda por ver cómo la adoptó nuestra iglesia y le confió un caudal que es superior a cuanto los años trasportan.

II

El mejor documento de la primera eternidad es el quinto libro de las *Enéadas*; el de la segunda o cristiana, el onceno libro de las *Confesiones* de San Agustín. La primera no se concibe fuera de la tesis platónica; la segunda, sin el misterio profesional de la Trinidad y sin las discusiones levantadas por predestinación y reprobación. Quinientas páginas en folio no agotarían el tema: espero que estas dos o tres en octavo no parecerán excesivas.

Puede afirmarse, con un suficiente margen de error, que "nuestra" eternidad fue decretada a los pocos años de la dolencia crónica intestinal que mató a Marco Aurelio, y que el lugar de ese vertiginoso mandato fue la barranca de Fourvière, que antes se nombró *Forum vetus*, célebre ahora por el funicular y por la basílica. Pese a la autoridad de quien la ordenó —el obispo Ireneo—, esa eternidad coercitiva fue mucho más que un vano paramento sacerdotal o un lujo eclesiástico: fue una resolución y fue un arma. El Verbo es engendrado por el Padre, el Espíritu Santo es producido por el Padre y el Verbo, los gnósticos solían inferir de esas dos innegables operaciones que el Padre era anterior al Verbo, y los dos al Espíritu. Esa inferencia disolvía la Trinidad. Ireneo aclaró que el doble proceso —generación del Hijo por el Padre, emisión del Espíritu por los dos— no aconteció en el tiempo, sino que agota de una vez el pasado, el presente y el porvenir. La aclaración prevaleció y ahora es dogma. Así fue promulgada la eternidad, antes apenas consentida en la sombra de algún desautorizado texto platónico. La buena conexión y distinción de las tres hipóstasis del Señor, es un problema inverosímil ahora, y esa futilidad parece contaminar la respuesta; pero no cabe duda de la grandeza del resultado, siquiera para alimentar la esperanza: *Aeternitas est merum hodie, est immediata et lucida fruitio rerum infinitarum.* Tampoco, de la importancia emocional y polémica de la Trinidad.

Ahora, los católicos laicos la consideran un cuerpo colegiado infinitamente correcto, pero también infinitamente aburrido; los *liberales*, un vano cancerbero teológico, una superstición que los muchos adelantos de la República ya se encargarán de abolir. La Trinidad, claro es, excede esas fórmulas. Imaginada de golpe, su concepción de un padre, un hijo y un espectro, articulados en un solo organismo, parece un caso de teratología intelectual, una deformación que sólo el horror de una pesadilla pudo parir. El infierno es una mera violencia física, pero las tres inextricables Personas importan un horror intelectual, una infinidad ahogada, especiosa, como de contrarios espejos. Dante las quiso denotar con el signo de una superposición de círculos diáfanos, de diverso color; Donne, por el de complicadas serpientes, ricas e indisolubles. *Toto coruscat trinitas mysterio*, escribió San Paulino, "Fulge en pleno misterio la Trinidad".

Desligada del concepto de redención, la distinción de las tres Personas en una tiene que parecer arbitraria. Considerada como una necesidad de la fe, su misterio fundamental no se alivia, pero despuntan su intención y su empleo. Entendemos que renunciar a la Trinidad —a la Dualidad, por lo menos— es hacer de Jesús un delegado ocasional del Señor, un incidente de la historia, no el auditor *imperecedero*, continuo, de nuestra devoción. Si el Hijo no es también el Padre, la redención no es obra directa divina; si no es eterno, tampoco lo será el sacrificio de haberse denigrado a hombre y haber muerto en la cruz. "Nada menos que una infinita excelencia pudo satisfacer por un alma perdida para infinitas edades", instó Jeremías Taylor. Así puede justificarse el dogma, si bien los conceptos de la generación del Hijo por el Padre y de la procesión del Espíritu por los dos, siguen insinuando una prioridad, sin contar su culpable condición de meras metáforas. La teología, empeñada en diferenciarlas, resuelve que no hay motivo de confusión, puesto que el resultado de una es el Hijo, el de la otra el Espíritu. Generación eterna del Hijo, procesión eterna del Espíritu, es la soberbia decisión de Ireneo: invención de un acto sin tiempo, de un mutilado *zeitloses Zeitwort*, que podemos tirar o venerar, pero no discutir. Así Ireneo se propuso salvar el monstruo, y lo consiguió. Sabemos que era enemigo de los filósofos; apoderarse de una de sus armas y volverla contra ellos, debió causarle un belicoso placer.

Para el cristiano, el primer segundo del tiempo coincide con el primer segundo de la Creación —hecho que nos ahorra el espectáculo (reconstruido hace poco por Valéry) de un Dios vacante que devana siglos baldíos en la eternidad "anterior". Manuel Swedenborg (*Vera christiana religio*, 1771) vio en un confín del orbe espiritual una estatua alucinatoria por la que se imaginan devorados todos aquellos *que deliberan insensata y estérilmente sobre la condición del Señor antes de hacer el mundo.*

Desde que Ireneo la inauguró, la eternidad cristiana empezó a diferir de la alejandrina. De ser un mundo aparte, se acomodó a ser uno de los diecinueve atributos de la mente de Dios. Librados a la veneración popular, los arquetipos ofrecían el peligro de convertirse en divinidades o en ángeles; no se negó por consiguiente su realidad —siempre mayor que la de las meras criaturas— pero se los redujo a ideas eternas en el Verbo hacedor. A ese concepto de los *universalia ante res* viene a parar Alberto Magno: los considera eternos y anteriores a las cosas de la Creación, pero sólo a manera de inspiraciones o formas. Cuida muy bien de separarlos de los *universalia in rebus*, que son las mismas concepciones divinas ya concretadas variamente en el tiempo, y —sobre todo— de los *universalia post res*, que son las concepciones redescubiertas por el pensamiento inductivo. Las temporales se distinguen de las divinas en que carecen de eficacia creadora, pero no en otra cosa; la sospecha de que las categorías de Dios pueden no ser precisamente las del latín, no cabe en la escolástica... Pero advierto que me adelanto.

Los manuales de teología no se demoran con dedicación especial en la eternidad. Se reducen a prevenir que es la intuición contemporánea y total de todas las fracciones del tiempo, y a fatigar las Escrituras hebreas en pos de fraudulentas confirmaciones, donde parece que el Espíritu Santo dijo muy mal lo que dice bien el comentador. Suelen agitar con ese propósito esta declaración de ilustre desdén o de mera longevidad: "Un día delante del Señor es como mil años, y mil años son como un día", o las grandes palabras que oyó Moisés y que son el nombre de Dios: "Soy El que Soy", o las que oyó San Juan el Teólogo en Patmos, antes y después del mar de cristal y de la bestia de color escarlata y de los pájaros que comen carne de capitanes: "Yo soy la A y la Z, el principio y el fin".[1] Suelen copiar también esta definición de Boecio (concebida en la cárcel, acaso en vísperas de morir por la espada): *Aeternitas est interminabilis vitae tota et perfecta possessio*, y que me agrada más en la casi voluptuosa repetición de Hans Lassen Martensen: *Aeternitas est merum hodie, est immediata et lucida fruitio rerum infinitarum.* Parecen desdeñar, en cambio, aquel oscuro juramento del ángel que estaba de pie sobre el mar y sobre la tierra (Revelación, X, 6): "y juró por Aquel que vivirá para siempre, que ha creado el cielo y las cosas que en él están, y la tierra y las cosas que en ella están, y la mar y las cosas que en ella están, que el tiempo dejará de ser". Es verdad que *tiempo* en ese versículo, debe equivaler a *demora.*

La eternidad quedó como atributo de la ilimitada mente de Dios, y es muy sabido que generaciones de teólogos han ido trabajando esa mente, a su imagen y semejanza. Ningún estímulo tan vivo como el debate de la predestinación *ab aeterno.* A los cuatrocientos años de la Cruz, el monje inglés Pelagio incurrió en el escándalo de pensar que los inocentes que mueren sin el bautismo alcanzan la gloria.[2] Agustín, obispo de Hipona, lo refutó con una indignación que sus editores aclaman. Notó las herejías de esa doctrina, aborrecida de los justos y de los mártires: su negación de que en el hombre Adán ya hemos pecado y perecido todos los hombres, su olvido abominable de que esa muerte se trasmite de padre a hijo por la generación carnal, su

---

1. La noción de que el tiempo de los hombres no es conmensurable con el de Dios, resalta en una de las tradiciones islámicas del ciclo del *miraj.* Se sabe que el Profeta fue arrebatado hasta el séptimo cielo por la resplandeciente yegua Alburak y que conversó en cada uno con los patriarcas y ángeles que lo habitan y que atravesó la Unidad y sintió un frío que le heló el corazón cuando la mano del Señor le dio una palmada en el hombro. El casco de Alburak, al dejar la tierra, volcó una jarra llena de agua; a su regreso, el Profeta la levantó y no se había derramado una sola gota.

2. Jesucristo había dicho: "Dejad que los niños vengan a mí"; Pelagio fue acusado, naturalmente, de interponerse entre los niños y Jesucristo, librándolos así al infierno. Como el de Atanasio (Satanasio), su nombre permitía el retruécano; todos dijeron que Pelagio (*Pelagius*) tenía que ser un piélago (*pelagus*) de maldades.

menosprecio del sangriento sudor, de la agonía sobrenatural y del grito de Quien murió en la cruz, su repulsión de los secretos favores del Espíritu Santo, su restricción de la libertad del Señor. El britano había tenido el atrevimiento de invocar la justicia; el Santo —siempre sensacional y forense— concede que según la justicia, todos los hombres merecemos el fuego sin perdón, pero que Dios ha determinado salvar algunos, *según su inescrutable arbitrio*, o, como diría Calvino mucho después, no sin brutalidad: *porque sí* (*quia voluit*). Ellos son los predestinados. La hipocresía o el pudor de los teólogos ha reservado el uso de esa palabra para los predestinados al cielo. Predestinados al tormento no puede haber: es verdad que los no favorecidos pasan al fuego eterno, pero se trata de una preterición del Señor, no de un acto especial... Ese recurso renovó la concepción de la eternidad.

Generaciones de hombres idolátricos habían habitado la tierra, sin ocasión de rechazar o abrazar la palabra de Dios; era tan insolente imaginar que pudieran salvarse sin ese medio, como negar que algunos de sus varones, de famosa virtud, serían excluidos de la gloria. (Zwingli, 1523, declaró su esperanza personal de compartir el cielo con Hércules, con Teseo, con Sócrates, con Arístides, con Aristóteles y con Séneca.) Una amplificación del noveno atributo del Señor (que es el de omnisciencia) bastó para conjurar la dificultad. Se promulgó que ésta importaba el conocimiento de todas las cosas: vale decir, no sólo de las reales, sino de las posibles también. Se rebuscó un lugar en las Escrituras que permitiera ese complemento infinito, y se encontraron dos: uno, aquel del primer Libro de los Reyes en que el Señor le dice a David que los hombres de Kenlah van a entregarlo si no se va de la ciudad, y él se va; otro, aquel del Evangelio según Mateo, que impreca a dos ciudades: "¡Ay de ti, Korazín! ¡Ay de ti, Bethsaida! porque si en Tiro y en Sidón se hubieran hecho las maravillas que en vosotras se han hecho, ha tiempo que se hubieran arrepentido en saco y en ceniza". Con ese repetido apoyo, los modos potenciales del verbo pudieron ingresar en la eternidad: Hércules convive en el cielo con Ulrich Zwingli porque Dios sabe que hubiera observado el año eclesiástico, la Hidra de Lerna queda relegada a las tinieblas exteriores porque le consta que hubiera rechazado el bautismo. Nosotros percibimos los hechos reales e imaginamos los posibles (y los futuros); en el Señor no cabe esa distinción, que pertenece al desconocimiento y al tiempo. Su eternidad registra de una vez (*uno intelligendi actu*) no solamente todos los instantes de este repleto mundo sino los que tendrían su lugar si el más evanescente de ellos cambiara —y los imposibles, también. Su eternidad combinatoria y puntual es mucho más copiosa que el universo.

A diferencia de las eternidades platónicas, cuyo riesgo mayor es la insipidez, ésta corre peligro de asemejarse a las últimas páginas de *Ulises*, y aun al capítulo anterior, al del enorme interrogatorio. Un majestuoso escrúpulo de Agustín moderó esa prolijidad. Su doctrina, siquiera verbalmente, rechaza la condenación; el Señor se fija en los elegidos y pasa por alto a los réprobos. Todo lo sabe, pero prefiere demorar su atención en las vidas virtuosas. Juan Escoto Erígena, maestro palatino de Carlos el Calvo, deformó gloriosamente esa idea. Predicó un Dios indeterminable; enseñó un orbe de arquetipos platónicos; enseñó un Dios que no percibe el pecado ni las formas del mal; enseñó la deificación, la reversión final de las criaturas (incluso el tiempo y el demonio) a la unidad primera de Dios. *Divina bonitas consummabit malitiam, aeterna vita absorbebit mortem, beatitudo miseriam.* Esa mezclada eternidad (que a diferencia de las eternidades platónicas, incluye los destinos individuales; que a diferencia de la institución ortodoxa, rechaza toda imperfección y miseria) fue condenada por el sínodo de Valencia y por el de Langres. *De divisione naturae, libri* V, la obra controversial que la predicaba, ardió en la hoguera pública. Acertada medida que despertó el favor de los bibliófilos y permitió que el libro de Erígena llegara a nuestros años.

El universo requiere la eternidad. Los teólogos no ignoran que si la atención del Señor se desviara un solo segundo de mi derecha mano que escribe, ésta recaería en la nada, como si la fulminara un fuego sin luz. Por eso afirman que la conservación de este mundo es una perpetua creación y que los verbos *conservar* y *crear*, tan enemistados aquí, son sinónimos en el Cielo.

III

Hasta aquí, en su orden cronológico, la historia general de la eternidad. De las eternidades, mejor, ya que el deseo humano soñó dos sueños sucesivos y hostiles con ese nombre: uno, el realista, que anhela con extraño amor los quietos arquetipos de las criaturas; otro, el nominalista, que niega la verdad de los arquetipos y quiere congregar en un segundo los detalles del universo. Aquél se basa en el realismo, doctrina tan apartada de nuestro ser que descreo de todas las interpretaciones, incluso de la mía; éste en su contendor el nominalismo, que afirma la verdad de los individuos y lo convencional de los géneros. Ahora, semejantes al espontáneo y alelado prosista de la comedia, todos hacemos nominalismo *sans le savoir*: es como una premisa general de nuestro pensamiento, un axioma adquirido. De ahí, lo inútil de comentarlo.

Hasta aquí, en su orden cronológico, el desarrollo debatido y curial de la eternidad. Hombres remotos, hombres barbados y mitrados la concibieron, públicamente para confundir herejías y para vindicar la distinción de las tres Personas en una, secretamente para restañar de algún modo el curso de las horas. "Vivir es perder tiempo: nada podemos recobrar o guardar sino bajo forma de eternidad", leo en el español emersonizado Jorge Santayana. A lo cual basta yuxtaponer aquel terrible pasaje de Lucrecio, sobre la falacia del coito: "Como el sediento que en el sueño quiere beber y agota formas de agua que no lo sacian y perece abrasado por la sed en el medio de un río: así Venus engaña a los amantes con simulacros, y la vista de un cuerpo no les da hartura, y nada pueden desprender o guardar, aunque las manos indecisas y mutuas recorran todo el cuerpo. Al fin, cuando en los cuerpos hay presagio de dichas y Venus está a punto de sembrar los campos de la mujer, los amantes se aprietan con ansiedad, diente amoroso contra diente; del todo en vano, ya que no alcanzan a perderse en el otro ni a ser un mismo ser". Los arquetipos y la eternidad —dos palabras— prometen posesiones más firmes. Lo cierto es que la sucesión es una intolerable miseria y que los apetitos magnánimos codician todos los minutos del tiempo y toda la variedad del espacio.

Es sabido que la identidad personal reside en la memoria y que la anulación de esa facultad comporta la idiotez. Cabe pensar lo mismo del universo. Sin una eternidad, sin un espejo delicado y secreto de lo que pasó por las almas, la historia universal es tiempo perdido, y en ella nuestra historia personal —lo cual nos afantasma incómodamente. No basta con el disco gramofónico de Berliner o con el perspicuo cinematógrafo, meras imágenes de imágenes, ídolos de otros ídolos. La eternidad es una más copiosa invención. Es verdad que no es concebible, pero el humilde tiempo sucesivo tampoco lo es. Negar la eternidad, suponer la vasta aniquilación de los años cargados de ciudades, de ríos y de júbilos, no es menos increíble que imaginar su total salvamento.

¿Cómo fue incoada la eternidad? San Agustín ignora el problema, pero señala un hecho que parece permitir una solución: los elementos de pasado y de porvenir que hay en todo presente. Alega un caso determinado: la rememoración de un poema. “Antes de comenzar, el poema está en mi anticipación; apenas lo acabé, en mi memoria; pero mientras lo digo, está distendiéndose en la memoria, por lo que llevo dicho; en la anticipación, por lo que me falta decir. Lo que sucede con la totalidad del poema, sucede con cada verso y con cada sílaba. Digo lo mismo, de la acción más larga de la que forma parte el poema, y del destino individual, que se compone de una serie de acciones, y de la humanidad, que es una serie de destinos individuales”. Esa comprobación del íntimo enlace de los diversos tiempos del tiempo incluye, sin embargo, la sucesión, hecho que no condice con un modelo de la unánime eternidad.

Pienso que la nostalgia fue ese modelo. El hombre enternecido y desterrado que rememora posibilidades felices, las ve *sub specie aeternitatis*, con olvido total de que la ejecución de una de ellas excluye o posterga las otras. En la pasión, el recuerdo se inclina a lo intemporal. Congregamos las dichas de un pasado en una sola imagen; los ponientes diversamente rojos que miro cada tarde, serán en el recuerdo un solo poniente. Con la previsión pasa igual: las más incompatibles esperanzas pueden convivir sin estorbo. Dicho sea con otras palabras: el estilo del deseo es la eternidad. (Es verosímil que en la insinuación de lo eterno —de la *immediata et lucida fruitio rerum infinitarum*— esté la causa del agrado especial que las enumeraciones procuran.)

IV

Sólo me resta señalar al lector mi teoría personal de la eternidad. Es una pobre eternidad ya sin Dios, y aun sin otro poseedor y sin arquetipos. La formulé en el libro *El idioma de los argentinos*, en 1928. Trascribo lo que entonces publiqué; la página se titulaba “Sentirse en muerte”.

“Deseo registrar aquí una experiencia que tuve hace unas noches: fruslería demasiado evanescente y extática para que la llame aventura; demasiado irrazonable y sentimental para pensamiento. Se trata de una escena y de su palabra: palabra ya antedicha por mí, pero no vivida hasta entonces con entera dedicación de mi yo. Paso a historiarla, con los accidentes de tiempo y de lugar que la declararon.

”La rememoro así. La tarde que precedió a esa noche, estuve en

Barracas: localidad no visitada por mi costumbre, y cuya distancia de las que después recorrí, ya dio un extraño sabor a ese día. Su noche no tenía destino alguno; como era serena, salí a caminar y recordar, después de comer. No quise determinarle rumbo a esa caminata; procuré una máxima latitud de probabilidades para no cansar la expectativa con la obligatoria antevisión de una sola de ellas. Realicé en la mala medida de lo posible, eso que llaman caminar al azar; acepté, sin otro consciente prejuicio que el de soslayar las avenidas o calles anchas, las más oscuras invitaciones de la casualidad. Con todo, una suerte de gravitación familiar me alejó hacia unos barrios, de cuyo nombre quiero siempre acordarme y que dictan reverencia a mi pecho. No quiero significar así el barrio mío, el preciso ámbito de la infancia, sino sus todavía misteriosas inmediaciones: confín que he poseído entero en palabras y poco en realidad, vecino y mitológico a un tiempo. El revés de lo conocido, su espalda, son para mí esas calles penúltimas, casi tan efectivamente ignoradas como el soterrado cimiento de nuestra casa o nuestro invisible esqueleto. La marcha me dejó en una esquina. Aspiré noche, en asueto serenísimo de pensar. La visión, nada complicada por cierto, parecía simplificada por mi cansancio. La irrealizaba su misma tipicidad. La calle era de casas bajas, y aunque su primera significación fuera de pobreza, la segunda era ciertamente de dicha. Era de lo más pobre y de lo más lindo. Ninguna casa se animaba a la calle; la higuera oscurecía sobre la ochava; los portoncitos —más altos que las líneas estiradas de las paredes— parecían obrados en la misma sustancia infinita de la noche. La vereda era escarpada sobre la calle; la calle era de barro elemental, barro de América no conquistado aún. Al fondo, el callejón, ya campeano, se desmoronaba hacia el Maldonado. Sobre la tierra turbia y caótica, una tapia rosada parecía no hospedar luz de luna, sino efundir luz íntima. No habrá manera de nombrar la ternura mejor que ese rosado.

"Me quedé mirando esa sencillez. Pensé, con seguridad en voz alta: *Esto es lo mismo de hace treinta años...* Conjeturé esa fecha: época reciente en otros países, pero ya remota en este cambiadizo lado del mundo. Tal vez cantaba un pájaro y sentí por él un cariño chico, de tamaño de pájaro; pero lo más seguro es que en ese ya vertiginoso silencio no hubo más ruido que el también intemporal de los grillos. El fácil pensamiento *Estoy en mil ochocientos y tantos* dejó de ser unas cuantas aproximativas palabras y se profundizó a realidad. Me sentí muerto, me sentí percibidor abstracto del mundo:

indefinido temor imbuido de ciencia que es la mejor claridad de la metafísica. No creí, no, haber remontado las presuntivas aguas del Tiempo; más bien me sospeché poseedor del sentido reticente o ausente de la inconcebible palabra *eternidad*. Sólo después alcancé a definir esa imaginación.

"La escribo, ahora, así: Esa pura representación de hechos homogéneos —noche en serenidad, parecita límpida, olor provinciano de la madreselva, barro fundamental— no es meramente idéntica a la que hubo en esa esquina hace tantos años; es, sin parecidos ni repeticiones, la misma. El tiempo, si podemos intuir esa identidad, es una delusión: la indiferencia e inseparabilidad de un momento de su aparente ayer y otro de su aparente hoy, bastan para desintegrarlo.

"Es evidente que el número de tales momentos humanos no es infinito. Los elementales —los de sufrimiento físico y goce físico, los de acercamiento del sueño, los de la audición de una música, los de mucha intensidad o mucho desgano— son más impersonales aún. Derivo de antemano esta conclusión: la vida es demasiado pobre para no ser también inmortal. Pero ni siquiera tenemos la seguridad de nuestra pobreza, puesto que el tiempo, fácilmente refutable en lo sensitivo, no lo es también en lo intelectual, de cuya esencia parece inseparable el concepto de sucesión. Quede, pues, en anécdota emocional la vislumbrada idea y en la confesa irresolución de esta hoja el momento verdadero de éxtasis y la insinuación posible de eternidad de que esa noche no me fue avara."

*

El propósito de dar interés dramático a esta biografía de la eternidad, me ha obligado a ciertas deformaciones: verbigracia, a resumir en cinco o seis nombres una gestación secular.

He trabajado al azar de mi biblioteca. Entre las obras que más serviciales me fueron, debo mencionar las siguientes:

Die Philosophie der Griechen, von Dr. Paul Deussen. Leipzig, 1919.
Works of Plotinus. Translated by Thomas Taylor. London, 1817.
Passages Illustrating Neoplatonism. Translated with an Introduction by E. R. Dodds. London, 1932.
La philosophie de Platon, par Alfred Fouillée. Paris, 1869.
Die Welt als Wille und Vorstellung, von Arthur Schopenhauer. Herausgegeben von Eduard Grisebach. Leipzig, 1892.
Die Philosophie des Mittelalters, von Dr. Paul Deussen. Leipzig, 1920.

Las confesiones de San Agustín. Versión literal por el P. Ángel C. Vega. Madrid, 1932.
A Monument to Saint Augustine. London, 1930.
Dogmatik, von Dr. R. Rothe. Heidelberg, 1870.
Ensayos de crítica filosófica, de M. Menéndez y Pelayo. Madrid, 1892.

LAS "KENNINGAR"

Una de las más frías aberraciones que las historias literarias registran, son las menciones enigmáticas o *kenningar* de la poesía de Islandia. Cundieron hacia el año 1000: tiempo en que los *thulir* o rapsodas repetidores anónimos fueron desposeídos por los *escaldos*, poetas de intención personal. Es común atribuirlas a decadencia; pero ese depresivo dictamen, válido o no, corresponde a la solución del problema, no a su planteo. Bástenos reconocer por ahora que fueron el primer deliberado goce verbal de una literatura instintiva.

Empiezo por el más insidioso de los ejemplos: un verso de los muchos interpolados en la *Saga de Grettir.*

El héroe mató al hijo de Mak;
hubo tempestad de espadas y alimento de cuervos.

En tan ilustre línea, la buena contraposición de las dos metáforas —tumultuosa la una, cruel y detenida la otra— engaña ventajosamente al lector, permitiéndole suponer que se trata de una sola fuerte intuición de un combate y su resto. Otra es la desairada verdad. *Alimento de cuervos* —confesémoslo de una vez— es uno de los prefijados sinónimos de *cadáver*, así como *tempestad de espadas* lo es de *batalla.* Esas equivalencias eran precisamente las *kenningar.* Retenerlas y aplicarlas sin repetirse, era el ansioso ideal de esos primitivos hombres de letras. En buena cantidad, permitían salvar las dificultades de una métrica rigurosa, muy exigente de aliteración y rima interior. Su empleo disponible, incoherente, puede observarse en estas líneas:

El aniquilador de la prole de los gigantes
quebró al fuerte bisonte de la pradera de la gaviota.
Así los dioses, mientras el guardián de la campana se lamentaba,
destrozaron el halcón de la ribera.
De poco le valió el rey de los griegos
al caballo que corre por arrecifes.

El aniquilador de las crías de los gigantes es el rojizo Thor. *El guardián de la campana* es un ministro de la nueva fe, según su atributo. *El rey de los griegos* es Jesucristo, por la distraída razón de que ése es uno de los nombres del emperador de Constantinopla y de que Jesucristo no es menos. *El bisonte del prado de la gaviota, el halcón de la ribera* y *el caballo que corre por arrecifes* no son tres animales anómalos, sino una sola nave maltrecha. De esas penosas ecuaciones sintácticas la primera es de segundo grado, puesto que la *pradera de la gaviota* ya es un nombre del mar... Desatados esos nudos parciales, dejo al lector la clarificación total de las líneas, un poco *décevante* por cierto. La *Saga de Njal* las pone en la boca plutónica de Steinvora, madre de Ref el Escaldo, que narra acto continuo en lúcida prosa cómo el tremendo Thor lo quiso pelear a Jesús, y éste no se animó. Niedner, el germanista, venera lo "humano-contradictorio" de esas figuras y las propone al interés "de nuestra moderna poesía, ansiosa de valores de realidad".

Otro ejemplo, unos versos de Egil Skalagrímsson:

Los teñidores de los dientes del lobo
prodigaron la carne del cisne rojo.
El halcón del rocío de la espada
se alimentó con héroes en la llanura.
Serpientes de la luna de los piratas
cumplieron la voluntad de los Hierros.

Versos como el tercero y el quinto, deparan una satisfacción casi orgánica. Lo que procuran trasmitir es indiferente, lo que sugieren nulo. No invitan a soñar, no provocan imágenes o pasiones; no son un punto de partida, son términos. El agrado —el suficiente y mínimo agrado— está en su variedad, en el heterogéneo contacto de sus palabras.[1] Es posible que así lo comprendieran los inventores y que su carácter de símbolos fuera un mero soborno a la inteligencia. *Los Hierros* son los dio-

1. Busco el equivalente clásico de ese agrado, el equivalente que el más insobornable de mis lectores no querrá invalidar. Doy con el insigne soneto de Quevedo al duque de Osuna, *horrendo en galeras y naves e infantería armada.* Es fácil comprobar que en tal soneto la espléndida eficacia del dístico

Su Tumba son de Flandes las Campañas
Y su Epitafio la sangrienta Luna

ses; *la luna de los piratas*, el escudo; su *serpiente*, la lanza; *rocío de la espada*, la sangre; su *halcón*, el cuervo; *cisne rojo*, todo pájaro ensangrentado; *carne del cisne rojo*, los muertos; *los teñidores de los dientes del lobo*, los guerreros felices. La reflexión repudia esas conversiones. *Luna de los piratas* no es la definición más necesaria que reclama el *escudo*. Eso es indiscutible, pero no lo es menos el hecho de que *luna de los piratas* es una fórmula que no se deja reemplazar por *escudo*, sin pérdida total. Reducir cada *kenning* a una palabra no es despejar incógnitas: es anular el poema.

Baltasar Gracián y Morales, de la Sociedad de Jesús, tiene en su contra unas laboriosas perífrasis, de mecanismo parecido o idéntico al de las *kenningar*. El tema era el estío o la aurora. En vez de proponerlas directamente las fue justificando y coordinando con recelo culpable. He aquí el producto melancólico de ese afán:

Después que en el celeste Anfiteatro
El jinete del día
Sobre Flegetonte toreó valiente
Al luminoso Toro
Vibrando por rejones rayos de oro,
Aplaudiendo sus suertes
El hermoso espectáculo de Estrellas
—Turba de damas bellas
Que a gozar de su talle, alegre mora
Encima los balcones de la Aurora—;
Después que en singular metamorfosis
Con talones de pluma
Y con cresta de fuego
A la gran multitud de astros lucientes
(Gallinas de los campos celestiales)
Presidió Gallo el bonquirrubio Febo
Entre los pollos del tindario Huevo,
Pues la gran Leda por traición divina
Si empolló clueca concibió gallina...

(viene de pág. anterior)

es anterior a toda interpretación y no depende de ella. Digo lo mismo de la subsiguiente expresión: *el llanto militar*, cuyo “sentido” no es discutible, pero sí baladí: *el llanto de los militares*. En cuanto a la *sangrienta Luna*, mejor es ignorar que se trata del símbolo de los turcos, eclipsado por no sé qué piraterías de don Pedro Téllez Girón.

El frenesí taurino-gallináceo del reverendo Padre no es el mayor pecado de su rapsodia. Peor es el aparato lógico: la aposición de cada nombre y de su metáfora atroz, la vindicación imposible de los dislates. El pasaje de Egil Skalagrímsson es un problema, o siquiera una adivinanza; el del inverosímil español, una confusión. Lo admirable es que Gracián era un buen prosista; un escritor infinitamente capaz de artificios hábiles. Pruébelo el desarrollo de esta sentencia, que es de su pluma: "Pequeño cuerpo de Chrysólogo, encierra espíritu gigante; breve panegírico de Plinio se mide con la eternidad".

Predomina el carácter funcional en las *kenningar*. Definen los objetos por su figura menos que por su empleo. Suelen animar lo que tocan, sin perjuicio de invertir el procedimiento cuando su tema es vivo. Fueron legión y están suficientemente olvidadas: hecho que me ha instigado a recopilar esas desfallecidas flores retóricas. He aprovechado la primera compilación, la de Snorri Sturluson —famoso como historiador, como arqueólogo, como constructor de unas termas, como genealogista, como presidente de una asamblea, como poeta, como doble traidor, como decapitado y como fantasma.[1] En los años de 1230 la acometió, con fines preceptivos. Quería satisfacer dos pasiones de distinto orden: la moderación y el culto de los mayores. Le agradaban las *kenningar*, siempre que no fueran harto intrincadas y que las autorizara un ejemplo clásico. Traslado su declaración liminar: "Esta clave se dirige a los principiantes que quieren adquirir destreza poética y mejorar su provisión de figuras con metáforas tradicionales o a quienes buscan la virtud de entender lo que se escribió con misterio. Conviene respetar esas historias que bastaron a los mayores, pero conviene que los hombres cristianos les retiren su fe". A siete siglos de distancia la discriminación no es inútil: hay traductores alemanes de ese calmoso *Gradus ad Parnassum* boreal, que lo proponen como *Ersatz* de la *Biblia* y que juran que el uso repetido de anécdotas noruegas es el instrumento más eficaz para alemanizar a Alemania. El doctor Karl Konrad —autor de una versión mutiladísima del tratado de Snorri y de un folleto personal de cincuenta y dos "extractos dominicales" que constituyen otras tantas "devociones

1. Dura palabra es *traidor*. Sturluson —quizá— era un mero fanático disponible, un hombre desgarrado hasta el escándalo por sucesivas y contrarias lealtades. En el orden intelectual, sé de dos ejemplos: el de Francisco Luis Bernárdez, el mío.

germánicas", muy corregidas en una segunda edición— es quizá el ejemplo más lúgubre.

El tratado de Snorri se titula la *Edda Prosaica*. Consta de dos partes en prosa y una tercera en verso —la que inspiró sin duda el epíteto. La segunda refiere la aventura de Aegir o Hler, versadísimo en artes de hechicería, que visitó a los dioses en la fortaleza de Asgard que los mortales llaman Troya. Hacia el anochecer, Odín hizo traer unas espadas de tan bruñido acero que no se precisaba otra luz. Hler se amistó con su vecino que era el dios Bragi, ejercitado en la elocuencia y la métrica. Un vasto cuerno de aguamiel iba de mano en mano y conversaron de poesía el hombre y el dios. Éste le fue diciendo las metáforas que se deben emplear. Ese catálogo divino está asesorándome ahora.

En el índice, no excluyo las *kenningar* que ya registré. Al compilarlo, he conocido un placer casi filatélico.

<table>
<tr><td>casa de los pájaros
casa de los vientos</td><td>el aire</td></tr>
<tr><td>flechas de mar: los arenques</td><td></td></tr>
<tr><td>cerdo del oleaje: la ballena</td><td></td></tr>
<tr><td>árbol de asiento: el banco</td><td></td></tr>
<tr><td>bosque de la quijada: la barba</td><td></td></tr>
<tr><td>asamblea de espadas
tempestad de espadas
encuentro de las fuentes
vuelo de lanzas
canción de lanzas
fiesta de águilas
lluvia de los escudos rojos
fiesta de los vikings</td><td>la batalla</td></tr>
<tr><td>fuerza del arco
pierna del omóplato</td><td>el brazo</td></tr>
<tr><td>cisne sangriento
gallo de los muertos</td><td>el buitre</td></tr>
</table>

sacudidor del freno: el caballo

poste del yelmo peñasco de los hombros castillo del cuerpo	la cabeza

fragua del canto: la cabeza del *skald*

ola del cuerno marea de la copa	la cerveza
yelmo del aire tierra de las estrellas del cielo camino de la luna taza de los vientos	el cielo
manzana del pecho dura bellota del pensamiento	el corazón
gaviota del odio gaviota de las heridas caballo de la bruja primo del cuervo[1]	el cuervo

riscos de las palabras: los dientes

tierra de la espada luna de la nave luna de los piratas techo del combate nubarrón del combate	el escudo

1. *Definitum in definitione ingredi non debet* es la segunda regla menor de la definición. Risueñas infracciones como ésta (y aquella venidera de *dragón de la espada:* la espada) recuerdan el artificio de aquel personaje de Poe que en trance de ocultar una carta a la curiosidad policial, la exhibe como al desgaire en un tarjetero.

hielo de la pelea
vara de la ira
fuego de yelmos
dragón de la espada
roedor de yelmos
espina de la batalla
pez de la batalla
remo de la sangre
lobo de las heridas
rama de las heridas
— la espada

granizo de las cuerdas de los arcos
gansos de la batalla
— las flechas

sol de las casas
perdición de los árboles
lobo de los templos
— el fuego

delicia de los cuervos
enrojecedor del pico del cuervo
alegrador del águila
árbol del yelmo
árbol de la espada
teñidor de espadas
— el guerrero

ogra del yelmo
querido alimentador de los lobos
— el hacha

negro rocío del hogar: el hollín

árbol de lobos
caballo de madera
— la horca[1]

rocío de la pena: las lágrimas

---

1. "Ir en caballo de madera al infierno", leo en el capítulo veintidós de la *Inglinga Saga. Viuda, balanza, borne* y *finibusterre* fueron los nombres de la horca en la germanía; "marco" (*picture frame*) el que le dieron los malevos antiguos de Nueva York.

dragón de los cadáveres serpiente del escudo	la lanza
espada de la boca remo de la boca	la lengua
asiento del neblí país de los anillos de oro	la mano
techo de la ballena tierra del cisne camino de las velas campo del viking prado de la gaviota cadena de las islas	el mar
árbol de los cuervos avena de águilas trigo de los lobos	el muerto
lobo de las mareas caballo del pirata reno de los reyes del mar patín de viking padrillo de la ola carro arador del mar halcón de la ribera	la nave
piedras de la cara lunas de la frente	los ojos
fuego del mar lecho de la serpiente resplandor de la mano bronce de las discordias	el oro

reposo de las lanzas: la paz

casa del aliento nave del corazón base del alma asiento de las carcajadas	el pecho
nieve de la cartera hielo de los crisoles rocío de la balanza	la plata
señor de anillos distribuidor de tesoros distribuidor de espadas	el rey
sangre de los peñascos tierra de las redes	el río
riacho de los lobos marea de la matanza rocío del muerto sudor de la guerra cerveza de los cuervos agua de la espada ola de la espada	la sangre
herrero de canciones: el *skald*	
hermana de la luna[1] fuego del aire	el sol
mar de los animales piso de las tormentas caballo de la neblina	la tierra

señor de los corrales: el toro

1. Los idiomas germánicos que tienen género gramatical dicen *la sol* y *el luna*. Según Lugones (*El imperio jesuítico*, 1904), la cosmogonía de las tribus guaraníes consideraba macho a la luna y hembra al sol. La antigua cosmogonía del Japón registra asimismo una diosa del sol y un dios de la luna.

crecimiento de hombres animación de las víboras	el verano
hermano del fuego daño de los bosques lobo de los cordajes	el viento

Omito las de segundo grado, las obtenidas por combinación de un término simple con una *kenning* —verbigracia, *el agua de la vara de las heridas*, la sangre; *el hartador de las gaviotas del odio*, el guerrero; *el trigo de los cisnes de cuerpo rojo*, el cadáver— y las de razón mitológica; *la perdición de los enanos*, el sol; *el hijo de nueve madres*, el dios Heimdall. Omito las ocasionales también: *el sostén del fuego del mar*, una mujer con un dije de oro cualquiera.[1] De las de potencia más alta, de las que operan la fusión arbitraria de los enigmas, indicaré una sola: *los aborrecedores de la nieve del puesto del halcón. El puesto del halcón* es la mano; *la nieve de la mano* es la plata; *los aborrecedores de la plata* son los varones que la alejan de sí, los reyes dadivosos. El método, ya lo habrá notado el lector, es el tradicional de los limosneros: el encomio de la remisa generosidad que se trata de estimular. De ahí los muchos sobrenombres de la plata y del oro, de ahí las ávidas menciones del rey: *señor de anillos, distribuidor de caudales, custodia de caudales*. De ahí asimismo, sinceras conversaciones como ésta, que es del noruego Eyvind Skaldaspillir:

Quiero construir una alabanza
Estable y firme como un puente de piedra.
Pienso que no es avaro nuestro rey
De los carbones encendidos del codo.

Esa identificación del oro y la llama —peligro y resplandor— no deja de ser eficaz. El ordenado Snorri la aclara: "Decimos bien que el oro es fuego de los brazos o de las piernas, porque su color es el rojo, pero los nombres de la plata son hielo o nieve o piedra de granizo o escarcha, porque su color es el blanco". Y después: "Cuando los dio-

1. Si las noticias de De Quincey no me equivocan (*Writings*, onceno tomo, pág. 269) el modo incidental de esa última es el de la perversa Casandra, en el negro poema de Licofrón.

ses devolvieron la visita a Aegir, éste los hospedó en su casa (que está en el mar) y los alumbró con láminas de oro, que daban luz como las espadas en el Valhala. Desde entonces al oro le dijeron fuego del mar y de todas las aguas y de los ríos". Monedas de oro, anillos, escudos claveteados, espadas y hachas, eran la recompensa del *skald*; alguna extraordinaria vez, terrenos y naves.

Mi lista de *kenningar* no es completa. Los cantores tenían el pudor de la repetición literal y preferían agotar las variantes. Basta reconocer las que registra el artículo *nave* —y las que una evidente permutación, liviana industria del olvido o del arte, puede multiplicar. Abundan asimismo las de *guerrero*. *Árbol de la espada* le dijo un *skald*, acaso porque árbol y vencedor eran voces homónimas. Otro le dijo *encina de la lanza*; otro, *bastón del oro*; otro, *espantoso abeto de las tempestades de hierro*; otro, *boscaje de los peces de la batalla*. Alguna vez la variación acató una ley: demuéstralo un pasaje de Markus, donde un barco parece agigantarse de cercanía.

El fiero jabalí de la inundación
Saltó sobre los techos de la ballena.
El oso del diluvio fatigó
El antiguo camino de los veleros
El toro de las marejadas quebró
La cadena que amarra nuestro castillo.

El culteranismo es un frenesí de la mente académica; el estilo codificado por Snorri es la exasperación y casi la *reductio ad absurdum* de una preferencia común a toda la literatura germánica: la de las palabras compuestas. Los más antiguos monumentos de esa literatura son los anglosajones. En el *Beowulf* —cuya fecha es el 700—, el mar es *el camino de las velas, el camino del cisne, la ponchera de las olas, el baño de la planga, la ruta de la ballena*; el sol es *la candela del mundo, la alegría del cielo, la piedra preciosa del cielo*; el arpa es *la madera del júbilo*; la espada es *el residuo de los martillos, el compañero de pelea, la luz de la batalla*; la batalla es *el juego de las espadas, el chaparrón de fierro*; la nave es *la atravesadora del mar*; el dragón es *la amenaza del anochecer, el guardián del tesoro*; el cuerpo es *la morada de los huesos*; la reina es *la tejedora de paz*; el rey es *el señor de los anillos, el áureo amigo de los hombres, el jefe de hombres, el distribuidor de caudales*. También las naves de la *Ilíada* son atravesadoras del mar —casi trasatlánticos—, y el rey, *rey de hombres*. En las hagiografías del 800, el mar es asimismo *el baño del pez, la ruta de las focas, el estanque de la ballena, el reino de la ballena*; el sol es *la candela de los hombres, la candela del día*; los ojos son *las joyas de la cara*; la nave es *el caballo de las olas, el caballo del mar*; el lobo es *el morador de los bosques*; la batalla es *el juego de los escudos, el vuelo de las lanzas*; la lanza es *la serpiente de la guerra*; Dios es *la alegría de los guerreros*. En el *Bestiario*, la ballena es *el guardián del océano*. En *la balada de Brunnaburh* —ya del 900—, la batalla es *el trato de las lanzas, el crujido de las banderas, la comunión de las espadas, el encuentro de hombres*. Los escaldos manejan puntualmente esas mismas figuras; su innovación fue el orden torrencial en que las prodigaron y el combinarlas entre sí como bases de más complejos símbolos. Es de presumir que el tiempo colaboró. Sólo cuando *luna de viking* fue una inmediata equivalencia de *escudo*, pudo el poeta formular la ecuación *serpiente de la luna de los vikings*. Ese momento se produjo en Islandia, no en Inglaterra. El goce de componer palabras perduró en las letras británicas, pero en diversa forma. Las *Odiseas* de Chapman (año de 1614) abundan en extraños ejemplos. Algunos son hermosos (*delicious - fingered Morning, through - swum the waves*); otros, meramente visuales y tipográficos (*Soon as the white - and - red - mixed - fingered Dame*); otros, de curiosa torpeza (*the circularly - witted queen*). A tales aventuras pueden conducir la sangre germánica y la lectura griega. Aquí también de cierto germanizador total del inglés, que en un *Word-book of the English Tongue*, propone las enmiendas que copio: *lichrest* por cementerio, *redecraft* por lógica, *fourwinkled* por cuadrangular, *outganger* por emigrante, *fearnought* por guapo, *bit-wise* por gradualmente, *kinlore* por genealogía, *bask-jaw* por réplica, *wanhope* por desesperación. A tales aventuras pueden conducir el inglés y un conocimiento nostálgico del alemán...

Recorrer el índice total de las *kenningar* es exponerse a la incómoda sensación de que muy raras veces ha estado menos ocurrente el misterio —y más inadecuado y verboso. Antes de condenarlas, conviene recordar que su trasposición a un idioma que ignora las palabras compuestas tiene que agravar su inhabilidad. *Espina de la batalla* o aun *espina de batalla* o *espina militar* es una desairada perífrasis; *Kampfdorn* o *battle-thorn* lo son menos.[1] Así también, hasta que las

1. Traducir cada *kenning* por un sustantivo español con adjetivo especificante (sol doméstico en lugar de *sol de las casas*, resplandor manual en vez de *resplandor de la mano*) hubiera sido tal vez lo más fiel, pero también lo menos sensacional y lo más difícil —por falta de adjetivos.

exhortaciones gramaticales de nuestro Xul-Solar no encuentren obediencia, versos como el de Rudyard Kipling:

In the desert where the dung-fed camp-smoke curled

o aquel otro de Yeats:

That dolphin-torn, that gong-tormented sea

serán inimitables e impensables en español...

Otras apologías no faltan. Una evidente es que esas inexactas menciones eran estudiadas en fila por los aprendices de *skald*, pero no eran propuestas al auditorio de ese modo esquemático, sino entre la agitación de los versos. (La descarnada fórmula

agua de la espada = *sangre*

es acaso ya una traición.) Ignoramos sus leyes: desconocemos los precisos reparos que un juez de *kenningar* opondría a una buena metáfora de Lugones. Apenas si unas palabras nos quedan. Imposible saber con qué inflexión de voz eran dichas, desde qué caras, individuales como una música, con qué admirable decisión o modestia. Lo cierto es que ejercieron algún día su profesión de asombro y que su gigantesca ineptitud embelesó a los rojos varones de los desiertos volcánicos y los *fjords*, igual que la profunda cerveza y que los duelos de padrillos.[1] No es imposible que una misteriosa alegría las produjera. Su misma bastedad —*peces de la batalla*: espadas— puede responder a un antiguo *humour*, a chascos de hiperbóreos hombrones. Así, en esa metáfora salvaje que he vuelto a destacar, los guerreros y la batalla se funden en un plano invisible, donde se agitan las espadas orgánicas y muerden y aborrecen. Esa imaginación figura también en la *Saga de Njal*, en una de cuyas páginas está escrito: "Las espadas saltaron de las vainas, y hachas y lanzas volaron por el aire y pelearon. Las armas

1. Hablo de un deporte especial de esa isla de lava y de duro hielo: la riña de padrillos. Enloquecidos por las yeguas urgentes y por el clamor de los hombres, éstos peleaban a sangrientos mordiscos, alguna vez mortales. Las alusiones a ese juego son numerosas. De un capitán que se batió con denuedo frente a su dama, dice el historiador que cómo no iba a pelear bien ese potro si la yegua estaba mirándolo.

los persiguieron con tal ardor que debieron atajarse con los escudos, pero de nuevo muchos fueron heridos y un hombre murió en cada nave". Este signo se vio en las embarcaciones del apóstata Brodir, antes de la batalla que lo deshizo.

En la noche 743 del *Libro de las mil y una noches*, leo esta admonición: "No digamos que ha muerto el rey feliz que deja un heredero como éste: el comedido, el agraciado, el impar, el león desgarrador y la clara luna". El símil, contemporáneo por ventura de los germánicos, no vale mucho más, pero la raíz es distinta. El hombre asimilado a la luna, el hombre asimilado a la fiera, no son el resultado discutible de un proceso mental: son la correcta y momentánea verdad de dos intuiciones. Las *kenningar* se quedan en sofismas, en ejercicios embusteros y lánguidos. Aquí de cierta memorable excepción, aquí del verso que refleja el incendio de una ciudad, el fuego delicado y terrible:

Arden los hombres; ahora se enfurece la Joya.

Una vindicación final. El signo "pierna del omóplato" es raro, pero no es menos raro que el brazo del hombre. Concebirlo como una vana pierna que proyectan las sisas de los chalecos y que se deshilacha en cinco dedos de penosa largura, es intuir su rareza fundamental. Las *kenningar* nos dictan ese asombro, nos extrañan del mundo. Pueden motivar esa lúcida perplejidad que es el único honor de la metafísica, su remuneración y su fuente.

Buenos Aires, 1933.

Posdata. Morris, el minucioso y fuerte poeta inglés, intercaló muchas *kenningar* en su última epopeya, *Sigurd the Volsung*. Trascribo algunas, ignoro si adaptadas o personales o de las dos. *Llama de la guerra*, la bandera; *marea de la matanza*, *viento de la guerra*, el ataque; *mundo de peñascos*, la montaña; *bosque de la guerra*, *bosque de picas*, *bosque de la batalla*, el ejército; *tejido de la espada*, la muerte; *perdición de Fafnir*, *tizón de la pelea*, *ira de Sigfrido*, su espada.

"Padre de la fragancia ¡oh jazmín!" pregonan en El Cairo los vendedores. Mauthner observa que los árabes suelen derivar sus figuras de la relación padre-hijo. Así: *padre de la mañana*, el gallo; *padre del merodeo*, el lobo; *hijo del arco*, la flecha; *padre de los pasos*, una montaña. Otro ejemplo de esa preocupación: en el *Qurán*, la prueba más común de que hay Dios, es el espanto de que el hombre sea generado "por unas gotas de agua vil".

Es sabido que los primitivos nombres del tanque fueron *landship*, *landcruiser*, barco de tierra, acorazado de tierra. Más tarde le pusieron *tanque* para despistar. La *kenning* original era demasiado evidente. Otra *kenning* es "lechón largo", que era el eufemismo goloso que los caníbales dieron al plato fundamental de su régimen.

El ultraísta muerto cuyo fantasma sigue siempre habitándome goza con estos juegos. Los dedico a una clara compañera: a Norah Lange, cuya sangre los reconocerá por ventura.

Posdata de 1962. Yo escribí alguna vez, repitiendo a otros, que la aliteración y la metáfora eran los elementos fundamentales del antiguo verso germánico. Dos años dedicados al estudio de los textos anglosajones me llevan, hoy, a modificar esa afirmación.

De las aliteraciones entiendo que eran más bien un medio que un fin. Su objeto era marcar las palabras que debían acentuarse. Una prueba de ello es que las vocales, que eran abiertas, es decir muy diversas una de otra, aliteraban entre sí. Otra es que los textos antiguos no registran aliteraciones exageradas, del tipo *afair field full offolk*, que data del siglo XIV.

En cuanto a la metáfora como elemento indispensable del verso, entiendo que la pompa y la gravedad que hay en las palabras compuestas eran lo que agradaba y que las *kenningar*, al principio, no fueron metafóricas. Así, los dos versos iniciales del *Beowulf* incluyen tres *kenningar* (*daneses de lanza, días de antaño* o *días de años, reyes del pueblo*) que ciertamente no son metáforas y es preciso llegar al décimo verso para dar con una expresión como *hronrad* (*ruta de la ballena*, el mar). La metáfora no habría sido pues lo fundamental sino, como la comparación ulterior, un descubrimiento tardío de las literaturas.

Entre los libros que más serviciales me fueron, debo mencionar los siguientes:

The Prose Edda, by Snorri Sturluson. Translated by Arthur Gilchrist Brodeur, New York, 1929.

Die Jüngere Edda mit dem sogennanten ersten grammatischen Traktat. Uebertragen von Gustav Neckel und Felix Niedner, Jena, 1925.

Die Edda. Uebersetzt von Hugo Gering. Leipzig, 1892.

Eddalieder, mit Grammatik, Uebersetzung und Erläuterungen. Von Dr. Wilhelm Ranisch. Leipzig, 1920.
Völsunga Saga, with certain songs from the Elder Edda. Translated by Eiríkr Magnússon and William Morris. London, 1870.
The Story of Burnt Njal. From the Icelandic of the Njals Saga, by George Webbe Dasent, Edinburgh, 1861.
The Grettir Saga. Translated by G. Ainslie Hight. London, 1913.
Die Geschichte vom Goden Snorri. Uebertragen von Felix Niedner, Jena, 1920.
Islands Kultur zur Wikingerzeit, von Felix Niedner, Jena, 1920.
Anglo-Saxon Poetry. Selected and translated by R. K. Gordon. London, 1931.
The Deeds of Beowulf. Done into modern prose by John Earle. Oxford, 1892.

LA METÁFORA

El historiador Snorri Sturluson, que en su intrincada vida hizo tantas cosas, compiló a principios del siglo XIII un glosario de las figuras tradicionales de la poesía de Islandia en el que se lee, por ejemplo, que *gaviota del odio*, *halcón de la sangre*, *cisne sangriento* o *cisne rojo*, significan el cuervo; y *techo de la ballena* o *cadena de las islas*, el mar; y *casa de los dientes*, la boca. Entretejidas en el verso y llevadas por él, estas metáforas deparan (o depararon) un asombro agradable; luego sentimos que no hay una emoción que las justifique y las juzgamos laboriosas e inútiles. He comprobado que igual cosa ocurre con las figuras del simbolismo y del marinismo.

De "frialdad íntima" y de "poco ingeniosa ingeniosidad" pudo acusar Benedetto Croce a los poetas y oradores barrocos del siglo XVII; en las perífrasis recogidas por Snorri veo algo así como la *reductio ad absurdum* de cualquier propósito de elaborar metáforas nuevas. Lugones o Baudelaire, he sospechado, no fracasaron menos que los poetas cortesanos de Islandia.

En el libro tercero de la *Retórica*, Aristóteles observó que toda metáfora surge de la intuición de una analogía entre cosas disímiles; Middleton Murry exige que la analogía sea real y que hasta entonces no haya sido notada (*Countries of the Mind*, II, 4). Aristóteles, como se ve, funda la metáfora sobre las cosas y no sobre el lenguaje; los tropos conservados por Snorri son (o parecen) resultados de un proceso mental, que no percibe analogías sino que combina palabras; alguno puede impresionar (*cisne rojo*, *halcón de la sangre*), pero nada revelan o comunican. Son, para de alguna manera decirlo, objetos verbales, puros e independientes como un cristal o como un anillo de plata. Parejamente, el gramático Licofronte llamó *león de la triple noche* al dios Hércules porque la noche en que fue engendrado por Zeus duró como tres; la frase es memorable, allende la interpretación de los glosadores, pero no ejerce la función que prescribe Aristóteles.[1]

1. Digo lo mismo de "águila de tres alas", que es nombre metafórico de la flecha, en la literatura persa (Browne, *A Literary History of Persia*, III, 262).

En el *I King*, uno de los nombres del universo es los Diez Mil Seres. Hará treinta años, mi generación se maravilló de que los poetas desdeñaran las muchas combinaciones de que esa colección es capaz y maniáticamente se limitaran a unos pocos grupos famosos: las estrellas y los ojos, la mujer y la flor, el tiempo y el agua, la vejez y el atardecer, el sueño y la muerte. Enunciados o despojados así, estos grupos son meras trivialidades, pero veamos algunos ejemplos concretos.

En el Antiguo Testamento se lee (I Reyes 2:10): "Y David durmió con sus padres, y fue enterrado en la ciudad de David". En los naufragios, al hundirse la nave, los marineros del Danubio rezaban: "Duermo; luego vuelvo a remar".[1] "Hermano de la muerte" dijo del sueño, Homero, en la *Ilíada*; de esta hermandad diversos monumentos funerarios son testimonio, según Lessing. "Mono de la muerte" (*Affe des Todes*) le dijo Wilhelm Klemm, que escribió asimismo: "La muerte es la primera noche tranquila". Antes, Heine había escrito: "La muerte es la noche fresca; la vida, el día tormentoso"... "Sueño de la tierra" le dijo a la muerte, Vigny; "viejo sillón de hamaca" (*old rocking-chair*) le dicen en los *blues* a la muerte: ésta viene a ser el último sueño, la última siesta, de los negros. Schopenhauer, en su obra, repite la ecuación muerte-sueño; básteme copiar estas líneas: "Lo que el sueño es para el individuo, es para la especie la muerte" (*Die Welt als Wille und Vorstel-lung*, II, 41). El lector ya habrá recordado las palabras de Hamlet: "Morir, dormir, tal vez soñar", y su temor de que sean atroces los sueños del sueño de la muerte.

Equiparar mujeres a flores es otra eternidad o trivialidad; he aquí algunos ejemplos. "Yo soy la rosa de Sarón y el lirio de los valles", dice en el Cantar de los Cantares la sulamita. En la historia de Math, que es la cuarta "rama" de los *Mabinogion* de Gales, un príncipe requiere una mujer que no sea de este mundo, y un hechicero, "por medio de conjuros y de ilusión, la hace con las flores del roble y con las flores de la retama y con la flores de la ulmaria". En la quinta "aventura" del *Nibelungenlied,* Sigfrid ve a Kriemhild, para siempre, y lo primero que nos dice es que su tez brilla con el color de las rosas. Ariosto, inspirado por Catulo, compara la doncella a una flor secreta (*Orlando*, I, 42); en el jardín de Armida, un pájaro de pico purpúreo exhorta a los amantes a

1. También se guarda la plegaria final de los marineros fenicios: "Madre de Cartago, devuelvo el remo". A juzgar por monedas del siglo II antes de Jesucristo, debemos entender Sidón por Madre de Cartago.

no dejar que esa flor se marchite (*Gerusalemme*, XVI, 13-15). A fines del siglo X, Malherbe quiere consolar a un amigo de la muerte de su hija y en su consuelo están las famosas palabras: *"Et, rose, elle a vécu ce que vivent les roses"*. Shakespeare, en un jardín, admira el hondo bermellón de las rosas y la blancura de los lirios, pero estas galas no son, para él, sino sombras de su amor que está ausente (*Sonnets*, XCVIII). "Dios, haciendo rosas, hizo mi cara", dice la reina de Samotracia en una página de Swinburne. Este censo podría no tener fin;[1] básteme recordar aquella escena de *Weir of Hermiston* —el último libro de Stevenson— en que el héroe quiere saber si en Cristina hay un alma "o si no es otra cosa que un animal del color de las flores".

Diez ejemplos del primer grupo y nueve del segundo he juntado; a veces la unidad esencial es menos aparente que los rasgos diferenciales. ¿Quién, *a priori*, sospecharía que "sillón de hamaca" y "David durmió con sus padres" proceden de una misma raíz?

El primer monumento de las literaturas occidentales, la *Ilíada*, fue compuesto hará tres mil años; es verosímil conjeturar que en ese enorme plazo todas las afinidades íntimas, necesarias (ensueño-vida, sueño-muerte, ríos y vidas que transcurren, etcétera), fueron advertidas y escritas alguna vez. Ello no significa, naturalmente, que se haya agotado el número de metáforas; los modos de indicar o insinuar estas secretas simpatías de los conceptos resultan, de hecho, ilimitados. Su virtud o flaqueza está en las palabras, el curioso verso en que Dante (*Purgatorio*, I, 13), para definir el cielo oriental invoca una piedra oriental, una piedra límpida en cuyo nombre está, por venturoso azar, el Oriente: *"Dolce color d'oriental zaffiro"* es, más allá de cualquier duda, admirable; no así el de Góngora (*Soledad*, I, 6): "En campos de zafiro pace estrellas" que es, si no me equivoco, una mera grosería, un mero énfasis.[2]

Algún día se escribirá la historia de la metáfora y sabremos la verdad y el error que estas conjeturas encierran.

---

1. También está con delicadeza la imagen en los famosos versos de Milton (*P. L.* IV, 268-271) sobre el rapto de Proserpina, y son éstos de Darío:

> *Mas a pesar del tiempo terco,*
> *mi sed de amor no tiene fin;*
> *con el cabello gris me acerco*
> *a los rosales del jardín.*

2. Ambos versos derivan de la Escritura. "Y vieron al Dios de Israel; y había debajo de sus pies como un embaldosado de zafiro, semejante al cielo cuando está sereno". (Éxodo, 24; 10.)

LA DOCTRINA DE LOS CICLOS

I

Esa doctrina (que su más reciente inventor llama del Eterno Retorno) es formulable así:

"El número de todos los átomos que componen el mundo es, aunque desmesurado, finito, y sólo capaz como tal de un número finito (aunque desmesurado también) de permutaciones. En un tiempo infinito, el número de las permutaciones posibles debe ser alcanzado, y el universo tiene que repetirse. De nuevo nacerás de un vientre, de nuevo crecerá tu esqueleto, de nuevo arribará esta misma página a tus manos iguales, de nuevo cursarás todas las horas hasta la de tu muerte increíble." Tal es el orden habitual de aquel argumento, desde el preludio insípido hasta el enorme desenlace amenazador. Es común atribuirlo a Nietzsche.

Antes de refutarlo —empresa de que ignoro si soy capaz— conviene concebir, siquiera de lejos, las sobrehumanas cifras que invoca. Empiezo por el átomo. El diámetro de un átomo de hidrógeno ha sido calculado, salvo error, en un cienmillonésimo de centímetro. Esa vertiginosa pequeñez no quiere decir que sea indivisible: al contrario, Rutherford lo define según la imagen de un sistema solar, hecho por un núcleo central y por un electrón giratorio, cien mil veces menor que el átomo entero. Dejemos ese núcleo y ese electrón, y concibamos un frugal universo, compuesto de diez átomos. (Se trata, claro está, de un modesto universo experimental: invisible, ya que no lo sospechan los microscopios; imponderable, ya que ninguna balanza lo apreciaría.) Postulemos también —siempre de acuerdo con la conjetura de Nietzsche— que el número de cambios de ese universo es el de las maneras en que se pueden disponer los diez átomos, variando el orden en que estén colocados. ¿Cuántos estados diferentes puede conocer ese mundo, antes de un eterno retorno? La indagación es fácil: basta multiplicar 1 x 2 x 3 x 4 x 5 x 6 x 7 x 8 x 9 x 10, prolija operación que nos da la cifra de 3.628.800. Si una partícula casi infinitesimal de universo es capaz de esa variedad, poca o ninguna fe debemos prestar a una monotonía del cosmos. He considerado diez átomos; para obtener dos gramos de hidrógeno, precisaríamos bastante más de un billón de billones. Hacer el cómputo de los cambios posibles en ese par de gramos —vale decir, multiplicar un billón de billones por cada uno de los números enteros que lo anteceden— es ya una operación muy superior a mi paciencia humana.

Ignoro si mi lector está convencido; yo no lo estoy. El indoloro y casto despilfarro de números enormes obra sin duda ese placer peculiar de todos los excesos, pero la Regresión sigue más o menos Eterna, aunque a plazo remoto. Nietzsche podría replicar: "Los electrones giratorios de Rutherford son una novedad para mí, así como la idea —tan escandalosa para un filólogo— de que pueda partirse un átomo. Sin embargo, yo jamás desmentí que las vicisitudes de la materia fueran cuantiosas; yo he declarado solamente que no eran infinitas". Esa verosímil contestación de Friedrich Zarathustra me hace recurrir a Georg Cantor y a su heroica teoría de los conjuntos.

Cantor destruye el fundamento de la tesis de Nietzsche. Afirma la perfecta infinitud del número de puntos del universo, y hasta de un metro de universo, o de una fracción de ese metro. La operación de contar no es otra cosa para él que la de equiparar dos series. Por ejemplo, si los primogénitos de todas las casas de Egipto fueron matados por el Ángel, salvo los que habitaban en casa que tenía en la puerta una señal roja, es evidente que tantos se salvaron como señales rojas había, sin que esto importe enumerar cuántos fueron. Aquí es indefinida la cantidad; otras agrupaciones hay en que es infinita. El conjunto de los números naturales es infinito, pero es posible demostrar que son tantos los impares como los pares.

Al 1 corresponde el 2
Al 3 corresponde el 4
Al 5 corresponde el 6, etcétera.

La prueba es tan irreprochable como baladí, pero no difiere de la siguiente de que hay tantos múltiplos de tres mil dieciocho como números hay —sin excluir de éstos al tres mil dieciocho y sus múltiplos.

Al 1 corresponde el 3018
Al 2 corresponde el 6036
Al 3 corresponde el 9054
Al 4 corresponde el 12072, etcétera.

Cabe afirmar lo mismo de sus potencias, por más que éstas se vayan ratificando a medida que progresemos.

> Al 1 corresponde el 3018
> Al 2 corresponde el 3018^2, el 9.108.324
> Al 3, etcétera.

Una genial aceptación de estos hechos ha inspirado la fórmula de que una colección infinita —verbigracia, la serie natural de números enteros— es una colección cuyos miembros pueden desdoblarse a su vez en series infinitas. (Mejor, para eludir toda ambigüedad: conjunto infinito es aquel conjunto que puede equivaler a uno de sus conjuntos parciales.) La parte, en esas elevadas latitudes de la numeración, no es menos copiosa que el todo: la cantidad precisa de puntos que hay en el universo es la que hay en un metro, o en un decímetro, o en la más honda trayectoria estelar. La serie de los números naturales está bien ordenada: vale decir, los términos que la forman son consecutivos; el 28 precede al 29 y sigue al 27. La serie de los puntos del espacio (o de los instantes del tiempo) no es ordenable así; ningún número tiene un sucesor o un predecesor inmediato. Es como la serie de los quebrados según la magnitud. ¿Qué fracción enumeraremos después de 1/2? No 51/100, porque 101/200 está más cerca; no 101/200 porque más cerca está 201/400; no 201/400 porque más cerca... Igual sucede con los puntos, según Georg Cantor. Podemos siempre intercalar otros más, en número infinito. Sin embargo, debemos procurar no concebir tamaños decrecientes. Cada punto "ya" es el final de una infinita subdivisión.

El roce del hermoso juego de Cantor con el hermoso juego de Zarathustra es mortal para Zarathustra. Si el universo consta de un número infinito de términos, es rigurosamente capaz de un número infinito de combinaciones —y la necesidad de un Regreso queda vencida. Queda su mera posibilidad, computable en cero.

II

Escribe Nietzsche, hacia el otoño de 1883: "Esta lenta araña arrastrándose a la luz de la luna, y esta misma luz de la luna, y tú y yo cuchicheando en el portón, cuchicheando de eternas cosas, ¿no hemos coincidido ya en el pasado? ¿Y no recurriremos otra vez en el largo camino, en ese largo tembloroso camino, no recurriremos eternamente? Así hablaba yo, y siempre con voz menos alta, porque me daban miedo mis pensamientos y mis traspensamientos". Escribe Eudemo, parafraseador de Aristóteles, unos tres siglos antes de la Cruz: "Si hemos de creer a los pitagóricos, las mismas cosas volverán puntualmente y estaréis conmigo otra vez y yo repetiré esta doctrina y mi mano jugará con este bastón, y así de lo demás". En la cosmogonía de los estoicos, "Zeus se alimenta del mundo": el universo es consumido cíclicamente por el fuego que lo engendró, y resurge de la aniquilación para repetir una idéntica historia. De nuevo se combinan las diversas partículas seminales, de nuevo informan piedras, árboles y hombres —y aun virtudes y días, ya que para los griegos era imposible un nombre sustantivo sin alguna corporeidad. De nuevo cada espada y cada héroe, de nuevo cada minuciosa noche de insomnio.

Como las otras conjeturas de la escuela del Pórtico, esa de la repetición general cundió por el tiempo, y su nombre técnico, *apokatastasis*, entró en los Evangelios (Hechos de los Apóstoles, III, 21), si bien con intención indeterminada. El libro doce de la *Civitas Dei* de San Agustín dedica varios capítulos a rebatir tan abominable doctrina. Esos capítulos (que tengo a la vista) son harto enmarañados para el resumen, pero la furia episcopal de su autor parece preferir dos motivos: uno, la aparatosa inutilidad de esa rueda; otro, la irrisión de que el Logos muera como un pruebista en la cruz, en funciones interminables. Las despedidas y el suicidio pierden su dignidad si los menudean; San Agustín debió pensar lo mismo de la Crucifixión. De ahí que rechazara con escándalo el parecer de los estoicos y pitagóricos. Éstos argüían que la ciencia de Dios no puede comprender cosas infinitas y que esta eterna rotación del proceso mundial sirve para que Dios lo vaya aprendiendo y se familiarice con él; San Agustín se burla de sus vanas revoluciones y afirma que Jesús es la vía recta que nos permite huir del laberinto circular de tales engaños.

En aquel capítulo de su *Lógica* que trata de la ley de la causalidad, John Stuart Mill declara que es concebible —pero no verdadera— una repetición periódica de la historia, y cita la "égloga mesiánica" de Virgilio:

Jam redit et virgo, redeunt Saturnia regna...

Nietzsche, helenista, ¿pudo acaso ignorar a esos "precursores"? Nietzsche, el autor de los fragmentos sobre los presocráticos, ¿pudo no conocer una doctrina que los discípulos de Pitágoras aprendieron?[1] Es muy difícil creerlo —*e inútil.* Es verdad que Nietzsche ha indicado, en memorable página, el preciso lugar en que la idea de un eterno retorno lo visitó: un sendero en los bosques de Silvaplana, cerca de un vasto bloque piramidal, un mediodía del agosto de 1881— "a seis mil pies del hombre y del tiempo". Es verdad que ese instante es uno de los honores de Nietzsche. "Inmortal el instante", dejará escrito, "en que yo engendré el eterno regreso. Por ese instante yo soporto el Regreso" (*Unschuld des Werdens,* II, 1308). Opino, sin embargo, que no debemos postular una sorprendente ignorancia, ni tampoco una confusión humana, harto humana, entre la inspiración y el recuerdo, ni tampoco un delito de vanidad. Mi clave es de carácter gramatical, casi diré sintáctico. Nietzsche sabía que el Eterno Recurso es de las fábulas o miedos o diversiones que recurren eternamente, pero también sabía que la más eficaz de las personas gramaticales es la primera. Para un profeta, cabe asegurar que es la única. Derivar su revelación de un epítome, o de la *Historia philosophiae graeco-romanae* de los profesores suplentes Ritter y Preller, era imposible a Zarathustra, por razones de voz y de anacronismo —cuando no tipográficas. El estilo profético no permite el empleo de las comillas ni la erudita alegación de libros y autores...

Si mi carne humana asimila carne brutal de ovejas, ¿quién impedirá que la mente humana asimile estados mentales humanos? De mucho repensarlo y de padecerlo, el eterno regreso de las cosas es ya de Nietzsche y no de un muerto que es apenas un nombre griego. No insistiré: ya Miguel de Unamuno tiene su página sobre esa prohijación de los pensamientos.

Nietzsche quería hombres capaces de aguantar la inmortalidad. Lo digo con palabras que están en sus cuadernos personales, en el *Nachlass,* donde grabó también estas otras: "Si te figuras una larga paz antes de renacer, te juro que piensas mal. Entre el último instante de la conciencia y el primer resplandor de una vida nueva hay 'ningún tiempo' —el plazo dura lo que un rayo, aunque no basten a me-

1. Esta perplejidad es inútil. Nietzsche, en 1874, se burló de la tesis pitagórica de que la historia se repite cíclicamente *(Vom Nutzen und Nachteil der Historie). (Nota de 1953.)*

dirlo billones de años. Si falta un yo, la infinitud puede equivaler a la sucesión".

Antes de Nietzsche la inmortalidad personal era una mera equivocación de las esperanzas, un proyecto confuso. Nietzsche la propone como un deber y le confiere la lucidez atroz de un insomnio. "El no dormir (leo en el antiguo tratado de Robert Burton) harto crucifica a los melancólicos", y nos consta que Nietzsche padeció esa crucifixión y tuvo que buscar salvamento en el amargo hidrato de cloral. Nietzsche quería ser Walt Whitman, quería minuciosamente enamorarse de su destino. Siguió un método heroico: desenterró la intolerable hipótesis griega de la eterna repetición y procuró educir de esa pesadilla mental una ocasión de júbilo. Buscó la idea más horrible del universo y la propuso a la delectación de los hombres. El optimista flojo suele imaginar que es nietzscheano; Nietzsche lo enfrenta con los círculos del eterno regreso y lo escupe así de su boca.

Escribió Nietzsche: "No anhelar distantes venturas y favores y bendiciones, sino vivir de modo que queramos volver a vivir, y así por toda la eternidad". Mauthner objeta que atribuir la menor influencia moral, vale decir práctica, a la tesis del eterno retorno, es negar la tesis —pues equivale a imaginar que algo puede acontecer de otro modo. Nietzsche respondería que la formulación del regreso eterno y su dilatada influencia moral (vale decir práctica) y las cavilaciones de Mauthner y su refutación de las cavilaciones de Mauthner, son otros tantos necesarios momentos de la historia mundial, obra de las agitaciones atómicas. Con derecho podría repetirlo que ya dejó escrito: "Basta que la doctrina de la repetición circular sea probable o posible. La imagen de una mera posibilidad nos puede estremecer y rehacer. ¡Cuánto no ha obrado la posibilidad de las penas eternas!" Y en otro lugar: "En el instante en que se presenta esa idea, varían todos los colores —y hay otra historia".

III

Alguna vez nos deja pensativos la sensación "de haber vivido ya ese momento". Los partidarios del eterno regreso nos juran que así es e indagan una corroboración de su fe en esos perplejos estados. Olvidan que el recuerdo importaría una novedad que es la negación de la tesis y que el tiempo lo iría perfeccionando —hasta el ciclo distante en que el individuo ya prevé su destino, y prefiere obrar de otro modo... Nietzsche, por lo demás, no habló nunca de una confirmación mnemónica del Regreso.[1]

Tampoco habló —y eso merece destacarse también— de la finitud de los átomos. Nietzsche *niega* los átomos; la atomística no le parecía otra cosa que un modelo del mundo, hecho exclusivamente para los ojos y para el entendimiento aritmético... Para fundar su tesis, habló de una fuerza limitada, desenvolviéndose en el tiempo infinito, pero incapaz de un número ilimitado de variaciones. Obró no sin perfidia: primero nos precave contra la idea de una fuerza infinita —"¡cuidémonos de tales orgías del pensamiento!"— y luego generosamente concede que el tiempo es infinito. Asimismo le agrada recurrir a la Eternidad Anterior. Por ejemplo: un equilibrio de la fuerza cósmica es imposible, pues de no serlo, ya se habría operado en la Eternidad Anterior. O si no: la historia universal ha sucedido un número infinito de veces —en la Eternidad Anterior. La invocación parece válida, pero conviene repetir que esa Eternidad Anterior o *aeternitas a parte ante* (según le dijeron los teólogos) no es otra cosa que nuestra incapacidad natural de concebirle principio al tiempo. Adolecemos de la misma incapacidad en lo referente al espacio, de suerte que invocar una Eternidad Anterior es tan decisivo como invocar una Infinitud A Mano Derecha. Lo diré con otras palabras: si el tiempo es infinito para la intuición, también lo es el espacio. Nada tiene que ver esa Eternidad Anterior con el tiempo real discurrido; retrocedamos al primer segundo y notaremos que éste requiere un predecesor, y ese predecesor otro más, y así infinitamente. Para restañar ese *regressus in infinitum*, San Agus-

1. De esa aparente confirmación, Néstor Ibarra escribe:

"Il arrive aussi que quelque perception nouvelle nous frappe comme un souvenir, que nous croyons reconnaître des objets ou des accidents que nous sommes pourtant sûrs de rencontrer pour la première fois. J'imagine qu'il s'agit ici d'un curieux comportement de notre mémoire. Une perception quelconque s'effectue d'abord, mais *sous le seuil du conscient*. Un instant après, les excitations agissent, mais cette fois nous les recevons *dans le conscient*. Notre mémoire est déclenchée, et nous offre bien le sentiment du 'déjà vu'; mais elle localise mal ce rappel. Pour en justifier la faiblesse et le trouble, nous lui supposons un considérable recul dans le temps; peut être le renvoyons-nous plus loin de nous encore, dans le rédoublement de quelque vie antérieure. Il s'agit en réalité d'un passé inmédiat; et l'abîme qui nous en sépare est celui de notre distraction."

tín resuelve que el primer segundo del tiempo coincide con el primer segundo de la Creación —*non in tempore sed cum tempore incepit creatio.*

Nietzsche recurre a la energía; la segunda ley de la termodinámica declara que hay procesos energéticos que son irreversibles. El calor y la luz no son más que formas de la energía. Basta proyectar una luz sobre una superficie negra para que se convierta en calor. El calor, en cambio, ya no volverá a la forma de luz. Esa comprobación, de aspecto inofensivo o insípido, anula el "laberinto circular" del Eterno Retorno.

La primera ley de la termodinámica declara que la energía del universo es constante; la segunda, que esa energía propende a la incomunicación, al desorden, aunque la cantidad total no decrece. Esa gradual desintegración de las fuerzas que componen el universo, es la entropía. Una vez igualadas las diversas temperaturas, una vez excluida (o compensada) toda acción de un cuerpo sobre otro, el mundo será un fortuito concurso de átomos. En el centro profundo de las estrellas, ese difícil y mortal equilibrio ha sido logrado. A fuerza de intercambios el universo entero lo alcanzará, y estará tibio y muerto.

La luz se va perdiendo en calor; el universo, minuto por minuto, se hace invisible. Se hace más liviano, también. Alguna vez, ya no será más que calor: calor equilibrado, inmóvil, igual. Entonces habrá muerto.

*

Una certidumbre final, esta vez de orden metafísico. Aceptada la tesis de Zarathustra, no acabo de entender cómo dos procesos idénticos dejan de aglomerarse en uno. ¿Basta la mera sucesión, no verificada por nadie? A falta de un arcángel especial que lleve la cuenta, ¿qué significa el hecho de que atravesamos el ciclo trece mil quinientos catorce, y no el primero de la serie o el número trescientos veintidós con el exponente dos mil? Nada, para la práctica —lo cual no daña al pensador. Nada, para la inteligencia —lo cual ya es grave.

Salto Oriental, 1934.

Entre los libros consultados para la noticia anterior, debo mencionar los siguientes:

Die Unschuld des Werdens, von Friedrich Nietzsche. Leipzig, 1931.
Also sprach Zarathustra, von Friedrich Nietzsche. Leipzig, 1892.
Introduction to Mathematical Philosophy, by Bertrand Russell. London, 1919.
The A B C of Atoms, by Bertrand Russell. London, 1927.
The Nature of the Physical World, by A. S. Eddington. London, 1928.
Die Philosophie der Griechen, von Dr. Paul Deussen. Leipzig, 1919.
Wörterbuch der Philosophie, von Fritz Mauthner. Leipzig, 1923.
La ciudad de Dios, por San Agustín. Versión de Díaz de Beyral. Madrid, 1922.

EL TIEMPO CIRCULAR

Yo suelo regresar eternamente al Eterno Regreso; en estas líneas procuraré (con el socorro de algunas ilustraciones históricas) definir sus tres modos fundamentales.

El primero ha sido imputado a Platón. Éste, en el trigésimo noveno párrafo del *Timeo*, afirma que los siete planetas, equilibradas sus diversas velocidades, regresarán al punto inicial de partida: revolución que constituye el año perfecto. Cicerón (*De la naturaleza de los dioses*, libro segundo) admite que no es fácil el cómputo de ese vasto período celestial, pero que ciertamente no se trata de un plazo ilimitado; en una de sus obras perdidas, le fija doce mil novecientos cincuenta y cuatro "de los que nosotros llamamos años" (Tácito: *Diálogo de los oradores*, 16). Muerto Platón, la astrología judiciaria cundió en Atenas. Esta ciencia, como nadie lo ignora, afirma que el destino de los hombres está regido por la posición de los astros. Algún astrólogo que no había examinado en vano el *Timeo* formuló este irreprochable argumento: si los períodos planetarios son cíclicos, también la historia universal lo será; al cabo de cada año platónico renacerán los mismos individuos y cumplirán el mismo destino. El tiempo atribuyó a Platón esa conjetura. En 1616 escribió Lucilio Vanini: "De nuevo Aquiles irá a Troya; renacerán las ceremonias y religiones; la historia humana se repite; nada hay ahora que no fue; lo que ha sido, será; pero todo ello en general, no (como determina Platón) en particular" (*De admirandis naturae arcanis*, diálogo 52). En 1643 Thomas Browne declaró en una de las notas del primer libro de la *Religio medici*: "Año de Platón —*Plato's year*— es un curso de siglos después del cual todas las cosas recuperarán su estado anterior y Platón, en su escuela, de nuevo explicará esta doctrina". En este primer modo de concebir el Eterno Regreso, el argumento es astrológico.

El segundo está vinculado a la gloria de Nietzsche, su más patético inventor o divulgador. Un principio algebraico lo justifica: la observación de que un número *n* de objetos —átomos en la hipótesis de Le Bon, fuerzas en la de Nietzsche, cuerpos simples en la del comunista Blanqui— es incapaz de un número infinito de variaciones. De las tres doctrinas que he enumerado, la mejor razonada y la más compleja, es la de Blanqui. Éste, como Demócrito (Cicerón: *Cuestiones académicas*, libro segundo, 40), abarrota de mundos facsimilares y de mundos disímiles no sólo el tiempo sino el interminable espacio también. Su libro hermosamente se titula *L'eternité par les astres*; es de 1872. Muy anterior es un lacónico pero suficiente pasaje de David Hume; consta en los *Dialogues Concerning Natural Religion* (1779) que se propuso traducir Schopenhauer; que yo sepa, nadie lo ha destacado hasta ahora. Lo traduzco literalmente: "No imaginemos la materia infinita, como lo hizo Epicuro; imaginémosla finita. Un número finito de partículas no es susceptible de infinitas trasposiciones; en una duración eterna, todos los órdenes y colocaciones posibles ocurrirán un número infinito de veces. Este mundo, con todos sus detalles, hasta los más minúsculos, ha sido elaborado y aniquilado, y será elaborado y aniquilado: infinitamente" (*Dialogues*, VIII).

De esta serie perpetua de historias universales idénticas observa Bertrand Russell: "Muchos escritores opinan que la historia es cíclica, que el presente estado del mundo, con sus pormenores más ínfimos, tarde o temprano volverá. ¿Cómo formulan esa hipótesis? Diremos que el estado posterior es numéricamente idéntico al anterior; no podemos decir que ese estado ocurre dos veces, pues ello postularía un sistema cronológico —*since that would imply a system of dating*— que la hipótesis nos prohíbe. El caso equivaldría al de un hombre que da la vuelta al mundo: no dice que el punto de partida y el punto de llegada son dos lugares diferentes pero muy parecidos; dice que son el mismo lugar. La hipótesis de que la historia es cíclica puede enunciarse de esta manera: formemos el conjunto de todas las circunstancias contemporáneas de una circunstancia determinada; en ciertos casos todo el conjunto se precede a sí mismo" (*An Inquiry into Meaning and Truth*, 1940, pág. 102).

Arribo al tercer modo de interpretar las eternas repeticiones: el menos pavoroso y melodramático, pero también el único imaginable. Quiero decir la concepción de ciclos similares, no idénticos. Imposible formar el catálogo infinito de autoridades: pienso en los días y las noches de Brahma; en los períodos cuyo inmóvil reloj es una pirámide, muy lentamente desgastada por el ala de un pájaro, que cada mil y un años la roza; en los hombres de Hesíodo, que degeneran desde el oro hasta el hierro; en el mundo de Heráclito, que es engendrado por el fuego y que cíclicamente devora el fuego; en el mundo de Séneca y de Crisipo, en su aniquilación por el fuego, en su renovación por el agua; en la cuarta bucólica de Virgilio y en el espléndido eco de Shelley; en el Eclesiastés; en los teósofos; en la historia decimal que ideó Condorcet, en Francis Bacon y en Uspenski; en Gerald Heard, en Spengler y en Vico; en Schopenhauer, en Emerson; en los *First Principles* de Spencer y en *Eureka* de Poe... De tal profusión de testimonios bástame copiar uno, de Marco Aurelio: "Aunque los años de tu vida fueren tres mil o diez veces tres mil, recuerda que ninguno pierde otra vida que la que vive ahora ni vive otra que la que pierde. El término más largo y el más breve son, pues, iguales. El presente es de todos; morir es perder el presente, que es un lapso brevísimo. Nadie pierde el pasado ni el porvenir, pues a nadie pueden quitarle lo que no tiene. Recuerda que todas las cosas giran y vuelven a girar por las mismas órbitas y que para el espectador es igual verlas un siglo o dos o infinitamente" (*Reflexiones*, 14).

Si leemos con alguna seriedad las líneas anteriores (*id est,* si nos resolvemos a no juzgarlas una mera exhortación o moralidad), veremos que declaran, o presuponen, dos curiosas ideas. La primera: negar la realidad del pasado y del porvenir. La enuncia este pasaje de Schopenhauer: "La forma de aparición de la voluntad es sólo el presente, no el pasado ni el porvenir: éstos no existen más que para el concepto y por el encadenamiento de la conciencia, sometida al principio de razón. Nadie ha vivido en el pasado, nadie vivirá en el futuro; el presente es la forma de toda vida" (*El mundo como voluntad y representación*, primer tomo, 54). La segunda: negar, como el Eclesiastés, cualquier novedad. La conjetura de que todas las experiencias del hombre son (de algún modo) análogas, puede a primera vista parecer un mero empobrecimiento del mundo.

Si los destinos de Edgar Allan Poe, de los vikings, de Judas Iscariote y de mi lector secretamente son el mismo destino —el único destino posible—, la historia universal es la de un solo hombre. En rigor, Marco Aurelio no nos impone esta simplificación enigmática. (Yo imaginé hace tiempo un cuento fantástico, a la manera de Leon Bloy: un teólogo consagra toda su vida a confutar a un heresiarca; lo vence en intrincadas polémicas, lo denuncia, lo hace quemar; en el Cielo descubre que para Dios el heresiarca y él forman una sola persona.) Marco Aurelio afirma la analogía, no la identidad, de los muchos destinos individuales. Afirma que cualquier lapso —un siglo, un año, una sola noche, tal vez el inasible presente— contiene íntegramente la historia. En su forma extrema esa conjetura es de fácil refutación: un sabor difiere de otro sabor, diez minutos de dolor físico no equivalen a diez minutos de álgebra. Aplicada a grandes períodos, a los setenta años de edad que el Libro de los Salmos nos adjudica, la conjetura es verosímil o tolerable. Se reduce a afirmar que el número de percepciones, de emociones, de pensamientos, de vicisitudes humanas es limitado, y que antes de la muerte lo agotaremos. Repite Marco Aurelio: "Quien ha mirado lo presente ha mirado todas las cosas: las que ocurrieron en el insondable pasado, las que ocurrirán en el porvenir" (*Reflexiones*, libro sexto, 37).

En tiempos de auge la conjetura de que la existencia del hombre es una cantidad constante, invariable, puede entristecer o irritar; en tiempos que declinan (como éstos), es la promesa de que ningún oprobio, ninguna calamidad, ningún dictador podrá empobrecernos.

LOS TRADUCTORES DE "LAS MIL Y UNA NOCHES"

1. EL CAPITÁN BURTON

En Trieste, en 1872, en un palacio con estatuas húmedas y obras de salubridad deficientes, un caballero con la cara historiada por una cicatriz africana —el capitán Richard Francis Burton, cónsul inglés— emprendió una famosa traducción del *Quitab alif laila ua laila*, libro que también los rumíes llaman de *Las mil y una noches*. Uno de los secretos fines de su trabajo era la aniquilación de otro caballero (también de barba tenebrosa de moro, también curtido) que estaba compilando en Inglaterra un vasto diccionario y que murió mucho antes de ser aniquilado por Burton. Ése era Eduardo Lane, el orientalista, autor de una versión harto escrupulosa de *Las mil y una noches*, que había suplantado a otra de Galland. Lane tradujo contra Galland, Burton contra Lane; para entender a Burton hay que entender esa dinastía enemiga.

Empiezo por el fundador. Es sabido que Jean Antoine Galland era un arabista francés que trajo de Estambul una paciente colección de monedas, una monografía sobre la difusión del café, un ejemplar arábigo de las *Noches* y un maronita suplementario, de memoria no menos inspirada que la de Shahrazad. A ese oscuro asesor —de cuyo nombre no quiero olvidarme, y dicen que es Hanna— debemos ciertos cuentos fundamentales, que el original no conoce: el de Aladino, el de los Cuarenta Ladrones, el del príncipe Ahmed y el hada Peri Banú, el de Abulhasán el dormido despierto, el de la aventura nocturna de Harún Arrashid, el de las dos hermanas envidiosas de la hermana menor. Basta la sola enumeración de esos nombres para evidenciar que Galland establece un canon, incorporando historias que hará indispensables el tiempo y que los traductores venideros —sus enemigos— no se atreverían a omitir.

Hay otro hecho innegable. Los más famosos y felices elogios de *Las mil y una noches* —el de Coleridge, el de Tomás De Quincey, el de Stendhal, el de Tennyson, el de Edgar Allan Poe, el de Newman—

son de lectores de la traducción de Galland. Doscientos años y diez traducciones mejores han trascurrido, pero el hombre de Europa o de las Américas que piensa en *Las mil y una noches*, piensa invariablemente en esa primer traducción. El epíteto "milyunanochesco" ("milyunanochero" adolece de criollismo, "milyunanocturno" de divergencia) nada tiene que ver con las eruditas obscenidades de Burton o de Mardrus, y todo con las joyas y las magias de Antoine Galland.

Palabra por palabra, la versión de Galland es la peor escrita de todas, la más embustera y más débil, pero fue la mejor leída. Quienes intimaron con ella, conocieron la felicidad y el asombro. Su orientalismo, que ahora nos parece frugal, encandiló a cuantos aspiraban rapé y complotaban una tragedia en cinco actos. Doce primorosos volúmenes aparecieron de 1707 a 1717, doce volúmenes innumerablemente leídos y que pasaron a diversos idiomas, incluso el hindustani y el árabe. Nosotros, meros lectores anacrónicos del siglo XX, percibimos en ellos el sabor dulzarrón del siglo XVIII y no el desvanecido aroma oriental, que hace doscientos años determinó su innovación y su gloria. Nadie tiene la culpa del desencuentro y menos que nadie, Galland. Alguna vez, los cambios del idioma lo perjudican. En el prefacio de una traducción alemana de *Las mil y una noches*, el doctor Weil estampó que los mercaderes del imperdonable Galland se arman de una "valija con dátiles", cada vez que la historia los obliga a cruzar el desierto. Podría argumentarse que por 1710 la mención de los dátiles bastaba para borrar la imagen de la valija, pero es innecesario: *valise*, entonces, era una subclase de *alforja*.

Hay otras agresiones. En cierto panegírico atolondrado que sobrevive en los *Morceaux choisis* de 1921, André Gide vitupera las licencias de Antoine Galland, para mejor borrar (con un candor del todo superior a su reputación) la literalidad de Mardrus, tan *fin de siècle* como aquél es siglo XVIII, y mucho más infiel.

Las reservas de Galland son mundanas; las inspira el decoro, no la moral. Copio unas líneas de la tercer página de sus *Noches*: *Il alla droit à l'appartement de cette princesse, qui, ne s'attendant pas à le revoir, avait reçu dans son lit un des derniers officiers de sa maison.* Burton concreta a ese nebuloso *officier*: "un negro cocinero, rancio de grasa de cocina y de hollín". Ambos, diversamente, deforman: el original es menos ceremonioso que Galland y menos grasiento que Burton. (Efectos del decoro: en la mesurada prosa de aquél, la circunstancia *recevoir dans son lit* resulta brutal.)

A noventa años de la muerte de Antoine Galland, nace un diverso traductor de las *Noches*: Eduardo Lane. Sus biógrafos no dejan de repetir que es hijo del doctor Theophilus Lane, prebendado de Hereford. Ese dato genésico (y la terrible Forma que evoca) es tal vez suficiente. Cinco estudiosos años vivió el arabizado Lane en El Cairo, "casi exclusivamente entre musulmanes, hablando y escuchando su idioma, conformándose a sus costumbres con el más perfecto cuidado y recibido por todos ellos como un igual". Sin embargo, ni las altas noches egipcias, ni el opulento y negro café con semilla de cardamomo, ni la frecuente discusión literaria con los doctores de la ley, ni el venerado turbante de muselina, ni el comer con los dedos, le hicieron olvidar su pudor británico, la delicada soledad central de los amos del mundo. De ahí que su versión eruditísima de las *Noches* sea (o parezca ser) una mera enciclopedia de la evasión. El original no es profesionalmente obsceno; Galland corrige las torpezas ocasionales por creerlas de mal gusto. Lane las rebusca y las persigue como un inquisidor. Su probidad no pacta con el silencio: prefiere un alarmado coro de notas en un apretado cuerpo menor, que murmuran cosas como éstas: "Paso por alto un episodio de lo más reprensible. Suprimo una explicación repugnante. Aquí una línea demasiado grosera para la traducción. Suprimo necesariamente otra anécdota. Desde aquí doy curso a las omisiones. Aquí la historia del esclavo Bujait, del todo inapta para ser traducida". La mutilación no excluye la muerte: hay cuentos rechazados íntegramente "porque no pueden ser purificados sin destrucción". Ese repudio responsable y total no me parece ilógico: el subterfugio puritano es lo que condeno. Lane es un virtuoso del subterfugio, un indudable precursor de los pudores más extraños de Hollywood. Mis notas me suministran un par de ejemplos. En la noche 391, un pescador le presenta un pez al rey de los reyes y éste quiere saber si es macho o hembra y le dicen que hermafrodita. Lane consigue aplacar ese improcedente coloquio, traduciendo que el rey ha preguntado de qué especie es el animal y que el astuto pescador le responde que es de una especie mixta. En la noche 217, se habla de un rey con dos mujeres, que yacía una noche con la primera y la noche siguiente con la segunda, y así fueron dichosos. Lane dilucida la ventura de ese monarca, diciendo que trataba a sus mujeres "con imparcialidad...". Una razón es que destinaba su obra "a la mesita de la sala", centro de la lectura sin alarmas y de la recatada conversación.

Basta la más oblicua y pasajera alusión carnal para que Lane olvide su honor y abunde en torceduras y ocultaciones. No hay otra falta en él. Sin el contacto peculiar de esa tentación, Lane es de una admirable veracidad. Carece de propósitos, lo cual es una positiva ventaja. No se propone destacar el colorido bárbaro de las *Noches* como el capitán Burton, ni tampoco olvidarlo y atenuarlo, como Galland. Éste domesticaba a sus árabes, para que no desentonaran irreparablemente en París; Lane es minuciosamente agareno. Éste ignoraba toda precisión literal; Lane justifica su interpretación de cada palabra dudosa. Éste invocaba un manuscrito invisible y un maronita muerto; Lane suministra la edición y la página. Éste no se cuidaba de notas; Lane acumula un caos de aclaraciones que, organizadas, integran un volumen independiente. Diferir: tal es la norma que le impone su precursor. Lane cumplirá con ella: le bastará no compendiar el original.

La hermosa discusión Newman-Arnold (1861-1862), más memorable que sus dos interlocutores, ha razonado extensamente las dos maneras generales de traducir. Newman vindicó en ella el modo literal, la retención de todas las singularidades verbales: Arnold, la severa eliminación de los detalles que distraen o detienen. Esta conducta puede suministrar los agrados de la uniformidad y la gravedad; aquélla, de los continuos y pequeños asombros. Ambas son menos importantes que el traductor y que sus hábitos literarios. Traducir el espíritu es una intención tan enorme y tan fantasmal que bien puede quedar como inofensiva; traducir la letra, una precisión tan extravagante que no hay riesgo de que la ensayen. Más grave que esos infinitos propósitos es la conservación o supresión de ciertos pormenores; más grave que esas preferencias y olvidos, es el movimiento sintáctico. El de Lane es ameno, según conviene a la distinguida mesita. En su vocabulario es común reprender una demasía de palabras latinas, no rescatadas por ningún artificio de brevedad. Es distraído: en la página liminar de su traducción pone el adjetivo *romántico*, lo cual es una especie de futurismo, en una boca musulmana y barbada del siglo XII. Alguna vez la falta de sensibilidad le es propicia, pues le permite la interpolación de voces muy llanas en un párrafo noble, con involuntario buen éxito. El ejemplo más rico de esa cooperación de palabras heterogéneas, debe ser éste que traslado: *And in this palace is the last information respecting lords collected in the dust.* Otro puede ser esta invocación: "Por el Viviente que no muere ni ha de morir, por el nombre de Aquel a quien pertenecen la gloria y la permanencia". En Burton —ocasional precursor del siempre fabuloso Mardrus— yo sospecharía de fórmulas tan satisfactoriamente orientales; en Lane escasean tanto que debo suponerlas involuntarias, vale decir genuinas.

El escandaloso decoro de las versiones de Galland y de Lane ha provocado un género de burlas que es tradicional repetir. Yo mismo no he faltado a esa tradición. Es muy sabido que no cumplieron con el desventurado que vio la Noche del Poder, con las imprecaciones de un basurero del siglo XIII defraudado por un derviche y con los hábitos de Sodoma. Es muy sabido que desinfectaron las *Noches.*

Los detractores argumentan que ese proceso aniquila o lastima la buena ingenuidad del original. Están en un error: el *Libro de mil noches y una noche* no es (moralmente) ingenuo; es una adaptación de antiguas historias al gusto aplebeyado, o soez, de las clases medias de El Cairo. Salvo en los cuentos ejemplares del *Sendebar*, los impudores de *Las mil y una noches* nada tienen que ver con la libertad del estado paradisíaco. Son especulaciones del editor: su objeto es una risotada, sus héroes nunca pasan de changadores, de mendigos o eunucos. Las antiguas historias amorosas del repertorio, las que refieren casos del Desierto o de las ciudades de Arabia, no son obscenas, como no lo es ninguna producción de la literatura preislámica. Son apasionadas y tristes, y uno de los motivos que prefieren es la muerte de amor, esa muerte que un juicio de los ulemas ha declarado no menos santa que la del mártir que atestigua la fe... Si aprobamos ese argumento, las timideces de Galland y de Lane nos pueden parecer restituciones de una redacción primitiva.

Sé de otro alegato mejor. Eludir las oportunidades eróticas del original, no es una culpa de las que el Señor no perdona, cuando lo primordial es destacar el ambiente mágico. Proponer a los hombres un nuevo *Decamerón* es una operación comercial como tantas otras; proponerles un *Ancient Mariner* o un *Bateau ivre*, ya merece otro cielo. Littmann observa que *Las mil y una noches* es, más que nada, un repertorio de maravillas. La imposición universal de ese parecer en todas las mentes occidentales, es obra de Galland. Que ello no quede en duda. Menos felices que nosotros, los árabes dicen tener en poco el original: ya conocen los hombres, las costumbres, los talismanes, los desiertos y los demonios que esas historias nos revelan.

*

En algún lugar de su obra, Rafael Cansinos Asséns jura que puede saludar las estrellas en catorce idiomas clásicos y modernos. Burton soñaba en diecisiete idiomas y cuenta que dominó treinta y cinco: semitas, dravidios, indoeuropeos, etiópicos... Ese caudal no agota su definición: es un rasgo que concuerda con los demás, igualmente excesivos. Nadie menos expuesto a la repetida burla de *Hudibras* contra los doctores capaces de no decir absolutamente nada en varios idiomas: Burton era hombre que tenía muchísimo que decir, y los setenta y dos volúmenes de su obra siguen diciéndolo. Destaco algunos títulos al azar: *Goa y las Montañas Azules*, 1851; *Sistema de ejercicios de bayoneta*, 1853; *Relato personal de una peregrinación a Medina*, 1855; *Las regiones lacustres del África Ecuatorial*, 1860; *La Ciudad de los Santos*, 1861; *Exploración de las mesetas del Brasil*, 1869; *Sobre un hermafrodita de las islas del Cabo Verde*, 1869; *Cartas desde los campos de batalla del Paraguay*, 1870; *Última Thule o un verano en Islandia*, 1875; *A la Costa de Oro en pos de oro*, 1883; *El Libro de la Espada* (primer volumen), 1884; *El jardín fragante de Nafzauí* —obra póstuma, entregada al fuego por Lady Burton, así como una *Recopilación de epigramas inspirados por Priapo*. El escritor se deja traslucir en ese catálogo: el capitán inglés que tenía la pasión de la geografía y de las innumerables maneras de ser un hombre, que conocen los hombres. No difamaré su memoria, comparándolo con Morand, caballero bilingüe y sedentario que sube y baja infinitamente en los ascensores de un idéntico hotel internacional y que venera el espectáculo de un baúl... Burton, disfrazado de afghán, había peregrinado a las ciudades santas de Arabia: su voz había pedido al Señor que negara sus huesos y su piel, su dolorosa carne y su sangre, al Fuego de la Ira y de la Justicia; su boca, resecada por el *samún*, había dejado un beso en el aerolito que se adora en la Caaba. Esa aventura es célebre: el posible rumor de que un incircunciso, un *nazraní*, estaba profanando el santuario, hubiera determinado su muerte. Antes, en hábito de derviche, había ejercido la medicina en El Cairo —no sin variarla con la prestidigitación y la magia, para obtener la confianza de los enfermos. Hacia 1858, había comandado una expedición a las secretas fuentes del Nilo: cargo que lo llevó a descubrir el lago Tanganica. En esa empresa lo agredió una alta fiebre; en 1855 los somalíes le atravesaron los carrillos con una lanza. (Burton venía de Harrar, que era ciudad vedada a los europeos, en el interior de Abisinia.) Nueve años más tarde, ensayó la terrible hospitalidad de los ceremoniosos caníbales del Dahomé; a su regreso no faltaron rumores (acaso propalados, y ciertamente fomentados, por él) de que había "comido extrañas carnes" —como el omnívoro procónsul de Shakespeare.[1] Los judíos, la democracia, el ministro de Relaciones Exteriores y el cristianismo, eran sus odios preferidos; Lord Byron y el Islam, sus veneraciones. Del solitario oficio de escribir había hecho algo valeroso y plural: lo acometía desde el alba, en un vasto salón multiplicado por once mesas, cada una de ellas con el material para un libro —y alguna con un claro jazmín en un vaso de agua. Inspiró ilustres amistades y amores: de las primeras básteme nombrar la de Swinburne, que le dedicó la segunda serie de *Poems and Ballads* —*in recognition of a friendship which I must always count among the highest honours of my life*— y que deploró su deceso en muchas estrofas. Hombre de palabras y hazañas, bien pudo Burton asumir el alarde del *Diván* de Almotanabí:

El caballo, el desierto, la noche me conocen,
el huésped y la espada, el papel y la pluma.

Se advertirá que desde el antropófago *amateur* hasta el poliglota durmiente, no he rechazado aquellos caracteres de Richard Burton que sin disminución de fervor podemos apodar legendarios. La razón es clara: el Burton de la leyenda de Burton, es el traductor de las *Noches*. Yo he sospechado alguna vez que la distinción radical entre la poesía y la prosa está en la muy diversa expectativa de quien las lee: la primera presupone una intensidad que no se tolera en la última. Algo parecido acontece con la obra de Burton: tiene un pres-

---

1. Aludo al Marco Antonio invocado por el apóstrofe de César:

...on the Alps
It is reported, thou didst eat strange flesh
Which some did die to look on...

En esas líneas, creo entrever algún invertido reflejo del mito zoológico del basilisco, serpiente de mirada mortal. Plinio (*Historia Natural*, libro octavo, párrafo 33) nada nos dice de las aptitudes póstumas de ese ofidio, pero la conjunción de las dos ideas de mirar y morir (*vedi Napoli e poi mori*) tiene que haber influido en Shakespeare.

La mirada del basilisco era venenosa; la Divinidad, en cambio, puede matar a puro esplendor —o a pura irradiación de *mana*. La visión directa de Dios es intolerable. Moisés cubre su rostro en el monte Horeb, "porque tuvo miedo de ver a Dios"; Hákim, profeta del Jorasán, usó un cuádruple velo de seda blanca para no cegar a los hombres. Cf. también Isaías, VI, 5, y I Reyes, XIX, 13.

tigio previo con el que no ha logrado competir ningún arabista. Las atracciones de lo prohibido le corresponden. Se trata de una sola edición, limitada a mil ejemplares para mil suscritores del Burton Club, y que hay el compromiso judicial de no repetir. (La reedición de Leonard C. Smithers "omite determinados pasajes de un gusto pésimo, cuya eliminación no será lamentada por nadie"; la selección representativa de Bennett Cerf —que simula ser integral— procede de aquel texto purificado.) Aventuro la hipérbole: recorrer *Las mil y una noches* en la traslación de Sir Richard no es menos increíble que recorrerlas "vertidas literalmente del árabe y comentadas" por Simbad el Marino.

Los problemas que Burton resolvió son innumerables, pero una conveniente ficción puede reducirlos a tres: justificar y dilatar su reputación de arabista; diferir ostensiblemente de Lane; interesar a caballeros británicos del siglo XIX con la versión escrita de cuentos musulmanes y orales del siglo XIII. El primero de esos propósitos era tal vez incompatible con el tercero; el segundo lo indujo a una grave falta, que paso a declarar. Centenares de dísticos y canciones figuran en las *Noches*; Lane (incapaz de mentir salvo en lo referente a la carne) los había trasladado con precisión, en una prosa cómoda. Burton era poeta: en 1880 había hecho imprimir las *Casidas*, una rapsodia evolucionista que Lady Burton siempre juzgó muy superior a las *Rubaiyát* de FitzGerald... La solución "prosaica" del rival no dejó de indignarlo, y optó por un traslado en versos ingleses —procedimiento de antemano infeliz, ya que contravenía a su propia norma de total literalidad. El oído, por lo demás, quedó casi tan agraviado como la lógica. No es imposible que esta cuarteta sea de las mejores que armó:

A night whose stars refused to run their course,
A night of those which never seem outworn:
Like Resurrection-day, of longsome length
To him that watched and waited for the morn.[1]

---

1. También es memorable esta variación de los motivos de Albubeca de Ronda y Jorge Manrique:

Where is the wight who peopled in the past
Hind-land and Sind; and there the tyrant played?...

Es muy posible que la peor no sea ésta:

A sun on wand in knoll of sand she showed,
Clad in her cramoisy-hued chemisette:
Of her lips' honey-dew she gave me drink
And with her rosy cheeks quencht fire she set.

He mencionado la diferencia fundamental entre el primitivo auditorio de los relatos y el club de suscritores de Burton. Aquéllos eran pícaros, noveleros, analfabetos, infinitamente suspicaces de lo presente y crédulos de la maravilla remota; éstos eran señores del West End, aptos para el desdén y la erudición y no para el espanto o la risotada. Aquéllos apreciaban que la ballena muriera al escuchar el grito del hombre; éstos, que hubiera hombres que dieran crédito a una capacidad mortal de ese grito. Los prodigios del texto —sin duda suficientes en el Kordofán o en el Bulak, donde los proponían como verdades— corrían el albur de parecer muy pobres en Inglaterra. (Nadie requiere de la verdad que sea verosímil o inmediatamente ingeniosa: pocos lectores de la *Vida y correspondencia de Carlos Marx* reclaman indignados la simetría de las *Contrerimes* de Toulet o la severa precisión de un acróstico.) Para que los suscritores no se le fueran, Burton abundó en notas explicativas "de las costumbres de los hombres islámicos". Cabe afirmar que Lane había preocupado el terreno. Indumentaria, régimen cotidiano, prácticas religiosas, arquitectura, referencias históricas o alcoránicas, juegos, artes, mitología —eso ya estaba elucidado en los tres volúmenes del incómodo precursor. Faltaba, previsiblemente, la erótica. Burton (cuyo primer ensayo estilístico había sido un informe harto personal sobre los prostíbulos de Bengala) era desaforadamente capaz de tal adición. De las delectaciones morosas en que paró, es buen ejemplo cierta nota arbitraria del tomo séptimo, graciosamente titulada en el índice *capotes mélancoliques.* La *Edinburgh Review* lo acusó de escribir para el albañal; la *Enciclopedia Británica* resolvió que una traslación integral era inadmisible, y que la de Edward Lane "seguía insuperada para un empleo realmente serio". No nos indigne demasiado esa oscura teoría de la superioridad científica y documental de la expurgación: Burton cortejaba esas cóleras. Por lo demás, las muy poco variadas variaciones del amor físico no agotan la atención de su comentario. Éste es enciclopédico y montonero, y su interés está en razón inversa de su necesidad. Así el volumen seis (que tengo a la vista) incluye unas trescientas notas, de las que cabe destacar las siguientes: una condenación de las cárceles y una defensa de los castigos corporales y de las multas; unos ejemplos del respeto islámico por el pan; una leyenda sobre la capilaridad de las piernas de la reina Belkís; una declaración de los cuatro colores emblemáticos de la muerte; una teoría y práctica oriental de la ingratitud; el informe de que el pelaje overo es el que prefieren los ángeles, así como los genios el doradillo; un resumen de la mitología de la secreta Noche del Poder o Noche de las Noches; una denuncia de la superficialidad de Andrew Lang; una diatriba contra el régimen democrático; un censo de los nombres de Mohamed, en la Tierra, en el Fuego y en el Jardín; una mención del pueblo amalecita, de largos años y de larga estatura; una noticia de las partes pudendas del musulmán, que en el varón abarcan del ombligo hasta la rodilla, y en la mujer de pies a cabeza; una ponderación del *asa'o* del gaucho argentino; un aviso de las molestias de la "equitación" cuando también la cabalgadura es humana; un grandioso proyecto de encastar monos cinocéfalos con mujeres y derivar así una subraza de buenos proletarios. A los cincuenta años, el hombre ha acumulado ternuras, ironías, obscenidades y copiosas anécdotas; Burton las descargó en sus notas.

Queda el problema fundamental. ¿Cómo divertir a los caballeros del siglo XIX con las novelas por entregas del siglo XIII? Es harto conocida la pobreza estilística de las *Noches*. Burton, alguna vez, habla del "tono seco y comercial" de los prosistas árabes, en contraposición al exceso retórico de los persas; Littmann, el novísimo traductor, se acusa de haber interpolado palabras como *preguntó, pidió, contestó,* en cinco mil páginas que ignoran otra fórmula que *dijo* —invocada invariablemente. Burton prodiga con amor las sustituciones de ese orden. Su vocabulario no es menos dispar que sus notas. El arcaísmo convive con el argot, la jerga carcelaria o marinera con el término técnico. No se abochorna de la gloriosa hibridación del inglés: ni el repertorio escandinavo de Morris ni el latino de Johnson tienen su beneplácito, sino el contacto y la repercusión de los dos. El neologismo y los extranjerismos abundan: *castrato, inconséquence, hauteur, in gloria, bagnio, langue fourrée, pundonor, vendetta, Wazir.* Cada una de esas palabras debe ser justa, pero su intercalación importa un falseo. Un buen falseo, ya que esas travesuras verbales —y otras sintácticas— distraen el curso a veces abrumador de las *Noches*. Burton las administra: al comienzo traduce gravemente *Sulayman, Son of David (on the twain be peace!)*; luego —cuando nos es familiar esa majestad—

lo rebaja a *Solomon Davidson.* Hace de un rey que para los demás traductores es "rey de Samarcanda en Persia", *a King of Samarcand in Barbarian-land*; de un comprador que para los demás es "colérico", *a man of wrath.* Ello no es todo: Burton reescribe íntegramente —con adición de pormenores circunstanciales y rasgos fisiológicos— la historia liminar y el final. Inaugura así, hacia 1885, un procedimiento cuya perfección (o cuya *reductio ad absurdum*) consideraremos luego en Mardrus. Siempre un inglés es más intemporal que un francés; el heterogéneo estilo de Burton se ha anticuado menos que el de Mardrus, que es de fecha notoria.

2. EL DOCTOR MARDRUS

Destino paradójico el de Mardrus. Se le adjudica la virtud *moral* de ser el traductor más veraz de *Las mil y una noches,* libro de admirable lascivia, antes escamoteada a los compradores por la buena educación de Galland o los remilgos puritanos de Lane. Se venera su genial literalidad, muy demostrada por el inapelable subtítulo *Versión literal y completa del texto árabe* y por la inspiración de escribir *Libro de las mil noches y una noche*. La historia de ese nombre es edificante; podemos recordarla antes de revisar a Mardrus.

Las *Praderas de oro y minas de piedras preciosas* del Masudí describen una recopilación titulada *Hezár Afsane*, palabras persas cuyo recto valor es *Mil aventuras*, pero que la gente apoda *Mil noches.* Otro documento del siglo X, el *Fihrist*, narra la historia liminar de la serie: el juramento desolado del rey que cada noche se desposa con una virgen que hace decapitar en el alba, y la resolución de Shahrazad que lo distrae con maravillosas historias, hasta que encima de los dos han rodado mil noches y ella le muestra su hijo. Esa invención —tan superior a las venideras y análogas de la piadosa cabalgata de Chaucer o la epidemia de Giovanni Boccaccio— dicen que es posterior al título, y que se urdió con el fin de justificarlo... Sea lo que fuere, la primitiva cifra de 1000 de pronto ascendió a 1001. ¿Cómo surgió esa noche adicional que ya es imprescindible, esa *maquette* de la irrisión de Quevedo —y luego de Voltaire— contra Pico de la Mirándola: *Libro de todas las cosas y otras muchas más*? Littmann sugiere una contaminación de la frase turca *bin bir*, cuyo sentido literal es *mil y uno* y cuyo empleo es *muchos*. Lane, a principios de 1840, adujo una razón más hermosa: el mágico temor de las cifras pares. Lo cierto es que las aventuras del título no pararon ahí. Antoine Galland, desde 1704, eliminó la repetición del original y tradujo *Mil y una noches*: nombre que ahora es familiar en todas las naciones de Europa, salvo Inglaterra, que prefiere el de *Noches árabes*. En 1839 el editor de la impresión de Calcuta, W. H. Macnaghten, tuvo el singular escrúpulo de traducir *Quitab alif laila ua laila* por *Libro de las mil noches y una noche*. Esa renovación por deletreo no pasó inadvertida. John Payne, desde 1882, comenzó a publicar su *Book of the Thousand Nights and One Night*; el capitán Burton, desde 1885, su *Book of the Thousand Nights and a Night;* J. C. Mardrus, desde 1899, su *Livre des mille nuits et une nuit.*

Busco el pasaje que me hizo definitivamente dudar de la veracidad de este último. Pertenece a la historia doctrinal de la Ciudad de Latón, que abarca en todas las versiones el fin de la noche 566 y parte de la 578, pero que el doctor Mardrus ha remitido (el Ángel de su Guarda sabrá la causa) a las noches 338-346. No insisto; esa reforma inconcebible de un calendario ideal no debe agotar nuestro espanto. Refiere Shahrazad-Mardrus: "El agua seguía cuatro canales trazados en el piso de la sala con desvíos encantadores, y cada canal tenía un lecho de color especial: el primer canal tenía un lecho de pórfido rosado; el segundo, de topacios; el tercero, de esmeraldas, y el cuarto, de turquesas; de modo que el agua se teñía según el lecho, y herida por la atenuada luz que filtraban las sederías en la altura, proyectaba sobre los objetos ambientes y los muros de mármol una dulzura de paisaje marino".

Como ensayo de prosa visual a la manera del *Retrato de Dorian Gray*, acepto (y aun venero) esa descripción: como versión "literal y completa" de un pasaje compuesto en el siglo XIII, repito que me alarma infinitamente. Las razones son múltiples. Una Shahrazad sin Mardrus describe por enumeración de las partes, no por mutuas reacciones, y no alega detalles circunstanciales como el del agua que trasluce el color de su lecho, y no define la calidad de la luz filtrada por la seda, y no alude al Salón de Acuarelistas en la imagen final. Otra pequeña grieta: *desvíos encantadores* no es árabe, es notoriamente francés. Ignoro si las anteriores razones pueden satisfacer; a mí no me bastaron, y tuve el indolente agrado de compulsar las tres versiones alemanas de Weil, de Henning y de Littmann, y las dos inglesas de Lane y de Sir Richard Burton. En ellas comprobé que el original de las diez líneas de Mardrus era éste: "Las cuatro acequias desembocaban en una pila, que era de mármol de diversos colores".

Las interpolaciones de Mardrus no son uniformes. Alguna vez son descaradamente anacrónicas —como si de golpe discutiera la retirada de la misión Marchand. Por ejemplo: "Dominaban una ciudad de ensueño... Hasta donde abarcaba la vista fija en los horizontes ahogados en la noche, cúpulas de palacios, terrazas de casas, serenos jardines, se escalonaban en aquel recinto de bronce, y canales iluminados por el astro se paseaban en mil circuitos claros a la sombra de los macizos, mientras que allá en el fondo, un mar de metal contenía en su frío seno los fuegos del cielo reflejado". O ésta, cuyo galicismo no es menos público: "Un magnífico tapiz de colores gloriosos de diestra lana, abría sus flores sin olor en un prado sin savia, y vivía toda la vida artificial de sus florestas llenas de pájaros y animales, sorprendidos en su exacta belleza natural y sus líneas precisas". (Ahí las ediciones árabes rezan: "A los lados había tapices, con variedad de pájaros y de fieras, recamados en oro rojo y en plata blanca, pero con los ojos de perlas y de rubíes. Quien los miró, no dejó de maravillarse".)

Mardrus no deja nunca de maravillarse de la pobreza de "color oriental" de *Las mil y una noches.* Con una persistencia no indigna de Cecil B. de Mille, prodiga los visires, los besos, las palmeras y las lunas. Le ocurre leer, en la noche 570: "Arribaron a una columna de piedra negra, en la que un hombre estaba enterrado hasta las axilas. Tenía dos enormes alas y cuatro brazos: dos de los cuales eran como los brazos de los hijos de Adán y dos como las patas de los leones, con las uñas de hierro. El pelo de su cabeza era semejante a las colas de los caballos y los ojos eran como ascuas y tenía en la frente un tercer ojo que era como el ojo del lince". Traduce lujosamente: "Un atardecer, la caravana llegó ante una columna de piedra negra, a la que estaba encadenado un ser extraño del que no se veía sobresalir más que medio cuerpo, ya que el otro medio estaba enterrado en el suelo. Aquel busto que surgía de la tierra, parecía algún engendro monstruoso clavado ahí por la fuerza de las potencias infernales. Era negro y del tamaño del tronco de una vieja palmera decaída, despojada de sus palmas. Tenía dos enormes alas negras y cuatro manos de las cuales dos eran semejantes a las patas uñosas de los leones. Una erizada cabellera de crines ásperas como cola de onagro se movía salvajemente sobre su cráneo espantoso. Bajo los arcos orbitales llameaban dos pupilas rojas, en tanto que la frente de dobles cuernos estaba taladrada por un ojo único, que se abría inmóvil y fijo, lanzando resplandores verdes como la mirada de los tigres y las panteras".

Algo más tarde escribe: "El bronce de las murallas, las pedrerías encendidas de las cúpulas, las terrazas cándidas, los canales y todo el mar, así como las sombras proyectadas hacia Occidente, se casaban bajo la brisa nocturna y la luna mágica". Mágica, para un hombre del siglo XIII, debe haber sido una calificación muy precisa, no el mero epíteto mundano del galante doctor... Yo sospecho que el árabe no es capaz de una versión "literal y completa" del párrafo de Mardrus, así como tampoco lo es el latín, o el castellano de Miguel de Cervantes.

En dos procedimientos abunda el libro de *Las mil y una noches*: uno, puramente formal, la prosa rimada; otro, las predicaciones morales. El primero, conservado por Burton y por Littmann, corresponde a las animaciones del narrador: personas agraciadas, palacios, jardines, operaciones mágicas, menciones de la Divinidad, puestas de sol, batallas, auroras, principios y finales de cuentos. Mardrus, quizá misericordiosamente, lo omite. El segundo requiere dos facultades: la de combinar con majestad palabras abstractas y la de proponer sin bochorno un lugar común. De las dos carece Mardrus. De aquel versículo que Lane, memorablemente tradujo: *And in this palace is the last information respecting lords collected in the dust*, nuestro doctor apenas extrae: "¡Pasaron, todos aquellos! Tuvieron apenas tiempo de reposar a la sombra de mis torres". La confesión del ángel: "Estoy aprisionado por el Poder, confinado por el Esplendor, y castigado mientras el Eterno lo mande, de quien son la Fuerza y la Gloria", es para el lector de Mardrus: "Aquí estoy encadenado por la Fuerza Invisible hasta la extinción de los siglos".

Tampoco la hechicería tiene en Mardrus un coadjutor de buena voluntad. Es incapaz de mencionar lo sobrenatural sin alguna sonrisa. Finge traducir, por ejemplo: "Un día que el califa Abdelmélik, oyendo hablar de ciertas vasijas de cobre antiguo, cuyo contenido era una extraña humareda negra de forma diabólica, se maravillaba en extremo y parecía poner en duda la realidad de hechos tan notorios, hubo de intervenir el viajero Tálib ben-Sahl". En ese párrafo (que pertenece, como los demás que alegué, a la Historia de la Ciudad de Latón, que es de imponente Bronce en Mardrus) el candor voluntario de *tan notorios* y la duda más bien inverosímil del califa Abdelmélik, son dos obsequios personales del traductor.

Continuamente Mardrus quiere completar el trabajo que los lánguidos árabes anónimos descuidaron. Añade paisajes *art-nouveau*, buenas obscenidades, breves interludios cómicos, rasgos circunstanciales, simetrías, mucho orientalismo visual. Un ejemplo de tantos:

en la noche 573, el gualí Muza Bennuseir ordena a sus herreros y carpinteros la construcción de una escalera muy fuerte de madera y de hierro. Mardrus (en su noche 344) reforma ese episodio insípido, agregando que los hombres del campamento buscaron ramas secas, las mondaron con los alfanjes y los cuchillos, y las ataron con los turbantes, los cinturones, las cuerdas de los camellos, las cinchas y las guarniciones de cuero, hasta construir una escalera muy alta que arrimaron a la pared, sosteniéndola con piedras por todos lados... En general, cabe decir que Mardrus no traduce las palabras sino las representaciones del libro: libertad negada a los traductores, pero tolerada en los dibujantes —a quienes les permiten la adición de rasgos de ese orden... Ignoro si esas diversiones sonrientes son las que infunden a la obra ese aire tan feliz, ese aire de patraña personal, no de tarea de mover diccionarios. Sólo me consta que la "traducción" de Mardrus es la más legible de todas —después de la incomparable de Burton, que tampoco es veraz. (En ésta, la falsificación es de otro orden. Reside en el empleo gigantesco de un inglés charro, cargado de arcaísmos y barbarismos.)

*

Deploraría (no por Mardrus, por mí) que en las comprobaciones anteriores se leyera un propósito policial. Mardrus es el único arabista de cuya gloria se encargaron los literatos, con tan desaforado éxito que ya los mismos arabistas saben quién es. André Gide fue de los primeros en elogiarlo, en agosto de 1899; no pienso que Cancela y Capdevila serán los últimos. Mi fin no es demoler esa admiración, es documentarla. Celebrar la fidelidad de Mardrus es omitir el alma de Mardrus, es no aludir siquiera a Mardrus. Su infidelidad, su infidelidad creadora y feliz, es lo que nos debe importar.

3. ENNO LITTMANN

Patria de una famosa edición árabe de *Las mil y una noches*, Alemania se puede (vana) gloriar de cuatro versiones: la del "bibliotecario aunque israelita" Gustavo Weil —la adversativa está en las páginas catalanas de cierta Enciclopedia—; la de Max Henning, traductor del *Curán*; la del hombre de letras Félix Paul Greve; la de Enno Littmann, descifrador de las inscripciones etiópicas de la fortaleza de

Axum. Los cuatro volúmenes de la primera (1839-1842) son los más agradables, ya que su autor —desterrado del África y del Asia por la disentería— cuida de mantener o de suplir el estilo oriental. Sus interpolaciones me merecen todo respeto. A unos intrusos en una reunión les hace decir: "No queremos parecernos a la mañana, que dispersa las fiestas". De un generoso rey asegura: "El fuego que arde para sus huéspedes trae a la memoria el Infierno y el rocío de su mano benigna es como el Diluvio"; de otro nos dice que sus manos "eran tan liberales como el mar". Esas buenas apocrifidades no son indignas de Burton o Mardrus, y el traductor las destinó a las partes en verso —donde su bella animación puede ser un *Ersatz* o sucedáneo de las rimas originales. En lo que se refiere a la prosa, entiendo que la tradujo tal cual, con ciertas omisiones justificadas, equidistantes de la hipocresía y del impudor. Burton elogió su trabajo —"todo lo fiel que puede ser una traslación de índole popular". No en vano era judío el doctor Weil "aunque bibliotecario"; en su lenguaje creo percibir algún sabor de las Escrituras.

La segunda versión (1895-1897) prescinde de los encantos de la puntualidad, pero también de los del estilo. Hablo de la suministrada por Henning, arabista de Leipzig, a la *Universalbibliothek* de Philipp Reclam. Se trata de una versión expurgada, aunque la casa editorial diga lo contrario. El estilo es insípido, tesonero. Su más indiscutible virtud debe ser la extensión. Las ediciones de Bulak y de Breslau están representadas, amén de los manuscritos de Zotenberg y de las Noches Suplementarias de Burton. Henning traductor de Sir Richard es literariamente superior a Henning traductor del árabe, lo cual es una mera confirmación de la primacía de Sir Richard sobre los árabes. En el prefacio y en la terminación de la obra abundan las alabanzas de Burton —casi desautorizadas por el informe de que éste manejó "el lenguaje de Chaucer, equivalente al árabe medieval". La indicación de Chaucer como *una* de las fuentes del vocabulario de Burton hubiera sido más razonable. (Otra es el *Rabelais* de Sir Thomas Urquhart.)

La tercer versión, la de Greve, deriva de la inglesa de Burton y la repite, con exclusión de las enciclopédicas notas. La publicó antes de la guerra el Insel-Verlag.

La cuarta (1923-1928) viene a suplantar la anterior. Abarca seis volúmenes como aquélla, y la firma Enno Littmann: descifrador de los monumentos de Axum, enumerador de los 283 manuscritos etiópicos que hay en Jerusalén, colaborador de la *Zeitschrift für Assyriolo-*

gie. Sin las demoras complacientes de Burton, su traducción es de una franqueza total. No lo retraen las obscenidades más inefables: las vierte a su tranquilo alemán, alguna rara vez al latín. No omite una palabra, ni siquiera las que registran —mil veces— el pasaje de cada noche a la subsiguiente. Desatiende o rehúsa el color local; ha sido menester una indicación de los editores para que conserve el nombre de Alá, y no lo sustituya por Dios. A semejanza de Burton y de John Payne, traduce en verso occidental el verso árabe. Anota ingenuamente que si después de la advertencia ritual "Fulano pronunció estos versos" viniera un párrafo de prosa alemana, sus lectores quedarían desconcertados. Suministra las notas necesarias para la buena inteligencia del texto: una veintena por volumen, todas lacónicas. Es siempre lúcido, legible, mediocre. Sigue (nos dicen) la respiración misma del árabe. Si no hay error en la *Enciclopedia Británica,* su traducción es la mejor de cuantas circulan. Oigo que los arabistas están de acuerdo; nada importa que un mero literato —y ése, de la República meramente Argentina— prefiera disentir.

Mi razón es ésta: las versiones de Burton y de Mardrus, y aun la de Galland, sólo se dejan concebir *después de una literatura*. Cualesquiera sus lacras o sus méritos, esas obras características presuponen un rico proceso anterior. En algún modo, el casi inagotable proceso inglés está adumbrado en Burton —la dura obscenidad de John Donne, el gigantesco vocabulario de Shakespeare y de Cyril Tourneur, la ficción arcaica de Swinburne, la crasa erudición de los tratadistas del mil seiscientos, la energía y la vaguedad, el amor de las tempestades y de la magia. En los risueños párrafos de Mardrus conviven *Salammbô* y Lafontaine, el *Manequí de Mimbre* y el *ballet* ruso. En Littmann, incapaz como Washington de mentir, no hay otra cosa que la probidad de Alemania. Es tan poco, es poquísimo. El comercio de las *Noches* y de Alemania debió producir algo más.

Ya en el terreno filosófico, ya en el de las novelas, Alemania posee una literatura fantástica —mejor dicho, *sólo* posee una literatura fantástica. Hay maravillas en las *Noches* que me gustaría ver representadas en alemán. Al formular ese deseo, pienso en los deliberados prodigios del repertorio —los todopoderosos esclavos de una lámpara o de un anillo, la reina Lab que convierte a los musulmanes en pájaros, el barquero de cobre con talismanes y fórmulas en el pecho— y en aquellas más generales que proceden a su índole colectiva, de la necesidad de completar mil y una secciones. Agotadas las magias, los copistas debieron recurrir a noticias históricas o piadosas, cuya inclusión parece acreditar la buena fe del resto. En un mismo tono conviven el rubí que sube hasta el cielo y la primera descripción de Sumatra, los rasgos de la corte de los Abbasidas y los ángeles de plata cuyo alimento es la justificación del Señor. Esa mezcla queda poética; digo lo mismo de ciertas repeticiones. ¿No es portentoso que en la noche 602 el rey Shahriar oiga de boca de la reina su propia historia? A imitación del marco general, un cuento suele contener otros cuentos, de extensión no menor: escenas dentro de la escena como en la tragedia de *Hamlet*, elevaciones a potencia del sueño. Un arduo y claro verso de Tennyson parece definirlos:

Laborious orient ivory, sphere in sphere.

Para mayor asombro, esas cabezas adventicias de la Hidra pueden ser más concretas que el cuerpo: Shahriar, fabuloso rey "de las Islas de la China y del Indostán" recibe nuevas de Tárik Benzeyad, gobernador de Tánger y vencedor en la batalla del Guadalete... Las antesalas se confunden con los espejos, la máscara está debajo del rostro, ya nadie sabe cuál es el hombre verdadero y cuáles sus ídolos. Y nada de eso importa; ese desorden es trivial y aceptable como las invenciones del entresueño.

El azar ha jugado a las simetrías, al contraste, a la digresión. ¿Qué no haría un hombre, un Kafka, que organizara y acentuara esos juegos, que los rehiciera según la deformación alemana, según la *Unheimlichkeit* de Alemania?

Adrogué, 1935.

Entre los libros compulsados, debo enumerar los que siguen:

Les Mille et Une Nuits, contes arabes traduits par Galland, París, s. f.

The Thousand and One Nights, commonly called The Arabian Nights Entertainments. A new translation from the Arabic, by E. W. Lane, London, 1839.

The Book of the Thousand Nights and a Night. A plain and literal translation by Richard F. Burton. London (?), s. f. Vols. VI, VII y VIII.

The Arabian Nights. A complete *(sic)* and unabridged selection from the famous literal translation of R. F. Burton, New York, 1932.

Le Livre des Mille Nuits et Une Nuit. Traduction littérale et complète du texte arabe, par le Dr. J. C. Mardrus. París, 1906.

Tausend und eine Nacht. Aus dem Arabischen übertragen von Max Henning. Leipzig, 1897.

Die Erzählungen aus den Tausendundein Nächten. Nach dem arabischen Urtext der Calcuttaer Ausgabe vom Jahre 1839 übertragen von Enno Littmann. Leipzig, 1928.

DOS NOTAS

EL ACERCAMIENTO A ALMOTÁSIM

Phillip Guedalla escribe que la novela *The Approach to Al-Mu'tasim* del abogado Mir Bahadur Alí, de Bombay, "es una combinación algo incómoda (*a rather uncomfortable combination*) de esos poemas alegóricos del Islam que raras veces dejan de interesar a su traductor y de aquellas novelas policiales que inevitablemente superan a John H. Watson y perfeccionan el horror de la vida humana en las pensiones más irreprochables de Brighton". Antes, Mr. Cecil Roberts había denunciado en el libro de Bahadur "la doble, inverosímil tutela de Wilkie Collins y del ilustre persa del siglo XII, Ferid Eddin Attar" —tranquila observación que Guedalla repite sin novedad, pero en un dialecto colérico. Esencialmente, ambos escritores concuerdan: los dos indican el mecanismo policial de la obra, y su *undercurrent* místico. Esa hibridación puede movernos a imaginar algún parecido con Chesterton; ya comprobaremos que no hay tal cosa.

La *editio princeps* del *Acercamiento a Almotásim* apareció en Bombay, a fines de 1932. El papel era casi papel de diario; la cubierta anunciaba al comprador que se trataba de la primera novela policial escrita por un nativo de Bombay City. En pocos meses, el público agotó cuatro impresiones de mil ejemplares cada una. La *Bombay Quarterly Review*, la *Bombay Gazette*, la *Calcutta Review*, la *Hindustan Review* (de Alahabad) y el *Calcutta Englishman*, dispensaron su ditirambo. Entonces Bahadur publicó una edición ilustrada que tituló *The Conversation with the Man Called Al-Mu'tasim* y que subtituló hermosamente: *A Game with Shifting Mirrors* (Un juego con espejos que se desplazan). Esa edición es la que acaba de reproducir en Londres Victor Gollancz, con prólogo de Dorothy L. Sayers y con omisión —quizá misericordiosa— de las ilustraciones. La tengo a la vista; no he logrado juntarme con la primera, que presiento muy superior. A ello me autoriza un apéndice, que resume la diferencia fundamental entre la versión primitiva de 1932 y la de 1934. Antes de examinarla —y de discutirla— conviene que yo indique rápidamente el curso general de la obra.

Su protagonista visible —no se nos dice nunca su nombre— es estudiante de Derecho en Bombay. Blasfematoriamente, descree de la fe islámica de sus padres, pero al declinar la décima noche de la luna de *muharram*, se halla en el centro de un tumulto civil entre musulmanes e hindúes. Es noche de tambores e invocaciones: entre la muchedumbre adversa, los grandes palios de papel de la procesión musulmana se abren camino. Un ladrillazo hindú vuela de una azotea; alguien hunde un puñal en un vientre; alguien ¿musulmán, hindú? muere y es pisoteado. Tres mil hombres pelean: bastón contra revólver, obscenidad contra imprecación, Dios el Indivisible contra los Dioses. Atónito, el estudiante librepensador entra en el motín. Con las desesperadas manos, mata (o piensa haber matado) a un hindú. Atronadora, ecuestre, semidormida, la policía del Sirkar interviene con rebencazos imparciales. Huye el estudiante, casi bajo las patas de los caballos. Busca los arrabales últimos. Atraviesa dos vías ferroviarias, o dos veces la misma vía. Escala el muro de un desordenado jardín, con una torre circular en el fondo. Una chusma de perros color de luna (*a lean and evil mob of mooncoloured hounds*) emerge de los rosales negros. Acosado, busca amparo en la torre. Sube por una escalera de fierro —faltan algunos tramos— y en la azotea, que tiene un pozo renegrido en el centro, da con un hombre escuálido, que está orinando vigorosamente en cuclillas, a la luz de la luna. Ese hombre le confía que su profesión es robar los dientes de oro de los cadáveres, trajeados de blanco que los parsis dejan en esa torre. Dice otras cosas viles y menciona que hace catorce noches que no se purifica con bosta de búfalo. Habla con evidente rencor de ciertos ladrones de caballos de Guzerat, "comedores de perros y de lagartos, hombres al cabo tan infames como nosotros dos". Está clareando: en el aire hay un vuelo bajo de buitres gordos. El estudiante, aniquilado, se duerme; cuando despierta, ya con el sol bien alto, ha desaparecido el ladrón. Han desaparecido también un par de cigarros de Trichinópolis y unas rupias de plata. Ante las amenazas proyectadas por la noche anterior, el estudiante resuelve perderse en la India. Piensa que se ha mostrado capaz de matar un idólatra, pero no de saber con certidumbre si el musulmán tiene más razón que el idólatra. El nombre de Guzerat no lo deja, y el de una *malka-sansi* (mujer de casta de ladrones) de Palanpur, muy preferida por las imprecaciones y el odio del despojador de cadáveres. Arguye que el rencor de un hombre tan minuciosamente vil importa un elogio. Resuelve —sin mayor esperanza— buscarla. Reza, y emprende con segura lentitud el largo camino. Así acaba el segundo capítulo de la obra.

Imposible trazar las peripecias de los diecinueve restantes. Hay una vertiginosa pululación de *dramatis personae* —para no hablar de una biografía que parece agotar los movimientos del espíritu humano (desde la infamia hasta la especulación matemática) y de una peregrinación que comprende la vasta geografía del Indostán. La historia comenzada en Bombay sigue en las tierras bajas de Palanpur, se demora una tarde y una noche en la puerta de piedra de Bikanir, narra la muerte de un astrólogo ciego en un albañal de Benares, conspira en el palacio multiforme de Katmandú, reza y fornica en el hedor pestilencial de Calcuta, en el Machua Bazar, mira nacer los días en el mar desde una escribanía de Madrás, mira morir las tardes en el mar desde un balcón en el estado de Travancor, vacila y mata en Indapur y cierra su órbita de leguas y de años en el mismo Bombay, a pocos pasos del jardín de los perros color de luna. El argumento es éste: Un hombre, el estudiante incrédulo y fugitivo que conocemos, cae entre gente de la clase más vil y se acomoda a ellos, en una especie de certamen de infamias. De golpe —con el milagroso espanto de Robinson ante la huella de un pie humano en la arena— percibe alguna mitigación de esa infamia: una ternura, una exaltación, un silencio, en uno de los hombres aborrecibles. "Fue como si hubiera terciado en el diálogo un interlocutor más complejo." Sabe que el hombre vil que está conversando con él es incapaz de ese momentáneo decoro; de ahí postula que éste ha reflejado a un amigo, o amigo de un amigo. Repensando el problema, llega a una convicción misteriosa: *En algún punto de la tierra hay un hombre de quien procede esa claridad; en algún punto de la tierra está el hombre que es igual a esa claridad.* El estudiante resuelve dedicar su vida a encontrarlo.

Ya el argumento general se entrevé: la insaciable busca de un alma a través de los delicados reflejos que ésta ha dejado en otras: en el principio, el tenue rastro de una sonrisa o de una palabra; en el fin, esplendores diversos y crecientes de la razón, de la imaginación y del bien. A medida que los hombres interrogados han conocido más de cerca a Almotásim, su porción divina es mayor, pero se entiende que son meros espejos. El tecnicismo matemático es aplicable: la cargada novela de Bahadur es una progresión ascendente, cuyo término final es el presentido "hombre que se llama Almotásim". El inmediato antecesor de Almotásim es un librero persa de suma cortesía y felicidad;

el que precede a ese librero es un santo... Al cabo de los años, el estudiante llega a una galería "en cuyo fondo hay una puerta y una estera barata con muchas cuentas y atrás un resplandor". El estudiante golpea las manos una y dos veces y pregunta por Almotásim. Una voz de hombre —la increíble voz de Almotásim— lo insta a pasar. El estudiante descorre la cortina y avanza. En ese punto la novela concluye.

Si no me engaño, la buena ejecución de tal argumento impone dos obligaciones al escritor: una, la variada invención de rasgos proféticos; otra, la de que el héroe prefigurado por esos rasgos no sea una mera convención o fantasma. Bahadur satisface la primera; no sé hasta dónde la segunda. Dicho sea con otras palabras: el inaudito y no mirado Almotásim debería dejarnos la impresión de un carácter real, no de un desorden de superlativos insípidos. En la versión de 1932, las notas sobrenaturales ralean: "el hombre llamado Almotásim" tiene su algo de símbolo, pero no carece de rasgos idiosincrásicos, personales. Desgraciadamente, esa buena conducta literaria no perduró. En la versión de 1934 —la que tengo a la vista— la novela decae en alegoría: Almotásim es emblema de Dios y los puntuales itinerarios del héroe son de algún modo los progresos del alma en el ascenso místico. Hay pormenores afligentes: un judío negro de Kochín que habla de Almotásim, dice que su piel es oscura; un cristiano lo describe sobre una torre con los brazos abiertos; un lama rojo lo recuerda sentado "como esa imagen de manteca de yak que yo modelé y adoré en el monasterio de Tashilhunpo". Esas declaraciones quieren insinuar un Dios unitario que se acomoda a las desigualdades humanas. La idea es poco estimulante, a mi ver. No diré lo mismo de esta otra: la conjetura de que también el Todopoderoso está en busca de Alguien, y ese Alguien de Alguien superior (o simplemente imprescindible e igual) y así hasta el Fin —o mejor, el Sinfín— del Tiempo, o en forma cíclica. Almotásim (el nombre de aquel octavo Abbasida que fue vencedor en ocho batallas, engendró ocho varones y ocho mujeres, dejó ocho mil esclavos y reinó durante un espacio de ocho años, de ocho lunas y de ocho días) quiere decir etimológicamente "el buscador de amparo". En la versión de 1932, el hecho de que el objeto de la peregrinación fuera un peregrino, justificaba de oportuna manera la dificultad de encontrarlo; en la de 1934, da lugar a la teología extravagante que declaré. Mir Bahadur Alí, lo hemos visto, es incapaz de soslayar la más burda de las tentaciones del arte: la de ser un genio.

Releo lo anterior y temo no haber destacado bastante las virtudes del libro. Hay rasgos muy civilizados: por ejemplo, cierta disputa del capítulo diecinueve en la que se presiente que es amigo de Almotásim un contendor que no rebate los sofismas del otro, "para no tener razón de un modo triunfal".

*

Se entiende que es honroso que un libro actual derive de uno antiguo; ya que a nadie le gusta (como dijo Johnson) deber nada a sus contemporáneos. Los repetidos pero insignificantes contactos del *Ulises* de Joyce con la *Odisea* homérica, siguen escuchando —nunca sabré por qué— la atolondrada admiración de la crítica; los de la novela de Bahadur con el venerado *Coloquio de los pájaros* de Farid ud-din Attar, conocen el no menos misterioso aplauso de Londres, y aun de Alahabad y Calcuta. Otras derivaciones no faltan. Algún inquisidor ha enumerado ciertas analogías de la primera escena de la novela con el relato de Kipling "On the City Wall"; Bahadur las admite, pero alega que sería muy anormal que dos pinturas de la décima noche de *muharram* no coincidieran... Eliot, con más justicia, recuerda los setenta cantos de la incompleta alegoría *The Faërie Queene*, en los que no aparece una sola vez la heroína, Gloriana —como lo hace notar una censura de Richard William Church. Yo, con toda humildad, señalo un precursor lejano y posible: el cabalista de Jerusalén, Isaac Luria, que en el siglo XVI propaló que el alma de un antepasado o maestro puede entrar en el alma de un desdichado, para confortarlo o instruirlo. *Ibbûr* se llama esa variedad de la metempsicosis.[1]

---

1. En el decurso de esta noticia, me he referido al *Mantiq al-Tayr* (Coloquio de los pájaros) del místico persa Farid al-Din Abú Talib Muhámmad ben Ibrahim Attar, a quien mataron los soldados de Tule, hijo de Zingis Jan, cuando Nishapur fue expoliada. Quizá no huelgue resumir el poema. El remoto rey de los pájaros, el Simurg, deja caer en el centro de la China una pluma espléndida; los pájaros resuelven buscarlo, hartos de su antigua anarquía. Saben que el nombre de su rey quiere decir treinta pájaros; saben que su alcázar está en Kaf, la montaña circular que rodea la tierra. Acometen la casi infinita aventura; superan siete valles, o mares; el nombre del penúltimo es Vértigo; el último se llama Aniquilación. Muchos peregrinos desertan; otros perecen. Treinta, purificados por los trabajos, pisan la montaña del Simurg. Lo contemplan al fin: perciben que ellos son el Simurg y que el Simurg es cada uno de ellos y todos. (También Plotino —*Enéadas*, V, 8, 4— declara una extensión paradisíaca del principio de identidad: "Todo, en el cielo inteligible, está en todas partes. Cualquier cosa es todas las cosas.

ARTE DE INJURIAR

Un estudio preciso y fervoroso de los otros géneros literarios, me dejó creer que la vituperación y la burla valdrían necesariamente algo más. El agresor (me dije) sabe que el agredido será él, y que "cualquier palabra que pronuncie podrá ser invocada en su contra", según la honesta prevención de los vigilantes de Scotland Yard. Ese temor lo obligará a especiales desvelos, de los que suele prescindir en otras ocasiones más cómodas. Se querrá invulnerable, y en determinadas páginas lo será. El cotejo de las buenas indignaciones de Paul Groussac y de sus panegíricos turbios —para no citar los casos análogos de Swift, de Johnson y de Voltaire— inspiró o ayudó esa imaginación. Ella se disipó cuando dejé la complacida lectura de esos escarnios por la investigación de su método.

Advertí en seguida una cosa: la justicia fundamental y el delicado error de mi conjetura. El burlador procede con desvelo, efectivamente, pero con un desvelo de tahúr que admite las ficciones de la baraja, su corruptible cielo constelado de personas bicéfalas. Tres reyes mandan en el poker y no significan nada en el truco. El polemista no es menos convencional. Por lo demás, ya las recetas callejeras de oprobio ofrecen una ilustrativa *maquette* de lo que puede ser la polémica. El hombre de Corrientes y Esmeralda adivina la misma profesión en las madres de todos, o quiere que se muden en seguida a una localidad muy general que tiene varios nombres, o remeda un tosco sonido —y una insensata convención ha resuelto que el afrentado por esas aventuras no es él, sino el atento y silencioso auditorio.

(viene de pág. anterior)

El sol es todas las estrellas, y cada estrella es todas las estrellas y el sol".) *El Mantiq al-Tayr* ha sido vertido al francés por Garcín de Tassy; al inglés por Edward FitzGerald; para esta nota he consultado el décimo tomo de *Las mil y una noches* de Burton y la monografía *The Persian Mystics: Attar* (1932) de Margaret Smith.

Los contactos de este poema con la novela de Mir Bahadur Alí no son excesivos. En el vigésimo capítulo, unas palabras atribuidas por un librero persa a Almotásim son, quizá, la magnificación de otras que ha dicho el héroe; ésa y otras ambiguas analogías pueden significar la identidad del buscado y del buscador; pueden también significar que éste influye en aquél. Otro capítulo insinúa que Almotásim es el "hindú" que el estudiante cree haber matado.

Ni siquiera un lenguaje se necesita. Morderse el pulgar o tomar el lado de la pared (Sampson: *I will take the wall of any man or maid of Montague's.* Abram: *Do you bite your thumb at us, sir?*) fueron, hacia 1592, la moneda legal del provocador, en la Verona fraudulenta de Shakespeare y en las cervecerías y lupanares y reñideros de oso en Londres. En las escuelas del Estado, el pito catalán y la exhibición de la lengua rinden ese servicio.

Otra denigración muy general es el término *perro*. En la noche 146 del *Libro de las mil noches y una*, pueden aprender los discretos que el hijo del león fue encerrado en un cofre sin salida por el hijo de Adán, que lo reprendió de este modo: "El destino te ha derribado y no te pondrá de pie la cautela, oh perro del desierto".

Un alfabeto convencional del oprobio define también a los polemistas. El título *señor*, de omisión imprudente o irregular en el comercio oral de los hombres, es denigrativo cuando lo estampan. *Doctor* es otra aniquilación. Mencionar los sonetos *cometidos* por el *doctor* Lugones, equivale a medirlos mal para siempre, a refutar cada una de sus metáforas. A la primera aplicación de *doctor*, muere el semidiós y queda un vano caballero argentino que usa cuellos postizos de papel y se hace rasurar día por medio y puede fallecer de una interrupción en las vías respiratorias. Queda la central e incurable futilidad de todo ser humano. Pero los sonetos quedan también, con música que espera. (Un italiano, para despejarse de Goethe, emitió un breve artículo donde no se cansaba de apodarlo *il signore Wolfgang*. Esto era casi una adulación, pues equivalía a desconocer que no faltan argumentos auténticos contra Goethe.)

Cometer un soneto, emitir artículos. El lenguaje es un repertorio de esos convenientes desaires, que hacen el gasto principal en las controversias. Decir que un literato ha expelido un libro o lo ha cocinado o gruñido, es una tentación harto fácil; quedan mejor los verbos burocráticos o tenderos: despachar, dar curso, expender. Esas palabras áridas se combinan con otras efusivas, y la vergüenza del contrario es eterna. A una interrogación sobre un martillero que era, sin embargo, declamador, alguien inevitablemente comunicó que estaba rematando con energía la *Divina Comedia*. El epigrama no es abrumadoramente ingenioso, pero su mecanismo es típico. Se trata (como en todos los epigramas) de una mera falacia de confusión. El verbo *rematar* (redoblado por el adverbio *con energía*) deja entender que el acriminado señor es un irreparable y sórdido martillero, y que su diligencia dantesca es un disparate. El auditor acepta el argumento sin vacilar, porque no se lo proponen como argumento. Bien formulado, tendría que negarle su fe. Primero, declamar y subastar son actividades afines. Segundo, la antigua vocación de declamador pudo aconsejar las tareas del martillero, por el buen ejercicio de hablar en público.

Una de las tradiciones satíricas (no despreciada ni por Macedonio Fernández ni por Quevedo ni por George Bernard Shaw) es la inversión incondicional de los términos. Según esa receta famosa, el médico es inevitablemente acusado de profesar la contaminación y la muerte; el escribano, de robar; el verdugo, de fomentar la longevidad; los libros de invención, de adormecer o petrificar al lector; los judíos errantes, de parálisis; el sastre, de nudismo; el tigre y el caníbal, de no perdonar el ruibarbo. Una variedad de esa tradición es el dicho inocente. Por ejemplo: "El festejado catre de campaña debajo del cual el general ganó la batalla". O: "Un encanto el último film del ingenioso director René Clair. Cuando nos despertaron…"

Otro método servicial es el cambio brusco. Verbigracia: "Un joven sacerdote de la Belleza, una mente adoctrinada de luz helénica, un exquisito, un verdadero hombre de gusto (a ratón)". Asimismo esta copla de Andalucía, que en un segundo pasa de la información al asalto:

Veinticinco palillos
tiene una silla.
¿Quieres que te la rompa
en las costillas?

Repito lo formal de ese juego, su contrabando pertinaz de argumentos necesariamente confusos. Vindicar realmente una causa y prodigar las exageraciones burlescas, las falsas caridades, las concesiones traicioneras y el paciente desdén, no son actividades, incompatibles, pero sí tan diversas que nadie las ha conjugado hasta ahora. Busco ejemplos ilustres. Empeñado en la demolición de Ricardo Rojas, ¿qué hace Groussac? Esto que copio y que todos los literatos de Buenos Aires han paladeado. "Es así cómo, verbigracia, después de oídos con resignación, dos o tres fragmentos en prosa gerundiana de cierto mamotreto públicamente aplaudido por los que apenas lo han abierto, me considero autorizado para no seguir adelante, ateniéndome, por ahora, a los sumarios o índices de aquella copiosa historia de lo que orgánicamente nunca existió. Me refiero especialmente a la primera y más indigesta parte de la mole (ocupa tres tomos de los cuatro): balbuceos de indígenas o mestizos…" Groussac, en ese buen malhumor, cumple con el más ansioso ritual del juego satírico. Simula que lo apenan los errores del adversario ("después de oídos con resignación"); deja entrever el espectáculo de una cólera brusca (primero la palabra *mamotreto*, después *la mole*); se vale de términos laudatorios para agredir (esa historia *copiosa*), en fin, juega como quien es. No comete pecados en la sintaxis, que es eficaz, pero sí en el argumento que indica. Reprobar un libro por el tamaño, insinuar que quién va a animársele a ese ladrillo y acabar profesando indiferencia por las zonceras de unos chinos y unos mulatos, parece una respuesta de compadrito, no de Groussac.

Copio otra celebrada severidad del mismo escritor: "Sentiríamos que la circunstancia de haberse puesto en venta el alegato del doctor Piñero, fuera un obstáculo serio para su difusión, y que este sazonado fruto de un año y medio de vagar diplomático se limitara a causar 'impresión' en la casa de Coni. Tal no sucederá, Dios mediante, y al menos en cuanto penda de nosotros, no se cumplirá tan melancólico destino". Otra vez el aparato de la piedad; otra vez la diablura de la sintaxis. Otra vez, también, la banalidad portentosa de la censura: reírse de los pocos interesados que puede congregar un escrito y de su pausada elaboración.

Una vindicación elegante de esas miserias puede invocar la tenebrosa raíz de la sátira. Ésta (según la más reciente seguridad) se derivó de las maldiciones mágicas de la ira, no de razonamientos. Es la reliquia de un inverosímil estado, en que las lesiones hechas al nombre caen sobre el poseedor. Al ángel Satanail, rebelde primogénito del Dios que adoraron los bogomiles, le cercenaron la partícula *il*, que aseguraba su corona, su esplendor y su previsión. Su morada actual es el fuego, y su huésped la ira del Poderoso. Inversamente narran los cabalistas, que la simiente del remoto Abram era estéril hasta que interpolaron en su nombre la letra *he*, que lo hizo capaz de engendrar. Swift, hombre de amargura esencial, se propuso en la crónica de los viajes del capitán Lemuel Gulliver la difamación del género humano. Los primeros —el viaje a la diminuta república de Liliput y a la desmesurada de Brobdingnag— son lo que Leslie Stephen admite: un sueño antropométrico, que en nada roza las complejidades de nuestro ser, su fuego y su álgebra. El tercero, el más divertido, se burla de la ciencia experimental mediante el consabido procedimiento de la inversión: los gabinetes destartalados de Swift quieren propagar ovejas sin lana, usar el hielo para la fabricación de la pólvora, ablandar mármol para almohadas, batir en láminas sutiles el fuego y aprovechar la parte nutritiva que encierra la materia fecal. (Ese libro incluye también una fuerte página sobre los inconvenientes de la decrepitud.) El cuarto viaje, el último, quiere demostrar que las bestias valen más que los hombres. Exhibe una virtuosa república de caballos conversadores, monógamos, vale decir, humanos, con un proletariado de hombres cuadrúpedos, que habitan en montón, escarban la tierra, se prenden de la ubre de las vacas para robar la leche, descargan su excremento sobre los otros, devoran carne corrompida y apestan. La fábula es contraproducente, como se ve. Lo demás es literatura, sintaxis. En la conclusión dice: "No me fastidia el espectáculo de un abogado, de un ratero, de un coronel, de un tonto, de un lord, de un tahúr, de un político, de un rufián". Ciertas palabras, en esa buena enumeración, están contaminadas por las vecinas.

Dos ejemplos finales. Uno es la célebre parodia de insulto que nos refieren improvisó el doctor Johnson. "Su esposa, caballero, con el pretexto de que trabaja en un lupanar, vende géneros de contrabando." Otro es la injuria más espléndida que conozco: injuria tanto más singular si consideramos que es el único roce de su autor con la literatura. "Los dioses no consintieron que Santos Chocano deshonrara el patíbulo, muriendo en él. Ahí está vivo, después de haber fatigado la infamia." Deshonrar el patíbulo. Fatigar la infamia. A fuerza de abstracciones ilustres, la fulminación descargada por Vargas Vila rehúsa cualquier trato con el paciente, y lo deja ileso, inverosímil, muy secundario y posiblemente inmoral. Basta la mención más fugaz del nombre de Chocano para que alguno reconstruya la imprecación, oscureciendo con maligno esplendor todo cuanto a él se refiere —hasta los pormenores y los síntomas de esa infamia.

Procuro resumir lo anterior. La sátira no es menos convencional que un diálogo entre novios o que un soneto distinguido con la flor natural por José María Monner Sans. Su método es la intromisión de sofismas, su única ley la simultánea invención de buenas travesuras. Me olvidaba: tiene además la obligación de ser memorable.

Aquí de cierta réplica varonil que refiere De Quincey (*Writings*, onceno tomo, pág. 226). A un caballero, en una discusión teológica o literaria, le arrojaron en la cara un vaso de vino. El agredido no se inmutó y dijo al ofensor: "Esto, señor, es una digresión, espero su argumento". (El protagonista de esa réplica, un doctor Henderson, falleció en Oxford hacia 1787, sin dejarnos otra memoria que esas justas palabras: suficiente y hermosa inmortalidad.)

Una tradición oral que recogí en Ginebra durante los últimos años de la Primera Guerra Mundial, refiere que Miguel Servet dijo a los jueces que lo habían condenado a la hoguera: "Arderé, pero ello no es otra cosa que un hecho. Ya seguiremos discutiendo en la eternidad".

Adrogué, 1933.

Ficciones
(1944)

A Esther Zemborain de Torres

PRÓLOGO

Las siete piezas de este libro no requieren mayor elucidación. La séptima —El jardín de senderos que se bifurcan— *es policial; sus lectores asistirán a la ejecución y a todos los preliminares de un crimen, cuyo propósito no ignoran pero que no comprenderán, me parece, hasta el último párrafo. Las otras son fantásticas; una* —La lotería en Babilonia— *no es del todo inocente de simbolismo. No soy el primer autor de la narración* La biblioteca de Babel; *los curiosos de su historia y de su prehistoria pueden interrogar cierta página del número 59 de* SUR, *que registra los nombres heterogéneos de Leucipo y de Lasswitz, de Lewis Carroll y de Aristóteles. En* Las ruinas circulares *todo es irreal; en* Pierre Menard, autor del Quijote *lo es el destino que su protagonista se impone. La nómina de escritos que le atribuyo no es demasiado divertida pero no es arbitraria; es un diagrama de su historia mental...*

Desvarío laborioso y empobrecedor el de componer vastos libros; el de explayar en quinientas páginas una idea cuya perfecta exposición oral cabe en pocos minutos. Mejor procedimiento es simular que esos libros ya existen y ofrecer un resumen, un comentario. Así procedió Carlyle en Sartor Resartus; *así Butler en* The Fair Haven; *obras que tienen la imperfección de ser libros también, no menos tautológicos que los otros. Más razonable, más inepto, más haragán, he preferido la escritura de notas sobre libros imaginarios. Éstas son* Tlön, Uqbar, Orbis Tertius *y el* Examen de la obra de Herbert Quain.

J. L. B.

El jardín de senderos que se bifurcan

(1941)

TLÖN, UQBAR, ORBIS TERTIUS

I

Debo a la conjunción de un espejo y de una enciclopedia el descubrimiento de Uqbar. El espejo inquietaba el fondo de un corredor en una quinta de la calle Gaona, en Ramos Mejía; la enciclopedia falazmente se llama *The Anglo-American Cyclopaedia* (New York, 1917) y es una reimpresión literal, pero también morosa, de la *Encyclopaedia Britannica* de 1902. El hecho se produjo hará unos cinco años. Bioy Casares había cenado conmigo esa noche y nos demoró una vasta polémica sobre la ejecución de una novela en primera persona, cuyo narrador omitiera o desfigurara los hechos e incurriera en diversas contradicciones, que permitieran a unos pocos lectores —a muy pocos lectores— la adivinación de una realidad atroz o banal. Desde el fondo remoto del corredor, el espejo nos acechaba. Descubrimos (en la alta noche ese descubrimiento es inevitable) que los espejos tienen algo monstruoso. Entonces Bioy Casares recordó que uno de los heresiarcas de Uqbar había declarado que los espejos y la cópula son abominables, porque multiplican el número de los hombres. Le pregunté el origen de esa memorable sentencia y me contestó que *The Anglo-American Cyclopaedia* la registraba, en su artículo sobre Uqbar. La quinta (que habíamos alquilado amueblada) poseía un ejemplar de esa obra. En las últimas páginas del volumen XLVI dimos con un artículo sobre Upsala; en las primeras del XLVII, con uno sobre *Ural-Altaic Languages,* pero ni una palabra sobre Uqbar. Bioy, un poco azorado, interrogó los tomos del índice. Agotó en vano todas las lecciones imaginables: Ukbar, Ucbar, Ookbar, Oukbahr... Antes de irse, me dijo que era una región del Irak o del Asia Menor. Confieso que asentí con alguna incomodidad. Conjeturé que ese país indocumentado y ese heresiarca anónimo eran una ficción improvisada por la modestia de Bioy para justificar una frase. El examen estéril de uno de los atlas de Justus Perthes fortaleció mi duda.

Al día siguiente, Bioy me llamó desde Buenos Aires. Me dijo que tenía a la vista el artículo sobre Uqbar, en el volumen XXVI de la Enciclopedia. No constaba el nombre del heresiarca, pero sí la noticia de su doctrina, formulada en palabras casi idénticas a las repetidas por él, aunque —tal vez— literariamente inferiores. Él había recordado: *Copulation and mirrors are abominable.* El texto de la Enciclopedia decía: "Para uno de esos gnósticos, el visible universo era una ilusión o (más precisamente) un sofisma. Los espejos y la paternidad son abominables (*mirrors and fatherhood are hateful*) porque lo multiplican y lo divulgan". Le dije, sin faltar a la verdad, que me gustaría ver ese artículo. A los pocos días lo trajo. Lo cual me sorprendió, porque los escrupulosos índices cartográficos de la *Erdkunde* de Ritter ignoraban con plenitud el nombre de Uqbar.

El volumen que trajo Bioy era efectivamente el XXVI de la *Anglo-American Cyclopaedia.* En la falsa carátula y en el lomo, la indicación alfabética (Tor-Ups) era la de nuestro ejemplar, pero en vez de 917 páginas constaba de 921. Esas cuatro páginas adicionales comprendían al artículo sobre Uqbar; no previsto (como habrá advertido el lector) por la indicación alfabética. Comprobamos después que no hay otra diferencia entre los volúmenes. Los dos (según creo haber indicado) son reimpresiones de la décima *Encyclopaedia Britannica.* Bioy había adquirido su ejemplar en uno de tantos remates.

Leímos con algún cuidado el artículo. El pasaje recordado por Bioy era tal vez el único sorprendente. El resto parecía muy verosímil, muy ajustado al tono general de la obra y (como es natural) un poco aburrido. Releyéndolo, descubrimos bajo su rigurosa escritura una fundamental vaguedad. De los catorce nombres que figuraban en la parte geográfica, sólo reconocimos tres —Jorasán, Armenia, Erzerum—, interpolados en el texto de un modo ambiguo. De los nombres históricos, uno solo: el impostor Esmerdis el mago, invocado más bien como una metáfora. La nota parecía precisar las fronteras de Uqbar, pero sus nebulosos puntos de referencia eran ríos y cráteres y cadenas de esa misma región. Leímos, verbigracia, que las tierras bajas de Tsai Jaldún y el delta del Axa definen la frontera del sur y que en las islas de ese delta procrean los caballos salvajes. Eso, al principio de la página 918. En la sección histórica (página 920) supimos que a raíz de las persecuciones religiosas del siglo XIII, los ortodoxos buscaron amparo en las islas, donde perduran todavía sus obeliscos y donde no es raro exhumar sus espejos de piedra. La sección *idioma y literatura* era breve. Un solo rasgo memorable: anotaba que la literatura de Uqbar era de carácter fantástico y que sus epopeyas y sus leyendas no se referían jamás a la realidad, sino a las dos regiones imaginarias de Mlejnas y de Tlön... La bibliografía enumeraba cuatro volúmenes que no hemos encontrado hasta ahora, aunque el tercero —Silas Haslam: *History of the Land Called Uqbar,* 1874— figura en los catálogos de librería de Bernard Quaritch.[1] El primero, *Lesbare and lesenswerthe Bemerkungen über das Land Ukkbar in Klein-Asien,* data de 1641 y es obra de Johannes Valentinus Andreä. El hecho es significativo; un par de años después, di con ese nombre en las inesperadas páginas de De Quincey (*Writings,* decimotercer volumen) y supe que era el de un teólogo alemán que a principios del siglo XVII describió la imaginaria comunidad de la Rosa-Cruz —que otros luego fundaron, a imitación de lo prefigurado por él.

Esa noche visitamos la Biblioteca Nacional. En vano fatigamos atlas, catálogos, anuarios de sociedades geográficas, memorias de viajeros e historiadores: nadie había estado nunca en Uqbar. El índice general de la enciclopedia de Bioy tampoco registraba ese nombre. Al día siguiente, Carlos Mastronardi (a quien yo había referido el asunto) advirtió en una librería de Corrientes y Talcahuano los negros y dorados lomos de la *Anglo-American Cyclopaedia*... Entró e interrogó el volumen XXVI. Naturalmente, no dio con el menor indicio de Uqbar.

II

Algún recuerdo limitado y menguante de Herbert Ashe, ingeniero de los ferrocarriles del Sur, persiste en el hotel de Adrogué, entre las efusivas madreselvas y en el fondo ilusorio de los espejos. En vida padeció de irrealidad, como tantos ingleses; muerto, no es siquiera el fantasma que ya era entonces. Era alto y desganado y su cansada barba rectangular había sido roja. Entiendo que era viudo, sin hijos. Cada tantos años iba a Inglaterra: a visitar (juzgo por unas fotografías que nos mostró) un reloj de sol y unos robles. Mi padre había estrechado con él (el verbo es excesivo) una de esas amistades inglesas que empiezan por excluir la confidencia y que muy pronto omiten el diálogo. Solían ejercer un intercambio de libros y de periódicos; solían batirse al ajedrez, taciturnamente... Lo recuerdo en el corredor del

1. Haslam ha publicado también *A General History of Labyrinths.*

hotel, con un libro de matemáticas en la mano, mirando a veces los colores irrecuperables del cielo. Una tarde, hablamos del sistema duodecimal de numeración (en el que doce se escribe 10). Ashe dijo que precisamente estaba trasladando no sé qué tablas duodecimales a sexagesimales (en las que sesenta se escribe 10). Agregó que ese trabajo le había sido encargado por un noruego: en Rio Grande do Sul. Ocho años que lo conocíamos y no había mencionado nunca su estadía en esa región... Hablamos de vida pastoril, de *capangas,* de la etimología brasilera de la palabra *gaucho* (que algunos viejos orientales todavía pronuncian *gaúcho*) y nada más se dijo —Dios me perdone— de funciones duodecimales. En setiembre de 1937 (no estábamos nosotros en el hotel) Herbert Ashe murió de la rotura de un aneurisma. Días antes, había recibido del Brasil un paquete sellado y certificado. Era un libro en octavo mayor. Ashe lo dejó en el bar, donde —meses después— lo encontré. Me puse a hojearlo y sentí un vértigo asombrado y ligero que no describiré, porque ésta no es la historia de mis emociones sino de Uqbar y Tlön y Orbis Tertius. En una noche del Islam que se llama la Noche de las Noches se abren de par en par las secretas puertas del cielo y es más dulce el agua en los cántaros; si esas puertas se abrieran, no sentiría lo que en esa tarde sentí. El libro estaba redactado en inglés y lo integraban 1001 páginas. En el amarillo lomo de cuero leí estas curiosas palabras que la falsa carátula repetía: *A First Encyclopaedia of Tlön. Vol. XI. Hlaer to Jangr.* No había indicación de fecha ni de lugar. En la primera página y en una hoja de papel de seda que cubría una de las láminas en colores había estampado un óvalo azul con esta inscripción: *Orbis Tertius.* Hacía dos años que yo había descubierto en un tomo de cierta enciclopedia pirática una somera descripción de un falso país; ahora me deparaba el azar algo más precioso y más arduo. Ahora tenía en las manos un vasto fragmento metódico de la historia total de un planeta desconocido, con sus arquitecturas y sus barajas, con el pavor de sus mitologías y el rumor de sus lenguas, con sus emperadores y sus mares, con sus minerales y sus pájaros y sus peces, con su álgebra y su fuego, con su controversia teológica y metafísica. Todo ello articulado, coherente, sin visible propósito doctrinal o tono paródico.

En el Onceno Tomo de que hablo hay alusiones a tomos ulteriores y precedentes. Néstor Ibarra, en un artículo ya clásico de la *N. R. F.,* ha negado que existen esos aláteres; Ezequiel Martínez Estrada y Drieu La Rochelle han refutado, quizá victoriosamente, esa duda. El hecho es que hasta ahora las pesquisas más diligentes han sido estériles. En vano hemos desordenado las bibliotecas de las dos Américas y de Europa. Alfonso Reyes, harto de esas fatigas subalternas de índole policial, propone que entre todos acometamos la obra de reconstruir los muchos y macizos tomos que faltan: *ex ungue leonem.* Calcula, entre veras y burlas, que una generación de *tlönistas* puede bastar. Ese arriesgado cómputo nos retrae al problema fundamental: ¿Quiénes inventaron a Tlön? El plural es inevitable, porque la hipótesis de un solo inventor —de un infinito Leibniz obrando en la tiniebla y en la modestia— ha sido descartada unánimemente. Se conjetura que este *brave new world* es obra de una sociedad secreta de astrónomos, de biólogos, de ingenieros, de metafísicos, de poetas, de químicos, de algebristas, de moralistas, de pintores, de geómetras... dirigidos por un oscuro hombre de genio. Abundan individuos que dominan esas disciplinas diversas, pero no los capaces de invención y menos los capaces de subordinar la invención a un riguroso plan sistemático. Ese plan es tan vasto que la contribución de cada escritor es infinitesimal. Al principio se creyó que Tlön era un mero caos, una irresponsable licencia de la imaginación; ahora se sabe que es un cosmos y las íntimas leyes que lo rigen han sido formuladas, siquiera en modo provisional. Básteme recordar que las contradicciones aparentes del Onceno Tomo son la piedra fundamental de la prueba de que existen los otros: tan lúcido y tan justo es el orden que se ha observado en él. Las revistas populares han divulgado, con perdonable exceso, la zoología y la topografía de Tlön; yo pienso que sus tigres transparentes y sus torres de sangre no merecen, tal vez, la continua atención de *todos* los hombres. Yo me atrevo a pedir unos minutos para su concepto del universo.

Hume notó para siempre que los argumentos de Berkeley no admiten la menor réplica y no causan la menor convicción. Ese dictamen es del todo verídico en su aplicación a la tierra; del todo falso en Tlön. Las naciones de ese planeta son —congénitamente— idealistas. Su lenguaje y las derivaciones de su lenguaje —la religión, las letras, la metafísica— presuponen el idealismo. El mundo para ellos no es un concurso de objetos en el espacio; es una serie heterogénea de actos independientes. Es sucesivo, temporal, no espacial. No hay sustantivos en la conjetural *Ursprache* de Tlön, de la que proceden los idiomas "actuales" y los dialectos: hay verbos impersonales, calificados por sufijos (o prefijos) monosilábicos de valor adverbial. Por ejemplo: no hay palabra que corresponda a la palabra *luna,* pero hay un verbo que sería en español *lunecer o lunar. Surgió la luna sobre el río* se dice *hlör u fang axaxaxas mlö* o sea en su orden: hacia arriba (*upward*) detrás duradero-fluir luneció. (Xul Solar traduce con brevedad: upa tras perfluyue lunó. *Upward, behind the onstreaming it mooned.*)

Lo anterior se refiere a los idiomas del hemisferio austral. En los del hemisferio boreal (de cuya *Ursprache* hay muy pocos datos en el Onceno Tomo) la célula primordial no es el verbo, sino el adjetivo monosilábico. El sustantivo se forma por acumulación de adjetivos. No se dice *luna:* se dice *aéreo-claro sobre oscuro-redondo* o *anaranjado-tenue-del cielo* o cualquier otra agregación. En el caso elegido la masa de adjetivos corresponde a un objeto real; el hecho es puramente fortuito. En la literatura de este hemisferio (como en el mundo subsistente de Meinong) abundan los objetos ideales, convocados y disueltos en un momento, según las necesidades poéticas. Los determina, a veces, la mera simultaneidad. Hay objetos compuestos de dos términos, uno de carácter visual y otro auditivo: el color del naciente y el remoto grito de un pájaro. Los hay de muchos: el sol y el agua contra el pecho del nadador, el vago rosa trémulo que se ve con los ojos cerrados, la sensación de quien se deja llevar por un río y también por el sueño. Esos objetos de segundo grado pueden combinarse con otros; el proceso, mediante ciertas abreviaturas, es prácticamente infinito. Hay poemas famosos compuestos de una sola enorme palabra. Esta palabra integra un *objeto poético* creado por el autor. El hecho de que nadie crea en la realidad de los sustantivos hace, paradójicamente, que sea interminable su número. Los idiomas del hemisferio boreal de Tlön poseen todos los nombres de las lenguas indoeuropeas —y otros muchos más.

No es exagerado afirmar que la cultura clásica de Tlön comprende una sola disciplina: la psicología. Las otras están subordinadas a ella. He dicho que los hombres de ese planeta conciben el universo como una serie de procesos mentales, que no se desenvuelven en el espacio sino de modo sucesivo en el tiempo. Spinoza atribuye a su inagotable divinidad los atributos de la extensión y del pensamiento; nadie comprendería en Tlön la yuxtaposición del primero (que sólo es típico de ciertos estados) y del segundo —que es un sinónimo perfecto del cosmos—. Dicho sea con otras palabras: no conciben que lo espacial perdure en el tiempo. La percepción de una humareda en el horizonte y después del campo incendiado y después del cigarro a medio apagar que produjo la quemazón es considerada un ejemplo de asociación de ideas.

Este monismo o idealismo total invalida la ciencia. Explicar (o juzgar) un hecho es unirlo a otro; esa vinculación, en Tlön, es un estado posterior del sujeto, que no puede afectar o iluminar el estado anterior. Todo estado mental es irreductible: el mero hecho de nombrarlo —*id est,* de clasificarlo— importa un falseo. De ello cabría deducir que no hay ciencias en Tlön —ni siquiera razonamientos. La paradójica verdad es que existen, en casi innumerable número. Con las filosofías acontece lo que acontece con los sustantivos en el hemisferio boreal. El hecho de que toda filosofía sea de antemano un juego dialéctico, una *Philosophie des Als Ob,* ha contribuido a multiplicarlas. Abundan los sistemas increíbles, pero de arquitectura agradable o de tipo sensacional. Los metafísicos de Tlön no buscan la verdad ni siquiera la verosimilitud: buscan el asombro. Juzgan que la metafísica es una rama de la literatura fantástica. Saben que un sistema no es otra cosa que la subordinación de todos los aspectos del universo a uno cualquiera de ellos. Hasta la frase "todos los aspectos" es rechazable, porque supone la imposible adición del instante presente y de los pretéritos. Tampoco es lícito el plural "los pretéritos", porque supone otra operación imposible... Una de las escuelas de Tlön llega a negar el tiempo: razona que el presente es indefinido, que el futuro no tiene realidad sino como esperanza presente, que el pasado no tiene realidad sino como recuerdo presente.[1] Otra escuela declara que ha transcurrido ya *todo el tiempo* y que nuestra vida es apenas el recuerdo o reflejo crepuscular, y sin duda falseado y mutilado, de un proceso irrecuperable. Otra, que la historia del universo —y en ellas nuestras vidas y el más tenue detalle de nuestras vidas— es la escritura que produce un dios subalterno para entenderse con un demonio. Otra, que el universo es comparable a esas criptografías en las que no valen todos los símbolos y que sólo es verdad lo que sucede cada trescientas noches. Otra, que mientras dormimos aquí, estamos despiertos en otro lado y que así cada hombre es dos hombres.

Entre las doctrinas de Tlön, ninguna ha merecido tanto escándalo como el materialismo. Algunos pensadores lo han formulado, con menos claridad que fervor, como quien adelanta una paradoja. Para facilitar el entendimiento de esa tesis inconcebible, un heresiarca del siglo XI[2] ideó el sofisma de las nueve monedas de cobre, cuyo renombre escandaloso equivale en Tlön al de las aporías eleáticas. De ese

---

1. Russell (*The Analysis of Mind,* 1921, pág. 159) supone que el planeta ha sido creado hace pocos minutos, provisto de una humanidad que "recuerda" un pasado ilusorio.

2. Siglo, de acuerdo con el sistema duodecimal, significa un período de ciento cuarenta y cuatro años.

"razonamiento especioso" hay muchas versiones, que varían el número de monedas y el número de hallazgos; he aquí la más común:

"El martes, X atraviesa un camino desierto y pierde nueve monedas de cobre. El jueves, Y encuentra en el camino cuatro monedas, algo herrumbradas por la lluvia del miércoles. El viernes, Z descubre tres monedas en el camino. El viernes de mañana, X encuentra dos monedas en el corredor de su casa. [El heresiarca quería deducir de esa historia la realidad —*id est* la continuidad— de las nueve monedas recuperadas.] Es absurdo (afirmaba) imaginar que cuatro de las monedas no han existido entre el martes y el jueves, tres entre el martes y la tarde del viernes, dos entre el martes y la madrugada del viernes. Es lógico pensar que han existido —siquiera de algún modo secreto, de comprensión vedada a los hombres— en todos los momentos de esos tres plazos."

El lenguaje de Tlön se resistía a formular esa paradoja; los más no la entendieron. Los defensores del sentido común se limitaron, al principio, a negar la veracidad de la anécdota. Repitieron que era una falacia verbal, basada en el empleo temerario de dos voces neológicas, no autorizadas por el uso y ajenas a todo pensamiento severo: los verbos *encontrar* y *perder*, que comportan una petición de principio, porque presuponen la identidad de las nueve primeras monedas y de las últimas. Recordaron que todo sustantivo (hombre, moneda, jueves, miércoles, lluvia) sólo tiene un valor metafórico. Denunciaron la pérfida circunstancia *algo herrumbradas por la lluvia del miércoles,* que presupone lo que se trata de demostrar: la persistencia de las cuatro monedas, entre el jueves y el martes. Explicaron que una cosa es *igualdad* y otra *identidad* y formularon una especie de *reductio ad absurdum,* o sea el caso hipotético de nueve hombres que en nueve sucesivas noches padecen un vivo dolor. ¿No sería ridículo —interrogaron— pretender que ese dolor es el mismo?[1] Dijeron que al heresiarca no lo movía sino el blasfematorio propósito de atribuir la divina categoría de *ser* a unas simples monedas y que a veces negaba la pluralidad y otras no. Argumentaron: si la igualdad comporta la identidad, habría que admitir asimismo que las nueve monedas son una sola.

1. En el día de hoy, una de las iglesias de Tlön sostiene platónicamente que tal dolor, que tal matiz verdoso del amarillo, que tal temperatura, que tal sonido, son la única realidad. Todos los hombres, en el vertiginoso instante del coito, son el mismo hombre. Todos los hombres que repiten una línea de Shakespeare, son William Shakespeare.

Increíblemente, esas refutaciones no resultaron definitivas. A los cien años de enunciado el problema, un pensador no menos brillante que el heresiarca pero de tradición ortodoxa, formuló una hipótesis muy audaz. Esa conjetura feliz afirma que hay un solo sujeto, que ese sujeto indivisible es cada uno de los seres del universo y que éstos son los órganos y máscaras de la divinidad. X es Y y es Z. Z descubre tres monedas porque recuerda que se le perdieron a X; X encuentra dos en el corredor porque recuerda que han sido recuperadas las otras... El Onceno Tomo deja entender que tres razones capitales determinaron la victoria total de ese panteísmo idealista. La primera, el repudio del solipsismo; la segunda, la posibilidad de conservar la base psicológica de las ciencias; la tercera, la posibilidad de conservar el culto de los dioses. Schopenhauer (el apasionado y lúcido Schopenhauer) formula una doctrina muy parecida en el primer volumen de *Parerga und Paralipomena.*

La geometría de Tlön comprende dos disciplinas algo distintas: la visual y la táctil. La última corresponde a la nuestra y la subordinan a la primera. La base de la geometría visual es la superficie, no el punto. Esta geometría desconoce las paralelas y declara que el hombre que se desplaza modifica las formas que lo circundan. La base de su aritmética es la noción de números indefinidos. Acentúan la importancia de los conceptos de mayor y menor, que nuestros matemáticos simbolizan por > y por <. Afirman que la operación de contar modifica las cantidades y las convierte de indefinidas en definidas. El hecho de que varios individuos que cuentan una misma cantidad logran un resultado igual, es para los psicólogos un ejemplo de asociación de ideas o de buen ejercicio de la memoria. Ya sabemos que en Tlön el sujeto del conocimiento es uno y eterno.

En los hábitos literarios también es todopoderosa la idea de un sujeto único. Es raro que los libros estén firmados. No existe el concepto del plagio: se ha establecido que todas las obras son obra de un solo autor, que es intemporal y es anónimo. La crítica suele inventar autores: elige dos obras disímiles —el *Tao Te King* y *Las mil y una noches,* digamos—, las atribuye a un mismo escritor y luego determina con probidad la psicología de ese interesante *homme de lettres...*

También son distintos los libros. Los de ficción abarcan un solo argumento, con todas las permutaciones imaginables. Los de naturaleza filosófica invariablemente contienen la tesis y la antítesis, el riguroso pro y el contra de una doctrina. Un libro que no encierra su contralibro es considerado incompleto.

Siglos y siglos de idealismo no han dejado de influir en la realidad. No es infrecuente, en las regiones más antiguas de Tlön, la duplicación de objetos perdidos. Dos personas buscan un lápiz; la primera lo encuentra y no dice nada; la segunda encuentra un segundo lápiz no menos real, pero más ajustado a su expectativa. Esos objetos secundarios se llaman *hrönir* y son, aunque de forma desairada, un poco más largos. Hasta hace poco los *hrönir* fueron hijos casuales de la distracción y el olvido. Parece mentira que su metódica producción cuente apenas cien años, pero así lo declara el Onceno Tomo. Los primeros intentos fueron estériles. El *modus operandi,* sin embargo, merece recordación. El director de una de las cárceles del Estado comunicó a los presos que en el antiguo lecho de un río había ciertos sepulcros y prometió la libertad a quienes trajeran un hallazgo importante. Durante los meses que precedieron a la excavación les mostraron láminas fotográficas de lo que iban a hallar. Ese primer intento probó que la esperanza y la avidez pueden inhibir; una semana de trabajo con la pala y el pico no logró exhumar otro *hrön* que una rueda herrumbrada, de fecha posterior al experimento. Éste se mantuvo secreto y se repitió después en cuatro colegios. En tres fue casi total el fracaso; en el cuarto (cuyo director murió casualmente durante las primeras excavaciones) los discípulos exhumaron —o produjeron— una máscara de oro, una espada arcaica, dos o tres ánforas de barro y el verdinoso y mutilado torso de un rey con una inscripción en el pecho que no se ha logrado aún descifrar. Así se descubrió la improcedencia de testigos que conocieran la naturaleza experimental de la busca... Las investigaciones en masa producen objetos contradictorios; ahora se prefiere los trabajos individuales y casi improvisados. La metódica elaboración de *hrönir* (dice el Onceno Tomo) ha prestado servicios prodigiosos a los arqueólogos. Ha permitido interrogar y hasta modificar el pasado, que ahora no es menos plástico y menos dócil que el porvenir. Hecho curioso: los *hrönir* de segundo y de tercer grado —los *hrönir* derivados de otro *hrön*, los *hrönir* derivados del *hrön* de un *hrön*— exageran las aberraciones del inicial; los de quinto son casi uniformes; los de noveno se confunden con los de segundo; en los de undécimo hay una pureza de líneas que los originales no tienen. El proceso es periódico: el *hrön* de duodécimo grado ya empieza a decaer. Más extraño y más puro que todo *hrön* es a veces el *ur:* la cosa producida por sugestión, el objeto educido por la esperanza. La gran máscara de oro que he mencionado es un ilustre ejemplo.

Las cosas se duplican en Tlön; propenden asimismo a borrarse y a perder los detalles cuando los olvida la gente. Es clásico el ejemplo de un umbral que perduró mientras lo visitaba un mendigo y que se perdió de vista a su muerte. A veces unos pájaros, un caballo, han salvado las ruinas de un anfiteatro.

Salto Oriental, 1940.

Posdata de 1947. Reproduzco el artículo anterior tal como apareció en la *Antología de la literatura fantástica,* 1940, sin otra escisión que algunas metáforas y que una especie de resumen burlón que ahora resulta frívolo. Han ocurrido tantas cosas desde esa fecha... Me limitaré a recordarlas.

En marzo de 1941 se descubrió una carta manuscrita de Gunnar Erfjord en un libro de Hinton que había sido de Herbert Ashe. El sobre tenía el sello postal de Ouro Preto; la carta elucidaba enteramente el misterio de Tlön. Su texto corrobora las hipótesis de Martínez Estrada. A principios del siglo XVII, en una noche de Lucerna o de Londres, empezó la espléndida historia. Una sociedad secreta y benévola (que entre sus afiliados tuvo a Dalgarno y después a George Berkeley) surgió para inventar un país. En el vago programa inicial figuraban los "estudios herméticos", la filantropía y la cábala. De esa primera época data el curioso libro de Andreä. Al cabo de unos años de conciliábulos y de síntesis prematuras comprendieron que una generación no bastaba para articular un país. Resolvieron que cada uno de los maestros que la integraban eligiera un discípulo para la continuación de la obra. Esa disposición hereditaria prevaleció; después de un hiato de dos siglos la perseguida fraternidad resurge en América. Hacia 1824, en Memphis (Tennessee) uno de los afiliados conversa con el ascético millonario Ezra Buckley. Éste lo deja hablar con algún desdén —y se ríe de la modestia del proyecto. Le dice que en América es absurdo inventar un país y le propone la invención de un planeta. A esa gigantesca idea añade otra, hija de su nihilismo:[1] la de guardar en el silencio la empresa enorme. Circulaban entonces los veinte

1. Buckley era librepensador, fatalista y defensor de la esclavitud.

tomos de la *Encyclopaedia Britannica;* Buckley sugiere una enciclopedia metódica del planeta ilusorio. Les dejará sus cordilleras auríferas, sus ríos navegables, sus praderas holladas por el toro y por el bisonte, sus negros, sus prostíbulos y sus dólares, bajo una condición: "La obra no pactará con el impostor Jesucristo." Buckley descree de Dios, pero quiere demostrar al Dios no existente que los hombres mortales son capaces de concebir un mundo. Buckley es envenenado en Baton Rouge en 1828; en 1914 la sociedad remite a sus colaboradores, que son trescientos, el volumen final de la Primera Enciclopedia de Tlön. La edición es secreta: los cuarenta volúmenes que comprende (la obra más vasta que han acometido los hombres) serían la base de otra más minuciosa, redactada no ya en inglés, sino en alguna de las lenguas de Tlön. Esa revisión de un mundo ilusorio se llama provisoriamente *Orbis Tertius* y uno de sus modestos demiurgos fue Herbert Ashe, no sé si como agente de Gunnar Erfjord o como afiliado. Su recepción de un ejemplar del Onceno Tomo parece favorecer lo segundo. Pero ¿y los otros? Hacia 1942 arreciaron los hechos. Recuerdo con singular nitidez uno de los primeros y me parece que algo sentí de su carácter premonitorio. Ocurrió en un departamento de la calle Laprida, frente a un claro y alto balcón que miraba el ocaso. La princesa de Faucigny Lucinge había recibido de Poitiers su vajilla de plata. Del vasto fondo de un cajón rubricado de sellos internacionales iban saliendo finas cosas inmóviles: platería de Utrecht y de París con dura fauna heráldica, un samovar. Entre ellas —con un perceptible y tenue temblor de pájaro dormido— latía misteriosamente una brújula. La princesa no la reconoció. La aguja azul anhelaba el norte magnético; la caja de metal era cóncava; las letras de la esfera correspondían a uno de los alfabetos de Tlön. Tal fue la primera intrusión del mundo fantástico en el mundo real. Un azar que me inquieta hizo que yo también fuera testigo de la segunda. Ocurrió unos meses después, en la pulpería de un brasilero, en la Cuchilla Negra. Amorim y yo regresábamos de Sant'Anna. Una creciente del río Tacuarembó nos obligó a probar (y a sobrellevar) esa rudimentaria hospitalidad. El pulpero nos acomodó unos catres crujientes en una pieza grande, entorpecida de barriles y cueros. Nos acostamos, pero no nos dejó dormir hasta el alba la borrachera de un vecino invisible, que alternaba denuestos inextricables con rachas de milongas —más bien con rachas de una sola milonga. Como es de suponer, atribuimos a la fogosa caña del patrón ese griterío insistente... A la madrugada, el hombre estaba muerto en el corredor. La aspereza de la voz nos había engañado: era un muchacho joven. En el delirio se le habían caído del tirador unas cuantas monedas y un cono de metal reluciente, del diámetro de un dado. En vano un chico trató de recoger ese cono. Un hombre apenas acertó a levantarlo. Yo lo tuve en la palma de la mano algunos minutos: recuerdo que su peso era intolerable y que después de retirado el cono, la opresión perduró. También recuerdo el círculo preciso que me grabó en la carne. Esa evidencia de un objeto muy chico y a la vez pesadísimo dejaba una impresión desagradable de asco y de miedo. Un paisano propuso que lo tiraran al río correntoso. Amorim lo adquirió mediante unos pesos. Nadie sabía nada del muerto, salvo "que venía de la frontera". Esos conos pequeños y muy pesados (hechos de un metal que no es de este mundo) son imagen de la divinidad, en ciertas religiones de Tlön.

Aquí doy término a la parte personal de mi narración. Lo demás está en la memoria (cuando no en la esperanza o en el temor) de todos mis lectores. Básteme recordar o mencionar los hechos subsiguientes, con una mera brevedad de palabras que el cóncavo recuerdo general enriquecerá o ampliará. Hacia 1944 un investigador del diario *The American* (de Nashville, Tennessee) exhumó en una biblioteca de Memphis los cuarenta volúmenes de la Primera Enciclopedia de Tlön. Hasta el día de hoy se discute si ese descubrimiento fue casual o si lo consintieron los directores del todavía nebuloso *Orbis Tertius*. Es verosímil lo segundo. Algunos rasgos increíbles del Onceno Tomo (verbigracia, la multiplicación de los *hrönir*) han sido eliminados o atenuados en el ejemplar de Memphis; es razonable imaginar que esas tachaduras obedecen al plan de exhibir un mundo que no sea demasiado incompatible con el mundo real. La diseminación de objetos de Tlön en diversos países complementaría ese plan...[1] El hecho es que la prensa internacional voceó infinitamente el "hallazgo". Manuales, antologías, resúmenes, versiones literales, reimpresiones autorizadas y reimpresiones piráticas de la Obra Mayor de los Hombres abarrotaron y siguen abarrotando la tierra. Casi inmediatamente, la realidad cedió en más de un punto. Lo cierto es que anhelaba ceder. Hace diez años bastaba cualquier simetría con apariencia de orden —el materialismo dialéctico, el antisemitismo, el nazismo— para embelesar a los hombres. ¿Cómo no someterse a Tlön, a la minuciosa y vasta evidencia de un planeta ordenado? Inútil responder que la realidad también está ordenada. Quizá lo esté, pero de acuerdo a leyes divinas —traduz-

[1] Queda, naturalmente, el problema de la materia de algunos objetos.

co: a leyes inhumanas— que no acabamos nunca de percibir. Tlön será un laberinto, pero es un laberinto urdido por hombres, un laberinto destinado a que lo descifren los hombres.

El contacto y el hábito de Tlön han desintegrado este mundo. Encantada por su rigor, la humanidad olvida y torna a olvidar que es un rigor de ajedrecistas, no de ángeles. Ya ha penetrado en las escuelas el (conjetural) "idioma primitivo" de Tlön; ya la enseñanza de su historia armoniosa (y llena de episodios conmovedores) ha obliterado a la que presidió mi niñez; ya en las memorias un pasado ficticio ocupa el sitio de otro, del que nada sabemos con certidumbre —ni siquiera que es falso. Han sido reformadas la numismática, la farmacología y la arqueología. Entiendo que la biología y las matemáticas aguardan también su avatar... Una dispersa dinastía de solitarios ha cambiado la faz del mundo. Su tarea prosigue. Si nuestras previsiones no erran, de aquí cien años alguien descubrirá los cien tomos de la Segunda Enciclopedia de Tlön.

Entonces desaparecerán del planeta el inglés y el francés y el mero español. El mundo será Tlön. Yo no hago caso, yo sigo revisando en los quietos días del hotel de Adrogué una indecisa traducción quevediana (que no pienso dar a la imprenta) del *Urn Burial* de Browne.

PIERRE MENARD, AUTOR DEL QUIJOTE

A Silvina Ocampo

La obra visible que ha dejado este novelista es de fácil y breve enumeración. Son, por lo tanto, imperdonables las omisiones y adiciones perpetradas por Madame Henri Bachelier en un catálogo falaz que cierto diario cuya tendencia *protestante* no es un secreto ha tenido la desconsideración de inferir a sus deplorables lectores —si bien éstos son pocos y calvinistas, cuando no masones y circuncisos. Los amigos auténticos de Menard han visto con alarma ese catálogo y aun con cierta tristeza. Diríase que ayer nos reunimos ante el mármol final y entre los cipreses infaustos y ya el Error trata de empañar su Memoria... Decididamente, una breve rectificación es inevitable.

Me consta que es muy fácil recusar mi pobre autoridad. Espero, sin embargo, que no me prohibirán mencionar dos altos testimonios. La baronesa de Bacourt (en cuyos *vendredis* inolvidables tuve el honor de conocer al llorado poeta) ha tenido a bien aprobar las líneas que siguen. La condesa de Bagnoregio, uno de los espíritus más finos del principado de Mónaco (y ahora de Pittsburg, Pennsylvania, después de su reciente boda con el filántropo internacional Simón Kautzsch, tan calumniado ¡ay! por las víctimas de sus desinteresadas maniobras) ha sacrificado "a la veracidad y a la muerte" (tales son sus palabras) la señoril reserva que la distingue y en una carta abierta publicada en la revista *Luxe* me concede asimismo su beneplácito. Esas ejecutorias, creo, no son insuficientes.

He dicho que la obra *visible* de Menard es fácilmente enumerable. Examinado con esmero su archivo particular, he verificado que consta de las piezas que siguen:

a) Un soneto simbolista que apareció dos veces (con variaciones) en la revista *La conque* (números de marzo y octubre de 1899).

b) Una monografía sobre la posibilidad de construir un vocabulario poético de conceptos que no fueran sinónimos o perífrasis de los que informan el lenguaje común, "sino objetos ideales creados por una convención y esencialmente destinados a las necesidades poéticas" (Nîmes, 1901).

c) Una monografía sobre "ciertas conexiones o afinidades" del pensamiento de Descartes, de Leibniz y de John Wilkins (Nîmes, 1903).

d) Una monografía sobre la *Characteristica universalis* de Leibniz (Nîmes, 1904).

e) Un artículo técnico sobre la posibilidad de enriquecer el ajedrez eliminando uno de los peones de torre. Menard propone, recomienda, discute y acaba por rechazar esa innovación.

f) Una monografía sobre el *Ars magna generalis* de Ramón Lull (Nîmes, 1906).

g) Una traducción con prólogo y notas del *Libro de la invención liberal y arte del juego del axedrez* de Ruy López de Segura (París, 1907).

h) Los borradores de una monografía sobre la lógica simbólica de George Boole.

i) Un examen de las leyes métricas esenciales de la prosa francesa, ilustrado con ejemplos de Saint-Simon *(Revue des langues romanes,* Montpellier, octubre de 1909).

j) Una réplica a Luc Durtain (que había negado la existencia de tales leyes) ilustrada con ejemplos de Luc Durtain *(Revue des langues romanes,* Montpellier, diciembre de 1909).

k) Una traducción manuscrita de la *Aguja de navegar cultos* de Quevedo, intitulada *La boussole des précieux.*

l) Un prefacio al catálogo de la exposición de litografías de Carolus Hourcade (Nîmes, 1914).

m) La obra *Les problèmes d'un problème* (París, 1917) que discute en orden cronológico las soluciones del ilustre problema de Aquiles y la tortuga. Dos ediciones de este libro han aparecido hasta ahora; la segunda trae como epígrafe el consejo de Leibniz *Ne craignez point, monsieur, la tortue,* y renueva los capítulos dedicados a Russell y a Descartes.

n) Un obstinado análisis de las "costumbres sintácticas" de Toulet (*N. R. F.,* marzo de 1921). Menard —recuerdo— declaraba que censurar y alabar son operaciones sentimentales que nada tienen que ver con la crítica.

o) Una trasposición en alejandrinos del *Cimetière marin* de Paul Valéry (*N. R. F.,* enero de 1928).

p) Una invectiva contra Paul Valéry, en las *Hojas para la supresión de la realidad* de Jacques Reboul. (Esa invectiva, dicho sea entre paréntesis, es el reverso exacto de su verdadera opinión sobre Valéry. Éste así lo entendió y la amistad antigua de los dos no corrió peligro.)

q) Una "definición" de la condesa de Bagnoregio, en el "victorioso volumen" —la locución es de otro colaborador, Gabriele d'Annunzio— que anualmente publica esta dama para rectificar los inevitables falseos del periodismo y presentar "al mundo y a Italia" una auténtica efigie de su persona, tan expuesta (en razón misma de su belleza y de su actuación) a interpretaciones erróneas o apresuradas.

r) Un ciclo de admirables sonetos para la baronesa de Bacourt (1934).

s) Una lista manuscrita de versos que deben su eficacia a la puntuación.[1]

Hasta aquí (sin otra omisión que unos vagos sonetos circunstanciales para el hospitalario, o ávido, álbum de Madame Henri Bachelier) la obra *visible* de Menard, en su orden cronológico. Paso ahora a la otra: la subterránea, la interminablemente heroica, la impar. También ¡ay de las posibilidades del hombre! la inconclusa. Esa obra, tal vez la más significativa de nuestro tiempo, consta de los capítulos IX y XXXVIII de la primera parte del *Don Quijote* y de un fragmento del capítulo XXII. Yo sé que tal afirmación parece un dislate; justificar ese "dislate" es el objeto primordial de esta nota.[2]

Dos textos de valor desigual inspiraron la empresa. Uno es aquel fragmento filológico de Novalis —el que lleva el número 2005 en la edición de Dresden— que esboza el tema de la *total identificación* con un autor determinado. Otro es uno de esos libros parasitarios que sitúan a Cristo en un bulevar, a Hamlet en la Cannebière o a Don Quijote en Wall Street. Como todo hombre de buen gusto, Menard abominaba de esos carnavales inútiles, sólo aptos —decía— para ocasionar el plebeyo placer del anacronismo o (lo que es peor) para embelesarnos con la idea primaria de que todas las épocas son iguales o de que son distintas. Más interesante, aunque de ejecución contradictoria y superficial, le parecía el famoso propósito de Daudet:

1. Madame Henri Bachelier enumera asimismo una versión literal de la versión literal que hizo Quevedo de la *Introduction à la vie dévote* de San Francisco de Sales. En la biblioteca de Pierre Menard no hay rastros de tal obra. Debe tratarse de una broma de nuestro amigo, mal escuchada.

2. Tuve también el propósito secundario de bosquejar la imagen de Pierre Menard. Pero ¿cómo atreverme a competir con las páginas áureas que me dicen prepara la baronesa de Bacourt o con el lápiz delicado y puntual de Carolus Hourcade?

conjugar en *una* figura, que es Tartarín, al Ingenioso Hidalgo y a su escudero... Quienes han insinuado que Menard dedicó su vida a escribir un Quijote contemporáneo, calumnian su clara memoria.

No quería componer otro Quijote —lo cual es fácil— sino *el Quijote.* Inútil agregar que no encaró nunca una trascripción mecánica del original; no se proponía copiarlo. Su admirable ambición era producir unas páginas que coincidieran —palabra por palabra y línea por línea— con las de Miguel de Cervantes.

"Mi propósito es meramente asombroso" me escribió el 30 de setiembre de 1934 desde Bayonne. "El término final de una demostración teológica o metafísica —el mundo externo, Dios, la casualidad, las formas universales— no es menos anterior y común que mi divulgada novela. La sola diferencia es que los filósofos publican en agradables volúmenes las etapas intermediarias de su labor y que yo he resuelto perderlas." En efecto, no queda un solo borrador que atestigüe ese trabajo de años.

El método inicial que imaginó era relativamente sencillo. Conocer bien el español, recuperar la fe católica, guerrear contra los moros o contra el turco, olvidar la historia de Europa entre los años de 1602 y de 1918, *ser* Miguel de Cervantes. Pierre Menard estudió ese procedimiento (sé que logró un manejo bastante fiel del español del siglo XVII) pero lo descartó por fácil. ¡Más bien por imposible! dirá el lector. De acuerdo, pero la empresa era de antemano imposible y de todos los medios imposibles para llevarla a término, éste era el menos interesante. Ser en el siglo XX un novelista popular del siglo XVII le pareció una disminución. Ser, de alguna manera, Cervantes y llegar al *Quijote* le pareció menos arduo —por consiguiente, menos interesante— que seguir siendo Pierre Menard y llegar al *Quijote*, a través de las experiencias de Pierre Menard. (Esa convicción, dicho sea de paso, le hizo excluir el prólogo autobiográfico de la segunda parte del *Don Quijote.* Incluir ese prólogo hubiera sido crear otro personaje —Cervantes— pero también hubiera significado presentar el *Quijote* en función de ese personaje y no de Menard. Éste, naturalmente, se negó a esa facilidad.) "Mi empresa no es difícil, esencialmente" leo en otro lugar de la carta. "Me bastaría ser inmortal para llevarla a cabo." ¿Confesaré que suelo imaginar que la terminó y que leo el *Quijote* —todo el *Quijote*— como si lo hubiera pensado Menard? Noches pasadas, al hojear el capítulo XXVI —no ensayado nunca por él— reconocí el estilo de nuestro amigo y como su voz en esta frase excepcional: *las ninfas de los ríos, la dolorosa y húmida Eco.* Esa conjunción eficaz de un adjetivo moral y otro físico me trajo a la memoria un verso de Shakespeare, que discutimos una tarde:

Where a malignant and a turbaned Turk...

¿Por qué precisamente el *Quijote?* dirá nuestro lector. Esa preferencia, en un español, no hubiera sido inexplicable; pero sin duda lo es en un simbolista de Nîmes, devoto esencialmente de Poe, que engendró a Baudelaire, que engendró a Mallarmé, que engendró a Valéry, que engendró a Edmond Teste. La carta precitada ilumina el punto. "El *Quijote*", aclara Menard, "me interesa profundamente, pero no me parece ¿cómo lo diré? inevitable. No puedo imaginar el universo sin la interjección de Poe:

Ah, bear in mind this garden was enchanted!

o sin el *Bateau ivre* o el *Ancient Mariner,* pero me sé capaz de imaginarlo sin el *Quijote.* (Hablo, naturalmente, de mi capacidad personal, no de la resonancia histórica de las obras.) El *Quijote* es un libro contingente, el *Quijote* es innecesario. Puedo premeditar su escritura, puedo escribirlo, sin incurrir en una tautología. A los doce o trece años lo leí, tal vez íntegramente. Después he releído con atención algunos capítulos, aquellos que no intentaré por ahora. He cursado asimismo los entremeses, las comedias, la *Galatea,* las *Novelas ejemplares,* los trabajos sin duda laboriosos de *Persiles y Segismunda* y el *Viaje del Parnaso*... Mi recuerdo general del *Quijote,* simplificado por el olvido y la indiferencia, puede muy bien equivaler a la imprecisa imagen anterior de un libro no escrito. Postulada esa imagen (que nadie en buena ley me puede negar) es indiscutible que mi problema es harto más difícil que el de Cervantes. Mi complaciente precursor no rehusó la colaboración del azar: iba componiendo la obra inmortal un poco *à la diable,* llevado por inercias del lenguaje y de la invención. Yo he contraído el misterioso deber de reconstruir literalmente su obra espontánea. Mi solitario juego está gobernado por dos leyes polares. La primera me permite ensayar variantes de tipo formal o psicológico; la segunda me obliga a sacrificarlas al texto 'original' y a razonar de un modo irrefutable esa aniquilación... A esas trabas artificiales hay que sumar otra, congénita. Componer el *Quijote* a principios del siglo XVII era una empresa razonable, necesaria, acaso fatal; a principios del XX, es casi imposible. No en vano han transcurrido trescientos años, cargados de complejísimos hechos. Entre ellos, para mencionar uno solo: el mismo *Quijote*."

A pesar de esos tres obstáculos, el fragmentario *Quijote* de Menard es más sutil que el de Cervantes. Éste, de un modo burdo, opone a las ficciones caballerescas la pobre realidad provinciana de su país; Menard elige como "realidad" la tierra de Carmen durante el siglo de Lepanto y de Lope. ¡Qué españoladas no habría aconsejado esa elección a Maurice Barrès o al doctor Rodríguez Larreta! Menard, con toda naturalidad, las elude. En su obra no hay gitanerías ni conquistadores ni místicos ni Felipe II ni autos de fe. Desatiende o proscribe el color local. Ese desdén indica un sentido nuevo de la novela histórica. Ese desdén condena a *Salammbô,* inapelablemente.

No menos asombroso es considerar capítulos aislados. Por ejemplo, examinemos el XXXVIII de la primera parte, "que trata del curioso discurso que hizo Don Quixote de las armas y las letras". Es sabido que Don Quijote (como Quevedo en el pasaje análogo, y posterior, de *La hora de todos*) falla el pleito contra las letras y en favor de las armas. Cervantes era un viejo militar: su fallo se explica. ¡Pero que el Don Quijote de Pierre Menard —hombre contemporáneo de *La trahison des clercs* y de Bertrand Russell— reincida en esas nebulosas sofisterías! Madame Bachelier ha visto en ellas una admirable y típica subordinación del autor a la psicología del héroe; otros (nada perspicazmente) una *transcripción* del *Quijote;* la baronesa de Bacourt, la influencia de Nietzsche. A esa tercera interpretación (que juzgo irrefutable) no sé si me atreveré a añadir una cuarta, que condice muy bien con la casi divina modestia de Pierre Menard: su hábito resignado o irónico de propagar ideas que eran el estricto reverso de las preferidas por él. (Rememoremos otra vez su diatriba contra Paul Valéry en la efímera hoja superrealista de Jacques Reboul.) El texto de Cervantes y el de Menard son verbalmente idénticos, pero el segundo es casi infinitamente más rico. (Más ambiguo, dirán sus detractores; pero la ambigüedad es una riqueza.)

Es una revelación cotejar el *Don Quijote* de Menard con el de Cervantes. Éste, por ejemplo, escribió *(Don Quijote,* primera parte, capítulo IX):

> *...la verdad, cuya madre es la historia, émula del tiempo, depósito de las acciones, testigo de lo pasado, ejemplo y aviso de lo presente, advertencia de lo por venir.*

Redactada en el siglo XVII, redactada por el "ingenio lego" Cervantes, esa enumeración es un mero elogio retórico de la historia. Menard, en cambio, escribe:

> *...la verdad, cuya madre es la historia, émula del tiempo, depósito de las acciones, testigo de lo pasado, ejemplo y aviso de lo presente, advertencia de lo por venir.*

La historia, *madre* de la verdad; la idea es asombrosa. Menard, contemporáneo de William James, no define la historia como una indagación de la realidad sino como su origen. La verdad histórica, para él, no es lo que sucedió; es lo que juzgamos que sucedió. Las cláusulas finales —*ejemplo y aviso de lo presente, advertencia de lo por venir*— son descaradamente pragmáticas. También es vívido el contraste de los estilos. El estilo arcaizante de Menard —extranjero al fin— adolece de alguna afectación. No así el del precursor, que maneja con desenfado el español corriente de su época.

No hay ejercicio intelectual que no sea finalmente inútil. Una doctrina filosófica es al principio una descripción verosímil del universo; giran los años y es un mero capítulo —cuando no un párrafo o un nombre— de la historia de la filosofía. En la literatura, esa caducidad final es aun más notoria. "El *Quijote*" me dijo Menard "fue ante todo un libro agradable; ahora es una ocasión de brindis patrióticos, de soberbia gramatical, de obscenas ediciones de lujo. La gloria es una incomprensión y quizá la peor."

Nada tienen de nuevo esas comprobaciones nihilistas; lo singular es la decisión que de ellas derivó Pierre Menard. Resolvió adelantarse a la vanidad que aguarda todas las fatigas del hombre; acometió una empresa complejísima y de antemano fútil. Dedicó sus escrúpulos y vigilias a repetir en un idioma ajeno un libro preexistente. Multiplicó los borradores; corrigió tenazmente y desgarró miles de páginas manuscritas.[1] No permitió que fueran examinadas por nadie y cuidó que no le sobrevivieran. En vano he procurado reconstruirlas.

He reflexionado que es lícito ver en el *Quijote* "final" una espe-

1. Recuerdo sus cuadernos cuadriculados, sus negras tachaduras, sus peculiares símbolos tipográficos y su letra de insecto. En los atardeceres le gustaba salir a caminar por los arrabales de Nîmes; solía llevar consigo un cuaderno y hacer una alegre fogata.

cie de palimpsesto, en el que deben traslucirse los rastros —tenues pero no indescifrables— de la "previa" escritura de nuestro amigo. Desgraciadamente, sólo un segundo Pierre Menard, invirtiendo el trabajo del anterior, podría exhumar y resucitar esas Troyas...

"Pensar, analizar, inventar (me escribió también) no son actos anómalos, son la normal respiración de la inteligencia. Glorificar el ocasional cumplimiento de esa función, atesorar antiguos y ajenos pensamientos, recordar con incrédulo estupor lo que el *doctor universalis* pensó, es confesar nuestra languidez o nuestra barbarie. Todo hombre debe ser capaz de todas las ideas y entiendo que en el porvenir lo será."

Menard (acaso sin quererlo) ha enriquecido mediante una técnica nueva el arte detenido y rudimentario de la lectura: la técnica del anacronismo deliberado y de las atribuciones erróneas. Esa técnica de aplicación infinita nos insta a recorrer la *Odisea* como si fuera posterior a la *Eneida* y el libro *Le jardín du Centaure* de Madame Henri Bachelier como si fuera de Madame Henri Bachelier. Esa técnica puebla de aventura los libros más calmosos. Atribuir a Louis Ferdinand Céline o a James Joyce la *Imitación de Cristo* ¿no es una suficiente renovación de esos tenues avisos espirituales?

Nîmes, 1939.

LAS RUINAS CIRCULARES

And if he left off dreaming about you...
Through the Looking-Glass, VI

Nadie lo vio desembarcar en la unánime noche, nadie vio la canoa de bambú sumiéndose en el fango sagrado, pero a los pocos días nadie ignoraba que el hombre taciturno venía del Sur y que su patria era una de las infinitas aldeas que están aguas arriba, en el flanco violento de la montaña, donde el idioma zend no está contaminado de griego y donde es infrecuente la lepra. Lo cierto es que el hombre gris besó el fango, repechó la ribera sin apartar (probablemente, sin sentir) las cortaderas que le dilaceraban las carnes y se arrastró, mareado y ensangrentado, hasta el recinto circular que corona un tigre o caballo de piedra, que tuvo alguna vez el color del fuego y ahora el de la ceniza. Ese redondel es un templo que devoraron los incendios antiguos, que la selva palúdica ha profanado y cuyo dios no recibe honor de los hombres. El forastero se tendió bajo el pedestal. Lo despertó el sol alto. Comprobó sin asombro que las heridas habían cicatrizado; cerró los ojos pálidos y durmió, no por flaqueza de la carne sino por determinación de la voluntad. Sabía que ese templo era el lugar que requería su invencible propósito; sabía que los árboles incesantes no habían logrado estrangular, río abajo, las ruinas de otro templo propicio, también de dioses incendiados y muertos; sabía que su inmediata obligación era el sueño. Hacia la medianoche lo despertó el grito inconsolable de un pájaro. Rastros de pies descalzos, unos higos y un cántaro le advirtieron que los hombres de la región habían espiado con respeto su sueño y solicitaban su amparo o temían su magia. Sintió el frío del miedo y buscó en la muralla dilapidada un nicho sepulcral y se tapó con hojas desconocidas.

El propósito que lo guiaba no era imposible, aunque sí sobrenatural. Quería soñar un hombre: quería soñarlo con integridad minuciosa e imponerlo a la realidad. Ese proyecto mágico había agotado el espacio entero de su alma; si alguien le hubiera preguntado su propio nombre o cualquier rasgo de su vida anterior, no habría acertado a responder. Le convenía el templo inhabitado y despedazado, porque era un mínimo de mundo visible; la cercanía de los leñadores también, porque éstos se encargaban de subvenir a sus necesidades frugales. El arroz y las frutas de su tributo eran pábulo suficiente para su cuerpo, consagrado a la única tarea de dormir y soñar.

Al principio, los sueños eran caóticos; poco después, fueron de naturaleza dialéctica. El forastero se soñaba en el centro de un anfiteatro circular que era de algún modo el templo incendiado: nubes de alumnos taciturnos fatigaban las gradas; las caras de los últimos pendían a muchos siglos de distancia y a una altura estelar, pero eran del todo precisas. El hombre les dictaba lecciones de anatomía, de cosmografía, de magia: los rostros escuchaban con ansiedad y procuraban responder con entendimiento, como si adivinaran la importancia de aquel examen, que redimiría a uno de ellos de su condición de vana apariencia y lo interpolaría en el mundo real. El hombre, en el sueño y en la vigilia, consideraba las respuestas de sus fantasmas, no se dejaba embaucar por los impostores, adivinaba en ciertas perplejidades una inteligencia creciente. Buscaba un alma que mereciera participar en el universo.

A las nueve o diez noches comprendió con alguna amargura que nada podía esperar de aquellos alumnos que aceptaban con pasividad su doctrina y sí de aquellos que arriesgaban, a veces, una contradicción razonable. Los primeros, aunque dignos de amor y de buen afecto, no podían ascender a individuos; los últimos preexistían un poco más. Una tarde (ahora también las tardes eran tributarias del sueño, ahora no velaba sino un par de horas en el amanecer) licenció para siempre el vasto colegio ilusorio y se quedó con un solo alumno. Era un muchacho taciturno, cetrino, díscolo a veces, de rasgos afilados que repetían los de su soñador. No lo desconcertó por mucho tiempo la brusca eliminación de los condiscípulos; su progreso, al cabo de unas pocas lecciones particulares, pudo maravillar al maestro. Sin embargo, la catástrofe sobrevino. El hombre, un día, emergió del sueño como de un desierto viscoso, miró la vana luz de la tarde que al pronto confundió con la aurora y comprendió que no había soñado. Toda esa noche y todo el día, la intolerable lucidez del insomnio se abatió contra él. Quiso explorar la selva, extenuarse; apenas alcanzó entre la cicuta unas rachas de sueño débil, veteadas fugazmente de visiones de tipo rudimental: inservibles. Quiso congregar el colegio y apenas hubo articulado unas breves palabras de exhortación, éste se deformó, se borró. En la casi perpetua vigilia, lágrimas de ira le quemaban los viejos ojos.

Comprendió que el empeño de modelar la materia incoherente

y vertiginosa de que se componen los sueños es el más arduo que puede acometer un varón, aunque penetre todos los enigmas del orden superior y del inferior: mucho más arduo que tejer una cuerda de arena o que amonedar el viento sin cara. Comprendió que un fracaso inicial era inevitable. Juró olvidar la enorme alucinación que lo había desviado al principio y buscó otro método de trabajo. Antes de ejercitarlo, dedicó un mes a la reposición de las fuerzas que había malgastado el delirio. Abandonó toda premeditación de soñar y casi acto continuo logró dormir un trecho razonable del día. Las raras veces que soñó durante ese período, no reparó en los sueños. Para reanudar la tarea, esperó que el disco de la luna fuera perfecto. Luego, en la tarde, se purificó en las aguas del río, adoró los dioses planetarios, pronunció las sílabas lícitas de un nombre poderoso y durmió. Casi inmediatamente, soñó con un corazón que latía.

Lo soñó activo, caluroso, secreto, del grandor de un puño cerrado, color granate en la penumbra de un cuerpo humano aún sin cara ni sexo; con minucioso amor lo soñó, durante catorce lúcidas noches. Cada noche, lo percibía con mayor evidencia. No lo tocaba: se limitaba a atestiguarlo, a observarlo, tal vez a corregirlo con la mirada. Lo percibía, lo vivía, desde muchas distancias y muchos ángulos. La noche catorcena rozó la arteria pulmonar con el índice y luego todo el corazón, desde afuera y adentro. El examen lo satisfizo. Deliberadamente no soñó durante una noche: luego retomó el corazón, invocó el nombre de un planeta y emprendió la visión de otro de los órganos principales. Antes de un año llegó al esqueleto, a los párpados. El pelo innumerable fue tal vez la tarea más difícil. Soñó un hombre íntegro, un mancebo, pero éste no se incorporaba ni hablaba ni podía abrir los ojos. Noche tras noche, el hombre lo soñaba dormido.

En las cosmogonías gnósticas, los demiurgos amasan un rojo Adán que no logra ponerse de pie; tan inhábil y rudo y elemental como ese Adán de polvo era el Adán de sueño que las noches del mago habían fabricado. Una tarde, el hombre casi destruyó toda su obra, pero se arrepintió. (Más le hubiera valido destruirla.) Agotados los votos a los númenes de la tierra y del río, se arrojó a los pies de la efigie que tal vez era un tigre y tal vez un potro, e imploró su desconocido socorro. Ese crepúsculo, soñó con la estatua. La soñó viva, trémula: no era un atroz bastardo de tigre y potro, sino a la vez esas dos criaturas vehementes y también un toro, una rosa, una tempestad. Ese múltiple dios le reveló que su nombre terrenal era Fuego, que en ese templo circular (y en otros iguales) le habían rendido sacrificios y culto y que mágicamente animaría al fantasma soñado, de suerte que todas las criaturas, excepto el Fuego mismo y el soñador, lo pensaran un hombre de carne y hueso. Le ordenó que una vez instruido en los ritos, lo enviaría al otro templo despedazado cuyas pirámides persisten aguas abajo, para que alguna voz lo glorificara en aquel edificio desierto. En el sueño del hombre que soñaba, el soñado se despertó.

El mago ejecutó esas órdenes. Consagró un plazo (que finalmente abarcó dos años) a descubrirle los arcanos del universo y del culto del fuego. Íntimamente, le dolía apartarse de él. Con el pretexto de la necesidad pedagógica, dilataba cada día las horas dedicadas al sueño. También rehízo el hombro derecho, acaso deficiente. A veces, lo inquietaba una impresión de que ya todo eso había acontecido... En general, sus días eran felices; al cerrar los ojos pensaba: *Ahora estaré con mi hijo.* O, más raramente: *El hijo que he engendrado me espera y no existirá si no voy.*

Gradualmente, lo fue acostumbrando a la realidad. Una vez le ordenó que embanderara una cumbre lejana. Al otro día, flameaba la bandera en la cumbre. Ensayó otros experimentos análogos, cada vez más audaces. Comprendió con cierta amargura que su hijo estaba listo para nacer —y tal vez impaciente. Esa noche lo besó por primera vez y lo envió al otro templo cuyos despojos blanqueaban río abajo, a muchas leguas de inextricable selva y de ciénaga. Antes (para que no supiera nunca que era un fantasma, para que se creyera un hombre como los otros) le infundió el olvido total de sus años de aprendizaje.

Su victoria y su paz quedaron empañadas de hastío. En los crepúsculos de la tarde y del alba, se prosternaba ante la figura de piedra, tal vez imaginando que su hijo irreal ejecutaba idénticos ritos, en otras ruinas circulares, aguas abajo; de noche no soñaba, o soñaba como lo hacen todos los hombres. Percibía con cierta palidez los sonidos y formas del universo: el hijo ausente se nutría de esas disminuciones de su alma. El propósito de su vida estaba colmado; el hombre persistió en una suerte de éxtasis. Al cabo de un tiempo que ciertos narradores de su historia prefieren computar en años y otros en lustros, lo despertaron dos remeros a medianoche: no pudo ver sus caras, pero le hablaron de un hombre mágico en un templo del Norte, capaz de hollar el fuego y de no quemarse. El mago recordó bruscamente las palabras del dios. Recordó que de todas las criaturas que componen el orbe, el Fuego era la única que sabía que su hijo era un fantasma. Ese recuerdo, apaciguador al principio, acabó por atormentarlo. Temió que su hijo meditara en ese privilegio anormal y descubriera de algún modo su condición de mero simulacro. No ser un hombre, ser la proyección del sueño de otro hombre ¡qué humillación incomparable, qué vértigo! A todo padre le interesan los hijos que ha procreado (que ha permitido) en una mera confusión o felicidad; es natural que el mago temiera por el porvenir de aquel hijo, pensado entraña por entraña y rasgo por rasgo, en mil y una noches secretas.

El término de sus cavilaciones fue brusco, pero lo prometieron algunos signos. Primero (al cabo de una larga sequía) una remota nube en un cerro, liviana como un pájaro; luego, hacia el Sur, el cielo que tenía el color rosado de la encía de los leopardos; luego las humaredas que herrumbraron el metal de las noches; después la fuga pánica de las bestias. Porque se repitió lo acontecido hace muchos siglos. Las ruinas del santuario del dios del Fuego fueron destruidas por el fuego. En un alba sin pájaros el mago vio cernirse contra los muros el incendio concéntrico. Por un instante, pensó refugiarse en las aguas, pero luego comprendió que la muerte venía a coronar su vejez y a absolverlo de sus trabajos. Caminó contra los jirones de fuego. Éstos no mordieron su carne, éstos lo acariciaron y lo inundaron sin calor y sin combustión. Con alivio, con humillación, con terror, comprendió que él también era una apariencia, que otro estaba soñándolo.

LA LOTERÍA EN BABILONIA

Como todos los hombres de Babilonia, he sido procónsul; como todos, esclavo; también he conocido la omnipotencia, el oprobio, las cárceles. Miren: a mi mano derecha le falta el índice. Miren: por este desgarrón de la capa se ve en mi estómago un tatuaje bermejo: es el segundo símbolo, Beth. Esta letra, en las noches de luna llena, me confiere poder sobre los hombres cuya marca es Ghimel, pero me subordina a los de Aleph, que en las noches sin luna deben obediencia a los Ghimel. En el crepúsculo del alba, en un sótano, he yugulado ante una piedra negra toros sagrados. Durante un año de la luna, he sido declarado invisible: gritaba y no me respondían, robaba el pan y no me decapitaban. He conocido lo que ignoran los griegos: la incertidumbre. En una cámara de bronce, ante el pañuelo silencioso del estrangulador, la esperanza me ha sido fiel; en el río de los deleites, el pánico. Heráclides Póntico refiere con admiración que Pitágoras recordaba haber sido Pirro y antes Euforbo y antes algún otro mortal; para recordar vicisitudes análogas yo no preciso recurrir a la muerte ni aun a la impostura.

Debo esa variedad casi atroz a una institución que otras repúblicas ignoran o que obra en ellas de modo imperfecto y secreto: la lotería. No he indagado su historia; sé que los magos no logran ponerse de acuerdo; sé de sus poderosos propósitos lo que puede saber de la luna el hombre no versado en astrología. Soy de un país vertiginoso donde la lotería es parte principal de la realidad: hasta el día de hoy, he pensado tan poco en ella como en la conducta de los dioses indescifrables o de mi corazón. Ahora, lejos de Babilonia y de sus queridas costumbres, pienso con algún asombro en la lotería y en las conjeturas blasfemas que en el crepúsculo murmuran los hombres velados.

Mi padre refería que antiguamente —¿cuestión de siglos, de años?— la lotería en Babilonia era un juego de carácter plebeyo. Refería (ignoro si con verdad) que los barberos despachaban por monedas de cobre rectángulos de hueso o de pergamino adornados de símbolos. En pleno día se verificaba un sorteo: los agraciados recibían, sin otra corroboración del azar, monedas acuñadas de plata. El procedimiento era elemental, como ven ustedes.

Naturalmente, esas "loterías" fracasaron. Su virtud moral era nula. No se dirigían a todas las facultades del hombre: únicamente a su esperanza. Ante la indiferencia pública, los mercaderes que fundaron esas loterías venales comenzaron a perder el dinero. Alguien ensayó una reforma: la interpolación de unas pocas suertes adversas en el censo de números favorables. Mediante esa reforma, los compradores de rectángulos numerados corrían el doble albur de ganar una suma y de pagar una multa a veces cuantiosa. Ese leve peligro (por cada treinta números favorables había un número aciago) despertó, como es natural, el interés del público. Los babilonios se entregaron al juego. El que no adquiría suertes era considerado un pusilánime, un apocado. Con el tiempo, ese desdén justificado se duplicó. Era despreciado el que no jugaba, pero también eran despreciados los perdedores que abonaban la multa. La Compañía (así empezó a llamársela entonces) tuvo que velar por los ganadores, que no podían cobrar los premios si faltaba en las cajas el importe casi total de las multas. Entabló una demanda a los perdedores: el juez los condenó a pagar la multa original y las costas o a unos días de cárcel. Todos optaron por la cárcel, para defraudar a la Compañía. De esa bravata de unos pocos nace el todopoder de la Compañía: su valor eclesiástico, metafísico.

Poco después, los informes de los sorteos omitieron las enumeraciones de multas y se limitaron a publicar los días de prisión que designaba cada número adverso. Ese laconismo, casi inadvertido en su tiempo, fue de importancia capital. *Fue la primera aparición en la lotería de elementos no pecuniarios.* El éxito fue grande. Instada por los jugadores, la Compañía se vio precisada a aumentar los números adversos.

Nadie ignora que el pueblo de Babilonia es muy devoto de la lógica, y aun de la simetría. Era incoherente que los números faustos se computaran en redondas monedas y los infaustos en días y noches de cárcel. Algunos moralistas razonaron que la posesión de monedas no siempre determina la felicidad y que otras formas de la dicha son quizá más directas.

Otra inquietud cundía en los barrios bajos. Los miembros del colegio sacerdotal multiplicaban las puestas y gozaban de todas las vicisitudes del terror y de la esperanza; los pobres (con envidia razonable o inevitable) se sabían excluidos de ese vaivén, notoriamente delicioso. El justo anhelo de que todos, pobres y ricos, participasen por igual en la lotería, inspiró una indignada agitación, cuya memoria no han desdibujado los años. Algunos obstinados no comprendieron (o simularon no comprender) que se trataba de un orden nuevo, de una etapa histórica necesaria... Un esclavo robó un billete carmesí, que en el sorteo lo hizo acreedor a que le quemaran la lengua. El código fijaba esa misma pena para el que robaba un billete. Algunos babilonios argumentaban que merecía el hierro candente, en su calidad de ladrón; otros, magnánimos, que el verdugo debía aplicárselo porque así lo había determinado el azar... Hubo disturbios, hubo efusiones lamentables de sangre; pero la gente babilónica impuso finalmente su voluntad, contra la oposición de los ricos. El pueblo consiguió con plenitud sus fines generosos. En primer término, logró que la Compañía aceptara la suma del poder público. (Esa unificación era necesaria, dada la vastedad y complejidad de las nuevas operaciones.) En segundo término, logró que la lotería fuera secreta, gratuita y general. Quedó abolida la venta mercenaria de suertes. Ya iniciado en los misterios de Bel, todo hombre libre automáticamente participaba en los sorteos sagrados, que se efectuaban en los laberintos del dios cada sesenta noches y que determinaban su destino hasta el otro ejercicio. Las consecuencias eran incalculables. Una jugada feliz podía motivar su elevación al concilio de magos o la prisión de un enemigo (notorio o íntimo) o el encontrar, en la pacífica tiniebla del cuarto, la mujer que empieza a inquietarnos o que no esperábamos rever; una jugada adversa: la mutilación, la variada infamia, la muerte. A veces un solo hecho —el tabernario asesinato de C, la apoteosis misteriosa de B— era la solución genial de treinta o cuarenta sorteos. Combinar las jugadas era difícil; pero hay que recordar que los individuos de la Compañía eran (y son) todopoderosos y astutos. En muchos casos, el conocimiento de que ciertas felicidades eran simple fábrica del azar, hubiera aminorado su virtud; para eludir ese inconveniente, los agentes de la Compañía usaban de las sugestiones y de la magia. Sus pasos, sus manejos, eran secretos. Para indagar las íntimas esperanzas y los íntimos terrores de cada cual, disponían de astrólogos y de espías. Había ciertos leones de piedra, había una letrina sagrada llamada Qaphqa, había unas grietas en un polvoriento acueducto que, según opinión general, *daban a la Compañía;* las personas malignas o benévolas depositaban delaciones en esos sitios. Un archivo alfabético recogía esas noticias de variable veracidad.

Increíblemente, no faltaron murmuraciones. La Compañía, con su discreción habitual, no replicó directamente. Prefirió borrajear en los escombros de una fábrica de caretas un argumento breve, que ahora figura en las escrituras sagradas. Esa pieza doctrinal observaba que la lotería es una interpolación del azar en el orden del mundo y que aceptar errores no es contradecir el azar: es corroborarlo. Observaba asimismo que esos leones y ese recipiente sagrado, aunque no desautorizados por la Compañía (que no renunciaba al derecho de consultarlos), funcionaban sin garantía oficial.

Esa declaración apaciguó las inquietudes públicas. También produjo otros efectos, acaso no previstos por el autor. Modificó hondamente el espíritu y las operaciones de la Compañía. Poco tiempo me queda; nos avisan que la nave está por zarpar; pero trataré de explicarlo.

Por inverosímil que sea, nadie había ensayado hasta entonces una teoría general de los juegos. El babilonio no es especulativo. Acata los dictámenes del azar, les entrega su vida, su esperanza, su terror pánico, pero no se le ocurre investigar sus leyes laberínticas, ni las esferas giratorias que lo revelan. Sin embargo, la declaración oficiosa que he mencionado inspiró muchas discusiones de carácter jurídico-matemático. De alguna de ellas nació la conjetura siguiente: Si la lotería es una intensificación del azar, una periódica infusión del caos en el cosmos ¿no convendría que el azar interviniera en todas las etapas del sorteo y no en una sola? ¿No es irrisorio que el azar dicte la muerte de alguien y que las circunstancias de esa muerte —la reserva, la publicidad, el plazo de una hora o de un siglo— no estén sujetas al azar? Esos escrúpulos tan justos provocaron al fin una considerable reforma, cuyas complejidades (agravadas por un ejercicio de siglos) no entienden sino algunos especialistas, pero que intentaré resumir, siquiera de modo simbólico.

Imaginemos un primer sorteo, que dicta la muerte de un hombre. Para su cumplimiento se procede a un otro sorteo, que propone (digamos) nueve ejecutores posibles. De esos ejecutores, cuatro pueden iniciar un tercer sorteo que dirá el nombre del verdugo, dos pueden reemplazar la orden adversa por una orden feliz (el encuentro de un tesoro, digamos), otro exacerbará la muerte (es decir la hará infame o la enriquecerá de torturas), otros pueden negarse a cumplirla... Tal es el esquema simbólico. En la realidad *el número de sorteos es infinito.* Ninguna decisión es final, todas se ramifican en otras. Los ignorantes suponen que infinitos sorteos requieren un tiempo infinito; en realidad basta que el tiempo sea infinitamente subdivisible, como lo enseña la famosa parábola del Certamen con la Tortuga. Esa infinitud condice de admirable manera con los sinuosos números del Azar y con el Arquetipo Celestial de la Lotería, que adoran los platónicos... Algún eco deforme de nuestros ritos parece haber retumbado en el Tíber: Elio Lampridio, en la *Vida de Antonino Heliogábalo,* refiere que este emperador escribía en conchas las suertes que destinaba a los convidados, de manera que uno recibía diez libras de oro y otro diez moscas, diez lirones, diez osos. Es lícito recordar que Heliogábalo se educó en el Asia Menor, entre los sacerdotes del dios epónimo.

También hay sorteos impersonales, de propósito indefinido: uno decreta que se arroje a las aguas del Éufrates un zafiro de Taprobana; otro, que desde el techo de una torre se suelte un pájaro; otro, que cada siglo se retire (o se añada) un grano de arena de los innumerables que hay en la playa. Las consecuencias son, a veces, terribles.

Bajo el influjo bienhechor de la Compañía, nuestras costumbres están saturadas de azar. El comprador de una docena de ánforas de vino damasceno no se maravillará si una de ellas encierra un talismán o una víbora; el escribano que redacta un contrato no deja casi nunca de introducir algún dato erróneo; yo mismo, en esta apresurada declaración, he falseado algún esplendor, alguna atrocidad. Quizá, también, alguna misteriosa monotonía... Nuestros historiadores, que son los más perspicaces del orbe, han inventado un método para corregir el azar; es fama que las operaciones de ese método son (en general) fidedignas; aunque, naturalmente, no se divulgan sin alguna dosis de engaño. Por lo demás, nada tan contaminado de ficción como la historia de la Compañía... Un documento paleográfico, exhumado en un templo, puede ser obra del sorteo de ayer o de un sorteo secular. No se publica un libro sin alguna divergencia entre cada uno de los ejemplares. Los escribas prestan juramento secreto de omitir, de interpolar, de variar. También se ejerce la mentira indirecta.

La Compañía, con modestia divina, elude toda publicidad. Sus agentes, como es natural, son secretos; las órdenes que imparte continuamente (quizá incesantemente) no difieren de las que prodigan los impostores. Además ¿quién podrá jactarse de ser un mero impostor? El ebrio que improvisa un mandato absurdo, el soñador que se despierta de golpe y ahoga con las manos a la mujer que duerme a su lado ¿no ejecutan, acaso, una secreta decisión de la Compañía? Ese funcionamiento silencioso, comparable al de Dios, provoca toda suerte de conjeturas. Alguna abominablemente insinúa que hace ya siglos que no existe la Compañía y que el sacro desorden de nuestras vidas es puramente hereditario, tradicional; otra la juzga eterna y enseña que perdurará hasta la última noche, cuando el último dios anonade el mundo. Otra declara que la Compañía es omnipotente, pero que sólo influye en cosas minúsculas: en el grito de un pájaro, en los matices de la herrumbre y del polvo, en los entresueños del alba. Otra, por boca de heresiarcas enmascarados, *que no ha existido nunca y no existirá.* Otra, no menos vil, razona que es indiferente afirmar o negar la realidad de la tenebrosa corporación, porque Babilonia no es otra cosa que un infinito juego de azares.

EXAMEN DE LA OBRA DE HERBERT QUAIN

Herbert Quain ha muerto en Roscommon; he comprobado sin asombro que el Suplemento Literario del *Times* apenas le depara media columna de piedad necrológica, en la que no hay epíteto laudatorio que no esté corregido (o seriamente amonestado) por un adverbio. El *Spectator,* en su número pertinente, es sin duda menos lacónico y tal vez más cordial, pero equipara el primer libro de Quain —*The God of the Labyrinth*— a uno de Mrs. Agatha Christie y otros a los de Gertrude Stein: evocaciones que nadie juzgará inevitables y que no hubieran alegrado al difunto. Éste, por lo demás, no se creyó nunca genial; ni siquiera en las noches peripatéticas de conversación literaria, en las que el hombre que ya ha fatigado las prensas, juega invariablemente a ser Monsieur Teste o el doctor Samuel Johnson... Percibía con toda lucidez la condición experimental de sus libros: admirables tal vez por lo novedoso y por cierta lacónica probidad, pero no por las virtudes de la pasión. "Soy como las odas de Cowley", me escribió desde Longford el 6 de marzo de 1939. "No pertenezco al arte, sino a la mera historia del arte." No había, para él, disciplina inferior a la historia.

He repetido una modestia de Herbert Quain; naturalmente, esa modestia no agota su pensamiento. Flaubert y Henry James nos han acostumbrado a suponer que las obras de arte son infrecuentes y de ejecución laboriosa; el siglo XVI (recordemos el *Viaje del Parnaso,* recordemos el destino de Shakespeare) no compartía esa desconsolada opinión. Herbert Quain, tampoco. Le parecía que la buena literatura es harto común y que apenas hay diálogo callejero que no la logre. También le parecía que el hecho estético no puede prescindir de algún elemento de asombro y que asombrarse de memoria es difícil. Deploraba con sonriente sinceridad "la servil y obstinada conservación" de libros pretéritos... Ignoro si su vaga teoría es justificable; sé que sus libros anhelan demasiado el asombro.

Deploro haber prestado a una dama, irreversiblemente, el primero que publicó. He declarado que se trata de una novela policial: *The God of the Labyrinth;* puedo agradecer que el editor la propuso a la venta en los últimos días de noviembre de 1933. En los primeros de diciembre, las agradables y arduas involuciones del *Siamese Twin Mystery* atarearon a Londres y a Nueva York; yo prefiero atribuir a esa coincidencia ruinosa el fracaso de la novela de nuestro amigo. También (quiero ser del todo sincero) a su ejecución deficiente y a la vana y frígida pompa de ciertas descripciones del mar. Al cabo de siete años, me es imposible recuperar los pormenores de la acción; he aquí su plan; tal como ahora lo empobrece (tal como ahora lo purifica) mi olvido. Hay un indescifrable asesinato en las páginas iniciales, una lenta discusión en las intermedias, una solución en las últimas. Ya aclarado el enigma, hay un párrafo largo y retrospectivo que contiene esta frase: *Todos creyeron que el encuentro de los dos jugadores de ajedrez había sido casual.* Esa frase deja entender que la solución es errónea. El lector, inquieto, revisa los capítulos pertinentes y descubre otra solución, que es la verdadera. El lector de ese libro singular es más perspicaz que el *detective.*

Aun más heterodoxa es la "novela regresiva, ramificada" *April March,* cuya tercera (y única) parte es de 1936. Nadie, al juzgar esa novela, se niega a descubrir que es un juego; es lícito recordar que el autor no la consideró nunca otra cosa. "Yo reivindico para esa obra", le oí decir, "los rasgos esenciales de todo juego: la simetría, las leyes arbitrarias, el tedio." Hasta el nombre es un débil *calembour:* no significa *Marcha de abril* sino literalmente *Abril marzo.* Alguien ha percibido en sus paginas un eco de las doctrinas de Dunne; el prólogo de Quain prefiere evocar aquel inverso mundo de Bradley, en que la muerte precede al nacimiento y la cicatriz a la herida y la herida al golpe (*Appearance and Reality,* 1897, página 215).[1] Los mundos que propone *April March* no son regresivos; lo es la manera de historiarlos. Regresiva y ramificada, como ya dije. Trece capítulos integran la obra. El primero refiere el ambiguo diálogo de unos desconocidos en un andén. El segundo refiere los sucesos de la víspera del primero. El tercero, también retrógrado,

1. Ay de la erudición de Herbert Quain, ay de la página 215 de un libro de 1897. Un interlocutor del *Político,* de Platón, ya había descrito una regresión parecida: la de los Hijos de la Tierra o Autóctonos que, sometidos al influjo de una rotación inversa del cosmos, pasaron de la vejez a la madurez, de la madurez a la niñez, de la niñez a la desaparición y la nada. También Teopompo, en su *Filípica,* habla de ciertas frutas boreales que originan en quien las come, el mismo proceso retrógrado... Más interesante es imaginar una inversión del Tiempo: un estado en el que recordáramos el porvenir e ignoráramos, o apenas presintiéramos, el pasado. *Cf.* el canto X del *Infierno,* versos 97-102, donde se comparan la visión profética y la presbicia.

refiere los sucesos de *otra* posible víspera del primero; el cuarto, los de otra. Cada una de esas tres vísperas (que rigurosamente se excluyen) se ramifica en otras tres vísperas, de índole muy diversa. La obra total consta pues de nueve novelas; cada novela, de tres largos capítulos. (El primero es común a todas ellas, naturalmente.) De esas novelas, una es de carácter simbólico; otra, sobrenatural; otra, policial; otra, psicológica; otra, comunista; otra, anticomunista, etcétera. Quizá un esquema ayude a comprender la estructura.

		x1
	y1	*x2*
		x3
		x4
z	*y2*	*x5*
		x6
		x7
	y3	*x8*
		x9

De esa estructura cabe repetir lo que declaró Schopenhauer de las doce categorías kantianas: todo lo sacrifica a un furor simétrico. Previsiblemente, alguno de los nueve relatos es indigno de Quain; el mejor no es el que originariamente ideó, el *x4*; es el de naturaleza fantástica, el *x9*. Otros están afeados por bromas lánguidas y por seudo precisiones inútiles. Quienes los leen en orden cronológico (verbigracia: *x3, y1, z*) pierden el sabor peculiar del extraño libro. Dos relatos —el *x7*, el *x8*— carecen de valor individual; la yuxtaposición les presta eficacia... No sé si debo recordar que ya publicado *April March,* Quain se arrepintió del orden ternario y predijo que los hombres que lo imitaran optarían por el binario

		x1
	y1	
		x2
z		
		x3
	y2	
		x4

y los demiurgos y los dioses por el infinito: infinitas historias, infinitamente ramificadas.

Muy diversa, pero retrospectiva también, es la comedia heroica en dos actos *The Secret Mirror.* En las obras ya reseñadas, la complejidad formal había entorpecido la imaginación del autor; aquí, su evolución es más libre. El primer acto (el más extenso) ocurre en la casa de campo del general Thrale, C.I.E., cerca de Melton Mowbray. El invisible centro de la trama es Miss Ulrica Thrale, la hija mayor del general. A través de algún diálogo la entrevemos, amazona y altiva; sospechamos que no suele visitar la literatura; los periódicos anuncian su compromiso con el duque de Rutland; los periódicos desmienten el compromiso. La venera un autor dramático, Wilfred Quarles; ella le ha deparado alguna vez un distraído beso. Los personajes son de vasta fortuna y de antigua sangre; los afectos, nobles aunque vehementes; el diálogo parece vacilar entre la mera vanilocuencia de Bulwer-Lytton y los epigramas de Wilde o de Mr. Philip Guedalla. Hay un ruiseñor y una noche; hay un duelo secreto en una terraza. (Casi del todo imperceptibles, hay alguna curiosa contradicción, hay pormenores sórdidos.) Los personajes del primer acto reaparecen en el segundo —con otros nombres. El "autor dramático" Wilfred Quarles es un comisionista de Liverpool; su verdadero nombre John William Quigley. Miss Thrale existe; Quigley nunca la ha visto, pero morbosamente colecciona retratos suyos del *Tatler* o del *Sketch.* Quigley es autor del primer acto. La inverosímil o improbable "casa de campo" es la pensión judeo-irlandesa en que vive, transfigurada y magnificada por él... La trama de los actos es paralela, pero en el segundo todo es ligeramente horrible, todo se posterga o se frustra. Cuando *The Secret Mirror* se estrenó, la crítica pronunció los nombres de Freud y de Julian Green. La mención del primero me parece del todo injustificada.

La fama divulgó que *The Secret Mirror* era una comedia freudiana; esa interpretación propicia (y falaz) determinó su éxito. Desgraciadamente, ya Quain había cumplido los cuarenta años; estaba aclimatado en el fracaso y no se resignaba con dulzura a un cambio de régimen. Resolvió desquitarse. A fines de 1939 publicó *Statements:* acaso el más original de sus libros, sin duda el menos alabado y el más secreto. Quain solía argumentar que los lectores eran una especie ya extinta. "No hay europeo (razonaba) que no sea un escritor, en potencia o en acto." Afirmaba también que de las diversas felicidades que puede ministrar la literatura, la más alta era la invención. Ya que no todos son capaces de esa felicidad, muchos habrán de contentarse con simulacros. Para esos "imperfectos escritores", cuyo nombre es legión, Quain redactó los ocho relatos del libro *Statements.* Cada uno de ellos prefigura o promete un buen argumento, voluntariamente frustrado por el autor. Alguno —no el mejor— insinúa *dos* argumentos. El lector, distraído por la vanidad, cree haberlos inventado. Del tercero, *The Rose of Yesterday*, yo cometí la ingenuidad de extraer "Las ruinas circulares", que es una de las narraciones del libro *El jardín de senderos que se bifurcan.*

1941

LA BIBLIOTECA DE BABEL

By this art you may contemplate the variation
of the 23 letters...

The Anatomy of Melancholy,
part. 2, sect. II, mem. IV.

El universo (que otros llaman la Biblioteca) se compone de un número indefinido, y tal vez infinito, de galerías hexagonales, con vastos pozos de ventilación en el medio, cercados por barandas bajísimas. Desde cualquier hexágono, se ven los pisos inferiores y superiores: interminablemente. La distribución de las galerías es invariable. Veinte anaqueles, a cinco largos anaqueles por lado, cubren todos los lados menos dos; su altura, que es la de los pisos, excede apenas la de un bibliotecario normal. Una de las caras libres da a un angosto zaguán, que desemboca en otra galería, idéntica a la primera y a todas. A izquierda y a derecha del zaguán hay dos gabinetes minúsculos. Uno permite dormir de pie; otro, satisfacer las necesidades finales. Por ahí pasa la escalera espiral, que se abisma y se eleva hacia lo remoto. En el zaguán hay un espejo, que fielmente duplica las apariencias. Los hombres suelen inferir de ese espejo que la Biblioteca no es infinita (si lo fuera realmente ¿a qué esa duplicación ilusoria?); yo prefiero soñar que las superficies bruñidas figuran y prometen el infinito... La luz procede de unas frutas esféricas que llevan el nombre de lámparas. Hay dos en cada hexágono: transversales. La luz que emiten es insuficiente, incesante.

Como todos los hombres de la Biblioteca, he viajado en mi juventud; he peregrinado en busca de un libro, acaso del catálogo de catálogos; ahora que mis ojos casi no pueden descifrar lo que escribo, me preparo a morir a unas pocas leguas del hexágono en que nací. Muerto, no faltarán manos piadosas que me tiren por la baranda; mi sepultura será el aire insondable; mi cuerpo se hundirá largamente y se corromperá y disolverá en el viento engendrado por la caída, que es infinita. Yo afirmo que la Biblioteca es interminable. Los idealistas arguyen que las salas hexagonales son una forma necesaria del espacio absoluto o, por lo menos, de nuestra intuición del espacio. Razonan que es inconcebible una sala triangular o pentagonal. (Los místicos pretenden que el éxtasis les revela una cámara circular con un gran libro circular de lomo continuo, que da toda la vuelta de las paredes; pero su testimonio es sospechoso; sus palabras, oscuras. Ese libro cíclico es Dios.) Básteme, por ahora, repetir el dictamen clásico: *La Biblioteca es una esfera cuyo centro cabal es cualquier hexágono, cuya circunferencia es inaccesible.*

A cada uno de los muros de cada hexágono corresponden cinco anaqueles; cada anaquel encierra treinta y dos libros de formato uniforme; cada libro es de cuatrocientas diez páginas; cada página, de cuarenta renglones; cada renglón, de unas ochenta letras de color negro. También hay letras en el dorso de cada libro; esas letras no indican o prefiguran lo que dirán las páginas. Sé que esa inconexión, alguna vez, pareció misteriosa. Antes de resumir la solución (cuyo descubrimiento, a pesar de sus trágicas proyecciones, es quizá el hecho capital de la historia) quiero rememorar algunos axiomas.

El primero: La Biblioteca existe *ab aeterno.* De esa verdad cuyo corolario inmediato es la eternidad futura del mundo, ninguna mente razonable puede dudar. El hombre, el imperfecto bibliotecario, puede ser obra del azar o de los demiurgos malévolos; el universo, con su elegante dotación de anaqueles, de tomos enigmáticos, de infatigables escaleras para el viajero y de letrinas para el bibliotecario sentado, sólo puede ser obra de un dios. Para percibir la distancia que hay entre lo divino y lo humano, basta comparar estos rudos símbolos trémulos que mi falible mano garabatea en la tapa de un libro, con las letras orgánicas del interior: puntuales, delicadas, negrísimas, inimitablemente simétricas.

El segundo: El número de símbolos ortográficos es veinticinco.[1] Esa comprobación permitió, hace trescientos años, formular una teoría general de la Biblioteca y resolver satisfactoriamente el problema que ninguna conjetura había descifrado: la naturaleza informe y caótica de casi todos los libros. Uno, que mi padre vio en un hexágono del circuito quince noventa y cuatro, constaba de las letras M C V perversamente repetidas desde el renglón primero hasta el último.

---

1. El manuscrito original no contiene guarismos o mayúsculas. La puntuación ha sido limitada a la coma y al punto. Esos dos signos, el espacio y las veintidós letras del alfabeto son los veinticinco símbolos suficientes que enumera el desconocido. *(Nota del Editor.)*

Otro (muy consultado en esta zona) es un mero laberinto de letras, pero la página penúltima dice *Oh tiempo tus pirámides.* Ya se sabe: por una línea razonable o una recta noticia hay leguas de insensatas cacofonías, de fárragos verbales y de incoherencias. (Yo sé de una región cerril cuyos bibliotecarios repudian la supersticiosa y vana costumbre de buscar sentido en los libros y la equiparan a la de buscarlo en los sueños o en las líneas caóticas de la mano... Admiten que los inventores de la escritura imitaron los veinticinco símbolos naturales, pero sostienen que esa aplicación es casual y que los libros nada significan en sí. Ese dictamen, ya veremos, no es del todo falaz.)

Durante mucho tiempo se creyó que esos libros impenetrables correspondían a lenguas pretéritas o remotas. Es verdad que los hombres más antiguos, los primeros bibliotecarios, usaban un lenguaje asaz diferente del que hablamos ahora; es verdad que unas millas a la derecha la lengua es dialectal y que noventa pisos más arriba, es incomprensible. Todo eso, lo repito, es verdad, pero cuatrocientas diez páginas de inalterables M C V no pueden corresponder a ningún idioma, por dialectal o rudimentario que sea. Algunos insinuaron que cada letra podía influir en la subsiguiente y que el valor de M C V en la tercera línea de la página 71 no era el que puede tener la misma serie en otra posición de otra página, pero esa vaga tesis no prosperó. Otros pensaron en criptografías; universalmente esa conjetura ha sido aceptada, aunque no en el sentido en que la formularon sus inventores.

Hace quinientos años, el jefe de un hexágono superior[1] dio con un libro tan confuso como los otros, pero que tenía casi dos hojas de líneas homogéneas. Mostró su hallazgo a un descifrador ambulante, que le dijo que estaban redactadas en portugués; otros le dijeron que en yiddish. Antes de un siglo pudo establecerse el idioma: un dialecto samoyedo-lituano del guaraní, con inflexiones de árabe clásico. También se descifró el contenido: nociones de análisis combinatorio, ilustradas por ejemplos de variaciones con repetición ilimitada. Esos ejemplos permitieron que un bibliotecario de genio descubriera la ley fundamental de la Biblioteca. Este pensador observó que todos los libros, por diversos

1. Antes, por cada tres hexágonos había un hombre. El suicidio y las enfermedades pulmonares han destruido esa proporción. Memoria de indecible melancolía: a veces he viajado muchas noches por corredores y escaleras pulidas sin hallar un solo bibliotecario.

que sean, constan de elementos iguales: el espacio, el punto, la coma, las veintidós letras del alfabeto. También alegó un hecho que todos los viajeros han confirmado: *No hay, en la vasta Biblioteca, dos libros idénticos.* De esas premisas incontrovertibles dedujo que la Biblioteca es total y que sus anaqueles registran todas las posibles combinaciones de los veintitantos símbolos ortográficos (número, aunque vastísimo, no infinito) o sea todo lo que es dable expresar: en todos los idiomas. Todo: la historia minuciosa del porvenir, las autobiografías de los arcángeles, el catálogo fiel de la Biblioteca, miles y miles de catálogos falsos, la demostración de la falacia de esos catálogos, la demostración de la falacia del catálogo verdadero, el evangelio gnóstico de Basílides, el comentario de ese evangelio, el comentario del comentario de ese evangelio, la relación verídica de tu muerte, la versión de cada libro a todas las lenguas, las interpolaciones de cada libro en todos los libros, el tratado que Beda pudo escribir (y no escribió) sobre la mitología de los sajones, los libros perdidos de Tácito.

Cuando se proclamó que la Biblioteca abarcaba todos los libros, la primera impresión fue de extravagante felicidad. Todos los hombres se sintieron señores de un tesoro intacto y secreto. No había problema personal o mundial cuya elocuente solución no existiera: en algún hexágono. El universo estaba justificado, el universo bruscamente usurpó las dimensiones ilimitadas de la esperanza. En aquel tiempo se habló mucho de las Vindicaciones: libros de apología y de profecía, que para siempre vindicaban los actos de cada hombre del universo y guardaban arcanos prodigiosos para su porvenir. Miles de codiciosos abandonaron el dulce hexágono natal y se lanzaron escaleras arriba, urgidos por el vano propósito de encontrar su Vindicación. Esos peregrinos disputaban en los corredores estrechos, proferían oscuras maldiciones, se estrangulaban en las escaleras divinas, arrojaban los libros engañosos al fondo de los túneles, morían despeñados por los hombres de regiones remotas. Otros se enloquecieron... Las Vindicaciones existen (yo he visto dos que se refieren a personas del porvenir, a personas acaso no imaginarias) pero los buscadores no recordaban que la posibilidad de que un hombre encuentre la suya, o alguna pérfida variación de la suya, es computable en cero.

También se esperó entonces la aclaración de los misterios básicos de la humanidad: el origen de la Biblioteca y del tiempo. Es verosímil que esos graves misterios puedan explicarse en palabras: si no basta el lenguaje de los filósofos, la multiforme Biblioteca habrá producido el idioma inaudito que se requiere y los vocabularios y gramáticas de ese idioma. Hace ya cuatro siglos que los hombres fatigan los hexágonos... Hay buscadores oficiales, *inquisidores.* Yo los he visto en el desempeño de su función: llegan siempre rendidos; hablan de una escalera sin peldaños que casi los mató; hablan de galerías y de escaleras con el bibliotecario; alguna vez, toman el libro más cercano y lo hojean, en busca de palabras infames. Visiblemente, nadie espera descubrir nada.

A la desaforada esperanza, sucedió, como es natural, una depresión excesiva. La certidumbre de que algún anaquel en algún hexágono encerraba libros preciosos y de que esos libros preciosos eran inaccesibles, pareció casi intolerable. Una secta blasfema sugirió que cesaran las buscas y que todos los hombres barajaran letras y símbolos, hasta construir, mediante un improbable don del azar, esos libros canónicos. Las autoridades se vieron obligadas a promulgar órdenes severas. La secta desapareció, pero en mi niñez he visto hombres viejos que largamente se ocultaban en las letrinas, con unos discos de metal en un cubilete prohibido, y débilmente remedaban el divino desorden.

Otros, inversamente, creyeron que lo primordial era eliminar las obras inútiles. Invadían los hexágonos, exhibían credenciales no siempre falsas, hojeaban con fastidio un volumen y condenaban anaqueles enteros: a su furor higiénico, ascético, se debe la insensata perdición de millones de libros. Su nombre es execrado, pero quienes deploran los "tesoros" que su frenesí destruyó, negligen dos hechos notorios. Uno: la Biblioteca es tan enorme que toda reducción de origen humano resulta infinitesimal. Otro: cada ejemplar es único, irreemplazable, pero (como la Biblioteca es total) hay siempre varios centenares de miles de facsímiles imperfectos: de obras que no difieren sino por una letra o por una coma. Contra la opinión general, me atrevo a suponer que las consecuencias de las depredaciones cometidas por los Purificadores, han sido exageradas por el horror que esos fanáticos provocaron. Los urgía el delirio de conquistar los libros del Hexágono Carmesí: libros de formato menor que los naturales; omnipotentes, ilustrados y mágicos.

También sabemos de otra superstición de aquel tiempo: la del Hombre del Libro. En algún anaquel de algún hexágono (razonaron los hombres) debe existir un libro que sea la cifra y el compendio perfecto *de todos los demás:* algún bibliotecario lo ha recorrido y es análogo a un dios. En el lenguaje de esta zona persisten aún vestigios del culto de ese funcionario remoto. Muchos peregrinaron en busca de Él. Durante un siglo fatigaron en vano los más diversos rumbos. ¿Cómo localizar el venerado hexágono secreto que lo hospedaba? Alguien propuso un método regresivo: Para localizar el libro A, consultar previamente un libro B que indique el sitio de A; para localizar el libro B, consultar previamente un libro C, y así hasta lo infinito... En aventuras de ésas, he prodigado y consumido mis años. No me parece inverosímil que en algún anaquel del universo haya un libro total;[1] ruego a los dioses ignorados que un hombre —¡uno solo, aunque sea, hace miles de años!— lo haya examinado y leído. Si el honor y la sabiduría y la felicidad no son para mí, que sean para otros. Que el cielo exista, aunque mi lugar sea el infierno. Que yo sea ultrajado y aniquilado, pero que en un instante, en un ser, Tu enorme Biblioteca se justifique.

Afirman los impíos que el disparate es normal en la Biblioteca y que lo razonable (y aun la humilde y pura coherencia) es una casi milagrosa excepción. Hablan (lo sé) de "la Biblioteca febril, cuyos azarosos volúmenes corren el incesante albur de cambiarse en otros y que todo lo afirman, lo niegan y lo confunden como una divinidad que delira". Esas palabras que no sólo denuncian el desorden sino que lo ejemplifican también, notoriamente prueban su gusto pésimo y su desesperada ignorancia. En efecto, la Biblioteca incluye todas las estructuras verbales, todas las variaciones que permiten los veinticinco símbolos ortográficos, pero no un solo disparate absoluto. Inútil observar que el mejor volumen de los muchos hexágonos que administro se titula *Trueno peinado, y* otro *El calambre de yeso* y otro *Axaxaxas mlö.* Esas proposiciones, a primera vista incoherentes, sin duda son capaces de una justificación criptográfica o alegórica; esa justificación es verbal y, *ex hypothesi,* ya figura en la Biblioteca. No puedo combinar unos caracteres

dhcmrlchtdj

que la divina Biblioteca no haya previsto y que en alguna de sus lenguas secretas no encierren un terrible sentido. Nadie puede articular una sílaba que no esté llena de ternuras y de temores; que no sea en alguno de esos lenguajes el nombre poderoso de un dios. Hablar es incurrir en tautologías. Esta epístola inútil y palabrera ya existe en

---

1. Lo repito: basta que un libro sea posible para que exista. Sólo está excluido lo imposible. Por ejemplo: ningún libro es también una escalera, aunque sin duda hay libros que discuten y niegan y demuestran esa posibilidad y otros cuya estructura corresponde a la de una escalera.

uno de los treinta volúmenes de los cinco anaqueles de uno de los incontables hexágonos —y también su refutación. (Un número *n* de lenguajes posibles usa el mismo vocabulario; en algunos, el símbolo *biblioteca* admite la correcta definición *ubicuo y perdurable sistema de galerías hexagonales,* pero *biblioteca* es *pan* o *pirámide* o cualquier otra cosa, y las siete palabras que la definen tienen otro valor. Tú, que me lees, ¿estás seguro de entender mi lenguaje?)

La escritura metódica me distrae de la presente condición de los hombres. La certidumbre de que todo está escrito nos anula o nos afantasma. Yo conozco distritos en que los jóvenes se prosternan ante los libros y besan con barbarie las páginas, pero no saben descifrar una sola letra. Las epidemias, las discordias heréticas, las peregrinaciones que inevitablemente degeneran en bandolerismo, han diezmado la población. Creo haber mencionado los suicidios, cada año más frecuentes. Quizá me engañen la vejez y el temor, pero sospecho que la especie humana —la única— está por extinguirse y que la Biblioteca perdurará: iluminada, solitaria, infinita, perfectamente inmóvil, armada de volúmenes preciosos, inútil, incorruptible, secreta.

Acabo de escribir *infinita.* No he interpolado ese adjetivo por una costumbre retórica; digo que no es ilógico pensar que el mundo es infinito. Quienes lo juzgan limitado, postulan que en lugares remotos los corredores y escaleras y hexágonos pueden inconcebiblemente cesar —lo cual es absurdo. Quienes lo imaginan sin límites, olvidan que los tiene el número posible de libros. Yo me atrevo a insinuar esta solución del antiguo problema: *La biblioteca es ilimitada y periódica.* Si un eterno viajero la atravesara en cualquier dirección, comprobaría al cabo de los siglos que los mismos volúmenes se repiten en el mismo desorden (que, repetido, sería un orden: el Orden). Mi soledad se alegra con esa elegante esperanza.[1]

Mar del Plata, 1941.

---

1. Letizia Álvarez de Toledo ha observado que la vasta Biblioteca es inútil; en rigor, bastaría un *solo volumen,* de formato común, impreso en cuerpo nueve o en cuerpo diez, que constara de un número infinito de hojas infinitamente delgadas. (Cavalieri a principios del siglo XVII, dijo que todo cuerpo sólido es la superposición de un número infinito de planos.) El manejo de ese *vademecum* sedoso no sería cómodo: cada hoja aparente se desdoblaría en otras análogas; la inconcebible hoja central no tendría revés.

EL JARDÍN DE SENDEROS QUE SE BIFURCAN

A Victoria Ocampo

En la página 242 de la *Historia de la Guerra Europea* de Liddell Hart, se lee que una ofensiva de trece divisiones británicas (apoyadas por mil cuatrocientas piezas de artillería) contra la línea Serre-Montauban había sido planeada para el 24 de julio de 1916 y debió postergarse hasta la mañana del día 29. Las lluvias torrenciales (anota el capitán Liddell Hart) provocaron esa demora —nada significativa, por cierto. La siguiente declaración, dictada, releída y firmada por el doctor Yu Tsun, antiguo catedrático de inglés en la Hochschule de Tsingtao, arroja una insospechada luz sobre el caso. Faltan las dos páginas iniciales.

"...y colgué el tubo. Inmediatamente después, reconocí la voz que había contestado en alemán. Era la del capitán Richard Madden. Madden, en el departamento de Viktor Runeberg, quería decir el fin de nuestros afanes y —pero eso parecía muy secundario, o *debía parecérmelo*— también de nuestras vidas. Quería decir que Runeberg había sido arrestado, o asesinado.[1] Antes que declinara el sol de ese día, yo correría la misma suerte. Madden era implacable. Mejor dicho, estaba obligado a ser implacable. Irlandés a las órdenes de Inglaterra, hombre acusado de tibieza y tal vez de traición ¿cómo no iba a abrazar y agradecer este milagroso favor: el descubrimiento, la captura, quizá la muerte, de dos agentes del Imperio Alemán? Subí a mi cuarto; absurdamente cerré la puerta con llave y me tiré de espaldas en la estrecha cama de hierro. En la ventana estaban los tejados de siempre y el sol nublado de las seis. Me pareció increíble que ese día

1. Hipótesis odiosa y estrafalaria. El espía prusiano Hans Rabener alias Viktor Runeberg agredió con una pistola automática al portador de la orden de arresto, capitán Richard Madden. Éste, en defensa propia, le causó heridas que determinaron su muerte. *(Nota del Editor.)*

sin premoniciones ni símbolos fuera el de mi muerte implacable. A pesar de mi padre muerto, a pesar de haber sido un niño en un simétrico jardín de Hai Feng ¿yo, ahora, iba a morir? Después reflexioné que todas las cosas le suceden a uno precisamente, precisamente ahora. Siglos de siglos y sólo en el presente ocurren los hechos; innumerables hombres en el aire, en la tierra y el mar, y todo lo que realmente pasa me pasa a mí... El casi intolerable recuerdo del rostro acaballado de Madden abolió esas divagaciones. En mitad de mi odio y de mi terror (ahora no me importa hablar de terror: ahora que he burlado a Richard Madden, ahora que mi garganta anhela la cuerda) pensé que ese guerrero tumultuoso y sin duda feliz no sospechaba que yo poseía el Secreto. El nombre del preciso lugar del nuevo parque de artillería británico sobre el Ancre. Un pájaro rayó el cielo gris y ciegamente lo traduje en un aeroplano y a ese aeroplano en muchos (en el cielo francés) aniquilando el parque de artillería con bombas verticales. Si mi boca, antes que la deshiciera un balazo, pudiera gritar ese nombre de modo que lo oyeran en Alemania... Mi voz humana era muy pobre. ¿Cómo hacerla llegar al oído del jefe? Al oído de aquel hombre enfermo y odioso, que no sabía de Runeberg y de mí sino que estábamos en Staffordshire y que en vano esperaba noticias nuestras en su árida oficina de Berlín, examinando infinitamente periódicos... Dije en voz alta: 'Debo huir'. Me incorporé sin ruido, en una inútil perfección de silencio, como si Madden ya estuviera acechándome. Algo tal vez la mera ostentación de probar que mis recursos eran nulos— me hizo revisar mis bolsillos. Encontré lo que sabía que iba a encontrar. El reloj norteamericano, la cadena de níquel y la moneda cuadrangular, el llavero con las comprometedoras llaves inútiles del departamento de Runeberg, la libreta, una carta que resolví destruir inmediatamente (y que no destruí), el falso pasaporte, una corona, dos chelines y unos peniques, el lápiz rojo-azul, el pañuelo, el revólver con una bala. Absurdamente lo empuñé y sopesé para darme valor. Vagamente pensé que un pistoletazo puede oírse muy lejos. En diez minutos mi plan estaba maduro. La guía telefónica me dio el nombre de la única persona capaz de transmitir la noticia: vivía en un suburbio de Fenton, a menos de media hora de tren.

Soy un hombre cobarde. Ahora lo digo, ahora que he llevado a término un plan que nadie no calificará de arriesgado. Yo sé que fue terrible su ejecución. No lo hice por Alemania, no. Nada me importa un país bárbaro, que me ha obligado a la abyección de ser un espía. Además, yo sé de un hombre de Inglaterra —un hombre modesto— que para mí no es menos que Goethe. Arriba de una hora no hablé con él, pero durante una hora fue Goethe... Lo hice, porque yo sentía que el jefe tenía en poco a los de mi raza —a los innumerables antepasados que confluyen en mí. Yo quería probarle que un amarillo podía salvar a sus ejércitos. Además, yo debía huir del capitán. Sus manos y su voz podían golpear en cualquier momento a mi puerta. Me vestí sin ruido, me dije adiós en el espejo, bajé, escudriñé la calle tranquila y salí. La estación no distaba mucho de casa, pero juzgué preferible tomar un coche. Argüí que así corría menos peligro de ser reconocido; el hecho es que en la calle desierta me sentía visible y vulnerable, infinitamente. Recuerdo que le dije al cochero que se detuviera un poco antes de la entrada central. Bajé con lentitud voluntaria y casi penosa; iba a la aldea de Ashgrove, pero saqué un pasaje para una estación más lejana. El tren salía dentro de muy pocos minutos, a las ocho y cincuenta. Me apresuré; el próximo saldría a las nueve y media. No había casi nadie en el andén. Recorrí los coches: recuerdo unos labradores, una enlutada, un joven que leía con fervor los *Anales* de Tácito, un soldado herido y feliz. Los coches arrancaron al fin. Un hombre que reconocí corrió en vano hasta el límite del andén. Era el capitán Richard Madden. Aniquilado, trémulo, me encogí en la otra punta del sillón, lejos del temido cristal.

De esa aniquilación pasé a una felicidad casi abyecta. Me dije que ya estaba empeñado mi duelo y que yo había ganado el primer asalto, al burlar, siquiera por cuarenta minutos, siquiera por un favor del azar, el ataque de mi adversario. Argüí que esa victoria mínima prefiguraba la victoria total. Argüí que no era mínima, ya que sin esa diferencia preciosa que el horario de trenes me deparaba, yo estaría en la cárcel, o muerto. Argüí (no menos sofísticamente) que mi felicidad cobarde probaba que yo era hombre capaz de llevar a buen término la aventura. De esa debilidad saqué fuerzas que no me abandonaron. Preveo que el hombre se resignará cada día a empresas más atroces; pronto no habrá sino guerreros y bandoleros; les doy este consejo: 'El ejecutor de una empresa atroz debe imaginar que ya la ha cumplido, debe imponerse un porvenir que sea irrevocable como el pasado'. Así procedí yo, mientras mis ojos de hombre ya muerto registraban la fluencia de aquel día que era tal vez el último, y la difusión de la noche. El tren corría con dulzura, entre fresnos. Se detuvo, casi en medio del campo. Nadie gritó el nombre de la estación. '¿Ashgrove?', les pregunté a unos chicos en el andén. 'Ashgrove', contestaron. Bajé.

Una lámpara ilustraba el andén, pero las caras de los niños quedaban en la zona de sombra. Uno me interrogó: '¿Usted va a casa del doctor Stephen Albert?' Sin aguardar contestación, otro dijo: 'La casa queda lejos de aquí, pero usted no se perderá si toma ese camino a la izquierda y en cada encrucijada del camino dobla a la izquierda'. Les arrojé una moneda (la última), bajé unos escalones de piedra y entré en el solitario camino. Éste, lentamente, bajaba. Era de tierra elemental, arriba se confundían las ramas, la luna baja y circular parecía acompañarme.

Por un instante, pensé que Richard Madden había penetrado de algún modo mi desesperado propósito. Muy pronto comprendí que eso era imposible. El consejo de siempre doblar a la izquierda me recordó que tal era el procedimiento común para descubrir el patio central de ciertos laberintos. Algo entiendo de laberintos: no en vano soy bisnieto de aquel Ts'ui Pên, que fue gobernador de Yunnan y que renunció al poder temporal para escribir una novela que fuera todavía más populosa que el *Hung Lu Meng* y para edificar un laberinto en el que se perdieran todos los hombres. Trece años dedicó a esas heterogéneas fatigas, pero la mano de un forastero lo asesinó y su novela era insensata y nadie encontró el laberinto. Bajo árboles ingleses medité en ese laberinto perdido: lo imaginé inviolado y perfecto en la cumbre secreta de una montaña, lo imaginé borrado por arrozales o debajo del agua, lo imaginé infinito, no ya de quioscos ochavados y de sendas que vuelven, sino de ríos y provincias y reinos... Pensé en un laberinto de laberintos, en un sinuoso laberinto creciente que abarcara el pasado y el porvenir y que implicara de algún modo los astros. Absorto en esas ilusorias imágenes, olvidé mi destino de perseguido. Me sentí, por un tiempo indeterminado, percibidor abstracto del mundo. El vago y vivo campo, la luna, los restos de la tarde, obraron en mí; asimismo el declive que eliminaba cualquier posibilidad de cansancio. La tarde era íntima, infinita. El camino bajaba y se bifurcaba, entre las ya confusas praderas. Una música aguda y como silábica se aproximaba y se alejaba en el vaivén del viento, empañada de hojas y de distancia. Pensé que un hombre puede ser enemigo de otros hombres, de otros momentos de otros hombres, pero no de un país: no de luciérnagas, palabras, jardines, cursos de agua, ponientes. Llegué, así, a un alto portón herrumbrado. Entre las rejas descifré una alameda y una especie de pabellón. Comprendí, de pronto, dos cosas, la primera trivial, la segunda casi increíble: la música venía del pabellón, la música era china. Por eso, yo la había aceptado con plenitud, sin prestarle atención. No recuerdo si había una campana o un timbre o si llamé golpeando las manos. El chisporroteo de la música prosiguió.

Pero del fondo de la íntima casa un farol se acercaba: un farol que rayaban y a ratos anulaban los troncos, un farol de papel, que tenía la forma de los tambores y el color de la luna. Lo traía un hombre alto. No vi su rostro, porque me cegaba la luz. Abrió el portón y dijo lentamente en mi idioma.

—Veo que el piadoso Hsi P'êng se empeña en corregir mi soledad. ¿Usted sin duda querrá ver el jardín?

Reconocí el nombre de uno de nuestros cónsules y repetí desconcertado:

—¿El jardín?

—El jardín de senderos que se bifurcan.

Algo se agitó en mi recuerdo y pronuncié con incomprensible seguridad:

—El jardín de mi antepasado Ts'ui Pên.

—¿Su antepasado? ¿Su ilustre antepasado? Adelante.

El húmedo sendero zigzagueaba como los de mi infancia. Llegamos a una biblioteca de libros orientales y occidentales. Reconocí, encuadernados en seda amarilla, algunos tomos manuscritos de la Enciclopedia Perdida que dirigió el Tercer Emperador de la Dinastía Luminosa y que no se dio nunca a la imprenta. El disco del gramófono giraba junto a un fénix de bronce. Recuerdo también un jarrón de la familia rosa y otro, anterior de muchos siglos, de ese color azul que nuestros artífices copiaron de los alfareros de Persia...

Stephen Albert me observaba, sonriente. Era (ya lo dije) muy alto, de rasgos afilados, de ojos grises y barba gris. Algo de sacerdote había en él y también de marino; después me refirió que había sido misionero en Tientsin "antes de aspirar a sinólogo".

Nos sentamos; yo en un largo y bajo diván; él de espaldas a la ventana y a un alto reloj circular. Computé que antes de una hora no llegaría mi perseguidor, Richard Madden. Mi determinación irrevocable podía esperar.

—Asombroso destino el de Ts'ui Pên —dijo Stephen Albert—. Gobernador de su provincia natal, docto en astronomía, en astrología y en la interpretación infatigable de los libros canónicos, ajedrecista, famoso poeta y calígrafo: todo lo abandonó para componer un libro y un laberinto. Renunció a los placeres de la opresión, de la justicia, del numeroso lecho, de los banquetes y aun de la erudición y se enclaustró durante trece años en el Pabellón de la Límpida Soledad.

A su muerte, los herederos no encontraron sino manuscritos caóticos. La familia, como usted acaso no ignora, quiso adjudicarlos al fuego; pero su albacea —un monje taoísta o budista— insistió en la publicación.

—Los de la sangre de Ts'ui Pên —repliqué— seguimos execrando a ese monje. Esa publicación fue insensata. El libro es un acervo indeciso de borradores contradictorios. Lo he examinado alguna vez: en el tercer capítulo muere el héroe, en el cuarto está vivo. En cuanto a la otra empresa de Ts'ui Pên, a su Laberinto...

—Aquí está el Laberinto —dijo indicándome un alto escritorio laqueado.

—¡Un laberinto de marfil! —exclamé—. Un laberinto mínimo...

—Un laberinto de símbolos —corrigió—. Un invisible laberinto de tiempo. A mí, bárbaro inglés, me ha sido deparado revelar ese misterio diáfano. Al cabo de más de cien años, los pormenores son irrecuperables, pero no es difícil conjeturar lo que sucedió. Ts'ui Pên diría una vez: 'Me retiro a escribir un libro'. Y otra: 'Me retiro a construir un laberinto'. Todos imaginaron dos obras; nadie pensó que libro y laberinto eran un solo objeto. El Pabellón de la Límpida Soledad se erguía en el centro de un jardín tal vez intrincado; el hecho puede haber sugerido a los hombres un laberinto físico. Ts'ui Pên murió; nadie, en las dilatadas tierras que fueron suyas, dio con el laberinto; la confusión de la novela me sugirió que ése era el laberinto. Dos circunstancias me dieron la recta solución del problema. Una: la curiosa leyenda de que Ts'ui Pên se había propuesto un laberinto que fuera estrictamente infinito. Otra: un fragmento de una carta que descubrí.

Albert se levantó. Me dio, por unos instantes, la espalda; abrió un cajón del áureo y renegrido escritorio. Volvió con un papel antes carmesí; ahora rosado y tenue y cuadriculado. Era justo el renombre caligráfico de Ts'ui Pên. Leí con incomprensión y fervor estas palabras que con minucioso pincel redactó un hombre de mi sangre: 'Dejo a los varios porvenires (no a todos) mi jardín de senderos que se bifurcan'. Devolví en silencio la hoja. Albert prosiguió:

—Antes de exhumar esta carta, yo me había preguntado de qué manera un libro puede ser infinito. No conjeturé otro procedimiento que el de un volumen cíclico, circular. Un volumen cuya última página fuera idéntica a la primera, con posibilidad de continuar indefinidamente. Recordé también esa noche que está en el centro de *Las mil y una noches,* cuando la reina Shahrazad (por una mágica distracción del copista) se pone a referir textualmente la historia de *Las mil y una noches,* con riesgo de llegar otra vez a la noche en que la refiere, y así hasta lo infinito. Imaginé también una obra platónica, hereditaria, trasmitida de padre a hijo, en la que cada nuevo individuo agregara un capítulo o corrigiera con piadoso cuidado la página de los mayores. Esas conjeturas me distrajeron; pero ninguna parecía corresponder, siquiera de un modo remoto, a los contradictorios capítulos de Ts'ui Pên. En esa perplejidad, me remitieron de Oxford el manuscrito que usted ha examinado. Me detuve, como es natural, en la frase: 'Dejo a los varios porvenires (no a todos) mi jardín de senderos que se bifurcan'. Casi en el acto comprendí; *el jardín de senderos que se bifurcan* era la novela caótica; la frase *varios porvenires (no a todos)* me sugirió la imagen de la bifurcación en el tiempo, no en el espacio. La relectura general de la obra confirmó esa teoría. En todas las ficciones, cada vez que un hombre se enfrenta con diversas alternativas, opta por una y elimina las otras; en la del casi inextricable Ts'ui Pên, opta —simultáneamente— por todas. *Crea,* así, diversos porvenires, diversos tiempos, que también proliferan y se bifurcan. De ahí las contradicciones de la novela. Fang, digamos, tiene un secreto; un desconocido llama a su puerta; Fang resuelve matarlo. Naturalmente, hay varios desenlaces posibles: Fang puede matar al intruso, el intruso puede matar a Fang, ambos pueden salvarse, ambos pueden morir, etcétera. En la obra de Ts'ui Pên, todos los desenlaces ocurren; cada uno es el punto de partida de otras bifurcaciones. Alguna vez, los senderos de ese laberinto convergen: por ejemplo, usted llega a esta casa, pero en uno de los pasados posibles usted es mi enemigo, en otro mi amigo. Si se resigna usted a mi pronunciación incurable, leeremos unas páginas.

Su rostro, en el vívido círculo de la lámpara, era sin duda el de un anciano, pero con algo inquebrantable y aun inmortal. Leyó con lenta precisión dos redacciones de un mismo capítulo épico. En la primera, un ejército marcha hacia una batalla a través de una montaña desierta; el horror de las piedras y de la sombra le hace menospreciar la vida y logra con facilidad la victoria; en la segunda, el mismo ejército atraviesa un palacio en el que hay una fiesta; la resplandeciente batalla les parece una continuación de la fiesta y logran la victoria. Yo oía con decente veneración esas viejas ficciones, acaso menos admirables que el hecho de que las hubiera ideado mi sangre y de que un hombre de un imperio remoto me las restituyera, en el curso de una desesperada aventura, en una isla occidental. Recuerdo las palabras finales, repetidas en cada redacción como un mandamiento secreto: 'Así combatieron los héroes, tranquilo el admirable corazón, violenta la espada, resignados a matar y a morir'.

Desde ese instante, sentí a mi alrededor y en mi oscuro cuerpo una invisible, intangible pululación. No la pululación de los divergentes, paralelos y finalmente coalescentes ejércitos, sino una agitación más inaccesible, más íntima y que ellos de algún modo prefiguraban. Stephen Albert prosiguió:

—No creo que su ilustre antepasado jugara ociosamente a las variaciones. No juzgo verosímil que sacrificara trece años a la infinita ejecución de un experimento retórico. En su país, la novela es un género subalterno; en aquel tiempo era un género despreciable. Ts'ui Pên fue un novelista genial, pero también fue un hombre de letras que sin duda no se consideró un mero novelista. El testimonio de sus contemporáneos proclama —y harto lo confirma su vida— sus aficiones metafísicas, místicas. La controversia filosófica usurpa buena parte de su novela. Sé que de todos los problemas, ninguno lo inquietó y lo trabajó como el abismal problema del tiempo. Ahora bien, ése es el *único* problema que no figura en las páginas del *Jardín*. Ni siquiera usa la palabra que quiere decir *tiempo*. ¿Cómo se explica usted esa voluntaria omisión?

Propuse varias soluciones; todas, insuficientes. Las discutimos; al fin, Stephen Albert me dijo:

—En una adivinanza cuyo tema es el ajedrez ¿cuál es la única palabra prohibida?

Reflexioné un momento y repuse:

—La palabra *ajedrez*.

—Precisamente —dijo Albert—, *El jardín de senderos que se bifurcan* es una enorme adivinanza, o parábola, cuyo tema es el tiempo; esa causa recóndita le prohíbe la mención de su nombre. Omitir *siempre* una palabra, recurrir a metáforas ineptas y a perífrasis evidentes, es quizá el modo más enfático de indicarla. Es el modo tortuoso que prefirió, en cada uno de los meandros de su infatigable novela, el oblicuo Ts'ui Pên. He confrontado centenares de manuscritos, he corregido los errores que la negligencia de los copistas ha introducido, he conjeturado el plan de ese caos, he restablecido, he creído restablecer, el orden primordial, he traducido la obra entera: me consta que no emplea una sola vez la palabra *tiempo*. La explicación es obvia: *El jardín de senderos que se bifurcan* es una imagen incompleta, pero no falsa, del universo tal como lo concebía Ts'ui Pên. A diferencia de Newton y de Schopenhauer, su antepasado no creía en un tiempo uniforme, absoluto. Creía en infinitas series de tiempos, en una red creciente y vertiginosa de tiempos divergentes, convergentes y paralelos. Esa trama de tiempos que se aproximan, se bifurcan, se cortan o que secularmente se ignoran, abarca *todas* las posibilidades. No existimos en la mayoría de esos tiempos; en algunos existe usted y no yo; en otros, yo, no usted; en otros, los dos. En éste, que un favorable azar me depara, usted ha llegado a mi casa; en otro, usted, al atravesar el jardín, me ha encontrado muerto; en otro, yo digo estas mismas palabras, pero soy un error, un fantasma.

—En todos —articulé no sin un temblor— yo agradezco y venero su recreación del jardín de Ts'ui Pên.

—No en todos —murmuró con una sonrisa—. El tiempo se bifurca perpetuamente hacia innumerables futuros. En uno de ellos soy su enemigo.

Volví a sentir esa pululación de que hablé. Me pareció que el húmedo jardín que rodeaba la casa estaba saturado hasta lo infinito de invisibles personas. Esas personas eran Albert y yo, secretos, atareados y multiformes en otras dimensiones de tiempo. Alcé los ojos y la tenue pesadilla se disipó. En el amarillo y negro jardín había un solo hombre; pero ese hombre era fuerte como una estatua, pero ese hombre avanzaba por el sendero y era el capitán Richard Madden.

—El porvenir ya existe —respondí—, pero yo soy su amigo. ¿Puedo examinar de nuevo la carta?

Albert se levantó. Alto, abrió el cajón del alto escritorio; me dio por un momento la espalda. Yo había preparado el revólver. Disparé con sumo cuidado: Albert se desplomó sin una queja, inmediatamente. Yo juro que su muerte fue instantánea: una fulminación.

Lo demás es irreal, insignificante. Madden irrumpió, me arrestó. He sido condenado a la horca. Abominablemente he vencido: he comunicado a Berlín el secreto nombre de la ciudad que deben atacar. Ayer la bombardearon; lo leí en los mismos periódicos que propusieron a Inglaterra el enigma de que el sabio sinólogo Stephen Albert muriera asesinado por un desconocido, Yu Tsun. El Jefe ha descifrado ese enigma. Sabe que mi problema era indicar (a través del estrépito de la guerra) la ciudad que se llama Albert y que no hallé otro medio que matar a una persona de ese nombre. No sabe (nadie puede saber) mi innumerable contrición y cansancio."

Artificios

(1944)

PRÓLOGO

Aunque de ejecución menos torpe, las piezas de este libro no difieren de las que forman el anterior. Dos, acaso, permiten una mención detenida: La muerte y la brújula, Funes el memorioso. *La segunda es una larga metáfora del insomnio. La primera, pese a los nombres alemanes o escandinavos, ocurre en un Buenos Aires de sueños: la torcida Rue de Toulon es el Paseo de julio; Triste-le-Roy, el hotel donde Herbert Ashe recibió, y tal vez no leyó, el tomo undécimo de una enciclopedia ilusoria. Ya redactada esa ficción, he pensado en la conveniencia de amplificar el tiempo y el espacio que abarca: la venganza podría ser heredada; los plazos podrían computarse por años, tal vez por siglos; la primera letra del Nombre podría articularse en Islandia; la segunda, en Méjico; la tercera, en el Indostán. ¿Agregaré que los Hasidim incluyeron santos y que el sacrificio de cuatro vidas para obtener las cuatro letras que imponen el Nombre es una fantasía que me dictó la forma de mi cuento?*

Posdata de 1956. Tres cuentos he agregado a la serie: El Sur, La secta del Fénix, El Fin. *Fuera de un personaje —Recabarren— cuya inmovilidad y pasividad sirven de contraste, nada o casi nada es invención mía en el decurso breve del último; todo lo que hay en él está implícito en un libro famoso y yo he sido el primero en desentrañarlo o, por lo menos, en declararlo. En la alegoría del Fénix me impuse el problema de sugerir un hecho común —el Secreto— de una manera vacilante y gradual que resultara, al fin, inequívoca; no sé hasta dónde la fortuna me ha acompañado. De* El Sur, *que es acaso mi mejor cuento, básteme prevenir que es posible leerlo como directa narración de hechos novelescos y también de otro modo.*

Schopenhauer, De Quincey, Stevenson, Mauthner, Shaw, Chesterton, Léon Bloy, forman el censo heterogéneo de los autores que continuamente releo. En la fantasía cristológica titulada Tres versiones de Judas, *creo percibir el remoto influjo del último.*

J. L. B.

Buenos Aires, 29 de agosto de 1944.

FUNES EL MEMORIOSO

Lo recuerdo (yo no tengo derecho a pronunciar ese verbo sagrado, sólo un hombre en la tierra tuvo derecho y ese hombre ha muerto) con una oscura pasionaria en la mano, viéndola como nadie la ha visto, aunque la mirara desde el crepúsculo del día hasta el de la noche, toda una vida entera. Lo recuerdo, la cara taciturna y aindiada y singularmente remota, detrás del cigarrillo. Recuerdo (creo) sus manos afiladas de trenzador. Recuerdo cerca de esas manos un mate, con las armas de la Banda Oriental; recuerdo en la ventana de la casa una estera amarilla, con un vago paisaje lacustre. Recuerdo claramente su voz; la voz pausada, resentida y nasal del orillero antiguo, sin los silbidos italianos de ahora. Más de tres veces no lo vi; la última, en 1887... Me parece muy feliz el proyecto de que todos aquellos que lo trataron escriban sobre él; mi testimonio será acaso el más breve y sin duda el más pobre, pero no el menos imparcial del volumen que editarán ustedes. Mi deplorable condición de argentino me impedirá incurrir en el ditirambo —género obligatorio en el Uruguay, cuando el tema es un uruguayo. *Literato, cajetilla, porteño;* Funes no dijo esas injuriosas palabras, pero de un modo suficiente me consta que yo representaba para él esas desventuras. Pedro Leandro Ipuche ha escrito que Funes era un precursor de los superhombres, "un Zarathustra cimarrón y vernáculo"; no lo discuto, pero no hay que olvidar que era también un compadrito de Fray Bentos, con ciertas incurables limitaciones.

Mi primer recuerdo de Funes es muy perspicuo. Lo veo en un atardecer de marzo o febrero del año 84. Mi padre, ese año, me había llevado a veranear a Fray Bentos. Yo volvía con mi primo Bernardo Haedo de la estancia de San Francisco. Volvíamos cantando, a caballo, y ésa no era la única circunstancia de mi felicidad. Después de un día bochornoso, una enorme tormenta color pizarra había escondido el cielo. La alentaba el viento del Sur, ya se enloquecían los árboles; yo tenía el temor (la esperanza) de que nos sorprendiera en un descampado el agua elemental. Corrimos una especie de carrera con la tormenta. Entramos en un callejón que se ahondaba entre dos veredas altísimas de ladrillo. Había oscurecido de golpe; oí rápidos y casi secretos pasos en lo alto; alcé los ojos y vi un muchacho que corría por la estrecha y rota vereda como por una estrecha y rota pared. Recuerdo la bombacha, las alpargatas, recuerdo el cigarrillo en el duro rostro, contra el nubarrón ya sin límites. Bernardo le gritó imprevisiblemente: "¿Qué horas son, Ireneo?". Sin consultar el cielo, sin detenerse, el otro respondió: "Faltan cuatro minutos para las ocho, joven Bernardo Juan Francisco". La voz era aguda, burlona.

Yo soy tan distraído que el diálogo que acabo de referir no me hubiera llamado la atención si no lo hubiera recalcado mi primo, a quien estimulaban (creo) cierto orgullo local, y el deseo de mostrarse indiferente a la réplica tripartita del otro.

Me dijo que el muchacho del callejón era un tal Ireneo Funes, mentado por algunas rarezas como la de no darse con nadie y la de saber siempre la hora, como un reloj. Agregó que era hijo de una planchadora del pueblo, María Clementina Funes, y que algunos decían que su padre era un médico del saladero, un inglés O'Connor, y otros un domador o rastreador del departamento del Salto. Vivía con su madre, a la vuelta de la quinta de los Laureles.

Los años 85 y 86 veraneamos en la ciudad de Montevideo. El 87 volví a Fray Bentos. Pregunté, como es natural, por todos los conocidos y, finalmente, por el "cronométrico Funes". Me contestaron que lo había volteado un redomón en la estancia de San Francisco, y que había quedado tullido, sin esperanza. Recuerdo la impresión de incómoda magia que la noticia me produjo: la única vez que yo lo vi, veníamos a caballo de San Francisco y él andaba en un lugar alto; el hecho, en boca de mi primo Bernardo, tenía mucho de sueño elaborado con elementos anteriores. Me dijeron que no se movía del catre, puestos los ojos en la higuera del fondo o en una telaraña. En los atardeceres, permitía que lo sacaran a la ventana. Llevaba la soberbia hasta el punto de simular que era benéfico el golpe que lo había fulminado... Dos veces lo vi atrás de la reja, que burdamente recalcaba su condición de eterno prisionero: una, inmóvil, con los ojos cerrados; otra, inmóvil también, absorto en la contemplación de un oloroso gajo de santonina.

No sin alguna vanagloria yo había iniciado en aquel tiempo el estudio metódico del latín. Mi valija incluía el *De viris illustribus* de Lhomond, el *Thesaurus* de Quicherat, los *Comentarios* de Julio César y un volumen impar de la *Naturalis historia* de Plinio, que excedía (y sigue excediendo) mis módicas virtudes de latinista. Todo se propala en un pueblo chico; Ireneo, en su rancho de las orillas, no tardó en enterarse del arribo de esos libros anómalos. Me dirigió una carta florida y ceremoniosa, en la que recordaba nuestro encuentro, desdichadamente fugaz, "del día 7 de febrero del año 84", ponderaba los gloriosos servicios que don Gregorio Haedo, mi tío, finado ese mismo año, "había prestado a las dos patrias en la valerosa jornada de Ituzaingó", y me solicitaba el préstamo de cualquiera de los volúmenes, acompañado de un diccionario "para la buena inteligencia del texto original, porque todavía ignoro el latín". Prometía devolverlos en buen estado, casi inmediatamente. La letra era perfecta, muy perfilada; la ortografía, del tipo que Andrés Bello preconizó: *i* por *y*, *j* por *g*. Al principio, temí naturalmente una broma. Mis primos me aseguraron que no, que eran cosas de Ireneo. No supe si atribuir a descaro, a ignorancia o a estupidez la idea de que el arduo latín no requería más instrumento que un diccionario; para desengañarlo con plenitud le mandé el *Gradus ad Parnassura* de Quicherat y la obra de Plinio.

El 14 de febrero me telegrafiaron de Buenos Aires que volviera inmediatamente, porque mi padre no estaba "nada bien". Dios me perdone; el prestigio de ser el destinatario de un telegrama urgente, el deseo de comunicar a todo Fray Bentos la contradicción entre la forma negativa de la noticia y el perentorio adverbio, la tentación de dramatizar mi dolor, fingiendo un viril estoicismo, tal vez me distrajeron de toda posibilidad de dolor. Al hacer la valija, noté que me faltaban el *Gradus* y el primer tomo de la *Naturalis historia*. El "Saturno" zarpaba al día siguiente, por la mañana; esa noche, después de cenar, me encaminé a casa de Funes. Me asombró que la noche fuera no menos pesada que el día.

En el decente rancho, la madre de Funes me recibió.

Me dijo que Ireneo estaba en la pieza del fondo y que no me extrañara encontrarla a oscuras, porque Ireneo sabía pasarse las horas muertas sin encender la vela. Atravesé el patio de baldosa, el corredorcito; llegué al segundo patio. Había una parra; la oscuridad pudo parecerme total. Oí de pronto la alta y burlona voz de Ireneo. Esa voz hablaba en latín; esa voz (que venía de la tiniebla) articulaba con moroso deleite un discurso o plegaria o incantación. Resonaron las sílabas romanas en el patio de tierra; mi temor las creía indescifrables, interminables; después, en el enorme diálogo de esa noche, supe que formaban el primer párrafo del capítulo XXIV del libro VII de la *Na-*

turalis historia. La materia de ese capítulo es la memoria; las palabras últimas fueron *ut nihil non iisdem verbis redderetur auditum.*

Sin el menor cambio de voz, Ireneo me dijo que pasara. Estaba en el catre, fumando. Me parece que no le vi la cara hasta el alba; creo rememorar el ascua momentánea del cigarrillo. La pieza olía vagamente a humedad. Me senté; repetí la historia del telegrama y de la enfermedad de mi padre.

Arribo, ahora, al más difícil punto de mi relato. Éste (bueno es que ya lo sepa el lector) no tiene otro argumento que ese diálogo de hace ya medio siglo. No trataré de reproducir sus palabras, irrecuperables ahora. Prefiero resumir con veracidad las muchas cosas que me dijo Ireneo. El estilo indirecto es remoto y débil; yo sé que sacrifico la eficacia de mi relato; que mis lectores se imaginen los entrecortados períodos que me abrumaron esa noche.

Ireneo empezó por enumerar, en latín y español, los casos de memoria prodigiosa registrados por la *Naturalis historia*: Ciro, rey de los persas, que sabía llamar por su nombre a todos los soldados de sus ejércitos; Mitrídates Eupator, que administraba la justicia en los veintidós idiomas de su imperio; Simónides, inventor de la mnemotecnia; Metrodoro, que profesaba el arte de repetir con fidelidad lo escuchado una sola vez. Con evidente buena fe se maravilló de que tales casos maravillaran. Me dijo que antes de esa tarde lluviosa en que lo volteó el azulejo, él había sido lo que son todos los cristianos: un ciego, un sordo, un abombado, un desmemoriado. (Traté de recordarle su percepción exacta del tiempo, su memoria de nombres propios; no me hizo caso.) Diecinueve años había vivido como quien sueña: miraba sin ver, oía sin oír, se olvidaba de todo, de casi todo. Al caer, perdió el conocimiento; cuando lo recobró, el presente era casi intolerable de tan rico y tan nítido, y también las memorias más antiguas y más triviales. Poco después averiguó que estaba tullido. El hecho apenas le interesó. Razonó (sintió) que la inmovilidad era un precio mínimo. Ahora su percepción y su memoria eran infalibles.

Nosotros, de un vistazo, percibimos tres copas en una mesa; Funes, todos los vástagos y racimos y frutos que comprende una parra. Sabía las formas de las nubes australes del amanecer del 30 de abril de 1882 y podía compararlas en el recuerdo con las vetas de un libro en pasta española que sólo había mirado una vez y con las líneas de la espuma que un remo levantó en el Río Negro la víspera de la acción del Quebracho. Esos recuerdos no eran simples; cada imagen visual estaba ligada a sensaciones musculares, térmicas, etcétera. Podía reconstruir todos los sueños, todos los entresueños. Dos o tres veces había reconstruido un día entero; no había dudado nunca, pero cada reconstrucción había requerido un día entero. Me dijo: "Más recuerdos tengo yo solo que los que habrán tenido todos los hombres desde que el mundo es mundo". Y también: "Mis sueños son como la vigilia de ustedes". Y también, hacia el alba: "Mi memoria, señor, es como vaciadero de basuras". Una circunferencia en un pizarrón, un triángulo rectángulo, un rombo, son formas que podemos intuir plenamente; lo mismo le pasaba a Ireneo con las aborrascadas crines de un potro, con una punta de ganado en una cuchilla, con el fuego cambiante y con la innumerable ceniza, con las muchas caras de un muerto en un largo velorio. No sé cuántas estrellas veía en el cielo.

Esas cosas me dijo; ni entonces ni después las he puesto en duda. En aquel tiempo no había cinematógrafos ni fonógrafos; es, sin embargo, inverosímil y hasta increíble que nadie hiciera un experimento con Funes. Lo cierto es que vivimos postergando todo lo postergable; tal vez todos sabemos profundamente que somos inmortales y que tarde o temprano, todo hombre hará todas las cosas y sabrá todo.

La voz de Funes, desde la oscuridad, seguía hablando.

Me dijo que hacia 1886 había discurrido un sistema original de numeración y que en muy pocos días había rebasado el veinticuatro mil. No lo había escrito, porque lo pensado una sola vez ya no podía borrársele. Su primer estímulo, creo, fue el desagrado de que los treinta y tres orientales requirieran dos signos y tres palabras, en lugar de una sola palabra y un solo signo. Aplicó luego ese disparatado principio a los otros números. En lugar de siete mil trece, decía (por ejemplo) *Máximo Pérez;* en lugar de siete mil catorce, *El Ferrocarril;* otros números eran *Luis Melián Lafinur, Olimar, azufre, los bastos, la ballena, el gas, la caldera, Napoleón, Agustín de Vedia.* En lugar de quinientos, decía *nueve.* Cada palabra tenía un signo particular, una especie de marca; las últimas eran muy complicadas... Yo traté de explicarle que esa rapsodia de voces inconexas era precisamente lo contrario de un sistema de numeración. Le dije que decir 365 era decir tres centenas, seis decenas, cinco unidades: análisis que no existe en los "números" *El Negro Timoteo* o *manta de carne.* Funes no me entendió o no quiso entenderme.

Locke, en el siglo XVII, postuló (y reprobó) un idioma imposible en el que cada cosa individual, cada piedra, cada pájaro y cada rama tuviera un nombre propio; Funes proyectó alguna vez un idioma análogo, pero lo desechó por parecerle demasiado general, demasiado ambiguo. En efecto, Funes no sólo recordaba cada hoja de cada árbol de cada monte, sino cada una de las veces que la había percibido o imaginado. Resolvió reducir cada una de sus jornadas pretéritas a unos setenta mil recuerdos, que definiría luego por cifras. Lo disuadieron dos consideraciones: la conciencia de que la tarea era interminable, la conciencia de que era inútil. Pensó que en la hora de la muerte no habría acabado aún de clasificar todos los recuerdos de la niñez.

Los dos proyectos que he indicado (un vocabulario infinito para la serie natural de los números, un inútil catálogo mental de todas las imágenes del recuerdo) son insensatos, pero revelan cierta balbuciente grandeza. Nos dejan vislumbrar o inferir el vertiginoso mundo de Funes. Éste, no lo olvidemos, era casi incapaz de ideas generales, platónicas. No sólo le costaba comprender que el símbolo genérico *perro* abarcara tantos individuos dispares de diversos tamaños y diversa forma; le molestaba que el perro de las tres y catorce (visto de perfil) tuviera el mismo nombre que el perro de las tres y cuarto (visto de frente). Su propia cara en el espejo, sus propias manos, lo sorprendían cada vez. Refiere Swift que el emperador de Lilliput discernía el movimiento del minutero; Funes discernía continuamente los tranquilos avances de la corrupción, de las caries, de la fatiga. Notaba los progresos de la muerte, de la humedad. Era el solitario y lúcido espectador de un mundo multiforme, instantáneo y casi intolerablemente preciso. Babilonia, Londres y Nueva York han abrumado con feroz esplendor la imaginación de los hombres; nadie, en sus torres populosas o en sus avenidas urgentes, ha sentido el calor y la presión de una realidad tan infatigable como la que día y noche convergía sobre el infeliz Ireneo, en su pobre arrabal sudamericano. Le era muy difícil dormir. Dormir es distraerse del mundo; Funes, de espaldas en el catre, en la sombra, se figuraba cada grieta y cada moldura de las casas precisas que lo rodeaban. (Repito que el menos importante de sus recuerdos era más minucioso y más vivo que nuestra percepción de un goce físico o de un tormento físico.) Hacia el Este, en un trecho no amanzanado, había casas nuevas, desconocidas. Funes las imaginaba negras, compactas, hechas de tiniebla homogénea; en esa dirección volvía la cara para dormir. También solía imaginarse en el fondo del río, mecido y anulado por la corriente.

Había aprendido sin esfuerzo el inglés, el francés, el portugués, el latín. Sospecho, sin embargo, que no era muy capaz de pensar. Pensar es olvidar diferencias, es generalizar, abstraer. En el abarrotado mundo de Funes no había sino detalles, casi inmediatos.

La recelosa claridad de la madrugada entró por el patio de tierra.

Entonces vi la cara de la voz que toda la noche había hablado. Ireneo tenía diecinueve años; había nacido en 1868; me pareció monumental como el bronce, más antiguo que Egipto, anterior a las profecías y a las pirámides. Pensé que cada una de mis palabras (que cada uno de mis gestos) perduraría en su implacable memoria; me entorpeció el temor de multiplicar ademanes inútiles.

Ireneo Funes murió en 1889, de una congestión pulmonar.

1942

LA FORMA DE LA ESPADA

Le cruzaba la cara una cicatriz rencorosa: un arco ceniciento y casi perfecto que de un lado ajaba la sien y del otro el pómulo. Su nombre verdadero no importa; todos en Tacuarembó le decían el Inglés de *La Colorada.* El dueño de esos campos, Cardoso, no quería vender; he oído que el Inglés recurrió a un imprevisible argumento: le confió la historia secreta de la cicatriz. El Inglés venía de la frontera, de Río Grande del Sur; no faltó quien dijera que en el Brasil había sido contrabandista. Los campos estaban empastados; las aguadas, amargas; el Inglés, para corregir esas deficiencias, trabajó a la par de sus peones. Dicen que era severo hasta la crueldad, pero escrupulosamente justo. Dicen también que era bebedor: un par de veces al año se encerraba en el cuarto del mirador y emergía a los dos o tres días como de una batalla o de un vértigo, pálido, trémulo, azorado y tan autoritario como antes. Recuerdo los ojos glaciales, la enérgica flacura, el bigote gris. No se daba con nadie; es verdad que su español era rudimental, abrasilerado. Fuera de alguna carta comercial o de algún folleto, no recibía correspondencia.

La última vez que recorrí los departamentos del Norte, una crecida del arroyo Caraguatá me obligó a hacer noche en *La Colorada.* A los pocos minutos creí notar que mi aparición era inoportuna; procuré congraciarme con el Inglés; acudí a la menos perspicaz de las pasiones: al patriotismo. Dije que era invencible un país con el espíritu de Inglaterra. Mi interlocutor asintió, pero agregó con una sonrisa que él no era inglés. Era irlandés, de Dungarvan. Dicho esto se detuvo, como si hubiera revelado un secreto.

Salimos, después de comer, a mirar el cielo. Había escampado, pero detrás de las cuchillas el Sur, agrietado y rayado de relámpagos, urdía otra tormenta. En el desmantelado comedor, el peón que había servido la cena trajo una botella de ron. Bebimos largamente en silencio.

No sé qué hora sería cuando advertí que yo estaba borracho; no sé qué inspiración o qué exultación o qué tedio me hizo mentar la cicatriz. La cara del Inglés se demudó; durante unos segundos pensé que me iba a expulsar de la casa. Al fin me dijo con su voz habitual:

—Le contaré la historia de mi herida bajo una condición: la de no mitigar ningún oprobio, ninguna circunstancia de infamia.

Asentí. Ésta es la historia que contó, alternando el inglés con el español, y aun con el portugués:

"Hacia 1922, en una de las ciudades de Connaught, yo era uno de los muchos que conspiraban por la independencia de Irlanda. De mis compañeros, algunos sobreviven dedicados a tareas pacíficas; otros, paradójicamente, se baten en los mares o en el desierto, bajo los colores ingleses; otro, el que más valía, murió en el patio de un cuartel, en el alba, fusilado por hombres llenos de sueño; otros (no los más desdichados), dieron con su destino en las anónimas y casi secretas batallas de la guerra civil. Éramos republicanos, católicos; éramos, lo sospecho, románticos. Irlanda no sólo era para nosotros el porvenir utópico y el intolerable presente; era una amarga y cariñosa mitología, era las torres circulares y las ciénagas rojas, era el repudio de Parnell y las enormes epopeyas que cantan el robo de toros que en otra encarnación fueron héroes y en otras peces y montañas... En un atardecer que no olvidaré, nos llegó un afiliado de Munster: un tal John Vincent Moon.

Tenía escasamente veinte años. Era flaco y fofo a la vez; daba la incómoda impresión de ser invertebrado. Había cursado con fervor y con vanidad casi todas las páginas de no sé qué manual comunista; el materialismo dialéctico le servía para cegar cualquier discusión. Las razones que puede tener un hombre para abominar de otro o para quererlo son infinitas: Moon reducía la historia universal a un sórdido conflicto económico. Afirmaba que la revolución está predestinada a triunfar. Yo le dije que a un *gentleman* sólo pueden interesarle causas perdidas... Ya era de noche; seguimos disintiendo en el corredor, en las escaleras, luego en las vagas calles. Los juicios emitidos por Moon me impresionaron menos que su inapelable tono apodíctico. El nuevo camarada no discutía: dictaminaba con desdén y con cierta cólera.

Cuando arribamos a las últimas casas, un brusco tiroteo nos aturdió. (Antes o después, orillamos el ciego paredón de una fábrica o de un cuartel.) Nos internamos en una calle de tierra; un soldado, enorme en el resplandor, surgió de una cabaña incendiada. A gritos nos mandó que nos detuviéramos. Yo apresuré el paso; mi camarada no me siguió. Me di vuelta: John Vincent Moon estaba inmóvil, fascinado y como eternizado por el terror. Entonces yo volví, derribé de un golpe al soldado, sacudí a Vincent Moon, lo insulté y le ordené que me siguiera. Tuve que tomarlo del brazo; la pasión del miedo lo invalidaba. Huimos, entre la noche agujereada de incendios. Una descarga de fusilería nos buscó; una bala rozó el hombro derecho de Moon; éste, mientras huíamos entre pinos, prorrumpió en un débil sollozo.

En aquel otoño de 1922 yo me había guarnecido en la quinta del general Berkeley. Éste (a quien yo jamás había visto) desempeñaba entonces no sé qué cargo administrativo en Bengala; el edificio tenía menos de un siglo, pero era desmedrado y opaco y abundaba en perplejos corredores y en vanas antecámaras. El museo y la enorme biblioteca usurpaban la planta baja: libros controversiales e incompatibles que de algún modo son la historia del siglo XIX; cimitarras de Nishapur, en cuyos detenidos arcos de círculo parecían perdurar el viento y la violencia de la batalla. Entramos (creo recordar) por los fondos. Moon, trémula y reseca la boca, murmuró que los episodios de la noche eran interesantes; le hice una curación, le traje una taza de té; pude comprobar que su 'herida' era superficial. De pronto balbuceó con perplejidad:

—Pero usted se ha arriesgado sensiblemente. Le dije que no se preocupara. (El hábito de la guerra civil me había impelido a obrar como obré; además, la prisión de un solo afiliado podía comprometer nuestra causa.)

Al otro día Moon había recuperado el aplomo. Aceptó un cigarrillo y me sometió a un severo interrogatorio sobre los 'recursos económicos de nuestro partido revolucionario'. Sus preguntas eran muy lúcidas: le dije (con verdad) que la situación era grave. Hondas descargas de fusilería conmovieron el Sur. Le dije a Moon que nos esperaban los compañeros. Mi sobretodo y mi revólver estaban en mi pieza; cuando volví, encontré a Moon tendido en el sofá, con los ojos cerrados. Conjeturó que tenía fiebre; invocó un doloroso espasmo en el hombro.

Entonces comprendí que su cobardía era irreparable. Le rogué torpemente que se cuidara y me despedí. Me abochornaba ese hombre con miedo, como si yo fuera el cobarde, no Vincent Moon. Lo que hace un hombre es como si lo hicieran todos los hombres. Por eso no es injusto que una desobediencia en un jardín contamine al género humano; por eso no es injusto que la crucifixión de un solo judío baste para salvarlo. Acaso Schopenhauer tiene razón: yo soy los otros, cualquier hombre es todos los hombres, Shakespeare es de algún modo el miserable John Vincent Moon.

Nueve días pasamos en la enorme casa del general. De las agonías y luces de la guerra no diré nada: mi propósito es referir la historia de esta cicatriz que me afrenta. Esos nueve días, en mi recuerdo, forman un solo día, salvo el penúltimo, cuando los nuestros irrumpieron en un cuartel y pudimos vengar exactamente a los dieciséis camaradas que fueron ametrallados en Elphin. Yo me escurría de la casa hacia el alba, en la confusión del crepúsculo. Al anochecer estaba de vuelta. Mi compañero me esperaba en el primer piso: la herida no le permitía descender a la planta baja. Lo rememoro con algún libro de estrategia en la mano: F. N. Maude o Clausewitz. 'El arma que prefiero es la artillería', me confesó una noche. Inquiría nuestros planes; le gustaba censurarlos o reformarlos. También solía denunciar 'nuestra deplorable base económica'; profetizaba, dogmático y sombrío, el ruinoso fin. *C'est une affaire flambée,* murmuraba. Para mostrar que le era indiferente ser un cobarde físico, magnificaba su soberbia mental. Así pasaron, bien o mal, nueve días.

El décimo la ciudad cayó definitivamente en poder de los *Black and Tans.* Altos jinetes silenciosos patrullaban las rutas; había cenizas y humo en el viento; en una esquina vi tirado un cadáver, menos tenaz en mi recuerdo que un maniquí en el cual los soldados interminablemente ejercitaban la puntería, en mitad de la plaza... Yo había salido cuando el amanecer estaba en el cielo; antes del mediodía volví. Moon, en la biblioteca, hablaba con alguien; el tono de la voz me hizo comprender que hablaba por teléfono. Después, oí mi nombre; después que yo regresaría a las siete, después la indicación de que me arrestaran cuando yo atravesara el jardín. Mi razonable amigo estaba razonablemente vendiéndome. Le oí exigir unas garantías de seguridad personal.

Aquí mi historia se confunde y se pierde. Sé que perseguí al delator a través de negros corredores de pesadilla y de hondas escaleras de vértigo. Moon conocía la casa muy bien, harto mejor que yo. Una o dos veces lo perdí. Lo acorralé antes de que los soldados me detuvieran. De una de las panoplias del general arranqué un alfanje; con esa media luna de acero le rubriqué en la cara, para siempre, una media luna de sangre.

Borges: a usted que es un desconocido, le he hecho esta confesión. No me duele tanto su menosprecio."

Aquí el narrador se detuvo. Noté que le temblaban las manos.

—¿Y Moon? —le interrogué.

—Cobró los dineros de judas y huyó al Brasil. Esa tarde, en la plaza, vio fusilar un maniquí por unos borrachos.

Aguardé en vano la continuación de la historia. Al fin le dije que prosiguiera.

Entonces un gemido lo atravesó; entonces me mostró con débil dulzura la corva cicatriz blanquecina.

—¿Usted no me cree? —balbuceó—. ¿No ve que llevo escrita en la cara la marca de mi infamia? Le he narrado la historia de este modo para que usted la oyera hasta el fin. Yo he denunciado al hombre que me amparó: yo soy Vincent Moon. Ahora desprécieme.

1942

TEMA DEL TRAIDOR Y DEL HÉROE

So the Platonic Year
Whirls out new right and wrong,
Whirls in the old instead;
All men are dancers and their tread
Goes to the barbarous clangour of a gong.

W. B. YEATS: *The Tower.*

Bajo el notorio influjo de Chesterton (discurridor y exornador de elegantes misterios) y del consejero áulico Leibniz (que inventó la armonía preestablecida), he imaginado este argumento, que escribiré tal vez y que ya de algún modo me justifica, en las tardes inútiles. Faltan pormenores, rectificaciones, ajustes; hay zonas de la historia que no me fueron reveladas aún; hoy, 3 de enero de 1944, la vislumbro así.

La acción transcurre en un país oprimido y tenaz: Polonia, Irlanda, la república de Venecia, algún Estado sudamericano o balcánico... Ha transcurrido, mejor dicho, pues aunque el narrador es contemporáneo, la historia referida por él ocurrió al promediar o al empezar el siglo XIX. Digamos (para comodidad narrativa) Irlanda; digamos 1824. El narrador se llama Ryan; es bisnieto del joven, del heroico, del bello, del asesinado Fergus Kilpatrick, cuyo sepulcro fue misteriosamente violado, cuyo nombre ilustra los versos de Browning y de Hugo, cuya estatua preside un cerro gris entre ciénagas rojas.

Kilpatrick fue un conspirador, un secreto y glorioso capitán de conspiradores; a semejanza de Moisés que, desde la tierra de Moab, divisó y no pudo pisar la tierra prometida, Kilpatrick pereció en la víspera de la rebelión victoriosa que había premeditado y soñado. Se aproxima la fecha del primer centenario de su muerte; las circunstancias del crimen son enigmáticas; Ryan, dedicado a la redacción de una biografía del héroe, descubre que el enigma rebasa lo puramente policial. Kilpatrick fue asesinado en un teatro; la policía británica no dio jamás con el matador; los historiadores declaran que ese fracaso no empaña su buen crédito, ya que tal vez lo hizo matar la misma policía. Otras facetas del enigma inquietan a Ryan. Son de carácter cíclico: parecen repetir o combinar hechos de remotas regiones, de remotas edades. Así, nadie ignora que los esbirros que examinaron el cadáver del héroe, hallaron una carta cerrada que le advertía el riesgo de concurrir al teatro, esa noche; también Julio César, al encaminarse al lugar donde lo aguardaban los puñales de sus amigos, recibió un memorial que no llegó a leer, en que iba declarada la traición, con los nombres de los traidores. La mujer de César, Calpurnia, vio en sueños abatida una torre que le había decretado el Senado; falsos y anónimos rumores, la víspera de la muerte de Kilpatrick, publicaron en todo el país el incendio de la torre circular de Kilgarvan, hecho que pudo parecer un presagio, pues aquél había nacido en Kilgarvan. Esos paralelismos (y otros) de la historia de César y de la historia de un conspirador irlandés inducen a Ryan a suponer una secreta forma del tiempo, un dibujo de líneas que se repiten. Piensa en la historia decimal que ideó Condorcet; en las morfologías que propusieron Hegel, Spengler y Vico; en los hombres de Hesíodo, que degeneran desde el oro hasta el hierro. Piensa en la trasmigración de las almas, doctrina que da horror a las letras célticas y que el propio César atribuyó a los druidas británicos; piensa que antes de ser Fergus Kilpatrick, Fergus Kilpatrick fue Julio César. De esos laberintos circulares lo salva una curiosa comprobación, una comprobación que luego lo abisma en otros laberintos más inextricables y heterogéneos: ciertas palabras de un mendigo que conversó con Fergus Kilpatrick el día de su muerte, fueron prefiguradas por Shakespeare, en la tragedia de *Macbeth.* Que la historia hubiera copiado a la historia ya era suficientemente pasmoso; que la historia copie a la literatura es inconcebible... Ryan indaga que en 1814, James Alexander Nolan, el más antiguo de los compañeros del héroe, había traducido al gaélico los principales dramas de Shakespeare; entre ellos, *Julio César.* También descubre en los archivos un artículo manuscrito de Nolan sobre los *Festspiele* de Suiza; vastas y errantes representaciones teatrales, que requieren miles de actores y que reiteran episodios históricos en las mismas ciudades y montañas donde ocurrieron. Otro documento inédito le revela que, pocos días antes del fin, Kilpatrick, presidiendo el último cónclave, había firmado la sentencia de muerte de un traidor, cuyo nombre ha sido borrado. Esta sentencia no condice con los piadosos hábitos de Kilpatrick. Ryan investiga el asunto (esa investigación es uno de los hiatos del argumento) y logra descifrar el enigma.

Kilpatrick fue ultimado en un teatro, pero de teatro hizo también la entera ciudad, y los actores fueron legión, y el drama coronado por su muerte abarcó muchos días y muchas noches. He aquí lo acontecido:

El 2 de agosto de 1824 se reunieron los conspiradores. El país estaba maduro para la rebelión; algo, sin embargo, fallaba siempre: algún traidor había en el cónclave. Fergus Kilpatrick había encomendado a James Nolan el descubrimiento de este traidor. Nolan ejecutó su tarea: anunció en pleno cónclave que el traidor era el mismo Kilpatrick. Demostró con pruebas irrefutables la verdad de la acusación; los conjurados condenaron a muerte a su presidente. Éste firmó su propia sentencia, pero imploró que su castigo no perjudicara a la patria.

Entonces Nolan concibió un extraño proyecto. Irlanda idolatraba a Kilpatrick; la más tenue sospecha de su vileza hubiera comprometido la rebelión; Nolan propuso un plan que hizo de la ejecución del traidor el instrumento para la emancipación de la patria. Sugirió que el condenado muriera a manos de un asesino desconocido, en circunstancias deliberadamente dramáticas, que se grabaran en la imaginación popular y que apresuraran la rebelión. Kilpatrick juró colaborar en ese proyecto, que le daba ocasión de redimirse y que su muerte rubricaría.

Nolan, urgido por el tiempo, no supo íntegramente inventar las circunstancias de la múltiple ejecución; tuvo que plagiar a otro dramaturgo, al enemigo inglés William Shakespeare. Repitió escenas de *Macbeth,* de *Julio César.* La pública y secreta representación comprendió varios días. El condenado entró en Dublin, discutió, obró, rezó, reprobó, pronunció palabras patéticas, y cada uno de esos actos que reflejaría la gloria, había sido prefijado por Nolan. Centenares de actores colaboraron con el protagonista; el rol de algunos fue complejo; el de otros, momentáneo. Las cosas que dijeron e hicieron perduran en los libros históricos, en la memoria apasionada de Irlanda. Kilpatrick, arrebatado por ese minucioso destino que lo redimía y que lo perdía, más de una vez enriqueció con actos y palabras improvisadas el texto de su juez. Así fue desplegándose en el tiempo el populoso drama, hasta que el 6 de agosto de 1824, en un palco de funerarias cortinas que prefiguraba el de Lincoln, un balazo anhelado entró en el pecho del traidor y del héroe, que apenas pudo articular, entre dos efusiones de brusca sangre, algunas palabras previstas.

En la obra de Nolan, los pasajes imitados de Shakespeare son los *menos* dramáticos; Ryan sospecha que el autor los intercaló para que una persona, en el porvenir, diera con la verdad. Comprende que él también forma parte de la trama de Nolan... Al cabo de tenaces cavilaciones, resuelve silenciar el descubrimiento. Publica un libro dedicado a la gloria del héroe; también eso, tal vez, estaba previsto.

LA MUERTE Y LA BRÚJULA

A Mandie Molina Vedia

De los muchos problemas que ejercitaron la temeraria perspicacia de Lönnrot, ninguno tan extraño —tan rigurosamente extraño, diremos— como la periódica serie de hechos de sangre que culminaron en la quinta de Triste-le-Roy, entre el interminable olor de los eucaliptos. Es verdad que Erik Lönnrot no logró impedir el último crimen, pero es indiscutible que lo previó. Tampoco adivinó la identidad del infausto asesino de Yarmolinsky, pero sí la secreta morfología de la malvada serie y la participación de Red Scharlach, cuyo segundo apodo es Scharlach el Dandy. Ese criminal (como tantos) había jurado por su honor la muerte de Lönnrot, pero éste nunca se dejó intimidar. Lönnrot se creía un puro razonador, un Auguste Dupin, pero algo de aventurero había en él y hasta de tahúr.

El primer crimen ocurrió en el Hôtel du Nord —ese alto prisma que domina el estuario cuyas aguas tienen el color del desierto. A esa torre (que muy notoriamente reúne la aborrecida blancura de un sanatorio, la numerada divisibilidad de una cárcel y la apariencia general de una casa mala) arribó el día 3 de diciembre el delegado de Podólsk al Tercer Congreso Talmúdico, doctor Marcelo Yarmolinsky, hombre de barba gris y ojos grises. Nunca sabremos si el Hôtel du Nord le agradó: lo aceptó con la antigua resignación que le había permitido tolerar tres años de guerra en los Cárpatos y tres mil años de opresión y de pogroms. Le dieron un dormitorio en el piso R, frente a la *suite* que no sin esplendor ocupaba el Tetrarca de Galilea. Yarmolinsky cenó, postergó para el día siguiente el examen de la desconocida ciudad, ordenó en un *placard* sus muchos libros y sus muy pocas prendas, y antes de media noche apagó la luz. (Así lo declaró el *chauffeur* del Tetrarca, que dormía en la pieza contigua.) El 4, a las once y tres minutos a.m., lo llamó por teléfono un redactor de la *Yidische Zaitung;* el doctor Yarmolinsky no respondió; lo hallaron en su pieza, ya levemente oscura la cara, casi desnudo bajo una gran capa anacrónica. Yacía no lejos de la puerta que daba al corredor; una puñalada profunda le había partido el pecho. Un par de horas después, en el mismo cuarto, entre periodistas, fotógrafos y gendarmes, el comisario Treviranus y Lönnrot debatían con serenidad el problema.

—No hay que buscarle tres pies al gato —decía Treviranus, blandiendo un imperioso cigarro—. Todos sabemos que el Tetrarca de Galilea posee los mejores zafiros del mundo. Alguien, para robarlos, habrá penetrado aquí por error. Yarmolinsky se ha levantado; el ladrón ha tenido que matarlo. ¿Qué le parece?

—Posible, pero no interesante —respondió Lönnrot—. Usted replicará que la realidad no tiene la menor obligación de ser interesante. Yo le replicaré que la realidad puede prescindir de esa obligación, pero no las hipótesis. En la que usted ha improvisado, interviene copiosamente el azar. He aquí un rabino muerto; yo preferiría una explicación puramente rabínica, no los imaginarios percances de un imaginario ladrón.

Treviranus repuso con mal humor:

—No me interesan las explicaciones rabínicas; me interesa la captura del hombre que apuñaló a este desconocido.

—No tan desconocido —corrigió Lönnrot—. Aquí están sus obras completas. —Indicó en el *placard* una fila de altos volúmenes: una *Vindicación de la cábala;* un *Examen de la filosofía de Robert Flood;* una traducción literal del *Sepher Yezirah;* una *Biografía del Baal Shem;* una *Historia de la secta de los Hasidim;* una monografía (en alemán) sobre el Tetragrámaton; otra, sobre la nomenclatura divina del Pentateuco. El comisario los miró con temor, casi con repulsión. Luego se echó a reír.

—Soy un pobre cristiano —repuso—. Llévese todos esos mamotretos, si quiere; no tengo tiempo que perder en supersticiones judías.

—Quizá este crimen pertenece a la historia de las supersticiones judías —murmuró Lönnrot.

—Como el cristianismo —se atrevió a completar el redactor de la *Yidische Zaitung.* Era miope, ateo y muy tímido.

Nadie le contestó. Uno de los agentes había encontrado en la pequeña máquina de escribir una hoja de papel con esta sentencia inconclusa:

La primera letra del Nombre ha sido articulada.

Lönnrot se abstuvo de sonreír. Bruscamente bibliófilo o hebraísta, ordenó que le hicieran un paquete con los libros del muerto y los llevó a su departamento. Indiferente a la investigación policial, se dedicó a estudiarlos. Un libro en octavo mayor le reveló las enseñanzas de Israel Baal Shem Tobh, fundador de la secta de los Piadosos; otro, las virtudes y terrores del Tetragrámaton, que es el inefable Nombre de Dios; otro, la tesis de que Dios tiene un nombre secreto, en el cual está compendiado (como en la esfera de cristal que los persas atribuyen a Alejandro de Macedonia), su noveno atributo, la eternidad —es decir, el conocimiento inmediato de todas las cosas que serán, que son y que han sido en el universo. La tradición enumera noventa y nueve nombres de Dios; los hebraístas atribuyen ese imperfecto número al mágico temor de las cifras pares; los Hasidim razonan que ese hiato señala un centésimo nombre —el Nombre Absoluto.

De esa erudición lo distrajo, a los pocos días, la aparición del redactor de la *Yidische Zaitung*. Éste quería hablar del asesinato; Lönnrot prefirió hablar de los diversos nombres de Dios; el periodista declaró en tres columnas que el investigador Erik Lönnrot se había dedicado a estudiar los nombres de Dios para dar con el nombre del asesino. Lönnrot, habituado a las simplificaciones del periodismo, no se indignó. Uno de esos tenderos que han descubierto que cualquier hombre se resigna a comprar cualquier libro, publicó una edición popular de la *Historia de la secta de los Hasidim.*

El segundo crimen ocurrió la noche del 3 de enero, en el más desamparado y vacío de los huecos suburbios occidentales de la capital. Hacia el amanecer, uno de los gendarmes que vigilan a caballo esas soledades vio en el umbral de una antigua pinturería un hombre emponchado, yacente. El duro rostro estaba como enmascarado de sangre; una puñalada profunda le había rajado el pecho. En la pared, sobre los rombos amarillos y rojos, había unas palabras en tiza. El gendarme las deletreó... Esa tarde, Treviranus y Lönnrot se dirigieron a la remota escena del crimen. A izquierda y a derecha del automóvil, la ciudad se desintegraba; crecía el firmamento y ya importaban poco las casas y mucho un horno de ladrillos o un álamo. Llegaron a su pobre destino: un callejón final de tapias rosadas que parecían reflejar de algún modo la desaforada puesta de sol. El muerto ya había sido identificado. Era Daniel Simón Azevedo, hombre de alguna fama en los antiguos arrabales del Norte, que había ascendido de carrero a guapo electoral, para degenerar después en ladrón y hasta en delator. (El singular estilo de su muerte les pareció adecuado: Azevedo era el último representante de una generación de bandidos que sabía el manejo del puñal, pero no del revólver.) Las palabras de tiza eran las siguientes:

La segunda letra del Nombre ha sido articulada.

El tercer crimen ocurrió la noche del 3 de febrero. Poco antes de la una, el teléfono resonó en la oficina del comisario Treviranus. Con ávido sigilo, habló un hombre de voz gutural; dijo que se llamaba Ginzberg (o Ginsburg) y que estaba dispuesto a comunicar, por una remuneración razonable, los hechos de los dos sacrificios de Azevedo y de Yarmolinsky. Una discordia de silbidos y de cornetas ahogó la voz del delator. Después, la comunicación se cortó. Sin rechazar aún la posibilidad de una broma (al fin, estaban en carnaval) Treviranus indagó que le habían hablado desde *Liverpool House,* taberna de la Rue de Toulon —esa calle salobre en la que conviven el cosmorama y la lechería, el burdel y los vendedores de biblias. Treviranus habló con el patrón. Éste (Black Finnegan, antiguo criminal irlandés, abrumado y casi anulado por la decencia) le dijo que la última persona que había empleado el teléfono de la casa era un inquilino, un tal Gryphius, que acababa de salir con unos amigos. Treviranus fue en seguida a *Liverpool House.* El patrón le comunicó lo siguiente: Hace ocho días, Gryphius había tomado una pieza en los altos del bar. Era un hombre de rasgos afilados, de nebulosa barba gris, trajeado pobremente de negro; Finnegan (que destinaba esa habitación a un empleo que Treviranus adivinó) le pidió un alquiler sin duda excesivo; Gryphius inmediatamente pagó la suma estipulada. No salía casi nunca; cenaba y almorzaba en su cuarto; apenas si le conocían la cara en el bar. Esa noche, bajó a telefonear al despacho de Finnegan. Un cupé cerrado se detuvo ante la taberna. El cochero no se movió del pescante; algunos parroquianos recordaron que tenía máscara de oso. Del cupé bajaron dos arlequines; eran de reducida estatura y nadie pudo no observar que estaban muy borrachos. Entre balidos de cornetas, irrumpieron en el escritorio de Finnegan; abrazaron a Gryphius, que pareció reconocerlos, pero que les respondió con frialdad; cambiaron unas palabras en yiddish —él en voz baja, gutural, ellos con voces falsas, agudas— y subieron a la pieza del fondo. Al cuarto de hora bajaron los tres, muy felices; Gryphius, tambaleante, parecía tan borracho como los otros. Iba, alto y vertiginoso, en el medio, entre los arlequines enmascarados. (Una de las mujeres del bar recordó los losanges amarillos, rojos y verdes.) Dos veces tropezó; dos veces lo sujetaron los arlequines. Rumbo a la dársena inmediata, de agua rectangular, los tres subieron al cupé y desaparecieron. Ya en el estribo del cupé, el último arlequín garabateó una figura obscena y una sentencia en una de las pizarras de la recova.

Treviranus vio la sentencia. Era casi previsible, decía:

La última de las letras del Nombre ha sido articulada.

Examinó, después, la piecita de Gryphius-Ginzberg. Había en el suelo una brusca estrella de sangre; en los rincones, restos de cigarrillos de marca húngara; en un armario, un libro en latín —el *Philologus hebraeo-graecus* (1739) de Leusden— con varias notas manuscritas. Treviranus lo miró con indignación e hizo buscar a Lönnrot. Éste, sin sacarse el sombrero, se puso a leer, mientras el comisario interrogaba a los contradictorios testigos del secuestro posible. A las cuatro salieron. En la torcida Rue de Toulon, cuando pisaban las serpentinas muertas del alba, Treviranus dijo:

—¿Y si la historia de esta noche fuera simulacro?

Erik Lönnrot sonrió y le leyó con toda gravedad un pasaje (que estaba subrayado) de la disertación trigésima tercera del *Philologus:*

—*Dies Judaeorum incipit a solis occasu usque ad solis occasum diei sequentis.* Esto quiere decir —agregó—: El día hebreo empieza al anochecer y dura hasta el siguiente anochecer.

El otro ensayó una ironía.

—¿Ese dato es el más valioso que usted ha recogido esta noche?

—No. Más valiosa es una palabra que dijo Ginzberg.

Los diarios de la tarde no descuidaron esas desapariciones periódicas. *La Cruz de la Espada* las contrastó con la admirable disciplina y el orden del último Congreso Eremítico; Ernst Palast, en *El Mártir,* reprobó "las demoras intolerables de un pogrom clandestino y frugal, que ha necesitado tres meses para liquidar tres judíos;" la *Yidische Zaitung* rechazó la hipótesis horrorosa de un complot antisemita, "aunque muchos espíritus penetrantes no admiten otra solución del triple misterio"; el más ilustre de los pistoleros del Sur, Dandy Red Scharlach, juró que en su distrito nunca se producirían crímenes de ésos y acusó de culpable negligencia al comisario Franz Treviranus.

Éste recibió, la noche del 1° de marzo, un imponente sobre sellado. Lo abrió: el sobre contenía una carta firmada *Baruj Spinoza* y un minucioso plano de la ciudad, arrancado notoriamente de un Baedeker. La carta profetizaba que el 3 de marzo no habría un cuarto crimen, pues la pinturería del Oeste, la taberna de la Rue de Toulon y el Hôtel du Nord eran "los vértices perfectos de un triángulo equilátero y místico"; el plano demostraba en tinta roja la regularidad de ese triángulo. Treviranus leyó con resignación ese argumento *more geométrico y* mandó la carta y el plano a casa de Lönnrot —indiscutible merecedor de tales locuras.

Erik Lönnrot las estudió. Los tres lugares, en efecto, eran equidistantes. Simetría en el tiempo (3 de diciembre, 3 de enero, 3 de febrero); simetría en el espacio, también... Sintió, de pronto, que estaba por descifrar el misterio. Un compás y una brújula completaron esa brusca intuición. Sonrió, pronunció la palabra *Tetragrámaton* (de adquisición reciente) y llamó por teléfono al comisario. Le dijo:

—Gracias por ese triángulo equilátero que usted anoche me mandó. Me ha permitido resolver el problema. Mañana viernes los criminales estarán en la cárcel; podemos estar muy tranquilos.

—Entonces ¿no planean un cuarto crimen?

—Precisamente porque planean un cuarto crimen, podemos estar muy tranquilos. —Lönnrot colgó el tubo. Una hora después, viajaba en un tren de los Ferrocarriles Australes, rumbo a la quinta abandonada de Triste-le-Roy. Al sur de la ciudad de mi cuento fluye un ciego riachuelo de aguas barrosas, infamado de curtiembres y de basuras. Del otro lado hay un suburbio fabril donde, al amparo de un caudillo barcelonés, medran los pistoleros. Lönnrot sonrió al pensar que el más afamado —Red Scharlach— hubiera dado cualquier cosa por conocer esa clandestina visita. Azevedo fue compañero de Scharlach, Lönnrot consideró la remota posibilidad de que la cuarta víctima fuera Scharlach. Después, la desechó... Virtualmente, había descifrado el problema; las meras circunstancias, la realidad (nombres, arrestos, caras, trámites judiciales y carcelarios), apenas le interesaban ahora. Quería pasear, quería descansar de tres meses de sedentaria investigación. Reflexionó que la explicación de los crímenes estaba en un triángulo anónimo y en una polvorienta palabra griega. El misterio casi le pareció cristalino; se abochornó de haberle dedicado cien días.

El tren paró en una silenciosa estación de cargas. Lönnrot bajó. Era una de esas tardes desiertas que parecen amaneceres. El aire de la turbia llanura era húmedo y frío. Lönnrot echó a andar por el campo. Vio perros, vio un furgón en una vía muerta, vio el horizonte, vio un caballo plateado que bebía el agua crapulosa de un charco. Oscurecía cuando vio el mirador rectangular de la quinta de Triste-le-Roy, casi tan alto como los negros eucaliptos que lo rodeaban. Pensó que apenas un amanecer y un ocaso (un viejo resplandor en el oriente y otro en el occidente) lo separaban de la hora anhelada por los buscadores del Nombre.

Una herrumbrada verja definía el perímetro irregular de la quinta. El portón principal estaba cerrado. Lönnrot, sin mucha esperanza de entrar, dio toda la vuelta. De nuevo ante el portón infranqueable, metió la mano entre los barrotes, casi maquinalmente, y dio con el pasador. El chirrido del hierro lo sorprendió. Con una pasividad laboriosa, el portón entero cedió.

Lönnrot avanzó entre los eucaliptos, pisando confundidas generaciones de rotas hojas rígidas. Vista de cerca, la casa de la quinta de Triste-le-Roy abundaba en inútiles simetrías y en repeticiones maniáticas: a una Diana glacial en un nicho lóbrego correspondía en un segundo nicho otra Diana; un balcón se reflejaba en otro balcón; dobles escalinatas se abrían en doble balaustrada. Un Hermes de dos caras proyectaba una sombra monstruosa. Lönnrot rodeó la casa como había rodeado la quinta. Todo lo examinó; bajo el nivel de la terraza vio una estrecha persiana.

La empujó: unos pocos escalones de mármol descendían a un sótano. Lönnrot, que ya intuía las preferencias del arquitecto, adivinó que en el opuesto muro del sótano había otros escalones. Los encontró, subió, alzó las manos y abrió la trampa de salida.

Un resplandor lo guió a una ventana. La abrió: una luna amarilla y circular definía en el triste jardín dos fuentes cegadas. Lönnrot exploró la casa. Por antecomedores y galerías salió a patios iguales y repetidas veces al mismo patio. Subió por escaleras polvorientas a antecámaras circulares; infinitamente se multiplicó en espejos opuestos; se cansó de abrir o entreabrir ventanas que le revelaban, afuera, el mismo desolado jardín desde varias alturas y varios ángulos; adentro, muebles con fundas amarillas y arañas embaladas en tarlatán. Un dormitorio lo detuvo; en ese dormitorio, una sola flor en una copa de porcelana; al primer roce los pétalos antiguos se deshicieron. En el segundo piso, en el último, la casa le pareció infinita y creciente. *La casa no es tan grande,* pensó. *La agrandan la penumbra, la simetría, los espejos, los muchos años, mi desconocimiento, la soledad.*

Por una escalera espiral llegó al mirador. La luna de esa tarde atravesaba los losanges de las ventanas; eran amarillos, rojos y verdes. Lo detuvo un recuerdo asombrado y vertiginoso.

Dos hombres de pequeña estatura, feroces y fornidos, se arrojaron sobre él y lo desarmaron; otro, muy alto, lo saludó con gravedad y le dijo:

—Usted es muy amable. Nos ha ahorrado una noche y un día.

Era Red Scharlach. Los hombres maniataron a Lönnrot. Éste, al fin, encontró su voz.

—Scharlach ¿usted busca el Nombre Secreto?

Scharlach seguía de pie, indiferente. No había participado en la breve lucha, apenas si alargó la mano para recibir el revólver de Lönnrot. Habló; Lönnrot oyó en su voz una fatigada victoria, un odio del tamaño del universo, una tristeza no menor que aquel odio.

—No —dijo Scharlach—. Busco algo más efímero y deleznable, busco a Erik Lönnrot. Hace tres años, en un garito de la Rue de Toulon, usted mismo arrestó e hizo encarcelar a mi hermano. En un cupé, mis hombres me sacaron del tiroteo con una bala policial en el vientre. Nueve días y nueve noches agonicé en esta desolada quinta simétrica; me arrasaba la fiebre, el odioso Jano bifronte que mira los ocasos y las auroras daba horror a mi ensueño y a mi vigilia. Llegué a abominar de mi cuerpo, llegué a sentir que dos ojos, dos manos, dos pulmones, son tan monstruosos como dos caras. Un irlandés trató de convertirme a la fe de Jesús; me repetía la sentencia de los *goím:* Todos los caminos llevan a Roma. De noche, mi delirio se alimentaba de esa metáfora: yo sentía que el mundo es un laberinto, del cual era imposible huir, pues todos los caminos, aunque fingieran ir al norte o al sur, iban realmente a Roma, que era también la cárcel cuadrangular donde agonizaba mi hermano y la quinta de Triste-le-Roy. En esas noches yo juré por el dios que ve con dos caras y por todos los dioses de la fiebre y de los espejos tejer un laberinto en torno del hombre que había encarcelado a mi hermano. Lo he tejido y es firme: los materiales son un heresiólogo muerto, una brújula, una secta de siglo XVIII, una palabra griega, un puñal, los rombos de una pinturería.

El primer término de la serie me fue dado por el azar. Yo había tramado con algunos colegas —entre ellos, Daniel Azevedo— el robo de los zafiros del Tetrarca. Azevedo nos traicionó: se emborrachó con el dinero que le habíamos adelantado y acometió la empresa el día antes. En el enorme hotel se perdió; hacia las dos de la mañana irrumpió en el dormitorio de Yarmolinsky. Éste, acosado por el insomnio, se había puesto a escribir. Verosímilmente, redactaba unas notas o un artículo sobre el Nombre de Dios; había escrito ya las palabras: *La primera letra del Nombre ha sido articulada.* Azevedo le intimó silencio; Yarmolinsky alargó la mano hacia el timbre que despertaría todas las fuerzas del hotel; Azevedo le dio una sola puñalada en el pecho. Fue casi un movimiento reflejo; medio siglo de violencia le había enseñado que lo más fácil y seguro es matar... A los diez días yo supe por la *Yidische Zaitung* que usted buscaba en los escritos de Yarmolinsky la clave de la muerte de Yarmolinsky. Leí la *Historia de la secta de los Hasidim;* supe que el miedo reverente de pronunciar el Nombre de Dios había originado la doctrina de que ese Nombre es todopoderoso y recóndito. Supe que algunos Hasidim, en busca de ese Nombre secreto, habían llegado a cometer sacrificios humanos... Comprendí que usted conjeturaba que los Hasidim habían sacrificado al rabino; me dediqué a justificar esa conjetura.

Marcelo Yarmolinsky murió la noche del 3 de diciembre; para el segundo "sacrificio" elegí la del 3 de enero. Murió en el Norte; para el segundo "sacrificio" nos convenía un lugar del Oeste. Daniel Azevedo fue la víctima necesaria. Merecía la muerte: era un impulsivo, un traidor; su captura podía aniquilar todo el plan. Uno de los nuestros lo apuñaló; para vincular su cadáver al anterior, yo escribí encima de los rombos de la pinturería *La segunda letra del Nombre ha sido articulada.*

El tercer "crimen" se produjo el 3 de febrero. Fue, como Treviranus adivinó, un mero simulacro. Gryphius-Ginzberg-Ginsburg soy yo; una semana interminable sobrellevé (suplementado por una tenue barba, postiza) en ese perverso cubículo de la Rue de Toulon, hasta que los amigos me secuestraron. Desde el estribo del cupé, uno de ellos escribió en un pilar *La última de las letras del Nombre ha sido articulada.* Esa escritura divulgó que la serie de crímenes era *triple.* Así lo entendió el público; yo, sin embargo, intercalé repetidos indicios para que usted, el razonador Erik Lönnrot, comprendiera que es *cuádruple.* Un prodigio en el Norte, otros en el Este y en el Oeste, reclaman un cuarto prodigio en el Sur; el Tetragrámaton —el Nombre de Dios, JHVH— consta de *cuatro* letras; los arlequines y la muestra del pinturero sugieren *cuatro* términos. Yo subrayé cierto pasaje en el manual de Leusden; ese pasaje manifiesta que los hebreos computaban el día de ocaso a ocaso; ese pasaje da a entender que las muertes ocurrieron el *cuatro* de cada mes. Yo mandé el triángulo equilátero a Treviranus. Yo presentí que usted agregaría el punto que falta. El punto que determina un rombo perfecto, el punto que prefija el lugar donde una exacta muerte lo espera. Todo lo he premeditado, Erik Lönnrot, para atraerlo a usted a las soledades de Triste-le-Roy.

Lönnrot evitó los ojos de Scharlach. Miró los árboles y el cielo subdivididos en rombos turbiamente amarillos, verdes y rojos. Sintió un poco de frío y una tristeza impersonal, casi anónima. Ya era de noche; desde el polvoriento jardín subió el grito inútil de un pájaro. Lönnrot consideró por última vez el problema de las muertes simétricas y periódicas.

—En su laberinto sobran tres líneas —dijo por fin—. Yo sé de un laberinto griego que es una línea única, recta. En esa línea se han perdido tantos filósofos que bien puede perderse un mero *detective*. Scharlach, cuando en otro avatar usted me dé caza, finja (o cometa) un crimen en A, luego un segundo crimen en B, a 8 kilómetros de A, luego un tercer crimen en C, a 4 kilómetros de A y de B, a mitad de camino entre los dos. Aguárdeme después en D, a 2 kilómetros de A y de C, de nuevo a mitad de camino. Máteme en D, como ahora va a matarme en Triste-le-Roy.

—Para la otra vez que lo mate —replicó Scharlach— le prometo ese laberinto, que consta de una sola línea recta y que es invisible, incesante.

Retrocedió unos pasos. Después, muy cuidadosamente, hizo fuego.

1942

EL MILAGRO SECRETO

> Y Dios lo hizo morir durante cien años
> y luego lo animó y le dijo:
> —¿Cuánto tiempo has estado aquí?
> —Un día o parte de un día, respondió.
>
> *Alcorán*, II, 261.

La noche del catorce de marzo de 1939, en un departamento de la Zeltnergasse de Praga, Jaromir Hladík, autor de la inconclusa tragedia *Los enemigos*, de una *Vindicación de la eternidad* y de un examen de las indirectas fuentes judías de Jakob Boehme, soñó con un largo ajedrez. No lo disputaban dos individuos sino dos familias ilustres; la partida había sido entablada hace muchos siglos; nadie era capaz de nombrar el olvidado premio, pero se murmuraba que era enorme y quizá infinito; las piezas y el tablero estaban en una torre secreta; Jaromir (en el sueño) era el primogénito de una de las familias hostiles; en los relojes resonaba la hora de la impostergable jugada; el soñador corría por las arenas de un desierto lluvioso y no lograba recordar las figuras ni las leyes del ajedrez. En ese punto, se despertó. Cesaron los estruendos de la lluvia y de los terribles relojes. Un ruido acompasado y unánime, cortado por algunas voces de mando, subía de la Zeltnergasse. Era el amanecer; las blindadas vanguardias del Tercer Reich entraban en Praga.

El diecinueve, las autoridades recibieron una denuncia; el mismo diecinueve, al atardecer, Jaromir Hladík fue arrestado. Lo condujeron a un cuartel aséptico y blanco, en la ribera opuesta del Moldau. No pudo levantar uno solo de los cargos de la Gestapo: su apellido materno era Jaroslavski, su sangre era judía, su estudio sobre Boehme era judaizante, su firma dilataba el censo final de una protesta contra el Anschluss. En 1928, había traducido el *Sepher Yezirah* para la editorial Hermann Barsdorf; el efusivo catálogo de esa casa había exagerado comercialmente el renombre del traductor; ese catálogo fue hojeado por Julius Rothe, uno de los jefes en cuyas manos estaba la suerte de Hladík. No hay hombre que, fuera de su especialidad, no sea crédulo; dos o tres adjetivos en letra gótica bastaron para que Julius Rothe admitiera la preeminencia de Hladík y dispusiera que lo condenaran a muerte, *pour encourager les autres.* Se fijó el día veintinueve de marzo, a las nueve a.m. Esa demora (cuya importancia apreciará después el lector) se debía al deseo administrativo de obrar impersonal y pausadamente, como los vegetales y los planetas.

El primer sentimiento de Hladík fue de mero terror. Pensó que no lo hubieran arredrado la horca, la decapitación o el degüello, pero que morir fusilado era intolerable. En vano se redijo que el acto puro y general de morir era lo temible, no las circunstancias concretas. No se cansaba de imaginar esas circunstancias: absurdamente procuraba agotar todas las variaciones. Anticipaba infinitamente el proceso, desde el insomne amanecer hasta la misteriosa descarga. Antes del día prefijado por Julius Rothe, murió centenares de muertes, en patios cuyas formas y cuyos ángulos fatigaban la geometría, ametrallado por soldados variables, en número cambiante, que a veces lo ultimaban desde lejos; otras, desde muy cerca. Afrontaba con verdadero temor (quizá con verdadero coraje) esas ejecuciones imaginarias; cada simulacro duraba unos pocos segundos; cerrado el círculo, Jaromir interminablemente volvía a las trémulas vísperas de su muerte. Luego reflexionó que la realidad no suele coincidir con las previsiones; con lógica perversa infirió que prever un detalle circunstancial es impedir que éste suceda. Fiel a esa débil magia, inventaba, *para que no sucedieran,* rasgos atroces; naturalmente, acabó por temer que esos rasgos fueran proféticos. Miserable en la noche, procuraba afirmarse de algún modo en la sustancia fugitiva del tiempo. Sabía que éste se precipitaba hacia el alba del día veintinueve; razonaba en voz alta: *Ahora estoy en la noche del veintidós; mientras dure esta noche (y seis noches más) soy invulnerable, inmortal.* Pensaba que las noches de sueño eran piletas hondas y oscuras en las que podía sumergirse. A veces anhelaba con impaciencia la definitiva descarga, que lo redimiría, mal o bien, de su vana tarea de imaginar. El veintiocho, cuando el último ocaso reverberaba en los altos barrotes, lo desvió de esas consideraciones abyectas la imagen de su drama *Los enemigos.*

Hladík había rebasado los cuarenta años. Fuera de algunas amistades y de muchas costumbres, el problemático ejercicio de la literatura constituía su vida; como todo escritor, medía las virtudes de los otros por lo ejecutado por ellos y pedía que los otros lo midieran por lo que vislumbraba o planeaba. Todos los libros que había dado a la estampa le infundían un complejo arrepentimiento. En sus exámenes de la obra de Boehme, de Abnesra y de Flood, había intervenido esencialmente la mera aplicación; en su traducción del *Sepher Yezirah,* la negligencia, la fatiga y la conjetura. Juzgaba menos deficiente, tal vez, la *Vindicación de la eternidad*: el primer volumen historia las diversas eternidades que han ideado los hombres, desde el inmóvil Ser de Parménides hasta el pasado modificable de Hinton; el segundo niega (con Francis Bradley) que todos los hechos del universo integran una serie temporal. Arguye que no es infinita la cifra de las posibles experiencias del hombre y que basta una sola "repetición" para demostrar que el tiempo es una falacia... Desdichadamente, no son menos falaces los argumentos que demuestran esa falacia; Hladík solía recorrerlos con cierta desdeñosa perplejidad. También había redactado una serie de poemas expresionistas; éstos, para confusión del poeta, figuraron en una antología de 1924 y no hubo antología posterior que no los heredara. De todo ese pasado equívoco y lánguido quería redimirse Hladík con el drama en verso *Los enemigos.* (Hladík preconizaba el verso, porque impide que los espectadores olviden la irrealidad, que es condición del arte.)

Este drama observaba las unidades de tiempo, de lugar y de acción; transcurría en Hradcany, en la biblioteca del barón de Roemerstadt, en una de las últimas tardes del siglo XIX. En la primera escena del primer acto, un desconocido visita a Roemerstadt. (Un reloj da las siete, una vehemencia de último sol exalta los cristales, el aire trae una arrebatada y reconocible música húngara.) A esta visita siguen otras; Roemerstadt no conoce las personas que lo importunan, pero tiene la incómoda impresión de haberlos visto ya, tal vez en un sueño. Todos exageradamente lo halagan, pero es notorio —primero para los espectadores del drama, luego para el mismo barón— que son enemigos secretos, conjurados para perderlo. Roemerstadt logra detener o burlar sus complejas intrigas; en el diálogo, aluden a su novia, Julia de Weidenau, y a un tal Jaroslav Kubin, que alguna vez la importunó con su amor. Éste, ahora, se ha enloquecido y cree ser Roemerstadt... Los peligros arrecian; Roemerstadt, al cabo del segundo acto, se ve en la obligación de matar a un conspirador. Empieza el tercer acto, el último. Crecen gradualmente las incoherencias: vuelven actores que parecían descartados ya de la trama; vuelve, por un instante, el hombre matado por Roemerstadt. Alguien hace notar que no ha atardecido: el reloj da las siete, en los altos cristales reverbera el sol occidental, el aire trae la arrebatada música húngara. Aparece el primer interlocutor y repite las palabras que pronunció en la primera escena del primer acto. Roemerstadt le habla sin asombro; el espectador entiende que Roemerstadt es el miserable Jaroslav Kubin. El drama no ha ocurrido: es el delirio circular que interminablemente vive y revive Kubin.

Nunca se había preguntado Hladík si esa tragicomedia de errores era baladí o admirable, rigurosa o casual. En el argumento que he bosquejado intuía la invención más apta para disimular sus defectos y para ejercitar sus felicidades, la posibilidad de rescatar (de manera simbólica) lo fundamental de su vida. Había terminado ya el primer acto y alguna escena del tercero; el carácter métrico de la obra le permitía examinarla continuamente, rectificando los hexámetros, sin el manuscrito a la vista. Pensó que aún le faltaban dos actos y que muy pronto iba a morir. Habló con Dios en la oscuridad. *Si de algún modo existo, si no soy una de tus repeticiones y erratas, existo como autor de* Los enemigos. *Para llevar a término ese drama, que puede justificarme y justificarte, requiero un año más. Otórgame esos días, Tú de Quien son los siglos y el tiempo.* Era la última noche, la más atroz, pero diez minutos después el sueño lo anegó como un agua oscura.

Hacia el alba, soñó que se había ocultado en una de las naves de la biblioteca del Clementinum. Un bibliotecario de gafas negras le preguntó: "¿Qué busca?". Hladík le replicó: "Busco a Dios". El bibliotecario le dijo: "Dios está en una de las letras de una de las páginas de uno de los cuatrocientos mil tomos del Clementinum. Mis padres y los padres de mis padres han buscado esa letra; yo me he quedado ciego buscándola". Se quitó las gafas y Hladík vio los ojos, que estaban muertos. Un lector entró a devolver un atlas. "Este atlas es inútil", dijo, y se lo dio a Hladík. Éste lo abrió al azar. Vio un mapa de la India, vertiginoso. Bruscamente seguro, tocó una de las mínimas letras. Una voz ubicua le dijo: "El tiempo de tu labor ha sido otorgado". Aquí Hladík se despertó.

Recordó que los sueños de los hombres pertenecen a Dios y que Maimónides ha escrito que son divinas las palabras de un sueño, cuando son distintas y claras y no se puede ver quién las dijo. Se vistió; dos soldados entraron en la celda y le ordenaron que los siguiera.

Del otro lado de la puerta, Hladík había previsto un laberinto de galerías, escaleras y pabellones. La realidad fue menos rica: bajaron a un traspatio por una sola escalera de fierro. Varios soldados —alguno de uniforme desabrochado— revisaban una motocicleta y la discutían. El sargento miró el reloj: eran las ocho y cuarenta y cuatro minutos. Había que esperar que dieran las nueve. Hladík, más insignificante que desdichado, se sentó en un montón de leña. Advirtió que los ojos de los soldados rehuían los suyos. Para aliviar la espera, el sargento le entregó un cigarrillo. Hladík no fumaba; lo aceptó por cortesía o por humildad. Al encenderlo, vio que le temblaban las manos. El día se nubló; los soldados hablaban en voz baja como si él ya estuviera muerto. Vanamente, procuró recordar a la mujer cuyo símbolo era Julia de Weidenau...

El piquete se formó, se cuadró. Hladík, de pie contra la pared del cuartel, esperó la descarga. Alguien temió que la pared quedara maculada de sangre; entonces le ordenaron al reo que avanzara unos pasos. Hladík, absurdamente, recordó las vacilaciones preliminares de los fotógrafos. Una pesada gota de lluvia rozó una de las sienes de Hladík y rodó lentamente por su mejilla; el sargento vociferó la orden final.

El universo físico se detuvo.

Las armas convergían sobre Hladík, pero los hombres que iban a matarlo estaban inmóviles. El brazo del sargento eternizaba un ademán inconcluso. En una baldosa del patio una abeja proyectaba una sombra fija. El viento había cesado, como en un cuadro. Hladík ensayó un grito, una sílaba, la torsión de una mano. Comprendió que estaba paralizado. No le llegaba ni el más tenue rumor del impedido mundo. Pensó *estoy en el infierno, estoy muerto.* Pensó *estoy loco.* Pensó *el tiempo se ha detenido.* Luego reflexionó que en tal caso, también se hubiera detenido su pensamiento. Quiso ponerlo a prueba: repitió (sin mover los labios) la misteriosa Cuarta Égloga de Virgilio. Imaginó que los ya remotos soldados compartían su angustia; anheló comunicarse con ellos. Le asombró no sentir ninguna fatiga, ni siquiera el vértigo de su larga inmovilidad. Durmió, al cabo de un plazo indeterminado. Al despertar, el mundo seguía inmóvil y sordo. En su mejilla perduraba la gota de agua; en el patio, la sombra de la abeja; el humo del cigarrillo que había tirado no acababa nunca de dispersarse. Otro "día" pasó, antes que Hladík entendiera.

Un año entero había solicitado de Dios para terminar su labor: un año le otorgaba su omnipotencia. Dios operaba para él un milagro secreto: lo mataría el plomo alemán, en la hora determinada, pero en su mente un año transcurriría entre la orden y la ejecución de la orden. De la perplejidad pasó al estupor, del estupor a la resignación, de la resignación a la súbita gratitud.

No disponía de otro documento que la memoria; el aprendizaje de cada hexámetro que agregaba le impuso un afortunado rigor que no sospechan quienes aventuran y olvidan párrafos interinos y vagos.

No trabajó para la posteridad ni aun para Dios, de cuyas preferencias literarias poco sabía. Minucioso, inmóvil, secreto, urdió en el tiempo su alto laberinto invisible. Rehízo el tercer acto dos veces. Borró algún símbolo demasiado evidente: las repetidas campanadas, la música. Ninguna circunstancia lo importunaba. Omitió, abrevió, amplificó; en algún caso, optó por la versión primitiva. Llegó a querer el patio, el cuartel; uno de los rostros que lo enfrentaban modificó su concepción del carácter de Roemerstadt. Descubrió que las arduas cacofonías que alarmaron tanto a Flaubert son meras supersticiones visuales: debilidades y molestias de la palabra escrita, no de la palabra sonora... Dio término a su drama: no le faltaba ya resolver sino un solo epíteto. Lo encontró; la gota de agua resbaló en su mejilla. Inició un grito enloquecido, movió la cara, la cuádruple descarga lo derribó.

Jaromir Hladík murió el veintinueve de marzo, a las nueve y dos minutos de la mañana.

TRES VERSIONES DE JUDAS

There seemed a certainty in degradation.

T. E. LAWRENCE: *Seven Pillars of Wisdom*. CIII.

En el Asia Menor o en Alejandría, en el siglo II de nuestra fe, cuando Basílides publicaba que el cosmos era una temeraria o malvada improvisación de ángeles deficientes, Nils Runeberg hubiera dirigido, con singular pasión intelectual, uno de los conventículos gnósticos. Dante le hubiera destinado, tal vez, un sepulcro de fuego; su nombre aumentaría los catálogos de heresiarcas menores, entre Satornilo y Carpócrates; algún fragmento de sus prédicas, exornado de injurias, perduraría en el apócrifo *Liber adversus omnes haereses* o habría perecido cuando el incendio de una biblioteca monástica devoró el último ejemplar del *Syntagma*. En cambio, Dios le deparó el siglo XX y la ciudad universitaria de Lund. Ahí, en 1904, publicó la primera edición de *Kristus och Judas*; ahí en 1909, su libro capital *Den hemlige Frälsaren*. (Del último hay versión alemana, ejecutada en 1912 por Emil Schering; se llama *Der heimliche Heiland*.)

Antes de ensayar un examen de los precitados trabajos, urge repetir que Nils Runeberg, miembro de la Unión Evangélica Nacional, era hondamente religioso. En un cenáculo de París o aun de Buenos Aires, un literato podría muy bien redescubrir las tesis de Runeberg; esas tesis, propuestas en un cenáculo, serían ligeros ejercicios inútiles de la negligencia o de la blasfemia. Para Runeberg, fueron la clave que descifra un misterio central de la teología; fueron materia de meditación y de análisis, de controversia histórica y filológica, de soberbia, de júbilo y de terror. Justificaron y desbarataron su vida. Quienes recorran este artículo, deben asimismo considerar que no registra sino las conclusiones de Runeberg, no su dialéctica y sus pruebas. Alguien observará que la conclusión precedió sin duda a las "pruebas". ¿Quién se resigna a buscar pruebas de algo no creído por él o cuya prédica no le importa?

La primera edición de *Kristus och Judas* lleva este categórico epígrafe, cuyo sentido, años después, monstruosamente dilataría el propio Nils Runeberg: *No una cosa, todas las cosas que la tradición atribuye a Judas Iscariote son falsas* (De Quincey, 1857). Precedido por algún alemán, De Quincey especuló que Judas entregó a Jesucristo para forzarlo a declarar su divinidad y a encender una vasta rebelión contra el yugo de Roma; Runeberg sugiere una vindicación de índole metafísica. Hábilmente, empieza por destacar la superfluidad del acto de Judas. Observa (como Robertson) que para identificar a un maestro que diariamente predicaba en la sinagoga y que obraba milagros ante concursos de miles de hombres, no se requiere la traición de un apóstol. Ello, sin embargo, ocurrió. Suponer un error en la Escritura es intolerable; no menos intolerable es admitir un hecho casual en el más precioso acontecimiento de la historia del mundo. *Ergo,* la traición de Judas no fue casual; fue un hecho prefijado que tiene su lugar misterioso en la economía de la redención. Prosigue Runeberg: El Verbo, cuando fue hecho carne, pasó de la ubicuidad al espacio, de la eternidad a la historia, de la dicha sin límites a la mutación y a la muerte; para corresponder a tal sacrificio, era necesario que un hombre, en representación de todos los hombres, hiciera un sacrificio condigno. Judas Iscariote fue ese hombre. Judas, único entre los apóstoles, intuyó la secreta divinidad y el terrible propósito de Jesús. El Verbo se había rebajado a mortal; Judas, discípulo del Verbo, podía rebajarse a delator (el peor delito que la infamia soporta) y a ser huésped del fuego que no se apaga. El orden inferior es un espejo del orden superior; las formas de la tierra corresponden a las formas del cielo; las manchas de la piel son un mapa de las incorruptibles constelaciones; Judas refleja de algún modo a Jesús. De ahí los treinta dineros y el beso; de ahí la muerte voluntaria, para merecer aun más la Reprobación. Así dilucidó Nils Runeberg el enigma de Judas.

Los teólogos de todas las confesiones lo refutaron. Lars Peter Engström lo acusó de ignorar, o de preterir, la unión hipostática; Axel Borelius, de renovar la herejía de los docetas, que negaron la humanidad de Jesús; el acerado obispo de Lund, de contradecir el tercer versículo del capítulo 22 del Evangelio de San Lucas.

Estos variados anatemas influyeron en Runeberg, que parcialmente reescribió el reprobado libro y modificó su doctrina. Abandonó a sus adversarios el terreno teológico y propuso oblicuas razones de orden moral. Admitió que Jesús, "que disponía de los considerables recursos que la Omnipotencia puede ofrecer", no necesitaba de un hombre para redimir a todos los hombres. Rebatió, luego, a quienes afirman que nada sabemos del inexplicable traidor; sabemos, dijo, que fue uno de los apóstoles, uno de los elegidos para anunciar el reino de los cielos, para sanar enfermos, para limpiar leprosos, para resucitar muertos y para echar fuera demonios (Mateo 10:7-8; Lucas 9:1). Un varón a quien ha distinguido así el Redentor merece de nosotros la mejor interpretación de sus actos. Imputar su crimen a la codicia (como lo han hecho algunos, alegando a Juan 12:6) es resignarse al móvil más torpe. Nils Runeberg propone el móvil contrario: un hiperbólico y hasta ilimitado ascetismo. El asceta, para mayor gloria de Dios, envilece y mortifica la carne; Judas hizo lo propio con el espíritu. Renunció al honor, al bien, a la paz, al reino de los cielos, como otros, menos heroicamente, al placer.[1] Premeditó con lucidez terrible sus culpas. En el adulterio suelen participar la ternura y la abnegación; en el homicidio, el coraje; en las profanaciones y la blasfemia, cierto fulgor satánico. Judas eligió aquellas culpas no visitadas por ninguna virtud: el abuso de confianza (Juan 12:6) y la delación. Obró con gigantesca humildad, se creyó indigno de ser bueno. Pablo ha escrito: "El que se gloría, gloríese en el Señor" (I, Corintios 1:31); Judas buscó el Infierno, porque la dicha del Señor le bastaba. Pensó que la felicidad, como el bien, es un atributo divino y que no deben usurparlo los hombres.[2]

Muchos han descubierto, *post factum,* que en los justificables comienzos de Runeberg está su extravagante fin y que *Den hemlige Frälsaren* es una mera perversión o exasperación de *Kristus och Judas.* A fines de 1907, Runeberg terminó y revisó el texto manuscrito; casi dos años transcurrieron sin que lo entregara a la imprenta. En octubre de 1909, el libro apareció con un prólogo (tibio hasta lo enigmático) del hebraísta dinamarqués Erik Erfjord y con este pérfido epígrafe: "En el mundo estaba y el mundo fue hecho por él, y el mundo

1. Borelius interroga con burla: "¿Por qué no renunció a renunciar? ¿Por qué no a renunciar a renunciar?"

2. Euclydes da Cunha, en un libro ignorado por Runeberg, anota que para el heresiarca de Canudos, Antonio Conselheiro, la virtud "era una casi impiedad". El lector argentino recordará pasajes análogos en la obra de Almafuerte. Runeberg publicó, en la hoja simbólica *Sju insegel,* un asiduo poema descriptivo, *El agua secreta*; las primeras estrofas narran los hechos de un tumultuoso día; las últimas, el hallazgo de un estanque glacial; el poeta sugiere que la perduración de esa agua silenciosa corrige nuestra inútil violencia y de algún modo la permite y la absuelve. El poema concluye así: "El agua de la selva es feliz; podemos ser malvados y dolorosos".

no lo conoció" (Juan 1:10). El argumento general no es complejo, si bien la conclusión es monstruosa. Dios, arguye Nils Runeberg, se rebajó a ser hombre para la redención del género humano; cabe conjeturar que fue perfecto el sacrificio obrado por él, no invalidado o atenuado por omisiones. Limitar lo que padeció a la agonía de una tarde en la cruz es blasfematorio.[1] Afirmar que fue hombre y que fue incapaz de pecado encierra contradicción; los atributos de *impeccabilitas* y de *humanitas* no son compatibles. Kemnitz admite que el Redentor pudo sentir fatiga, frío, turbación, hambre y sed; también cabe admitir que pudo pecar y perderse. El famoso texto "Brotará como raíz de tierra sedienta; no hay buen parecer en él, ni hermosura; despreciado y el último de los hombres; varón de dolores, experimentado en quebrantos" (Isaías 53:2-3), es para muchos una previsión del crucificado, en la hora de su muerte; para algunos (verbigracia, Hans Lassen Martensen), una refutación de la hermosura que el consenso vulgar atribuye a Cristo; para Runeberg, la puntual profecía no de un momento sino de todo el atroz porvenir, en el tiempo y en la eternidad, del Verbo hecho carne. Dios totalmente se hizo hombre pero hombre hasta la infamia, hombre hasta la reprobación y el abismo. Para salvarnos, pudo elegir *cualquiera* de los destinos que traman la perpleja red de la historia; pudo ser Alejandro o Pitágoras o Rurik o Jesús; eligió un ínfimo destino: fue Judas.

En vano propusieron esa revelación las librerías de Estocolmo y de Lund. Los incrédulos la consideraron, *a priori*, un insípido y laborioso juego teológico; los teólogos la desdeñaron. Runeberg intuyó en esa indiferencia ecuménica una casi milagrosa confirmación. Dios ordenaba esa indiferencia; Dios no quería que se propalara en la tierra Su terrible secreto. Runeberg comprendió que no era llegada la hora. Sintió que estaban convergiendo sobre él antiguas maldiciones divinas; recordó a Elías y a Moisés, que en la montaña se ta-

1. Maurice Abramowicz observa: *"Jesús, d'après ce scandinave, a toujours le beau rôle; ses déboires, grâce à la science des typographes, jouissent d'une réputation polyglotte; sa résidence de trente-trois ans parmi les humains ne fut, en somme, qu'une villégiature"*. Erfjord, en el tercer apéndice de la *Christelige Dogmatik,* refuta ese pasaje. Anota que la crucifixión de Dios no ha cesado, porque lo acontecido una sola vez en el tiempo se repite sin tregua en la eternidad. Judas, *ahora,* sigue cobrando las monedas de plata; sigue besando a Jesucristo; sigue arrojando las monedas de plata en el templo; sigue anudando el lazo de la cuerda en el campo de sangre. (Erfjord, para justificar esa afirmación, invoca el último capítulo del primer tomo de la *Vindicación de la eternidad,* de Jaromir Hladík.)

paron la cara para no ver a Dios; a Isaías, que se aterró cuando sus ojos vieron a Aquel cuya gloria llena la tierra; a Saúl, cuyos ojos quedaron ciegos en el camino de Damasco; al rabino Simeón ben Azaí, que vio el Paraíso y murió; al famoso hechicero Juan de Viterbo, que enloqueció cuando pudo ver a la Trinidad; a los Midrashim, que abominan de los impíos que pronuncian el *Shem Hamephorash,* el Secreto Nombre de Dios. ¿No era él, acaso, culpable de ese crimen oscuro? ¿No sería ésa la blasfemia contra el Espíritu, la que no será perdonada? (Mateo 12:31). Valerio Sorano murió por haber divulgado el oculto nombre de Roma; ¿qué infinito castigo sería el suyo, por haber descubierto y divulgado el horrible nombre de Dios?

Ebrio de insomnio y de vertiginosa dialéctica, Nils Runeberg erró por las calles de Malmö, rogando a voces que le fuera deparada la gracia de compartir con el Redentor el Infierno.

Murió de la rotura de un aneurisma, el 1° de marzo de 1912. Los heresiólogos tal vez lo recordarán; agregó al concepto del Hijo, que parecía agotado, las complejidades del mal y del infortunio.

1944

EL FIN

Recabarren, tendido, entreabrió los ojos y vio el oblicuo cielo raso de junco. De la otra pieza le llegaba un rasgueo de guitarra, una suerte de pobrísimo laberinto que se enredaba y desataba infinitamente… Recobró poco a poco la realidad, las cosas cotidianas que ya no cambiaría nunca por otras. Miró sin lástima su gran cuerpo inútil, el poncho de lana ordinaria que le envolvía las piernas. Afuera, más allá de los barrotes de la ventana, se dilataban la llanura y la tarde; había dormido, pero aún quedaba mucha luz en el cielo. Con el brazo izquierdo tanteó, hasta dar con un cencerro de bronce que había al pie del catre. Una o dos veces lo agitó; del otro lado de la puerta seguían llegándole los modestos acordes. El ejecutor era un negro que había aparecido una noche con pretensiones de cantor y que había desafiado a otro forastero a una larga payada de contrapunto. Vencido, seguía frecuentando la pulpería, como a la espera de alguien. Se pasaba las horas con la guitarra, pero no había vuelto a cantar; acaso la derrota lo había amargado. La gente ya se había acostumbrado a ese hombre inofensivo. Recabarren, patrón de la pulpería, no olvidaría ese contrapunto; al día siguiente, al acomodar unos tercios de yerba, se le había muerto bruscamente el lado derecho y había perdido el habla. A fuerza de apiadarnos de las desdichas de los héroes de las novelas concluimos apiadándonos con exceso de las desdichas propias; no así el sufrido Recabarren, que aceptó la parálisis como antes había aceptado el rigor y las soledades de América. Habituado a vivir en el presente, como los animales, ahora miraba el cielo y pensaba que el cerco rojo de la luna era señal de lluvia.

Un chico de rasgos aindiados (hijo suyo, tal vez) entreabrió la puerta. Recabarren le preguntó con los ojos si había algún parroquiano. El chico, taciturno, le dijo por señas que no; el negro no contaba. El hombre postrado se quedó solo; su mano izquierda jugó un rato con el cencerro, como si ejerciera un poder.

La llanura, bajo el último sol, era casi abstracta, como vista en un sueño. Un punto se agitó en el horizonte y creció hasta ser un jinete, que venía, o parecía venir, a la casa. Recabarren vio el chambergo, el largo poncho oscuro, el caballo moro, pero no la cara del hombre, que, por fin, sujetó el galope y vino acercándose al trotecito. A unas doscientas varas dobló. Recabarren no lo vio más, pero lo oyó chistar, apearse, atar el caballo al palenque y entrar con paso firme en la pulpería.

Sin alzar los ojos del instrumento, donde parecía buscar algo, el negro dijo con dulzura:

—Ya sabía yo, señor, que podía contar con usted.

El otro, con voz áspera, replicó:

—Y yo con vos, moreno. Una porción de días te hice esperar, pero aquí he venido.

Hubo un silencio. Al fin, el negro respondió:

—Me estoy acostumbrando a esperar. He esperado siete años.

El otro explicó sin apuro:

—Más de siete años pasé yo sin ver a mis hijos. Los encontré ese día y no quise mostrarme como un hombre que anda a las puñaladas.

—Ya me hice cargo —dijo el negro—. Espero que los dejó con salud.

El forastero, que se había sentado en el mostrador, se rió de buena gana. Pidió una caña y la paladeó sin concluirla.

—Les di buenos consejos —declaró—, que nunca están de más y no cuestan nada. Les dije, entre otras cosas, que el hombre no debe derramar la sangre del hombre.

Un lento acorde precedió la respuesta del negro:

—Hizo bien. Así no se parecerán a nosotros.

—Por lo menos a mí —dijo el forastero y añadió como si pensara en voz alta—: Mi destino ha querido que yo matara y ahora, otra vez, me pone el cuchillo en la mano.

El negro, como si no lo oyera, observó:

—Con el otoño se van acortando los días.

—Con la luz que queda me basta —replicó el otro, poniéndose de pie.

Se cuadró ante el negro y le dijo como cansado:

—Dejá en paz la guitarra, que hoy te espera otra clase de contrapunto.

Los dos se encaminaron a la puerta. El negro, al salir, murmuró:

—Tal vez en éste me vaya tan mal como en el primero.

El otro contestó con seriedad:

—En el primero no te fue mal. Lo que pasó es que andabas ganoso de llegar al segundo.

Se alejaron un trecho de las casas, caminando a la par. Un lugar de la llanura era igual a otro y la luna resplandecía. De pronto se miraron, se detuvieron y el forastero se quitó las espuelas. Ya estaban con el poncho en el antebrazo, cuando el negro dijo:

—Una cosa quiero pedirle antes que nos trabemos. Que en este encuentro ponga todo su coraje y toda su maña, como en aquel otro de hace siete años, cuando mató a mi hermano.

Acaso por primera vez en su diálogo, Martín Fierro oyó el odio. Su sangre lo sintió como un acicate. Se entreveraron y el acero filoso rayó y marcó la cara del negro.

Hay una hora de la tarde en que la llanura está por decir algo; nunca lo dice o tal vez lo dice infinitamente y no lo entendemos, o lo entendemos pero es intraducible como una música... Desde su catre, Recabarren vio el fin. Una embestida y el negro reculó, perdió pie, amagó un hachazo a la cara y se tendió en una puñalada profunda, que penetró en el vientre. Después vino otra que el pulpero no alcanzó a precisar y Fierro no se levantó. Inmóvil, el negro parecía vigilar su agonía laboriosa. Limpió el facón ensangrentado en el pasto y volvió a las casas con lentitud, sin mirar para atrás. Cumplida su tarea de justiciero, ahora era nadie. Mejor dicho era el otro: no tenía destino sobre la tierra y había matado a un hombre.

LA SECTA DEL FÉNIX

Quienes escriben que la secta del Fénix tuvo su origen en Heliópolis, y la derivan de la restauración religiosa que sucedió a la muerte del reformador Amenophis IV, alegan textos de Heródoto, de Tácito y de los monumentos egipcios, pero ignoran, o quieren ignorar, que la denominación por el Fénix no es anterior a Hrabano Mauro y que las fuentes más antiguas (las *Saturnales* o Flavio Josefo, digamos) sólo hablan de la Gente de la Costumbre o de la Gente del Secreto. Ya Gregorovius observó, en los conventículos de Ferrara, que la mención del Fénix era rarísima en el lenguaje oral; en Ginebra he tratado con artesanos que no me comprendieron cuando inquirí si eran hombres del Fénix, pero que admitieron, acto continuo, ser hombres del Secreto. Si no me engaño, igual cosa acontece con los budistas; el nombre por el cual los conoce el mundo no es el que ellos pronuncian.

Miklosich, en una página demasiado famosa, ha equiparado los sectarios del Fénix a los gitanos. En Chile y en Hungría hay gitanos y también hay sectarios; fuera de esa especie de ubicuidad, muy poco tienen en común unos y otros. Los gitanos son chalanes, caldereros, herreros y decidores de la buenaventura; los sectarios suelen ejercer felizmente las profesiones liberales. Los gitanos configuran un tipo físico y hablan, o hablaban, un idioma secreto; los sectarios se confunden con los demás y la prueba es que no han sufrido persecuciones. Los gitanos son pintorescos e inspiran a los malos poetas; los romances, los cromos y los boleros omiten a los sectarios... Martín Buber declara que los judíos son esencialmente patéticos; no todos los sectarios lo son y algunos abominan del patetismo; esta pública y notoria verdad basta para refutar el error vulgar (absurdamente defendido por Urmann) que ve en el Fénix una derivación de Israel. La gente más o menos discurre así: Urmann era un hombre sensible; Urmann era judío; Urmann frecuentó a los sectarios en la judería de Praga; la afinidad que Urmann sintió prueba un hecho real. Sinceramente, no puedo convenir con ese dictamen. Que los sectarios en un medio judío se parezcan a los judíos no prueba nada; lo innegable es que se parecen, como el infinito Shakespeare de Hazlitt, a todos los hombres del mundo. Son todo para todos, como el Apóstol; días pasados el doctor Juan Francisco Amaro, de Paysandú, ponderó la facilidad con que se acriollaban.

He dicho que la historia de la secta no registra persecuciones. Ello es verdad, pero como no hay grupo humano en que no figuren partidarios del Fénix, también es cierto que no hay persecución o rigor que éstos no hayan sufrido y ejecutado. En las guerras occidentales y en las remotas guerras del Asia han vertido su sangre secularmente, bajo banderas enemigas; de muy poco les vale identificarse con todas las naciones del orbe.

Sin un libro sagrado que los congregue como la Escritura a Israel, sin una memoria común, sin esa otra memoria que es un idioma, desparramados por la faz de la tierra, diversos de color y de rasgos, una sola cosa —el Secreto— los une y los unirá hasta el fin de los días. Alguna vez, además del Secreto hubo una leyenda (y quizá un mito cosmogónico), pero los superficiales hombres del Fénix la han olvidado y hoy sólo guardan la oscura tradición de un castigo. De un castigo, de un pacto o de un privilegio, porque las versiones difieren y apenas dejan entrever el fallo de un Dios que asegura a una estirpe la eternidad, si sus hombres, generación tras generación, ejecutan un rito. He compulsado los informes de los viajeros, he conversado con patriarcas y teólogos; puedo dar fe de que el cumplimiento del rito es la única práctica religiosa que observan los sectarios. El rito constituye el Secreto. Éste, como ya indiqué, se trasmite de generación en generación, pero el uso no quiere que las madres lo enseñen a los hijos, ni tampoco los sacerdotes; la iniciación en el misterio es tarea de los individuos más bajos. Un esclavo, un leproso o un pordiosero hacen de mistagogos. También un niño puede adoctrinar a otro niño. El acto en sí es trivial, momentáneo y no requiere descripción. Los materiales son el corcho, la cera o la goma arábiga. (En la liturgia se habla de légamo; éste suele usarse también.) No hay templos dedicados especialmente a la celebración de este culto, pero una ruina, un sótano o un zaguán se juzgan lugares propicios. El Secreto es sagrado pero no deja de ser un poco ridículo; su ejercicio es furtivo y aun clandestino y los adeptos no hablan de él. No hay palabras decentes para nombrarlo, pero se entiende que todas las palabras lo nombran o mejor dicho, que inevitablemente lo aluden, y así, en el diálogo yo he dicho una cosa cualquiera y los adeptos han sonreído o se han puesto incómodos, porque sintieron que yo había tocado el Secreto. En las literaturas germánicas hay poemas escritos por sectarios, cuyo sujeto nominal es el mar o el crepúsculo de la noche; son, de algún modo, símbolos del Secreto, oigo repetir. *Orbis terrarum est speculum Ludi* reza un adagio apócrifo que Du Cange registró en su *Glosario*. Una suerte de horror sagrado impide a algunos fieles la ejecución del simplísimo rito; los otros los desprecian, pero ellos se desprecian aun más. Gozan de mucho crédito, en cambio, quienes deliberadamente renuncian a la Costumbre y logran un comercio directo con la divinidad; éstos, para manifestar ese comercio, lo hacen con figuras de la liturgia y así John of the Rood escribió:

Sepan los Nueve Firmamentos que el Dios
es deleitable como el Corcho y el Cieno.

He merecido en tres continentes la amistad de muchos devotos del Fénix; me consta que el Secreto, al principio, les pareció baladí, penoso, vulgar y (lo que aun es más extraño) increíble. No se avenían a admitir que sus padres se hubieran rebajado a tales manejos. Lo raro es que el Secreto no se haya perdido hace tiempo; a despecho de las vicisitudes del orbe, a despecho de las guerras y de los éxodos, llega, tremendamente, a todos los fieles. Alguien no ha vacilado en afirmar que ya es instintivo.

EL SUR

El hombre que desembarcó en Buenos Aires en 1871 se llamaba Johannes Dahlmann y era pastor de la Iglesia evangélica; en 1939, uno de sus nietos, Juan Dahlmann, era secretario de una biblioteca municipal en la calle Córdoba y se sentía hondamente argentino. Su abuelo materno había sido aquel Francisco Flores, del 2 de infantería de línea, que murió en la frontera de Buenos Aires, lanceado por indios de Catriel; en la discordia de sus dos linajes, Juan Dahlmann (tal vez a impulso de la sangre germánica) eligió el de ese antepasado romántico, o de muerte romántica. Un estuche con el daguerrotipo de un hombre inexpresivo y barbado, una vieja espada, la dicha y el coraje de ciertas músicas, el hábito de estrofas del *Martín Fierro,* los años, el desgano y la soledad, fomentaron ese criollismo algo voluntario, pero nunca ostentoso. A costa de algunas privaciones, Dahlmann había logrado salvar el casco de una estancia en el Sur, que fue de los Flores; una de las costumbres de su memoria era la imagen de los eucaliptos balsámicos y de la larga casa rosada que alguna vez fue carmesí. Las tareas y acaso la indolencia lo retenían en la ciudad. Verano tras verano se contentaba con la idea abstracta de posesión y con la certidumbre de que su casa estaba esperándolo, en un sitio preciso de la llanura. En los últimos días de febrero de 1939, algo le aconteció.

Ciego a las culpas, el destino puede ser despiadado con las mínimas distracciones. Dahlmann había conseguido, esa tarde, un ejemplar descabalado de *Las mil y una noches* de Weil; ávido de examinar ese hallazgo, no esperó que bajara el ascensor y subió con apuro las escaleras; algo en la oscuridad le rozó la frente ¿un murciélago, un pájaro? En la cara de la mujer que le abrió la puerta vio grabado el horror, y la mano que se pasó por la frente salió roja de sangre. La arista de un batiente recién pintado que alguien se olvidó de cerrar le habría hecho esa herida. Dahlmann logró dormir, pero a la madrugada estaba despierto y desde aquella hora el sabor de todas las cosas fue atroz. La fiebre lo gastó y las ilustraciones de *Las mil y una noches* sirvieron para decorar pesadillas. Amigos y parientes lo visitaban y con exagerada sonrisa le repetían que lo hallaban muy bien. Dahlmann los oía con una especie de débil estupor y le maravillaba que no supieran que estaba en el infierno. Ocho días pasaron, como ocho siglos. Una tarde, el médico habitual se presentó con un médico nuevo y lo condujeron a un sanatorio de la calle Ecuador, porque era indispensable sacarle una radiografía. Dahlmann, en el coche de plaza que los llevó, pensó que en una habitación que no fuera la suya podría, al fin, dormir. Se sintió feliz y conversador; en cuanto llegó, lo desvistieron; le raparon la cabeza, lo sujetaron con metales a una camilla, lo iluminaron hasta la ceguera y el vértigo, lo auscultaron y un hombre enmascarado le clavó una aguja en el brazo. Se despertó con náuseas, vendado, en una celda que tenía algo de pozo y, en los días y noches que siguieron a la operación pudo entender que apenas había estado, hasta entonces, en un arrabal del infierno. El hielo no dejaba en su boca el menor rastro de frescura. En esos días, Dahlmann minuciosamente se odió; odió su identidad, sus necesidades corporales, su humillación, la barba que le erizaba la cara. Sufrió con estoicismo las curaciones, que eran muy dolorosas, pero cuando el cirujano le dijo que había estado a punto de morir de una septicemia, Dahlmann se echó a llorar, condolido de su destino. Las miserias físicas y la incesante previsión de las malas noches no le habían dejado pensar en algo tan abstracto como la muerte. Otro día, el cirujano le dijo que estaba reponiéndose y que, muy pronto, podría ir a convalecer a la estancia. Increíblemente, el día prometido llegó.

A la realidad le gustan las simetrías y los leves anacronismos; Dahlmann había llegado al sanatorio en un coche de plaza y ahora un coche de plaza lo llevaba a Constitución. La primera frescura del otoño, después de la opresión del verano, era como un símbolo natural de su destino rescatado de la muerte y la fiebre. La ciudad, a las siete de la mañana, no había perdido ese aire de casa vieja que le infunde la noche; las calles eran como largos zaguanes, las plazas como patios. Dahlmann la reconocía con felicidad y con un principio de vértigo; unos segundos antes de que las registraran sus ojos, recordaba las esquinas, las carteleras, las modestas diferencias de Buenos Aires. En la luz amarilla del nuevo día, todas las cosas regresaban a él.

Nadie ignora que el Sur empieza del otro lado de Rivadavia. Dahlmann solía repetir que ello no es una convención y que quien atraviesa esa calle entra en un mundo más antiguo y más firme. Desde el coche buscaba entre la nueva edificación, la ventana de rejas, el llamador, el arco de la puerta, el zaguán, el íntimo patio.

En el *hall* de la estación advirtió que faltaban treinta minutos. Recordó bruscamente que en un café de la calle Brasil (a pocos metros de la casa de Yrigoyen) había un enorme gato que se dejaba acariciar por la gente, como una divinidad desdeñosa. Entró. Ahí estaba el gato, dormido. Pidió una taza de café, la endulzó lentamente, la probó (ese placer le había sido vedado en la clínica) y pensó, mientras alisaba el negro pelaje, que aquel contacto era ilusorio y que estaban como separados por un cristal, porque el hombre vive en el tiempo, en la sucesión, y el mágico animal, en la actualidad, en la eternidad del instante.

A lo largo del penúltimo andén el tren esperaba. Dahlmann recorrió los vagones y dio con uno casi vacío. Acomodó en la red la valija; cuando los coches arrancaron, la abrió y sacó, tras alguna vacilación, el primer tomo de *Las mil y una noches.* Viajar con este libro, tan vinculado a la historia de su desdicha, era una afirmación de que esa desdicha había sido anulada y un desafío alegre y secreto a las frustradas fuerzas del mal.

A los lados del tren, la ciudad se desgarraba en suburbios; esta visión y luego la de jardines y quintas demoraron el principio de la lectura. La verdad es que Dahlmann leyó poco; la montaña de piedra imán y el genio que ha jurado matar a su bienhechor eran, quién lo niega, maravillosos, pero no mucho más que la mañana y que el hecho de ser. La felicidad lo distraía de Shahrazad y de sus milagros superfluos; Dahlmann cerraba el libro y se dejaba simplemente vivir.

El almuerzo (con el caldo servido en boles de metal reluciente, como en los ya remotos veraneos de la niñez) fue otro goce tranquilo y agradecido.

Mañana me despertaré en la estancia, pensaba, y era como si a un tiempo fuera dos hombres: el que avanzaba por el día otoñal y por la geografía de la patria, y el otro, encarcelado en un sanatorio y sujeto a metódicas servidumbres. Vio casas de ladrillo sin revocar, esquinadas y largas, infinitamente mirando pasar los trenes; vio jinetes en los terrosos caminos; vio zanjas y lagunas y hacienda; vio largas nubes luminosas que parecían de mármol, y todas estas cosas eran casuales, como sueños de la llanura. También creyó reconocer árboles y sembrados que no hubiera podido nombrar, porque su directo conocimiento de la campaña era harto inferior a su conocimiento nostálgico y literario.

Alguna vez durmió y en sus sueños estaba el ímpetu del tren. Ya el blanco sol intolerable de las doce del día era el sol amarillo que precede al anochecer y no tardaría en ser rojo. También el coche era distinto; no era el que fue en Constitución, al dejar el andén: la llanura y las horas lo habían atravesado y transfigurado. Afuera la móvil sombra del vagón se alargaba hacia el horizonte. No turbaban la tierra elemental ni poblaciones ni otros signos humanos. Todo era vasto, pero al mismo tiempo era íntimo y, de alguna manera, secreto. En el campo desaforado, a veces no había otra cosa que un toro. La soledad era perfecta y tal vez hostil, y Dahlmann pudo sospechar que viajaba al pasado y no sólo al Sur. De esa conjetura fantástica lo distrajo el inspector, que al ver su boleto, le advirtió que el tren no lo dejaría en la estación de siempre sino en otra, un poco anterior y apenas conocida por Dahlmann. (El hombre añadió una explicación que Dahlmann no trató de entender ni siquiera de oír, porque el mecanismo de los hechos no le importaba.)

El tren laboriosamente se detuvo, casi en medio del campo. Del otro lado de las vías quedaba la estación, que era poco más que un andén con un cobertizo. Ningún vehículo tenían, pero el jefe opinó que tal vez pudiera conseguir uno en un comercio que le indicó a unas diez, doce, cuadras.

Dahlmann aceptó la caminata como una pequeña aventura. Ya se había hundido el sol, pero un esplendor final exaltaba la viva y silenciosa llanura, antes de que la borrara la noche. Menos para no fatigarse que para hacer durar esas cosas, Dahlmann caminaba despacio, aspirando con grave felicidad el olor del trébol.

El almacén, alguna vez, había sido punzó, pero los años habían mitigado para su bien ese color violento. Algo en su pobre arquitectura le recordó un grabado en acero, acaso de una vieja edición de *Pablo y Virginia*. Atados al palenque había unos caballos. Dahlmann, adentro, creyó reconocer al patrón; luego comprendió que lo había engañado su parecido con uno de los empleados del sanatorio. El hombre, oído el caso, dijo que le haría atar la jardinera; para agregar otro hecho a aquel día y para llenar ese tiempo, Dahlmann resolvió comer en el almacén.

En una mesa comían y bebían ruidosamente unos muchachones, en los que Dahlmann, al principio, no se fijó. En el suelo, apoyado en el mostrador, se acurrucaba, inmóvil como una cosa, un hombre muy viejo. Los muchos años lo habían reducido y pulido como las aguas a una piedra o las generaciones de los hombres a una sentencia. Era oscuro, chico y reseco, y estaba como fuera del tiempo, en una eternidad. Dahlmann registró con satisfacción la vincha, el poncho de bayeta, el largo chiripá y la bota de potro y se dijo, rememorando inútiles discusiones con gente de los partidos del Norte o con entrerrianos, que gauchos de ésos ya no quedan más que en el Sur.

Dahlmann se acomodó junto a la ventana. La oscuridad fue quedándose con el campo, pero su olor y sus rumores aún le llegaban entre los barrotes de hierro. El patrón le trajo sardinas y después carne asada; Dahlmann las empujó con unos vasos de vino tinto. Ocioso, paladeaba el áspero sabor y dejaba errar la mirada por el local, ya un poco soñolienta. La lámpara de kerosén pendía de uno de los tirantes; los parroquianos de la otra mesa eran tres: dos parecían peones de chacra; otro, de rasgos achinados y torpes, bebía con el chambergo puesto. Dahlmann, de pronto, sintió un leve roce en la cara. Junto al vaso ordinario de vidrio turbio, sobre una de las rayas del mantel, había una bolita de miga. Eso era todo, pero alguien se la había tirado.

Los de la otra mesa parecían ajenos a él. Dahlmann, perplejo, decidió que nada había ocurrido y abrió el volumen de *Las mil y una noches,* como para tapar la realidad. Otra bolita lo alcanzó a los pocos minutos, y esta vez los peones se rieron. Dahlmann se dijo que no estaba asustado, pero que sería un disparate que él, un convaleciente, se dejara arrastrar por desconocidos a una pelea confusa. Resolvió salir; ya estaba de pie cuando el patrón se le acercó y lo exhortó con voz alarmada:

—Señor Dahlmann, no les haga caso a esos mozos, que están medio alegres.

Dahlmann no se extrañó de que el otro, ahora, lo conociera, pero sintió que estas palabras conciliadoras agravaban, de hecho, la situación. Antes, la provocación de los peones era a una cara accidental, casi a nadie; ahora iba contra él y contra su nombre y lo sabrían los vecinos. Dahlmann hizo a un lado al patrón, se enfrentó con los peones y les preguntó qué andaban buscando. El compadrito de la cara achinada se paró, tambaleándose. A un paso de Juan Dahlmann, lo injurió a gritos, como si estuviera muy lejos. Jugaba a exagerar su borrachera y esa exageración era una ferocidad y una burla. Entre malas palabras y obscenidades, tiró al aire un largo cuchillo, lo siguió con los ojos, lo barajó, e invitó a Dahlmann a pelear. El patrón objetó con trémula voz que Dahlmann estaba desarmado. En ese punto, algo imprevisible ocurrió.

Desde un rincón, el viejo gaucho extático, en el que Dahlmann vio una cifra del Sur (del Sur que era suyo), le tiró una daga desnuda que vino a caer a sus pies. Era como si el Sur hubiera resuelto que Dahlmann aceptara el duelo. Dahlmann se inclinó a recoger la daga y sintió dos cosas. La primera, que ese acto casi instintivo lo comprometía a pelear. La segunda, que el arma, en su mano torpe, no serviría para defenderlo, sino para justificar que lo mataran. Alguna vez había jugado con un puñal, como todos los hombres, pero su esgrima no pasaba de una noción de que los golpes deben ir hacia arriba y con el filo para adentro. *No hubieran permitido en el sanatorio que me pasaran estas cosas,* pensó.

—Vamos saliendo —dijo el otro.

Salieron, y si en Dahlmann no había esperanza, tampoco había temor. Sintió, al atravesar el umbral, que morir en una pelea a cuchillo, a cielo abierto y acometiendo, hubiera sido una liberación para él, una felicidad y una fiesta, en la primera noche del sanatorio, cuando le clavaron la aguja. Sintió que si él, entonces, hubiera podido elegir o soñar su muerte, ésta es la muerte que hubiera elegido o soñado.

Dahlmann empuña con firmeza el cuchillo, que acaso no sabrá manejar, y sale a la llanura.

El Aleph

(1949)

EL INMORTAL

Solomon saith: *There is no new thing upon the earth*. So that as Plato had an imagination, *that all knowledge was but remembrance*; so Solomon giveth his sentence, *that all novelty is but oblivion*.

FRANCIS BACON: *Essays* LVIII.

En Londres, a principios del mes de junio de 1929, el anticuario Joseph Cartaphilus, de Esmirna, ofreció a la princesa de Lucinge los seis volúmenes en cuarto menor (1715-1720) de la *Ilíada* de Pope. La princesa los adquirió; al recibirlos, cambió unas palabras con él. Era, nos dice, un hombre consumido y terroso, de ojos grises y barba gris, de rasgos singularmente vagos. Se manejaba con fluidez e ignorancia en diversas lenguas; en muy pocos minutos pasó del francés al inglés y del inglés a una conjunción enigmática de español de Salónica y de portugués de Macao. En octubre, la princesa oyó por un pasajero del Zeus que Cartaphilus había muerto en el mar, al regresar a Esmirna, y que lo habían enterrado en la isla de Ios. En el último tomo de la *Ilíada* halló este manuscrito.

El original está redactado en inglés y abunda en latinismos. La versión que ofrecemos es literal.

I

Que yo recuerde, mis trabajos empezaron en un jardín de Tebas Hekatómpylos, cuando Diocleciano era emperador. Yo había militado (sin gloria) en las recientes guerras egipcias, yo era tribuno de una legión que estuvo acuartelada en Berenice, frente al Mar Rojo: la fiebre y la magia consumieron a muchos hombres que codiciaban magnánimos el acero. Los mauritanos fueron vencidos; la tierra que antes ocuparon las ciudades rebeldes fue dedicada eternamente a los dioses plutónicos; Alejandría, debelada, imploró en vano la misericordia del César; antes de un año las legiones reportaron el triunfo, pero yo logré apenas divisar el rostro de Marte. Esa privación me dolió y fue tal vez la causa de que yo me arrojara a descubrir, por temerosos y difusos desiertos, la secreta Ciudad de los Inmortales.

Mis trabajos empezaron, he referido, en un jardín de Tebas. Toda esa noche no dormí, pues algo estaba combatiendo en mi corazón. Me levanté poco antes del alba; mis esclavos dormían, la luna tenía el mismo color de la infinita arena. Un jinete rendido y ensangrentado venía del oriente. A unos pasos de mí, rodó el caballo. Con una tenue voz insaciable me preguntó en latín el nombre del río que bañaba los muros de la ciudad. Le respondí que era el Egipto, que alimentan las lluvias. "Otro es el río que persigo", replicó tristemente, "el río secreto que purifica de la muerte a los hombres". Oscura sangre le manaba del pecho. Me dijo que su patria era una montaña que está del otro lado del Ganges y que en esa montaña era fama que si alguien caminaba hasta el occidente, donde se acaba el mundo, llegaría al río cuyas aguas dan la inmortalidad. Agregó que en la margen ulterior se eleva la Ciudad de los Inmortales, rica en baluartes y anfiteatros y templos. Antes de la aurora murió, pero yo determiné descubrir la ciudad y su río. Interrogados por el verdugo, algunos prisioneros mauritanos confirmaron la relación del viajero; alguien recordó la llanura elísea, en el término de la tierra, donde la vida de los hombres es perdurable; alguien, las cumbres donde nace el Pactolo, cuyos moradores viven un siglo. En Roma, conversé con filósofos que sintieron que dilatar la vida de los hombres era dilatar su agonía y multiplicar el número de sus muertes. Ignoro si creí alguna vez en la Ciudad de los Inmortales: pienso que entonces me bastó la tarea de buscarla. Flavio, procónsul de Getulia, me entregó doscientos soldados para la empresa. También recluté mercenarios, que se dijeron conocedores de los caminos y que fueron los primeros en desertar.

Los hechos ulteriores han deformado hasta lo inextricable el recuerdo de nuestras primeras jornadas. Partimos de Arsinoe y entramos en el abrasado desierto. Atravesamos el país de los trogloditas, que devoran serpientes y carecen del comercio de la palabra; el de los garamantas, que tienen las mujeres en común y se nutren de leones; el de los augilas, que sólo veneran el Tártaro. Fatigamos otros desiertos, donde es negra la arena, donde el viajero debe usurpar las horas de la noche, pues el fervor del día es intolerable. De lejos divisé la montaña que dio nombre al Océano: en sus laderas crece el euforbio, que anula los venenos; en la cumbre habitan los sátiros, nación de hombres ferales y rústicos, inclinados a la lujuria. Que esas regiones bárbaras, donde la tierra es madre de monstruos, pudieran albergar en su seno una ciudad famosa, a todos nos pareció inconcebible. Proseguimos la marcha, pues hubiera sido una afrenta retroceder. Algunos temerarios durmieron con la cara expuesta a la luna; la fiebre los ardió; en el agua depravada de las cisternas otros bebieron la locura y la muerte. Entonces comenzaron las deserciones; muy poco después, los motines. Para reprimirlos, no vacilé ante el ejercicio de la severidad. Procedí rectamente, pero un centurión me advirtió que los sediciosos (ávidos de vengar la crucifixión de uno de ellos) maquinaban mi muerte. Huí del campamento con los pocos soldados que me eran fieles. En el desierto los perdí, entre los remolinos de arena y la vasta noche. Una flecha cretense me laceró. Varios días erré sin encontrar agua, o un solo enorme día multiplicado por el sol, por la sed y por el temor de la sed. Dejé el camino al arbitrio de mi caballo. En el alba, la lejanía se erizó de pirámides y de torres. Insoportablemente soñé con un exiguo y nítido laberinto: en el centro había un cántaro; mis manos casi lo tocaban, mis ojos lo veían, pero tan intrincadas y perplejas eran las curvas que yo sabía que iba a morir antes de alcanzarlo.

II

Al desenredarme por fin de esa pesadilla, me vi tirado y maniatado en un oblongo nicho de piedra, no mayor que una sepultura común, superficialmente excavado en el agrio declive de una montaña. Los lados eran húmedos, antes pulidos por el tiempo que por la industria. Sentí en el pecho un doloroso latido, sentí que me abrasaba la sed. Me asomé y grité débilmente. Al pie de la montaña se dilataba sin rumor un arroyo impuro, entorpecido por escombros y arena; en la opuesta margen resplandecía (bajo el último sol o bajo el primero) la evidente Ciudad de los Inmortales. Vi muros, arcos, frontispicios y foros: el fundamento era una meseta de piedra. Un centenar de nichos irregulares, análogos al mío, surcaban la montaña y el valle. En la arena había pozos de poca hondura; de esos mezquinos agujeros (y de los nichos) emergían hombres de piel gris, de barba negligente, desnudos. Creí reconocerlos: pertenecían a la estirpe bestial de los trogloditas, que infestan las riberas del Golfo Arábigo y las grutas etiópicas; no me maravillé de que no hablaran y de que devoraran serpientes.

La urgencia de la sed me hizo temerario. Consideré que estaba a unos treinta pies de la arena; me tiré, cerrados los ojos, atadas a la espalda las manos, montaña abajo. Hundí la cara ensangrentada en el agua oscura. Bebí como se abrevan los animales. Antes de perderme otra vez en el sueño y en los delirios, inexplicablemente repetí unas palabras griegas: *Los ricos teucros de Zelea que beben el agua negra del Esepo...*

No sé cuántos días y noches rodaron sobre mí. Doloroso, incapaz de recuperar el abrigo de las cavernas, desnudo en la ignorada arena, dejé que la luna y el sol jugaran con mi aciago destino. Los trogloditas, infantiles en la barbarie, no me ayudaron a sobrevivir o a morir. En vano les rogué que me dieran muerte. Un día, con el filo de un pedernal rompí mis ligaduras. Otro, me levanté y pude mendigar o robar —yo, Marco Flaminio Rufo, tribuno militar de una de las legiones de Roma— mi primera detestada ración de carne de serpiente.

La codicia de ver a los Inmortales, de tocar la sobrehumana Ciudad, casi me vedaba dormir. Como si penetraran mi propósito, no dormían tampoco los trogloditas: al principio inferí que me vigilaban; luego, que se habían contagiado de mi inquietud, como podrían contagiarse los perros. Para alejarme de la bárbara aldea elegí la más pública de las horas, la declinación de la tarde, cuando casi todos los hombres emergen de las grietas y de los pozos y miran el poniente, sin verlo. Oré en voz alta, menos para suplicar el favor divino que para intimidar a la tribu con palabras articuladas. Atravesé el arroyo que los médanos entorpecen y me dirigí a la Ciudad. Confusamente me siguieron dos o tres hombres. Eran (como los otros de ese linaje) de menguada estatura; no inspiraban temor, sino repulsión. Debí rodear algunas hondonadas irregulares que me parecieron canteras; ofuscado por la grandeza de la Ciudad, yo la había creído cercana. Hacia la medianoche, pisé, erizada de formas idolátricas en la arena amarilla, la negra sombra de sus muros. Me detuvo una especie de horror sagrado. Tan abominadas del hombre son la novedad y el desierto que me alegré de que uno de los trogloditas me hubiera acompañado hasta el fin. Cerré los ojos y aguardé (sin dormir) que relumbrara el día.

He dicho que la Ciudad estaba fundada sobre una meseta de piedra. Esta meseta comparable a un acantilado no era menos ardua que los muros. En vano fatigué mis pasos: el negro basamento no descubría la menor irregularidad, los muros invariables no parecían consentir una sola puerta. La fuerza del día hizo que yo me refugiara en una caverna; en el fondo había un pozo, en el pozo una escalera que se abismaba hacia la tiniebla inferior. Bajé; por un caos de sórdidas galerías llegué a una vasta cámara circular, apenas visible. Había nueve puertas en aquel sótano; ocho daban a un laberinto que falazmente desembocaba en la misma cámara; la novena (a través de otro laberinto) daba a una segunda cámara circular, igual a la primera. Ignoro el número total de las cámaras; mi desventura y mi ansiedad las multiplicaron. El silencio era hostil y casi perfecto; otro rumor no había en esas profundas redes de piedra que un viento subterráneo, cuya causa no descubrí; sin ruido se perdían entre las grietas hilos de agua herrumbrada. Horriblemente me habitué a ese dudoso mundo; consideré increíble que pudiera existir otra cosa que sótanos provistos de nueve puertas y que sótanos largos que se bifurcan. Ignoro el tiempo que debí caminar bajo tierra; sé que alguna vez confundí, en la misma nostalgia, la atroz aldea de los bárbaros y mi ciudad natal, entre los racimos.

En el fondo de un corredor, un no previsto muro me cerró el paso, una remota luz cayó sobre mí. Alcé los ofuscados ojos: en lo vertiginoso, en lo altísimo, vi un círculo de cielo tan azul que pudo parecerme de púrpura. Unos peldaños de metal escalaban el muro. La fatiga me relajaba, pero subí, sólo deteniéndome a veces para torpemente sollozar de felicidad. Fui divisando capiteles y astrágalos, frontones triangulares y bóvedas, confusas pompas del granito y del mármol. Así me fue deparado ascender de la ciega región de negros laberintos entretejidos a la resplandeciente Ciudad.

Emergí a una suerte de plazoleta; mejor dicho, de patio. Lo rodeaba un solo edificio de forma irregular y altura variable; a ese edificio heterogéneo pertenecían las diversas cúpulas y columnas. Antes que ningún otro rasgo de ese monumento increíble, me suspendió lo antiquísimo de su fábrica. Sentí que era anterior a los hombres, anterior a la tierra. Esa notoria antigüedad (aunque terrible de algún modo para los ojos) me pareció adecuada al trabajo de obreros inmortales. Cautelosamente al principio, con indiferencia después, con desesperación al fin, erré por escaleras y pavimentos del inextricable palacio. (Después averigüé que eran inconstantes la extensión y la altura de los peldaños, hecho que me hizo comprender la singular fatiga que me infundieron.) *Este palacio es fábrica de los dioses*, pensé primeramente. Exploré los inhabitados recintos y corregí: *Los dioses que lo edificaron han muerto.* Noté sus peculiaridades y dije: *Los dioses que lo edificaron estaban locos.* Lo dije, bien lo sé, con una incomprensible reprobación que era casi un remordimiento, con más horror intelectual que miedo sensible. A la impresión de enorme antigüedad se agregaron otras: la de lo interminable, la de lo atroz, la de lo complejamente insensato. Yo había cruzado un laberinto, pero la nítida Ciudad de los Inmortales me atemorizó y repugnó. Un laberinto es una casa labrada para confundir a los hombres; su arquitectura, pródiga en simetrías, está subordinada a ese fin. En el palacio que imperfectamente exploré, la arquitectura carecía de fin. Abundaban el corredor sin salida, la alta ventana inalcanzable, la aparatosa puerta que daba a una celda o a un pozo, las increíbles escaleras inversas, con los peldaños y la balaustrada hacia abajo. Otras, adheridas aéreamente al costado de un muro monumental, morían sin llegar a ninguna parte, al cabo de dos o tres giros, en la tiniebla superior de las cúpulas. Ignoro si todos los ejemplos que he enumerado son literales; sé que durante muchos años infestaron mis pesadillas; no puedo ya saber si tal o cual rasgo es una transcripción de la realidad o de las formas que desatinaron mis noches. *Esta Ciudad* (pensé) *es tan horrible que su mera existencia y perduración, aunque en el centro de un desierto secreto, contamina el pasado y el porvenir y de algún modo compromete a los astros. Mientras perdure, nadie en el mundo podrá ser valeroso o feliz.* No quiero describirla; un caos de palabras heterogéneas, un cuerpo de tigre o de toro, en el que pulularan monstruosamente, conjugados y odiándose, dientes, órganos y cabezas, pueden (tal vez) ser imágenes aproximativas.

No recuerdo las etapas de mi regreso, entre los polvorientos y húmedos hipogeos. Únicamente sé que no me abandonaba el temor de que, al salir del último laberinto, me rodeara otra vez la nefanda Ciudad de los Inmortales. Nada más puedo recordar. Ese olvido, ahora insuperable, fue quizá voluntario; quizá las circunstancias de mi evasión fueron tan ingratas que, en algún día no menos olvidado también, he jurado olvidarlas.

III

Quienes hayan leído con atención el relato de mis trabajos recordarán que un hombre de la tribu me siguió como un perro podría seguirme, hasta la sombra irregular de los muros. Cuando salí del último sótano, lo encontré en la boca de la caverna. Estaba tirado en la arena, donde trazaba torpemente y borraba una hilera de signos, que eran como las letras de los sueños, que uno está a punto de entender y luego se juntan. Al principio, creí que se trataba de una escritura bárbara; después vi que es absurdo imaginar que hombres que no llegaron a la palabra lleguen a la escritura. Además, ninguna de las formas era igual a otra, lo cual excluía o alejaba la posibilidad de que fueran simbólicas. El hombre las trazaba, las miraba y las corregía. De golpe, como si le fastidiara ese juego, las borró con la palma y el antebrazo. Me miró, no pareció reconocerme. Sin embargo, tan grande era el alivio que me inundaba (o tan grande y medrosa mi soledad) que di en pensar que ese rudimental troglodita, que me miraba desde el suelo de la caverna, había estado esperándome. El sol caldeaba la llanura; cuando emprendimos el regreso a la aldea, bajo las primeras estrellas, la arena era ardorosa bajo los pies. El troglodita me precedió; esa noche concebí el propósito de enseñarle a reconocer, y acaso a repetir, algunas palabras. El perro y el caballo (reflexioné) son capaces de lo primero; muchas aves, como el ruiseñor de los Césares, de lo último. Por muy basto que fuera el entendimiento de un hombre, siempre sería superior al de irracionales.

La humildad y miseria del troglodita me trajeron a la memoria la imagen de Argos, el viejo perro moribundo de la *Odisea*, y así le puse el nombre de Argos y traté de enseñárselo. Fracasé y volví a fracasar. Los arbitrios, el rigor y la obstinación fueron del todo vanos. Inmóvil, con los ojos inertes, no parecía percibir los sonidos que yo procuraba inculcarle. A unos pasos de mí, era como si estuviera muy lejos. Echado en la arena, como una pequeña y ruinosa esfinge de lava, dejaba que sobre él giraran los cielos, desde el crepúsculo del día hasta el de la noche. Juzgué imposible que no se percatara de mi propósito. Recordé que es fama entre los etíopes que los monos deliberadamente no hablan para que no los obliguen a trabajar y atribuí a suspicacia o a temor el silencio de Argos. De esa imaginación pasé a otras, aun más extravagantes. Pensé que Argos y yo participábamos de universos distintos; pensé que nuestras percepciones eran iguales, pero que Argos las combinaba de otra manera y construía con ellas otros objetos; pensé que acaso no había objetos para él, sino un vertiginoso y continuo juego de impresiones brevísimas. Pensé en un mundo sin memoria, sin tiempo; consideré la posibilidad de un lenguaje que ignorara los sustantivos, un lenguaje de verbos impersonales o de indeclinables epítetos. Así fueron muriendo los días y con los días los años, pero algo parecido a la felicidad ocurrió una mañana. Llovió, con lentitud poderosa.

Las noches del desierto pueden ser frías, pero aquélla había sido un fuego. Soñé que un río de Tesalia (a cuyas aguas yo había restituido un pez de oro) venía a rescatarme; sobre la roja arena y la negra piedra yo lo oía acercarse; la frescura del aire y el rumor atareado de la lluvia me despertaron. Corrí desnudo a recibirla. Declinaba la noche; bajo las nubes amarillas la tribu, no menos dichosa que yo, se ofrecía a los vívidos aguaceros en una especie de éxtasis. Parecían coribantes a quienes posee la divinidad. Argos, puestos los ojos en la esfera, gemía; raudales le rodaban por la cara; no sólo de agua, sino (después lo supe) de lágrimas. "Argos", le grité, "Argos".

Entonces, con mansa admiración, como si descubriera una cosa perdida y olvidada hace mucho tiempo, Argos balbuceó estas palabras: "Argos, perro de Ulises". Y después, también sin mirarme: "Este perro tirado en el estiércol".

Fácilmente aceptamos la realidad, acaso porque intuimos que nada es real. Le pregunté qué sabía de la *Odisea*. La práctica del griego le era penosa; tuve que repetir la pregunta.

"Muy poco", dijo. "Menos que el rapsoda más pobre. Ya habrán pasado mil cien años desde que la inventé."

IV

Todo me fue dilucidado, aquel día. Los trogloditas eran los Inmortales; el riacho de aguas arenosas, el río que buscaba el jinete. En cuanto a la ciudad cuyo renombre se había dilatado hasta el Ganges, nueve siglos haría que los Inmortales la habían asolado. Con las reliquias de su ruina erigieron, en el mismo lugar, la desatinada ciudad que yo recorrí: suerte de parodia o reverso y también templo de los dioses irracionales que manejan el mundo y de los que nada sabemos, salvo que no se parecen al hombre. Aquella fundación fue el último símbolo a que condescendieron los Inmortales; marca una etapa en que, juzgando que toda empresa es vana, determinaron vivir en el pensamiento, en la pura especulación. Erigieron la fábrica, la olvidaron y fueron a morar en las cuevas. Absortos, casi no percibían el mundo físico.

Esas cosas Homero las refirió, como quien habla con un niño. También me refirió su vejez y el postrer viaje que emprendió, movido, como Ulises, por el propósito de llegar a los hombres que no saben lo que es el mar ni comen carne sazonada con sal ni sospechan lo que es un remo. Habitó un siglo en la Ciudad de los Inmortales. Cuando la derribaron, aconsejó la fundación de la otra. Ello no debe sorprendernos; es fama que después de cantar la guerra de Ilión, cantó la guerra de las ranas y los ratones. Fue como un dios que creara el cosmos y luego el caos.

Ser inmortal es baladí; menos el hombre, todas las criaturas lo son, pues ignoran la muerte; lo divino, lo terrible, lo incomprensible, es saberse inmortal. He notado que, pese a las religiones, esa convicción es rarísima. Israelitas, cristianos y musulmanes profesan la inmortalidad, pero la veneración que tributan al primer siglo prueba que sólo creen en él, ya que destinan todos los demás, en número infinito, a premiarlo o a castigarlo. Más razonable me parece la rueda de ciertas religiones del Indostán; en esa rueda, que no tiene principio ni fin, cada vida es efecto de la anterior y engendra la siguiente, pero ninguna determina el conjunto... Adoctrinada por un ejercicio de siglos, la república de hombres inmortales había logrado la perfección de la tolerancia y casi del desdén. Sabía que en un plazo infinito le ocurren a todo hombre todas las cosas. Por sus pasadas o futuras virtudes, todo hombre es acreedor a toda bondad, pero también a toda traición, por sus infamias del pasado o del porvenir. Así como en los juegos de azar las cifras pares y las cifras impares tienden al equilibrio, así también se anulan y se corrigen el ingenio y la estolidez, y acaso el rústico *Poema del Cid* es el contrapeso exigido por un solo epíteto de las *Églogas* o por una sentencia de Heráclito. El pensamiento más fugaz obedece a un dibujo invisible y puede coronar, o inaugurar, una forma secreta. Sé de quienes obraban el mal para que en los siglos futuros resultara el bien, o hubiera resultado en los ya pretéritos... Encarados así, todos nuestros actos son justos, pero también son indiferentes. No hay méritos morales o intelectuales. Homero compuso la *Odisea*; postulado un plazo infinito, con infinitas circunstancias y cambios, lo imposible es no componer, siquiera una vez, la *Odisea*. Nadie es alguien, un solo hombre inmortal es todos los hombres. Como Cornelio Agrippa, soy dios, soy héroe, soy filósofo, soy demonio y soy mundo, lo cual es una fatigosa manera de decir que no soy.

El concepto del mundo como sistema de precisas compensaciones influyó vastamente en los Inmortales. En primer término, los hizo invulnerables a la piedad. He mencionado las antiguas canteras que rompían los campos de la otra margen; un hombre se despeñó en la más honda; no podía lastimarse ni morir, pero lo abrasaba la sed; antes que le arrojaran una cuerda pasaron setenta años. Tampoco interesaba el propio destino. El cuerpo era un sumiso animal doméstico y le bastaba, cada mes, la limosna de unas horas de sueño, de un poco de agua y de una piltrafa de carne. Que nadie quiera rebajarnos a ascetas. No hay placer más complejo que el pensamiento y a él nos entregábamos. A veces, un estímulo extraordinario nos restituía al mundo físico. Por ejemplo, aquella mañana, el viejo goce elemental de la lluvia. Esos lapsos eran rarísimos; todos los Inmortales eran capaces de perfecta quietud; recuerdo alguno a quien jamás he visto de pie: un pájaro anidaba en su pecho.

Entre los corolarios de la doctrina de que no hay cosa que no esté compensada por otra, hay uno de muy poca importancia teórica, pero que nos indujo, a fines o a principios del siglo X, a dispersarnos por la faz de la tierra. Cabe en estas palabras: *Existe un río cuyas aguas dan la inmortalidad; en alguna región habrá otro río cuyas aguas la borren.* El número de ríos no es infinito; un viajero inmortal que recorra el mundo acabará, algún día, por haber bebido de todos. Nos propusimos descubrir ese río.

La muerte (o su alusión) hace preciosos y patéticos a los hombres. Éstos conmueven por su condición de fantasmas; cada acto que ejecutan puede ser último; no hay rostro que no esté por desdibujarse como el rostro de un sueño. Todo, entre los mortales, tiene el valor de lo irrecuperable y de lo azaroso. Entre los Inmortales, en cambio, cada acto (y cada pensamiento) es el eco de otros que en el pasado lo antecedieron, sin principio visible, o el fiel presagio de otros que en el futuro lo repetirán hasta el vértigo. No hay cosa que no esté como perdida entre infatigables espejos. Nada puede ocurrir una sola vez, nada es preciosamente precario. Lo elegíaco, lo grave, lo ceremonial, no rigen para los Inmortales. Homero y yo nos separamos en las puertas de Tánger; creo que no nos dijimos adiós.

V

Recorrí nuevos reinos, nuevos imperios. En el otoño de 1066 milité en el puente de Stamford, ya no recuerdo si en las filas de Harold, que no tardó en hallar su destino, o en las de aquel infausto Harald Hardrada que conquistó seis pies de tierra inglesa, o un poco más. En el séptimo siglo de la Héjira, en el arrabal de Bulaq, transcribí con pausada caligrafía, en un idioma que he olvidado, en un alfabeto que ignoro, los siete viajes de Simbad y la historia de la Ciudad de Bronce. En un patio de la cárcel de Samarcanda he jugado muchísimo al ajedrez. En Bikanir he profesado la astrología y también en Bohemia. En 1638 estuve en Kolozsvár y después en Leipzig. En Aberdeen, en 1714, me suscribí a los seis volúmenes de la *Ilíada* de Pope; sé que los frecuenté con deleite. Hacia 1729 discutí el origen de ese poema con un profesor de retórica, llamado, creo, Giambattista; sus razones me parecieron irrefutables. El 4 de octubre de 1921, el *Patna*, que me conducía a Bombay, tuvo que fondear en un puerto de la costa eritrea.[1] Bajé; recordé otras mañanas muy antiguas, también frente al Mar Rojo; cuando yo era tribuno de Roma y la fiebre y la magia y la inacción consumían a los soldados. En las afueras vi un caudal de agua clara; la probé, movido por la costumbre. Al repechar la margen, un árbol espinoso me laceró el dorso de la mano. El inusitado dolor me pareció muy vivo. Incrédulo, silencioso y feliz, contemplé la preciosa formación de una lenta gota de sangre. De nuevo soy mortal, me repetí, de nuevo me parezco a todos los hombres. Esa noche, dormí hasta el amanecer.

...He revisado, al cabo de un año, estas páginas. Me consta que se ajustan a la verdad, pero en los primeros capítulos, y aun en ciertos párrafos de los otros, creo percibir algo falso. Ello es obra, tal vez, del abuso de rasgos circunstanciales, procedimiento que aprendí en los poetas y que todo lo contamina de falsedad, ya que esos rasgos pueden abundar en los hechos, pero no en su memoria... Creo, sin embargo, haber descubierto una razón más íntima. La escribiré, no importa que me juzguen fantástico.

La historia que he narrado parece irreal porque en ella se mezclan los sucesos de dos hombres distintos. En el primer capítulo, el jinete quiere saber el nombre del río que baña las murallas de Tebas; Flaminio Rufo, que antes ha dado a la ciudad el epíteto de Hekatómpylos, dice que el río es el Egipto; ninguna de esas locuciones es adecuada a él, sino a Homero, que hace mención expresa, en la *Ilíada*, de Tebas Hekatómpylos, y en la *Odisea*, por boca de Proteo y de Ulises, dice invariablemente Egipto por Nilo. En el capítulo segundo, el romano, al beber el agua inmortal, pronuncia unas palabras en griego; esas palabras son homéricas y pueden buscarse en el fin del famoso catá-

1. Hay una tachadura en el manuscrito; tal vez el nombre del puerto ha sido borrado.

logo de las naves. Después, en el vertiginoso palacio, habla de "una reprobación que era casi un remordimiento"; esas palabras corresponden a Homero, que había proyectado ese horror. Tales anomalías me inquietaron; otras, de orden estético, me permitieron descubrir la verdad. El último capítulo las incluye; ahí está escrito que milité en el puente de Stamford, que transcribí, en Bulaq, los viajes de Simbad el Marino y que me suscribí, en Aberdeen, a la *Ilíada* inglesa de Pope. Se lee, *inter alia*: "En Bikanir he profesado la astrología y también en Bohemia". Ninguno de esos testimonios es falso; lo significativo es el hecho de haberlos destacado. El primero de todos parece convenir a un hombre de guerra, pero luego se advierte que el narrador no repara en lo bélico y sí en la suerte de los hombres. Los que siguen son más curiosos. Una oscura razón elemental me obligó a registrarlos; lo hice porque sabía que eran patéticos. No lo son, dichos por el romano Flaminio Rufo. Lo son, dichos por Homero; es raro que éste copie, en el siglo XIII, las aventuras de Simbad, de otro Ulises, y descubra, a la vuelta de muchos siglos, en un reino boreal y un idioma bárbaro, las formas de su *Ilíada*. En cuanto a la oración que recoge el nombre de Bikanir, se ve que la ha fabricado un hombre de letras, ganoso (como el autor del catálogo de las naves) de mostrar vocablos espléndidos.[1]

Cuando se acerca el fin, ya no quedan imágenes del recuerdo; sólo quedan palabras. No es extraño que el tiempo haya confundido las que alguna vez me representaron con las que fueron símbolos de la suerte de quien me acompañó tantos siglos. Yo he sido Homero; en breve, seré Nadie, como Ulises; en breve seré todos: estaré muerto.

Posdata de 1950. Entre los comentarios que ha despertado la publicación anterior, el más curioso, ya que no el más urbano, bíblicamente se titula *A Coat of Many Colours* (Manchester, 1948) y es obra de la tenacísima pluma del doctor Nahum Cordovero. Abarca unas cien páginas. Habla de los centones griegos, de los centones de la baja latinidad, de Ben Jonson, que definió a sus contemporáneos con reta-

1. Ernesto Sabato sugiere que el "Giambattista" que discutió la formación de la *Ilíada* con el anticuario Cartaphilus es Giambattista Vico; ese italiano defendía que Homero es un personaje simbólico, a la manera de Plutón o de Aquiles.

zos de Séneca, del *Virgilius evangelizans* de Alexander Ross, de los artificios de George Moore y de Eliot y, finalmente, de la "narración atribuida al anticuario Joseph Cartaphilus". Denuncia, en el primer capítulo, breves interpolaciones de Plinio (*Historia naturalis*, V. 8); en el segundo, de Thomas de Quincey (*Writings*, III, 439); en el tercero, de una epístola de Descartes al embajador Pierre Chanut; en el cuarto, de Bernard Shaw (*Back to Methuselah*, V). Infiere de esas intrusiones, o hurtos, que todo el documento es apócrifo.

A mi entender, la conclusión es inadmisible. "Cuando se acerca el fin", escribió Cartaphilus, "ya no quedan imágenes del recuerdo; sólo quedan palabras." Palabras, palabras desplazadas y mutiladas, palabras de otros, fue la pobre limosna que le dejaron las horas y los siglos.

A Cecilia Ingenieros

EL MUERTO

Que un hombre del suburbio de Buenos Aires, que un triste compadrito sin más virtud que la infatuación del coraje, se interne en los desiertos ecuestres de la frontera del Brasil y llegue a capitán de contrabandistas, parece de antemano imposible. A quienes lo entienden así, quiero contarles el destino de Benjamín Otálora, de quien acaso no perdura un recuerdo en el barrio de Balvanera y que murió en su ley, de un balazo, en los confines de Rio Grande do Sul. Ignoro los detalles de su aventura; cuando me sean revelados, he de rectificar y ampliar estas páginas. Por ahora, este resumen puede ser útil.

Benjamín Otálora cuenta, hacia 1891, diecinueve años. Es un mocetón de frente mezquina, de sinceros ojos claros, de reciedumbre vasca; una puñalada feliz le ha revelado que es un hombre valiente; no lo inquieta la muerte de su contrario, tampoco la inmediata necesidad de huir de la República. El caudillo de la parroquia le da una carta para un tal Azevedo Bandeira, del Uruguay. Otálora se embarca, la travesía es tormentosa y crujiente; al otro día, vaga por las calles de Montevideo, con inconfesada y tal vez ignorada tristeza. No da con Azevedo Bandeira; hacia la medianoche, en un almacén del Paso del Molino, asiste a un altercado entre unos troperos. Un cuchillo relumbra; Otálora no sabe de qué lado está la razón, pero lo atrae el puro sabor del peligro, como a otros la baraja o la música. Para, en el entrevero, una puñalada baja que un peón le tira a un hombre de galera oscura y de poncho. Éste, después, resulta ser Azevedo Bandeira. (Otálora, al saberlo, rompe la carta, porque prefiere debérselo todo a sí mismo.) Azevedo Bandeira da, aunque fornido, la injustificable impresión de ser contrahecho; en su rostro, siempre demasiado cercano, están el judío, el negro y el indio; en su empaque, el mono y el tigre; la cicatriz que le atraviesa la cara es un adorno más, como el negro bigote cerdoso.

Proyección o error del alcohol, el altercado cesa con la misma rapidez con que se produjo. Otálora bebe con los troperos y luego los acompaña a una farra y luego a un caserón en la Ciudad Vieja, ya con el sol bien alto. En el último patio, que es de tierra, los hombres tienden su recado para dormir. Oscuramente, Otálora compara esa noche con la anterior; ahora ya pisa tierra firme, entre amigos. Lo inquieta algún remordimiento, eso sí, de no extrañar a Buenos Aires. Duerme hasta la oración, cuando lo despierta el paisano que agredió, borracho, a Bandeira. (Otálora recuerda que ese hombre ha compartido con los otros la noche de tumulto y de júbilo y que Bandeira lo sentó a su derecha y lo obligó a seguir bebiendo.) El hombre le dice que el patrón lo manda buscar. En una suerte de escritorio que da al zaguán (Otálora nunca ha visto un zaguán con puertas laterales) está esperándolo Azevedo Bandeira, con una clara y desdeñosa mujer de pelo colorado. Bandeira lo pondera, le ofrece una copa de caña, le repite que le está pareciendo un hombre animoso, le propone ir al norte con los demás a traer una tropa. Otálora acepta; hacia la madrugada están en camino, rumbo a Tacuarembó.

Empieza entonces para Otálora una vida distinta, una vida de vastos amaneceres y de jornadas que tienen el olor del caballo. Esa vida es nueva para él, y a veces atroz, pero ya está en su sangre, porque lo mismo que los hombres de otras naciones veneran y presienten el mar, así nosotros (también el hombre que entreteje estos símbolos) ansiamos la llanura inagotable que resuena bajo los cascos. Otálora se ha criado en los barrios del carrero y del cuarteador; antes de un año se hace gaucho. Aprende a jinetear, a entropillar la hacienda, a carnear, a manejar el lazo que sujeta y las boleadoras que tumban, a resistir el sueño, las tormentas, las heladas y el sol, a arrear con el silbido y el grito. Sólo una vez, durante ese tiempo de aprendizaje, ve a Azevedo Bandeira, pero lo tiene muy presente, porque ser *hombre de Bandeira* es ser considerado y temido, y porque, ante cualquier hombrada, los gauchos dicen que Bandeira lo hace mejor. Alguien opina que Bandeira nació del otro lado del Cuareim, en Rio Grande do Sul; eso, que debería rebajarlo, oscuramente lo enriquece de selvas populosas, de ciénagas, de inextricables y casi infinitas distancias. Gradualmente, Otálora entiende que los negocios de Bandeira son múltiples y que el principal es el contrabando. Ser tropero es ser un sirviente; Otálora se propone ascender a contrabandista. Dos de los compañeros, una noche, cruzarán la frontera para volver con unas partidas de caña; Otálora provoca a uno de ellos, lo hiere y toma su lugar. Lo mueve la ambición y también una oscura fidelidad. *Que el hombre* (piensa) *acabe por entender que yo valgo más que todos sus orientales juntos.*

Otro año pasa antes que Otálora regrese a Montevideo. Recorren las orillas, la ciudad (que a Otálora le parece muy grande); llegan a casa del patrón; los hombres tienden los recados en el último patio. Pasan los días y Otálora no ha visto a Bandeira. Dicen, con temor, que está enfermo; un moreno suele subir a su dormitorio con la caldera y con el mate. Una tarde, le encomiendan a Otálora esa tarea. Éste se siente vagamente humillado, pero satisfecho también.

El dormitorio es desmantelado y oscuro. Hay un balcón que mira al poniente, hay una larga mesa con un resplandeciente desorden de taleros, de arreadores, de cintos, de armas de fuego y de armas blancas, hay un remoto espejo que tiene la luna empañada. Bandeira yace boca arriba; sueña y se queja; una vehemencia de sol último lo define. El vasto lecho blanco parece disminuirlo y oscurecerlo; Otálora nota las canas, la fatiga, la flojedad, las grietas de los años. Lo subleva que los esté mandando ese viejo. Piensa que un golpe bastaría para dar cuenta de él. En eso, ve en el espejo que alguien ha entrado. Es la mujer de pelo rojo; está a medio vestir y descalza y lo observa con fría curiosidad. Bandeira se incorpora; mientras habla de cosas de la campaña y despacha mate tras mate, sus dedos juegan con las trenzas de la mujer. Al fin, le da licencia a Otálora para irse.

Días después, les llega la orden de ir al norte. Arriban a una estancia perdida, que está como en cualquier lugar de la interminable llanura. Ni árboles ni un arroyo la alegran, el primer sol y el último la golpean. Hay corrales de piedra para la hacienda, que es guampuda y menesterosa. *El Suspiro* se llama ese pobre establecimiento.

Otálora oye en rueda de peones que Bandeira no tardará en llegar de Montevideo. Pregunta por qué; alguien aclara que hay un forastero agauchado que está queriendo mandar demasiado. Otálora comprende que es una broma, pero le halaga que esa broma ya sea posible. Averigua, después, que Bandeira se ha enemistado con uno de los jefes políticos y que éste le ha retirado su apoyo. Le gusta esa noticia.

Llegan cajones de armas largas; llegan una jarra y una palangana de plata para el aposento de la mujer; llegan cortinas de intrincado damasco; llega de las cuchillas, una mañana, un jinete sombrío, de barba cerrada y de poncho. Se llama Ulpiano Suárez y es el *capanga* o guardaespaldas de Azevedo Bandeira. Habla muy poco y de una manera abrasilerada. Otálora no sabe si atribuir su reserva a hostilidad, a desdén o a mera barbarie. Sabe, eso sí, que para el plan que está maquinando tiene que ganar su amistad.

Entra después en el destino de Benjamín Otálora un colorado cabos negros que trae del sur Azevedo Bandeira y que luce apero chapeado y carona con bordes de piel de tigre. Ese caballo liberal es un símbolo de la autoridad del patrón y por eso lo codicia el muchacho, que llega también a desear, con deseo rencoroso, a la mujer de pelo resplandeciente. La mujer, el apero y el colorado son atributos o adjetivos de un hombre que él aspira a destruir.

Aquí la historia se complica y se ahonda. Azevedo Bandeira es diestro en el arte de la intimidación progresiva, en la satánica maniobra de humillar al interlocutor gradualmente, combinando veras y burlas; Otálora resuelve aplicar ese método ambiguo a la dura tarea que se propone. Resuelve suplantar, lentamente, a Azevedo Bandeira. Logra, en jornadas de peligro común, la amistad de Suárez. Le confía su plan; Suárez le promete su ayuda. Muchas cosas van aconteciendo después, de las que sé unas pocas. Otálora no obedece a Bandeira; da en olvidar, en corregir, en invertir sus órdenes. El universo parece conspirar con él y apresura los hechos. Un mediodía, ocurre en campos de Tacuarembó un tiroteo con gente riograndense; Otálora usurpa el lugar de Bandeira y manda a los orientales. Le atraviesa el hombro una bala, pero esa tarde Otálora regresa al *Suspiro* en el colorado del jefe y esa tarde unas gotas de su sangre manchan la piel de tigre y esa noche duerme con la mujer de pelo reluciente. Otras versiones cambian el orden de estos hechos y niegan que hayan ocurrido en un solo día.

Bandeira, sin embargo, siempre es nominalmente el jefe. Da órdenes que no se ejecutan; Benjamín Otálora no lo toca, por una mezcla de rutina y de lástima.

La última escena de la historia corresponde a la agitación de la última noche de 1894. Esa noche, los hombres del *Suspiro* comen cordero recién carneado y beben un alcohol pendenciero. Alguien infinitamente rasguea una trabajosa milonga. En la cabecera de la mesa, Otálora, borracho, erige exultación sobre exultación, júbilo sobre júbilo; esa torre de vértigo es un símbolo de su irresistible destino. Bandeira, taciturno entre los que gritan, deja que fluya clamorosa la noche. Cuando las doce campanadas resuenan, se levanta como quien recuerda una obligación. Se levanta y golpea con suavidad la puerta de la mujer. Ésta le abre enseguida, como si esperara el llamado. Sale a medio vestir y descalza. Con una voz que se afemina y se arrastra, el jefe le ordena:

—Ya que vos y el porteño se quieren tanto, ahora mismo le vas a dar un beso a vista de todos.

Agrega una circunstancia brutal. La mujer quiere resistir, pero dos hombres la han tomado del brazo y la echan sobre Otálora. Arrasada en lágrimas, le besa la cara y el pecho. Ulpiano Suárez ha empuñado el revólver. Otálora comprende, antes de morir, que desde el principio lo han traicionado, que ha sido condenado a muerte, que le han permitido el amor, el mando y el triunfo, porque ya lo daban por muerto, porque para Bandeira ya estaba muerto.

Suárez, casi con desdén, hace fuego.

LOS TEÓLOGOS

Arrasado el jardín, profanados los cálices y las aras, entraron a caballo los hunos en la biblioteca monástica y rompieron los libros incomprensibles y los vituperaron y los quemaron, acaso temerosos de que las letras encubrieran blasfemias contra su dios, que era una cimitarra de hierro. Ardieron palimpsestos y códices, pero en el corazón de la hoguera, entre la ceniza, perduró casi intacto el libro duodécimo de la *Civitas Dei*, que narra que Platón enseñó en Atenas que, al cabo de los siglos, todas las cosas recuperarán su estado anterior, y él, en Atenas, ante el mismo auditorio, de nuevo enseñará esa doctrina. El texto que las llamas perdonaron gozó de una veneración especial y quienes lo leyeron y releyeron en esa remota provincia dieron en olvidar que el autor sólo declaró esa doctrina para poder mejor confutarla. Un siglo después, Aureliano, coadjutor de Aquilea, supo que a orillas del Danubio la novísima secta de los *monótonos* (llamados también *anulares*) profesaba que la historia es un círculo y que nada es que no haya sido y que no será. En las montañas, la Rueda y la Serpiente habían desplazado a la Cruz. Todos temían, pero todos se confortaban con el rumor de que Juan de Panonia, que se había distinguido por un tratado sobre el séptimo atributo de Dios, iba a impugnar tan abominable herejía.

Aureliano deploró esas nuevas, sobre todo la última. Sabía que en materia teológica no hay novedad sin riesgo; luego reflexionó que la tesis de un tiempo circular era demasiado disímil, demasiado asombrosa, para que el riesgo fuera grave. (Las herejías que debemos temer son las que pueden confundirse con la ortodoxia.) Más le dolió la intervención —la intrusión— de Juan de Panonia. Hace dos años, éste había usurpado con su verboso *De septima affectione Dei sive de aeternitate* un asunto de la especialidad de Aureliano; ahora, como si el problema del tiempo le perteneciera, iba a rectificar, tal vez con argumentos de Procusto, con triacas más temibles que la Serpiente, a los anulares... Esa noche, Aureliano pasó las hojas del antiguo diálogo de Plutarco sobre la cesación de los oráculos; en el párrafo 29, leyó una burla contra los estoicos que defienden un infinito ciclo de mundos, con infinitos soles, lunas, Apolos, Dianas y Poseidones. El hallazgo le pareció un pronóstico favorable; resolvió adelantarse a Juan de Panonia y refutar a los heréticos de la Rueda.

Hay quien busca el amor de una mujer para olvidarse de ella, para no pensar más en ella; Aureliano, parejamente, quería superar a Juan de Panonia para curarse del rencor que éste le infundía, no para hacerle mal. Atemperado por el mero trabajo, por la fabricación de silogismos y la invención de injurias, por los *nego* y los *autem* y los *nequaquam*, pudo olvidar ese rencor. Erigió vastos y casi inextricables períodos, estorbados de incisos, donde la negligencia y el solecismo parecían formas del desdén. De la cacofonía hizo un instrumento. Previó que Juan fulminaría a los anulares con gravedad profética; optó, para no coincidir con él, por el escarnio. Agustín había escrito que Jesús es la vía recta que nos salva del laberinto circular en que andan los impíos; Aureliano, laboriosamente trivial, los equiparó con Ixión, con el hígado de Prometeo, con Sísifo, con aquel rey de Tebas que vio dos soles, con la tartamudez, con loros, con espejos, con ecos, con mulas de noria y con silogismos bicornutos. (Las fábulas gentílicas perduraban, rebajadas a adornos.) Como todo poseedor de una biblioteca, Aureliano se sabía culpable de no conocerla hasta el fin; esa controversia le permitió cumplir con muchos libros que parecían reprocharle su incuria. Así pudo engastar un pasaje de la obra *De principiis* de Orígenes, donde se niega que Judas Iscariote volverá a vender al Señor, y Pablo a presenciar en Jerusalén el martirio de Esteban, y otro de los *Academica priora* de Cicerón, en el que éste se burla de quienes sueñan que mientras él conversa con Lúculo, otros Lúculos y otros Cicerones, en número infinito, dicen puntualmente lo mismo, en infinitos mundos iguales. Además, esgrimió contra los monótonos el texto de Plutarco y denunció lo escandaloso de que a un idólatra le valiera más el *lumen naturae* que a ellos la palabra de Dios. Nueve días le tomó ese trabajo; el décimo, le fue remitido un traslado de la refutación de Juan de Panonia.

Era casi irrisoriamente breve; Aureliano la miró con desdén y luego con temor. La primera parte glosaba los versículos terminales del noveno capítulo de la Epístola a los Hebreos, donde se dice que Jesús no fue sacrificado muchas veces desde el principio del mundo, sino ahora una vez en la consumación de los siglos. La segunda alegaba el precepto bíblico sobre las vanas repeticiones de los gentiles (Mateo 6:7) y aquel pasaje del séptimo libro de Plinio, que pondera que en el dilatado universo no haya dos caras iguales. Juan de Panonia declaraba que tampoco hay dos almas y que el pecador más vil es precioso como la sangre que por él vertió Jesucristo. El acto de un solo hombre (afirmó) pesa más que los nueve cielos concéntricos y trasoñar que puede perderse y volver es una aparatosa frivolidad. El tiempo no rehace lo que perdemos; la eternidad lo guarda para la gloria y también para el fuego. El tratado era límpido, universal; no parecía redactado por una persona concreta, sino por cualquier hombre o, quizá, por todos los hombres.

Aureliano sintió una humillación casi física. Pensó destruir o reformar su propio trabajo; luego, con rencorosa probidad, lo mandó a Roma sin modificar una letra. Meses después, cuando se juntó el concilio de Pérgamo, el teólogo encargado de impugnar los errores de los monótonos fue (previsiblemente) Juan de Panonia; su docta y mesurada refutación bastó para que Euforbo, heresiarca, fuera condenado a la hoguera. "Esto ha ocurrido y volverá a ocurrir", dijo Euforbo. "No encendéis una pira, encendéis un laberinto de fuego. Si aquí se unieran todas las hogueras que he sido, no cabrían en la tierra y quedarían ciegos los ángeles. Esto lo dije muchas veces." Después gritó, porque lo alcanzaron las llamas.

Cayó la Rueda ante la Cruz,[1] pero Aureliano y Juan prosiguieron su batalla secreta. Militaban los dos en el mismo ejército, anhelaban el mismo galardón, guerreaban contra el mismo Enemigo, pero Aureliano no escribió una palabra que inconfesablemente no propendiera a superar a Juan. Su duelo fue invisible; si los copiosos índices no me engañan, no figura una sola vez el nombre del *otro* en los muchos volúmenes de Aureliano que atesora la *Patrología* de Migne. (De las obras de Juan, sólo han perdurado veinte palabras.) Los dos desaprobaron los anatemas del segundo concilio de Constantinopla; los dos persiguieron a los arrianos, que negaban la generación eterna del Hijo; los dos atestiguaron la ortodoxia de la *Topographia christiana* de Cosmas, que enseña que la tierra es cuadrangular, como el tabernáculo hebreo. Desgraciadamente, por los cuatro ángulos de la tierra cundió otra tempestuosa herejía. Oriunda del Egipto o del Asia (porque los testimonios difieren y Bousset no quiere admitir las razones de Harnack), infestó las provincias orientales y erigió santuarios en Macedonia, en

---

1. En las cruces rúnicas los dos emblemas enemigos conviven entrelazados.

Cartago y en Tréveris. Pareció estar en todas partes; se dijo que en la diócesis de Britania habían sido invertidos los crucifijos y que a la imagen del Señor, en Cesárea, la había suplantado un espejo. El espejo y el óbolo eran emblemas de los nuevos cismáticos.

La historia los conoce por muchos nombres (*especulares*, *abismales*, *cainitas*), pero de todos el más recibido es *histriones*, que Aureliano les dio y que ellos con atrevimiento adoptaron. En Frigia les dijeron *simulacros*, y también en Dardania. Juan Damasceno los llamó *formas*; justo es advertir que el pasaje ha sido rechazado por Erfjord. No hay heresiólogo que con estupor no refiera sus desaforadas costumbres. Muchos histriones profesaron el ascetismo; alguno se mutiló, como Orígenes; otros moraron bajo tierra, en las cloacas; otros se arrancaron los ojos; otros (los *nabucodonosores* de Nitria) "pacían como los bueyes y su pelo crecía como de águila". De la mortificación y el rigor pasaban, muchas veces, al crimen; ciertas comunidades toleraban el robo; otras, el homicidio; otras, la sodomía, el incesto y la bestialidad. Todas eran blasfemas; no sólo maldecían del Dios cristiano, sino de las arcanas divinidades de su propio panteón. Maquinaron libros sagrados, cuya desaparición deploran los doctos. Sir Thomas Browne, hacia 1658, escribió "El tiempo ha aniquilado los ambiciosos *Evangelios Histriónicos*, no las Injurias con que se fustigó su Impiedad". Erfjord ha sugerido que esas "injurias" (que preserva un códice griego) son los evangelios perdidos. Ello es incomprensible, si ignoramos la cosmología de los histriones.

En los Libros Herméticos está escrito que lo que hay abajo es igual a lo que hay arriba, y lo que hay arriba, igual a lo que hay abajo; en el *Zohar*, que el mundo inferior es reflejo del superior. Los histriones fundaron su doctrina sobre una perversión de esa idea. Invocaron a Mateo 6:12 ("perdónanos nuestras deudas, como nosotros perdonamos a nuestros deudores") y 11:12 ("el reino de los cielos padece fuerza") para demostrar que la tierra influye en el cielo, y a I Corintios 13:12 ("vemos ahora por espejo, en oscuridad") para demostrar que todo lo que vemos es falso. Quizá contaminados por los monótonos, imaginaron que todo hombre es dos hombres y que el verdadero es el otro, el que está en el cielo. También imaginaron que nuestros actos proyectan un reflejo invertido, de suerte que si velamos, el otro duerme, si fornicamos, el otro es casto, si robamos, el otro es generoso. Muertos, nos uniremos a él y seremos él. (Algún eco de esas doctrinas perduró en Bloy.) Otros histriones discurrieron que el mundo concluiría cuando se agotara la cifra de sus posibilidades;

ya que no puede haber repeticiones, el justo debe eliminar (cometer) los actos más infames, para que estos no manchen el porvenir y para acelerar el advenimiento del reino de Jesús. Este artículo fue negado por otras sectas, que defendieron que la historia del mundo debe cumplirse en cada hombre. Los más, como Pitágoras deberán trasmigrar por muchos cuerpos antes de obtener su liberación; algunos, los proteicos, "en el término de una sola vida son leones, son dragones, son jabalíes, son agua y son un árbol". Demóstenes refiere la purificación por el fango a que eran sometidos los iniciados, en los misterios órficos; los proteicos, analógicamente, buscaron la purificación por el mal. Entendieron, como Carpócrates, que nadie saldrá de la cárcel hasta pagar el último óbolo (Lucas 12:59), y solían embaucar a los penitentes con este otro versículo: "Yo he venido para que tengan vida los hombres y para que la tengan en abundancia" (Juan 10:10). También decían que no ser un malvado es una soberbia satánica... Muchas y divergentes mitologías urdieron los histriones; unos predicaron el ascetismo, otros la licencia, todos la confusión. Teopompo, histrión de Berenice, negó todas las fábulas; dijo que cada hombre es un órgano que proyecta la divinidad para sentir el mundo.

Los herejes de la diócesis de Aureliano eran de los que afirmaban que el tiempo no tolera repeticiones, no de los que afirmaban que todo acto se refleja en el cielo. Esa circunstancia era rara; en un informe a las autoridades romanas, Aureliano la mencionó. El prelado que recibiría el informe era confesor de la emperatriz; nadie ignoraba que ese ministerio exigente le vedaba las íntimas delicias de la teología especulativa. Su secretario —antiguo colaborador de Juan de Panonia, ahora enemistado con él— gozaba del renombre de puntualísimo inquisidor de heterodoxias; Aureliano agregó una exposición de la herejía histriónica, tal como ésta se daba en los conventículos de Genua y de Aquilea. Redactó unos párrafos; cuando quiso escribir la tesis atroz de que no hay dos instantes iguales, su pluma se detuvo. No dio con la fórmula necesaria; las admoniciones de la nueva doctrina ("¿Quieres ver lo que no vieron ojos humanos? Mira la luna. ¿Quieres oír lo que los oídos no oyeron? Oye el grito del pájaro. ¿Quieres tocar lo que no tocaron las manos? Toca la tierra. Verdaderamente digo que Dios está por crear el mundo") eran harto afectadas y metafóricas para la transcripción. De pronto, una oración de veinte palabras se presentó a su espíritu. La escribió, gozoso; inmediatamente después, lo inquietó la sospecha de que era ajena. Al día siguiente, recordó que la había leído hacía muchos años en el *Adversus annulares* que compuso Juan de Panonia. Verificó la cita; ahí estaba. La incertidumbre lo atormentó. Variar o suprimir esas palabras, era debilitar la expresión; dejarlas, era plagiar a un hombre que aborrecía; indicar la fuente, era denunciarlo. Imploró el socorro divino. Hacia el principio del segundo crepúsculo, el ángel de su guarda le dictó una solución intermedia. Aureliano conservó las palabras, pero les antepuso este aviso: "Lo que ladran ahora los heresiarcas para confusión de la fe, lo dijo en este siglo un varón doctísimo, con más ligereza que culpa". Después, ocurrió lo temido, lo esperado, lo inevitable. Aureliano tuvo que declarar quién era ese varón; Juan de Panonia fue acusado de profesar opiniones heréticas.

Cuatro meses después, un herrero del Aventino, alucinado por los engaños de los histriones, cargó sobre los hombros de su hijito una gran esfera de hierro, para que su doble volara. El niño murió; el horror engendrado por ese crimen impuso una intachable severidad a los jueces de Juan. Éste no quiso retractarse; repitió que negar su proposición era incurrir en la pestilencial herejía de los monótonos. No entendió (no quiso entender) que hablar de los monótonos era hablar de lo ya olvidado. Con insistencia algo senil, prodigó los períodos más brillantes de sus viejas polémicas; los jueces ni siquiera oían lo que los arrebató alguna vez. En lugar de tratar de purificarse de la más leve mácula de histrionismo, se esforzó en demostrar que la proposición de que lo acusaban era rigurosamente ortodoxa. Discutió con los hombres de cuyo fallo dependía su suerte y cometió la máxima torpeza de hacerlo con ingenio y con ironía. El 26 de octubre, al cabo de una discusión que duró tres días y tres noches, lo sentenciaron a morir en la hoguera.

Aureliano presenció la ejecución, porque no hacerlo era confesarse culpable. El lugar del suplicio era una colina, en cuya verde cumbre había un palo, hincado profundamente en el suelo, y en torno muchos haces de leña. Un ministro leyó la sentencia del tribunal. Bajo el sol de las doce, Juan de Panonia yacía con la cara en el polvo, lanzando bestiales aullidos. Arañaba la tierra, pero los verdugos lo arrancaron, lo desnudaron y por fin lo amarraron a la picota. En la cabeza le pusieron una corona de paja untada de azufre; al lado, un ejemplar del pestilente *Adversus annulares*. Había llovido la noche antes y la leña ardía mal. Juan de Panonia rezó en griego y luego en un idioma desconocido. La hoguera iba a llevárselo, cuando Aureliano se atrevió a alzar los ojos. Las ráfagas ardientes se detuvieron; Aureliano vio por primera y última vez el rostro del odiado. Le recordó el de alguien, pero no pudo precisar el de quién. Después, las llamas lo perdieron; después gritó y fue como si un incendio gritara.

Plutarco ha referido que Julio César lloró la muerte de Pompeyo; Aureliano no lloró la de Juan, pero sintió lo que sentiría un hombre curado de una enfermedad incurable, que ya fuera una parte de su vida. En Aquilea, en Éfeso, en Macedonia, dejó que sobre él pasaran los años. Buscó los arduos límites del Imperio, las torpes ciénagas y los contemplativos desiertos, para que lo ayudara la soledad a entender su destino. En una celda mauritana, en la noche cargada de leones, repensó la compleja acusación contra Juan de Panonia y justificó, por enésima vez, el dictamen. Más le costó justificar su tortuosa denuncia. En Rusaddir predicó el anacrónico sermón "Luz de las luces encendida en la carne de un réprobo". En Hibernia, en una de las chozas de un monasterio cercado por la selva, lo sorprendió una noche, hacia el alba, el rumor de la lluvia. Recordó una noche romana en que lo había sorprendido, también, ese minucioso rumor. Un rayo, al mediodía, incendió los árboles y Aureliano pudo morir como había muerto Juan.

El final de la historia sólo es referible en metáforas, ya que pasa en el reino de los cielos, donde no hay tiempo. Tal vez cabría decir que Aureliano conversó con Dios y que Éste se interesa tan poco en diferencias religiosas que lo tomó por Juan de Panonia. Ello, sin embargo, insinuaría una confusión de la mente divina. Más correcto es decir que en el paraíso, Aureliano supo que para la insondable divinidad, él y Juan de Panonia (el ortodoxo y el hereje, el aborrecedor y el aborrecido, el acusador y la víctima) formaban una sola persona.

HISTORIA DEL GUERRERO Y DE LA CAUTIVA

En la página 278 del libro *La poesía* (Bari, 1942), Croce, abreviando un texto latino del historiador Pablo el Diácono, narra la suerte y cita el epitafio de Droctulft; éstos me conmovieron singularmente, luego entendí por qué. Fue Droctulft un guerrero lombardo que en el asedio de Ravena abandonó a los suyos y murió defendiendo la ciudad que antes había atacado. Los raveneses le dieron sepultura en un templo y compusieron un epitafio en el que manifestaron su gratitud (*contempsit caros, dum nos amat ille, parentes*) y el peculiar contraste que se advertía entre la figura atroz de aquel bárbaro y su simplicidad y bondad:

> *Terribilis visu facies, sed mente benignus,*
> *Longaque robusto pectores, barba fuit!*[1]

Tal es la historia del destino de Droctulft, bárbaro que murió defendiendo a Roma, o tal es el fragmento de su historia que pudo rescatar Pablo el Diácono. Ni siquiera sé en qué tiempo ocurrió: si al promediar el siglo VI, cuando los longobardos desolaron las llanuras de Italia; si en el VIII, antes de la rendición de Ravena. Imaginemos (éste no es un trabajo histórico) lo primero.

Imaginemos, *sub specie aeternitatis*, a Droctulft, no al individuo Droctulft, que sin duda fue único e insondable (todos los individuos lo son), sino al tipo genérico que de él y de otros muchos como él ha hecho la tradición, que es obra del olvido y de la memoria. A través de una oscura geografía de selvas y de ciénagas, las guerras lo trajeron a Italia, desde las márgenes del Danubio y del Elba, y tal vez no sabía que iba al sur y tal vez no sabía que guerreaba contra el nombre romano. Quizá profesaba el arrianismo, que mantiene que la gloria

---

1. También Gibbon (*Decline and Fall*, XLV) transcribe estos versos.

del Hijo es reflejo de la gloria del Padre, pero más congruente es imaginarlo devoto de la Tierra, de Hertha, cuyo ídolo tapado iba de cabaña en cabaña en un carro tirado por vacas, o de los dioses de la guerra y del trueno, que eran torpes figuras de madera, envueltas en ropa tejida y recargadas de monedas y ajorcas. Venía de las selvas inextricables del jabalí y del uro; era blanco, animoso, inocente, cruel, leal a su capitán y a su tribu, no al universo. Las guerras lo traen a Ravena y ahí ve algo que no ha visto jamás, o que no ha visto con plenitud. Ve el día y los cipreses y el mármol. Ve un conjunto que es múltiple sin desorden; ve una ciudad, un organismo hecho de estatuas, de templos, de jardines, de habitaciones, de gradas, de jarrones, de capiteles, de espacios regulares y abiertos. Ninguna de esas fábricas (lo sé) lo impresiona por bella; lo tocan como ahora nos tocaría una maquinaria compleja, cuyo fin ignoráramos, pero en cuyo diseño se adivinara una inteligencia inmortal. Quizá le basta ver un solo arco, con una incomprensible inscripción en eternas letras romanas. Bruscamente lo ciega y lo renueva esa revelación, la Ciudad. Sabe que en ella será un perro, o un niño, y que no empezará siquiera a entenderla, pero sabe también que ella vale más que sus dioses y que la fe jurada y que todas las ciénagas de Alemania. Droctulft abandona a los suyos y pelea por Ravena. Muere, y en la sepultura graban palabras que él no hubiera entendido:

Contempsit caros, dum nos amat ille, parentes,
Hanc patriam reputans esse, Ravenna, suam.

No fue un traidor (los traidores no suelen inspirar epitafios piadosos); fue un iluminado, un converso. Al cabo de unas cuantas generaciones, los longobardos que culparon al tránsfuga procedieron como él; se hicieron italianos, lombardos y acaso alguno de su sangre —Aldíger— pudo engendrar a quienes engendraron al Alighieri... Muchas conjeturas cabe aplicar al acto de Droctulft; la mía es la más económica; si no es verdadera como hecho, lo será como símbolo.

Cuando leí en el libro de Croce la historia del guerrero, ésta me conmovió de manera insólita y tuve la impresión de recuperar, bajo forma diversa, algo que había sido mío. Fugazmente pensé en los jinetes mogoles que querían hacer de la China un infinito campo de pastoreo y luego envejecieron en las ciudades que habían anhelado destruir; no era ésta la memoria que yo buscaba. La encontré al fin; era un relato que le oí alguna vez a mi abuela inglesa, que ha muerto.

En 1872 mi abuelo Borges era jefe de las fronteras Norte y Oeste de Buenos Aires y Sur de Santa Fe. La comandancia estaba en Junín; más allá, a cuatro o cinco leguas uno de otro, la cadena de los fortines; más allá, lo que se denominaba entonces la Pampa y también Tierra Adentro. Alguna vez, entre maravillada y burlona, mi abuela comentó su destino de inglesa desterrada a ese fin del mundo; le dijeron que no era la única y le señalaron, meses después, una muchacha india que atravesaba lentamente la plaza. Vestía dos mantas coloradas e iba descalza; sus crenchas eran rubias. Un soldado le dijo que otra inglesa quería hablar con ella. La mujer asintió; entró en la comandancia sin temor, pero no sin recelo. En la cobriza cara, pintarrajeada de colores feroces, los ojos eran de ese azul desganado que los ingleses llaman gris. El cuerpo era ligero, como de cierva; las manos, fuertes y huesudas. Venía del desierto, de Tierra Adentro y todo parecía quedarle chico: las puertas, las paredes, los muebles.

Quizá las dos mujeres por un instante se sintieron hermanas, estaban lejos de su isla querida y en un increíble país. Mi abuela enunció alguna pregunta; la otra le respondió con dificultad, buscando las palabras y repitiéndolas, como asombrada de un antiguo sabor. Haría quince años que no hablaba el idioma natal y no le era fácil recuperarlo. Dijo que era de Yorkshire, que sus padres emigraron a Buenos Aires, que los había perdido en un malón, que la habían llevado los indios y que ahora era mujer de un capitanejo, a quien ya había dado dos hijos y que era muy valiente. Eso lo fue diciendo en un inglés rústico, entreverado de araucano o de pampa, y detrás del relato se vislumbraba una vida feral: los toldos de cuero de caballo, las hogueras de estiércol, los festines de carne chamuscada o de vísceras crudas, las sigilosas marchas al alba; el asalto de los corrales, el alarido y el saqueo, la guerra, el caudaloso arreo de las haciendas por jinetes desnudos, la poligamia, la hediondez y la magia. A esa barbarie se había rebajado una inglesa. Movida por la lástima y el escándalo, mi abuela la exhortó a no volver. Juró ampararla, juró rescatar a sus hijos. La otra le contestó que era feliz y volvió, esa noche, al desierto. Francisco Borges moriría poco después, en la revolución del 74; quizá mi abuela, entonces, pudo percibir en la otra mujer, también arrebatada y transformada por este continente implacable, un espejo monstruoso de su destino...

Todos los años, la india rubia solía llegar a las pulperías de Junín, o del Fuerte Lavalle, en procura de baratijas y "vicios"; no apareció, desde la conversación con mi abuela. Sin embargo, se vieron otra vez.

Mi abuela había salido a cazar; en un rancho, cerca de los bañados, un hombre degollaba una oveja. Como en un sueño, pasó la india a caballo. Se tiró al suelo y bebió la sangre caliente. No sé si lo hizo porque ya no podía obrar de otro modo, o como un desafío y un signo.

Mil trescientos años y el mar median entre el destino de la cautiva y el destino de Droctulft. Los dos, ahora, son igualmente irrecuperables. La figura del bárbaro que abraza la causa de Ravena, la figura de la mujer europea que opta por el desierto, pueden parecer antagónicas. Sin embargo, a los dos los arrebató un ímpetu secreto, un ímpetu más hondo que la razón, y los dos acataron ese ímpetu que no hubieran sabido justificar. Acaso las historias que he referido son una sola historia. El anverso y el reverso de esta moneda son, para Dios, iguales.

A Ulrike von Kühlmann

BIOGRAFÍA DE TADEO ISIDORO CRUZ (1829-1874)

> I'm looking for the face I had
> Before the world was made.
>
> YEATS: *The Winding Stair.*

El 6 de febrero de 1829, los montoneros que, hostigados ya por Lavalle, marchaban desde el sur para incorporarse a las divisiones de López, hicieron alto en una estancia cuyo nombre ignoraban, a tres o cuatro leguas del Pergamino; hacia el alba, uno de los hombres tuvo una pesadilla tenaz: en la penumbra del galpón, el confuso grito despertó a la mujer que dormía con él. Nadie sabe lo que soñó, pues al otro día, a las cuatro, los montoneros fueron desbaratados por la caballería de Suárez y la persecución duró nueve leguas, hasta los pajonales ya lóbregos, y el hombre pereció en una zanja, partido el cráneo por un sable de las guerras del Perú y del Brasil. La mujer se llamaba Isidora Cruz; el hijo que tuvo recibió el nombre de Tadeo Isidoro.

Mi propósito no es repetir su historia. De los días y noches que la componen, sólo me interesa una noche; del resto no referiré sino lo indispensable para que esa noche se entienda. La aventura consta en un libro insigne; es decir, en un libro cuya materia puede ser todo para todos (I Corintios 9:22), pues es capaz de casi inagotables repeticiones, versiones, perversiones. Quienes han comentado, y son muchos, la historia de Tadeo Isidoro, destacan el influjo de la llanura sobre su formación, pero gauchos idénticos a él nacieron y murieron en las selváticas riberas del Paraná y en las cuchillas orientales. Vivió, eso sí, en un mundo de barbarie monótona. Cuando, en 1874, murió de una viruela negra, no había visto jamás una montaña ni un pico de gas ni un molino. Tampoco una ciudad. En 1849, fue a Buenos Aires con una tropa del establecimiento de Francisco Xavier Acevedo; los troperos entraron en la ciudad para vaciar el cinto; Cruz, receloso, no salió de una fonda en el vecindario de los corrales. Pasó ahí muchos días, taciturno, durmiendo en la tierra, mateando, levantándose al alba y recogiéndose a la oración. Comprendió (más allá de las palabras y aun del entendimiento) que nada tenía que ver con él la ciudad. Uno de los peones, borracho, se burló de él. Cruz no le replicó, pero en las noches del regreso, junto al fogón, el otro menudeaba las burlas, y entonces Cruz (que antes no había demostrado rencor, ni siquiera disgusto) lo tendió de una puñalada. Prófugo, hubo de guarecerse en un fachinal; noches después, el grito de un chajá le advirtió que lo había cercado la policía. Probó el cuchillo en una mata; para que no le estorbaran en la de a pie, se quitó las espuelas. Prefirió pelear a entregarse. Fue herido en el antebrazo, en el hombro, en la mano izquierda; malhirió a los más bravos de la partida; cuando la sangre le corrió entre los dedos, peleó con más coraje que nunca; hacia el alba, mareado por la pérdida de sangre, lo desarmaron. El ejército, entonces, desempeñaba una función penal: Cruz fue destinado a un fortín de la frontera Norte. Como soldado raso, participó en las guerras civiles; a veces combatió por su provincia natal, a veces en contra. El 23 de enero de 1856, en las Lagunas de Cardoso, fue uno de los treinta cristianos que, al mando del sargento mayor Eusebio Laprida, pelearon contra doscientos indios. En esa acción recibió una herida de lanza.

En su oscura y valerosa historia abundan los hiatos. Hacia 1868 lo sabemos de nuevo en el Pergamino: casado o amancebado, padre de un hijo, dueño de una fracción de campo. En 1869 fue nombrado sargento de la policía rural. Había corregido el pasado; en aquel tiempo debió de considerarse feliz, aunque profundamente no lo era. (Lo esperaba, secreta en el porvenir, una lúcida noche fundamental: la noche en que por fin vio su propia cara, la noche en que por fin oyó su nombre. Bien entendida, esa noche agota su historia; mejor dicho un instante de esa noche, un acto de esa noche, porque los actos son nuestro símbolo.) Cualquier destino, por largo y complicado que sea, consta en realidad *de un solo momento*: el momento en que el hombre sabe para siempre quién es. Cuéntase que Alejandro de Macedonia vio reflejado su futuro de hierro en la fabulosa historia de Aquiles; Carlos XII de Suecia, en la de Alejandro. A Tadeo Isidoro Cruz, que no sabía leer, ese conocimiento no le fue revelado en un libro; se vio a sí mismo en un entrevero y un hombre. Los hechos ocurrieron así:

En los últimos días del mes de junio de 1870, recibió la orden de apresar a un malevo, que debía dos muertes a la justicia. Era éste un desertor de las fuerzas que en la frontera Sur mandaba el coronel Benito Machado; en una borrachera, había asesinado a un moreno en un lupanar; en otra, a un vecino del partido de Rojas; el informe agregaba que procedía de la Laguna Colorada. En este lugar, hacía cuarenta años, habíanse congregado los montoneros para la desventura que dio sus carnes a los pájaros y a los perros; de ahí salió Manuel Mesa, que fue ejecutado en la Plaza de la Victoria, mientras los tambores sonaban para que no se oyera su ira; de ahí, el desconocido que engendró a Cruz y que pereció en una zanja, partido el cráneo por un sable de las batallas del Perú y del Brasil. Cruz había olvidado el nombre del lugar; con leve pero inexplicable inquietud lo reconoció... El criminal, acosado por los soldados, urdió a caballo un largo laberinto de idas y venidas; éstos, sin embargo, lo acorralaron la noche del 12 de julio. Se había guarecido en un pajonal. La tiniebla era casi indescifrable; Cruz y los suyos, cautelosos y a pie, avanzaron hacia las matas en cuya hondura trémula acechaba o dormía el hombre secreto. Gritó un chajá; Tadeo Isidoro Cruz tuvo la impresión de haber vivido ya ese momento. El criminal salió de la guarida para pelearlos. Cruz lo entrevió, terrible; la crecida melena y la barba gris parecían comerle la cara. Un motivo notorio me veda referir la pelea. Básteme recordar que el desertor malhirió o mató a varios de los hombres de Cruz. Éste, mientras combatía en la oscuridad (mientras su cuerpo combatía en la oscuridad), empezó a comprender. Comprendió que un destino no es mejor que otro, pero que todo hombre debe acatar el que lleva adentro. Comprendió que las jinetas y el uniforme ya lo estorbaban. Comprendió su íntimo destino de lobo, no de perro gregario; comprendió que el otro era él. Amanecía en la desaforada llanura; Cruz arrojó por tierra el quepís, gritó que no iba a consentir el delito de que se matara a un valiente y se puso a pelear contra los soldados, junto al desertor Martín Fierro.

EMMA ZUNZ

El 14 de enero de 1922, Emma Zunz, al volver de la fábrica de tejidos Tarbuch y Loewenthal, halló en el fondo del zaguán una carta, fechada en el Brasil, por la que supo que su padre había muerto. La engañaron, a primera vista, el sello y el sobre; luego, la inquietó la letra desconocida. Nueve o diez líneas borroneadas querían colmar la hoja; Emma leyó que el señor Maier había ingerido por error una fuerte dosis de veronal y había fallecido el 3 del corriente en el hospital de Bagé. Un compañero de pensión de su padre firmaba la noticia, un tal Fein o Fain, de Rio Grande, que no podía saber que se dirigía a la hija del muerto.

Emma dejó caer el papel. Su primera impresión fue de malestar en el vientre y en las rodillas; luego de ciega culpa, de irrealidad, de frío, de temor; luego, quiso ya estar en el día siguiente. Acto continuo comprendió que esa voluntad era inútil porque la muerte de su padre era lo único que había sucedido en el mundo, y seguiría sucediendo sin fin. Recogió el papel y se fue a su cuarto. Furtivamente lo guardó en un cajón, como si de algún modo ya conociera los hechos ulteriores. Ya había empezado a vislumbrarlos, tal vez; ya era la que sería.

En la creciente oscuridad, Emma lloró hasta el fin de aquel día el suicidio de Manuel Maier, que en los antiguos días felices fue Emanuel Zunz. Recordó veraneos en una chacra, cerca de Gualeguay, recordó (trató de recordar) a su madre, recordó la casita de Lanús que les remataron, recordó los amarillos losanges de una ventana, recordó el auto de prisión, el oprobio, recordó los anónimos con el suelto sobre "el desfalco del cajero", recordó (pero eso jamás lo olvidaba) que su padre, la última noche, le había jurado que el ladrón era Loewenthal. Loewenthal, Aarón Loewenthal, antes gerente de la fábrica y ahora uno de los dueños. Emma, desde 1916, guardaba el secreto. A nadie se lo había revelado, ni siquiera a su mejor amiga, Elsa Urstein. Quizá rehuía la profana incredulidad; quizá creía que el secreto era un vínculo entre ella y el ausente. Loewenthal no sabía que ella sabía; Emma Zunz derivaba de ese hecho ínfimo un sentimiento de poder.

No durmió aquella noche, y cuando la primera luz definió el rectángulo de la ventana, ya estaba perfecto su plan. Procuró que ese día, que le pareció interminable, fuera como los otros. Había en la fábrica rumores de huelga; Emma se declaró, como siempre, contra toda violencia. A las seis, concluido el trabajo, fue con Elsa a un club de mujeres, que tiene gimnasio y pileta. Se inscribieron; tuvo que repetir y deletrear su nombre y su apellido; tuvo que festejar las bromas vulgares que comentan la revisación. Con Elsa y con la menor de las Kronfuss discutió a qué cinematógrafo irían el domingo a la tarde. Luego, se habló de novios y nadie esperó que Emma hablara. En abril cumpliría diecinueve años, pero los hombres le inspiraban, aún, un temor casi patológico... De vuelta, preparó una sopa de tapioca y unas legumbres, comió temprano, se acostó y se obligó a dormir. Así, laborioso y trivial, pasó el viernes 15, la víspera.

El sábado, la impaciencia la despertó. La impaciencia, no la inquietud, y el singular alivio de estar en aquel día, por fin. Ya no tenía que tramar y que imaginar; dentro de algunas horas alcanzaría la simplicidad de los hechos. Leyó en *La Prensa* que el *Nordstjärnan*, de Malmö, zarparía esa noche del dique 3; llamó por teléfono a Loewenthal, insinuó que deseaba comunicar, sin que lo supieran las otras, algo sobre la huelga y prometió pasar por el escritorio, al oscurecer. Le temblaba la voz; el temblor convenía a una delatora. Ningún otro hecho memorable ocurrió esa mañana. Emma trabajó hasta las doce y fijó con Elsa y con Perla Kronfuss los pormenores del paseo del domingo. Se acostó después de almorzar y recapituló, cerrados los ojos, el plan que había tramado. Pensó que la etapa final sería menos horrible que la primera y que le depararía, sin duda, el sabor de la victoria y de la justicia. De pronto, alarmada, se levantó y corrió al cajón de la cómoda. Lo abrió; debajo del retrato de Milton Sills, donde la había dejado anteanoche, estaba la carta de Fain. Nadie podía haberla visto; la empezó a leer y la rompió.

Referir con alguna realidad los hechos de esa tarde sería difícil y quizá improcedente. Un atributo de lo infernal es la irrealidad, un atributo que parece mitigar sus terrores y que los agrava tal vez. ¿Cómo hacer verosímil una acción en la que casi no creyó quien la ejecutaba, cómo recuperar ese breve caos que hoy la memoria de Emma Zunz repudia y confunde? Emma vivía por Almagro, en la calle Liniers; nos consta que esa tarde fue al puerto. Acaso en el infame Paseo de Julio se vio multiplicada en espejos, publicada por luces y desnudada por los ojos hambrientos, pero más razonable es conjeturar que al principio erró, inadvertida, por la indiferente recova... Entró en dos o tres bares, vio la rutina o los manejos de otras mujeres. Dio al fin con hombres del *Nordstjärnan.* De uno, muy joven, temió que le inspirara alguna ternura y optó por otro, quizá más bajo que ella y grosero, para que la pureza del horror no fuera mitigada. El hombre la condujo a una puerta y después a un turbio zaguán y después a una escalera tortuosa y después a un vestíbulo (en el que había una vidriera con losanges idénticos a los de la casa en Lanús) y después a un pasillo y después a una puerta que se cerró. Los hechos graves están fuera del tiempo, ya porque en ellos el pasado inmediato queda como tronchado del porvenir, ya porque no parecen consecutivas las partes que los forman.

¿En aquel tiempo fuera del tiempo, en aquel desorden perplejo de sensaciones inconexas y atroces, pensó Emma Zunz *una sola vez* en el muerto que motivaba el sacrificio? Yo tengo para mí que pensó una vez y que en ese momento peligró su desesperado propósito. Pensó (no pudo no pensar) que su padre le había hecho a su madre la cosa horrible que a ella ahora le hacían. Lo pensó con débil asombro y se refugió, en seguida, en el vértigo. El hombre, sueco o finlandés, no hablaba español; fue una herramienta para Emma como ésta lo fue para él, pero ella sirvió para el goce y él para la justicia.

Cuando se quedó sola, Emma no abrió en seguida los ojos. En la mesa de luz estaba el dinero que había dejado el hombre: Emma se incorporó y lo rompió como antes había roto la carta. Romper dinero es una impiedad, como tirar el pan; Emma se arrepintió, apenas lo hizo. Un acto de soberbia y en aquel día... El temor se perdió en la tristeza de su cuerpo, en el asco. El asco y la tristeza la encadenaban, pero Emma lentamente se levantó y procedió a vestirse. En el cuarto no quedaban colores vivos; el último crepúsculo se agravaba. Emma pudo salir sin que la advirtieran; en la esquina subió a un Lacroze, que iba al oeste. Eligió, conforme a su plan, el asiento más delantero, para que no le vieran la cara. Quizá le confortó verificar, en el insípido trajín de las calles, que lo acaecido no había contaminado las cosas. Viajó por barrios decrecientes y opacos, viéndolos y olvidándolos en el acto, y se apeó en una de las bocacalles de Warnes. Paradójicamente su fatiga venía a ser una fuerza, pues la obligaba a concentrarse en los pormenores de la aventura y le ocultaba el fondo y el fin.

Aarón Loewenthal era, para todos, un hombre serio; para sus pocos íntimos, un avaro. Vivía en los altos de la fábrica, solo. Establecido en el desmantelado arrabal, temía a los ladrones; en el patio de la fábrica había un gran perro y en el cajón de su escritorio, nadie lo ignoraba, un revólver. Había llorado con decoro, el año anterior, la inesperada muerte de su mujer —¡una Gauss, que le trajo una buena dote!—, pero el dinero era su verdadera pasión. Con íntimo bochorno se sabía menos apto para ganarlo que para conservarlo. Era muy religioso; creía tener con el Señor un pacto secreto, que lo eximía de obrar bien, a trueque de oraciones y devociones. Calvo, corpulento, enlutado, de quevedos ahumados y barba rubia, esperaba de pie, junto a la ventana, el informe confidencial de la obrera Zunz.

La vio empujar la verja (que él había entornado a propósito) y cruzar el patio sombrío. La vio hacer un pequeño rodeo cuando el perro atado ladró. Los labios de Emma se atareaban como los de quien reza en voz baja; cansados, repetían la sentencia que el señor Loewenthal oiría antes de morir.

Las cosas no ocurrieron como había previsto Emma Zunz. Desde la madrugada anterior, ella se había soñado muchas veces, dirigiendo el firme revólver, forzando al miserable a confesar la miserable culpa y exponiendo la intrépida estratagema que permitiría a la Justicia de Dios triunfar de la justicia humana. (No por temor, sino por ser un instrumento de la Justicia, ella no quería ser castigada.) Luego, un solo balazo en mitad del pecho rubricaría la suerte de Loewenthal. Pero las cosas no ocurrieron así.

Ante Aarón Loewenthal, más que la urgencia de vengar a su padre, Emma sintió la de castigar el ultraje padecido por ello. No podía no matarlo, después de esa minuciosa deshonra. Tampoco tenía tiempo que perder en teatralerías. Sentada, tímida, pidió excusas a Loewenthal, invocó (a fuer de delatora) las obligaciones de la lealtad, pronunció algunos nombres, dio a entender otros y se cortó como si la venciera el temor. Logró que Loewenthal saliera a buscar una copa de agua. Cuando éste, incrédulo de tales aspavientos, pero indulgente, volvió del comedor, Emma ya había sacado del cajón el pesado revólver. Apretó el gatillo dos veces. El considerable cuerpo se desplomó como si los estampidos y el humo lo hubieran roto, el vaso de agua se rompió, la cara la miró con asombro y cólera, la boca de la cara la injurió en español y en ídisch. Las malas palabras no cejaban; Emma tuvo que hacer fuego otra vez. En el patio, el perro encadenado rompió a ladrar, y una efusión de brusca sangre manó de los labios obscenos y manchó la barba y la ropa. Emma inició la acusación que tenía preparada ("He vengado a mi padre y no me podrán castigar...”), pero no la acabó, porque el señor Loewenthal ya había muerto. No supo nunca si alcanzó a comprender.

Los ladridos tirantes le recordaron que no podía, aún, descansar. Desordenó el diván, desabrochó el saco del cadáver, le quitó los quevedos salpicados y los dejó sobre el fichero. Luego tomó el teléfono y repitió lo que tantas veces repetiría, con esas y con otras palabras: “Ha ocurrido una cosa que es increíble... El señor Loewenthal me hizo venir con el pretexto de la huelga... Abusó de mí, lo maté...”

La historia era increíble, en efecto, pero se impuso a todos, porque sustancialmente era cierta. Verdadero era el tono de Emma Zunz, verdadero el pudor, verdadero el odio. Verdadero también era el ultraje que había padecido; sólo eran falsas las circunstancias, la hora y uno o dos nombres propios.

LA CASA DE ASTERIÓN

Y la reina dio a luz un hijo que se llamó Asterión.

APOLODORO: *Biblioteca*, III, I.

Sé que me acusan de soberbia, y tal vez de misantropía, y tal vez de locura. Tales acusaciones (que yo castigaré a su debido tiempo) son irrisorias. Es verdad que no salgo de mi casa, pero también es verdad que sus puertas (cuyo número es infinito)[1] están abiertas día y noche a los hombres y también a los animales. Que entre el que quiera. No hallará pompas mujeriles aquí ni el bizarro aparato de los palacios pero sí la quietud y la soledad. Asimismo hallará una casa como no hay otra en la faz de la tierra. (Mienten los que declaran que en Egipto hay una parecida.) Hasta mis detractores admiten que no hay *un solo mueble* en la casa. Otra especie ridícula es que yo, Asterión, soy un prisionero. ¿Repetiré que no hay una puerta cerrada, añadiré que no hay una cerradura? Por lo demás, algún atardecer he pisado la calle; si antes de la noche volví, lo hice por el temor que me infundieron las caras de la plebe, caras descoloridas y aplanadas, como la mano abierta. Ya se había puesto el sol, pero el desvalido llanto de un niño y las toscas plegarias de la grey dijeron que me habían reconocido. La gente oraba, huía, se prosternaba; unos se encaramaban al estilóbato del templo de las Hachas, otros juntaban piedras. Alguno, creo, se ocultó bajo el mar. No en vano fue una reina mi madre; no puedo confundirme con el vulgo; aunque mi modestia lo quiera.

El hecho es que soy único. No me interesa lo que un hombre pueda trasmitir a otros hombres; como el filósofo, pienso que nada es comunicable por el arte de la escritura. Las enojosas y triviales minucias no tienen cabida en mi espíritu, que está capacitado para lo

1. El original dice *catorce*, pero sobran motivos para inferir que, en boca de Asterión, ese adjetivo numeral vale por infinitos.

grande; jamás he retenido la diferencia entre una letra y otra. Cierta impaciencia generosa no ha consentido que yo aprendiera a leer. A veces lo deploro, porque las noches y los días son largos.

Claro que no me faltan distracciones. Semejante al carnero que va a embestir, corro por las galerías de piedra hasta rodar al suelo, mareado. Me agazapo a la sombra de un aljibe o a la vuelta de un corredor y juego a que me buscan. Hay azoteas desde las que me dejo caer, hasta ensangrentarme. A cualquier hora puedo jugar a estar dormido, con los ojos cerrados y la respiración poderosa. (A veces me duermo realmente, a veces ha cambiado el color del día cuando he abierto los ojos.) Pero de tantos juegos el que prefiero es el de otro Asterión. Finjo que viene a visitarme y que yo le muestro la casa. Con grandes reverencias le digo: "Ahora volvemos a la encrucijada anterior" o "Ahora desembocamos en otro patio" o "Bien decía yo que te gustaría la canaleta" o "Ahora verás una cisterna que se llenó de arena" o "Ya verás cómo el sótano se bifurca". A veces me equivoco y nos reímos buenamente los dos.

No sólo he imaginado esos juegos; también he meditado sobre la casa. Todas las partes de la casa están muchas veces, cualquier lugar es otro lugar. No hay un aljibe, un patio, un abrevadero, un pesebre; son catorce [son infinitos] los pesebres, abrevaderos, patios, aljibes. La casa es del tamaño del mundo; mejor dicho, es el mundo. Sin embargo, a fuerza de fatigar patios con un aljibe y polvorientas galerías de piedra gris he alcanzado la calle y he visto el templo de las Hachas y el mar. Eso no lo entendí hasta que una visión de la noche me reveló que también son catorce [son infinitos] los mares y los templos. Todo está muchas veces, catorce veces, pero dos cosas hay en el mundo que parecen estar una sola vez: arriba, el intrincado sol; abajo, Asterión. Quizá yo he creado las estrellas y el sol y la enorme casa, pero ya no me acuerdo.

Cada nueve años entran en la casa nueve hombres para que yo los libere de todo mal. Oigo sus pasos o su voz en el fondo de las galerías de piedra y corro alegremente a buscarlos. La ceremonia dura pocos minutos. Uno tras otro caen sin que yo me ensangriente las manos. Donde cayeron, quedan, y los cadáveres ayudan a distinguir una galería de las otras. Ignoro quiénes son, pero sé que uno de ellos profetizó, en la hora de su muerte, que alguna vez llegaría mi redentor. Desde entonces no me duele la soledad, porque sé que vive mi redentor y al fin se levantará sobre el polvo. Si mi oído alcanzara todos los rumores del mundo, yo percibiría sus pasos. Ojalá me lleve a un lugar con menos galerías y menos puertas. ¿Cómo será mi redentor?, me pregunto. ¿Será un toro o un hombre? ¿Será tal vez un toro con cara de hombre? ¿O será como yo?

El sol de la mañana reverberó en la espada de bronce. Ya no quedaba ni un vestigio de sangre.

—¿Lo creerás, Ariadna? —dijo Teseo—. El minotauro apenas se defendió.

A Marta Mosquera Eastman

LA OTRA MUERTE

Un par de años hará (he perdido la carta), Gannon me escribió de Gualeguaychú, anunciando el envío de una versión, acaso la primera española, del poema "The Past", de Ralph Waldo Emerson, y agregando en una posdata que don Pedro Damián, de quien yo guardaría alguna memoria, había muerto noches pasadas, de una congestión pulmonar. El hombre, arrasado por la fiebre, había revivido en su delirio la sangrienta jornada de Masoller; la noticia me pareció previsible y hasta convencional, porque don Pedro, a los diecinueve o veinte años, había seguido las banderas de Aparicio Saravia. La revolución de 1904 lo tomó en una estancia de Río Negro o de Paysandú, donde trabajaba de peón; Pedro Damián era entrerriano, de Gualeguay, pero fue adonde fueron los amigos, tan animoso y tan ignorante como ellos. Combatió en algún entrevero y en la batalla última; repatriado en 1905, retomó con humilde tenacidad las tareas de campo. Que yo sepa, no volvió a dejar su provincia. Los últimos treinta años los pasó en un puesto muy solo, a una o dos leguas del Ñancay; en aquel desamparo, yo conversé con él una tarde (yo traté de conversar con él una tarde), hacia 1942. Era hombre taciturno, de pocas luces. El sonido y la furia de Masoller agotaban su historia; no me sorprendió que los reviviera, en la hora de su muerte... Supe que no vería más a Damián y quise recordarlo; tan pobre es mi memoria visual que sólo recordé una fotografía que Gannon le tomó. El hecho nada tiene de singular, si consideramos que al hombre lo vi a principios de 1942, una vez, y a la efigie, muchísimas. Gannon me mandó esa fotografía; la he perdido y ya no la busco. Me daría miedo encontrarla.

El segundo episodio se produjo en Montevideo, meses después. La fiebre y la agonía del entrerriano me sugirieron un relato fantástico sobre la derrota de Masoller; Emir Rodríguez Monegal, a quien referí el argumento, me dio unas líneas para el coronel Dionisio Tabares, que había hecho esa campaña. El coronel me recibió después de cenar. Desde un sillón de hamaca, en un patio, recordó con desorden y con amor los tiempos que fueron. Habló de municiones que no llegaron y de caballadas rendidas, de hombres dormidos y terrosos tejiendo laberintos de marchas, de Saravia, que pudo haber entrado en Montevideo y que se desvió; "porque el gaucho le teme a la ciudad", de hombres degollados hasta la nuca, de una guerra civil que me pareció menos la colisión de dos ejércitos que el sueño de un matrero. Habló de Illescas, de Tupambaé, de Masoller. Lo hizo con períodos tan cabales y de un modo tan vívido que comprendí que muchas veces había referido esas mismas cosas, y temí que detrás de sus palabras casi no quedaran recuerdos. En un respiro conseguí intercalar el nombre de Damián.

—¿Damián? ¿Pedro Damián? —dijo el coronel—. Ése sirvió conmigo. Un tapecito que le decían Daymán los muchachos. —Inició una ruidosa carcajada y la cortó de golpe, con fingida o veraz incomodidad.

Con otra voz dijo que la guerra servía, como la mujer, para que se probaran los hombres, y que, antes de entrar en batalla, nadie sabía quién es. Alguien podía pensarse cobarde y ser un valiente, y asimismo al revés, como le ocurrió a ese pobre Damián, que se anduvo floreando en las pulperías con su divisa blanca y después flaqueó en Masoller. En algún tiroteo con los *zumacos* se portó como un hombre, pero otra cosa fue cuando los ejércitos se enfrentaron y empezó el cañoneo y cada hombre sintió que cinco mil hombres se habían coaligado para matarlo. Pobre gurí, que se la había pasado bañando ovejas y que de pronto lo arrastró esa patriada...

Absurdamente, la versión de Tabares me avergonzó. Yo hubiera preferido que los hechos no ocurrieran así. Con el viejo Damián, entrevisto una tarde, hace muchos años, yo había fabricado, sin proponérmelo, una suerte de ídolo; la versión de Tabares lo destrozaba. Súbitamente comprendí la reserva y la obstinada soledad de Damián; no las había dictado la modestia, sino el bochorno. En vano me repetí que un hombre acosado por un acto de cobardía es más complejo y más interesante que un hombre meramente animoso. El gaucho Martín Fierro, pensé, es menos memorable que Lord Jim o que Razumov. Sí, pero Damián, como gaucho, tenía obligación de ser Martín Fierro —sobre todo, ante gauchos orientales. En lo que Tabares dijo y no dijo percibí el agreste sabor de lo que se llamaba artiguismo: la conciencia (tal vez incontrovertible) de que el Uruguay es más elemental que nuestro país y, por ende, más bravo... Recuerdo que esa noche nos despedimos con exagerada efusión.

En el invierno, la falta de una o dos circunstancias para mi relato fantástico (que torpemente se obstinaba en no dar con su forma) hizo que yo volviera a la casa del coronel Tabares. Lo hallé con otro señor de edad: el doctor Juan Francisco Amaro, de Paysandú, que también había militado en la revolución de Saravia. Se habló, previsiblemente, de Masoller. Amaro refirió unas anécdotas y después agregó con lentitud, como quien está pensando en voz alta:

—Hicimos noche en *Santa Irene*, me acuerdo, y se nos incorporó alguna gente. Entre ellos, un veterinario francés que murió la víspera de la acción, y un mozo esquilador, de Entre Ríos, un tal Pedro Damián.

Lo interrumpí con acritud.

—Ya sé —le dije—. El argentino que flaqueó ante las balas.

Me detuve; los dos me miraban perplejos.

—Usted se equivoca, señor —dijo, al fin, Amaro—. Pedro Damián murió como querría morir cualquier hombre. Serían las cuatro de la tarde. En la cumbre de la cuchilla se había hecho fuerte la infantería colorada; los nuestros la cargaron, a lanza; Damián iba en la punta, gritando, y una bala lo acertó en pleno pecho. Se paró en los estribos, concluyó el grito y rodó por tierra y quedó entre las patas de los caballos. Estaba muerto y la última carga de Masoller le pasó por encima. Tan valiente y no había cumplido veinte años.

Hablaba, a no dudarlo, de otro Damián, pero algo me hizo preguntar qué gritaba el gurí.

—Malas palabras —dijo el coronel—, que es lo que se grita en las cargas.

—Puede ser —dijo Amaro—, pero también gritó ¡Viva Urquiza!

Nos quedamos callados. Al fin, el coronel murmuró:

—No como si peleara en Masoller, sino en Cagancha o India Muerta, hará un siglo.

Agregó con sincera perplejidad:

—Yo comandé esas tropas, y juraría que es la primera vez que oigo hablar de un Damián.

No pudimos lograr que lo recordara.

En Buenos Aires, el estupor que me produjo su olvido se repitió. Ante los once deleitables volúmenes de las obras de Emerson, en el sótano de la librería inglesa de Mitchell, encontré, una tarde, a Patricio Gannon. Le pregunté por su traducción de "The Past". Dijo que no pensaba traducirlo y que la literatura española era tan tediosa que hacía innecesario a Emerson. Le recordé que me había prometido esa versión en la misma carta en que me escribió la muerte de Damián. Preguntó quién era Damián. Se lo dije, en vano. Con un principio de terror advertí que me oía con extrañeza, y busqué amparo en una discusión literaria sobre los detractores de Emerson, poeta más complejo, más diestro y sin duda más singular que el desdichado Poe.

Algunos hechos más debo registrar. En abril tuve carta del coronel Dionisio Tabares; éste ya no estaba ofuscado y ahora se acordaba muy bien del entrerrianito que hizo punta en la carga de Masoller y que enterraron esa noche sus hombres, al pie de la cuchilla. En julio pasé por Gualeguaychú; no di con el rancho de Damián, de quien ya nadie se acordaba. Quise interrogar al puestero Diego Abaroa, que lo vio morir; éste había fallecido antes del invierno. Quise traer a la memoria los rasgos de Damián; meses después, hojeando unos álbumes, comprobé que el rostro sombrío que yo había conseguido evocar era el del célebre tenor Tamberlick, en el papel de Otelo.

Paso ahora a las conjeturas. La más fácil, pero también la menos satisfactoria, postula dos Damianes: el cobarde que murió en Entre Ríos hacia 1946, el valiente que murió en Masoller en 1904. Su defecto reside en no explicar lo realmente enigmático: los curiosos vaivenes de la memoria del coronel Tabares, el olvido que anula en tan poco tiempo la imagen y hasta el nombre del que volvió. (No acepto, no quiero aceptar, una conjetura más simple: la de haber yo soñado al primero.) Más curiosa es la conjetura sobrenatural que ideó Ulrike von Kühlmann. Pedro Damián, decía Ulrike, pereció en la batalla, y en la hora de su muerte suplicó a Dios que lo hiciera volver a Entre Ríos. Dios vaciló un segundo antes de otorgar esa gracia, y quien la había pedido ya estaba muerto, y algunos hombres lo habían visto caer. Dios, que no puede cambiar el pasado, pero sí las imágenes del pasado, cambió la imagen de la muerte en la de un desfallecimiento, y la sombra del entrerriano volvió a su tierra. Volvió, pero debemos recordar su condición de sombra. Vivió en la soledad, sin una mujer, sin amigos; todo lo amó y lo poseyó, pero desde lejos, como del otro lado de un cristal; "murió", y su tenue imagen se perdió, como el agua en el agua. Esa conjetura es errónea, pero hubiera debido sugerirme la verdadera (la que hoy creo la verdadera), que a la vez es más simple y más inaudita. De un modo casi mágico la descubrí en el tratado *De Omnipotentia*, de Pier Damiani, a cuyo estudio me llevaron dos versos del Canto XXI del *Paradiso*, que plantean precisamente un problema de identidad. En el quinto capítulo de aquel tratado, Pier Damiani sostiene, contra Aristóteles y contra Fredegario de Tours, que Dios puede efectuar que no haya sido lo que alguna vez fue. Leí esas viejas discusiones teológicas y empecé a comprender la trágica historia de don Pedro Damián.

La adivino así. Damián se portó como un cobarde en el campo de Masoller, y dedicó la vida a corregir esa bochornosa flaqueza. Volvió a Entre Ríos; no alzó la mano a ningún hombre, no *marcó* a nadie, no buscó fama de valiente, pero en los campos del Ñancay se hizo duro, lidiando con el monte y la hacienda chúcara. Fue preparando, sin duda sin saberlo, el milagro. Pensó con lo más hondo: Si el destino me trae otra batalla, yo sabré merecerla. Durante cuarenta años la aguardó con oscura esperanza, y el destino al fin se la trajo, en la hora de su muerte. La trajo en forma de delirio pero ya los griegos sabían que somos las sombras de un sueño. En la agonía revivió su batalla, y se condujo como un hombre y encabezó la carga final y una bala lo acertó en pleno pecho. Así, en 1946, por obra de una larga pasión, Pedro Damián murió en la derrota de Masoller, que ocurrió entre el invierno y la primavera de 1904.

En la *Suma Teológica* se niega que Dios pueda hacer que lo pasado no haya sido, pero nada se dice de la intrincada concatenación de causas y efectos, que es tan vasta y tan íntima que acaso no cabría anular *un solo* hecho remoto, por insignificante que fuera, sin invalidar el presente. Modificar el pasado no es modificar un solo hecho; es anular sus consecuencias, que tienden a ser infinitas. Dicho sea con otras palabras; es crear dos historias universales. En la primera (digamos), Pedro Damián murió en Entre Ríos, en 1946; en la segunda, en Masoller, en 1904. Ésta es la que vivimos ahora, pero la supresión de aquélla no fue inmediata y produjo las incoherencias que he referido. En el coronel Dionisio Tabares se cumplieron las diversas etapas: al principio recordó que Damián obró como un cobarde; luego, lo olvidó totalmente; luego, recordó su impetuosa muerte. No menos corroborativo es el caso del puestero Abaroa; éste murió, lo entiendo, porque tenía demasiadas memorias de don Pedro Damián.

En cuanto a mí, entiendo no correr un peligro análogo. He adivinado y registrado un proceso no accesible a los hombres, una suerte de escándalo de la razón; pero algunas circunstancias mitigan ese privilegio temible. Por lo pronto, no estoy seguro de haber escrito siempre la verdad. Sospecho que en mi relato hay falsos recuerdos. Sospecho que Pedro Damián (si existió) no se llamó Pedro Damián, y que yo lo recuerdo bajo ese nombre para creer algún día que su historia me fue sugerida por los argumentos de Pier Damiani. Algo parecido acontece con el poema que mencioné en el primer párrafo y que versa sobre la irrevocabilidad del pasado. Hacia 1951 creeré haber fabricado un cuento fantástico y habré historiado un hecho real; también el inocente Virgilio, hará dos mil años, creyó anunciar el nacimiento de un hombre y vaticinaba el de Dios.

¡Pobre Damián! La muerte lo llevó a los veinte años en una triste guerra ignorada y en una batalla casera, pero consiguió lo que anhelaba su corazón, y tardó mucho en conseguirlo, y acaso no hay mayores felicidades.

DEUTSCHES REQUIEM

Aunque Él me quitare la vida, en Él confiaré.

Job 13:15

Mi nombre es Otto Dietrich zur Linde. Uno de mis antepasados, Christoph zur Linde, murió en la carga de caballería que decidió la victoria de Zorndorf. Mi bisabuelo materno, Ulrich Forkel, fue asesinado en la foresta de Marchenoir por francotiradores franceses, en los últimos días de 1870; el capitán Dietrich zur Linde, mi padre, se distinguió en el sitio de Namur, en 1914, y, dos años después, en la travesía del Danubio.[1] En cuanto a mí, seré fusilado por torturador y asesino. El tribunal ha procedido con rectitud; desde el principio, yo me he declarado culpable. Mañana, cuando el reloj de la prisión dé las nueve, yo habré entrado en la muerte; es natural que piense en mis mayores, ya que tan cerca estoy de su sombra, ya que de algún modo soy ellos.

Durante el juicio (que afortunadamente duró poco) no hablé; justificarme, entonces, hubiera entorpecido el dictamen y hubiera parecido una cobardía. Ahora las cosas han cambiado; en esta noche que precede a mi ejecución, puedo hablar sin temor. No pretendo ser perdonado, porque no hay culpa en mí, pero quiero ser comprendido. Quienes sepan oírme, comprenderán la historia de Alemania y la futura historia del mundo. Yo sé que casos como el mío, excepcionales y asombrosos ahora, serán muy en breve triviales. Mañana moriré, pero soy un símbolo de las generaciones del porvenir.

---

1. Es significativa la omisión del antepasado más ilustre del narrador, el teólogo y hebraísta Johannes Forkel (1799-1846), que aplicó la dialéctica de Hegel a la cristología y cuya versión literal de algunos de los Libros Apócrifos mereció la censura de Hengstenberg y la aprobación de Thilo y Geseminus. (*Nota del editor.*)

Nací en Marienburg, en 1908. Dos pasiones, ahora casi olvidadas, me permitieron afrontar con valor y aun con felicidad muchos años infaustos: la música y la metafísica. No puedo mencionar a todos mis bienhechores, pero hay dos nombres que no me resigno a omitir: el de Brahms y el de Schopenhauer. También frecuenté la poesía; a esos nombres quiero juntar otro vasto nombre germánico, William Shakespeare. Antes, la teología me interesó, pero de esa fantástica disciplina (y de la fe cristiana) me desvió para siempre Schopenhauer, con razones directas; Shakespeare y Brahms, con la infinita variedad de su mundo. Sepa quien se detiene maravillado, trémulo de ternura y de gratitud, ante cualquier lugar de la obra de esos felices, que yo también me detuve ahí, yo el abominable.

Hacia 1927 entraron en mi vida Nietzsche y Spengler. Observa un escritor del siglo XVIII que nadie quiere deber nada a sus contemporáneos; yo, para libertarme de una influencia que presentí opresora, escribí un artículo titulado *Abrechnung mit Spengler*, en el que hacía notar que el monumento más inequívoco de los rasgos que el autor llama fáusticos no es el misceláneo drama de Goethe[1] sino un poema redactado hace veinte siglos, el *De rerum natura*. Rendí justicia, empero, a la sinceridad del filósofo de la historia, a su espíritu radicalmente alemán (*kerndeutsch*), militar. En 1929 entré en el Partido.

Poco diré de mis años de aprendizaje. Fueron más duros para mí que para muchos otros, ya que a pesar de no carecer de valor, me falta toda vocación de violencia. Comprendí, sin embargo, que estábamos al borde de un tiempo nuevo y que ese tiempo, comparable a las épocas iniciales del Islam o del Cristianismo, exigía hombres nuevos. Individualmente, mis camaradas me eran odiosos; en vano procuré razonar que para el alto fin que nos congregaba, no éramos individuos.

Aseveran los teólogos que si la atención del Señor se desviara un solo segundo de mi derecha mano que escribe, ésta recaería en la nada, como si la fulminara un fuego sin luz. Nadie puede ser, digo yo, nadie puede probar una copa de agua o partir un trozo de pan, sin justificación. Para cada hombre, esa justificación es distinta; yo espe-

---

1. Otras naciones viven con inocencia, en sí y para sí como los minerales o los meteoros; Alemania es el espejo universal que a todas recibe, la conciencia del mundo (*das Weltbewusstsein*). Goethe es el prototipo de esa comprensión ecuménica. No lo censuro, pero no veo en él al hombre fáustico de la tesis de Spengler.

raba la guerra inexorable que probaría nuestra fe. Me bastaba saber que yo sería un soldado de sus batallas. Alguna vez temí que nos defraudaran la cobardía de Inglaterra y de Rusia. El azar, o el destino, tejió de otra manera mi porvenir: el primero de marzo de 1939, al oscurecer, hubo disturbios en Tilsit que los diarios no registraron; en la calle detrás de la sinagoga, dos balas me atravesaron la pierna, que fue necesario amputar.[1] Días después, entraban en Bohemia nuestros ejércitos; cuando las sirenas lo proclamaron, yo estaba en el sedentario hospital, tratando de perderme y de olvidarme en los libros de Schopenhauer. Símbolo de mi vano destino, dormía en el borde de la ventana un gato enorme y fofo.

En el primer volumen de *Parerga und Paralipomena* releí que todos los hechos que pueden ocurrirle a un hombre, desde el instante de su nacimiento hasta el de su muerte, han sido prefijados por él. Así, toda negligencia es deliberada, todo casual encuentro una cita, toda humillación una penitencia, todo fracaso una misteriosa victoria, toda muerte un suicidio. No hay consuelo más hábil que el pensamiento de que hemos elegido nuestras desdichas; esa teleología individual nos revela un orden secreto y prodigiosamente nos confunde con la divinidad. ¿Qué ignorado propósito (cavilé) me hizo buscar ese atardecer, esas balas y esa mutilación? No el temor de la guerra, yo lo sabía; algo más profundo. Al fin creí entender. Morir por una religión es más simple que vivirla con plenitud; batallar en Éfeso contra las fieras es menos duro (miles de mártires oscuros lo hicieron) que ser Pablo, siervo de Jesucristo; un acto es menos que todas las horas de un hombre. La batalla y la gloria son *facilidades*; más ardua que la empresa de Napoleón fue la de Raskolnikov. El 7 de febrero de 1941 fui nombrado subdirector del campo de concentración de Tarnowitz.

El ejercicio de ese cargo no me fue grato; pero no pequé nunca de negligencia. El cobarde se prueba entre las espadas; el misericordioso, el piadoso, busca el examen de las cárceles y del dolor ajeno. El nazismo, intrínsecamente, es un hecho moral, un despojarse del viejo hombre, que está viciado, para vestir el nuevo. En la batalla esa mutación es común, entre el clamor de los capitanes y el vocerío; no así en un torpe calabozo, donde nos tienta con antiguas ternuras la insidiosa piedad. No en vano escribo esa palabra; la piedad por el

1. Se murmura que las consecuencias de esa herida fueron muy graves. *(Nota del editor.)*

hombre superior es el último pecado de Zarathustra. Casi lo cometí (lo confieso) cuando nos remitieron de Breslau al insigne poeta David Jerusalem.

Era éste un hombre de cincuenta años. Pobre de bienes de este mundo, perseguido, negado, vituperado, había consagrado su genio a cantar la felicidad. Creo recordar que Albert Soergel, en la obra *Dichtung der Zeit*, lo equipara con Whitman. La comparación no es feliz; Whitman celebra el universo de un modo previo, general, casi indiferente; Jerusalem se alegra de cada cosa, con minucioso amor. No comete jamás enumeraciones, catálogos. Aún puedo repetir muchos hexámetros de aquel hondo poema que se titula *Tse Yang, pintor de tigres*, que está como rayado de tigres, que está como cargado y atravesado de tigres transversales y silenciosos. Tampoco olvidaré el soliloquio *Rosencrantz habla con el Ángel*, en el que un prestamista londinense del siglo XVI vanamente trata, al morir, de vindicar sus culpas, sin sospechar que la secreta justificación de su vida es haber inspirado a uno de sus clientes (que lo ha visto una sola vez y a quien no recuerda) el carácter de Shylock. Hombre de memorables ojos, de piel cetrina, de barba casi negra, David Jerusalem era el prototipo del judío sefardí, si bien pertenecía a los depravados y aborrecidos Ashkenazim. Fui severo con él; no permití que me ablandaran ni la compasión ni su gloria. Yo había comprendido hace muchos años que no hay cosa en el mundo que no sea germen de un Infierno posible; un rostro, una palabra, una brújula, un aviso de cigarrillos, podrían enloquecer a una persona, si ésta no lograra olvidarlos. ¿No estaría loco un hombre que continuamente se figurara el mapa de Hungría? Determiné aplicar ese principio al régimen disciplinario de nuestra casa y[1]... A fines de 1942, Jerusalem perdió la razón; el primero de marzo de 1943, logró darse muerte.[2]

Ignoro si Jerusalem comprendió que si yo lo destruí, fue para des-

---

1. Ha sido inevitable, aquí, omitir unas líneas. *(Nota del editor.)*

2. Ni en los archivos ni en la obra de Soergel figura el nombre de Jerusalem. Tampoco lo registran las historias de la literatura alemana. No creo, sin embargo, que se trate de un personaje falso. Por orden de Otto Dietrich zur Linde fueron torturados en Tarnowitz muchos intelectuales judíos, entre ellos la pianista Emma Rosenzweig. "David Jerusalem" es tal vez un símbolo de varios individuos. Nos dicen que murió el primero de marzo de 1943, el primero de marzo de 1939, el narrador fue herido en Tilsit. (*Nota del editor.*)

truir mi piedad. Ante mis ojos, no era un hombre, ni siquiera un judío; se había transformado en el símbolo de una detestada zona de mi alma. Yo agonicé con él, yo morí con él, yo de algún modo me he perdido con él; por eso, fui implacable.

Mientras tanto, giraban sobre nosotros los grandes días y las grandes noches de una guerra feliz. Había en el aire que respirábamos un sentimiento parecido al amor. Como si bruscamente el mar estuviera cerca, había un asombro y una exaltación en la sangre. Todo, en aquellos años, era distinto; hasta el sabor del sueño. (Yo, quizá, nunca fui plenamente feliz, pero es sabido que la desventura requiere paraísos perdidos.) No hay hombre que no aspire a la plenitud, es decir a la suma de experiencias de que un hombre es capaz; no hay hombre que no tema ser defraudado de alguna parte de ese patrimonio infinito. Pero todo lo ha tenido mi generación, porque primero le fue deparada la gloria y después la derrota.

En octubre o noviembre de 1942, mi hermano Friedrich pereció en la segunda batalla de El Alamein, en los arenales egipcios; un bombardeo aéreo, meses después, destrozó nuestra casa natal; otro, a fines de 1943, mi laboratorio. Acosado por vastos continentes, moría el Tercer Reich; su mano estaba contra todos y las manos de todos contra él. Entonces, algo singular ocurrió, que ahora creo entender. Yo me creía capaz de apurar la copa de la cólera, pero en las heces me detuvo un sabor no esperado, el misterioso y casi terrible sabor de la felicidad. Ensayé diversas explicaciones; no me bastó ninguna. Pensé: *Me satisface la derrota, porque secretamente me sé culpable y sólo puede redimirme el castigo*. Pensé: *Me satisface la derrota, porque es un fin y yo estoy muy cansado*. Pensé: *Me satisface la derrota, porque ha ocurrido, porque está innumerablemente unida a todos los hechos que son, que fueron, que serán, porque censurar o deplorar un solo hecho real es blasfemar del universo*. Esas razones ensayé, hasta dar con la verdadera.

Se ha dicho que todos los hombres nacen aristotélicos o platónicos. Ello equivale a declarar que no hay debate de carácter abstracto que no sea un momento de la polémica de Aristóteles y Platón; a través de los siglos y latitudes, cambian los nombres, los dialectos, las caras, pero no los eternos antagonistas. También la historia de los pueblos registra una continuidad secreta. Arminio, cuando degolló en una ciénaga las legiones de Varo, no se sabía precursor de un Imperio Alemán; Lutero, traductor de la *Biblia*, no sospechaba que su fin era forjar un pueblo que destruyera para siempre la *Biblia*; Christoph zur Linde, a quien mató una bala moscovita en 1758, preparó de algún modo las victorias de 1914; Hitler creyó luchar por *un* país, pero luchó por todos, aun por aquellos que agredió y detestó. No importa que su yo lo ignorara; lo sabían su sangre, su voluntad. El mundo se moría de judaísmo y de esa enfermedad del judaísmo, que es la fe de Jesús; nosotros le enseñamos la violencia y la fe de la espada. Esa espada nos mata y somos comparables al hechicero que teje un laberinto y que se ve forzado a errar en él hasta el fin de sus días o a David que juzga a un desconocido y lo condena a muerte y oye después la revelación: "Tú eres aquel hombre". Muchas cosas hay que destruir para edificar el nuevo orden; ahora sabemos que Alemania era una de esas cosas. Hemos dado algo más que nuestra vida, hemos dado la suerte de nuestro querido país. Que otros maldigan y otros lloren; a mí me regocija que nuestro don sea orbicular y perfecto.

Se cierne ahora sobre el mundo una época implacable. Nosotros la forjamos, nosotros que ya somos su víctima. ¿Qué importa que Inglaterra sea el martillo y nosotros el yunque? Lo importante es que rija la violencia, no las serviles timideces cristianas. Si la victoria y la injusticia y la felicidad no son para Alemania, que sean para otras naciones. Que el cielo exista, aunque nuestro lugar sea el infierno.

Miro mi cara en el espejo para saber quién soy, para saber cómo me portaré dentro de unas horas, cuando me enfrente con el fin. Mi carne puede tener miedo; yo, no.

LA BUSCA DE AVERROES

S'imaginant que la tragédie n'est autre chose
que l'art de louer...

ERNEST RENAN: *Averroés*, 48 (1861).

Abulgualid Muhámmad Ibn-Ahmad ibn-Muhámmad ibn-Rushd (un siglo tardaría ese largo nombre en llegar a Averroes, pasando por Benraist y por Avenryz, y aun por Aben-Rassad y Filius Rosadis) redactaba el undécimo capítulo de la obra *Tahafut-ul-Tahafut* (Destrucción de la Destrucción), en el que se mantiene, contra el asceta persa Ghazali, autor del *Tahafut-ul-falasifa* (Destrucción de filósofos), que la divinidad sólo conoce las leyes generales del universo, lo concerniente a las especies, no al individuo. Escribía con lenta seguridad, de derecha a izquierda; el ejercicio de formar silogismos y de eslabonar vastos párrafos no le impedía sentir, como un bienestar, la fresca y honda casa que lo rodeaba. En el fondo de la siesta se enronquecían amorosas palomas; de algún patio invisible se elevaba el rumor de una fuente; algo en la carne de Averroes, cuyos antepasados procedían de los desiertos árabes, agradecía la constancia del agua. Abajo estaban los jardines, la huerta; abajo, el atareado Guadalquivir y después la querida ciudad de Córdoba, no menos clara que Bagdad o que el Cairo, como un complejo y delicado instrumento, y alrededor (esto Averroes lo sentía también) se dilataba hacia el confín la tierra de España, en la que hay pocas cosas, pero donde cada una parece estar de un modo sustantivo y eterno.

La pluma corría sobre la hoja, los argumentos se enlazaban, irrefutables, pero una leve preocupación empañó la felicidad de Averroes. No la causaba el *Tahafut*, trabajo fortuito, sino un problema de índole filológica vinculado a la obra monumental que lo justificaría ante las gentes: el comentario de Aristóteles. Este griego, manantial de toda filosofía, había sido otorgado a los hombres para enseñarles todo lo que se puede saber; interpretar sus libros como los ulemas interpretan el *Alcorán* era el arduo propósito de Averroes. Pocas cosas más bellas y más patéticas registrará la historia que esa consagración de un médico árabe a los pensamientos de un hombre de quien lo separaban catorce siglos; a las dificultades intrínsecas debemos añadir que Averroes, ignorante del siríaco y del griego, trabajaba sobre la traducción de una traducción. La víspera, dos palabras dudosas lo habían detenido en el principio de la *Poética*. Esas palabras eran *tragedia* y *comedia*. Las había encontrado años atrás, en el libro tercero de la *Retórica*; nadie, en el ámbito del Islam, barruntaba lo que querían decir. Vanamente había fatigado las páginas de Alejandro de Afrodisia, vanamente había compulsado las versiones del nestoriano Hunáin ibn-Ishaq y de Abu-Bashar Mata. Esas dos palabras arcanas pululaban en el texto de la *Poética*; imposible eludirlas.

Averroes dejó la pluma. Se dijo (sin demasiada fe) que suele estar muy cerca lo que buscamos, guardó el manuscrito del *Tahafut* y se dirigió al anaquel donde se alineaban, copiados por calígrafos persas, los muchos volúmenes del *Mohkam* del ciego Abensida. Era irrisorio imaginar que no los había consultado, pero lo tentó el ocioso placer de volver sus páginas. De esa estudiosa distracción lo distrajo una suerte de melodía. Miró por el balcón enrejado; abajo, en el estrecho patio de tierra, jugaban unos chicos semidesnudos. Uno, de pie en los hombros de otro, hacía notoriamente de almuédano; bien cerrados los ojos, salmodiaba "No hay otro dios que el Dios". El que lo sostenía, inmóvil, hacía de alminar; otro, abyecto en el polvo y arrodillado, de congregación de los fieles. El juego duró poco: todos querían ser el almuédano, nadie la congregación o la torre. Averroes los oyó disputar en dialecto grosero, vale decir en el incipiente español de la plebe musulmana de la Península. Abrió el *Quitah ul ain* de Jalil y pensó con orgullo que en toda Córdoba (acaso en todo Al-Andalus) no había otra copia de la obra perfecta que ésta que el emir Yacub Almansur le había remitido de Tánger. El nombre de ese puerto le recordó que el viajero Abulcásim Al Asharí, que había regresado de Marruecos, cenaría con él esa noche en casa del alcoranista Farach. Abulcásim decía haber alcanzado los reinos del imperio de Sin (de la China); sus detractores, con esa lógica peculiar que da el odio, juraban que nunca había pisado la China y que en los templos de ese país había blasfemado de Alá. Inevitablemente, la reunión duraría unas horas; Averroes, presuroso, retomó la escritura del *Tahafut*. Trabajó hasta el crepúsculo de la noche.

El diálogo, en la casa de Farach, pasó de las incomparables virtudes del gobernador a las de su hermano el emir; después, en el jardín, hablaron de rosas. Abulcásim, que no las había mirado, juró que no había rosas como las rosas que decoran los cármenes andaluces. Farach no se dejó sobornar; observó que el docto Ibn Qutaiba describe una excelente variedad de la rosa perpetua, que se da en los jardines del Indostán y cuyos pétalos, de un rojo encarnado, presentan caracteres que dicen: "No hay otro dios que el Dios, Muhámmad es el Apóstol de Dios". Agregó que Abulcásim, seguramente, conocería esas rosas. Abulcásim lo miró con alarma. Si respondía que sí, todos lo juzgarían, con razón, el más disponible y casual de los impostores; si respondía que no, lo juzgarían un infiel. Optó por musitar que con el Señor están las llaves de las cosas ocultas y que no hay en la tierra una cosa verde o una cosa marchita que no esté registrada en Su Libro. Esas palabras pertenecen a una de las primeras azoras; las acogió un murmullo reverencial. Envanecido por esa victoria dialéctica, Abulcásim iba a pronunciar que el Señor es perfecto en sus obras e inescrutable. Entonces Averroes declaró, prefigurando las remotas razones de un todavía problemático Hume:

—Me cuesta menos admitir un error en el docto Ibn Qutaiba, o en los copistas, que admitir que la tierra da rosas con la profesión de la fe.

—Así es. Grandes y verdaderas palabras —dijo Abulcásim.

—Algún viajero —recordó el poeta Abdalmálik— habla de un árbol cuyo fruto son verdes pájaros. Menos me duele creer en él que en rosas con letras.

—El color de los pájaros —dijo Averroes— parece facilitar el portento. Además, los frutos y los pájaros pertenecen al mundo natural, pero la escritura es un arte. Pasar de hojas a pájaros es más fácil que de rosas a letras.

Otro huésped negó con indignación que la escritura fuese un arte, ya que el original del Qurán —*la madre del Libro*— es anterior a la Creación y se guarda en el cielo. Otro habló de Cháhiz de Basra, que dijo que el Qurán es una sustancia que puede tomar la forma de un hombre o la de un animal, opinión que parece convenir con la de quienes le atribuyen dos caras. Farach expuso largamente la doctrina ortodoxa. El Qurán (dijo) es uno de los atributos de Dios, como Su piedad; se copia en un libro, se pronuncia con la lengua, se recuerda en el corazón, y el idioma y los signos y la escritura son obra de los hombres, pero el Qurán es irrevocable y eterno. Averroes, que había comentado la *República*, pudo haber dicho que la madre del Libro es algo así como su modelo platónico, pero notó que la teología era un tema del todo inaccesible a Abulcásim.

Otros, que también lo advirtieron, instaron a Abulcásim a referir alguna maravilla. Entonces como ahora, el mundo era atroz; los audaces podían recorrerlo, pero también los miserables, los que se allanaban a todo. La memoria de Abulcásim era un espejo de íntimas cobardías. ¿Qué podía referir? Además, le exigían maravillas y la maravilla es acaso incomunicable: la luna de Bengala no es igual a la luna del Yemen, pero se deja describir con las mismas voces. Abulcásim vaciló; luego, habló:

—Quien recorre los climas y las ciudades —proclamó con unción— ve muchas cosas que son dignas de crédito. Ésta, digamos, que sólo he referido una vez, al rey de los turcos. Ocurrió en Sin Kalán (Cantón), donde el río del Agua de la Vida se derrama en el mar.

Farach preguntó si la ciudad quedaba a muchas leguas de la muralla que Iskandar Zul Qarnain (Alejandro Bicorne de Macedonia) levantó para detener a Gog y a Magog.

—Desiertos la separan —dijo Abulcásim, con involuntaria soberbia—. Cuarenta días tardaría una cáfila (caravana) en divisar sus torres y dicen que otros tantos en alcanzarlas. En Sin Kalán no sé de ningún hombre que la haya visto o que haya visto a quien la vio.

El temor de lo crasamente infinito, del mero espacio, de la mera materia, tocó por un instante a Averroes. Miró el simétrico jardín; se supo envejecido, inútil, irreal. Decía Abulcásim:

—Una tarde, los mercaderes musulmanes de Sin Kalán me condujeron a una casa de madera pintada, en la que vivían muchas personas. No se puede contar cómo era esa casa, que más bien era un solo cuarto, con filas de alacenas o de balcones, unas encima de otras. En esas cavidades había gente que comía y bebía; y asimismo en el suelo, y asimismo en una terraza. Las personas de esa terraza tocaban el tambor y el laúd, salvo unas quince o veinte (con máscaras de color carmesí) que rezaban, cantaban y dialogaban. Padecían prisiones, y nadie veía la cárcel; cabalgaban, pero no se percibía el caballo; combatían, pero las espadas eran de caña; morían y después estaban de pie.

—Los actos de los locos —dijo Farach— exceden las previsiones del hombre cuerdo.

—No estaban locos —tuvo que explicar Abulcásim—. Estaban figurando, me dijo un mercader, una historia.

Nadie comprendió, nadie pareció querer comprender. Abulcásim, confuso, pasó de la escuchada narración a las desairadas razones. Dijo, ayudándose con las manos:

—Imaginemos que alguien muestra una historia en vez de referirla. Sea esa historia la de los durmientes de Éfeso. Los vemos retirarse a la caverna, los vemos orar y dormir, los vemos dormir con los ojos abiertos, los vemos crecer mientras duermen, los vemos despertar a la vuelta de trescientos nueve años, los vemos entregar al vendedor una antigua moneda, los vemos despertar en el paraíso, los vemos despertar con el perro. Algo así nos mostraron aquella tarde las personas de la terraza.

—¿Hablaban esas personas? —interrogó Farach.

—Por supuesto que hablaban —dijo Abulcásim, convertido en apologista de una función que apenas recordaba y que lo había fastidiado bastante—. ¡Hablaban y cantaban y peroraban!

—En tal caso —dijo Farach— no se requerían *veinte* personas. Un solo hablista puede referir cualquier cosa, por compleja que sea.

Todos aprobaron ese dictamen. Se encarecieron las virtudes del árabe, que es el idioma que usa Dios para dirigir a los ángeles; luego, de la poesía de los árabes. Abdalmálik, después de ponderarla debidamente, motejó de anticuados a los poetas que en Damasco o en Córdoba se aferraban a imágenes pastoriles y a un vocabulario beduino. Dijo que era absurdo que un hombre ante cuyos ojos se dilataba el Guadalquivir celebrara el agua de un pozo. Urgió la conveniencia de renovar las antiguas metáforas; dijo que cuando Zuhair comparó al destino con un camello ciego, esa figura pudo suspender a la gente, pero que cinco siglos de admiración la habían gastado. Todos aprobaron ese dictamen, que ya habían escuchado muchas veces, de muchas bocas. Averroes callaba. Al fin habló, menos para los otros que para él mismo.

—Con menos elocuencia —dijo Averroes— pero con argumentos congéneres, he defendido alguna vez la proposición que mantiene Abdalmálik. En Alejandría se ha dicho que sólo es incapaz de una culpa quien ya la cometió y ya se arrepintió; para estar libre de un error, agreguemos, conviene haberlo profesado. Zuhair, en su mohalaca, dice que en el decurso de ochenta años de dolor y de gloria, ha visto muchas veces al destino atropellar de golpe a los hombres, como un camello ciego. Abdalmálik entiende que esa figura ya no puede maravillar. A ese reparo cabría contestar muchas cosas. La primera, que si el fin del poema fuera el asombro, su tiempo no se mediría por siglos, sino por días y por horas y tal vez por minutos. La segunda, que un famoso poeta es menos inventor que descubridor. Para alabar a Ibn-Sháraf de Berja, se ha repetido que sólo él pudo imaginar que las estrellas en el alba caen lentamente, como las hojas caen de los árboles; ello, si fuera cierto, evidenciaría que la imagen es baladí. La imagen que un solo hombre puede formar es la que no toca a ninguno. Infinitas cosas hay en la tierra; cualquiera puede equipararse a cualquiera. Equiparar estrellas con hojas no es menos arbitrario que equipararlas con peces o con pájaros. En cambio, nadie no sintió alguna vez que el destino es fuerte y es torpe, que es inocente y es también inhumano. Para esa convicción, que puede ser pasajera o continua, pero que nadie elude, fue escrito el verso de Zuhair. No se dirá mejor lo que allí se dijo. Además (y esto es acaso lo esencial de mis reflexiones), el tiempo, que despoja los alcázares, enriquece los versos. El de Zuhair, cuando éste lo compuso en Arabia, sirvió para confrontar dos imágenes, la del viejo camello y la del destino: repetido ahora, sirve para memoria de Zuhair y para confundir nuestros pesares con los de aquel árabe muerto. Dos términos tenía la figura y hoy tiene cuatro. El tiempo agranda el ámbito de los versos y sé de algunos que a la par de la música, son todo para todos los hombres. Así, atormentado hace años en Marrakesh por memorias de Córdoba, me complacía en repetir el apóstrofe que Abdurrahmán dirigió en los jardines de Ruzafa a una palma africana:

Tú también eres, ¡oh palma!
En este suelo extranjera...

Singular beneficio de la poesía; palabras redactadas por un rey que anhelaba el Oriente me sirvieron a mí, desterrado en África, para mi nostalgia de España.

Averroes, después, habló de los primeros poetas, de aquellos que en el Tiempo de la Ignorancia, antes del Islam, ya dijeron todas las cosas, en el infinito lenguaje de los desiertos. Alarmado, no sin razón, por las fruslerías de Ibn-Sháraf, dijo que en los antiguos y en el Qurán estaba cifrada toda poesía y condenó por analfabeta y por vana la ambición de innovar. Los demás lo escucharon con placer, porque vindicaba lo antiguo.

Los muecines llamaban a la oración de la primera luz cuando Averroes volvió a entrar en la biblioteca. (En el harén, las esclavas de pelo negro habían torturado a una esclava de pelo rojo, pero él no lo sabría sino a la tarde.) Algo le había revelado el sentido de las dos palabras oscuras. Con firme y cuidadosa caligrafía agregó estas líneas al manuscrito: "Aristú (Aristóteles) denomina tragedia a los panegíricos y comedias a las sátiras y anatemas. Admirables tragedias y comedias abundan en las páginas del Corán y en las mohalacas del santuario."

Sintió sueño, sintió un poco de frío. Desceñido el turbante, se miró en un espejo de metal. No sé lo que vieron sus ojos, porque ningún historiador ha descrito las formas de su cara. Sé que desapareció bruscamente, como si lo fulminara un fuego sin luz, y que con él desaparecieron la casa y el invisible surtidor y los libros y los manuscritos y las palomas y las muchas esclavas de pelo negro y la trémula esclava de pelo rojo y Farach y Abulcásim y los rosales y tal vez el Guadalquivir.

En la historia anterior quise narrar el proceso de una derrota. Pensé, primero, en aquel arzobispo de Canterbury que se propuso demostrar que hay un Dios; luego, en los alquimistas que buscaron la piedra filosofal; luego, en los vanos trisectores del ángulo y rectificadores del círculo. Reflexioné, después, que más poético es el caso de un hombre que se propone un fin que no está vedado a los otros, pero sí a él. Recordé a Averroes, que encerrado en el ámbito del Islam, nunca pudo saber el significado de las voces *tragedia* y *comedia.* Referí el caso; a medida que adelantaba, sentí lo que hubo de sentir aquel dios mencionado por Burton que se propuso crear un toro y creó un búfalo. Sentí que la obra se burlaba de mí. Sentí que Averroes, queriendo imaginar lo que es un drama sin haber sospechado lo que es un teatro, no era más absurdo que yo, queriendo imaginar a Averroes, sin otro material que unos adarmes de Renan, de Lane y de Asín Palacios. Sentí, en la última página, que mi narración era un símbolo del hombre que yo fui, mientras la escribía y que, para redactar esa narración, yo tuve que ser aquel hombre y que, para ser aquel hombre, yo tuve que redactar esa narración, y así hasta lo infinito. (En el instante en que yo dejo de creer en él, "Averroes" desaparece.)

EL ZAHIR

En Buenos Aires el Zahir es una moneda común, de veinte centavos; marcas de navajas o de cortaplumas rayan las letras N T y el número 2; 1929 es la fecha grabada en el anverso. (En Guzerat, a fines del siglo XVIII, un tigre fue Zahir; en Java, un ciego de la mezquita de Surakarta, a quien lapidaron los fieles; en Persia, un astrolabio que Nadir Shah hizo arrojar al fondo del mar; en las prisiones de Mahdí, hacia 1892, una pequeña brújula que Rudolf Carl von Slatin tocó, envuelta en un jirón de turbante; en la aljama de Córdoba, según Zotenberg, una veta en el mármol de uno de los mil doscientos pilares; en la judería de Tetuán, el fondo de un pozo.) Hoy es el 13 de noviembre; el día 7 de junio, a la madrugada, llegó a mis manos el Zahir; no soy el que era entonces pero aún me es dado recordar, y acaso referir, lo ocurrido. Aún, siquiera parcialmente, soy Borges.

El 6 de junio murió Teodelina Villar. Sus retratos, hacia 1930, obstruían las revistas mundanas; esa plétora acaso contribuyó a que la juzgaran muy linda, aunque no todas las efigies apoyaran incondicionalmente esa hipótesis. Por lo demás, Teodelina Villar se preocupaba menos de la belleza que de la perfección. Los hebreos y los chinos codificaron todas las circunstancias humanas; en la *Mishnah* se lee que, iniciado el crepúsculo del sábado, un sastre no debe salir a la calle con una aguja; en el *Libro de los Ritos* que un huésped, al recibir la primera copa, debe tomar un aire grave y, al recibir la segunda, un aire respetuoso y feliz. Análogo, pero más minucioso, era el rigor que se exigía Teodelina Villar. Buscaba, como el adepto de Confucio o el talmudista, la irreprochable corrección de cada acto, pero su empeño era más admirable y más duro, porque las normas de su credo no eran eternas, sino que se plegaban a los azares de París o de Hollywood. Teodelina Villar se mostraba en lugares ortodoxos, a la hora ortodoxa, con atributos ortodoxos, con desgano ortodoxo, pero el desgano, los atributos, la hora y los lugares caducaban casi inmediatamente y servirían (en boca de Teodelina Villar) para definición de lo cursi. Buscaba lo absoluto, como Flaubert, pero lo absoluto en lo momentáneo.

Su vida era ejemplar y, sin embargo, la roía sin tregua una desesperación interior. Ensayaba continuas metamorfosis, como para huir de sí misma; el color de su pelo y las formas de su peinado eran famosamente inestables. También cambiaban la sonrisa, la tez, el sesgo de los ojos. Desde 1932, fue estudiosamente delgada... La guerra le dio mucho que pensar. Ocupado París por los alemanes ¿cómo seguir la moda? Un extranjero de quien ella siempre había desconfiado se permitió abusar de su buena fe para venderle una porción de sombreros cilíndricos; al año, se propaló que esos adefesios *nunca se habían llevado en París* y por consiguiente no eran sombreros, sino arbitrarios y desautorizados caprichos. Las desgracias no vienen solas; el doctor Villar tuvo que mudarse a la calle Aráoz y el retrato de su hija decoró anuncios de cremas y de automóviles. (¡Las cremas que harto se aplicaba, los automóviles que ya *no* poseía!) Ésta sabía que el buen ejercicio de su arte exigía una gran fortuna; prefirió retirarse a claudicar. Además, le dolía competir con chicuelas insustanciales. El siniestro departamento de Aráoz resultó demasiado oneroso; el 6 de junio, Teodelina Villar cometió el solecismo de morir en pleno Barrio Sur. ¿Confesaré que, movido por la más sincera de las pasiones argentinas, el esnobismo, yo estaba enamorado de ella y que su muerte me afectó hasta las lágrimas? Quizá ya lo haya sospechado el lector.

En los velorios, el progreso de la corrupción hace que el muerto recupere sus caras anteriores. En alguna etapa de la confusa noche del 6, Teodelina Villar fue mágicamente la que fue hace veinte años; sus rasgos recobraron la autoridad que dan la soberbia, el dinero, la juventud, la conciencia de coronar una jerarquía, la falta de imaginación, las limitaciones, la estolidez. Más o menos pensé: ninguna versión de esa cara que tanto me inquietó será tan memorable como ésta; conviene que sea la última, ya que pudo ser la primera. Rígida entre las flores la dejé, perfeccionando su desdén por la muerte. Serían las dos de la mañana cuando salí. Afuera, las previstas hileras de casas bajas y de casas de un piso habían tomado ese aire abstracto que suelen tomar en la noche, cuando la sombra y el silencio las simplifican. Ebrio de una piedad casi impersonal, caminé por las calles. En la esquina de Chile y de Tacuarí vi un almacén abierto. En aquel almacén, para mi desdicha, tres hombres jugaban al truco.

En la figura que se llama *oxímoron*, se aplica a una palabra un epíteto que parece contradecirla; así los gnósticos hablaron de luz oscura; los alquimistas, de un sol negro. Salir de mi última visita a Teodelina Villar y tomar una caña en un almacén era una especie de oxímoron;

su grosería y su facilidad me tentaron. (La circunstancia de que se jugara a los naipes aumentaba el contraste.) Pedí una caña de naranja; en el vuelto me dieron el Zahir; lo miré un instante; salí a la calle, tal vez con un principio de fiebre. Pensé que no hay moneda que no sea símbolo de las monedas que sin fin resplandecen en la historia y la fábula. Pensé en el óbolo de Caronte; en el óbolo que pidió Belisario; en los treinta dineros de Judas; en las dracmas de la cortesana Laís; en la antigua moneda que ofreció uno de los durmientes de Éfeso; en las claras monedas del hechicero de *Las mil y una noches*, que después eran círculos de papel; en el denario inagotable de Isaac Laquedem; en las sesenta mil piezas de plata, una por cada verso de una epopeya, que Firdusi devolvió a un rey porque no eran de oro; en la onza de oro que hizo clavar Ahab en el mástil; en el florín irreversible de Leopold Bloom; en el luis cuya efigie delató, cerca de Varennes, al fugitivo Luis XVI. Como en un sueño, el pensamiento de que toda moneda permite esas ilustres connotaciones me pareció de vasta, aunque inexplicable, importancia. Recorrí, con creciente velocidad, las calles y las plazas desiertas. El cansancio me dejó en una esquina. Vi una sufrida verja de fierro; detrás vi las baldosas negras y blancas del atrio de la Concepción. Había errado en círculo; ahora estaba a una cuadra del almacén donde me dieron el Zahir.

Doblé; la ochava oscura me indicó, desde lejos, que el almacén ya estaba cerrado. En la calle Belgrano tomé un taxímetro. Insomne, poseído, casi feliz, pensé que nada hay menos material que el dinero, ya que cualquier moneda (una moneda de veinte centavos, digamos) es, en rigor, un repertorio de futuros posibles. El dinero es abstracto, repetí, el dinero es tiempo futuro. Puede ser una tarde en las afueras, puede ser música de Brahms, puede ser mapas, puede ser ajedrez, puede ser café, puede ser las palabras de Epicteto, que enseñan el desprecio del oro; es un Proteo más versátil que el de la isla de Pharos. Es tiempo imprevisible, tiempo de Bergson, no duro tiempo del Islam o del Pórtico. Los deterministas niegan que haya en el mundo un solo hecho posible, *id est* un hecho que pudo acontecer; una moneda simboliza nuestro libre albedrío. (No sospechaba yo que esos "pensamientos" eran un artificio contra el Zahir y una primera forma de su demoníaco influjo.) Dormí tras de tenaces cavilaciones, pero soñé que yo era las monedas que custodiaba un grifo.

Al otro día resolví que yo había estado ebrio. También resolví librarme de la moneda que tanto me inquietaba. La miré: nada tenía de particular, salvo unas rayaduras. Enterrarla en el jardín o esconderla en un rincón de la biblioteca hubiera sido lo mejor, pero yo quería alejarme de su órbita. Preferí perderla. No fui al Pilar, esa mañana, ni al cementerio; fui, en subterráneo, a Constitución y de Constitución a San Juan y Boedo. Bajé, impensadamente, en Urquiza; me dirigí al oeste y al sur; barajé, con desorden estudioso, unas cuantas esquinas y en una calle que me pareció igual a todas, entré en un boliche cualquiera, pedí una caña y la pagué con el Zahir. Entrecerré los ojos, detrás de los cristales ahumados; logré no ver los números de las casas ni el nombre de la calle. Esa noche, tomé una pastilla de veronal y dormí tranquilo.

Hasta fines de junio me distrajo la tarea de componer un relato fantástico. Éste encierra dos o tres perífrasis enigmáticas —en lugar de *sangre* pone *agua de la espada*; en lugar de *oro*, *lecho de la serpiente*— y está escrito en primera persona. El narrador es un asceta que ha renunciado al trato de los hombres y vive en una suerte de páramo. (Gnitaheidr es el nombre de ese lugar.) Dado el candor y la sencillez de su vida, hay quienes lo juzgan un ángel; ello es una piadosa exageración, porque no hay hombre que esté libre de culpa. Sin ir más lejos, él mismo ha degollado a su padre; bien es verdad que éste era un famoso hechicero que se había apoderado, por artes mágicas, de un tesoro infinito. Resguardar el tesoro de la insana codicia de los humanos es la misión a la que ha dedicado toda su vida; día y noche vela sobre él. Pronto, quizá demasiado pronto, esa vigilia tendrá fin: las estrellas le han dicho que ya se ha forjado la espada que la tronchará para siempre. (Gram es el nombre de esa espada.) En un estilo cada vez más tortuoso, pondera el brillo y la flexibilidad de su cuerpo; en algún párrafo habla distraídamente de escamas; en otro dice que el tesoro que guarda es de oro fulgurante y de anillos rojos. Al final entendemos que el asceta es la serpiente Fafnir y el tesoro en que yace, el de los Nibelungos. La aparición de Sigurd corta bruscamente la historia.

He dicho que la ejecución de esa fruslería (en cuyo decurso intercalé, seudoeruditamente, algún verso de la *Fáfnismál*) me permitió olvidar la moneda. Noches hubo en que me creí tan seguro de poder olvidarla que voluntariamente la recordaba. Lo cierto es que abusé de esos ratos; darles principio resultaba más fácil que darles fin. En vano repetí que ese abominable disco de níquel no difería de los otros que pasan de una mano a otra mano, iguales, infinitos e inofensivos. Impulsado por esa reflexión, procuré pensar en otra moneda, pero no pude. También recuerdo algún experimento, frustrado, con cinco y diez centavos chilenos y con un vintén oriental. El 16 de julio adquirí una libra esterlina; no la miré durante el día, pero esa noche (y otras) la puse bajo un vidrio de aumento y la estudié a la luz de una poderosa lámpara eléctrica. Después la dibujé con un lápiz, a través de un papel. De nada me valieron el fulgor y el dragón y el San Jorge; no logré cambiar de idea fija.

El mes de agosto, opté por consultar a un psiquiatra. No le confié toda mi ridícula historia; le dije que el insomnio me atormentaba y que la imagen de un objeto cualquiera solía perseguirme; la de una ficha o la de una moneda, digamos... Poco después, exhumé en una librería de la calle Sarmiento un ejemplar de *Urkunden zur Geschichte der Zahirsage* (Breslau, 1899) de Julius Barlach.

En aquel libro estaba declarado mi mal. Según el prólogo, el autor se propuso "reunir en un solo volumen en manuable octavo mayor todos los documentos que se refieren a la superstición del Zahir, incluso cuatro piezas pertenecientes al archivo de Habicht y el manuscrito original del informe de Philip Meadows Taylor". La creencia en el Zahir es islámica y data, al parecer, del siglo XVIII. (Barlach impugna los pasajes que Zotenberg atribuye a Abulfeda.) *Zahir*, en árabe, quiere decir notorio, visible; en tal sentido, es uno de los noventa y nueve nombres de Dios; la plebe, en tierras musulmanas, lo dice de "los seres o cosas que tienen la terrible virtud de ser inolvidables y cuya imagen acaba por enloquecer a la gente". El primer testimonio incontrovertido es el del persa Lutf Alí Azur. En las puntuales páginas de la enciclopedia biográfica titulada *Templo del Fuego*, ese polígrafo y derviche ha narrado que en un colegio de Shiraz hubo un astrolabio de cobre, "construido de tal suerte que quien lo miraba una vez no pensaba en otra cosa y así el rey ordenó que lo arrojaran a lo más profundo del mar, para que los hombres no se olvidaran del universo". Más dilatado es el informe de Meadows Taylor, que sirvió al nizam de Haidarabad y compuso la famosa novela *Confessions of a Thug*. Hacia 1832, Taylor oyó en los arrabales de Bhuj la desacostumbrada locución "Haber visto al Tigre" (*Verily he has looked on the Tiger*) para significar la locura o la santidad. Le dijeron que la referencia era a un tigre mágico, que fue la perdición de cuantos lo vieron, aun de muy lejos, pues todos continuaron pensando en él, hasta el fin de sus días. Alguien dijo que uno de esos desventurados había huido a Mysore, donde había pintado en un palacio la figura del tigre. Años después, Taylor visitó las cárceles de ese reino; en la de Nittur el gobernador le mostró una celda, en cuyo piso, en cuyos muros, y en cuya bóveda un faquir musulmán había diseñado (en bárbaros colores que el tiempo, antes de borrar, afinaba) una especie de tigre infinito. Ese tigre estaba hecho de muchos tigres, de vertiginosa manera; lo atravesaban tigres, estaba rayado de tigres, incluía mares e Himalayas y ejércitos que parecían otros tigres. El pintor había muerto hace muchos años, en esa misma celda; venía de Sind o acaso de Guzerat y su propósito inicial había sido trazar un mapamundi. De ese propósito quedaban vestigios en la monstruosa imagen. Taylor narró la historia a Muhammad Al-Yemení, de Fort William; éste le dijo que no había criatura en el orbe que no propendiera a *Zaheer*,[1] pero que el Todomisericordioso no deja que dos cosas lo sean a un tiempo, ya que una sola puede fascinar muchedumbres. Dijo que siempre hay un Zahir y que en la Edad de la Ignorancia fue el ídolo que se llamó Yaúq y después un profeta del Jorasán, que usaba un velo recamado de piedras o una máscara de oro.[2] También dijo que Dios es inescrutable.

Muchas veces leí la monografía de Barlach. No desentraño cuáles fueron mis sentimientos; recuerdo la desesperación cuando comprendí que ya nada me salvaría, el intrínseco alivio de saber que yo no era culpable de mi desdicha, la envidia que me dieron aquellos hombres cuyo Zahir no fue una moneda sino un trozo de mármol o un tigre. Qué empresa fácil no pensar en un tigre, reflexioné. También recuerdo la inquietud singular con que leí este párrafo: "Un comentador del *Gulshan i Raz* dice que quien ha visto al Zahir pronto verá la Rosa y alega un verso interpolado en el *Asrar Nama* (Libro de cosas que se ignoran) de Attar: el Zahir es la sombra de la Rosa y la rasgadura del Velo".

La noche que velaron a Teodelina, me sorprendió no ver entre los presentes a la señora de Abascal, su hermana menor. En octubre, una amiga suya me dijo:

—Pobre Julita, se había puesto rarísima y la internaron en el Bosch. Cómo las postrará a las enfermeras que le dan de comer en la boca. Sigue dele temando con la moneda, idéntica al *chauffeur* de Morena Sackmann.

1. Así escribe Taylor esa palabra.

2. Barlach observa que Yaúq figura en el *Corán* (71, 23) y que el profeta es Al-Moqanna (El Velado) y que nadie, fuera del sorprendente corresponsal de Philip Meadows Taylor, los ha vinculado al Zahir.

El tiempo, que atenúa los recuerdos, agrava el del Zahir. Antes yo me figuraba el anverso y después el reverso; ahora, veo simultáneamente los dos. Ello no ocurre como si fuera de cristal el Zahir, pues una cara no se superpone a la otra; más bien ocurre como si la visión fuera esférica y el Zahir campeara en el centro. Lo que no es el Zahir me llega tamizado y como lejano: la desdeñosa imagen de Teodelina, el dolor físico. Dijo Tennyson que si pudiéramos comprender una sola flor sabríamos quiénes somos y qué es el mundo. Tal vez quiso decir que no hay hecho, por humilde que sea, que no implique la historia universal y su infinita concatenación de efectos y causas. Tal vez quiso decir que el mundo visible se da entero en cada representación, de igual manera que la voluntad, según Schopenhauer, se da entera en cada sujeto. Los cabalistas entendieron que el hombre es un microcosmo, un simbólico espejo del universo; todo, según Tennyson, lo sería. Todo, hasta el intolerable Zahir.

Antes de 1948, el destino de Julia me habrá alcanzado. Tendrán que alimentarme y vestirme, no sabré si es de tarde o de mañana, no sabré quién fue Borges. Calificar de terrible ese porvenir es una falacia, ya que ninguna de sus circunstancias obrará para mí. Tanto valdría mantener que es terrible el dolor de un anestesiado a quien le abren el cráneo. Ya no percibiré el universo, percibiré el Zahir. Según la doctrina idealista, los verbos *vivir* y *soñar* son rigurosamente sinónimos; de miles de apariencias pasaré a una; de un sueño muy complejo a un sueño muy simple. Otros soñarán que estoy loco y yo con el Zahir. Cuando todos los hombres de la tierra piensen, día y noche, en el Zahir, ¿cuál será un sueño y cuál una realidad, la tierra o el Zahir?

En las horas desiertas de la noche aún puedo caminar por las calles. El alba suele sorprenderme en un banco de la plaza Garay, pensando (procurando pensar) en aquel pasaje del *Asrar Nama*, donde se dice que el Zahir es la sombra de la Rosa y la rasgadura del Velo. Vinculo ese dictamen a esta noticia: Para perderse en Dios, los sufíes repiten su propio nombre o los noventa y nueve nombres divinos hasta que éstos ya nada quieren decir. Yo anhelo recorrer esa senda. Quizá yo acabe por gastar el Zahir a fuerza de pensarlo y de repensarlo; quizá detrás de la moneda esté Dios.

A Wally Zenner

LA ESCRITURA DEL DIOS

La cárcel es profunda y de piedra; su forma, la de un hemisferio casi perfecto, si bien el piso (que también es de piedra) es algo menor que un círculo máximo, hecho que agrava de algún modo los sentimientos de opresión y de vastedad. Un muro medianero la corta; éste, aunque altísimo, no toca la parte superior de la bóveda; de un lado estoy yo, Tzinacán, mago de la pirámide de Qaholom, que Pedro de Alvarado incendió; del otro hay un jaguar, que mide con secretos pasos iguales el tiempo y el espacio del cautiverio. A ras del suelo, una larga ventana con barrotes corta el muro central. En la hora sin sombra [el mediodía], se abre una trampa en lo alto y un carcelero que han ido borrando los años maniobra una roldana de hierro, y nos baja, en la punta de un cordel, cántaros con agua y trozos de carne. La luz entra en la bóveda; en ese instante puedo ver al jaguar.

He perdido la cifra de los años que yazgo en la tiniebla; yo, que alguna vez era joven y podía caminar por esta prisión, no hago otra cosa que aguardar, en la postura de mi muerte, el fin que me destinan los dioses. Con el hondo cuchillo de pedernal he abierto el pecho de las víctimas y ahora no podría, sin magia, levantarme del polvo.

La víspera del incendio de la Pirámide, los hombres que bajaron de altos caballos me castigaron con metales ardientes para que revelara el lugar de un tesoro escondido. Abatieron, delante de mis ojos, el ídolo del dios, pero éste no me abandonó y me mantuve silencioso entre los tormentos. Me laceraron, me rompieron, me deformaron y luego desperté en esta cárcel, que ya no dejaré en mi vida mortal.

Urgido por la fatalidad de hacer algo, de poblar de algún modo el tiempo, quise recordar, en mi sombra, todo lo que sabía. Noches enteras malgasté en recordar el orden y el número de unas sierpes de piedra o la forma de un árbol medicinal. Así fui debelando los años, así fui entrando en posesión de lo que ya era mío. Una noche sentí que me acercaba a un recuerdo preciso; antes de ver el mar, el viajero siente una agitación en la sangre. Horas después, empecé a avistar el recuerdo; era una de las tradiciones del dios. Éste, previendo que en el fin de los tiempos ocurrirían muchas desventuras y ruinas, escribió el primer día de la Creación una sentencia mágica, apta para conjurar esos males. La escribió de manera que llegara a las más apartadas generaciones y que no la tocara el azar. Nadie sabe en qué punto la escribió ni con qué caracteres, pero nos consta que perdura, secreta, y que la leerá un elegido. Consideré que estábamos, como siempre, en el fin de los tiempos y que mi destino de último sacerdote del dios me daría acceso al privilegio de intuir esa escritura. El hecho de que me rodeara una cárcel no me vedaba esa esperanza; acaso yo había visto miles de veces la inscripción de Qaholom y sólo me faltaba entenderla.

Esta reflexión me animó y luego me infundió una especie de vértigo. En el ámbito de la tierra hay formas antiguas, formas incorruptibles y eternas; cualquiera de ellas podía ser el símbolo buscado. Una montaña podía ser la palabra del dios, o un río o el imperio o la configuración de los astros. Pero en el curso de los siglos las montañas se allanan y el camino de un río suele desviarse y los imperios conocen mutaciones y estragos y la figura de los astros varía. En el firmamento hay mudanza. La montaña y la estrella son individuos y los individuos caducan. Busqué algo más tenaz, más invulnerable. Pensé en las generaciones de los cereales, de los pastos, de los pájaros, de los hombres. Quizá en mi cara estuviera escrita la magia, quizá yo mismo fuera el fin de mi busca. En ese afán estaba cuando recordé que el jaguar era uno de los atributos del dios.

Entonces mi alma se llenó de piedad. Imaginé la primera mañana del tiempo, imaginé a mi dios confiando el mensaje a la piel viva de los jaguares, que se amarían y se engendrarían sin fin, en cavernas, en cañaverales, en islas, para que los últimos hombres lo recibieran. Imaginé esa red de tigres, ese caliente laberinto de tigres, dando horror a los prados y a los rebaños para conservar un dibujo. En la otra celda había un jaguar; en su vecindad percibí una confirmación de mi conjetura y un secreto favor.

Dediqué largos años a aprender el orden y la configuración de las manchas. Cada ciega jornada me concedía un instante de luz, y así pude fijar en la mente las negras formas que tachaban el pelaje amarillo. Algunas incluían puntos; otras formaban rayas transversales en la cara interior de las piernas; otras, anulares, se repetían. Acaso eran un mismo sonido o una misma palabra. Muchas tenían bordes rojos.

No diré las fatigas de mi labor. Más de una vez grité a la bóveda que era imposible descifrar aquel texto. Gradualmente, el enigma concreto que me atareaba me inquietó menos que el enigma genérico de una sentencia escrita por un dios. ¿Qué tipo de sentencia (me pregunté) construirá una mente absoluta? Consideré que aun en los lenguajes humanos no hay proposición que no implique el universo entero; decir *el tigre* es decir los tigres que lo engendraron, los ciervos y tortugas que devoró, el pasto de que se alimentaron los ciervos, la tierra que fue madre del pasto, el cielo que dio luz a la tierra. Consideré que en el lenguaje de un dios toda palabra enunciaría esa infinita concatenación de los hechos, y no de un modo implícito, sino explícito, y no de un modo progresivo, sino inmediato. Con el tiempo, la noción de una sentencia divina parecióme pueril o blasfematoria. Un dios, reflexioné, sólo debe decir una palabra y en esa palabra la plenitud. Ninguna voz articulada por él puede ser inferior al universo o menos que la suma del tiempo. Sombras o simulacros de esa voz que equivale a un lenguaje y a cuanto puede comprender un lenguaje son las ambiciones y pobres voces humanas, *todo*, *mundo*, *universo*.

Un día o una noche —entre mis días y mis noches, ¿qué diferencia cabe?— soñé que en el piso de la cárcel había un grano de arena. Volví a dormir, indiferente; soñé que despertaba y que había dos granos de arena. Volví a dormir; soñé que los granos de arena eran tres. Fueron, así, multiplicándose hasta colmar la cárcel y yo moría bajo ese hemisferio de arena. Comprendí que estaba soñando; con un vasto esfuerzo me desperté. El despertar fue inútil; la innumerable arena me sofocaba. Alguien me dijo: “No has despertado a la vigilia, sino a un sueño anterior. Ese sueño está dentro de otro, y así hasta lo infinito, que es el número de los granos de arena. El camino que habrás de desandar es interminable y morirás antes de haber despertado realmente”.

Me sentí perdido. La arena me rompía la boca, pero grité: “Ni una arena soñada puede matarme ni hay sueños que estén dentro de sueños”. Un resplandor me despertó. En la tiniebla superior se cernía un círculo de luz. Vi la cara y las manos del carcelero, la roldana, el cordel, la carne y los cántaros.

Un hombre se confunde, gradualmente, con la firma de su destino; un hombre es, a la larga, sus circunstancias. Más que un descifrador o un vengador, más que un sacerdote del dios, yo era un encarcelado. Del incansable laberinto de sueños yo regresé como a mi casa a la dura prisión. Bendije la humedad, bendije su tigre, bendije el agujero de luz, bendije mi viejo cuerpo doliente, bendije la tiniebla y la piedra.

Entonces ocurrió lo que no puedo olvidar ni comunicar. Ocurrió la unión con la divinidad, con el universo (no sé si estas palabras difieren). El éxtasis no repite sus símbolos; hay quien ha visto a Dios en un resplandor, hay quien lo ha percibido en una espada o en los círculos de una rosa. Yo vi una Rueda altísima, que no estaba delante de mis ojos, ni detrás, ni a los lados, sino en todas partes, a un tiempo. Esa Rueda estaba hecha de agua, pero también de fuego, y era (aunque se veía el borde) infinita. Entretejidas, la formaban todas las cosas que serán, que son y que fueron, y yo era una de las hebras de esa trama total, y Pedro de Alvarado, que me dio tormento, era otra. Ahí estaban las causas y los efectos y me bastaba ver esa Rueda para entenderlo todo, sin fin. ¡Oh dicha de entender, mayor que la de imaginar o la de sentir! Vi el universo y vi los íntimos designios del universo. Vi los orígenes que narra el Libro del Común. Vi las montañas que surgieron del agua, vi los primeros hombres de palo, vi las tinajas que se volvieron contra los hombres, vi los perros que les destrozaron las caras. Vi el dios sin cara que hay detrás de los dioses. Vi infinitos procesos que formaban una sola felicidad y, entendiéndolo todo, alcancé también a entender la escritura del tigre.

Es una fórmula de catorce palabras casuales (que parecen casuales) y me bastaría decirla en voz alta para ser todopoderoso. Me bastaría decirla para abolir esta cárcel de piedra, para que el día entrara en mi noche, para ser joven, para ser inmortal, para que el tigre destrozara a Alvarado, para sumir el santo cuchillo en pechos españoles, para reconstruir la pirámide, para reconstruir el imperio. Cuarenta sílabas, catorce palabras, y yo, Tzinacán, regiría las tierras que rigió Moctezuma. Pero yo sé que nunca diré esas palabras, porque ya no me acuerdo de Tzinacán.

Que muera conmigo el misterio que está escrito en los tigres. Quien ha entrevisto el universo, quien ha entrevisto los ardientes designios del universo, no puede pensar en un hombre, en sus triviales dichas o desventuras, aunque ese hombre sea él. Ese hombre *ha sido él* y ahora no le importa. Qué le importa la suerte de aquel otro, qué le importa la nación de aquel otro, si él, ahora es nadie. Por eso no pronuncio la fórmula, por eso dejo que me olviden los días, acostado en la oscuridad.

A Ema Risso Platero

ABENJACÁN EL BOJARÍ, MUERTO EN SU LABERINTO

...son comparables a la araña, que edifica una casa.

Alcorán, XXIX, 40.

—Ésta —dijo Dunraven con un vasto ademán que no rehusaba las nubladas estrellas y que abarcaba el negro páramo, el mar y un edificio majestuoso y decrépito que parecía una caballeriza venida a menos— es la tierra de mis mayores.

Unwin, su compañero, se sacó la pipa de la boca y emitió sonidos modestos y aprobatorios. Era la primera tarde del verano de 1914; hartos de un mundo sin la dignidad del peligro, los amigos apreciaban la soledad de ese confín de Cornwall. Dunraven fomentaba una barba oscura y se sabía autor de una considerable epopeya que sus contemporáneos casi no podrían escandir y cuyo tema no le había sido aún revelado; Unwin había publicado un estudio sobre el teorema que Fermat no escribió al margen de una página de Diofanto. Ambos —¿será preciso que lo diga?— eran jóvenes, distraídos y apasionados.

—Hará un cuarto de siglo —dijo Dunraven— que Abenjacán el Bojarí, caudillo o rey de no sé qué tribu nilótica, murió en la cámara central de esa casa a manos de su primo Zaid. Al cabo de los años, las circunstancias de su muerte siguen oscuras.

Unwin preguntó por qué, dócilmente.

—Por diversas razones —fue la respuesta—. En primer lugar, esa casa es un laberinto. En segundo lugar, la vigilaban un esclavo y un león. En tercer lugar, se desvaneció un tesoro secreto. En cuarto lugar, el asesino estaba muerto cuando el asesinato ocurrió. En quinto lugar...

Unwin, cansado, lo detuvo.

—No multipliques los misterios —le dijo—. Éstos deben ser simples. Recuerda la carta robada de Poe, recuerda el cuarto cerrado de Zangwill.

—O complejos —replicó Dunraven—. Recuerda el universo.

Repechando colinas arenosas, habían llegado al laberinto. Éste, de cerca, les pareció una derecha y casi interminable pared, de ladrillos sin revocar, apenas más alta que un hombre. Dunraven dijo que tenía la forma de un círculo, pero tan dilatada era su área que no se percibía la curvatura. Unwin recordó a Nicolás de Cusa, para quien toda línea recta es el arco de un círculo infinito... Hacia la medianoche descubrieron una ruinosa puerta, que daba a un ciego y arriesgado zaguán. Dunraven dijo que en el interior de la casa había muchas encrucijadas, pero que, doblando siempre a la izquierda, llegarían en poco más de una hora al centro de la red. Unwin asintió. Los pasos cautelosos resonaron en el suelo de piedra; el corredor se bifurcó en otros más angostos. La casa parecía querer ahogarlos, el techo era muy bajo. Debieron avanzar uno tras otro por la complicada tiniebla. Unwin iba adelante. Entorpecido de asperezas y de ángulos, fluía sin fin contra su mano el invisible muro. Unwin, lento en la sombra, oyó de boca de su amigo la historia de la muerte de Abenjacán.

—Acaso el más antiguo de mis recuerdos —contó Dunraven— es el de Abenjacán el Bojarí en el puerto de Pentreath. Lo seguía un hombre negro con un león; sin duda el primer negro y el primer león que miraron mis ojos, fuera de los grabados de la Escritura. Entonces yo era niño, pero la fiera del color del sol y el hombre del color de la noche me impresionaron menos que Abenjacán. Me pareció muy alto; era un hombre de piel cetrina, de entrecerrados ojos negros, de insolente nariz, de carnosos labios, de barba azafranada, de pecho fuerte, de andar seguro y silencioso. En casa dije: "Ha venido un rey en un buque". Después, cuando trabajaron los albañiles, amplié ese título y le puse el Rey de Babel.

La noticia de que el forastero se fijaría en Pentreath fue recibida con agrado; la extensión y la forma de su casa, con estupor y aun con escándalo. Pareció intolerable que una casa constara de una sola habitación y de leguas y leguas de corredores. "Entre los moros se usarán tales casas, pero no entre cristianos", decía la gente. Nuestro rector, el señor Allaby, hombre de curiosa lectura, exhumó la historia de un rey a quien la Divinidad castigó por haber erigido un laberinto y la divulgó desde el púlpito. El lunes, Abenjacán visitó la rectoría; las circunstancias de la breve entrevista no se conocieron entonces, pero ningún sermón ulterior aludió a la soberbia, y el moro pudo contratar albañiles. Años después, cuando pereció Abenjacán, Allaby declaró a las autoridades la substancia del diálogo.

Abenjacán le dijo, de pie, estas o parecidas palabras: "Ya nadie puede censurar lo que yo hago. Las culpas que me infaman son tales que aunque yo repitiera durante siglos el Último Nombre de Dios, ello no bastaría a mitigar uno solo de mis tormentos; las culpas que me infaman son tales que aunque yo lo matara con estas manos, ello no agravaría los tormentos que me destina la infinita Justicia. En tierra alguna es desconocido mi nombre; soy Abenjacán el Bojarí y he regido las tribus del desierto con un cetro de hierro. Durante muchos años las despojé, con asistencia de mi primo Zaid, pero Dios oyó su clamor y sufrió que se rebelaran. Mis gentes fueron rotas y acuchilladas; yo alcancé a huir con el tesoro recaudado en mis años de expoliación. Zaid me guió al sepulcro de un santo, al pie de una montaña de piedra. Le ordené a mi esclavo que vigilara la cara del desierto; Zaid y yo dormimos, rendidos. Esa noche creí que me aprisionaba una red de serpientes. Desperté con horror; a mi lado, en el alba, dormía Zaid; el roce de una telaraña en mi carne me había hecho soñar aquel sueño. Me dolió que Zaid, que era cobarde, durmiera con tanto reposo. Consideré que el tesoro no era infinito y que él podía reclamar una parte. En mi cinto estaba la daga con empuñadura de plata; la desnudé y le atravesé la garganta. En su agonía balbuceó unas palabras que no pude entender. Lo miré; estaba muerto, pero yo temí que se levantara y le ordené al esclavo que le deshiciera la cara con una roca. Después erramos bajo el cielo y un día divisamos un mar. Lo surcaban buques muy altos; pensé que un muerto no podría andar por el agua y decidí buscar otras tierras. La primera noche que navegamos soñé que yo mataba a Zaid. Todo se repitió pero yo entendí sus palabras. Decía: 'Como ahora me borras te borraré, dondequiera que estés'. He jurado frustrar esa amenaza; me ocultaré en el centro de un laberinto para que su fantasma se pierda".

Dicho lo cual, se fue. Allaby trató de pensar que el moro estaba loco y que el absurdo laberinto era un símbolo y un claro testimonio de su locura. Luego reflexionó que esa explicación condecía con el extravagante edificio y con el extravagante relato, no con la enérgica impresión que dejaba el hombre Abenjacán. Quizá tales historias fueran comunes en los arenales egipcios, quizá tales rarezas correspondieran (como los dragones de Plinio) menos a una persona que a una cultura... Allaby, en Londres, revisó números atrasados del *Times*; comprobó la verdad de la rebelión y de una subsiguiente derrota del Bojarí y de su visir, que tenía fama de cobarde.

Aquél, apenas concluyeron los albañiles, se instaló en el centro del laberinto. No lo vieron más en el pueblo; a veces Allaby temió que Zaid ya lo hubiera alcanzado y aniquilado. En las noches el viento nos traía el rugido del león, y las ovejas del redil se apretaban con un antiguo miedo.

Solían anclar en la pequeña bahía, rumbo a Cardiff o a Bristol, naves de puertos orientales. El esclavo descendía del laberinto (que entonces, lo recuerdo, no era rosado, sino de color carmesí) y cambiaba palabras africanas con las tripulaciones y parecía buscar entre los hombres el fantasma del visir. Era fama que tales embarcaciones traían contrabando, y si de alcoholes o marfiles prohibidos, ¿por qué no, también, de sombras de muertos?

A los tres años de erigida la casa, ancló al pie de los cerros el *Rose of Sharon*. No fui de los que vieron ese velero y tal vez en la imagen que tengo de él influyen olvidadas litografías de Aboukir o de Trafalgar, pero entiendo que era de esos barcos muy trabajados que no parecen obra de naviero, sino de carpintero y menos de carpintero que de ebanista. Era (si no en la realidad, en mis sueños) bruñido, oscuro, silencioso y veloz, y lo tripulaban árabes y malayos.

Ancló en el alba de uno de los días de octubre. Hacia el atardecer, Abenjacán irrumpió en casa de Allaby. Lo dominaba la pasión del terror; apenas pudo articular que Zaid ya había entrado en el laberinto y que su esclavo y su león habían perecido. Seriamente preguntó si las autoridades podrían ampararlo. Antes que Allaby respondiera, se fue, como si lo arrebatara el mismo terror que lo había traído a esa casa, por segunda y última vez. Allaby, solo en su biblioteca, pensó con estupor que ese temeroso había oprimido en el Sudán a tribus de hierro y sabía qué cosa es una batalla y qué cosa es matar. Advirtió, al otro día, que ya había zarpado el velero (rumbo a Suakin en el Mar Rojo, se averiguó después). Reflexionó que su deber era comprobar la muerte del esclavo y se dirigió al laberinto. El jadeante relato del Bojarí le pareció fantástico, pero en un recodo de las galerías dio con el león, y el león estaba muerto, y en otro, con el esclavo, que estaba muerto, y en la cámara central con el Bojarí, a quien le habían destrozado la cara. A los pies del hombre había un arca taraceada de nácar; alguien había forzado la cerradura y no quedaba ni una sola moneda.

Los períodos finales, agravados de pausas oratorias, querían ser elocuentes; Unwin adivinó que Dunraven los había emitido muchas veces, con idéntico aplomo y con idéntica ineficacia. Preguntó, para simular interés:

—¿Cómo murieron el león y el esclavo?

La incorregible voz contestó con sombría satisfacción:

—También les habían destrozado la cara.

Al ruido de los pasos se agregó el ruido de la lluvia. Unwin pensó que tendrían que dormir en el laberinto, en la cámara central del relato, y que en el recuerdo esa larga incomodidad sería una aventura. Guardó silencio; Dunraven no pudo contenerse y le preguntó, como quien no perdona una deuda:

—¿No es inexplicable esta historia?

Unwin le respondió, como si pensara en voz alta:

—No sé si es explicable o inexplicable. Sé que es mentira.

Dunraven prorrumpió en malas palabras e invocó el testimonio del hijo mayor del rector (Allaby, parece, había muerto) y de todos los vecinos de Pentreath. No menos atónito que Dunraven, Unwin se disculpó. El tiempo, en la oscuridad, parecía más largo, los dos temieron haber extraviado el camino y estaban muy cansados cuando una tenue claridad superior les mostró los peldaños iniciales de una angosta escalera. Subieron y llegaron a una ruinosa habitación redonda. Dos signos perduraban del temor del malhadado rey: una estrecha ventana que dominaba los páramos y el mar y en el suelo una trampa que se abría sobre la curva de la escalera. La habitación, aunque espaciosa, tenía mucho de celda carcelaria.

Menos instados por la lluvia que por el afán de vivir para la rememoración y la anécdota, los amigos hicieron noche en el laberinto. El matemático durmió con tranquilidad; no así el poeta, acosado por versos que su razón juzgaba detestables:

Faceless the sultry and overpowering lion,
Faceless the stricken slave, faceless the king.

Unwin creía que no le había interesado la historia de la muerte del Bojarí, pero se despertó con la convicción de haberla descifrado. Todo aquel día estuvo preocupado y huraño, ajustando y reajustando las piezas, y dos noches después, citó a Dunraven en una cervecería de Londres y le dijo estas o parecidas palabras:

—En Cornwall dije que era mentira la historia que te oí. Los *hechos* eran ciertos, o podían serlo, pero contados como tú los contaste, eran, de un modo manifiesto, mentiras. Empezaré por la mayor mentira de todas, por el laberinto increíble. Un fugitivo no se oculta en un laberinto. No erige un laberinto sobre un alto lugar de la costa, un laberinto carmesí que avistan desde lejos los marineros. No precisa erigir un laberinto, cuando el universo ya lo es. Para quien verdaderamente quiere ocultarse, Londres es mejor laberinto que un mirador al que conducen todos los corredores de un edificio. La sabia reflexión que ahora te someto me fue deparada antenoche, mientras oíamos llover sobre el laberinto y esperábamos que el sueño nos visitara; amonestado y mejorado por ella, opté por olvidar tus absurdidades y pensar en algo sensato.

—En la teoría de los conjuntos, digamos, o en una cuarta dimensión del espacio —observó Dunraven.

—No —dijo Unwin con seriedad—. Pensé en el laberinto de Creta. El laberinto cuyo centro era un hombre con cabeza de toro.

Dunraven, versado en obras policiales, pensó que la solución del misterio siempre es inferior al misterio. El misterio participa de lo sobrenatural y aun de lo divino; la solución, del juego de manos. Dijo, para aplazar lo inevitable:

—Cabeza de toro tiene en medallas y esculturas el minotauro. Dante lo imaginó con cuerpo de toro y cabeza de hombre.

—También esa versión me conviene —Unwin asintió—. Lo que importa es la correspondencia de la casa monstruosa con el habitante monstruoso. El minotauro justifica con creces la existencia del laberinto. Nadie dirá lo mismo de una amenaza percibida en un sueño. Evocada la imagen del minotauro (evocación fatal en un caso en que hay un laberinto), el problema, virtualmente, estaba resuelto. Sin embargo, confieso que no entendí que esa antigua imagen era la clave y así fue necesario que tu relato me suministrara un símbolo más preciso: la telaraña.

—¿La telaraña? —repitió, perplejo, Dunraven.

—Sí. Nada me asombraría que la telaraña (la forma universal de la telaraña, entendamos bien, la telaraña de Platón) hubiera sugerido al asesino (porque hay un asesino) su crimen. Recordarás que el Bojarí, en una tumba, soñó con una red de serpientes y que al despertar descubrió que una telaraña le había sugerido aquel sueño. Volvamos a esa noche en que el Bojarí soñó con una red. El rey vencido y el visir y el esclavo huyen por el desierto con un tesoro. Se refugian en una tumba. Duerme el visir, de quien sabemos que es un cobarde; no duerme el rey, de quien sabemos que es un valiente. El rey, para no compartir el tesoro con el visir, lo mata de una cuchillada; su sombra lo amenaza en un sueño, noches después. Todo esto es increíble; yo entiendo que los hechos ocurrieron de otra manera. Esa noche durmió el rey, el valiente, y veló Zaid, el cobarde. Dormir es distraerse del universo, y la distracción es difícil para quien sabe que lo persiguen con espadas desnudas. Zaid, ávido, se inclinó sobre el sueño de su rey. Pensó en matarlo (quizá jugó con el puñal), pero no se atrevió. Llamó al esclavo, ocultaron parte del tesoro en la tumba, huyeron a Suakin y a Inglaterra. No para ocultarse del Bojarí, sino para atraerlo y matarlo construyó a la vista del mar el alto laberinto de muros rojos. Sabía que las naves llevarían a los puertos de Nubia la fama del hombre bermejo, del esclavo y del león, y que, tarde o temprano, el Bojarí lo vendría a buscar en su laberinto. En el último corredor de la red esperaba la trampa. El Bojarí lo despreciaba infinitamente; no se rebajaría a tomar la menor precaución. El día codiciado llegó; Abenjacán desembarcó en Inglaterra, caminó hasta la puerta del laberinto, barajó los ciegos corredores y ya había pisado, tal vez, los primeros peldaños cuando su visir lo mató, no sé si de un balazo, desde la trampa. El esclavo mataría al león y otro balazo mataría al esclavo. Luego Zaid deshizo las tres caras con una piedra. Tuvo que obrar así; un solo muerto con la cara deshecha hubiera sugerido un problema de identidad, pero la fiera, el negro y el rey formaban una serie y, dados los dos términos iniciales, todos postularían el último. No es raro que lo dominara el temor cuando habló con Allaby; acababa de ejecutar la horrible faena y se disponía a huir de Inglaterra para recuperar el tesoro.

Un silencio pensativo, o incrédulo, siguió a las palabras de Unwin. Dunraven pidió otro jarro de cerveza negra antes de opinar.

—Acepto —dijo— que mi Abenjacán sea Zaid. Tales metamorfosis, me dirás, son clásicos artificios del género, son verdaderas *convenciones* cuya observación exige el lector. Lo que me resisto a admitir es la conjetura de que una porción del tesoro quedara en el Sudán. Recuerda que Zaid huía del rey y de los enemigos del rey; más fácil es imaginarlo robándose todo el tesoro que demorándose a enterrar una parte. Quizá no se encontraron monedas porque no quedaban monedas; los albañiles habrían agotado un caudal que, a diferencia del oro rojo de los Nibelungos, no era infinito. Tendríamos así a Abenjacán atravesando el mar para reclamar un tesoro dilapidado.

—Dilapidado, no —dijo Unwin—. Invertido en armar en tierra de infieles una gran trampa circular de ladrillo destinada a apresarlo y aniquilarlo. Zaid, si tu conjetura es correcta, procedió urgido por el odio y por el temor y no por la codicia. Robó el tesoro y luego comprendió que el tesoro no era lo esencial para él. Lo esencial era que Abenjacán pereciera. Simuló ser Abenjacán, mató a Abenjacán y finalmente *fue Abenjacán.*

—Sí —confirmó Dunraven—. Fue un vagabundo que, antes de ser nadie en la muerte, recordaría haber sido un rey o haber fingido ser un rey, algún día.

LOS DOS REYES Y LOS DOS LABERINTOS[1]

Cuentan los hombres dignos de fe (pero Alá sabe más) que en los primeros días hubo un rey de las islas de Babilonia que congregó a sus arquitectos y magos y les mandó construir un laberinto tan perplejo y sutil que los varones más prudentes no se aventuraban a entrar, y los que entraban se perdían. Esa obra era un escándalo, porque la confusión y la maravilla son operaciones propias de Dios y no de los hombres. Con el andar del tiempo vino a su corte un rey de los árabes, y el rey de Babilonia (para hacer burla de la simplicidad de su huésped) lo hizo penetrar en el laberinto, donde vagó afrentado y confundido hasta la declinación de la tarde. Entonces imploró socorro divino y dio con la puerta. Sus labios no profirieron queja ninguna, pero le dijo al rey de Babilonia que él en Arabia tenía otro laberinto y que, si Dios era servido, se lo daría a conocer algún día. Luego regresó a Arabia, juntó sus capitanes y sus alcaides y estragó los reinos de Babilonia con tan venturosa fortuna que derribó sus castillos, rompió sus gentes e hizo cautivo al mismo rey. Lo amarró encima de un camello veloz y lo llevó al desierto. Cabalgaron tres días, y le dijo: "¡Oh, rey del tiempo y substancia y cifra del siglo!, en Babilonia me quisiste perder en un laberinto de bronce con muchas escaleras, puertas y muros; ahora el Poderoso ha tenido a bien que te muestre el mío, donde no hay escaleras que subir, ni puertas que forzar, ni fatigosas galerías que recorrer, ni muros que te veden el paso".

Luego le desató las ligaduras y lo abandonó en mitad del desierto, donde murió de hambre y de sed. La gloria sea con Aquel que no muere.

---

1. Ésta es la historia que el rector divulgó desde el púlpito. Véase la página 642.

LA ESPERA

El coche lo dejó en el 4004 de esa calle del Noroeste. No habían dado las nueve de la mañana; el hombre notó con aprobación los manchados plátanos, el cuadrado de tierra al pie de cada uno, las decentes casas de balconcito, la farmacia contigua, los desvaídos rombos de la pinturería y ferretería. Un largo y ciego paredón de hospital cerraba la acera de enfrente; el sol reverberaba, más lejos, en unos invernáculos. El hombre pensó que esas cosas (ahora arbitrarias y casuales y en cualquier orden, como las que se ven en los sueños) serían con el tiempo, si Dios quisiera, invariables, necesarias y familiares. En la vidriera de la farmacia se leía en letras de loza: Breslauer; los judíos estaban desplazando a los italianos, que habían desplazado a los criollos. Mejor así; el hombre prefería no alternar con gente de su sangre.

El cochero le ayudó a bajar el baúl; una mujer de aire distraído o cansado abrió por fin la puerta. Desde el pescante el cochero le devolvió una de las monedas, un vintén oriental que estaba en su bolsillo desde esa noche en el hotel de Melo. El hombre le entregó cuarenta centavos, y en el acto sintió: *Tengo la obligación de obrar de manera que todos se olviden de mí. He cometido dos errores: he dado una moneda de otro país y he dejado ver que me importa esa equivocación.*

Precedido por la mujer, atravesó el zaguán y el primer patio. La pieza que le habían reservado daba, felizmente, al segundo. La cama era de hierro, que el artífice había deformado en curvas fantásticas, figurando ramas y pámpanos; había, asimismo, un alto ropero de pino, una mesa de luz, un estante con libros a ras del suelo, dos sillas desparejas y un lavatorio con su palangana, su jarra, su jabonera y un botellón de vidrio turbio. Un mapa de la provincia de Buenos Aires y un crucifijo adornaban las paredes; el papel era carmesí, con grandes pavos reales repetidos, de cola desplegada. La única puerta daba al patio. Fue necesario variar la colocación de las sillas para dar cabida al baúl. Todo lo aprobó el inquilino; cuando la mujer le preguntó cómo se llamaba, dijo Villari, no como un desafío secreto, no para mitigar una humillación que, en verdad, no sentía, sino porque ese nombre lo trabajaba, porque le fue imposible pensar en otro. No lo sedujo, ciertamente, el error literario de imaginar que asumir el nombre del enemigo podía ser una astucia.

El señor Villari, al principio, no dejaba la casa; cumplidas unas cuantas semanas, dio en salir, un rato, al oscurecer. Alguna noche entró en el cinematógrafo que había a las tres cuadras. No pasó nunca de la última fila; siempre se levantaba un poco antes del fin de la función. Vio trágicas historias del hampa; éstas, sin duda, incluían errores; éstas sin duda, incluían imagenes que también lo eran de su vida anterior; Villari no los advirtió porque la idea de una coincidencia entre el arte y la realidad era ajena a él. Dócilmente trataba de que le gustaran las cosas; quería adelantarse a la intención con que se las mostraban. A diferencia de quienes han leído novelas, no se veía nunca a sí mismo como un personaje del arte.

No le llegó jamás una carta, ni siquiera una circular, pero leía con borrosa esperanza una de las secciones del diario. De tarde, arrimaba a la puerta una de las sillas y mateaba con seriedad, puestos los ojos en la enredadera del muro de la inmediata casa de altos. Años de soledad le habían enseñado que los días, en la memoria, tienden a ser iguales, pero que no hay un día, ni siquiera de cárcel o de hospital, que no traiga sorpresas. En otras reclusiones había cedido a la tentación de contar los días y las horas, pero esta reclusión era distinta, porque no tenía término —salvo que el diario, una mañana trajera la noticia de la muerte de Alejandro Villari. También era posible que Villari *ya hubiera muerto* y entonces esta vida era un sueño. Esa posibilidad lo inquietaba, porque no acabó de entender si se parecía al alivio o a la desdicha; se dijo que era absurda y la rechazó. En días lejanos, menos lejanos por el curso del tiempo que por dos o tres hechos irrevocables, había deseado muchas cosas, con amor sin escrúpulo; esa voluntad poderosa, que había movido el odio de los hombres y el amor de alguna mujer, ya no quería cosas particulares: sólo quería perdurar, no concluir. El sabor de la yerba, el sabor del tabaco negro, el creciente filo de sombra que iba ganando el patio, eran suficientes estímulos.

Había en la casa un perro lobo, ya viejo. Villari se amistó con él. Le hablaba en español, en italiano y en las pocas palabras que le quedaban del rústico dialecto de su niñez. Villari trataba de vivir en el mero presente, sin recuerdos ni previsiones; los primeros le importaban menos que las últimas. Oscuramente creyó intuir que el pasado es la sustancia de que el tiempo está hecho; por ello es que éste se vuelve pasado en seguida. Su fatiga, algún día, se pareció a la felicidad; en momentos así, no era mucho más complejo que el perro.

Una noche lo dejó asombrado y temblando una íntima descarga de dolor en el fondo de la boca. Ese horrible milagro recurrió a los pocos minutos y otra vez hacia el alba. Villari, al día siguiente, mandó buscar un coche que lo dejó en un consultorio dental del barrio del Once. Ahí le arrancaron la muela. En ese trance no estuvo más cobarde ni más tranquilo que otras personas.

Otra noche, al volver del cinematógrafo, sintió que lo empujaban. Con ira, con indignación, con secreto alivio, se encaró con el insolente. Le escupió una injuria soez; el otro, atónito, balbuceó una disculpa. Era un hombre alto, joven, de pelo oscuro, y lo acompañaba una mujer de tipo alemán; Villari, esa noche, se repitió que no los conocía. Sin embargo, cuatro o cinco días pasaron antes que saliera a la calle.

Entre los libros del estante había una *Divina Comedia*, con el viejo comentario de Andreoli. Menos urgido por la curiosidad que por un sentimiento de deber, Villari acometió la lectura de esa obra capital; antes de comer, leía un canto, y luego, en orden riguroso, las notas. No juzgó inverosímiles o excesivas las penas infernales y no pensó que Dante lo hubiera condenado al último círculo, donde los dientes de Ugolino roen sin fin la nuca de Ruggieri.

Los pavos reales del papel carmesí parecían destinados a alimentar pesadillas tenaces, pero el señor Villari no soñó nunca con una glorieta monstruosa hecha de inextricables pájaros vivos. En los amaneceres soñaba un sueño de fondo igual y de circunstancias variables. Dos hombres y Villari entraban con revólveres en la pieza o lo agredían al salir del cinematógrafo o eran, los tres a un tiempo, el desconocido que lo había empujado, o lo esperaban tristemente en el patio y parecían no conocerlo. Al fin del sueño, él sacaba el revólver del cajón de la inmediata mesa de luz (y es verdad que en ese cajón guardaba un revólver) y lo descargaba contra los hombres. El estruendo del arma lo despertaba, pero siempre era un sueño y en otro sueño el ataque se repetía y en otro sueño tenía que volver a matarlos.

Una turbia mañana del mes de julio, la presencia de gente desconocida (no el ruido de la puerta cuando la abrieron) lo despertó. Altos en la penumbra del cuarto, curiosamente simplificados por la penumbra (siempre en los sueños del temor habían sido más claros), vigilantes, inmóviles y pacientes, bajos los ojos como si el peso de las armas los encorvara, Alejandro Villari y un desconocido lo habían alcanzado, por fin. Con una seña les pidió que esperaran y se dio vuelta contra la pared, como si retomara el sueño. ¿Lo hizo para despertar la misericordia de quienes lo mataron, o porque es menos duro sobrellevar un acontecimiento espantoso que imaginarlo y aguardarlo sin fin, o —y esto es quizá lo más verosímil— para que los asesinos fueran un sueño, como ya lo habían sido tantas veces, en el mismo lugar, a la misma hora?

En esa magia estaba cuando lo borró la descarga.

EL HOMBRE EN EL UMBRAL

Bioy Casares trajo de Londres un curioso puñal de hoja triangular y empuñadura en forma de H; nuestro amigo Christopher Dewey, del Consejo Británico, dijo que tales armas eran de uso común en el Indostán. Ese dictamen lo alentó a mencionar que había trabajado en aquel país, entre las dos guerras. (*Ultra Auroram et Gangen*, recuerdo que dijo en latín, equivocando un verso de Juvenal.) De las historias que esa noche contó, me atrevo a reconstruir la que sigue. Mi texto será fiel: líbreme Alá de la tentación de añadir breves rasgos circunstanciales o de agravar, con interpolaciones de Kipling, el cariz exótico del relato. Éste, por lo demás, tiene un antiguo y simple sabor que sería una lástima perder, acaso el de *Las mil y una noches*.

"La exacta geografía de los hechos que voy a referir importa muy poco. Además, ¿qué precisión guardan en Buenos Aires los nombres de Amritsar o de Udh? Básteme, pues, decir que en aquellos años hubo disturbios en una ciudad musulmana y que el gobierno central envió a un hombre fuerte para imponer el orden. Ese hombre era escocés, de un ilustre clan de guerreros, y en la sangre llevaba una tradición de violencia. Una sola vez lo vieron mis ojos, pero no olvidaré el cabello muy negro, los pómulos salientes, la ávida nariz y la boca, los anchos hombros, la fuerte osatura de viking. David Alexander Glencairn se llamará esta noche en mi historia; los dos nombres convienen, porque fueron de reyes que gobernaron con un cetro de hierro. David Alexander Glencairn (me tendré que habituar a llamarlo así) era, lo sospecho, un hombre temido; el mero anuncio de su advenimiento bastó para apaciguar la ciudad. Ello no impidió que decretara diversas medidas enérgicas. Unos años pasaron. La ciudad y el distrito estaban en paz: sikhs y musulmanes habían depuesto las antiguas discordias y de pronto Glencairn desapareció. Naturalmente, no faltaron rumores de que lo habían secuestrado o matado.

Estas cosas las supe por mi jefe, porque la censura era rígida y los diarios no comentaron (ni siquiera registraron, que yo recuerde) la desaparición de Glencairn. Un refrán dice que la India es más grande que el mundo; Glencairn, tal vez omnipotente en la ciudad que una firma al pie de un decreto le destinó, era una mera cifra en los engranajes de la administración del Imperio. Las pesquisas de la policía local fueron del todo vanas; mi jefe pensó que un particular podría infundir menos recelo y alcanzar mejor éxito. Tres o cuatro días después (las distancias en la India son generosas) yo fatigaba sin mayor esperanza las calles de la opaca ciudad que había escamoteado a un hombre.

Sentí, casi inmediatamente, la infinita presencia de una conjuración para ocultar la suerte de Glencairn. *No hay un alma en esta ciudad* (pude sospechar) *que no sepa el secreto y que no haya jurado guardarlo.* Los más, interrogados, profesaban una ilimitada ignorancia; no sabían quién era Glencairn, no lo habían visto nunca, jamás oyeron hablar de él. Otros, en cambio, lo habían divisado hace un cuarto de hora hablando con Fulano de Tal, y hasta me acompañaban a la casa en que entraron los dos, y en la que nada sabían de ellos, o que acababan de dejar en ese momento. A alguno de esos mentirosos precisos le di con el puño en la cara. Los testigos aprobaron mi desahogo, y fabricaron otras mentiras. No las creí, pero no me atreví a desoírlas. Una tarde me dejaron un sobre con una tira de papel en la que había unas señas...

El sol había declinado cuando llegué. El barrio era popular y humilde; la casa era muy baja; desde la acera entreví una sucesión de patios de tierra y hacia el fondo una claridad. En el último patio se celebraba no sé qué fiesta musulmana; un ciego entró con un laúd de madera rojiza.

A mis pies, inmóvil como una cosa, se acurrucaba en el umbral un hombre muy viejo. Diré cómo era, porque es parte esencial de la historia. Los muchos años lo habían reducido y pulido como las aguas a una piedra o las generaciones de los hombres a una sentencia. Largos harapos lo cubrían, o así me pareció, y el turbante que le rodeaba la cabeza era un jirón más. En el crepúsculo, alzó hacia mí una cara oscura y una barba muy blanca. Le hablé sin preámbulos, porque ya había perdido toda esperanza, de David Alexander Glencairn. No me entendió (tal vez no me oyó) y hube de explicar que era un juez y que yo lo buscaba. Sentí, al decir estas palabras, lo irrisorio de interrogar a aquel hombre antiguo, para quien el presente era apenas un indefinido rumor. *Nuevas de la Rebelión o de Akbar podría dar es-*

te hombre (pensé) *pero no de Glencairn.* Lo que me dijo confirmó esta sospecha.

—¡Un juez! —articuló con débil asombro—. Un juez que se ha perdido y lo buscan. El hecho aconteció cuando yo era niño. No sé de fechas, pero no había muerto aún Nikal Seyn (Nicholson) ante la muralla de Delhi. El tiempo que se fue queda en la memoria; sin duda soy capaz de recuperar lo que entonces pasó. Dios había permitido, en su cólera, que la gente se corrompiera; llenas de maldición estaban las bocas y de engaños y fraude. Sin embargo, no todos eran perversos, y cuando se pregonó que la reina iba a mandar un hombre que ejecutaría en este país la ley de Inglaterra, los menos malos se alegraron, porque sintieron que la ley es mejor que el desorden. Llegó el cristiano y no tardó en prevaricar y oprimir, en paliar delitos abominables y en vender decisiones. No lo culpamos, al principio; la justicia inglesa que administraba no era conocida de nadie y los aparentes atropellos del nuevo juez correspondían acaso a válidas y arcanas razones. *Todo tendrá justificación en su libro*, queríamos pensar, pero su afinidad con todos los malos jueces del mundo era demasiado notoria, y al fin hubimos de admitir que era simplemente un malvado. Llegó a ser un tirano y la pobre gente (para vengarse de la errónea esperanza que alguna vez pusieron en él) dio en jugar con la idea de secuestrarlo y someterlo a juicio. Hablar no basta; de los designios tuvieron que pasar a las obras. Nadie, quizá, fuera de los muy simples o de los muy jóvenes, creyó que ese propósito temerario podría llevarse a cabo, pero miles de *sikhs* y de musulmanes cumplieron su palabra y un día ejecutaron, incrédulos, lo que a cada uno de ellos había parecido imposible. Secuestraron al juez y le dieron por cárcel una alquería en un apartado arrabal. Después, apalabraron a los sujetos agraviados por él, o (en algún caso) a los huérfanos y a las viudas, porque la espada del verdugo no había descansado en aquellos años. Por fin —esto fue quizá lo más arduo— buscaron y nombraron un juez para juzgar al juez.

Aquí lo interrumpieron unas mujeres que entraban en la casa.

Luego prosiguió, lentamente:

—Es fama que no hay generación que no incluya cuatro hombres rectos que secretamente apuntalan el universo y lo justifican ante el Señor: uno de esos varones hubiera sido el juez más cabal. ¿Pero dónde encontrarlos, si andan perdidos por el mundo y anónimos y no se reconocen cuando se ven y ni ellos mismos saben el alto ministerio que cumplen? Alguien entonces discurrió que si el destino nos vedaba los sabios, había que buscar a los insensatos. Esta opinión prevaleció. Alcoranistas, doctores de la ley, *sikhs* que llevan el nombre de leones y que adoran a un Dios, hindúes que adoran muchedumbres de dioses, monjes de Mahavira que enseñan que la forma del universo es la de un hombre con las piernas abiertas, adoradores del fuego y judíos negros, integraron el tribunal, pero el último fallo fue encomendado al arbitrio de un loco.

Aquí lo interrumpieron unas personas que se iban de la fiesta.

—De un loco —repitió— para que la sabiduría de Dios hablara por su boca y avergonzara las soberbias humanas. Su nombre se ha perdido o nunca se supo, pero andaba desnudo por estas calles, o cubierto de harapos, contándose los dedos con el pulgar y haciendo mofa de los árboles.

Mi buen sentido se rebeló. Dije que entregar a un loco la decisión era invalidar el proceso.

—El acusado aceptó al juez —fue la contestación—. Acaso comprendió que dado el peligro que los conjurados corrían si lo dejaban en libertad, sólo de un loco podía no esperar sentencia de muerte. He oído que se rió cuando le dijeron quién era el juez. Muchos días y noches duró el proceso, por lo crecido del número de testigos.

Se calló. Una preocupación lo trabajaba. Por decir algo, pregunté cuántos días.

—Por lo menos, diecinueve —replicó. Gente que se iba de la fiesta lo volvió a interrumpir; el vino está vedado a los musulmanes, pero las caras y las voces parecían de borrachos. Uno le gritó algo, al pasar.

—Diecinueve días, precisamente —rectificó—. El perro infiel oyó la sentencia, y el cuchillo se cebó en su garganta.

Hablaba con alegre ferocidad. Con otra voz dio fin a la historia:

—Murió sin miedo; en los más viles hay alguna virtud.

—¿Dónde ocurrió lo que has contado? —le pregunté—. ¿En una alquería?

Por primera vez me miró en los ojos. Luego aclaró con lentitud, midiendo las palabras:

—Dije que en una alquería le dieron cárcel, no que lo juzgaron ahí. En esta ciudad lo juzgaron: en una casa como todas, como ésta. Una casa no puede diferir de otra: lo que importa es saber si está edificada en el infierno o en el cielo.

Le pregunté por el destino de los conjurados.

—No sé —me dijo con paciencia—. Estas cosas ocurrieron y se olvidaron hace ya muchos años. Quizá los condenaron los hombres, pero no Dios.

Dicho lo cual, se levantó. Sentí que sus palabras me despedían y que yo había cesado para él, desde aquel momento. Una turba hecha de hombres y mujeres de todas las naciones del Punjab se desbordó, rezando y cantando, sobre nosotros y casi nos barrió: me azoró que de patios tan angostos, que eran poco más que largos zaguanes, pudiera salir tanta gente. Otros salían de las casas del vecindario: sin duda habían saltado las tapias... A fuerza de empujones e imprecaciones me abrí camino. En el último patio me crucé con un hombre desnudo, coronado de flores amarillas, a quien todos besaban y agasajaban, y con una espada en la mano. La espada estaba sucia, porque había dado muerte a Glencairn, cuyo cadáver mutilado encontré en las caballerizas del fondo.

EL ALEPH

O God!, I could be bounded in a nutshell, and count myself a King of infinite space

Hamlet, II, 2.

But they will teach us that Eternity is the Standing still of the Present Time, a *Nunc-stans* (as the Schools call it); which neither they, nor any else understand, no more than they would a *Hic-stans* for an Infinite greatness of Place.

Leviathan, IV, 46.

La candente mañana de febrero en que Beatriz Viterbo murió, después de una imperiosa agonía que no se rebajó un solo instante ni al sentimentalismo ni al miedo, noté que las carteleras de fierro de la Plaza Constitución habían renovado no sé qué aviso de cigarrillos rubios; el hecho me dolió, pues comprendí que el incesante y vasto universo ya se apartaba de ella y que ese cambio era el primero de una serie infinita. Cambiará el universo pero yo no, pensé con melancólica vanidad; alguna vez, lo sé, mi vana devoción la había exasperado; muerta yo podía consagrarme a su memoria, sin esperanza, pero también sin humillación. Consideré que el 30 de abril era su cumpleaños; visitar ese día la casa de la calle Garay para saludar a su padre y a Carlos Argentino Daneri, su primo hermano, era un acto cortés, irreprochable, tal vez ineludible. De nuevo aguardaría en el crepúsculo de la abarrotada salita, de nuevo estudiaría las circunstancias de sus muchos retratos. Beatriz Viterbo, de perfil, en colores; Beatriz, con antifaz, en los carnavales de 1921; la primera comunión de Beatriz; Beatriz, el día de su boda con Roberto Alessandri; Beatriz, poco después del divorcio, en un almuerzo del Club Hípico; Beatriz, en Quilmes, con Delia San Marco Porcel y Carlos Argentino; Beatriz, con el pekinés que le regaló Villegas Haedo; Beatriz, de frente y de tres cuartos, sonriendo, la mano en el mentón... No estaría obligado, como otras veces, a justificar mi presencia con módicas ofrendas de libros:

libros cuyas páginas, finalmente, aprendí a cortar, para no comprobar, meses después, que estaban intactos.

Beatriz Viterbo murió en 1929; desde entonces, no dejé pasar un 30 de abril sin volver a su casa. Yo solía llegar a las siete y cuarto y quedarme unos veinticinco minutos; cada año aparecía un poco más tarde y me quedaba un rato más; en 1933, una lluvia torrencial me favoreció: tuvieron que invitarme a comer. No desperdicié, como es natural, ese buen precedente; en 1934, aparecí, ya dadas las ocho, con un alfajor santafecino; con toda naturalidad me quedé a comer. Así, en aniversarios melancólicos y vanamente eróticos, recibí las graduales confidencias de Carlos Argentino Daneri.

Beatriz era alta, frágil, muy ligeramente inclinada; había en su andar (si el oxímoron es tolerable) una como graciosa torpeza, un principio de éxtasis; Carlos Argentino es rosado, considerable, canoso, de rasgos finos. Ejerce no sé qué cargo subalterno en una biblioteca ilegible de los arrabales del Sur; es autoritario, pero también es ineficaz; aprovechaba, hasta hace muy poco, las noches y las fiestas para no salir de su casa. A dos generaciones de distancia, la ese italiana y la copiosa gesticulación italiana sobreviven en él. Su actividad mental es continua, apasionada, versátil y del todo insignificante. Abunda en inservibles analogías y en ociosos escrúpulos. Tiene (como Beatriz) grandes y afiladas manos hermosas. Durante algunos meses padeció la obsesión de Paul Fort, menos por sus baladas que por la idea de una gloria intachable. "Es el Príncipe de los poetas de Francia", repetía con fatuidad. "En vano te revolverás contra él; no lo alcanzará, no, la más inficionada de tus saetas."

El 30 de abril de 1941 me permití agregar al alfajor una botella de coñac del país. Carlos Argentino lo probó, lo juzgó interesante y emprendió, al cabo de unas copas, una vindicación del hombre moderno.

—Lo evoco —dijo con una animación algo inexplicable— en su gabinete de estudio, como si dijéramos en la torre albarrana de una ciudad, provisto de teléfonos, de telégrafos, de fonógrafos, de aparatos de radiotelefonía, de cinematógrafos, de linternas mágicas, de glosarios, de horarios, de prontuarios, de boletines...

Observó que para un hombre así facultado el acto de viajar era inútil; nuestro siglo XX había transformado la fábula de Mahoma y de la montaña; las montañas, ahora, convergían sobre el moderno Mahoma.

Tan ineptas me parecieron esas ideas, tan pomposa y tan vasta su exposición, que las relacioné inmediatamente con la literatura; le dije que por qué no las escribía. Previsiblemente respondió que ya lo había hecho: esos conceptos, y otros no menos novedosos, figuraban en el Canto Augural, Canto Prologal o simplemente Canto-Prólogo de un poema en el que trabajaba hacía muchos años, sin *réclame*, sin bullanga ensordecedora, siempre apoyado en esos dos báculos que se llaman el trabajo y la soledad. Primero abría las compuertas a la imaginación; luego hacía uso de la lima. El poema se titulaba *La Tierra*; tratábase de una descripción del planeta, en la que no faltaban, por cierto, la pintoresca digresión y el gallardo apóstrofe.

Le rogué que me leyera un pasaje, aunque fuera breve. Abrió un cajón del escritorio, sacó un alto legajo de hojas de block estampadas con el membrete de la Biblioteca Juan Crisóstomo Lafinur y leyó con sonora satisfacción.

> *He visto, como el griego, las urbes de los hombres,*
> *Los trabajos, los días de varia luz, el hambre;*
> *No corrijo los hechos, no falseo los nombres,*
> *Pero el* voyage *que narro, es...* autour de ma chambre.

—Estrofa a todas luces interesante —dictaminó—. El primer verso granjea el aplauso del catedrático, del académico, del helenista, cuando no de los eruditos a la violeta, sector considerable de la opinión; el segundo pasa de Homero a Hesíodo (todo un implícito homenaje, en el frontis del flamante edificio, al padre de la poesía didáctica), no sin remozar un procedimiento cuyo abolengo está en la Escritura, la enumeración, congerie o conglobación; el tercero —¿barroquismo, decadentismo, culto depurado y fanático de la forma?— consta de dos hemistiquios gemelos; el cuarto, francamente bilingüe, me asegura el apoyo incondicional de todo espíritu sensible a los desenfadados envites de la facecia. Nada diré de la rima rara ni de la ilustración que me permite ¡sin pedantismo! acumular en cuatro versos tres alusiones eruditas que abarcan treinta siglos de apretada literatura: la primera a la *Odisea*, la segunda a los *Trabajos y días*, la tercera a la bagatela inmortal que nos depararan los ocios de la pluma del saboyano... Comprendo una vez más que el arte moderno exige el bálsamo de la risa, el *scherzo*. ¡Decididamente, tiene la palabra Goldoni!

Otras muchas estrofas me leyó que también obtuvieron su aprobación y su comentario profuso. Nada memorable había en ellas; ni siquiera las juzgué mucho peores que la anterior. En su escritura habían colaborado la aplicación, la resignación y el azar; las virtudes que Daneri les atribuía eran posteriores. Comprendí que el trabajo del poeta no estaba en la poesía; estaba en la invención de razones para que la poesía fuera admirable; naturalmente, ese ulterior trabajo modificaba la obra para él, pero no para otros. La dicción oral de Daneri era extravagante; su torpeza métrica le vedó, salvo contadas veces, trasmitir esa extravagancia al poema.[1]

Una sola vez en mi vida he tenido ocasión de examinar los quince mil dodecasílabos del *Polyolbion*, esa epopeya topográfica en la que Michael Drayton registró la fauna, la flora, la hidrografía, la orografía, la historia militar y monástica de Inglaterra; estoy seguro de que ese producto considerable, pero limitado es menos tedioso que la vasta empresa congénere de Carlos Argentino. Éste se proponía versificar toda la redondez del planeta; en 1941 ya había despachado unas hectáreas del Estado de Queensland, más de un kilómetro del curso del Ob, un gasómetro al norte de Veracruz, las principales casas de comercio de la parroquia de la Concepción, la quinta de Mariana Cambaceres de Alvear en la calle Once de Setiembre, en Belgrano, y un establecimiento de baños turcos no lejos del acreditado acuario de Brighton. Me leyó ciertos laboriosos pasajes de la zona australiana de su poema; esos largos e informes alejandrinos carecían de la relativa agitación del prefacio. Copio una estrofa:

Sepan. A manderecha del poste rutinario
(Viniendo, claro está, desde el Nornoroeste)
Se aburre una osamenta —¿Color? Blanquiceleste—
Que da al corral de ovejas catadura de osario.

—¡Dos audacias —gritó con exultación— rescatadas, te oigo mascullar, por el éxito! Lo admito, lo admito. Una, el epíteto rutina-

---

1. Recuerdo, sin embargo, estas líneas de una sátira en que fustigó con rigor a los malos poetas:

Aqueste da al poema belicosa armadura
De erudición; estotro le da pompas y galas.
Ambos baten en vano las ridículas alas...
¡Olvidaron, cuitados, el factor HERMOSURA!

Sólo el temor de crearse un ejército de enemigos implacables y poderosos lo disuadió (me dijo) de publicar sin miedo el poema.

rio, que certeramente denuncia, *en passant*, el inevitable tedio inherente a las faenas pastoriles y agrícolas, tedio que ni las *Geórgicas* ni nuestro ya laureado *Don Segundo* se atrevieron jamás a denunciar así, al rojo vivo. Otra, el enérgico prosaísmo *se aburre una osamenta*, que el melindroso querrá excomulgar con horror pero que apreciará más que su vida el crítico de gusto viril. Todo el verso, por lo demás, es de muy subidos quilates. El segundo hemistiquio entabla animadísima charla con el lector; se adelanta a su viva curiosidad, le pone una pregunta en la boca y la satisface... al instante. ¿Y qué me dices de ese hallazgo, *blanquiceleste*? El pintoresco neologismo *sugiere* el cielo, que es un factor importantísimo del paisaje australiano. Sin esa evocación resultarían demasiado sombrías las tintas del boceto y el lector se vería compelido a cerrar el volumen, herida en lo más íntimo el alma de incurable y negra melancolía.

Hacia la medianoche me despedí.

Dos domingos después, Daneri me llamó por teléfono, entiendo que por primera vez en la vida. Me propuso que nos reuniéramos a las cuatro, "para tomar juntos la leche, en el contiguo salón-bar que el progresismo de Zunino y de Zungri —los propietarios de mi casa, recordarás— inaugura en la esquina; confitería que te importará conocer". Acepté, con más resignación que entusiasmo. Nos fue difícil encontrar mesa; el "salón-bar", inexorablemente moderno, era apenas un poco menos atroz que mis previsiones; en las mesas vecinas, el excitado público mencionaba las sumas invertidas sin regatear por Zunino y por Zungri. Carlos Argentino fingió asombrarse de no sé qué primores de la instalación de la luz (que, sin duda, ya conocía) y me dijo con cierta severidad:

—Mal de tu grado habrás de reconocer que este local se parangona con los más encopetados de Flores.

Me releyó, después, cuatro o cinco páginas del poema. Las había corregido según un depravado principio de ostentación verbal: donde antes escribió *azulado*, ahora abundaba en *azulino*, *azulenco* y hasta *azulillo*. La palabra *lechoso* no era bastante fea para él; en la impetuosa descripción de un lavadero de lanas, prefería *lactario*, *lacticinoso*, *lactescente*, *lechal*... Denostó con amargura a los críticos; luego, más benigno, los equiparó a esas personas, "que no disponen de metales preciosos ni tampoco de prensas de vapor, laminadores y ácidos sulfúricos para la acuñación de tesoros, pero que pueden *indicar* a los *otros el sitio* de un tesoro". Acto continuo censuró la *prologomanía*, "de la que ya hizo mofa, en la donosa prefación del Quijote, el Príncipe de los Ingenios". Admitió, sin embargo, que en la portada de la nueva obra convenía el prólogo vistoso, el espaldarazo firmado por el plumífero de garra, de fuste. Agregó que pensaba publicar los cantos iniciales de su poema. Comprendí, entonces, la singular invitación telefónica; el hombre iba a pedirme que prologara su pedantesco fárrago. Mi temor resultó infundado: Carlos Argentino observó, con admiración rencorosa, que no creía errar el epíteto al calificar de sólido el prestigio logrado en todos los círculos por Álvaro Melián Lafinur, hombre de letras, que, si yo me empeñaba, prologaría con embeleso el poema. Para evitar el más imperdonable de los fracasos, yo tenía que hacerme portavoz de dos méritos inconcusos: la perfección formal y el rigor científico, "porque ese dilatado jardín de tropos, de figuras, de galanuras, no tolera un solo detalle que no confirme la severa verdad". Agregó que Beatriz siempre se había distraído con Álvaro.

Asentí, profusamente asentí. Aclaré, para mayor verosimilitud, que no hablaría el lunes con Álvaro, sino el jueves: en la pequeña cena que suele coronar toda reunión del Club de Escritores. (No hay tales cenas, pero es irrefutable que las reuniones tienen lugar los jueves, hecho que Carlos Argentino Daneri podía comprobar en los diarios y que dotaba de cierta realidad a la frase.) Dije, entre adivinatorio y sagaz, que antes de abordar el tema del prólogo, describiría el curioso plan de la obra. Nos despedimos; al doblar por Bernardo de Irigoyen, encaré con toda imparcialidad los porvenires que me quedaban: a) hablar con Álvaro y decirle que el primo hermano aquel de Beatriz (ese eufemismo explicativo me permitiría nombrarla) había elaborado un poema que parecía dilatar hasta lo infinito las posibilidades de la cacofonía y del caos; b) no hablar con Álvaro. Preví, lúcidamente, que mi desidia optaría por b.

A partir del viernes a primera hora, empezó a inquietarme el teléfono. Me indignaba que ese instrumento, que algún día produjo la irrecuperable voz de Beatriz, pudiera rebajarse a receptáculo de las inútiles y quizá coléricas quejas de ese engañado Carlos Argentino Daneri. Felizmente, nada ocurrió —salvo el rencor inevitable que me inspiró aquel hombre que me había impuesto una delicada gestión y luego me olvidaba.

El teléfono perdió sus terrores, pero a fines de octubre, Carlos Argentino me habló. Estaba agitadísimo; no identifiqué su voz, al principio. Con tristeza y con ira balbuceó que esos ya ilimitados Zunino y Zungri, so pretexto de ampliar su desaforada confitería, iban a demoler su casa.

—¡La casa de mis padres, mi casa, la vieja casa inveterada de la calle Garay! —repitió, quizá olvidando su pesar en la melodía.

No me resultó muy difícil compartir su congoja. Ya cumplidos los cuarenta años, todo cambio es un símbolo detestable del pasaje del tiempo; además, se trataba de una casa que, para mí, aludía infinitamente a Beatriz. Quise aclarar ese delicadísimo rasgo; mi interlocutor no me oyó. Dijo que si Zunino y Zungri persistían en ese propósito absurdo, el doctor Zunni, su abogado, los demandaría *ipso facto* por daños y perjuicios y los obligaría a abonar cien mil nacionales.

El nombre de Zunni me impresionó; su bufete, en Caseros y Tacuarí, es de una seriedad proverbial. Interrogué si éste se había encargado ya del asunto. Daneri dijo que le hablaría esa misma tarde. Vaciló y con esa voz llana, impersonal, a que solemos recurrir para confiar algo muy íntimo, dijo que para terminar el poema le era indispensable la casa, pues en un ángulo del sótano había un Aleph. Aclaró que un Aleph es uno de los puntos del espacio que contiene todos los puntos.

—Está en el sótano del comedor —explicó, aligerada su dicción por la angustia—. Es mío, es mío: yo lo descubrí en la niñez, antes de la edad escolar. La escalera del sótano es empinada, mis tíos me tenían prohibido el descenso, pero alguien dijo que había un mundo en el sótano. Se refería, lo supe después, a un baúl, pero yo entendí que había un mundo. Bajé secretamente, rodé por la escalera vedada, caí. Al abrir los ojos, vi el Aleph.

—¿El Aleph? —repetí.

—Sí, el lugar donde están, sin confundirse, todos los lugares del orbe, vistos desde todos los ángulos. A nadie revelé mi descubrimiento, pero volví. ¡El niño no podía comprender que le fuera deparado ese privilegio para que el hombre burilara el poema! No me despojarán Zunino y Zungri, no y mil veces no. Código en mano, el doctor Zunni probará que es *inajenable* mi Aleph.

Traté de razonar.

—Pero, ¿no es muy oscuro el sótano?

—La verdad no penetra en un entendimiento rebelde. Si todos los lugares de la tierra están en el Aleph, ahí estarán todas las luminarias, todas las lámparas, todos los veneros de luz.

—Iré a verlo inmediatamente.

Corté, antes de que pudiera emitir una prohibición. Basta el conocimiento de un hecho para percibir en el acto una serie de rasgos confirmatorios, antes insospechados; me asombró no haber comprendido hasta ese momento que Carlos Argentino era un loco. Todos esos Viterbo, por lo demás... Beatriz (yo mismo suelo repetirlo) era una mujer, una niña de una clarividencia casi implacable, pero había en ella negligencias, distracciones, desdenes, verdaderas crueldades, que tal vez reclamaban una explicación patológica. La locura de Carlos Argentino me colmó de maligna felicidad; íntimamente, siempre nos habíamos detestado.

En la calle Garay, la sirvienta me dijo que tuviera la bondad de esperar. El niño estaba, como siempre, en el sótano, revelando fotografías. Junto al jarrón sin una flor, en el piano inútil, sonreía (más intemporal que anacrónico) el gran retrato de Beatriz, en torpes colores. No podía vernos nadie; en una desesperación de ternura me aproximé al retrato y le dije:

—Beatriz, Beatriz Elena, Beatriz Elena Viterbo, Beatriz querida, Beatriz perdida para siempre, soy yo, soy Borges.

Carlos entró poco después. Habló con sequedad; comprendí que no era capaz de otro pensamiento que de la perdición del Aleph.

—Una copita del seudo coñac —ordenó— y te zampuzarás en el sótano. Ya sabes, el decúbito dorsal es indispensable. También lo son la oscuridad, la inmovilidad, cierta acomodación ocular. Te acuestas en el piso de baldosas y fijas los ojos en el décimonono escalón de la pertinente escalera. Me voy, bajo la trampa y te quedas solo. Algún roedor te mete miedo ¡fácil empresa! A los pocos minutos ves el Aleph. ¡El microcosmo de alquimistas y cabalistas, nuestro concreto amigo proverbial, el *multum in parvo*!

Ya en el comedor, agregó:

—Claro está que si no lo ves, tu incapacidad no invalida mi testimonio... Baja; muy en breve podrás entablar un diálogo con *todas* las imágenes de Beatriz.

Bajé con rapidez, harto de sus palabras insustanciales. El sótano, apenas más ancho que la escalera, tenía mucho de pozo. Con la mirada, busqué en vano el baúl de que Carlos Argentino me habló. Unos cajones con botellas y unas bolsas de lona entorpecían un ángulo. Carlos tomó una bolsa, la dobló y la acomodó en un sitio preciso.

—La almohada es humildosa —explicó—, pero si la levanto un solo centímetro, no verás ni una pizca y te quedas corrido y avergonzado. Repantiga en el suelo ese corpachón y cuenta diecinueve escalones.

Cumplí con sus ridículos requisitos; al fin se fue. Cerró cautelosamente la trampa; la oscuridad, pese a una hendija que después distinguí, pudo parecerme total. Súbitamente comprendí mi peligro: me había dejado soterrar por un loco, luego de tomar un veneno. Las bravatas de Carlos trasparentaban el íntimo terror de que yo no viera el prodigio; Carlos, para defender su delirio, para no saber que estaba loco, *tenía que matarme*. Sentí un confuso malestar, que traté de atribuir a la rigidez, y no a la operación de un narcótico. Cerré los ojos, los abrí. Entonces vi el Aleph.

Arribo, ahora, al inefable centro de mi relato; empieza, aquí, mi desesperación de escritor. Todo lenguaje es un alfabeto de símbolos cuyo ejercicio presupone un pasado que los interlocutores comparten; ¿cómo trasmitir a los otros el infinito Aleph, que mi temerosa memoria apenas abarca? Los místicos, en análogo trance, prodigan los emblemas: para significar la divinidad, un persa habla de un pájaro que de algún modo es todos los pájaros; Alanus de Insulis, de una esfera cuyo centro está en todas partes y la circunferencia en ninguna; Ezequiel, de un ángel de cuatro caras que a un tiempo se dirige al oriente y al occidente, al norte y al sur. (No en vano rememoro esas inconcebibles analogías; alguna relación tienen con el Aleph.) Quizá los dioses no me negarían un hallazgo de una imagen equivalente, pero este informe quedaría contaminado de literatura, de falsedad. Por lo demás, el problema central es irresoluble: la enumeración, siquiera parcial, de un conjunto infinito. En ese instante gigantesco, he visto millones de actos deleitables o atroces; ninguno me asombró como el hecho de que todos ocuparan el mismo punto, sin superposición y sin trasparencia. Lo que vieron mis ojos fue simultáneo: lo que transcribiré, sucesivo, porque el lenguaje lo es. Algo, sin embargo, recogeré.

En la parte inferior del escalón, hacia la derecha, vi una pequeña esfera tornasolada, de casi intolerable fulgor. Al principio la creí giratoria; luego comprendí que ese movimiento era una ilusión producida por los vertiginosos espectáculos que encerraba. El diámetro del Aleph sería de dos o tres centímetros, pero el espacio cósmico estaba ahí, sin disminución de tamaño. Cada cosa (la luna del espejo, digamos) era infinitas cosas, porque yo claramente la veía desde todos los puntos del universo. Vi el populoso mar, vi el alba y la tarde, vi las muchedumbres de América, vi una plateada telaraña en el centro de una negra pirámide, vi un laberinto roto (era Londres), vi interminables ojos inmediatos escrutándose en mí como en un espejo, vi todos los espejos del planeta y ninguno me reflejó, vi en un traspatio de la calle Soler las mismas baldosas que hace treinta años vi en el zaguán de una casa en Fray Bentos, vi racimos, nieve, tabaco, vetas de metal, vapor de agua, vi convexos desiertos ecuatoriales y cada uno de sus granos de arena, vi en Inverness a una mujer que no olvidaré, vi la violenta cabellera, el altivo cuerpo, vi un cáncer en el pecho, vi un círculo de tierra seca en una vereda, donde antes hubo un árbol, vi una quinta de Adrogué, un ejemplar de la primera versión inglesa de Plinio, la de Philemon Holland, vi a un tiempo cada letra de cada página (de chico, yo solía maravillarme de que las letras de un volumen cerrado no se mezclaran y perdieran en el decurso de la noche), vi la noche y el día contemporáneo, vi un poniente en Querétaro que parecía reflejar el color de una rosa en Bengala, vi mi dormitorio sin nadie, vi en un gabinete de Alkmaar un globo terráqueo entre dos espejos que lo multiplican sin fin, vi caballos de crin arremolinada, en una playa del Mar Caspio en el alba, vi la delicada osatura de una mano, vi a los sobrevivientes de una batalla, enviando tarjetas postales, vi en un escaparate de Mirzapur una baraja española, vi las sombras oblicuas de unos helechos en el suelo de un invernáculo, vi tigres, émbolos, bisontes, marejadas y ejércitos, vi todas las hormigas que hay en la tierra, vi un astrolabio persa, vi en un cajón del escritorio (y la letra me hizo temblar) cartas obscenas, increíbles, precisas, que Beatriz había dirigido a Carlos Argentino, vi un adorado monumento en la Chacarita, vi la reliquia atroz de lo que deliciosamente había sido Beatriz Viterbo, vi la circulación de mi oscura sangre, vi el engranaje del amor y la modificación de la muerte, vi el Aleph, desde todos los puntos, vi en el Aleph la tierra, y en la tierra otra vez el Aleph y en el Aleph la tierra, vi mi cara y mis vísceras, vi tu cara, y sentí vértigo y lloré, porque mis ojos habían visto ese objeto secreto y conjetural, cuyo nombre usurpan los hombres, pero que ningún hombre ha mirado: el inconcebible universo.

Sentí infinita veneración, infinita lástima.

—Tarumba habrás quedado de tanto curiosear donde no te llaman —dijo una voz aborrecida y jovial—. Aunque te devanes los sesos, no me pagarás en un siglo esta revelación. ¡Qué observatorio formidable, che Borges!

Los zapatos de Carlos Argentino ocupaban el escalón más alto. En la brusca penumbra, acerté a levantarme y a balbucear:

—Formidable. Sí, formidable.

La indiferencia de mi voz me extrañó. Ansioso, Carlos Argentino insistía:

—¿Lo viste todo bien, en colores?

En ese instante concebí mi venganza. Benévolo, manifiestamente apiadado, nervioso, evasivo, agradecí a Carlos Argentino Daneri la hospitalidad de su sótano y lo insté a aprovechar la demolición de la casa para alejarse de la perniciosa metrópoli, que a nadie ¡créame, que a nadie! perdona. Me negué, con suave energía, a discutir el Aleph; lo abracé, al despedirme, y le repetí que el campo y la serenidad son dos grandes médicos.

En la calle, en las escaleras de Constitución, en el subterráneo, me parecieron familiares todas las caras. Temí que no quedara una sola cosa capaz de sorprenderme, temí que no me abandonara jamás la impresión de volver. Felizmente, al cabo de unas noches de insomnio, me trabajó otra vez el olvido.

Posdata del primero de marzo de 1943. A los seis meses de la demolición del inmueble de la calle Garay, la Editorial Procusto no se dejó arredrar por la longitud del considerable poema y lanzó al mercado una selección de "trozos argentinos". Huelga repetir lo ocurrido; Carlos Argentino Daneri recibió el Segundo Premio Nacional de Literatura.[1] El primero fue otorgado al doctor Aita; el tercero, al doctor Mario Bonfanti; increíblemente, mi obra *Los naipes del tahúr* no logró un solo voto. ¡Una vez más, triunfaron la incomprensión y la envidia! Hace ya mucho tiempo que no consigo ver a Daneri; los diarios dicen que pronto nos dará otro volumen. Su afortunada pluma (no entorpecida ya por el Aleph) se ha consagrado a versificar los epítomes del doctor Acevedo Díaz.

Dos observaciones quiero agregar: una, sobre la naturaleza del Aleph; otra, sobre su nombre. Éste, como es sabido, es el de la primera letra del alfabeto de la lengua sagrada. Su aplicación al disco de mi historia no parece casual. Para la Cábala, esa letra significa el En Soph, la ilimitada y pura divinidad; también se dijo que tiene la forma de un hombre que señala el cielo y la tierra, para indicar que el mundo inferior es el espejo y es el mapa del superior; para la *Men-*

1. "Recibí tu apenada congratulación", me escribió. "Bufas, mi lamentable amigo, de envidia, pero confesarás —¡aunque te ahogue!— que esta vez pude coronar mi bonete con la más roja de las plumas; mi turbante, con el más *califa* de los rubíes."

genlehre, es el símbolo de los números transfinitos, en los que el todo no es mayor que alguna de las partes. Yo querría saber: ¿Eligió Carlos Argentino ese nombre, o lo leyó, *aplicado a otro punto donde convergen todos los puntos*, en alguno de los textos innumerables que el Aleph de su casa le reveló? Por increíble que parezca, yo creo que hay (o que hubo) otro Aleph, yo creo que el Aleph de la calle Garay era un falso Aleph.

Doy mis razones. Hacia 1867 el capitán Burton ejerció en el Brasil el cargo de cónsul británico; en julio de 1942 Pedro Henríquez Ureña descubrió en una biblioteca de Santos un manuscrito suyo que versaba sobre el espejo que atribuye el Oriente a Iskandar Zu al-Karnayn, o Alejandro Bicorne de Macedonia. En su cristal se reflejaba el universo entero. Burton menciona otros artificios congéneres —la séptuple copa de Kai Josrú, el espejo que Tárik Benzeyad encontró en una torre (*Las mil y una noches*, 272), el espejo que Luciano de Samosata pudo examinar en la luna (*Historia Verdadera*, I, 26), la lanza especular que el primer libro del *Satyricon* de Capella atribuye a Júpiter, el espejo universal de Merlín "redondo y hueco y semejante a un mundo de vidrio" (*The Faerie Queene*, III, 2, 19)— y añade estas curiosas palabras: "Pero los anteriores (además del defecto de no existir) son meros instrumentos de óptica. Los fieles que concurren a la mezquita de Amr, en El Cairo, saben muy bien que el universo está en el interior de una de las columnas de piedra que rodean el patio central... Nadie, claro está, puede verlo, pero quienes acercan el oído a la superficie, declaran percibir, al poco tiempo, su atareado rumor... La mezquita data del siglo VII; las columnas proceden de otros templos de religiones anteislámicas, pues como ha escrito Abenjaldún: "En las repúblicas fundadas por nómadas, es indispensable el concurso de forasteros para todo lo que sea albañilería".

¿Existe ese Aleph en lo íntimo de una piedra? ¿Lo he visto cuando vi todas las cosas y lo he olvidado? Nuestra mente es porosa para el olvido; yo mismo estoy falseando y perdiendo, bajo la trágica erosión de los años, los rasgos de Beatriz.

A Estela Canto

EPÍLOGO

Fuera de "Emma Zunz" (cuyo argumento espléndido, tan superior a su ejecución temerosa, me fue dado por Cecilia Ingenieros) y de la "Historia del guerrero y de la cautiva" que se propone interpretar dos hechos fidedignos, las piezas de este libro corresponden al género fantástico. De todas ellas, la primera es la más trabajada; su tema es el efecto que la inmortalidad causaría en los hombres. A ese bosquejo de una ética para inmortales, lo sigue "El muerto": Azevedo Bandeira, en ese relato, es un hombre de Rivera o de Cerro Largo y es también una tosca divinidad, una versión mulata y cimarrona del incomparable Sunday de Chesterton. (El capítulo XXIX del *Decline and Fall of the Roman Empire* narra un destino parecido al de Otálora, pero harto más grandioso y más increíble.) De "Los teólogos" basta escribir que son un sueño, un sueño más bien melancólico, sobre la identidad personal; de la "Biografía de Tadeo Isidoro Cruz", que es una glosa del *Martín Fierro*. A una tela de Watts, pintada en 1896, debo "La casa de Asterión" y el carácter del pobre protagonista. "La otra muerte" es una fantasía sobre el tiempo, que urdí a la luz de unas razones de Pier Damiani. En la última guerra nadie pudo anhelar más que yo que fuera derrotada Alemania; nadie pudo sentir más que yo lo trágico del destino alemán; "Deutsches Requiem" quiere entender ese destino, que no supieron llorar, ni siquiera sospechar, nuestros "germanófilos", que nada saben de Alemania. "La escritura del dios" ha sido generosamente juzgada; el jaguar me obligó a poner en boca de un "mago de la pirámide de Qaholom", argumentos de cabalista o de teólogo. En "El Zahir" y "El Aleph" creo notar algún influjo del cuento "The Cristal Egg" (1899) de Wells.

J. L. B.

Buenos Aires, 3 de mayo de 1949.

Posdata de 1952. Cuatro piezas he incorporado a esta reedición "Abenjacán el Bojarí, muerto en su laberinto" no es (me aseguran) memorable a pesar de su título tremebundo. Podemos considerarlo una variación de "Los dos reyes y los dos laberintos" que los copistas intercalaron en *Las mil y una noches* y que omitió el prudente Galland. De "La espera" diré que la sugirió una crónica policial que Alfredo Doblas me leyó, hará diez años, mientras clasificábamos libros según el manual del Instituto Bibliográfico de Bruselas, código del que todo he olvidado, salvo que a Dios le corresponde la cifra 231. El sujeto de la crónica era turco; lo hice italiano para intuirlo con más facilidad. La momentánea y repetida visión de un hondo conventillo que hay a la vuelta de la calle Paraná, en Buenos Aires, me deparó la historia que se titula "El hombre en el umbral"; la situé en la India para que su inverosimilitud fuera tolerable.

J. L. B.

ÍNDICE

LUNA DE ENFRENTE (1925)

CUADERNO SAN MARTÍN (1929)

EVARISTO CARRIEGO (1930)

DISCUSIÓN (1932)

HISTORIA UNIVERSAL DE LA INFAMIA (1935)

HISTORIA DE LA ETERNIDAD (1936)

FICCIONES (1944)

ARTIFICIOS (1944) 515

EL ALEPH (1949)